[西] 阿图罗·马塞

Arturo Marcelo Pascual
Teo Gómez

神话全书

众神与他们的故事

上海文化出版社

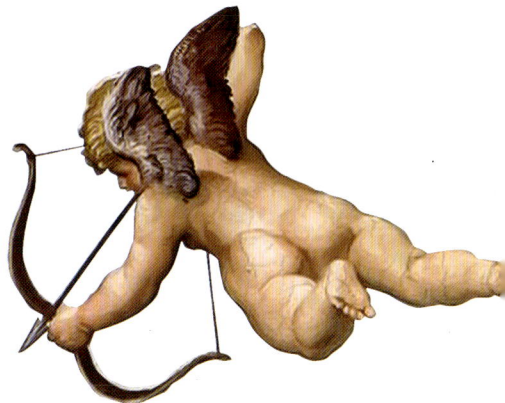

图书在版编目（CIP）数据

神话全书：众神与他们的故事 / (西) 阿图罗·马塞洛·帕斯夸尔,(西) 泰奥·戈麦斯著；何泠樾, 郝小斐, 张奇译. -- 上海：上海文化出版社, 2020.6
ISBN 978-7-5535-1978-4

Ⅰ.①神… Ⅱ.①阿… ②泰… ③何… ④郝… ⑤张… Ⅲ.①神话—作品集—世界 Ⅳ.①I117

中国版本图书馆CIP数据核字 (2020) 第 077008 号

Original title: DIOSES Y MITOS DE TODOS LOS TIEMPOS

图字：09-2019-502 号

出 版 人　姜逸青
策　　划　后浪出版公司
责任编辑　任　战　葛秋菊
特约编辑　赵　波　宁天虹
版面设计　李会影
封面设计　陈威伸

书　　名　神话全书：众神与他们的故事
著　　者　[西] 阿图罗·马塞洛·帕斯夸尔　泰奥·戈麦斯
译　　者　何泠樾　郝小斐　张　奇
出　　版　上海世纪出版集团　上海文化出版社
地　　址　上海市绍兴路7号　200020
发　　行　上海文艺出版社发行中心
　　　　　上海市绍兴路50号　200020　www.ewen.co
印　　刷　天津图文方嘉印刷有限公司
开　　本　889×1110　1/20
印　　张　37.5
版　　次　2020年6月第一版　2020年6月第一次印刷
书　　号　ISBN 978-7-5535-1978-4/I.778
定　　价　266.00元

目　录

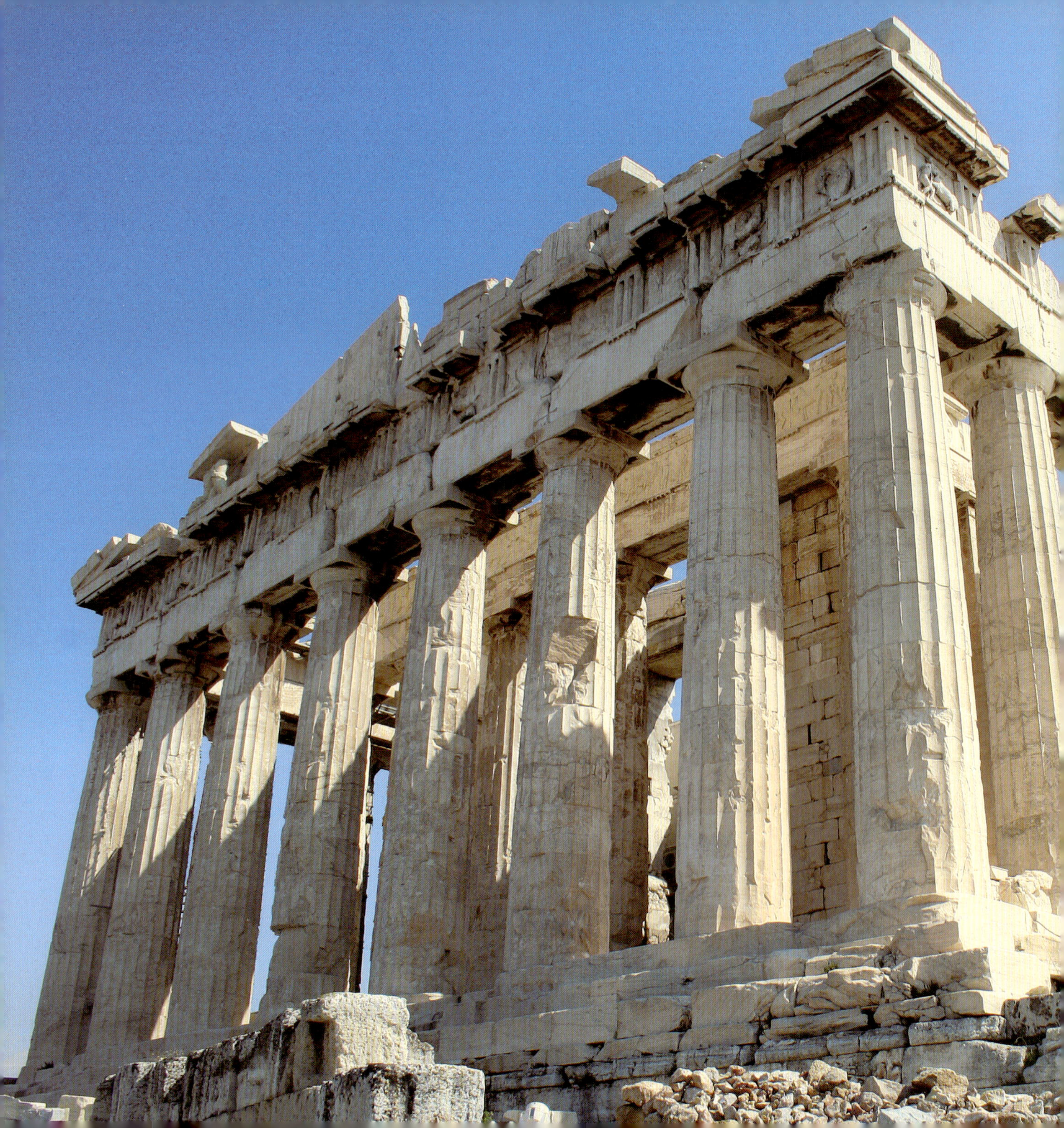

希 腊

帕特农神庙位于雅典卫城，是希腊灿烂文化的标志。它在公元前 447 至前 432 年间建造，完全由白色大理石筑成。建造这座神庙的想法来自公元前 461 年到前 429 年间雅典的统治者伯里克利，指挥工程的则是雕塑家菲狄亚斯。

罗马晚期的马赛克镶嵌画，发现于古罗马乡村森提努姆。图中站立的是永恒之神埃翁，他四周环绕着黄道带。右下角是古罗马女神忒路斯（对应希腊女神盖亚），她和代表四季的四个孩子在一起。

大地之母盖亚

在最初的最初，世界上只有混沌之神卡俄斯。混沌是一片无法用语言描述的雾茫茫的空间，宇宙中所有的元素都混合在其中。卡俄斯不仅是一位神，还是最基本的宇宙物质之和，是没有源头的最初力。他是永恒的，也拥有一种奇妙的能力：他能够依靠自身的力量进行生育。他诞下了黑夜女神尼克斯和幽冥神厄瑞玻斯。

在一定意义上，黑夜女神可以被看作是最早的神。古希腊诗人赫西俄德认为她是众神之母，因为当时人们常常认为黑暗创造万物。在和其兄弟幽冥神厄瑞玻斯结合之前，黑夜女神尼克斯也和其父一样，仅凭自己的力量就诞下了一系列和黑暗有关的神祇：死神、年龄之神、命运之神、睡神、愤怒之神、不和之神和悲哀之神等。但是在这些神之外，她也生下了快乐之神、友爱女神、怜悯女神以及赫斯珀里得斯三姐妹——也就是金苹果的看护者。她和幽冥

左侧是威廉 – 阿道夫·布格罗 1864 年的画作《白昼》，画中白昼女神赫墨拉正脱下象征黑夜的毯子。页面上方是在克里特岛发现的其中一个蛇女神像，她象征着米诺斯文化的众神之母。

神谱之盖亚的后代

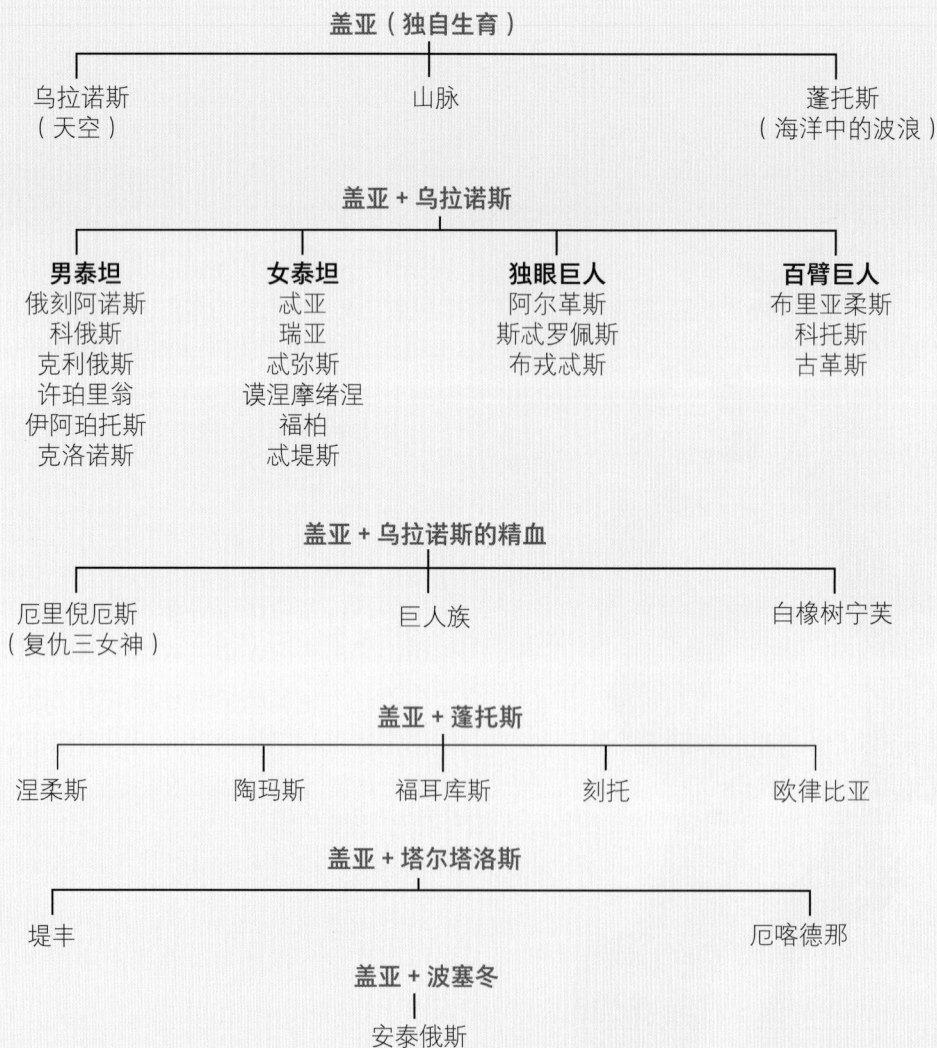

盖亚（独自生育）

| 乌拉诺斯
（天空） | 山脉 | 蓬托斯
（海洋中的波浪） |

盖亚 + 乌拉诺斯

男泰坦	**女泰坦**	**独眼巨人**	**百臂巨人**
俄刻阿诺斯	忒亚	阿尔革斯	布里亚柔斯
科俄斯	瑞亚	斯忒罗佩斯	科托斯
克利俄斯	忒弥斯	布戎忒斯	古革斯
许珀里翁	谟涅摩绪涅		
伊阿珀托斯	福柏		
克洛诺斯	忒堤斯		

盖亚 + 乌拉诺斯的精血

| 厄里倪厄斯
（复仇三女神） | 巨人族 | 白橡树宁芙 |

盖亚 + 蓬托斯

| 涅柔斯 | 陶玛斯 | 福耳库斯 | 刻托 | 欧律比亚 |

盖亚 + 塔尔塔洛斯

| 堤丰 | 厄喀德那 |

盖亚 + 波塞冬

安泰俄斯

神厄瑞玻斯共同育有太空之神埃忒尔和白昼女神赫墨拉。

这一切不可思议的生育都离不开另一位神的功劳。这位神和混沌之神一样古老，也一样永恒——他就是厄洛斯。厄洛斯是创造和生育的推动力，他使生灵结合，繁衍后代。厄洛斯所拥有的使个体互相吸引的力量不仅对人类有效，对动物、植物也是如此。自然界的矿物质互相混合，各种流体结合，从而使万物得以繁衍。在后面的神话中，这位不可战胜的神为了保证宇宙内部的凝聚力，化身为一个拥有双翼的任性孩子，变成了爱情的化身。他用弓箭射向人们的心脏，点燃爱情的火苗，并以此为乐。

混沌之神卡俄斯还创造了大地之神盖亚——世间万物的本源。这位全能的神是早期希腊人所拥戴的众神之母，正因为她，宇宙中才出现了第一代众神和人类。当时的人们认为，人类是从被阳光晒暖的潮湿土壤中诞生的，因此也理所当然地认为，人们死亡后会回归大地之母盖亚的体内。

波塞冬，海洋、大地、马匹和地震之神。

乔治·瓦萨里（1511—1574）在佛罗伦萨旧宫的壁画，画中阿佛洛狄忒从乌拉诺斯被阉时溅出的精血中诞生。

乌拉诺斯被阉

为了让自己的造物充满这个世界，盖亚创造了乌拉诺斯——一片布满星星的苍穹。乌拉诺斯覆盖大地，为众神提供了府邸。盖亚创造了乌拉诺斯之后，就立刻与其交合，生下了十二泰坦神。"泰坦"一词来源于盖亚的别名之一"Titea"或"Titae"。十二泰坦神为六男六女，六位男神分别为俄刻阿诺斯、科俄斯、克利俄斯、许珀里翁、伊阿珀托斯和克洛诺斯，六位女泰坦为忒亚、瑞亚、忒弥斯、谟涅摩绪涅、福柏和忒堤斯。这对至高无上的伴侣的其他孩子则是真正的怪物：三位独眼巨人阿尔戈斯、斯忒罗佩斯和布戎忒斯，他们都只有一只眼睛，长在前额上；令人毛骨悚然的布里亚柔斯、科托斯和古革斯，则每人拥有一百只强壮的手臂和五十个头，也因此被称作"百臂巨人"。

关于世界起源的说法流传最广的版本来自古希腊诗人赫西俄德（约公元前700年）的《神谱》，该书共有一千零二十二行。在这部作品中盖亚是众神和人类共同的母亲。虽是同一个母亲创造，神却瞧不起凡人，认为凡人"就像树叶一般，虽有光辉时刻，可是转瞬就枯萎和消散了。"此外，荷马（前700年）的《伊利亚特》《奥德赛》和奥维德（公元前43—公元18）的《变形记》中也都提到过创世神话。

👁 看一看

新古典主义代表、丹麦雕塑家贝特尔·托瓦尔森虽然从未去过希腊，却完成了大量和希腊古代神话相关的作品。和其同时代的很多艺术家一样，他的灵感来自希腊罗马晚期的复制品。在哥本哈根有一座专门陈列他作品的博物馆，在那里能够欣赏他最杰出的作品，比如圆浮雕《黑夜女神和儿子埃忒尔与女儿赫墨拉在一起》。除了贝特尔·托瓦尔森之外，还有意大利绘画、雕塑、建筑大师乔治·瓦萨里（1511—1574），他在佛罗伦萨旧宫中

的作品表现了乌拉诺斯被阉这一主题。

🎵 听一听

英国作曲家本杰明·布里顿（1913—1976）在1951年创作了单簧管独奏曲《奥维德的六个变形》，选取了奥维德《变形记》里二百四十六个神话中的六个。这首曲子充满诙谐而动人的元素，囊括了单簧管的种种可能性，极好地表现了本杰明·布里顿优秀的作曲功力。

🧳 走一走

德雷帕诺海角（cabo Drépano）位于希腊马其顿地区的哈尔基季基半岛。它布满岩石，地形崎岖，两侧皆为深湾，海角上松林环绕。当年克洛诺斯就是在这里将弯刀和乌拉诺斯的睾丸投入了大海。从被扔下的生殖器中，诞生了女神阿佛洛狄忒。

德尔斐是古代世界主要的宗教中心（希腊的中心）。此处本来是盖亚的圣地，由巨蟒皮同看守，但是阿波罗杀死了它，并在此建造了自己的神殿。现在在德尔斐最主要的遗迹——阿波罗神庙附近，还可以看到盖亚原始神庙的废墟。

先古诸神的野蛮，在乌拉诺斯对自己孩子的残忍行径中体现得淋漓尽致。因为害怕自己的孩子篡权夺位，乌拉诺斯在孩子出生时就将他们扔进了塔尔塔洛斯——盖亚和埃忒尔一起创造的无底深渊之中。盖亚对乌拉诺斯的愤怒日益增加，某一日她终于忍无可忍，开始暗中计划报复。她从自己身体深处取出需要的钢材，打造了一柄弯刀，然后和最小的泰坦克洛诺斯达成了一致，让他去阉割父亲。一天晚上，当这位手无寸铁的父亲进入梦乡时，克洛诺斯如计划那样砍下了乌拉诺斯的生殖器，并将其扔进了大海。在乌拉诺斯完全无法生育之前，盖亚吸收了他伤口流出的黑血，诞下了厄里倪厄斯和巨人族。厄里倪厄斯也被称作复仇三女神，

她们来自地狱，性情暴躁；而巨人族后来与众神有过一场大战，最后以被宙斯打败告终。

盖亚的生育并没有就此停止。除了乌拉诺斯的孩子之外，她还育有其他孩子，其中有一个甚至是她孙子波塞冬的孩子。她还继续生下了一些可怕的怪物：比如堤丰，他的指头处不是指头，而是一百个眼中喷火的龙头；又比如厄喀德那，她有着人身蛇尾。古希腊人用这些乱伦关系和由之产生的非自然后代，来解释他们无法理解的事物，比如重大的自然现象和复杂的万物之源。拿独眼巨人来说，每个独眼巨人都代表一种会引起恐惧的大气现象：阿尔革斯是霹雳，斯忒罗佩斯是闪电，而布戎忒斯则是雷。除此之外，希腊人还相信天气变化也是由神决定的，神根据自己心情好坏，决定或晴或雨，直到公元前5世纪才有哲学家将天气变化归到自然的原因上面。

乌拉诺斯的血滴入大海，溅起泡沫。阿佛洛狄忒从泡沫中诞生时，受到仙女（宁芙）的帮助。

虽然盖亚的威望随着她的地位被奥林匹斯十二主神取代而日益降低，但是民众对她的信仰却仍然在希腊的很多神庙中延续。在那里，她作为大先知被人们崇拜，人们献上水果和牲畜，请求她预示未来。通常来说盖亚的形象是一位坐在石上的女性，胸部丰满，怀抱丰饶角。

独眼巨人家族

盖亚和乌拉诺斯所生的独眼巨人是神话记载的三支独眼巨人中的一支。第二支独眼巨人居住在西西里岛上，由波吕斐摩斯和他的同伴构成。波吕斐摩斯的独眼后来被奥德修斯弄瞎。第三支独眼巨人主要负责建造，希腊的史前遗迹都有他们的功劳。

波吕斐摩斯是独眼巨人中最有名的。左侧是壁画《波吕斐摩斯》，由安尼巴莱·卡拉齐（1560—1609）创作，现收藏于罗马法尔内塞宫。

图为阿尼奥洛·布龙齐诺的《爱的寓言》（1546）。在维纳斯和丘比特的上方，克洛诺斯正准备用时间之毯覆盖一切。所有人都在惊恐逃窜，除了画面正中的这对恋人，以及他们右侧因为年幼还不能理解时间流逝的孩童。

克洛诺斯食子

关于创造的故事还在继续。泰坦们在被克洛诺斯解放之后，互相结合，生下了许多子女。盖亚的其他后代，比如林中仙女和海仙女也是如此。但是从夫妇及其后代的地位来看，在这些联姻中最重要的，还是要数克洛诺斯和他姐姐——女泰坦瑞亚的结合。在夺走了乌拉诺斯的权力之后，克洛诺斯建立了由赫斯提亚、得墨忒尔、赫拉、哈得斯、波塞冬和宙斯为首的第二代众神的统治。但是和他父亲一样，克洛诺斯也开始怀疑自己的孩子。一方面，乌拉诺斯曾经预言，克洛诺斯的统治也会被自己的某个孩子推翻；另一方面，当初为了让泰坦们同意自己的统治，克洛诺斯答应了他们的条件：自己不能留下继承人，以保证泰坦们可以保留继承权。因为这些原因，克洛诺斯变成了一个比乌拉诺斯还要可怕的吃人妖魔：他在自己的孩子刚刚出生时就将他们一个个吞进了肚子。他还顺便把自己的兄弟重新打入了塔尔塔洛斯，就和他父亲曾经做的一模一样。

瑞亚似乎注定只能眼睁睁地看着自己的孩子全部消失，直到她又怀上了宙斯。她想要救

《农神吞噬其子》，戈雅绘于 1820—1823 年间。这幅画展示了古典神话阴暗恐怖的一面。

下这个孩子，就前去乞求自己的父亲乌拉诺斯和母亲盖亚帮助她。她按照他们的建议，前往克里特岛，在一个幽深的洞穴中生下了宙斯。为了瞒过她嗜血的丈夫，她用襁褓包住一块大石头，把它交给自己的丈夫。克洛诺斯没有任何怀疑就把石头吞了下去。

瑞亚 + 克洛诺斯

赫斯提亚　得墨忒尔　赫拉　哈得斯　波塞冬　宙斯

弗兰斯·佛洛里斯的《叛逆天使的堕落》(1554),《圣经》对泰坦被流放塔尔塔洛斯的模仿。

盖亚接管了这个婴儿,并把他交给了克里特国王的女儿——仙女(宁芙)阿德剌斯忒亚和伊达,拜托她们照顾宙斯。两位仙女精心地抚养宙斯,给予他无微不至的关怀。这位未来奥林匹斯主人在金摇篮中度过了他生命最初的时光。为了让克洛诺斯无法听到宙斯的哭声,盖亚让自己创造的精灵——库瑞忒斯在宙斯的身边跳战舞,同时用剑敲击盾牌,叮叮当当的,声音很响。传言还说宙斯的摇篮挂在一棵树上,这样他的父亲无论在天上、地上还是海中都发现不了他。

被献祭的孩子

在原始时期,希腊某些地区的国王为了换取更长久的统治,会向神明奉献人祭。被献者常常是刚出生的婴儿,克洛诺斯食子以防王位被篡夺的故事也由此而来。再后来,各种牲畜逐渐代替婴儿成了祭品。但是即使是在公元元年,也仍有地区用新生儿做活人祭祀的仪式。

喂养宙斯的是仙女阿玛耳忒亚，虽然有的神话认为她是那只哺育宙斯的山羊的名字。根据这些神话的记载，这只山羊是一只可怕的动物，就连神也对它忌惮三分。宙斯后来为了感谢她，让她成为星座之一，并且将她的皮制成了宙斯之盾——一块任何刀剑都无法穿过的盾牌。他还将山羊的一只角作为礼物送给了仙女们，并赐给这支角神奇的力量：这支角能够溢满持有者想要的任何东西。因为这个原因，它被称作"丰饶角"或者"丰裕之角"。

宙斯对抗泰坦

乌拉诺斯曾经十分笃定地预言，克洛诺斯的统治终会被自己的某个孩子推翻。这个孩子自然就是宙斯。当宙斯长大到拥有足够的力量和智慧时，他就开始着手向自己的父亲复仇。他施以巧计，向泰坦俄刻阿诺斯和忒堤斯的女儿墨提斯求助，请求她制作了一种药水，能够让克洛诺斯吐出之前吃进去的所有孩子，甚至包括那块被当作宙斯的石头。这个方法大获成功，克洛诺斯则被放逐到了塔尔塔洛斯。不过在俄耳甫斯神话中，克洛诺斯最后和宙斯达成了和解，他也得到了宙斯的批准，在名为幸福岛的纯真幸福的天堂中定居了下来。

宙斯虽然成了奥林匹斯之主，但是为了保住王座，他还有很多艰难的战争要打。他的第一批对手，就是克洛诺斯的兄弟姐妹——那些

人像柱

伊阿珀托斯和海仙女克吕墨涅的儿子（也有说是乌拉诺斯的儿子）阿特拉斯，因为曾经帮助泰坦对抗众神，被宙斯惩罚永远用双肩扛着天空。根据荷马的记载，他掌握很多宇宙的科学，是一个大天文学家，并且发明了球体。古典艺术对阿特拉斯多有描绘，他的形象通常是一个肩负重物的男人。再后来人们用他的名字"阿特拉斯"命名一种建筑学中用于支撑的元素：这种柱子通常是一位男性的形象，努力地支撑其上方的装饰建筑。

无法容忍众神统治的泰坦们。奥林匹斯众神在宙斯的领导下才刚刚聚在一起，对泰坦们而言，他们不过是一群自负的黄毛小儿。除了俄刻阿诺斯，所有的泰坦都加入了对抗宙斯的叛乱。战争持续了十年，直到宙斯在盖亚的建议下放出了被自己父亲囚禁在塔尔塔洛斯中的独眼巨人和百臂巨人，并把他们变成了自己的盟友。独眼巨人给宙斯提供了他们最主要的武器：雷、闪电和霹雳，给了哈得斯一顶可以隐形的头盔，给了波塞冬一柄三叉戟。百臂巨人则用他们的无数只手向叛军扔巨石。在战况最激烈的时候，宙斯的闪电和泰坦们来自地狱的怒火将整个宇宙都变为了恐怖的烈火平原。不过没过多久，胜利的天平就开始向奥林匹斯众神倾斜。

最终泰坦们身负锁链，被流放到塔尔塔洛斯或者其他偏远的地方，以免再次扰乱奥林匹斯的秩序或者质疑众神的统治。阿特拉斯在叛乱时被泰坦选为首领，因此他被罚用背支撑天空。俄刻阿诺斯虽然没有参与叛乱，但是他也被波塞冬驱逐到了世界的尽头。太阳的化身许珀里翁则被迫把自己的位置让给了儿子赫利俄斯。只有两位泰坦仍旧受到众神尊重：一位是瑞亚，宙斯及其兄弟姐妹的母亲；另一位是宙斯的妻子之一忒弥斯。因为在发明神谕、仪式和法律方面的贡献，忒弥斯成为第一代神中为数不多的有幸融入奥林匹斯生活的神。

意大利罗马的萨图恩神庙，位于古罗马广场的西端，于前501—前498年建成，当时可能是在卢基乌斯·塔奎尼乌斯·苏培布斯的统治下。这座神庙也被称为"金库"，因为当时用它存放罗马国库中的财物。

神话来源

赫西俄德在《神谱》中讲述了泰坦的出生、结婚和生子，以及最后对抗众神的战争——"泰坦之战"。他用极有感染力的笔调描述道："无边的海洋咆哮，大地砰然震动，宽广的天空嗡嗡作响，高耸的奥林匹斯山也因神灵和泰坦的猛攻而摇晃。"

看一看

克洛诺斯在罗马神话中对应农神萨图恩，他是吞噬岁月、不知满足的时间的化身，通常以一位赤裸老人的形象出现，一手握镰刀，另一手持沙漏。关于他的作品中最令人毛骨悚然的，当属弗朗西斯科·德·戈雅（1746—1828）"黑色绘画"系列中的《农神吞噬其子》，这幅作品现藏于普拉多博物馆。

"泰坦之战"或者"泰坦陨落"是彼得·保罗·鲁本斯（1577—1640）和雅各布·乔登斯（1593—1678）这样的佛兰德斯画家非常喜爱的主题。在这些作品中，他们能够尽情刻画肌肉在运动中所表现出来的力量感，这种美感非常符合巴洛克式的审美标准。

走一走

据神话描写，宙斯的摇篮位于克里特岛伊达山山脚的洞穴中。在该地的考古挖掘中，人们发现了大量公元前10世纪的物品。其中最有名的青铜剑，现在可以在克里特大区首府和重要港口城市伊拉克利翁的博物馆内看到。最近的考古发现（包括金、银、陶瓷、玻璃和象牙制品）显示，该地曾是希腊重要的朝圣中心。

图为克诺索斯王宫的壁画《斗牛者》（前1500年）。米诺斯文化激发了希腊人的灵感，在一些希腊神话中也有类似与牛相关的情节，比如弥诺陶洛斯的故事。

图中雅典娜抓住了阿尔库俄纽斯的头发。阿尔库俄纽斯是盖亚派去对抗宙斯的巨人，最后被赫拉克勒斯打败并杀死。图中的浮雕现保存于帕加马博物馆。

巨人叛乱

宙斯和他的兄弟姐妹、儿女们（阿瑞斯、赫菲斯托斯、阿波罗、赫尔墨斯、雅典娜和阿尔忒弥斯）以及阿佛洛狄忒，一起组成了第三代奥林匹斯众神，同时也是最终的一代。宙斯还没来得及好好品尝泰坦之战胜利的滋味，就又面临了新的对手：巨人一族，即盖亚溅到乌拉诺斯的精血受孕后生下的那些怪物。

巨人族的不同之处不仅仅在其庞大的体形，还在于其蛇尾状的下半身。他们身披铠甲，手握巨大的长矛，如他们的力量所预示的那样，向奥林匹斯山发起了猛烈的进攻。波耳费里翁和阿尔库俄纽斯是他们的头领。当他们为了让天庭坠落而向上投掷巨石和燃烧的树木时，整个大地都在震动。众神还是采取相同的办法对付他们：宙斯劈下闪电，赫菲斯托斯向他们投下热铁，雅典娜和波塞冬则用整

在这件希腊陶器上，宙斯正与巨人堤丰对峙。

个的小岛去掩埋他们。虽然巨人族身上流着神的血脉，但是之前有神谕说：如果某个凡人与众神并肩作战，这些盖亚的后裔将会面临死亡。这个凡人指的就是赫拉克勒斯。他在名义上是安菲特律翁和阿尔克墨涅之子，但实际上却是宙斯化身为安菲特律翁的形态之后引诱阿尔克墨涅生的孩子（宙斯是一个不可救药的好色之徒）。

如神谕预示的那样，赫拉克勒斯确实在激烈的战场上杀死了阿尔库俄纽斯和很多其他的巨人，并且一箭射穿了试图强奸赫拉的波耳费里翁。

盖亚不愿承认自己孩子的失败，向宙斯派去最后一个怪物——令人厌恶的堤丰。堤丰是盖亚和塔尔塔洛斯生下的孩子，是黑暗的地下世界的神。他比地面上一切可见生物都更加恐怖，远远超出语言所能描述的范围：他有一百个龙头，每个头都伸着

标枪般的黑舌，双眼喷出火焰。他浑身覆盖羽毛，无数条蛇从他的腰部涌出。宙斯的攻击几乎无法伤害他，在长时间的鏖战后，才成功地把他压在了埃特纳火山之下。堤丰是很多可怕生物的父亲：涅墨亚巨狮和勒耳那九头蛇，它们最终被赫拉克勒斯战胜；喀迈拉，柏勒洛丰在天马珀伽索斯的帮助下消灭了它；斯芬克斯，被俄狄浦斯杀死；以及吞食普罗米修斯内脏的老鹰等。我们在后面会讲述这些激动人心的故事。

仙草与甘露

　　最后一批挑战宙斯统治的怪物是巨人奥托斯和埃菲阿尔忒斯，他们厚颜无耻地向阿尔忒

哈得斯抢掳珀耳塞福涅通往地狱之路。

巨大的体形

　　通过神话中的叙述，我们可以知道一些神灵有着罕见的巨大体形。巨人奥托斯和埃菲阿尔忒斯决定向众神进攻时年仅九岁，他们当时就已经高达十七米，宽达四米。然而奥林匹斯众神比他们还要大得多：阿瑞斯的身体如果在地面上摊开，可以占二百一十平方米。赫拉如果从奥林匹斯垂下双手，能够一手触地，一手触海，臂长差不多有几十公里。

弥斯和赫拉求婚，并且威胁众神如果不答应他们就要把天穹撕碎。在打败他们以后，奥林匹斯众神的至高权力得到了最后的巩固。如同火山静息，江河归流，海洋不再洪水滔天淹没大地，众神终于战胜了邪恶的力量，可以开始尽情享受权力带来的快乐了。

　　在克洛诺斯的其他孩子瓜分地面世界的时候，宙斯选择了埃忒尔天上的地区，波塞冬选择了海洋，哈得斯则选择了阴暗的地下世界。只有奥林匹斯山作为众神公共的殿堂被单独保留了下来，众神在那里建立了一个有着专门的官僚制度和法律的社会。其中的核心包括六位男神（宙斯、波塞冬、阿瑞斯、赫菲斯托斯、阿波罗和赫尔墨斯）和六位女神（赫拉、赫斯提亚、雅典娜、得墨忒尔、阿尔忒弥斯和阿佛洛狄忒），以及其他没有那么重要的神，比如赫利俄斯、塞勒涅、勒托、狄俄涅、狄俄尼索斯、忒弥斯和厄俄斯。在他们之下还有很多次

被改编的神话

宙斯假冒底比斯将军安菲特律翁，与阿尔克墨涅同床并生下赫拉克勒斯——这一情节从古时候起就频频在戏剧中出现。索福克勒斯（前496—前406）有一部悲剧就以此为主题，但是后来遗失了。罗马剧作家普劳图斯（前259—前184）第一个用这个主题创作喜剧，在他之后还有法国的莫里哀（1622—1673）、德国的海因里希·冯·克莱斯特（1777—1811）以及同样来自法国的让·季洛杜（1882—1944）。

厄洛斯接受了让普绪克公主爱上一个怪物的使命，但是这位公主的美貌却让怪物和厄洛斯先后都爱上了她。阿佛洛狄忒最终接受了厄洛斯和普绪克的爱情，同意他在奥林匹斯迎娶普绪克。

神，充当奥林匹斯主神的随从，参加他们的活动，各司其职。哈得斯虽然是宙斯的兄长，但是他没有住在奥林匹斯山上，而是和自己的妻子珀耳塞福涅一起住在地底深处，与他们同住的还有控制魔法和巫术的生育女神赫卡忒。

奥林匹斯众神都做些什么呢？首先，他们

宁芬堡宫石厅中的赫利俄斯。

必须服从天界无可争议的王者——宙斯的命令，并且尽量不要惹怒他，因为他有能力对他们进行严酷的惩罚。此外，他们决定举办无休止的宴会，品味仙草与甘露，沉醉于阿波罗七弦琴奏出的动人旋律和缪斯女神们的甜美歌声之中。只有当他们互相争斗或者插手人间事务时，宴会才会暂停，但是通常来说没有什么能够打破奥林匹斯日常的宁静。神的身体和凡人相似，但是在身材、美貌和力量上更胜一筹。当赫利俄斯的光线减弱时，他们也各自回家休息。不同之处在于，他们的血管中流的不是血液，而是一种不会腐朽的液体（灵血），它使神得以永生。神会被武器所伤，但是他们能够自愈，此外神还能够永葆青春。

然而在众神之上，包括在宙斯之上，还有另一种至高无上的力量，那就是命运之神。命运之神是黑夜女神和卡俄斯的孩子，它是一片黑暗的实体，无影无形，冷酷无情，所有奥林匹斯的居民都服从于他。摩伊赖和刻瑞斯都是命运的化身，没有人能够逃出她们神秘的安排。无论是谁，都必须服从她们，就像最卑微的人类那样。只有通过神谕，命运之书的内容才得以一窥。

26

神话来源

对那些"武器锃亮的巨人",赫西俄德只是一笔带过,但是我们可以在奥维德的《变形记》里找到他们。各种神话来源显示,为了征服天界,巨人们曾将山一座座叠起来,直到能够触及星辰。可是宙斯一个闪电劈下,一切都被摧毁了。山压死了巨人,大地吸收了他们的血液,产生了他们在人类中的继承者。这些人类只会嘲笑众神和渴望众神的死亡。这场宙斯对抗巨人的战争被称作"巨人之战"。

看一看

"巨人之战"是古典雕塑中一个非常热门的主题,因为这些蛇尾怪物的身体非常适合山形墙的角度。帕加马祭坛(前2世纪),这座希腊人为宙斯而建的纪念建筑现在位于柏林帕加马博物馆,它是表现众神和巨人之战的最大的古代作品。

意大利画家和建筑家朱利奥·罗马诺(1499—1546)用非凡的壁画装饰了意大利曼托瓦的得特宫,其中有一幅位于巨人厅,包括从地面到天花板整个墙面。这幅画展示了毁灭和灾难带来的混乱场景,它有着很神奇的效果,观赏者会感觉墙在摇晃,而泰坦和石头会一起崩塌,砸在自己的身上。

走一走

奥林匹斯山脉位于希腊色萨利和马其顿地区之间,共有九座高度超过两千六百米的山峰,其中最高的一座直到1913年才被征服。它总是云海缭绕,曾是宙斯及其他神的居所。巨人之战中,巨人曾试图把佩利恩山叠放在它旁边同样较矮的奥萨山上面,但是未能成功。在遥远的古代,狮子曾栖息在奥林匹斯山较低的位置。人们在山的北侧发现了神庙和墓地,以及狄翁城的遗址。狄翁城曾是古马其顿的宗教中心,马其顿后来在罗马皇帝统治下发展到了繁荣的巅峰。

图为赫拉神庙,位于奥林匹斯遗址,最初由木头制成(前8世纪),后来用石头重建(前590年)。赫拉是宙斯的姐姐,也是他的妻子。她曾变成一只能看见万物的眼睛,以随时了解丈夫的不忠。

图为雅各布·乔登斯的《婴儿宙斯》（1640）。图中阿玛耳忒亚正从右侧的山羊艾克斯处挤奶，以喂养年幼的宙斯。

热衷变身的宙斯

风、云、雨、电的主人宙斯，是一位无所不能的神。他是奥林匹斯至高无上的头领，身上集聚了众神的优点。对希腊人而言，他还是杰出的生育之父，是世界繁育的力量，也是生殖能力的化身。为了得到喜欢的女神或女人，他能够克服一切障碍。神特有的变身天赋为他追求女性提供了很大的方便：他能够化身成凡人、动物、甚至那些没有生命的物体。在这方面他是真正的大师，他的每次猎艳，都是真正的变身艺术。

神谱之宙斯的神界伴侣和后代

墨提斯 雅典娜	**赫拉** 阿瑞斯 赫柏 厄勒梯亚 赫菲斯托斯	**埃癸娜** 埃阿科斯
忒弥斯 荷赖（时序三女神） 摩伊赖（命运三女神）		**安提俄珀** 安菲翁 仄托斯
谟涅摩绪涅 缪斯女神	**勒托** 阿波罗 阿尔忒弥斯	**卡利斯托** 阿卡斯
得墨忒尔 珀耳塞福涅	**迈亚** 赫尔墨斯	**厄勒克特拉** 达尔达诺斯 伊阿西翁 哈尔摩尼亚
欧律诺墨 卡里忒斯（美惠三女神）	**塔宇革忒** 拉刻代蒙	

宙斯从他著名的第一次婚姻开始，就展现出在婚姻中不走寻常路的"天赋"。当时智慧女神墨提斯怀着他的孩子，而盖亚和乌拉诺斯预言，如果这个孩子是女儿，那下一个儿子将会抢夺宙斯的王位。在思考之后，宙斯决定学习他的父亲，一口吞下了怀有身孕的墨提斯。当分娩来临时，他命令赫菲斯托斯用一把斧头劈开他的颅骨，雅典娜手执武器，身披铠甲，就这样从他的头颅中出生了——真是一次疼痛无比的"分娩"！

相比之下，他和女神欧律诺墨、泰坦式弥斯以及谟涅摩绪涅的婚姻就没有这么精彩了，不过这几次婚姻生育了很多孩子（时序三女神、命运三女神、美惠三女神和缪斯女神）。再后来，

安尼巴莱·卡拉齐（1560—1609）绘制《朱庇特和朱诺》（宙斯和赫拉的罗马名字）时，难得地让二人之间带上了绵绵情意。

在这些浮雕中，瑞亚正把包在襁褓中的石头交给克洛诺斯，从而避免宙斯被他的父亲吃掉。

神谱之宙斯的凡间情人和其子女

伊俄
厄帕福斯

塞墨勒
狄俄尼索斯

普路托
坦塔罗斯

尼俄柏
阿尔戈斯
佩拉斯戈斯

勒达
海伦
狄俄斯库里兄弟

欧罗巴
米诺斯
萨耳珀冬
拉达曼提斯

达那厄
珀尔修斯

阿尔克墨涅
赫拉克勒斯

他追求姐姐得墨忒尔，变身成了他最喜欢的伪装——牛，单纯地强迫了她。他和赫拉——这位既是他姐姐也是他妻子的女神的故事，则要从他年轻的时候说起。虽然宙斯婚后屡屡出轨，但最初却是他主动追求的赫拉。他当时化身为一只杜鹃鸟，在风雨中浑身湿透，摇摇欲坠，希望能在赫拉家中得到庇护——当然，那些狂风暴雨也是他一手策划的。赫拉可怜这只小鸟，接受了他，并且用自己的胸口温暖他……后来的一切就水到渠成了。

弗里德里希·申克尔（1781—1841）年轻时所画的宙斯。

不得不提的是，赫拉作为宙斯"官方"的妻子，一直被认为是地位崇高的奥林匹斯之后。她是已婚妇女在神界的代表，也是婚姻和母亲们的保护神。她身上体现出的是一种端庄之美。虽然宙斯总是背叛她，但是她一直对宙斯保持忠贞。她的主要活动之一就是向自己的情敌复仇，努力维护他们婚姻的名誉，虽然往往徒劳无功。

列奥纳多·达·芬奇 1505—1510 年间的画作《勒达与天鹅》，画中天鹅是宙斯的伪装。

金雨

虽然已经和赫拉建立了稳定的关系，宙斯还是继续在外面猎艳，并且日益猖狂。他对仙女（宁芙）的喜爱在心中迅速增长，也越来越喜欢变身成奇特的形象。他化身为鹰，直接掳走了河神阿索波斯的女儿仙女埃癸娜；而对于河神的另一个女儿安提俄珀，他则是以半人半

图为古希腊红绘双耳陶瓶上的图案：宙斯化身为牛，掳走欧罗巴，驮着她一直游到克里特岛。

羊森林之神的形象出现。仙女卡利斯托曾宣誓要永保童贞，为了得到她，宙斯选择变成她的知己——阿尔忒弥斯的模样，骗取她的信任。当宙斯最后摘下面具的时候，反抗已经无济于事了。

后来天界的女性已经无法满足他的胃口了，他将猎艳的目标移到了凡人身上。这些人中既有单身女性，也有已婚妇女。比如阿尔克墨涅，他化身成她丈夫的模样，得到了她；又比如天真烂漫的欧罗巴，他变成一头牛将她抢走了。

而为了得到阿尔戈斯国王阿克里西俄斯的女儿达那厄，则需要采取一些特别手段。这位美丽少女被自己的父亲锁在一间四面都是铁墙的牢房里，因为之前有神谕说，她的孩子将会杀死她的父亲。冲破重重困难，抱得美人归，这对宙斯来说是一种刺激的挑战。他变成一阵金雨，从天空洒下，穿过牢房顶部的开口，倾泻到达那厄的腿上。这次结合生下了珀尔修斯——希腊神话中的一位大英雄，他后来果然杀死了阿克里西俄斯。

宙斯为了爱情而进行的幻化似乎没有极限。为了与赫拉的女祭司伊俄结合，他甚至能够化身为云。但是在所有的幻化中，宙斯最喜欢的还是鸟类。他靠近美丽的勒达时，就变成了天鹅的模样。这段关系引起了很多古代神话学者的兴趣：这么奇怪的邂逅，怎么可能生下后代？现在广为接受的说法是勒达最后生下一个蛋，孵出了世间最美丽的女人海伦，和狄俄斯

图为约翰·戈塞特的《达那厄》（1527）。她是阿尔戈斯的公主，被父亲阿克里西俄斯囚禁。宙斯变成金雨占有了她，后生下珀尔修斯。

库里兄弟中的一个，波吕克斯。

宙斯有一次变身为一只雄鹰，不是为了引诱女性，而是去抢掳一位少年。那位少年就是伽倪墨得斯，特洛伊的命名者——特洛斯国王的儿子。宙斯被伽倪墨得斯的绝世容颜所吸引，带着他一直飞到了奥林匹斯，并且作为补偿，送给了他父亲一根金葡萄藤和许多匹骏马。到达天界之后，俊美的伽倪墨得斯成为众神的侍

贝特尔·托瓦尔森的雕塑作品《伽倪墨得斯为化作鹰的宙斯喂水》（1817）。作品采取独特的角度来重新看待伽倪墨得斯被抓走的故事。

安东·多梅尼·加比阿尼作品《伽倪墨得斯被拐走》（1700）。

酒，所有的神也都很欣赏他美丽的容颜。

　　宙斯对伽倪墨得斯的爱和他对其他女性的相比，也许没有那么炽热，却更为浪漫，这体现了古希腊所特有的一种情爱文化。事实上，古希腊男子很多时候会充满激情地爱上比自己年幼的同性，他们会在角力学校或者体操学校中，担任自己喜爱之人的保护者或者教师。而女性对他们而言，只是和生育相关的有限的性幻想对象，或者仅仅充当家庭中母亲的角色。

⚘ 神话来源

从古代开始，很多作者在各种版本的故事中都讲到了宙斯追求女性的情节。奥维德在《变形记》中提到了伊俄、卡利斯托和欧罗巴。荷马在《伊利亚特》第十四卷中谈到了达那厄。在欧里庇得斯的悲剧作品《海伦》（前485—前406年左右）中，宙斯变成天鹅和勒达结合。关于伽倪墨得斯被掳的故事，古希腊抒情诗人品达（前518—前446）的《奥林匹亚颂》和维吉尔（前70—前19）的《埃涅阿斯纪》中均有记载。

👁 看一看

众神之父的爱情故事为一些世界上最美丽的画作提供了灵感。从肖像学的角度来看，这是一个绝佳的主题，也因此被文艺复兴时期的艺术家广泛应用。其中最著名的有以下作品：

列奥纳多·达·芬奇（1452—1519），《勒达与天鹅》，藏于博尔盖塞美术馆（罗马）。

提香·韦切利奥（约1485—1576），《达那厄与金雨》，藏于卡波迪蒙特国家博物馆（那不勒斯）。

柯勒乔（1489—1534），《朱庇特和伊俄》，藏于艺术史博物馆（维也纳）。

♪ 听一听

在维也纳浪漫作曲家弗朗茨·舒伯特（1797—1828）所作的数百首艺术歌曲（lieder）中，有一首是专门为天界侍酒伽倪墨得斯所作的，曲名即他的名字《伽倪墨得斯》。此曲的歌词是伟大的德国作家约翰·沃尔夫冈·歌德（1794—1832）的一首原创诗歌。

▭ 走一走

在伊庇鲁斯地区（希腊西北部，与约阿尼纳南部接壤），有着现存最著名的宙斯神庙——多多纳神庙的遗址。它的神谕是通过一棵神圣栎树的树叶在风中发出的声音来传达的，有一些祭司负责解释它的含义。这些祭司过着苦行僧的生活，睡在地上，只为了更好地领悟神谕蕴含的信息。在神庙遗址的旁边，还能够看到一座剧院，它是保存最完好的、规模最大的古希腊剧院之一。

《荷马与他的向导》（1874），威廉–阿道夫·布格罗。这位神话诗人是否是盲人，目前仍没有定论。

《雅典娜对战恩克拉多斯》，古希腊红绘陶盘（前525年），收藏于卢浮宫。

处女战神雅典娜

当雅典娜从宙斯裂开的头颅中出生时，她发出了震天动地的战吼声。她出生的时候就已经完全发育成熟，随时可以开始战斗。她的头上戴着明亮的头盔，一手持尖头矛，一手持盾（那面盾后来成为她和父亲共享的武器）。众神虽然已经对各种奇迹习以为常，可是雅典娜这样暴风骤雨般的降生方式还是让他们大吃了一惊。

雅典娜最重要的能力，就是她的战争能力。她是强大的战争机器，一个人就相当于一支听命于宙斯的特种部队。因此她也是宙斯最喜爱的女儿，是众神之王的掌上明珠。宙斯对她宠爱和纵容的程度，让其他的神常常抱怨，认为宙斯从不指责她，总是让她随心所欲。他们不知道的是，雅典娜从来没有被她的父亲处罚过。

战争是雅典娜的激情所在，也是她的娱乐方式。一开始她积极参加了对抗巨人的战役，而后在特洛伊的城墙前也能发现她的身影。她在那里不仅仅是为了鼓舞希腊人的士气，她还戴着双侧有纹饰的耀眼金盔，亲自加入了战争。在这场争斗中，阿喀琉斯、狄俄墨得斯、墨涅拉俄斯和奥德修斯是她的宠儿。雅典娜偏爱他

《帕拉斯·雅典娜》（1539），帕米贾尼诺油画。画作基于奥维德《变形记》第六章中的描述。雅典娜身着铠甲，但是头上没有戴头盔。

们，是因为这些勇猛的英雄常常陷入各种麻烦，和他们在一起能够满足她对危险的渴求。她保护他们，为他们出谋划策。她在赫拉克勒斯前去完成十二功绩前为他提供了武器和装备，并且后来还让他进入了奥林匹斯成为众神之一。在珀尔修斯对抗蛇发女妖的征途中，雅典娜支

持着他，甚至指导他如何挥动手臂，砍下美杜莎的头颅。后来珀尔修斯将美杜莎的头颅送给了雅典娜，让她当作战利品装饰自己的盾牌。再后来她出现在柏勒洛丰的梦中，交给他黄金辔头，用来驯服拥有双翅的天马珀伽索斯。此外，为了让尤利西斯平安返家，她多次提供帮助。有一些心术不正的人，想从雅典娜对英雄的关照中，看到这位兼具美貌与男子气概的女神试图伪装成同伴情谊的欲念。但是雅典娜并非两面三刀之人，也不会伪装：她帮助这些英雄，仅仅是因为欣赏他们的勇气。这位战争女神的身体健美而完整，其纯洁性是她的另一件主要武器。

坚守贞操

事实上，雅典娜是一位处女，这一点与奥林匹斯的其他居民很不相同（当然，要排除与雅典娜有许多共同点的阿尔忒弥斯，以及赫斯提亚）。她和英雄们所谓的关系都是后人的创造。一切证据表明，这位女神从未涉足爱情，而且一切胆敢令她蒙羞的人，最后都受到了惩罚。比如忒瑞西阿斯，他在雅典娜沐浴时撞见了她裸体的样子，因此被判失明，永远丧失了视力。虽然后来雅典娜为了补偿他，赐予了他预测未来的能力。

然而这位女神却以一种出人意料的方式得到了一个儿子。有一天，她前去拜访赫菲斯托

《帕拉斯与半人马》（1482），桑德罗·波提切利的油画作品。喀戎被父母抛弃后，被阿波罗和雅典娜收养。

斯，请他打造一件新盔甲。她庄严的模样让赫菲斯托斯感到刺激，遂开始追逐她。虽然身为瘸子，他还是抓住了雅典娜，并且试图强奸她。雅典娜奋力反抗，但还是未能阻止赫菲斯托斯将精液射到自己的腿上。雅典娜十分嫌恶，立刻用一块羊毛擦掉了它，然后随手扔到了地上。但是这一无意之举，却让盖亚受孕了，生下了厄瑞克透斯。雅典娜把他当成自己的孩子抚养，并且对其他的神严守秘密。多年之后，这个孩子成了雅典最早的国王之一。

也许雅典娜看上去只有蛮力，但是事实上，她也是理性力量的象征。在所有的战争中，她都是用她机智而清晰的头脑领导战役的。正因如此，她也保护很多与和平或者智力有关的活动，是建筑师、雕塑家、纺织工、刺绣工、文人、哲学家的保护神，常常代替缪斯女神被当作艺术的象征。她为人类发明了陶轮，教给人类骑马的技巧。之前为了被选为阿提卡地区的守护神，雅典娜曾经将橄榄树作为礼物送给当地居民。后来雅典人认为是她教会了他们如何制作橄榄油。

雅典娜是雅典的守护神（雅典的名字正是由她而来），也是所有希腊城邦的守护神。此外，她还是这些城邦的卫城的保护者——卫城通常是城中建筑最高的、城防最好的地区。因为她良好的判断力、她的忠告和她具有穿透力的目光，所以她的动物象征是猫头鹰。

如果要说雅典娜的缺点，那么毫无疑问就

雅典娜的节日

在雅典的节日中，最著名的当属每四年举行一次的泛雅典娜节。节日以游行结束，人们一起前往雅典卫城，由一部分城中少女为雅典娜献上制作的绣袍。其他的少女挎着篮子，老人则手持橄榄枝。节日期间，还有战车赛、游行、音乐比赛和体操竞技。

反映泛雅典娜节游行的中楣饰带片段。游行在帕特农神庙举行，以庆祝这个为了纪念雅典娜而产生的节日。

是骄傲。雅典娜的骄傲，就和她的好战一样没有止境。她自认纺织技艺高超（赫拉的面纱就是她的作品），因此不允许任何人宣称自己的织技比她更好。有一位吕底亚的少女，名为阿拉克涅，是穿针引线方面的专家。这位不够谨慎的少女，总是将自己和雅典娜比较。阿拉克涅常常自夸比女神更加熟练，雅典娜因此化身为老妇人，想要一探究竟，请求她让自己看一看她的织物。当发现无法找到任何瑕疵的时候，雅典娜勃然大怒，将这名少女变成了一只蜘蛛，让她永远不停地纺织从自己腹部吐出的线。多么不公正的惩罚啊！但是对于这样一位无论在战争还是和平中都没有敌手的女神来说，也不算太过分。

《帕里斯的裁判》（1639），彼得·保罗·鲁本斯的油画作品。帕里斯是普里阿摩斯的儿子，他手持墨丘利给他的金苹果，把它作为奖品交给雅典娜、朱诺和维纳斯三位女神中最美的一位。

神话来源

赫西俄德在《神谱》中对雅典娜的描述是"有着淡绿色的双眸，可怕且好战的军队领导者，不可战胜的、庄重的女神，享受混乱、战争和冲突"。荷马在《伊利亚特》中，让她的参与具有决定性的意义。在《奥德赛》中，雅典娜也反复出现。她总是帮助尤利西斯，赐给他超凡脱俗的俊美面容以打动瑙西卡，从而得到回伊萨卡的船。古希腊诗人品达（前518—前438）在他的《奥林匹亚颂》卷七中也谈到了雅典娜。他的这首颂歌和他保留下来的其他诗歌一样，主要是为了歌颂在奥林匹克运动会中获胜的运动员。

读一读

德国小说家亨利希·曼（1871—1950）写过一本《女神或阿西公爵夫人的三部小说》。这部作品的主人公试图从雅典娜（对应罗马女神密涅瓦）、阿尔忒弥斯（狄安娜）和阿佛洛狄忒（维纳斯）三位女神处获得灵感。在这本书中，雅典娜是艺术和智慧的象征。

看一看

古希腊很多伟大的雕塑家都创作过雅典娜的雕像。其中最出名的，当属菲狄亚斯在帕特农神庙中的作品：雅典娜身着希腊长袍而立，全副武装。在德国的德累斯顿考古博物馆可以看到这座神像的复制品。米隆和普拉克西特利斯也都雕刻过雅典娜的神像，他们作品的罗马复制品现在保存在柏林、罗马和那不勒斯的博物馆中。希腊化时期的作品有《派奥尼亚的雅典娜》，由欧布里德雕刻，现藏于雅典国家考古博物馆。雅典娜最华丽的形象之一，出自奥地利画家古斯塔夫·克里姆特（1862—1918）的画笔。她置身于黑色的背景之中，身着耀眼的金色鳞甲（藏于维也纳艺术史博物馆）。这位画家对女性之美异常敏感，创作了多幅展现典型的蛇蝎美人形象的画作。

走一走

雅典是雅典娜的城市。雅典娜和波塞冬曾争执谁来保护雅典居民，他们各自展示神迹，来争夺对雅典居民的保护权：雅典娜使一棵橄榄树苗从地底萌发；波塞冬则以三叉戟触地，使一股泉水从地下涌出。众神最后判雅典娜获胜。伯里克利时期（前5世纪）的建筑——帕特农神庙，就是为雅典娜而建的，神庙中有大量讲述其功绩的雕塑。在它的一面墙上，有描述泛雅典娜节的浮雕。浮雕中有五百余名人物组成游行队伍，共同纪念这位伟大的女神。这一作品保存最好的片段现在收藏于雅典卫城博物馆和大不列颠博物馆（伦敦）中。在帕特农神庙附近，还有同样为雅典娜女神而建的雅典娜胜利神庙和厄瑞克忒翁神庙。

帕尔玛·伊勒·焦瓦内（1548—1628）《维纳斯与玛尔斯》。

阿佛洛狄忒的腰带

在爱神阿佛洛狄忒（罗马人称之为维纳斯）的面前，人们很难保持无动于衷。她金色的秀发、小巧的双脚、美丽的胸脯和令人难忘的臀部，一切都是那么完美与和谐。但是阿佛洛狄忒真正的力量并不在于她的美貌——因为奥林匹斯还有其他同样美丽的女神，比如赫拉和雅典娜；也不在于她是恋爱艺术方面的专家。她真正的能力是能够让一切事物——神、凡人和兽类——都屈服于欲望的法则。阿佛洛狄忒很美丽，但最重要的是，她有勾人魂魄的魔力：她能点燃任何人的欲望，包括宙斯。

象征这种能力的物件，就是那条著名的腰带。这条腰带突出了阿佛洛狄忒魅惑人心的美，它本身就凝聚了一切能够引起激情的魅力特点：温柔的言语，妩媚的微笑，勾人的目光……这些足以偷走最克制之人的心。不仅阿佛洛狄忒本人从这条魔力腰带中获益，就连赫拉某些时候也会向她借这条腰带，用来征服她的丈夫宙斯。当赫拉因为这条腰带而变得性感诱人之后，她会出现在宙斯的面前，让宙斯失去控制，欲火中烧地追求她，一边呼喊道："过来啊，让我

《帕里斯的裁判》（1599），亨德里克·凡·巴伦作品。雅典娜、赫拉和阿佛洛狄忒在帕里斯的面前褪去衣衫，让他裁判谁才是最美的女神。帕里斯最后的选择导致了特洛伊战争。

阿佛洛狄忒 + 阿瑞斯

厄洛斯	福波斯	安忒洛斯	哈尔摩尼亚	得摩斯

们到床上去好好享受爱情吧！从来没有哪位女神或女人，让欲望像现在这样充满我的胸口。"在唤起性欲方面，阿佛洛狄忒腰带的力量是无可比拟的。

虽然荷马指出，阿佛洛狄忒的父母是宙斯和狄俄涅，但是被广泛接受的却是另一种传统的说法：克洛诺斯砍下乌拉诺斯的生殖器后，将其扔进了大海。它在海洋中漂流时，在其四周形成了一圈泡沫，而阿佛洛狄忒正是从这些泡沫中诞生的。正因如此，她名字的意思是"诞生于泡沫之中"，她的象征是海贝壳。她完全成型后，顺着西风神仄费罗斯吹拂的方向，去了基西拉岛，之后又继续前行，到达塞浦路斯岛。在那里，时序三女神用华服和首饰为她装扮。众男神从

《米洛的维纳斯》，收藏于巴黎卢浮宫。

一开始就为她的美丽所倾倒，所有人都渴望娶她为妻，从而与美人共度良宵。

阿佛洛狄忒在众神中的职责，可以从《伊利亚特》的一个片段中清楚看出。当时阿佛洛狄忒试图用自己的双臂和长袍的皱褶保护埃涅阿斯——她身为人类的儿子，却被狄俄墨得斯认了出来。他知道这位女神武力不足，就向她美丽的身体发起了攻击，并且成功地弄伤她的手腕。痛苦的阿佛洛狄忒被送回了奥林匹斯，在那里宙斯安慰了她，并且提醒她什么才是她应该做的事："我的孩子，征战沙场不是你的事情。你还是操持你的事务，婚娶姻合的蜜甜。"*

不和的金苹果

阿佛洛狄忒被奥林匹斯的其他女神视作刺眼的对手，自然很难引起她们的好感。一日众神聚集在一起，不和女神厄里斯在他们中间投下了一枚金苹果，上面刻有一行字：献给最美

---

* 出自第五卷，陈中梅译文。

丽的女神。赫拉、雅典娜和阿佛洛狄忒为此发生了争执，宙斯决定让一名凡人来判定金苹果的归属。这名裁判就是帕里斯，他当时正为他的父亲普里阿摩斯放牧。三位女神来到了他的面前，每人都想要说服他选择自己：赫拉提出让他成为亚细亚之王，雅典娜许诺让他未来战无不胜。阿佛洛狄忒只是解开腰带，松开了身上长裙的系扣，轻解罗裳，并且补充称，将会让世上最美丽的女人——海伦爱上他。帕里斯最后自然是选择了爱神阿佛洛狄忒。他的选择，对赫拉和雅典娜而言是不可饶恕的耻辱：海伦和帕里斯的私奔直接引起了特洛伊战争，导致了帕里斯本人的死亡，和其他很多英雄的牺牲。

不仅女神们与阿佛洛狄忒不和，男神也是如此，不过他们不是为了超越她的美貌，而是为了占有她。出人意料的是，最后成为阿佛洛狄忒丈夫的却是众神中最丑也是最畸形的一位——赫菲斯托斯。这门婚事最后成了一场悲剧，因为阿瑞斯利用自己的魅力引诱了阿佛洛狄忒，成功地进入了这对夫妇的卧房。

有一句话说得好："美人总是随心所欲"，阿佛洛狄忒亦是如此。她和很多男性之间都发生过关系，包括赫尔墨斯、太阳神赫利俄斯之子法厄同、传奇的阿多尼斯、特洛伊人安喀塞斯……在疯狂地爱上安喀塞斯时，她伪装成弗里吉亚国王奥特乌斯女儿的模样，与他共度了一夜良宵。安喀塞斯醒来之后大吃一惊：在他的身边，躺着一位光芒四射的女神。他无比恐

圣妓

古代世界的大都市科林斯，曾以其淫乱的习俗而闻名。在那里有千余名娼妓，包括阿佛洛狄忒神庙的祭司，也就是所谓的"圣妓"（"hieródulas"，"hierós"表示"神圣的"，"doûlos"表示"奴隶"）。她们在祭祀阿佛洛狄忒时，会把自己献给陌生人，作为仪式的一部分。她们崇拜阿佛洛狄忒·伯恩（Afrodita Porne，Porne 来源于希腊语"pórne"，指妓女）——色情业和妓女的保护神。

乔尔乔内油画作品《沉睡的维纳斯》，画中的女神光彩照人。

惧，因为有传言说和女神交媾的男子将会提早衰老。阿佛洛狄忒让他不必担忧，并且为他生下了一个儿子——英雄埃涅阿斯。

这位诱惑之神也有心狠手辣的时候。她能够引起堕落的激情，这种力量使美狄亚背叛

波提切利《维纳斯的诞生》局部。

了自己的父亲，使海伦为了一位外国人抛弃故土，使淮德拉追求乱伦之爱，使帕西淮与牛交合，并且生下了大大丰富了神话内容的弥诺陶洛斯——在神明的时代，任何事件都值得被记录。那些不够崇拜她的人，都受到了她的诅咒：她使利姆诺斯岛的女人散发连自己丈夫也无法忍受的恶臭，被他们所抛弃；使塞浦路斯国王基尼拉斯的女儿们变成妓女，任何上岛之人皆可与之寻欢。

英国画家赫伯特·德雷珀（1864—1920）的《阿佛洛狄忒的珍珠》。

神话来源

荷马曾多次提及阿佛洛狄忒。在《伊利亚特》第三章中，她在帕里斯差点被墨涅拉俄斯杀死时救走了他（"阿佛洛狄忒轻舒臂膀——神力无穷——摄走帕里斯，把他藏裹在浓雾里，送回飘散着清香的床居"），此外，她尽其所能地帮助特洛伊人。在荷马的颂歌之中，有一首讲述了阿佛洛狄忒与安喀塞斯之间田园牧歌式的爱情。这些颂歌其实并非荷马所作，不过在亚历山大时期将其归在了他的名下。它们真正的作者是某位无名氏。

看一看

在众多表现纯爱之神阿佛洛狄忒·乌拉尼亚和婚姻之神阿佛洛狄忒·珍妮特斯的庄严雕塑之中，普拉克西特利斯的作品显得与众不同：他以当时的名妓为模特，雕刻出了赤裸的女神，展现了女神性感的一面。很多以阿佛洛狄忒为主题的优秀作品被保存了下来，其中大部分是罗马时期的临摹品。在这些作品中，最重要的有：《米洛的维纳斯》（收藏于巴黎卢浮宫）和《美第奇的维纳斯》（收藏于佛罗伦萨乌菲兹美术馆），后者表现的是阿佛洛狄忒从海上升起的场景。文艺复兴时期的作品中有很多都是以某一神话情节为主题的，比如波提切利的《维纳斯的诞生》（乌菲兹美术馆）和鲁本斯的《帕里斯的裁判》（普拉多博物馆）。

读一读

希腊女诗人莱斯波斯岛的萨福（前 7—前 6 世纪）曾建立一所侍奉爱神的女子学校，并且以阿佛洛狄忒之名创作了很多首抒情诗。她的诗歌围绕"爱"与"美"展开：爱，是不可违抗的自然之力；美，是神的启示。萨福在希腊享有极高的声誉，因此柏拉图称她为"第十缪斯"。

走一走

基西拉岛位于希腊最南端。它是阿佛洛狄忒最初的住所，也是帕里斯为她建造第一座神庙的地方。虽然现在阿佛洛狄忒神庙的遗迹已经所剩无几，但是岛屿本身仍值得一游：游客可以环岛而行，享受美丽的沙滩，或者从首府的威尼斯要塞上眺望，欣赏沐浴在爱奥尼亚海中的绝妙山景。

《维纳斯的诞生》（1482—1484），桑德罗·波提切利作品，收藏于佛罗伦萨乌菲兹美术馆。

《镜中的维纳斯》(1647—1651),迭戈·委拉斯凯兹作品。爱神正从镜中欣赏自己,她的儿子丘比特手执镜子。本画收藏于伦敦国家美术馆。

厄洛斯：炽热的心

阿佛洛狄忒能使别人坠入爱河，她自己也难以逃脱，在中了厄洛斯之箭后就更是如此。希腊神话中最美的爱情故事之一，就是阿佛洛狄忒疯狂地爱上了阿多尼斯。阿多尼斯是腓尼基神话中富有传奇色彩的凡人。相传叙利亚的国王忒伊阿斯有一女，名为密耳拉，或者斯密耳娜。阿佛洛狄忒使她产生了与父同寝的欲望，这名公主便瞒天过海，成功地实现了自己的愿望。忒伊阿斯国王发现自己做了乱伦之事，怒气冲冲地想要杀死自己的女儿。阿佛洛狄忒将已经怀有身孕的密耳拉变成了一颗没药树，帮助她逃过了一劫。密耳拉腹中的胎儿继续成长。她怀孕九个月时，没药树的树皮裂开，从其中生出了一个男婴，他就是阿多尼斯。阿多尼斯先由林中仙女抚养，后又被阿佛洛狄忒交至冥界之后珀耳塞福涅手中。当阿多尼斯长成少年模样时，他俊美的容貌让阿佛洛狄忒一见倾心，心甘情愿地抛下奥林匹斯，只为在黎巴嫩的山间追随他的身影。珀耳塞福涅同样也爱上了这名少年，认为他应当属于自己。两位女神争执不休，宙斯不得不从中斡旋，判阿多尼斯每年三分之一的时间与阿佛洛狄忒在一起，另外三分之一的时间与珀耳塞福涅同住，剩下的三分之一则由阿多尼斯自行安排（事实上，他还是选择与阿佛洛狄忒一起度过）。阿佛洛狄忒有一位长期稳定的情人——阿瑞斯，他不满阿佛洛

安尼巴莱·卡拉齐的作品，《维纳斯、阿多尼斯与丘比特》（1595），收藏于普拉多博物馆。画面表现了阿佛洛狄忒与阿多尼斯相遇与相爱的场景。

《丘比特与普绪克》（1891），安妮·斯温纳顿作品。普绪克因为其美貌，被阿佛洛狄忒所惩罚，但是爱神丘比特却爱上了她。下一页的插图是安托万 – 丹尼斯·肖代的作品《用玫瑰戏蝴蝶的丘比特》（1802）。

狄忒被区区一介凡人迷得失魂落魄，一直心怀醋意。有一日他终于忍无可忍，便化身为一头野猪，在一次狩猎中疯狂地撞向这位少年，结束了他的生命。阿佛洛狄忒看见这一幕悲痛欲绝，飞奔到阿多尼斯的身边，将心爱的少年拥入怀中。从她滴落的眼泪中绽放出朵朵玫瑰，从阿多尼斯的血滴中则长出了银莲花——一种绽放于春季，花期短暂的花朵。

一人双性

阿佛洛狄忒所引发的那种冲动，对她的后代也同样有效，赫马佛洛狄忒斯的故事就说明了这一点。赫马佛洛狄忒斯是阿佛洛狄忒和赫尔墨斯的儿子，从小在森林中过着半野生的生活，被林中仙女抚养长大。一日湖中水仙女萨耳玛西斯看见了准备去洗澡的赫马佛洛狄忒斯，疯狂地爱上了他，示爱之后却被这位青涩少年拒绝。当赫马佛洛狄忒斯扎进水中时，萨耳玛西斯利用她操纵水的能力，控制了少年，将他深情地拥入怀中。赫马佛洛狄忒斯试图挣脱，萨耳玛西斯便乞求众神让他们的身体永远合二为一。就这样，一个同时具有男性和女性特征的个体诞生了：它看似没有性别，但事实上却同时拥有两种性别。

有时一人双性的神也可以指厄洛斯。他是阿佛洛狄忒密不可分的伙伴，也有可能是她和阿瑞斯的儿子。关于厄洛斯的父母，还有一些其他的说法，比如他们是黑夜女神和幽冥神厄瑞玻斯，或者彩虹女神伊里斯和西风神仄费罗斯，甚至有说法认为是赫尔墨斯与阿尔忒弥斯。但是从古代宇宙起源的观点来看，厄洛斯应该是直接由混沌神生下的，它是宇宙的最基本的力量，或者说是一种抽象的原理。后来的诗人才赋予了它现在被熟知的模样：一个身有双翼的孩子，淘气又任性，身背箭囊，通过射箭来搅乱人们的心，就像画作中的爱神或者丘比特（罗马神）那样。

一方面，厄洛斯是可爱的。这位晚熟孩童的主要活动就是与其他孩子嬉戏，比如和伽倪墨得斯（象征心碎）以及他的兄弟安忒洛斯（象征憎恶）一起玩耍，表现出天真美好的童年场景。但是在折磨诸神和凡人的时候，他又是无比残酷的。对那些被他折磨过的人而言，也许唯一的安慰，就是厄洛斯本人也是其弓箭的受害人。

厄洛斯与普绪克

与阿佛洛狄忒一样，厄洛斯也有一次掉入了自己设下的陷阱。这一切都开始于普绪克（在希腊语中指"灵魂"）公主的悲剧。普绪克公主的一切都很完美，但是正因为太过完美，没有任何一个人敢不自量力地向她求婚。神谕告诉她的父亲，应当把他的女儿送到一座山的山顶，在那里将会有一只可怕的怪物娶她为妻。这一

快乐的姐妹

在阿佛洛狄忒的随从中有三位姐妹，被称为"美惠三女神"（在罗马神话中被称作卡里忒斯）。她们是宙斯和仙女欧律诺墨的女儿，名字分别为阿格莱亚、塔利亚和欧佛洛绪涅。作为象征欢乐和积极的女神，她们的工作很多，其中最重要的就是作为阿佛洛狄忒的侍女伴其左右，整理她的裙子，并且在她想要给某位神或凡人留下深刻印象时，对其加以赞美。此外，她们还与仙女共舞，与缪斯女神合唱，将快乐散播到奥林匹斯的各处。她们拥有让花朵绽放、果实成熟的能力，因此人们想在她们身上看到阳光的象征。她们与阿波罗也有很紧密的关系，有时也会充任他的侍女。从希腊时期开始，她们的形象就是三位裸体的少女，搭肩相拥，中间的那位与两侧的注视相反的方向。

《维纳斯与普绪克对峙》(1692—1702)，卢卡·乔尔达诺的油画作品。厄洛斯爱上普绪克之后就消失不见了，维纳斯在质问普绪克他现在身在何处。

天两头地去宫殿中见她。但是这位公主的好奇心渐渐地胜过了谨慎。一天晚上，她忍不住点亮了烛台，想看清她伴侣的样貌：在她眼前的，不是可怕的怪物，而是俊美的厄洛斯本人。她颤抖得太厉害了，以至于将一滴灯油滴到了厄洛斯身上，惊醒了他。厄洛斯就像他之前警告的那样，逃离了她的身边。普绪克无比绝望，想结束自己的生命。她在各地流浪，接受了阿佛洛狄忒各种可怕的考验，甚至下过冥界。厄洛斯也同样痛苦。有一天，他发现自己无法再忍受远离爱人，就飞回了普绪克的身边，并乞求宙斯让他们结为夫妻。奥林匹斯之主在安抚好阿佛洛狄忒的情绪之后，同意了他们的要求。厄洛斯与普绪克，这对象征着不可分割的灵魂与肉体的伴侣，终于如愿地举办了他们的婚礼。当然，也被纳入了众神之中，获得了永生。

切其实是阿佛洛狄忒的诡计，她嫉妒普绪克的美貌，因此派厄洛斯用这种方式惩罚她。普绪克被抛在山顶之后，被仄费罗斯带到了一座用金子和象牙建成的宏伟宫殿中，在那里有无数奴隶为她服务。到了晚上，那位神秘的怪物出现了，他蒙着面，在温暖的拥抱中与她合而为一。在离开之前，他告诉普绪克，如果想保持现在的一切，就永远不要去探究他的身份。这"怪物"就是厄洛斯。他爱上了普绪克公主，三

《丘比特与普绪克》(1817)，雅克－路易·大卫用这幅作品向提香和卡拉瓦乔致敬。

古罗马作家卢修斯·阿普列乌斯（约125—170）在其《变形记》（又称《金驴记》）中记录了厄洛斯与普绪克的传说（或者爱神与普绪克的传说）。这个同时涉及了悲剧与情欲主题的故事是他小说中的次要情节，至于是否建立在希腊文献的基础上还存在争议。

📖 **读一读**

威廉·莎士比亚（1564—1616）在1593年出版了长诗《维纳斯和阿多尼斯》，他称这部作品为"我最初创造品的传承"。诗歌讲述了阿佛洛狄忒-维纳斯想要阻止自己的情人前去狩猎，一再挽留他，但是阿多尼斯不听劝阻，还是出发去狩猎野猪了。黎明时分，女神听见狗叫声，便前去寻找阿多尼斯，最终发现了自己的情人被野猪杀死后留下的遗体。

👁 **看一看**

因为缺乏对厄洛斯的单独崇拜，因此关于他的雕塑作品并不算多。在帕特农神庙中，他两次都是和母亲一起出现的。再后来普拉克西特利斯开创了用柔弱的孩童形象表现厄洛斯的先河。在希腊化时期（前2世纪），人们开始采取双人雕像，比如

收藏于罗马卡皮托利尼博物馆的《吻的创造》，在这座雕像中他和普绪克以少年少女的形象出现。同样也是在这个时期，身有双翼的爱神形象逐渐发展了起来，成了文艺复兴时期无数爱神形象的基础。16世纪起，很多著名的画家都在作品中描绘过厄洛斯或者阿佛洛狄忒的爱情故事。毫无疑问，其中最伟大的作品之一就是安尼巴莱·卡拉齐（1560—1609）的《维纳斯、阿多尼斯与丘比特》（普拉多博物馆）。在雕塑方面，值得一提的作品是安东尼奥·卡诺瓦（1757—1822）的《爱神与普绪克》（卢浮宫）。

🎵 **听一听**

在意大利出生的法国作曲家让-巴普蒂斯特·吕利（1632—1687），将其第一部歌剧作品献给了普绪克。他同时代的两位伟大剧作家莫里哀和高乃依，分别为其创作了唱词和剧本。《普绪克》在1671年首演，取得了极大的成功。

意大利雕塑家安东尼奥·卡诺瓦《爱神与普绪克》（1793）的局部，该雕像收藏于卢浮宫。

在德尔斐发现的基里克斯杯上的图案。画中展示了阿波罗最经典的形象：头戴月桂树或者爱神木的冠冕，身着白色的希腊无袖衫，外披红色长外套，坐在下为狮腿的折叠凳上，手执里拉琴，倾倒葡萄酒。在他对面，是他的信使——乌鸦。

阿波罗，一位完美的神

　　想象阿波罗，就是想象世间最完美的青年。他光辉熠熠，有着无与伦比的俊美相貌和运动员般的健美身躯。他光洁的脸上没有胡须，金色的浓密长发从两侧垂下。他的双眸炯炯有神，散发出骄傲又迷人的光芒。在这样完美的身躯之上，还要加上他举世无双的聪慧头脑。阿波罗是一位多才多艺的神，在诸多艺术和科学领域都取得了光辉的成就。作为太阳神，他又名福玻斯（"光辉灿烂的"）或者克珊托斯（"金发的"），负责保护庄稼，驱除老鼠和蝗虫，同时也照顾牲畜。他还是一位箭无虚发的弓箭手，百发百中，夺人性命。但是同时他也能够救人，拥有治愈的力量，因此被视作医学之父。他把自己医学方面的知识都传给了儿子阿斯克勒庇俄斯（罗马的埃斯科拉庇俄斯）。阿斯克勒庇俄斯的标志是一根被蛇缠绕的手杖，这在后来一直都是医学和药学的象征。阿波罗还是音乐和歌唱之神，是建筑之神，是航海之神，如果这些都还不够的话，那么他还有预言的能力。将这么多的美好品质集中在一人身上听上去有些不可思议，但是阿波罗的父亲——宙斯，对这位

阿波罗拥有一切优点。除了俊美的外貌之外，他还是一位伟大的诗人、举世无双的建筑师和杰出的音乐家。

55

宙斯 + 勒托

阿波罗　　　　　　　　　　　　　　　　阿尔忒弥斯

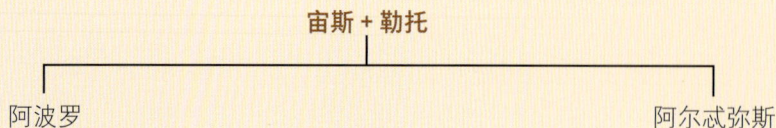

古斯塔夫·莫罗的油画《赫西俄德与缪斯女神》
（1860）。

儿子就是如此慷慨，让其他的神只能望之兴叹。

　　阿波罗的母亲，勒托，属于第一代天神，她是男泰坦科俄斯和女泰坦福柏的女儿。她和

宙斯的结合激怒了奥林匹斯的"第一夫人"赫拉，因此当她怀有身孕的时候，嫉妒的赫拉下令不允许任何地方为她提供庇护。勒托辗转世界，寻找能够容她分娩的地方，最终在孤岛奥提伽上找到了容身之所。分娩前的剧烈疼痛折磨了她九天九夜，因为赫拉阻止助产女神厄勒梯亚前去帮助她。勒托在一棵椰枣树旁跪下，先后生下了阿尔忒弥斯和阿波罗。几只神圣的天鹅在她的四周盘旋，这座原本不幸的小岛因此改名为提洛岛，意思是"光明之岛"。

　　阿波罗的生长应当十分迅速，因为他立刻就开始了首次旅程——前往他光辉的国度。他乘坐由天鹅牵引的马车，先去了神秘的极北族人处，然后又遵照宙斯的指令去了德尔斐。在那里他用弓箭杀死了看守盖亚神庙的巨蟒皮同，并建立了他自己的神庙，这也是古代世界最著名的神庙。神庙中有一张三脚架，他的女祭司皮提亚坐在上面宣布神谕。阿波罗变成了先知，无论是神还是人，都会虔诚地来他的神庙寻求建议。

如何对这位所向披靡的神说"不"

像阿波罗这样一位优点众多、令人愉悦的神，谁愿意反对他呢？没有人。但奇怪的是，并非所有人都会为他的魅力所倾倒。阿波罗身为宙斯的宠儿，在诸神之间享有特殊待遇，但是他还是两次因为违背天规而受到惩罚：为特洛伊国王拉俄墨冬牧羊一年，为弗里吉亚国王阿德墨托斯清洗马厩一年。此外，他还与赫拉克勒斯起过冲突。赫拉克勒斯想要抢掠他的德尔斐神庙，夺走三脚架，但是宙斯对此并不支持，并且用他的闪电结束了这场争端。他这样做可以理解，因为无论是阿波罗还是赫拉克勒斯，都是他的孩子。

和大多数神一样，阿波罗也有骄傲的一面，而且有时会异常残忍地对待那些质疑他能力的

这幅画中阿波罗的标志是那把从不离身的竖琴。

人。他在放牧的时候学会了演奏里拉琴——一种和竖琴类似的希腊乐器，并且成了这方面的大师。半羊人玛耳绪阿斯笛技出众，提出与阿波罗一较高下。阿波罗胜利了还不满足，又把这个无礼的挑战者活剥后挂在了树上。此外，他还顺便让弥达斯国王长出了驴耳，因为其在比赛中选择支持玛耳绪阿斯。

阿波罗在战场上战功赫赫，在情场也是如此。无论是至美的女神、仙女还是凡人，他都能一一拥入怀中。他甚至还追求过几位少年，比如库帕里索斯和雅辛托斯。但是在爱情问题上，他的失败比成功更让人铭记。这其中最有

灵感的来源——缪斯女神

作为音乐之神，阿波罗有九位日常的同伴。她们是宙斯与女泰坦谟涅摩绪涅的女儿，居住在希腊维奥蒂亚地区的帕纳索斯山上。她们一方面是众神的歌手，同时又各自负责不同的艺术领域。下面是她们的名字和职责：

- 卡利俄佩 – 史诗
- 克利俄 – 历史
- 厄刺托 – 情色诗
- 欧忒耳佩 – 抒情诗
- 墨尔波墨涅 – 悲剧
- 波吕许谟尼亚 – 颂歌
- 塔利亚 – 喜剧
- 忒耳普西科瑞 – 舞蹈
- 乌拉尼亚 – 天文学

《玛耳绪阿斯被阿波罗剥皮》（1637），"小西班牙人"胡塞佩·德·里贝拉作品。这位弗里吉亚年轻人在吹笛比赛中挑战阿波罗，失败之后被拴在一棵树上，活生生地被阿波罗剥皮。

《阿波罗与达芙妮》（1845），泰奥多尔·夏塞里奥作品。

名的，就是他追求达芙妮的故事。达芙妮是处女女神阿尔忒弥斯的侍女之一。这些少女和她们的主人一样，对男人完全不感兴趣。她们越是表现得难以接近，就越是刺激男人一窥究竟，当然，这些人最后都为自己的冲动葬送了性命。达芙妮有两个崇拜者：一个是名为琉基波斯的人类，另一个就是阿波罗。琉基波斯为了能够靠近达芙妮，伪装成女人。阿波罗对此心生怀疑，就使达芙妮产生了和朋友一起沐浴的想法，从而判断她们是否都是女性。琉基波斯就这样被发现了。他遭到了这群女性的报复，被大卸八块。但是看似更狡猾的阿波罗对达芙妮也同样无计可施。他想要尽可能地取悦这位女神，但是只要他一靠近她，她就开始大喊大叫。阿波罗最终决定诉诸武力，达芙妮乞求盖亚施以援手。盖亚将她变成了一棵月桂树，让她的追求者大失所望。从那以后，本来是胜者奖品的月桂头冠，成了阿波罗失败的纪念品，永远提醒着这位看似所向披靡的男神曾经的失败。

神话来源

阿波罗在荷马《伊利亚特》最开始的情节中就出现了：阿伽门农俘虏了克律塞斯的女儿，也是阿波罗的女祭司，并且拒绝把人交出来。阿波罗在特洛伊之战中，让希腊军队患上瘟疫，作为对最高元帅阿伽门农的惩罚。希腊诗人卡利马科斯（约公元前305—前240年）有一首献给阿波罗的赞歌也广为人知。奥维德在《变形记》的第一卷中讲述了达芙妮变成月桂树的故事，在第六卷中则记录了阿波罗与玛耳绪阿斯的比赛。

读一读

阿波罗很少作为文学作品中的主人公而存在。达芙妮逃跑这个片段，在意大利诗人弗朗切斯科·彼特拉克（1304—1374）的诗集《歌集》中有所记载。此外，盎格鲁-爱尔兰诗人乔纳森·斯威夫特（1667—1745），英国诗人约翰·济慈（1795—1821），德国诗人莱纳·马利亚·里尔克（1875—1926）也都写过关于他的诗篇。

看一看

在希腊的雕塑作品中，阿波罗是一位裸体的青年，散发着典型的男性美。菲狄亚斯后来用青铜制作了这些雕像的临摹品，并且将它们放到了帕特农神庙的三角楣饰（收藏于雅典卫城博物馆）上。普拉克西特利斯将他变成了一位身材修长的少年，类似《阿波罗与蜥蜴》（又名《杀蜥蜴的阿波罗》）中的模样——这些作品的罗马时期仿品在卢浮宫可以看到。更具表现力、更加浮夸的，则是贝尔维德尔的《阿波罗》（收藏于梵蒂冈博物馆）。法国国王路易十四对阿波罗情有独钟，因此阿波罗的图案占据了凡尔赛宫殿和花园中最好的位置。

听一听

《阿波罗与众缪斯》是美籍俄裔作曲家伊戈尔·斯特拉文斯基（1882—1971）的一出芭蕾舞剧。这部芭蕾舞剧1928在巴黎由俄罗斯芭蕾舞团进行公演，舞剧的编舞是谢尔盖·佳吉列夫。

走一走

阿波罗的神庙散落在希腊四处，但是其中最有名的，还要数提洛岛、科林斯和德尔斐的神庙。德尔斐神庙是公元前4世纪建立的多立克式建筑，现在还能够看到残留的柱子和地板。阿波罗的预言者以前会在地穴的前面——即翁法洛斯石（希腊人认为它是世界之脐）的旁边——进入被附身的状态，发出一些断断续续的神秘语句，而阿波罗的祭司则负责解释其含义。

科林斯的阿波罗神庙。

《浴后的狄安娜》（1742），弗朗索瓦·布歇作品。在他的想象中，这位喜爱贞洁的女神皮肤焕发着珍珠的光泽，脸上洋溢着纯真的微笑。

阿尔忒弥斯，野性的姐妹

阿波罗的孪生姐姐阿尔忒弥斯，几乎就是他的女性翻版，和他一样多才多艺。她是畜牧女神、音乐女神、农业女神、航海女神、歌唱女神，是城市的保护神，也是带着野性美的无畏猎手，如果这还不够的话，她还是一位绝对贞洁的处女。她有时作为"菲比"而广为人知。罗马人称她为狄安娜，并保留了她所有的职责。关于阿尔忒弥斯的故事几乎全都是围绕她拒绝男性展开的。如果说奥林匹斯上的家族是一出肥皂剧的话，那么各人的角色应该是这样的：宙斯是权威的父亲；赫拉是有时被骗的嫉妒的母亲；阿佛洛狄忒是大女儿，虽然已经结婚，但是有很多婚外情；阿尔忒弥斯是小女儿，不想把自己交给任何男人；阿波罗是嫉妒的弟弟，监视着不让任何人接触自己的姐姐——现在一些地中海地区还有这样的传统。当然，阿尔忒弥斯本身也知道如何保护自己。

正如前文所说，勒托在生下阿波罗之前先生下了阿尔忒弥斯。她出生之后的第一件事，就是帮助母亲接生自己的弟弟。之后她去拜见宙斯，没有索要任何珠宝首饰，而要了金弓、

阿波罗的孪生姐姐狄安娜，喜爱狩猎。她常常带着猎犬和鹿，与处女仙女们一起在山间奔跑。

装满箭的箭筒、束腰短裙和耐磨的猎靴，打算将身心都投入到狩猎艺术中。她先陪伴阿波罗去了德尔斐，然后选择定居在阿卡迪亚，因为那里满是群山，溪流峡谷纵横交错，非常适合狩猎。在这样的野外环境中，阿尔忒弥斯感到怡然自得。和她一起的，还有七十名水仙女和二十名林中仙女。她们和她一样，严格地恪守坚贞。阿尔忒弥斯身材修长，体形健美，窄臀，

图为以弗所的阿尔忒弥斯，她是亚细亚的女神，在那里她以美人阿尔忒弥斯的形态被崇拜。她胸前的簇状物以前被认为是乳房，现在被认为是献祭给她的牛睾丸。

斯是一位记仇的女神，对背叛者从不手软，哪怕对方并非自愿。最有名的例子当然就是林中仙女卡利斯托的故事了。宙斯伪装成阿尔忒弥斯的模样，让卡利斯托怀上了身孕。一日众人在泉水中沐浴，卡利斯托不得不褪去衣衫，隆起的小腹暴露在光天化日之下。阿尔忒弥斯将她从自己的身边赶走，并且把她变成了一头熊。宙斯想办法让她升到了天空中，成为大熊星座。

阿尔忒弥斯还不能忍受那些冒失青年的好奇心，她常常将他们变成猎物——只有拥有掠夺本能的她才会想出这么野蛮的惩罚。阿克泰翁就是其中的一位。他本身是神与英雄结合的后代，也是一位完美的偷窥者。他和阿尔忒弥斯一样，十分热爱狩猎。有一日他带着猎狗追寻猎物，无意中来到了阿尔忒弥斯和仙女沐浴的泉水边。他悄悄地靠近，偷窥女神们美丽的胴体。阿尔忒弥斯在他的藏身处发现了他，勃

动作灵活敏捷，在众多仙女间鹤立鸡群。她追随吠叫的狗群，奔跑在林间，寻找猎物：她的箭势如风，直中圆心。除了狩猎之外，她的另一个爱好是和仙女们在泉水中裸身沐浴。她们一边沐浴，一边嘲笑那些她们深深鄙视的男人。

被猎捕的猎人

在她的团体中，打破规矩和男人产生友谊的人，最后得到了多么悲惨的结局！阿尔忒弥

纵火者黑若斯达特斯

有一位名为黑若斯达特斯的年轻人，为了出名（用他自己的话说，就是"名留史书"），一把火烧了古代世界七大奇迹之一的以弗所阿尔忒弥斯神庙。为了不让他的目的得逞，人们禁止谈论他的名字，删除了史书中提到他名字的部分。但是即使这样，我们还是知道了是谁烧了神庙，并且由他的名字"Eróstrato"还产生了一个词——"erostratismo"，指那些为了出名不惜犯罪的人。

然大怒，用一种极残暴的方式结束了他的生命：她将他变成了一只雄鹿，他的五十只猎犬没有认出自己的主人，一拥而上将他撕成了碎片。

与这些心存歹念的青年相比，那些出于善意靠近阿尔忒弥斯的年轻人并没有得到更好的结局——因为阿波罗愿意不惜一切代价，保护他姐姐的名誉。阿尔忒弥斯曾经与一位名为俄里翁的伟大猎手相爱。关于这段恋情有各种不同版本的传说，其中最动人的版本是，如果没有阿波罗的干涉，这对恋人应该早就结婚了：阿波罗向阿尔忒弥斯挑战，问她能否用箭射中海中一个几乎看不清的小点。阿尔忒弥斯一箭直中红心，但是那个小点其实是当时正游向地平线的俄里翁的头。有说法说俄里翁是因为企图强奸女神，才遭到这样的惩罚，但是更合理的版本还是阿尔忒弥斯真心爱慕俄里翁，因为她实现了他最后的愿望，将他升到天空中变成了猎户星座。

《狄安娜和卡利斯托》（1556—1559），提香作品。卡利斯托是狄安娜最喜欢的林中仙女，但是朱庇特让她怀孕了。卡利斯托在沐浴时拒绝脱下衣衫，狄安娜就命令仙女脱下她的衣服，发现了自己被骗的事实。

亚马逊人的女神

如果没有谈到以弗所的丰饶女神，那么关于阿尔忒弥斯的神话就是不完整的。在小亚细亚的爱琴海沿岸，阿尔忒弥斯作为以弗所的丰饶女神被人们崇拜。她的雕像身着硬挺的裙子，胸前有无数只乳房。这一崇拜来源于亚马逊人生活的时期。传说中这些女战士居住在卡帕多西亚，因为只有女性，所以她们每年会去相邻的地区与男性交配，然后只留下女婴儿。"亚马逊"的字面意思是"没有乳房的"。就像这个名字所暗示的那样，她们会切下自己的一只乳房，为了射箭更方便。但是奇怪的是，在所有的阿尔忒弥斯雕像中都没有体现出这一习俗。

亚马逊人建立了很多城市，她们穿过爱琴海上的小岛，入侵了阿提卡地区。在那里，她们和希腊人频频发生冲突，以至于很长一段时间内都可以在雅典看见她们的坟墓。在一次与忒修斯结伴的远征中，他们发生了很大的冲突，在冲突中安提俄珀被绑架，她的姐妹——亚马逊人的女王希波吕忒被赫拉克勒斯所杀。后来在特洛伊之战中，阿喀琉斯杀了亚马逊人的另一位女王——彭忒西勒亚。亚马逊人好战的传统和对男性的厌恶，使她们与希腊女神阿尔忒弥斯产生联系。正因如此，她们为自己的主神——以弗所的阿尔忒弥斯选择了与女神相同的名字。

希腊陶瓶上的阿尔忒弥斯，正准备杀死某位觊觎者。

古希腊最重要的诗人之一卡利马科斯（前3世纪）曾经写过一首献给阿尔忒弥斯的赞歌。希腊剧作家欧里庇得斯（约公元前485—前406年）也在很多作品中提到了她，比如《希波吕托斯》，以及两部关于伊菲革涅亚的悲剧《伊菲革涅亚在陶里斯》和《伊菲革涅亚在奥利斯》。奥维德在《变形记》卷二中提到了林中仙女卡利斯托的故事。

读一读

阿尔忒弥斯以其罗马名字狄安娜，在中世纪文学作品中得到永存。她有几种不同的形象：最流行的看法认为她是女巫之神，而在但丁·阿利基耶里（1256—1321）精致的诗歌中，她又代表贞洁。她在现代文学中同样代表童贞，但有时也代表对自由的渴望，比如在亨利希·曼的《女神或阿西公爵夫人的三部小说》中，以及英国作家乔治·梅瑞狄斯（1828—1909）的小说《十字路口的狄安娜》中——这本书的主人公一直在为女性解放而奋斗。

看一看

除了弓和箭之外，艺术家喜欢把阿尔忒弥斯刻画为在林中奔跑的少女。通常她手中举着火把，有时候旁边还跟着一只母犬或者一头母鹿。雕塑家与建筑师菲拉雷特（约1400—1469）在罗马圣彼得大教堂的铜门上雕刻了她和阿克泰翁的故事。在文艺复兴和巴洛克时期，狄安娜和众仙女沐浴成为画家钟爱的一个主题，因为这为他们提供了展现女性裸体美的借口。卡利斯托被发现有孕的场景略带情欲气息，散发着额外的诱惑力；阿克泰翁的传说则使他们能够将自己的偷窥癖用一种讽刺的方式表现出来，转换成图画。

走一走

古希腊的阿尔忒弥斯神庙中最受游客欢迎的两座，分别位于德尔斐和布劳隆。布劳隆是一处靠近雅典的遗址，当地的女祭司被称作"母熊"，她们每人只需要在神庙中侍奉阿尔忒弥斯七年。但是要说最宏伟的阿尔忒弥斯神庙，还要数位于爱奥尼亚古代城市以弗所的那座，即现在的土耳其小镇塞尔丘克。最初的那座阿尔忒弥斯神庙在公元前356年的大火中被烧毁了，遗迹已经几乎不可见，部分装饰物件保存在大英博物馆（伦敦）中。后来在原址重建了一座阿尔忒弥斯神庙，规模和上一座同样可观（115米×55米）。

图为《伊菲革涅亚的献祭》。卡尔卡斯位于画面右侧，他就是建议牺牲伊菲革涅亚的占卜师。伊菲革涅亚的父亲阿伽门农在画面的左侧，他将脸藏在掌后，以隐藏心中的羞愧感。这幅壁画完成于公元62年，现在收藏于那不勒斯国家考古博物馆。

《阿波罗、墨丘利与风景》（1645），法国画家克劳德·洛兰的油画作品。阿波罗沉浸在音乐之中，没有发现墨丘利偷走了他的牛群。

赫尔墨斯，商人与小偷

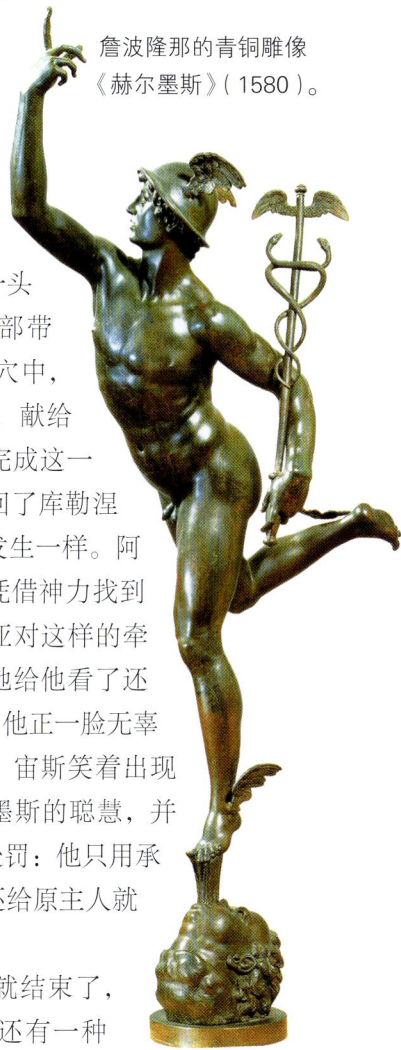

在希腊神话中，赫尔墨斯的职责变化是最奇怪的。他最初的职责是守护牲畜，因此阿卡迪亚的牧民常常在家门口挂上他的简易图像。后来因为阿波罗的原因他失去了这一职责，但是民间对他的崇拜还是继续存在，不过方式有所改变：从在门上挂像改成在十字路口垒一堆直立的石头。因为这样的改变，赫尔墨斯变成了游人的指引者。在那个时候人们在城市间来往主要是为了做生意，因此他又变成了商人的保护神。而路上常常会有盗贼，他又因此成了盗贼的保护神。因为要不停地跑来跑去，因此他自然是一位如风的奔跑者，变成了体育馆和角力学校的保护神。然后，这位拥有翅膀的神迈出了最后一步，担任了宙斯的信使。

在还是新生儿的时候，他就已经表现出早慧了。他的母亲是普勒阿得斯女神中最小的妹妹迈亚，因为宙斯的杰作生下了赫尔墨斯。这个孩子本来在库勒涅山的摇篮中，突然灵光一闪，打算进行他人生中第一次、也是最大的一次恶作剧。他悄悄地解开了自己的襁褓，跑去了色萨利——因为宙斯的命令，阿波罗正在那里看守神圣的牛群。赫尔墨斯用黑夜作掩护，带走了十二头母牛、一百头小牛犊和一头公牛。他把这些牛全部带到了皮洛斯的一处洞穴中，以其中的两头为祭品，献给了奥林匹斯的天神。完成这一切之后，他偷偷地返回了库勒涅山，就像什么也没有发生一样。阿波罗发现牛群被偷，凭借神力找到了赫尔墨斯，但是迈亚对这样的牵强的指控感到震惊，她给他看了还在襁褓中的赫尔墨斯，他正一脸无辜地吮着手指呢！最后，宙斯笑着出现了。他表扬了小赫尔墨斯的聪慧，并且给了他非常轻微的处罚：他只用承诺将所有的牛群都归还给原主人就行了。

故事本来到这里就结束了，但是小赫尔墨斯发现还有一种在这幅亨德里克·霍尔奇尼斯的《墨丘利》（1611）中，信使之神的标志很明显：顶端插有双翅的帽子和双蛇杖。此外，画家还加上了调色盘和画笔，把他变成了画家的保护神。

更加巧妙的方法能够满足他对别人物品的渴望：他可以发挥他商业上的天赋，以物易物。他返回库勒涅山的时候发现了一只乌龟，他把龟壳掏空，加上一些植物的茎秆，又把之前用来祭祀的牛的皮制成了弦，装在龟壳上面——第一把里拉琴就这样产生了。阿波罗非常喜欢它的声音，聪明的赫尔墨斯便趁机提出交换：如果阿波罗想要这把乐器，就把那些被他偷走的牛给他。不难想象，当阿波罗心满意足地弹拨着里拉琴远去时，赫尔墨斯的脸上会露出多么狡黠的笑容。最后究竟是谁赢了呢？

宙斯的信使

赫尔墨斯和阿波罗还交换了另外一些传奇的物品。赫尔墨斯发明了笛子（或者苇哨），用这件乐器换来了阿波罗牧牛时使用的魔杖。这柄魔杖是金制的，上面缠绕双蛇，能够唤醒凡人或者让人沉睡。因为赫尔墨斯发明的乐器，阿波罗成了音乐之神；而因为阿波罗的手杖，赫尔墨斯也有了新的能力。为了纪念这位第一商人，这柄手杖现在还是商业贸易的标志。

建立在互相交换物品和利益的基础之上，阿波罗和赫尔墨斯的友情一直都没有被破坏。赫尔墨斯虽然有时显得狡诈，但是他身上有一种所有商人都应该具备的美德：值得信任。众神都很欣赏他乐于助人的性格，具有说服力的言辞，以及完成委托时的效率。宙斯在对战怪物堤丰时，曾经被怪物抓去，并且被挑断了跟腱。赫尔墨斯帮他重接上了跟腱，让他从伤痛里恢复。宙斯永远也不会忘记这样的恩情，因此只要有机会，他就让赫尔墨斯充当他的个人信使。赫尔墨斯脚穿带翅的靴子，像风一般在天空中呼啸而过，传递宙斯的消息，有时也是宙斯的爱情中介。这种负责传话的工作也许看

《卢多维齐的赫尔墨斯》，贝尔纳迪诺·卢多维齐（1693—1749）作品。

从角力场到学校

角力场通常附属于体育馆（gimnasio，来源于希腊语 gymnos，"裸体的"），是运动员们练习拳击和摔跤的场所。在古典时期，角力场通常是一片柱廊环绕的露天沙地。在希腊化时期，角力场的规模扩大了，包括更衣室、浴室、涂油的房间和健身室。角力场还有重要的社会文化职能。哲学家和他们的学生常常在这里聚集，使这片地方具备了学校的功能，后来逐渐演变成为角力学校。

上去不够体面，但是天性使然，赫尔墨斯每一件都尽心尽力地完成。

除了担任宙斯的信使之外，赫尔墨斯还是人类的大恩人。一名合格的商人，需要掌握说话的艺术，从而说服顾客购买物品，并打消其疑虑。因为这个原因，赫尔墨斯创造了雄辩术——一种妥帖地组织语言的能力，甚至还发明了书写的字母。作为他指引能力的延伸，产生了一位渡灵者赫尔墨斯。这位神会用富有感染力的达观言语安慰死者，并将他们的灵魂引至最后的安息之处。此外，他还给许多英雄提供过帮助，比如珀尔修斯、赫拉克勒斯和尤利西斯，这些宙斯喜欢的英雄。

与他有关系的女性中最突出的是三位女神：阿佛洛狄忒、赫卡忒和珀耳塞福涅，这三段感情都没有留下后裔。他总是在世间旅行，因此他更倾向于在

林间追求仙女，然后来一段露水情缘。要说他最有名的孩子，就得提及一位人类女性。据说这位人类女子的父亲是一个名为德律俄珀的普通人。有一天，赫尔墨斯看见她在为父亲放牧，对她一见钟情。因为是在放牧时相爱的，所以他们的孩子出生时浑身皮毛，头上有双角，脚下是羊蹄——这就是众所周知的潘，牧人和性欲之神。遗憾的是，这位神整日纵情玩乐，未能继承赫尔墨斯为他留下的商业巨厦。

佛兰德斯画家巴托罗美奥·斯普朗格笔下的两位奥林匹斯神，《赫尔墨斯与雅典娜》（1585）。

十字路口的柱子

在以前，人们喜欢用赫尔墨斯的头或者上半身装饰那些位于十字路口或者边界线的柱子。这些柱子通常呈长方体或者正方体，主要起指示作用。在这些装饰中，常常包含这位神的男性器官，因此对赫尔墨斯的崇拜可能来源于以前的阳具崇拜。再后来，"赫尔墨斯"成了一个建筑学名词，指位于柱子下半部分起支撑作用的半身男人像。

很多古代作家都讲述过赫尔墨斯偷牛的故事，这些故事的情节大致相似，只是一个奇怪的细节有所不同，那就是赫尔墨斯究竟是如何误导追赶者的。根据荷马史诗的描述，他让牛倒着走路，从而颠倒了前进的方向；在伪阿波罗多洛斯的《书库》中，他给牛穿上了木鞋；在罗马作家安东尼努斯·莱伯拉里斯的笔下，他在牛的尾巴上绑上树枝来清除痕迹。索福克勒斯曾经以赫尔墨斯的故事为灵感，写了一部名为《追踪者》的讽刺剧。这部剧的诗文部分遗失，保留下来的只有四百行。通过这些诗句，我们可以看到这位公元前5世纪的著名悲剧作家用幽默的方式处理这个主题的深厚功力。

👁 看一看

赫尔墨斯最初的形象是一位胡须茂密的成熟男人，后来变成了一位青年，再后来到公元前4世纪，普拉克西特利斯和利西波斯把他的形象固定了下来。这位短发青年体形优美，青春敏捷，身披一面轻便斗篷，头戴帽子（翼帽），脚穿凉鞋，帽子和凉鞋上都有翅膀。普拉克西特利斯关于赫尔墨斯的作品有《赫尔墨斯和小酒神》（奥林匹亚博物馆），利西波斯的作品有《系鞋带的人》（卢浮宫）。在文艺复兴时期关于他的最著名的雕塑，当数詹波隆那的青铜雕像《赫尔墨斯》，现在收藏于佛罗伦萨的巴杰罗博物馆。

🚶 走一走

在古奥林匹亚体育场的入口，现在还立着一座巨大的赫尔墨斯雕像。奥林匹亚体育场是古代举办奥林匹克运动会田径比赛的场所，它的跑道全长一百九十二米，跑道旁立有记录距离的石碑。体育馆的看台分为供裁判使用的大理石看台和可以容纳两万名观众的移动看台。现在在奥林匹亚还保留着体育馆、角斗学校、宙斯和赫拉神庙、阿迪库斯音乐厅的遗迹，以及一些其他的收藏于附近博物馆的文物。

《赫尔墨斯和小酒神》，普拉克西特利斯或其父亲刻菲索多托斯的作品，大致完成于公元前4世纪。雕塑发现于奥林匹亚，现在收藏于奥林匹亚考古博物馆。

保罗·委罗内塞作品《维纳斯与玛尔斯》（1565），收藏于纽约大都会艺术博物馆。

阿瑞斯，可恨的战士

这位嗜血的战争与杀戮之神，在雅典不受人爱戴。首先，他来自色雷斯，一片半开化的地区。色雷斯的人民以战争为乐，但是文明的雅典人只有在捍卫自由或者类似的崇高理念时，才会选择拿起武器。此外，阿瑞斯盲目好斗，不善思考和计算，只是单纯残暴，这使他看上去像个做事不考虑后果的笨蛋。就连奥林匹斯众神也无法忍受他，其中以宙斯为最，因为阿瑞斯总是让他们头疼，而非愉悦。

阿瑞斯在战场上有雷霆之势。他通常头戴头盔，身着铠甲，手执盾牌，挥舞着巨大的长矛，发出可怕的怒吼。有时候他会乘坐一辆四马战车。他来到战场上，和四位凶恶的随从一起带来浩劫，这四位分别是：得摩斯（恐惧之神）、福波斯（惊恐之神）、厄里斯（不和之神）和厄倪俄（毁灭之神）。跟随他的还有一种邪恶的精灵克瑞斯，她们喜欢饮死者和伤者的血。终日与这些邪恶的秃鹫为伴，难怪阿瑞斯会变

《玛尔斯》（1642），迭戈·委拉斯凯兹作品。玛尔斯与维纳斯偷情，被伏尔甘捉奸在床。图中的他正在反省。

上图是桑德罗·波提切利的《维纳斯与玛尔斯》(1483)，表示爱情能够战胜战争。

左图是一幅罗马画作中无所不能的战神。

得如此令人厌恶，无论多小的事都可以让他暴跳如雷。

阿瑞斯很早以前就开始与众神不和，他和雅典娜之间，则是真正的敌对关系。这主要是因为雅典娜是宙斯最偏爱的孩子，而他只能得到宙斯的斥责。宙斯的偏心其实不难理解：阿瑞斯是做事不经大脑的暴力狂，而雅典娜是智慧与力量并存的女神，受众神钦佩。在特洛伊之战中，他们常常争吵，各自支持不同的阵营：雅典娜支持希腊人，阿瑞斯支持特洛伊人——虽然阿瑞斯自己都不知道他为何要保护特洛伊人，他也能以同样的理由帮助希腊人。英雄狄俄墨得斯曾与阿瑞斯当面交锋，他躲过了阿瑞斯的攻击，并且在雅典娜的帮助下刺伤了他，迫使他逃回了奥林匹斯。阿瑞斯与雅典娜之间一直都应该有一场大战。后来这场战争也的确

宙斯 + 赫拉

| 阿瑞斯 | 赫柏 | 厄勒梯亚 | 赫菲斯托斯 |

发生了。据说当日的情景是这样的：阿瑞斯骂雅典娜为"狗苍蝇"，愤怒地挥拳，击向雅典娜的盾牌。雅典娜以攻为守，用一块大石头砸向他，让他自乱了阵脚——听上去也许有些奇怪，但是阿瑞斯的弱点就是不擅正面迎战。

战场情场均受辱

这位只会用蛮力的神不仅无法战胜像雅典娜和狄俄墨得斯这样聪明的对手，有时一些照理比他更弱的对手，也能够羞辱他。巨人奥托斯和埃菲阿尔忒斯曾经用铁链把他锁起来，关了十三个月。当他最后被赫尔墨斯救出时，已经在晕倒的边缘。

雪上加霜的是，这位神在爱情上同样不幸。他和很多神、仙女和凡人都生下了后代，但是其中著名的恋情是与阿佛洛狄忒的。阿佛洛狄忒对他一直都存有隐秘的不伦之心。阿佛洛狄忒的丈夫赫菲斯托斯是阿瑞斯的兄弟，他是一位有残疾的神，阿佛洛狄忒对他心生厌烦。阿瑞斯各方面都与赫菲斯托斯不同，于是阿佛洛狄忒勾引了他，将他带到了床上。但是赫菲斯托斯为了捉住这对恋人，在此之前已经布下了一张肉眼看不见的网。当他们在床上拥抱和爱抚的时候，这张网突然网住了他们。赫菲斯托斯大喊大叫，这位受到侮辱的丈夫让众神都来看看他们的奸情，以及这位玷污了他的婚床的奸夫——可恨的阿瑞斯。看到这样的场景，众神忍不住捧腹大笑，他们的笑声在奥林匹斯回荡，久久不散。当赫菲斯托斯最终放开他们时，这对恋人羞愧地各自逃走了：阿佛洛狄忒去了塞浦路斯，阿瑞斯去了色雷斯。他们的结合生下了哈尔摩尼亚，她后来嫁给了底比斯的国王卡德摩斯。

阿瑞斯本身就已经是众神的笑料了，令人遗憾的是，他后代的命运也同样不幸。他和仙女阿格劳洛斯的女儿阿尔基佩，被海神波塞冬之子哈利罗提奥斯奸污。阿瑞斯为了报仇，杀死了哈利罗提奥斯。因为这件事，他不得不在亚略巴古山接受众神的审判。在这之后，这座位于雅典卫城的小山就变成了刑事审判的地点。

阿瑞斯其他的孩子都是暴力之徒，以残暴

前 540—前 510 年的雅典黑绘陶器。上面的图案从左到右依次为：雅典娜、宙斯和阿瑞斯。最右是阿瑞斯和人类女子波瑞涅生下的三子之一库克诺斯，他是攻击朝圣者的强盗。他从赫拉克勒斯的手下逃走，准备跑向图左的马车——图中只露出了部分马匹。

闻名。比如说他和人类女子波瑞涅生下的三子中的老大库克诺斯，就是攻击前往德尔斐的朝圣者的盗匪。他用这些人的骨头建了一座神庙，献给他的父亲。阿波罗因此派赫拉克勒斯去对付他。赫拉克勒斯除掉了库克诺斯，却不得不与阿瑞斯开战。雅典娜再次插手，对抗这位她恨之入骨的宿敌：在阿瑞斯朝赫拉克勒斯投去标枪时，她改变了标枪的方向。赫拉克勒斯抓住这个机会，刺伤了阿瑞斯的大腿。阿瑞斯不得不再一次灰溜溜地逃回奥林匹斯。他和波瑞涅剩下的两个孩子分别是：嗜血的狄俄墨得斯，他用人肉喂养其母马；国王吕卡翁，和他的哥哥库克诺斯一样，也丧命于赫拉克勒斯之手。没有比被命运之神唾弃更糟糕的事了！

彭忒西勒亚，亚马逊人的女王

战神最杰出的女儿之一，就是亚马逊人的女王彭忒西勒亚。这位不知疲惫的女战士在特洛伊的战场上与希腊人对战，勇猛异常。最后阿喀琉斯刺穿了她的胸膛，杀死了她。据说后来这位英雄也为她的美色所倾倒，只看见她的双足就爱上了她，只可惜她已经死在了他的手下。战神想要为自己的女儿报仇，但是宙斯用一道闪电阻止了他。

这块罗马马赛克镶嵌画表现的是阿喀琉斯杀死彭忒西勒亚的场景。

🔶 神话来源

在《伊利亚特》第五卷中，阿瑞斯被宙斯称为"杀人的精狂，沾染鲜血的屠夫，城堡的克星"。他被狄俄墨得斯所伤后，跑去向宙斯诉苦，宙斯却用贬低的话狠狠地骂了他一顿，连赫拉也受到了牵连："不要坐在我的身边，呜咽凄诉，你这不要脸的两面派！所有家住奥林匹斯的神明中，你是我最讨厌的一个。争吵、战争和搏杀永远是你心驰神往的事情。你继承了你母赫拉的那种难以容忍的不调和的怒性；不管我怎么说道，都难以使她顺服。由于她的挑唆，我想，才使你遭受此般折磨。然而，我不能再无动于衷地看着你忍受伤痛，因为你是我的儿子，你的母亲把你生给了我。倘若你是其他神明的儿子，加之如此肆虐横暴，我早就已经把你扔将出去，丢入比泰坦的位置更低的地层深处。"

👁 看一看

有两座希腊时期的阿瑞斯雕像现在还能看到：一件是《博尔盖塞的阿瑞斯》（藏于巴黎卢浮宫），阿尔卡美涅斯原作，现在的为罗马时期的复制品。这件作品中阿瑞斯赤裸而立，头戴头盔。另一件是《卢多维齐的阿瑞斯》（收藏于罗马国家博物馆），利西波斯或斯科帕斯作品的复制品。雕塑中阿瑞斯呈坐姿，厄洛斯在他的脚边玩耍。在一些彩绘花瓶上，他是一位胡须浓密的战士，装备着头盔和铠甲。

📖 走一走

在那些托起雅典卫城的山峰中，有一座名为亚略巴古，它的名字在希腊语中指"献给阿瑞斯的小山"。阿瑞斯杀死哈利罗提奥斯之后就是在这里接受的审判，最后被宣告无罪。根据另一个神话记载，这座海拔一百一十五米的小山曾是亚马逊人的营地，他们把这个地方献给了阿瑞斯。后来在这里建立了亚略巴古元老委员会。这是一个露天的政治和法律机构，后来慢慢地也失去了它的功能。圣保罗曾经在此布道，并且成功地让议员狄奥尼修斯皈依了基督教，他后来成为雅典的第一位主教，即"亚略巴古的圣狄奥尼修斯"。

《卢多维齐的阿瑞斯》，原作约完成于公元前320年。图中是罗马时期的大理石复制品。

雅典娜与赫菲斯托斯一起观看泛雅典娜节的游行，她手上的长矛已经模糊不清。这是帕特农神庙的第五块门楣（约公元前 447—前 433 年）。

赫菲斯托斯的炉子

赫菲斯托斯，罗马人称之为伏尔甘，他是神话中的火神。赫菲斯托斯控制的火，不是毁灭性的火，而是制造金属、推动文明进步的火元素。因此他本人也是一位伟大的工匠，是锻造之神。他教给了人类必要的技术方面的知识，让文明有了进步的可能。也许是因为他和人类走得太近，奥林匹斯的住户们对他既同情又怜悯。他们一方面欣赏他的手艺，另一方面又嘲笑他的跛脚——因为跛脚，他走路的姿势不似神应有的仪态，十分笨拙。

关于他为何跛脚有几种不同的说法。第一种说法来自《伊利亚特》，有一次，他在宙斯对赫拉施暴时企图保护母亲，怒火中烧的宙斯抓住他的一只脚，将他从奥林匹斯扔了下去。整整一天之后，他才重重地落到利姆诺斯岛上，一只脚因此永久残废了。另一种说法同样来自荷马的作品。据说赫菲斯托斯出生的时候就已经残疾了，赫拉觉得丢人现眼，就把他从奥林匹斯扔进了海里。忒提斯和欧律诺墨接受了这个孩子，并且在一个海底洞穴中抚养了他九年。

丁托列托的《维纳斯、伏尔甘与战神》（1552）。

🌱 神话来源

关于这位冶金神的出生，赫西俄德的描写与别人的不同。《神谱》中记载，赫菲斯托斯并非赫拉与宙斯的孩子："赫拉那时对宙斯十分生气，和他吵嘴。由于不和，赫拉未神盾持有者宙斯结合便生下了一个光荣的儿子赫菲斯托斯。他的手工技艺胜过宙斯的所有子女。"根据这种传说，赫拉也许是想要像宙斯那样生下一个孩子——宙斯曾经吞下怀孕的墨提斯，生下了雅典娜；也有可能是她想掩饰自己犯下的错误，因为她在和宙斯正式结婚之前就怀上了赫菲斯托斯。

👁 看一看

赫菲斯托斯最初的形象是一位无须的青年，但是后来又变成了一个胡须茂密、肌肉发达的男人。他身上穿着旗同（一种来源于爱奥尼亚的轻袍，男士为短款，女士为长款）和克莱米斯（短披风），右肩膀被披风覆盖。他头戴一顶锥形的帽子（皮洛斯），通常手上还拿着锤子或钳子。在柏林的帕加马祭坛（前2世纪），可以看到他和其他的神一起抗击巨人的样子。赫菲斯托斯最著名的形象之一，来自画家迭戈·委拉斯凯兹（1599—1660）

的《火神的锻铁坊》（普拉多博物馆）。在这幅画中，阿波罗来到赫菲斯托斯的锻铁坊，告诉他他的妻子阿佛洛狄忒－维纳斯和阿瑞斯－玛尔斯之间有奸情。画中半裸的人体都符合真实的人体解剖学规律。

🧳 走一走

爱琴海上的火山岛利姆诺斯，据说曾经是赫菲斯托斯被宙斯从奥林匹斯扔下之后的住处。在小岛的东边，可以看到很多美丽的纪念碑和历史遗迹，比如古城赫斐斯蒂亚——它曾经是古典时期利姆诺斯岛的主要城市。在那里还保留着城市中心广场、神庙和一个小希腊剧场的遗址。在附近普尔尼亚斯海湾的一端，耸立着卡比洛斯的神庙。

曾经的雅典的城市中心广场，到今天已经只剩一片广阔的废墟。在这片平地的附近，矗立着忒修斯神庙。这是一座公元前5世纪的多立克式神庙，保存完好。虽然它名义上是献给忒修斯的，但是实际上却是一座赫菲斯托斯神庙。据帕萨尼亚斯记载，以前居住在此地的金属工人和铁匠在这座神庙中祭拜赫菲斯托斯。这些手工业者现在仍在附近的地区居住（伊菲斯托街）。

无论事实如何，我们清楚的是这个可怜的孩子的确受到了父母的虐待。因此也很好理解，赫菲斯托斯想要以牙还牙，报复自己的父母。宙斯超出了他的能力范围，因此他选择了赫拉。他的复仇计划十分巧妙：他制作了华丽的黄金宝座，并且将它献给了赫拉。赫拉一坐上去，就被看不见的绳子捆了起来。众神绞尽脑汁想要把绳子解开，但都无功而返。只有发明这一切的人才知道解开绳子的方法，因此他们只能到大洋深处寻找赫菲斯托斯。阿瑞斯想要凭蛮力直接把他抓过来，却被一阵火雨所阻拦。相比之下，酒神狄俄倪索斯就比较幸运了。他利用自己的力量，将赫菲斯托斯灌醉后再带到了奥林匹斯。最后，赫菲斯托斯放出了赫拉，但是作为交换，他要求与他本不可触及的女神阿佛洛狄忒结婚。

　　畸形的赫菲斯托斯本来应该在与爱神的婚姻中尝到最美味的蜜糖，但是却被阿瑞斯横插了一脚。可以确定的是，阿佛洛狄忒也不是赫菲斯托斯唯一的女人。这位神虽然长相丑陋，缺乏魅力，但是在女性中很受欢迎。他的身边总是不乏绝色美人相伴，比如美惠三女神中最年轻的阿格莱亚，以及一些以体态优美、面容姣好著称的海洋仙女。

浓烟滚滚的工厂

　　对赫菲斯托斯来说，工作比爱情更具吸引力。人们常常看到他在燃烧的火炉旁大汗淋漓，

《维纳斯为埃涅阿斯向伏尔甘要武器》（1732），弗朗索瓦·布歇的油画作品。丑陋的赫菲斯托斯（被罗马人称作伏尔甘）虽然很幸运地娶到了美丽的阿佛洛狄忒，但很少得到她的真心对待。

赫菲斯托斯与雅典娜

　　赫菲斯托斯似乎在雅典娜出生前就爱上了她。在他用斧头劈开宙斯的头之前，他就要求宙斯将这个马上出生的女儿嫁给他。宙斯同意了他的请求，但是雅典娜出生后并没有兑现父亲的承诺。再后来，赫菲斯托斯曾经想要强奸雅典娜，但是失败了。这两位神的敌对关系象征着天上的火（雅典娜）和地下的火（赫菲斯托斯）之间的对立，后者常常与人类进步的推动力相联系。

鼓动风箱让炉膛中的火焰更加旺盛，或者锤打铁砧上烧得通红的金属。他数不胜数的工坊通常位于深渊的底部，不停地往外冒着浓烟。传说他真正的父亲——侏儒科达利翁教会了他锻造金属的秘诀，并且和他一起在利姆诺斯岛的工坊工作——这间工坊也是他最主要的工作地点。后来，赫菲斯托斯来到了利帕里岛。这座小岛通过海底的道路和西西里岛以及埃特纳火山相连，在它的下面囚禁着怪物堤丰。据说当地的地震和涌出的岩浆都是堤丰试图挣脱监狱束缚时的杰作。赫菲斯托斯在这位巨人的头上

《伏尔甘与迈亚》(1590)，巴托罗美奥·斯普朗格作品。迈亚是阿特拉斯之女，和宙斯生下了赫尔墨斯。

赫菲斯托斯为众神制造了很多工具，比如赫尔墨斯的飞鞋和头盔，以及哈得斯的隐形头盔。

安置了一块巨大的铁砧，防止他逃出来。几乎所有散布在地中海的火山都是赫菲斯托斯工厂的烟囱。

　　这位手艺娴熟的冶金之父制造了世间最杰出的物品。它们集精致与耐用于一身，包括欺骗赫拉的假宝座，宙斯的王座、权杖和闪电，阿波罗和阿尔忒弥斯的箭，赫拉克勒斯和阿喀琉斯的铠甲，太阳神赫利俄斯的马车，以及在神和凡人中都大受欢迎的首饰、雕塑、家具和玩具——这些数不清的精致物件。此外，每一位神在奥林匹斯的宫殿都由他负责建成。他也为自己建造了一座青铜宫殿，在那里设有他的工坊，方便他制造这些世间最精致的物件。

　　赫菲斯托斯有这么多的工厂，自然也需要大量的专业劳动力。在他背后有很多帮手，这些人既是他的工人，也是他的助手。其中比较著名的就是西西里岛的独眼巨人。根据《奥德赛》的记载，这些巨人中有一位叫波吕斐摩斯，他力量很大，因此能够使用巨大的锤子和风箱，同时独眼反射出火焰的光芒。在利姆诺斯岛，赫菲斯托斯的助手是他的儿子卡比洛斯们。神话赋予了这些不知疲倦的铁匠许多有益的属性。赫菲斯托斯的跟随者和模仿者在希腊的各地都建立了工坊。达

赫菲斯托斯与雅典娜。

克堤利（在希腊语中指"手指"，暗示他们的手艺精湛）是一群来自弗里吉亚的精灵，他们定居在克里特岛，并且教会了这里的居民赫菲斯托斯的手艺。忒尔喀涅斯是来自罗得岛的水陆两栖的精灵，他们发展起了蓬勃的青铜制造业。据说众神最初的青铜像就是他们的作品。此外，他们还打造了波塞冬的三叉戟与克洛诺斯的镰刀。大工匠赫菲斯托斯的足迹，现在还存在于每一个冒烟的铁铺中。

《火神的锻铁坊》（1630），迭戈·委拉斯凯兹作品。画面中头戴桂冠的阿波罗来到火神的锻铁坊，火神正在为战争锻造武器。火神的助手们面露惊讶之色，因为阿波罗告诉了他们维纳斯和玛尔斯之间的奸情。

庞贝古城壁画中的尼普顿与其妻安菲特里忒。

黑暗海洋中的波塞冬

　　海洋是波塞冬的绝对领域。他本来是天空之主，后来被宙斯所取代。这也是他的三叉戟象征着宙斯手中闪电的原因，因为这些闪电本来是他的，后来才到了宙斯的手中。但是波塞冬的统治范围不局限于海洋。他通过湖泊与河流，将触手伸向了陆地——他甚至能够制造地震来撼动大地。因为与流动的物质相关，他也是生育与植被之神。虽然他平时和其他的神一起居住在奥林匹斯，但是他真正的住处在爱琴海的深处，在那里有一座金碧辉煌的宫殿，由海怪看护。有趣的是，他的圣兽是马匹——他用三叉戟击地，制造了这种生物。他有一辆由迅疾的战马所拉的华丽马车，他乘坐这辆马车巡视海沟，或飞驰在巨浪的表面。

　　波塞冬创造马匹的说法听上去不足为信，因为在他出生之前马匹就已经存在了。最常见的说法是，他本来应当被父亲克洛诺斯吞入腹中，但是她的母亲瑞亚把一匹小马驹伪装成刚刚出生的他，帮助他逃脱了噩运。他在罗得岛上接受俄刻阿诺斯的女儿卡菲拉的教育，而不必像他的同胞哈得斯、赫拉、赫斯提亚和得墨

《扮作尼普顿的安德烈亚·多里亚像》（1555），阿尼奥洛·布龙齐诺油画作品。这位热那亚海军上将在画中被描绘成了海洋之神。

欧仁·德拉克洛瓦的《地中海》（1837）。波塞冬直接统治这片海洋，剩下的海洋则交给了俄刻阿诺斯管理。

忒尔那样，一直待在父亲的腹中直到被吐出来。正因如此，他的地位与同样没有被吞进腹中的宙斯相当。波塞冬是唯一一位能够与宙斯媲美的神，他也一直宣称，自己生来就拥有与宙斯相同的权利和尊严。关于这一点，有一个很有趣的故事。宙斯虽然是最小的弟弟，但是他通过自己的力量，让众神认为他是长子，波塞冬才是最小的弟弟。波塞冬被他无视长幼的行为激怒了，便与赫拉和雅典娜一起商议废黜宙斯。宙斯的力量更胜一筹，化解了危机。波塞冬因此被判为特洛伊国王拉俄墨冬服务一年，据说特洛伊的城墙就是他当时建造的。

波塞冬是一位骄傲而倔强的神，在信念面前从不屈服。他不仅与宙斯不和，与其他神也产生过分歧。他和雅典娜争夺过阿提卡地区；与赫拉争夺过阿尔戈利斯州；与赫利俄斯争科林斯的地峡；与狄俄尼索斯争夺过纳克索斯岛。在这些冲突中，波塞冬声名狼藉。如果他没有抢到某块地区，他会很快进行报复：给那片地区"送"去干旱或者洪灾。正因如此，无人敢觊觎他海上霸主的地位。

变形与兽化

当遭遇苦涩的失败时，波塞冬喜欢躲进海沟深处，用制造海啸的方式来发泄糟糕的情绪。他无法容忍众神批评他的想法像"金枪鱼般"无知粗俗*，也不喜欢他们拒绝他的一些合理请求。比如他曾经向宙斯要求与赫斯提亚结婚，就遭到了拒绝。作为报复，他向水仙女安菲特里忒求爱，在被拒绝多次后成功抱得美人归，让她做自己的妻子。他们共同育有儿子特里同和女儿罗得，此后二人共同统治海洋。只是有时候因为波塞冬的不忠，二人之间会发生那种典型的夫妻争吵。安菲特里忒完全有理由对波塞冬发火，因为他和宙斯一样，可以说是奥林匹斯最花心的神。他和自己的祖母盖亚发生过关系，并且还化身为马，勾引了自己的姐姐得墨忒尔。这不是他唯一一次变身。为了得到美杜莎，他化身为一只鸟；为了和美丽的女英雄忒奥法涅共度良宵，他变成了绵羊。在仙女堤洛的故事中，他的伪装更符合水神的特点：堤洛爱上了河神厄尼普斯，所以他直接变成了这条自己管辖范围内的河流的模样。

在另一些爱情故事中，波塞冬选择展示他本来的模样，改变女性的外表。比如在迈斯特的故事中，他就是这么做的。迈斯特的父亲是厄律西克同，他被得墨忒尔惩罚永远忍受饥饿的痛苦。为了驱逐饥饿感，他卖掉了自己所有的财产，包括自己的女儿。波塞冬不忍心看自己的爱人为奴，就赐给她变形的能力，让她能够从买主手中逃脱。厄律西克同发现女儿欺骗别人之后，无路可走，最终选择吃掉了自己。另一个故事的结局更加出人意料：凯尼斯在被波塞冬强奸之后，请求他将自己变为男性。在变性之后，她改名为凯纽斯。

在波塞冬无数后代中，有一些嗜血成性，

《尼普顿和安菲特里忒》，雅各·德·戈恩（1565—1629）油画作品。

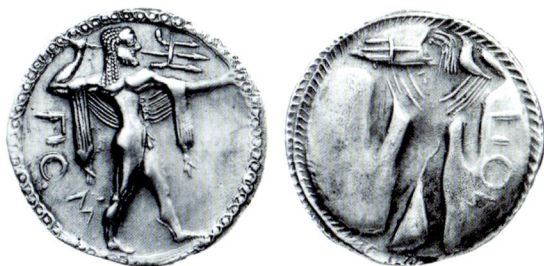

来自古希腊城市波塞多尼亚的银币（约公元前530—前510年），上面刻有波塞冬和他的三叉戟。

---

* 原文为 ocurrencias de atún，带引号，字面意思为金枪鱼的想法，此处双关，一方面金枪鱼是波塞冬的宠物，另一方面"金枪鱼"一词在西班牙语中可以指无知粗俗之人。——译注

《尼普顿与安菲特里忒》，海洋之神与他的妻子。这是一块在北非发现的君士坦丁时期的马赛克镶嵌画。

以骇人的行为而闻名。他们攻击路过其地盘的旅人，和他们比试较量，最后再用可怕的方式杀死他们。拳击手阿密科斯，巨人双胞胎奥托斯和埃菲阿尔忒斯，搏杀者刻耳库翁，强盗辛尼斯，独眼巨人波吕斐摩斯和残忍的布西里斯——他们的一生残暴而恐怖，因此在神话故事中留下了名字。毫无疑问，这些故事是波涛汹涌的大海在希腊人心中引起的恐惧的回音。大海为他们提供了食物，使他们能够到新的地区殖民，发展商业。但是大海也能掀翻他们脆弱的船只，把它们像纸做的小船那样打得粉碎。波塞冬的想法就是这样捉摸不定。

神谱之波塞冬的部分情人与子女

安菲特里忒		忒奥法涅		吕西阿纳萨	
特里同	罗得	金毛羊		布西里斯	

美杜莎		堤洛		托俄萨	
克律萨俄耳	珀伽索斯	珀利阿斯	涅琉斯	波吕斐摩斯	

喀俄涅	伊菲美迪亚		得墨忒尔	
欧摩尔波斯	奥托斯	埃菲阿尔忒斯	天马	女孩
			阿里翁	叫做"那一位"*

* 得墨忒尔与波塞冬的女儿名字神秘，据说只有在举行秘仪时才会透露。也有说法为"得斯波娜"。——译注

🦑 神话来源

在与波塞冬有关的众多传说中，最美的之一被奥维德记录在了《变形记》第十二卷中。这个故事是关于凯尼斯被强奸以及如何改变性别的："……尼普顿享受了这朵未曾被采摘过的花朵之后，对她说：'你可以向我提一个愿望，不必担心会被拒绝。选择你最想要的吧！'凯尼斯说：'刚才的侮辱让我愿望更加坚定：我再也不愿承受同样的痛苦。请不要再让我做女人，实现我的愿望吧。'她发出最后几个词时，嗓音已经变得低沉，就像是男人的声音。他已经变成了男人。这位深海之王满足了他的愿望，并且赐予了他刀枪不入、百折不屈的能力。"男性的他改名为凯纽斯，后来在与半人马的战斗中死亡，死后又变回了女人。

📖 读一读

捷克小说家弗兰兹·卡夫卡（1883—1924）有一部短篇小说的名字就是《波塞冬》。在这部小说中，波塞冬忙碌于管理海洋事务，被各种工作文件压得喘不过气。他抱怨已经没有时间从事他的业余爱好——在海中遨游了。

👁 看一看

古代艺术家手下的波塞冬，形象与宙斯十分相似，人们只能凭借三叉戟或者海豚侍从这类的海洋元素来区分他们。最著名的波塞冬雕像之一，是《阿尔特米西昂的波塞冬》（收藏于雅典考古博物馆）。这座青铜雕像发现于阿尔特米西昂海角（埃维亚岛北部），波塞冬右手挥舞着他标志性的三叉戟，展现了其威武雄壮的一面。文艺复兴时期的意大利雕塑家和建筑家巴尔托罗梅奥·阿曼纳蒂（1511—1592），在佛罗伦萨的领主广场建了一座喷泉。喷泉中央是头戴冠冕、表情沉重的尼普顿，由白色大理石制成。他的四周围绕着青铜雕铸的仙女。这座喷泉是佛罗伦萨的艺术标志之一。

🏛 走一走

雅典附近的苏尼恩海角，被荷马称作"神圣的海峡"。海峡高约六十米，可以在上面俯瞰爱琴海和基克拉泽斯群岛。为了绕过这座海峡，水手们向波塞冬祈愿，因此公元前5世纪这里建立了一座多立克式的波塞冬神庙。19世纪还在这里发现了两座赤身青年男子像，现在收藏于雅典博物馆。距科林斯十公里的地方，有一座同样名为科林斯的地峡，其下一条运河穿流而过。在那里有一座波塞冬神庙，现在还剩有地基和若干柱子。在神庙的附近，人们举办地峡运动会纪念这位海神。现在还能够在岩石上看到一些凿痕，这些痕迹就是曾经的跑道。

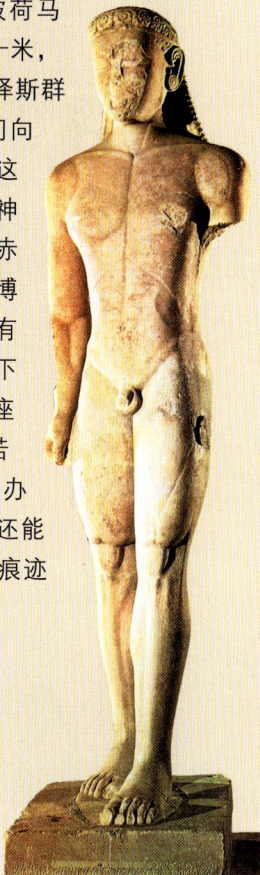

苏尼恩海角发现的青年男子像。他身高三米，位于波塞冬神庙的附近。

《维斯塔贞女图奇娅》，卡罗·马拉塔（1625—1713）作品。图奇娅是一位维斯塔贞女，她的贞洁被人们质疑。为了自证清白，她拿着一个装满水的筛子，从台伯河走到了维斯塔神庙。

赫斯提亚与奥林匹斯的仆从

赫斯提亚（罗马的维斯塔）虽然本身并非次级神，但是她却似乎属于仆从之列。奥林匹斯山的仆从围绕着主神，小心谨慎地为其服务，赫斯提亚属他们之首。和那些伟大的神祇相比，宙斯的这个姐姐在神话中很少作为主角出现，存在感不强，也没有太多属于自己的传说。但是这位克洛诺斯和瑞亚的长女，却拥有毋庸置疑的地位。如果说"每个成功的男人背后都有一个伟大的女人"，那么赫斯提亚就是众神背后的女人：她维持着天庭之灶的火苗永不熄灭。"赫斯提亚"在希腊语中的含义是"炉灶"，指火焰永不熄灭、家人围聚的角落。如果说赫菲斯托斯代表地下之火，那么赫斯提亚代表的是家庭中的炉灶之火，这种火苗意味着亲近和接纳。正因如此，她的第一职责就是保护家庭。

赫斯提亚通常是谦卑而缄默的，但是她在奥林匹斯诸神中却占有一席之地，受众神尊重。人类深知她显要的地位，因此在祭祀中会将最好的部位（油脂）留给她，并且为她献上最后的敬酒。但是赫斯提亚从来不利用自己的特权，也不参与众神之间的纷争，或到人间去冒险。柏

罗马广场上的维斯塔神庙的废墟。维斯塔是赫斯提亚对应的罗马神，她是保护家庭炉灶的火神。

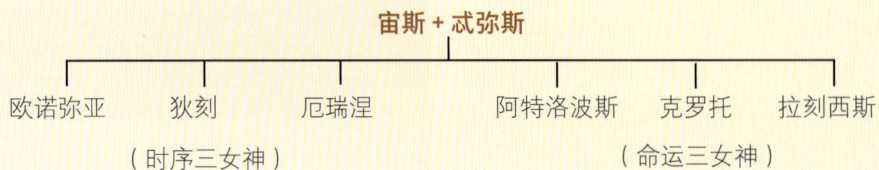

拉图说她是一位静止的神，庄严而又孤独，与她那些淘气的弟弟完全不同。这样疏离的性格，让她一直保持单身：阿波罗和波塞冬都曾经向她求婚，但是她都拒绝了。为了让宙斯不要再为她物色配偶，她向宙斯发誓终生保持贞洁。宙斯应允了她的请求，同时让她成为最受人类尊重的神祇。在三位处女神中，只有她一直在阿佛洛狄忒的影响下保持冷静：阿尔忒弥斯曾经爱上俄里翁，雅典娜也喜欢过一些人类英雄。如果一定要说赫斯提亚的心中有什么，那也是一片平静无波的湖面。

《维斯塔贞女》（1883），弗雷德里克·雷顿男爵作品。维斯塔贞女是维斯塔（对应希腊赫斯提亚）的祭司。她们幼时即被选入，终生必须保持贞洁，负责维持圣火不灭。

神 谱

宙斯 + 忒弥斯

欧诺弥亚	狄刻	厄瑞涅	阿特洛波斯	克罗托	拉刻西斯
（时序三女神）			（命运三女神）		

赫斯提亚不仅是家庭之火的保护神，也是在所有希腊城邦中燃烧着的公共之火的保护神。这些火被称为"圣火"，是整个社会团结的象征，一般设置在市政厅内。市政厅用于集会，或者举行庄严的祭祀活动。在市政厅内轮流执政的人被称作执行委员或执政团。雅典的执政团由五十人组成。

神的仆从

我们不清楚赫斯提亚是否同样保护众神的居所。但是可以确定的是，如果没有赫斯提亚，天上的宫殿不可能像现在这么整洁和舒适。赫斯提亚在打理奥林匹斯的时候，还得到了一群勤勤恳恳的神侍的帮助，这群天上的婢女不知疲倦地服侍着宙斯和其他神祇。在她们当中最突出是忒弥斯，盖亚和乌拉诺斯的泰坦女儿。虽然她的兄弟姐妹们在与众神的大战中失败了，她却没有受到牵连，并且还成为宙斯的第一位妻子。在宙斯与赫拉结婚之后，她依然陪在宙斯左右，为他出谋划策，打理一切琐事，甚至还变成了负责组织庆典和宴会的女管家。作为其职务的在人间的倒影，人类将她视为正义之神和司法程序之神，认为她能够在公民大会中为人们提供好的建议。此外，因为能够阐释众神的意图，她还可以发布神谕。塔罗牌中将她作为"正义"牌的代表，对应希伯来的赫思。

罗马屠牛广场的维斯塔神庙。

神话来源

荷马直接忽视了赫斯提亚的存在，赫西俄德对她也只是一笔带过。品达在《涅墨亚第十一颂诗》中这样开头："瑞亚的女儿赫斯提亚，你受命运的安排而执掌民户灶台！你是那共同掌权的双王——宙斯与赫拉的姐姐，你的地位崇高！"涅墨亚运动会是与奥林匹克运动会类似的竞技赛事，在涅墨亚城（伯罗奔尼撒半岛）举办，是最盛大的泛希腊节日之一。品达在这首诗中歌颂的就是在涅墨亚运动会中获胜的健儿。

看一看

关于赫斯提亚的艺术作品不多。她的形象不容易识别，除非作品本身就标注了她的名字。通常来说，她身着佩普罗斯——一种羊毛制成的长衫，脸上覆盖面纱。据说在雅典有一座她的公元前5世纪的雕像，作者为阿尔戈斯的格劳科，在帕罗斯岛有另外一座，但是这两座雕像都已经消失了。与这两座雕像同时期的《朱斯蒂尼亚尼的赫斯提亚》现在能够在罗马保守宫中看到。

走一走

赫斯提亚的神庙通常呈圆形（泰奥多勒斯圆形建筑），坐落在燃烧着公共之火的建筑（市政厅）旁。在雅典的城市中心广场，还保留着这些建筑的部分地基。在德尔斐同样能够看到一座泰奥多勒斯圆形建筑的遗址，它有着多立克式的柱子，在地基上刻着亚马逊大战的图案，部分地基能够在附近的博物馆中看到。在基克拉泽斯群岛中的帕罗斯岛上，有一座巨大的雕像，从铭文中能够辨别出其身份是赫斯提亚。这座岛屿在古时候因为采石场而繁荣。岛上产的大理石洁白细腻，被称作"里克尼塔"，为许多著名的雕塑家所喜爱。据说耶路撒冷的所罗门圣殿就是用这种大理石制成的。在距小岛首府帕里基亚六公里的地方，游客可以参观采石场，顺着地道深入地底深处。

在众神的婢女中不仅有盖亚的女儿忒弥斯，还有她的侄女伊里斯——希腊人的彩虹之神。伊里斯主要为宙斯服务，她的职责与神的信使赫尔墨斯相同，穿着带翼的鞋子飞到人间，给人们带去宙斯的旨意。她有一项任务是下到冥界中，取一瓢斯堤克斯河的水，盛在金杯中，再带回奥林匹斯。这种带有魔力的河水对人类来说是致命的，众神在庄严宣誓的时候使用它。此外，她还是赫拉的侍女，服侍她沐浴和穿衣，一直侍奉在她的王座边，听候差遣。

装扮众神，为他们提供仙草与甘露，在宴会上被他们的笑话逗笑——这些细致的差事由伊里斯和青春女神赫柏轮流负责。赫柏是宙斯和赫拉的女儿，她主要负责照顾她的兄弟阿瑞斯。她有一次在斟酒时不小心失误了，工作能力因此受到质疑。伽倪墨得斯——这位宙斯深爱的少年取代她，成了新的斟酒人。作为补偿，当赫拉克勒斯变成天神时，赫柏嫁给了这位英雄，并且发挥她的特长，满足他的一切愿望。也许看上去很奇怪，但是有的神生来就是仆从。

最后，不得不提一下宙斯和忒弥斯的女儿——时序三女神。这三位女神的名字分别为欧诺弥亚、狄刻和厄瑞涅，她们通过季节的更替来象征自然秩序，能够促使雨水降落，让花朵绽放、果实生长。她们在奥林匹斯的职责是看守天界的大门。她们打开或者关闭这些用云朵制成的大门，让神祇通过。后来，人们还赋予了她们一些道德的特征：欧诺弥亚守护法律的执行，狄刻守护正义，厄瑞涅守护和平。

与和善的时序三姐妹相比，命运三姐妹就没有这么富有同情心了。她们象征着命运和死亡，阿特洛波斯手执剪刀，负责剪断生命之线；克罗托负责纺织生命之线；拉刻西斯则分配幸运，决定各人生命的长度。

在古罗马，维斯塔贞女与其他的女性相比享有更大的独立性。当时的女性需要服从家族中的父亲，但是她们只用向大祭司负责。

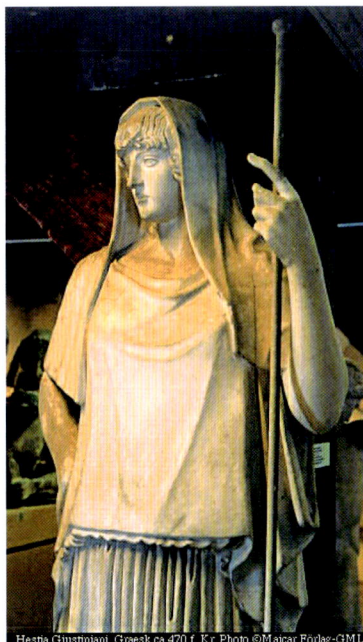

Hestia Giustiniani Graesk ca 470 f. Kr Photo ©Maicar Förlag-GML

在罗马，维斯塔贞女必须参加其职责范围内的仪式，但是同时也享有很多权利。

95

图为在突尼斯的艾尔杰姆发现的一块罗马马赛克镶嵌画，上面为赫利俄斯，在阿波罗承担太阳神的职责之前，这项职责由他负责。

赫利俄斯与他光芒万丈的马车

诸位天体神中最耀眼的，当属赫利俄斯（太阳），他的父亲许珀里翁和母亲忒亚因为属于前朝泰坦族而被逐之后，他就一直绽放光芒，温暖地照着大地。在奥林匹斯众神瓜分世界的时候，赫利俄斯不在场，因此没有分到属于他的那块蛋糕。作为补偿，众神后来给了他罗得岛。他不愿与阿波罗竞争，因此后者成为卓越的太阳神，而他只是每日驾驶着自己的金马车，为万物（包括众神与人类）投下生命之光。

每日清晨，赫利俄斯的姐姐——黎明女神厄俄斯会用她粉红色的手指触碰大地。在这之后，赫利俄斯会从东方出现，从遥远的埃塞俄比亚赶来。他驾驶着赫菲斯托斯为他打造的炫目马车，由四匹快马牵引：皮洛斯、赫俄俄斯、埃同和佛尔工。他头戴一顶在天空中发出万丈光芒的头盔，双眼射出闪电，胸口绽放光芒。没有人能够长时间地直视他，除非他不在乎双目失明。中午时分，他会通过旅程的最高点，然后缓慢下降到西方，降落在赫斯珀里得斯的国度。在那里，他疲惫的骏马能够在俄刻阿诺斯（海洋）中获得清凉，而他也能够在母亲、妻子

图片来源于古代天文学巨作——托勒密《天文学大成》的复制品。画面中间就是赫利俄斯。

和众多子女的陪伴下放松片刻。夜晚来临，他又踏上自西向东的旅程，乘坐赫菲斯托斯为他打造的金杯，从环绕大地的海洋表面掠过，以便在短暂的几小时之内抵达出发的地点。他日复一日地工作，从未失约。相似的生活节奏也

许珀里翁 + 忒亚

赫利俄斯　　　　　　　塞勒涅　　　　　　　厄俄斯

许看上去有些单调，但是这万丈的光芒，让他每日的旅程都变得崭新而奇妙。

随着希腊天文学家对世界的认识逐步加深，赫利俄斯那富有奇迹色彩的旅程开始受到人们质疑。这解释了为什么这位神在希腊神庙中被置于边缘地位。从那以后，他被视作次级神，就像是一位负责打开和关闭公共照明系统的高效率官员。比起这项工作，人们看见他更忙碌于照顾特里那喀亚岛的牲群。他有七头牛和七只羊，它们各自有五十个脑袋，象征着古时候一年的三百五十个白昼与黑夜。当尤利西斯饥肠辘辘的朋友来到这个岛屿的时候，他们不顾尤利西斯的劝阻，吃了几头神圣的牲畜。这使赫利俄斯勃然大怒，但是他当时的力量已经非常微弱，所以最后是宙斯出面，用他的撒手锏——龙卷风惩罚了这些渎神的船员。

《赫利俄斯、法厄同、萨图恩与四季神》（1683）尼古拉斯·普桑作品。

世界之眼

这位光辉之神有一项专属的能力，那就是洞见世间的一切。他是世界之眼，任何人的行为和想法都无法瞒过他。世间万物，没有什么是在他照射范围之外的：因此他能够知道其他神的密谋，透露他们的秘密。当哈得斯掳走得墨忒尔的女儿珀耳塞福涅时，是他指出了罪魁祸首；当阿佛洛狄忒与阿瑞斯偷情时，也是他将此事告诉了赫菲斯托斯。换作其他人，也许不会以这样的告密行为为荣。但是赫利俄斯喜欢将光线揭露的一切讲述出来。他明亮温暖，因此吸引了很多女神，比如大地之母盖亚、海仙女珀耳塞和克吕墨涅、仙女罗得以及一些其他的神话女性。他曾经深深地爱上巴比伦国王的女儿琉科忒亚。巴比伦国王在得知二人的私情之后，将琉科忒亚活埋在了地下。赫利俄斯无法用温暖的怀抱触及她，从而不让她死去。在这种情况下，作为安慰，他将她变成了一棵散发芳香的树，让她从地底生长出来。另一个更悲伤的版本，说这位公主的姐妹克吕提厄也爱上了赫利俄斯，她就是那个向国王告密的人。赫利俄斯自然拒绝了她。克吕提厄因此日渐憔悴，最后竟变成了一株染料沙戟，这种植物的花朵永远朝向太阳。

右图是《喀耳刻把酒杯给尤利西斯》（1891），约·威·沃特豪斯作品。

女巫喀耳刻

赫利俄斯还有一位有名的女儿——居住在艾尤岛上，名为喀耳刻——是他与海仙女珀耳塞共同生育的孩子。传统上认为她的名字喀耳刻（Circe）与意大利拉齐奥南部的齐尔切奥山（Circeo）有关，因为她常常在这座山的海岬处静候迷路的旅人，以便在他们出现时对他们施以巫术。她将尤利西斯的同伴都变成了猪，使尤利西斯不得不和她在一起生活一年，推迟了他返回伊萨卡的时间。此外，她还出现在阿尔戈英雄们的旅行以及一些其他神话中。

《法厄同的坠落》（1636），鲁本斯作品。赫利俄斯之子无法操控太阳马车，制造了一场又一场的灾难，宙斯因此让他从天空中坠落。

希腊黑陶瓶上赫利俄斯正驾着他的马车。

赫利俄斯和罗得生了七个男孩，也就是所谓的"赫利阿达斯"，他们以广博的天文学知识而闻名。与之相反的是，赫利俄斯和克吕墨涅生下的几乎全是女儿，她们被称作"赫利阿得斯"。她们唯一的哥哥名为法厄同，他在成长为青年以前，一直都不知道自己的生父是谁。有人质疑他并非神的血脉，他就跑去找赫利俄斯，要求父亲允许他驾驶太阳马车。就像一个青少年，未经允许却试图驾驶父亲的跑车：这个故事也注定以悲剧收尾。法厄同驾驶着父亲的马在《奥德赛》第七章，赫利俄斯向宙斯抱怨尤利西斯的朋友吃掉了他的牛群，希望宙斯能为他复仇，并且威胁如果不这样做他会用光芒照亮冥界："天父宙斯，其他永生的天神们！你们看那些胆大妄为的人们，竟然杀死了我喜欢的牛群，这些牛是我的宠物，不论我升上星云密布的天空，还是从天上返回地方，见到它们，总让我欣悦。他们必须赔偿我的巨大的损失，不然，我就前往冥府，让死人的灵魂感受阳光！"

👁 看一看

赫利俄斯最初的形象是一位头戴太阳圆盘、脸上留着大胡子的男神。在帕加马祭坛（公元前2世纪）上，他乘坐着著名的马车；希腊化时期，他的形象中带上了亚历山大大帝的特点。法厄同的坠落是任何时期的艺术家都喜欢的主题，但是在画家朱利奥·罗马诺（1499—1546）把它用浮夸的笔调画在曼图亚的得特宫以后，就格外受巴洛克艺术家的青睐。同样杰出的作品还有詹巴蒂斯塔·提埃坡罗（1696—1770）的壁画《太阳的轨迹》。

🧳 走一走

罗得岛的名字来源于仙女罗得，她与赫利俄斯相爱，并且生下了七个儿子。他们的后代在岛上建立了三个主要的城邦：卡米诺斯、莫诺利索斯和林佐斯。与东方和埃及的贸易让这座岛屿在公元前6—前2世纪繁荣了起来，岛上的居民甚至殖民到了小亚细亚和意大利的部分地区。在小岛的巅峰时期，人们建立了新的城市罗得斯——它现在还是罗得岛的首府。在罗得斯的港口，耸立着一座巨大的赫利俄斯雕像。这座雕像由雕刻家林多斯人卡雷斯所作，公元前265年完成。它属于古代七大奇迹之一，高三十五米。赫利俄斯双腿分开而立，帆船能够从他的腿下穿过。雕像在公元前226年被毁。

车，速度一点点变快。他看着道路两侧飞驰而过的星座，却不明白其中的含义，最后在这些路牌之间彻底迷失了方向。马儿发现驾驶者迷路了，就不受控地飞驰了起来，十分危险地朝大地奔去。最后的结果是：河流变得干枯，森林燃起了大火，动物都被烤焦了。为了不让大火毁灭世界，宙斯用他的闪电将这位"新手司机"从马车上劈了下来。法厄同死后，他的姐妹们不停地哭泣，因此变成了柳树，她们的眼泪就是琥珀。

亚历山大大帝被表现为赫利俄斯。公元前3—前2世纪，梵蒂冈。

卢浮宫的一座大理石雕像（2 世纪），中间的是月亮女神塞勒涅，其左右分别为厄俄斯福洛斯（黎明）和赫斯珀洛斯（黄昏）。

太阳的妹妹：塞勒涅和厄俄斯

当赫利俄斯结束每日的工作、缓缓降落到西方的俄刻阿诺斯时，他的妹妹——象征月亮的塞勒涅，就出现在了天空之中。这位天体神的使命是照亮夜晚的黑暗，她也有属于自己的工具：双马牵引的银制马车。她无与伦比的美丽引来了很多神的求爱：比如宙斯，他们生了三个女儿；又比如牧人和牧群的守护神潘，他送给了她一群白色的牛。

但是在这些爱情故事中，最著名的还是塞勒涅与恩底弥翁的故事。恩底弥翁是来自希腊埃利斯或者小亚细亚卡里亚地区的牧人，有可能是宙斯的儿子。传说恩底弥翁俊美的容颜像一块磁铁，深深地吸引了塞勒涅，他们在一起生育了五十个孩子。但这些都不是重点。重点是，这位牧人希望能永远保持青春。塞勒涅为了取悦他，就到宙斯面前请求，希望他能实现恋人的愿望。宙斯像之前很多次一样，表面上应允了她的请求，但是却稍微修改了一下"合同的条款"：恩底弥翁能够永葆青春，但是也会永远沉睡下去。宙斯提出这样报复性的条件，有可能是因为恩底弥翁曾经妄图追求赫拉——

宙斯的正妻，这在奥林匹斯是很不恰当的举动。可以确定的是，恩底弥翁自那之后就陷入了永

在这座雕像中，黎明女神厄俄斯象征忧郁，位于洛伦佐·德·美第奇陵墓（1524—1531）的下部，由米开朗基罗雕刻完成。

尼古拉斯·普桑的《塞勒涅与恩底弥翁》（1630）。塞勒涅每晚降临大地，轻吻他的恋人。这个故事后来还有一个更有名的版本，在这个版本中，爱上这位年轻牧人的是月亮女神阿尔忒弥斯。

在这个希腊陶器上，塞勒涅头戴月亮的标志，乘坐着马车从空中穿过。

远的睡眠之中。塞勒涅每晚从天空降下，静静地端详恋人的睡颜，就像月光每晚照亮人们的梦乡一样。

如果说塞勒涅是在赫利俄斯之后开始工作，那么他们的妹妹厄俄斯，就是每天在他之前工作。这位黎明女神就像一只早晨的公鸡，为世间洒下第一抹光线。与她的哥哥姐姐一样，她也有一辆属于自己的紫色马车，由两匹马牵引。每天早上，这位早起的女神从地平线升起，有时骑着天马珀伽索斯，有时挥舞着翅膀自己飞行。她随身携带一个装满露水的匣子，一路走

一路挥洒。当赫利俄斯金光闪闪的头颅出现在天边时，她就离开了。

在短暂地出现之后，厄俄斯又去做什么了呢？好吧，她基本上就一直在情场厮混了——她丈夫提托诺斯的遭遇就能说明这一点。提托诺斯是特洛伊人，他想永远和厄俄斯生活在一起，因此希望能永远存活在这个世界上。厄俄斯为此向宙斯请求，希望能够让他获得永生。宙斯又一次在请求上动了手脚：他答应了厄俄斯的请求，但是没有提醒她，提托诺斯虽然能够获得永生，但还是会变老。我们能够想象，像提托诺斯这样的一位凡人是如何慢慢老去的：身上满布皱纹，像葡萄干一样永远缩成一团。厄俄斯喂他吃下仙果，想让他变回以前光洁的模样，但只是让衰老成了永恒。最后，她把他关

在了一个房间中，堵住房门，让他一个人孤独地自生自灭。当提托诺斯变得像一具小小的干尸或者一颗干核桃那样时，他仍然还活着。众神怜悯他，就将他变成了蝉。

刻法罗斯和普洛克里斯

厄俄斯依然青春美丽，心中依然渴望爱情，因此没过多久，她便又开始寻找新的目标了。她与泰坦阿斯特赖俄斯结合，生下了风神玻瑞

图中为帕拉维奇尼宫的壁画，圭多·雷尼的杰作，于1614年完成。画面最右是塞勒涅——月亮，跟在她身后的是其兄赫利俄斯和一众仆人，他们正准备开始新的一天。

赫斯珀里得斯的金苹果园

赫斯珀里得斯是象征金色晚霞的三姐妹，她们分别是埃格勒、厄律提娅和赫斯珀剌瑞托萨。有时候认为她们是四人，将赫斯珀剌瑞托萨拆分为赫斯珀里亚和阿瑞托萨二人。她们的主要职责是在百头巨龙拉冬的协助下看守金苹果园。园中的金苹果树是盖亚送给赫拉的结婚礼物。摘取这些诱人的果实也是赫拉克勒斯著名的任务之一。

爱德华·伯恩－琼斯的作品，《赫斯珀里得斯的金苹果园》（1869—1872）。

阿斯、仄费罗斯、欧洛斯和诺托斯；她曾经掳走巨人俄里翁，与他一起相处了一段时间，直到后来阿尔忒弥斯一箭射死了他；她也喜欢过阿瑞斯，还因此引发了阿佛洛狄忒的醋意。但是在众多故事中最为人津津乐道的，还是她为刻法罗斯和普洛克里斯带去厄运的故事。因为

《刻法罗斯和普洛克里斯》（1706），约翰·米夏埃尔·若特迈尔作品。如此伟大的爱情，很快就会变成悲剧。

她的介入，这对希腊神话中最著名的伴侣，最后不得不以悲剧收尾。

刻法罗斯是福西斯国王的儿子，他娶了雅典国王的女儿普洛克里斯，两人十分相爱，要是没有厄俄斯掺和的话，本应幸福地携手共度余生。厄俄斯被这位王子所吸引，把他带到了叙利亚，希望他能够在她的怀抱中忘记深爱的妻子。厄俄斯的企图失败了——刻法罗斯一刻也无法停止对妻子的思念。在这种情况下，厄俄斯便让刻法罗斯开始怀疑妻子，向他提议伪装成别人，考验一下妻子的忠诚。普洛克里斯很坚贞，但是化装后的刻法罗斯用很多礼物去诱惑她，最后让她屈服了。发现妻子的不忠，刻法罗斯与她大吵了一架，二人决定分居。普洛克里斯离开了，在阿尔忒弥斯的身边待了一段时间。阿尔忒弥斯将自己嗅觉灵敏的猎犬和百发百中的标枪送给了她。刻法罗斯仍然爱着她，所以最后还是忍不住去寻找她。二人相见之后，

🜨 神话来源

伪阿波罗多洛斯在《书库》的第一卷中，解释了厄俄斯为何在爱情中显得反复无常——她曾经与阿佛洛狄忒最爱的情人阿瑞斯一起巫山云雨，这一切都是阿佛洛狄忒的报复。在此书第三卷中，他讲述普洛克里斯之死的另一个版本。故事结尾，刻法罗斯在亚略巴古接受审判，最后被判流放。当然，这个故事最广为流传的版本，还是来自罗马作家许癸努斯（公元前 2 世纪）的《传说集》。

👁 看一看

塞勒涅的古代形象是头戴新月头饰、手执火把的少女，她乘着马车，或者骑在马、驴或牛上。伦敦大英博物馆的藏品中，有一块帕特农神庙东侧的三角楣，上面有塞勒涅的图案。佛罗伦萨画家皮耶罗·迪·科西莫（1462—1521）绘有美丽的板上油画作品——《普洛克里斯之死》（伦敦国家美术馆）。画中这位公主倒在地上，阿尔忒弥斯送给她的猎犬和一位半羊人注视着她。这位画家没有遵循神话中的情节，而是从一首文艺复兴时期的诗歌中寻取了灵感。这也是为什么在这个场景中并没有刻法罗斯。

🧳 走一走

也有说法认为在普洛克里斯死后，刻法罗斯并没有结束自己的生命，而是在一座小岛上隐居了起来。这座小岛后来以他的名字命名，被称作凯法利尼亚岛，是爱奥尼亚海上最大的岛屿，游客在这里可以欣赏优美的风景，体验小渔村的生活，还能在数不清的洞穴和深渊中探险。那些以刻法罗斯自杀为结局的传说，认为他最后死在附近的小岛亚略巴古上，再具体点，是一处被称作"萨福之跃"的悬崖上。悬崖高七十二米，据说当年莱斯波斯岛的萨福也在此处投海自尽。

互相请求对方的原谅，彼此和解了。但是最糟糕的部分才正要开始，这次普洛克里斯变成了那个嫉妒的人。她怀疑自己的丈夫每天表面是去打猎，其实是在树林里与林中仙女调情，就决定跟踪自己的丈夫，躲在灌木丛后面抓他的现行。那一天，刻法罗斯恰巧带了阿尔忒弥斯送给普洛克里斯的猎犬和标枪：猎犬发现附近有人，刻法罗斯就朝人影处投向标枪。他还来不及为自己辩解，普洛克里斯就死了。更完整的版本说，这位惊恐的丈夫，最后从雷夫卡达岛的海岬跳下，投海自尽了。

自己导致这样的悲剧发生，轻浮的厄俄斯却丝毫未受影响，继续心安理得地寻找新的伴侣，一起生下后代。她的子女中最有名的是福斯福洛斯与赫斯珀洛斯，分别代表启明星与昏星。福斯福洛斯的拉丁名字是"路西法"，对罗马人来说，这个名字指的不是基督教中的恶魔，而是那颗预示黎明来临的星辰。赫斯珀洛斯生下了赫斯珀里得斯姐妹，她们是日落的仙女，居住在西方的天际。

《佛洛拉与仄费罗斯》（1875），威－阿·布格罗作品。西风神仄费罗斯，是风神埃俄罗斯的儿子。有时也认为，他是与风神有关的天体神阿斯特赖俄斯的儿子，其母亲为黎明女神厄俄斯。他与三位兄弟玻瑞阿斯、欧洛斯和诺托斯共同组成了四方风神阿涅摩伊。仄费罗斯象征春末夏初的微风。

在埃俄罗斯的手中

古希腊船员在夜晚航行时，一般是通过天空中塞勒涅（月亮）和星座的位置来辨别方位的。星座（estrellas zodiacales）来自希腊语中的"zôon"，指"有生命的东西"。船员们参照的主要星座之一，是巨人俄里翁变成的猎户座。关于这个星座流传着不同的故事，根据有的神话，他不是被阿尔忒弥斯一箭射死的，而是他企图强奸阿尔忒弥斯，被她放出的毒蝎子蜇死了。这也能解释为什么在夜晚的天空中，猎户座看上去像是永远在逃离天蝎座的追赶。

能够指引方向的还有昴星团与毕星团。它们是金牛座旁明亮的两个疏散星团，在希腊神话中是生育力旺盛的夫妇——阿特拉斯与普勒俄涅的女儿。普勒阿得斯七姐妹（昴星团）中只有一位没有与众神发生恋情：阿尔库俄涅和刻莱诺与波塞冬相爱，迈亚、厄勒克特拉和塔宇革忒与宙斯相爱，斯忒洛珀与阿瑞斯相爱……只有最小的妹妹墨洛珀，是与人类相爱。但是她对此十分满足，因此在夜空中发出的亮光丝毫不比姐姐们逊色。许阿得斯姐妹（毕星团）的数量和名字还没有定论，不同传说有不同的说

图为埃俄罗斯的现代形象——在天空中推动齐柏林飞艇。这幅画刊登于 1933 年的《俄亥俄州蒂芬市广告报》上。

厄俄斯 + 阿斯特赖俄斯

| 玻瑞阿斯 | 仄费罗斯 | 欧洛斯 | 诺托斯 |

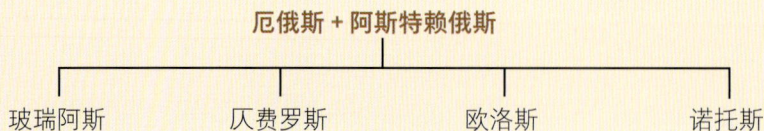

法。但可以确定的是，变成星星是对她们精心照顾宙斯和狄俄尼索斯的嘉奖。她们的出现通常和春雨有关，因此她们的名字也可以翻译成"多雨的"。

一帆风顺

如果说天体神能够帮助航行，那么风神对航海来说就是必不可少的，在雅典神庙中也可以看到这些神的重要地位。厄俄斯（黎明）和阿斯特赖俄斯（星空）的四个儿子，构成了风的重要来源。他们分别是：北风神玻瑞阿斯，西风神仄费罗斯，东风神欧洛斯和南风神诺托斯。其中关于第一位神的传说，内容最为丰富。玻瑞阿斯是一位身有双翼的强壮风神，他喜欢随心所欲地吹起阵风。有一次，雅典国王的女儿俄瑞提亚和朋友在伊利索斯河边平静地玩耍，玻瑞阿斯用一阵风掳走了她，把她带到了色雷斯。他们在那里生了两个儿子，即"玻瑞阿代兄弟"："吹微风的"仄忒斯和"吹强风的"卡拉伊斯。他还常常用风爱抚地上的生灵，比如他和厄瑞克透斯的母马交配，生下了十二匹非常轻盈的小马。她们能够不碰麦穗地穿过麦田，不打湿蹄子地掠过海面。仄费罗斯最初是一位具有威胁性的风神，能够引起飓风，或者在海上掀起惊涛骇浪。但是后来慢慢变成了一位甜

桑德罗·波提切利作品《维纳斯的诞生》（1485）的局部。画面中西风神仄费罗斯和微风女神奥拉抱在一起，共同把风吹向女神维纳斯。

盲眼的巨人

俄里翁有过一次曲折的冒险经历。他当时在希俄斯国王奥诺皮恩的王廷中，这位国王让他除掉岛上的所有野兽。俄里翁爱上了国王的女儿墨洛珀，但是当他完成任务后，国王却辞退了他。醉酒的俄里翁企图强奸墨洛珀，国王为了报复，就趁他熟睡时挖掉了他的双眼。有一个神谕告诉俄里翁，只要他一直朝太阳的方向前进，就能够恢复光明。于是他请求赫菲斯托斯的助手——侏儒科达利翁帮忙，把他驮在肩上，为他指引方向。他恢复光明之后，想要找奥诺皮恩报仇，但是这位国王躲进了赫菲斯托斯为他修建的地道中，俄里翁怎么也找不到，最后只能作罢。

蜜温柔的风神，就像爱丽舍乐园的清爽微风。现在西班牙语中还用仄费罗斯的名字"céfiro"指怡人的微风。

同为风神，但是地位在他们之上的，是埃俄罗斯。他平时将这些风神锁起来，看护着他们，需要的时候才放他们出来。关于这位神的身世，有许多不同的说法。唯一可以确定的是，他的父亲是波塞冬，他在青年时经历了许多冒险，后来定居在了利帕里群岛，在那里建造了自己的豪宅。埃俄罗斯是一位仁慈的君主，也是众神和人类的朋友，除了偶尔会用强风吹打世界。人们认为他发明了船上的风帆。关于他友善性情的例子举不胜举，比如尤利西斯在他的岛屿靠岸时，埃俄罗斯热情地招待了他。当尤利西斯离开时，埃俄罗斯给了他一个口袋，里面装着各路可能会阻挠他回程的风。[*]

***

[*] 埃俄罗斯只留下了西风，让它帮助尤利西斯回乡。——译注

《阿雷佐的喀迈拉》是最著名的伊特鲁里亚雕塑作品。它由青铜制成，大约完成于公元前 4 世纪。雕像吻部的灵感来源于一条狗。

威尼斯拉比亚宫壁画《风》的局部，这幅作品由提埃坡罗于1747年绘制完成。画家用夸张的手法表现出两位风神吹风的模样。

危险的喀迈拉与哈耳庇厄

上面提到的风神都是正常的风，除了特殊情况，他们大多可以为人类所利用，为人们转动磨坊的风车，或者推动船帆。与他们相对的，还有一些可怕的风神。这些风神代表那些毫不留情地毁灭人类的大风，通常都是可怕的怪物。第一位要说的是喀迈拉，她是一只狮首、羊身、龙尾的怪物，口中能喷火，她象征的是不受控制的风暴。看到她的父母，就能理解她为何如此丑陋和凶恶了。她的父母都是令人闻之丧胆的怪物：父亲堤丰，是希腊神话中最恶名昭彰的角色；母亲厄喀德那，因为拥有蛇尾而被称作"蝰蛇"，也是可怕的怪物。喀迈拉的名字来自希腊语"chímaira"，指"神话中的动物"。现在西班牙语中用"Quimera"指那些事实上不存在的幻想之物。因此我们可以说某个不切实际的想法是"quimérico"。

哈耳庇厄最初是美丽的女子，后来变成了令人厌恶的邪恶妖怪。她们有三人：阿伊洛、塞拉伊诺和俄克皮特，分别代表"风暴""黑暗"和"快速飞行"。除了制造飓风之外，她们还有一项更加罪恶的活动：偷走小孩和灵魂——这也是她们名字的来源，哈耳庇厄的字面意思就是"强盗"。她们还有一个令人作呕的爱好，就是偷走宴会中的美食，并且用粪便污染那些她们的爪子够不到的。国王菲纽斯曾经被宙斯惩罚永远挨饿，她们就这样折磨了他很长时间。对西班牙人来说，"哈耳庇厄"可以指一切贪婪扭曲、用各种手段伤害别人的女人。小心她们！

哈耳庇厄最初是有着鹰爪的美丽女子。

神话来源

在《奥德赛》第十卷的开头，尤利西斯和他的同伴抵达了伊奥利亚岛——埃俄罗斯的住所。他们在这里被埃俄罗斯招待了一个月。为了让他能够顺利返回伊萨卡，这位神将一个牛皮袋交给他，袋子里装着所有可能阻挠他返程的风神。在他们已经快要到达目的地时，船上的水手以为袋子中是金银，打开了它，放出了里面的风神："他们一打开皮袋，东南西北风一起冲出，旋风顿起，立即把海船卷向大海，他们哭喊着，但无济于事。"风把船又吹回了伊奥利亚岛，但是这一次埃俄罗斯因为相信这是天神的诅咒，赶走了他们。

看一看

很多希腊的陶瓶上都绘有风神，他们通常背后和脚上都有翅膀。这些陶器上的图案是我们研究希腊文化和艺术的重要来源，因为当时很多著名的画家都会在陶器上面作画，比如索菲罗斯、西提亚斯和埃克塞基亚斯。这些画家大约生活在公元前 6 世纪，负责用画作装饰盛放水、葡萄酒或油的各种陶罐。

走一走

埃俄罗斯的住所是一座布满岩石的小岛——斯特龙博利，它属于伊奥利亚或者利帕里群岛。这些群岛位于第勒尼安海上，在西西里岛的东北方向。群岛上有活火山，古时候人们认为它与另一座岛——弗卡诺岛，就是火神炼铁厂所在的地方。群岛中最大的利帕里岛上盛产黑曜石（火山熔岩冷却形成），这些黑曜石出口至整个地中海地区。群岛各处的陆上和海下仍有火山活动，包括流出熔岩、喷射气体等。富含硫磺的火山泥因其治疗功效而大受欢迎。

风神埃俄罗斯可能的住所——斯特龙博利火山岛。

《安菲特里忒的胜利》（1780），于格·塔拉瓦尔作品。海仙女安菲特里忒是尼普顿的妻子，自然成了海洋之后。

海洋中的长者

在波塞冬之前，还有几位德高望重的海神。这些胡须卷曲的老人是波塞冬的前辈，现在也是他的手下。他们中最老的一位是蓬托斯，他的母亲盖亚没有借助男性的力量就生下了他。很长一段时间内，诗人都把他当作大海的象征，向他祈祷。另一位是泰坦族的俄刻阿诺斯，他的父母是盖亚和乌拉诺斯。他属于创世的基本力量之一。对古希腊人而言，大地是一片平坦的圆形，它的四周环绕着一条液体的水带——这就是俄刻阿诺斯。他生下了三千位海洋仙女和三千河神，此外还有海洋、溪流和井水。当奥林匹斯诸神控制世界之后，年老的蓬托斯和俄刻阿诺斯被迫退位，将自己的权力让渡给了波塞冬。但是作为元老，他们还是继续受到尊重。

波塞冬虽然说是无可争议的主角，但是在某些海神的面前，连他也要礼让三分——他们就是蓬托斯和俄刻阿诺斯的后代，远古时期出生的初代海神。他们中有一位名为涅柔斯，是蓬托斯和盖亚的儿子，被称作"海洋长者"。他生活在爱琴海的深处，平时主要的活动就是休息和捋他那潮湿的胡子，偶尔帮一帮船民。和

《风暴宁芙的山洞》（1903），爱德华·约翰·波因特作品。

115

特里同和特里同斯

　　一些作者认为波塞冬和安菲特里忒有一个儿子，名为特里同，他上身为人，下身为鱼。人们常常在利比亚的海边看到他乘坐着自己的马车，拉车的马四腿均为蟹脚。特里同帮助过宙斯对抗巨人，也参与了阿尔戈英雄的征程。他的象征物是一只海螺，他用它当作号角。后来有一种喜好嬉闹的海洋精灵以他的名字命名——他们就是特里同斯。特里同斯浑身披鳞，有鳃，陪伴在波塞冬左右，喜欢与涅瑞伊得斯们嬉戏。

吉安·洛伦佐·贝尼尼的《尼普顿与特里同》（1620）。

很多海神一样，他也拥有预言的能力，但是只有被武力逼迫时，他才会透露自己知道的事情。赫拉克勒斯为了知道如何到达金苹果园，不得不把他绑了起来。他的配偶是俄刻阿诺斯的女儿多里斯，他们共同育有五十个或者一百个涅瑞伊得斯。这些海洋仙女面容姣好，皮肤光滑，被视为浪花的象征。

泡沫般的涅瑞伊得斯

　　大多数的涅瑞伊得斯，我们都只知道她们的名字（她们的名字本身也太相似了，很容易混淆），但是也有那么几位参与了美丽的神话，并且以水为媒介。其中一个故事是，河神阿尔甫斯爱上了海洋仙女阿瑞图萨，变成猎人追求她。当水仙女变成泉水时，他就恢复了本来的形态，与她汇合在了一起。另一位比较有名的海洋仙女是伽拉忒亚，她有一位追求者——独眼巨人波吕斐摩斯。有一天，她在一个洞穴中和喜欢的牧人阿喀斯聊天，被波吕斐摩斯撞见。波吕斐摩斯就像任何一个遇到这种情况的独眼巨人会做的那样，用一块石头把这个少年砸死了。他的血液流出，变成了西西里岛的一条河流。

　　涅瑞伊得斯中最著名的当属忒提斯。注意，这位忒提斯不是泰坦中的那位忒提斯。她有着与阿佛洛狄忒相当的美貌，因此像宙斯或波塞冬这样显赫的神都追求过她。但是有一道神谕说，忒提斯的儿子将会比父亲更强大。所有的神知道这件事之后都放弃了。她最后只能嫁给一个普通的人——色萨利的国王珀琉斯。忒提斯不喜欢他，曾经变成鱼、浪花和火苗的样子，企图逃婚。后来她还是妥协了，但是要求珀琉斯承担神谕的后果，并且要办一场非常盛大的婚礼，邀请所有尊贵的奥林匹斯神祇。再后来，忒提斯生下了阿喀琉斯——历史上最伟大的英雄之一。如神谕所

一幅表现波塞冬和安菲特里忒婚礼的浮雕作品，大约完成于公元前 2 世纪。在马车前拉车的是两个特里同斯。

言，他的确胜过了父亲千百倍。

同为涅瑞伊得斯，安菲特里忒的选择相对来说就好多了，虽然当初她也不愿意接受波塞冬的追求。海豚们不得不把她从深海的藏身处找出来，几乎连拖带拽才把她带到了波塞冬的面前，她只好勉勉强强地答应了求婚。虽然过程有些不情愿，但是这桩婚姻的回报是很丰厚的：自那以后，安菲特里忒就成了环绕世界的汪洋之后。她那些身有鳞片、蹦蹦跳跳、吞吐着泡泡的仆人，也能够在无尽的海洋之中尽情遨游。

阿诺德·勃克林作品，《特里同与涅瑞伊得斯》（1877）。海仙女和波塞冬的信使旅行之后筋疲力尽地躺在岸边。

普罗透斯的七十二变

与青春的涅瑞伊得斯相对的，是她们长寿的父亲。和涅柔斯同时期的还有其他海神，比如福耳库斯。福耳库斯不是一位慈祥的祖父，而是一个背信弃义的老人，他喜欢用漩涡制造海难。和涅柔斯相同，他也是盖亚和蓬托斯的孩子，不过他的后代不是和善的海洋女仙，而是一系列可怕的怪物，比如戈耳工、格赖埃、巨龙拉冬等。他的配偶是刻托（Ceto），其名和鲸类（los cetáceos）有关，因为古人以为鲸鱼是一种尼古拉斯·普桑的杰作《尼普顿与安菲特里忒的凯旋》（1634）。海洋之后安菲特里忒被海洋仙女、特里同斯和小爱神们环绕。她的丈夫尼普顿位于画面左侧。

怪物。如果这些还不够，那么有的传说还认为，希腊神话中最可怕的妖怪斯库拉也是他的孩子。

最后出场的这一位，是同样被称为"海洋长者"的普罗透斯，他主要的工作是看守波塞冬的海豹群。这位俄刻阿诺斯的儿子，平时主要在岸边小憩，用余光监视着这些懒惰的动物。和涅柔斯一样，他也能够预知未来，但是他也同样不会轻易透露神谕，除非被人强迫。当来自斯巴达的墨涅拉俄斯向他询问如何返回祖国时，这位老人先后变成了狮子、蛇、豹子、野猪、水和树，不愿开口。但是墨涅拉俄斯没有停止逼问，最后成功地从他口中得到了所有的信息。这也是为什么西班牙语中用"proteica"来指那些常常以出乎意料的方式改变外表、形状或者主意的人与事物，他们就和普罗透斯（Proteo）一样，能够轻易地从一种状态变为另一种状态。

神话来源

荷马在《奥德赛》第四卷中谈到特洛伊之战后，墨涅拉俄斯为了返回斯巴达遇到了种种困难。他因为众神的阻拦，滞留在了法洛斯岛上。普罗透斯的女儿埃多泰娅建议他去问一下她的父亲："……这一带水域由一位永远说实话的老海神管辖，他就是出生在埃及的普罗透斯，他辅助波塞冬，十分熟悉海底的任何沟沟坎坎，听说我就是他的女儿之一，你们可以设下埋伏，将他抓住，他就会如实地，告诉你们如何回乡、途经哪里、如何走法……"从赫西俄德（公元前 700 年左右）开始，普罗透斯不再是一位神祇，而变成了埃及的国王。关于海洋仙女和海中长者各种变身的故事，可以参考奥维德的《变形记》。

读一读

路易斯·德·贡戈拉（1561—1627）在他的作品《波吕斐摩斯和伽拉忒亚的寓言》中，描述伽拉忒亚与阿喀斯的爱情。这是一首十一音节八行诗，贡戈拉借助大胆的隐喻和音乐般的诗句表达了两位主人公之间的感情。

看一看

要论被画进作品中，忒提斯和伽拉忒亚无疑是姐妹中最幸运的。忒提斯与珀琉斯的婚礼和婚宴，出现在了许多古典希腊陶瓶上。伽拉忒亚的壁画则在庞贝古城、赫库兰尼姆古城和罗马利维娅住宅中都有发现。拉斐尔·桑齐奥（1438—1520）在装饰罗马法尔内塞宫时绘制了《伽拉忒亚的凯旋》（1511），这个主题后来大受巴洛克画家的青睐。

听一听

法国作曲家让-巴普蒂斯特·吕利（1632—1687）和德国作曲家格奥尔格·弗里德里希·亨德尔（1685—1759）都曾以伽拉忒亚与阿喀斯的故事为主题，谱写过田园歌曲。

走一走

普罗透斯曾经居住在法洛斯岛（Faros）上。这座小岛位于尼罗河三角洲，亚历山大大帝后来在它对面的沿海地区建立了亚历山大城——这座城市在公元前 3 世纪迎来了繁荣的巅峰。索斯特拉特在法洛斯岛建造了一座巨大的灯塔，来指引过路的船只。这座灯塔成了古代世界七大奇迹之一，西班牙语的灯塔"faro"一词，也是由此而来。再后来，这座小岛和陆地连在了一起，灯塔被拆除了，人们用它的一部分石头在原地建造了盖特贝城堡。

拉斐尔的《伽拉忒亚的凯旋》（1511），位于法尔内塞宫的法尔内塞别墅。

《许拉斯与宁芙们》（1896），约·威·沃特豪斯作品。画中的这位阿尔戈青年，是赫拉克勒斯的情人。他被同伴派来打水，被泉水仙女那伊阿得斯所诱惑，最后永远地消失在了世间。

塞壬的歌声

　　"塞壬"这个名字的意思是"用绳子绑人的女性"，这与她们在神话中扮演的角色相符。在人们的幻想中，塞壬是人身鱼尾的海妖，但是她们的形象并非一开始就是如此。如果往前回溯，她们应该是鸟身的女妖，再早一些，她们只是普通的少女。她们的父亲是河神阿刻罗俄斯，母亲可能是缪斯女神忒耳普西科瑞或者墨尔波墨涅。她们父母的结合，让她们既有了水神的特点，又有了音乐方面的天赋——她们最初也的确是歌声优美的小河神。

　　关于塞壬的数量和名字，现在还没有定论，不同的作家有不同的看法。她们可能是两个、三个或者四个，名字分别为：阿格劳珀、忒尔克西厄珀亚、珀伊西诺厄、摩尔珀、琉科西亚、帕耳忒诺珀、赖德涅……我们也不知道她们是什么时候变成人们所熟知的人鱼模样的。唯一确定的是，她们的歌声具有魅惑人心的力量。她们弹奏着里拉琴，吹着阿夫洛斯管，用优美的三重唱或四重唱引诱过往的水手。那么她们的身体又是如何变成鸟的呢？在某个版本的传说中，她们本来陪伴在珀耳塞福涅左右。当珀

《尤利西斯与塞壬》（1909），赫伯特·德雷珀作品。《奥德赛》中的英雄尤利西斯听闻塞壬会用歌声引诱海员，就命令他的手下用蜡堵住耳朵，并且把自己绑在桅杆上。

耳塞福涅被哈得斯抓走之后，塞壬为了找到她，就请求宙斯给她们一对翅膀。另一种说法是她

《塞壬》（1900），沃特豪斯作品。人们被塞壬的音乐所吸引，跳入海中，被海水淹死。

们因为拒绝爱情惹怒了阿佛洛狄忒，因此变成了鸟身。作为鸟身女妖，她们对自己的音乐天赋很有自信，前去向缪斯女神挑战。比赛的结果是她们输了，并且因此还被拔光了羽毛。在那之后，她们便前往意大利卡普里岛，在海边的悬崖下藏了起来，开始了吃人的活动。

拥有了新形象的塞壬，在《奥德赛》中参与了最精彩的一段情节。女巫喀耳刻提醒尤利西斯，他们将要穿过的礁石是塞壬的住所，将会十分危险。这些女妖用优美的歌声吸引船员，把他们淹死后再吃掉。当尤利西斯一行人到达这片区域时，他听取了喀耳刻的建议，让他的手下用蜡堵住自己的耳朵，然后把他绑在主桅上，这样他既能听见动人的旋律，又不必为此献上生命。在塞壬的四周，死去之人的白骨堆积如山：这是一幅非常恐怖的画面。

杀婴者拉米亚

有一些作家认为，斯库拉的母亲是利比亚的皇后拉米亚。因为赫拉的妒火，拉米亚的孩子全都死掉了，这位母亲因此变得疯狂。她趁其他女性给孩子喂奶的时候，把孩子从她们身边夺走，就这样吃掉了王国中的所有新生儿。真是有其母必有其女！

西西里岛的阿格里真托硬币，大约生产于公元前5世纪。女巫喀耳刻爱上了格劳科斯，格劳科斯爱的却是斯库拉。这位嫉妒的女巫就用魔法将海洋仙女斯库拉变成了怪物——硬币上表现的正是这一幕。

荷马在《奥德赛》的第十二卷中讲述了尤利西斯和塞壬的相遇。尤利西斯被绑在桅杆上，听见塞壬甜美的歌声，要求手下为他松绑。他的同伴按照他之前命令的，没有理会："我向同伴们耸眉，希望他们前来为我松绑，但他们只顾用力划桨。后来佩里墨得斯和欧律洛科斯站了起来，给我绑上更多的绳索。"

学者帕萨尼亚斯（公元前 2 世纪）在他的《希腊道里志》中写道，塞壬并不会吞食人类。她们小岛上堆满白骨，是因为"人类听见她们的歌声就会腐坏"。

看一看

鸟身的塞壬常常作为墓葬装饰出现，她们象征着亡者的灵魂。绘制在陶瓶上的塞壬通常为三位，可以在雅典考古博物馆和大英博物馆中看到。中世纪开始，人们用上身为美丽女子、下身为鱼尾的塞壬作为塔尖的装饰，文艺复兴和巴洛克时期也是如此。亚历山德罗·阿罗瑞（1535—1607）在装饰萨尔维亚蒂宫（佛罗伦萨）时、安尼巴莱·卡拉齐（1560—1609）在装饰法尔内塞宫（罗马）时，都绘制了塞壬的壁画。

听一听

维也纳作曲家约瑟夫·施特劳斯（1827—1870）曾经在 1868 年写过一首波尔卡 - 玛祖卡舞曲《塞壬》，这首曲子在 19 世纪末的舞厅中非常受欢迎。这位作曲家来自音乐世家，他的父亲是约翰·施特劳斯，他的兄弟分别是小约翰·施特劳斯和爱德华·施特劳斯。

走一走

传说中塞壬帕耳忒诺珀曾以自己的名字为一片地区命名。那片地区是公元前 7 世纪希腊人在坎帕尼亚意大利地区建立的一块殖民地，后来人们在这里建立了一座名为尼亚波利的城市，它就是后来的那不勒斯。现在西班牙语中的"partenopeos"还可以指意大利人。19 世纪共和党人结束那不勒斯王国后，成立了帕耳忒诺珀共和国，它的名字依然与帕耳忒诺珀有关。那不勒斯依靠海湾而建，城市的美丽和开放都离不开这个海湾。它是意大利自然和人文景观都最美丽的地区之一。从那不勒斯出发，游客可以参观附近的庞贝古城、赫库兰尼姆古城、维苏威火山、卡普里岛、伊斯基亚岛和索伦托半岛。

阿尔戈英雄的船——阿尔戈号也曾经到达过塞壬的栖息地。他们当中有一位名为布忒斯的船员，顺着歌声追过去，后来丧命了；剩下的船员则因为俄耳甫斯而得救。俄耳甫斯来到甲板上，拿出里拉琴，像塞壬一样一边弹琴一边歌唱。他的歌声无比美妙，宛如天籁，船员们不再去听塞壬的歌声，转而听他的。这一次大庭广众下的失败，颇具讽刺意味。塞壬因此失去了具有魔力的歌声，纷纷跳入海中，有的被淹死了，有的则变成了岩石。帕耳忒诺珀被淹死后，尸体随着海浪漂流到了现在的那不勒斯所在的地方。很长一段时间内，在那里都可传说卡律布狄斯曾经偷了赫拉克勒斯几头牛，愤怒的赫拉克勒斯将她扔进了海中。这位海仙女从海底浮上来，却被宙斯变成了漩涡形状的海怪，一次能够吞下一百艘船。只有伊阿宋和奥德修斯能够逃脱她的血盆大口。

以看见她的坟墓。再后来，塞壬进入冥界，成了亡灵的引路人，或者负责为亡灵演唱美妙的天籁。无论具体是哪种工作，都不影响她们成为人们垂死时祷告的对象，也不影响她们的雕像出现在陵墓之中。

斯库拉和卡律布狄斯

　　西西里海岸还为船员们准备了一个可怕的"惊喜"：在墨西拿海峡的两侧，各有一只可怕的怪兽，她们随时准备吃掉过往的旅客。这两只怪物就是斯库拉和卡律布狄斯。我们不清楚斯库拉的父亲究竟是谁，是波塞冬、普罗透斯、福耳库斯还是堤丰，但可以确定的是，女巫喀耳刻将她变成了海怪。喀耳刻在她沐浴的泉水中加入了具有魔力的草药，斯库拉浸入泉水后，从她的肩膀（另一版本说是腹股沟）处长出了六只巨大的触角，触角的另一端是疯狗的头颅。她潜伏在海峡的岸边，等待没有防备的猎物经过。她的触角就像弹簧一样，能够迅速地伸向受害者；她的狗头有三排牙齿，可以轻松地撕碎猎物——她就是这样打败了尤利西斯的六个同伴。卡律布狄斯的外表与斯库拉不相上下。她的嘴有一百只鲸鱼那么大，进食的方式也与鲸鱼类似：她不停将水吸入口中，将食物过滤出来，狼吞虎咽地吃下食物，将水原物归还。有人认为她是盖亚和波塞冬的女儿，但是很多人都不同意这种说法。尤利西斯奇迹般地逃脱了她的吸引力，但是一百名船员命丧她的口中。

　　赫拉克勒斯最后结束了这一对怪物的性命。当时他驱赶着革律翁的牛群穿过海峡，斯库拉和卡律布狄斯同时行动，吞下了很多只惊恐地哞哞叫的牛。赫拉克勒斯与她们展开了精彩的交锋，最后成功地杀死了斯库拉。宙斯负责解决卡律布狄斯：他先用闪电将她烤焦，后来又将她变成了漩涡。为了记住这两只贪得无厌的怪物，西班牙语中有一句俗语"在斯库拉与卡律布狄斯之间"，指一个人前有强敌、后有追兵；换句话说，就是进退维谷。

宁芙，诗人的宠儿

希腊神话中的宁芙（仙女），类似于凯尔特神话中的精灵，她们对希腊人而言是自然万物的化身。水仙女居住在泉水、溪流和湖泊中，陆地仙女居住在山上、树上、岩洞中和森林中，海仙女象征平静的海……只有河流因为其重要的地位由男神代表。所有的河流都是远古时期的伟大夫妇俄刻阿诺斯和忒堤斯的儿子。人类崇拜这些河神，宰杀羊、马和牛来祭祀他们。在那些拥有专属传说的河流神中，阿刻罗俄斯、欧罗塔斯、刻菲索斯、阿索波斯和阿尔甫斯最为著名。他们现在还是这些希腊河流的名字。

《宁芙与萨堤尔》（1873），威廉－阿道夫·布格罗作品。热爱美酒与女人的萨堤尔，非常喜欢宁芙。

让我们重新回到宁芙身上。就像每条河都对应着一位河神一样，在每处泉水、树林和洞穴中，也藏着一位或者几位仙女。她们不属于主神，只是一些外表为少女的精灵，活泼灵动，主要负责保护自己的属地，并且给这块地方带来生机。他们有可能是宙斯的女儿，能够发布神谕，有时候还会充当某些主神的侍从。宁芙年轻美丽，富有魅力，因此深受诗人喜爱。她们陷入爱情，或者被别人追求的故事，是诗人们丰富的灵感源泉。

宁芙虽然本身是亲和的女神，但是一旦陷入爱情中，就会表现出狂热而危险的一面。这也是为什么西班牙语中"ninfomanía"（慕男狂）一词，指女性对异性病态夸张的渴望。类似的故事发生在了赫尔墨斯和阿佛洛狄忒的儿子赫马佛洛狄忒斯身上，也发生在了阿尔戈人许拉斯的身上。他被一位宁芙拖到了海洋深处，这位破釜沉舟的宁芙愿意牺牲一切来满足自己的欲望。另一个例子是卡吕普索。这位仙女按照波塞冬的旨意，将尤利西斯留在了自己的小岛上长达七年之久。尤利西斯一直思念家乡，对她没有半分爱意。很难说两人之间究竟有几分折磨和几分快乐，但是毫无疑问的是，尤利西斯最想的还是返回伊萨卡。赫尔墨斯的儿子、西西里牧羊人达夫尼斯同样是这种激情的受害者。他恋人的名字还没有定论，有可能是诺弥亚。这位宁芙对他的爱非常炽热，好妒的她要求达夫尼斯永远保持忠贞。这位牧人后来迷上了一位公主，打破了自己的誓言，诺弥亚为了报复，就挖掉了他的双目。自那以后，达夫尼斯变成了一名吟唱悲伤歌曲的诗人，后来被视作田园诗之父。

其他类型的宁芙

- **阿尔塞伊德斯**
  百花宁芙
- **奥洛尼亚黛丝**
  森林与山谷宁芙
- **珀赫阿斯**
  山泉宁芙
- **得律阿德斯**
  守护树木的宁芙
- **赫玛德利阿得斯**
  树宁芙
- **伊勒欧洛伊**
  森林与山谷宁芙
- **林姆那得斯**
  湖泊宁芙
- **墨利阿得斯**
  桲树宁芙
- **娜裴依**
  森林与山谷宁芙
- **那伊阿得斯**
  喷泉宁芙
- **俄瑞阿得斯**
  山峦与洞穴宁芙
- **波达米得斯**
  溪流宁芙

《宁芙的聚会》（1878），威廉－阿道夫·布格罗作品。宁芙是活泼美丽的次级神，她们常常卷入爱情之中。

厄科与纳西索斯

在西班牙语中如果一个人非常自恋，其他人会叫他"narciso"（自恋者），这个词同样还是一种花的名字（水仙花）。为什么这两件风马牛不相及的事会联系在一起呢？厄科与纳西索斯的神话也许能告诉我们答案。纳西索斯是宁芙利里俄珀和河神刻菲索斯的儿子，他因此被宁芙们视作兄弟。他的母亲想要知道自己的孩子能否长寿，就前去询问当时还没有什么名气的先知忒瑞西阿斯。先知的回答让她大吃一惊："能，只要他不认识自己。"多年之后，这个预言果然应

《厄科与纳西索斯》（1628），尼古拉斯·普桑作品。厄科因为受到赫拉惩罚，只能重复别人说过的话。因为这个原因，当她像其他宁芙那样爱上纳西索斯时，怎么也无法吸引他的注意，只得到他的嘲笑。

验了，忒瑞西阿斯因此名声大噪。

纳西索斯长成了一位俊美的少年，无论男人女人都会为他的外貌所倾倒。但是他拒绝了所有的追求者，包括一直锲而不舍地追求他的仙女厄科。也许是因为这位宁芙不够有趣，毕竟她只会重复别人的话。她为什么要这么做呢？有一次，当宙斯在与其他宁芙打情骂俏的时候，她却在滔滔不绝地说话，让赫拉为此分心。作为惩罚，恼怒的赫拉将这位聒噪的仙女变成了学舌的鹦鹉，只能重复他人的言语。厄科为了纳西索斯日渐憔悴，最后身体一点点消失了，只留下说过的最后的一句话，反复回响："厄科……厄科……厄科……"

故事至此还没有结束。纳西索斯的一位追

被改编的神话

卡尔德隆·德·拉·巴尔卡（1600—1681）从《奥德赛》中汲取灵感，创作了他的戏剧《厄科与纳西索斯》，但是在很多细节上进行了修改。比如剧本的最后，发生了一场地震，纳西索斯摔死了，厄科则变成了空气。从法国作家安德烈·纪德（1869—1951）和德国作家莱纳·马利亚·里尔克（1875—1926）开始，纳西索斯变成了一位自我主义的个体，他避免爱情承诺，因为他认为这会限制自我的发展。

卡拉瓦乔的《纳西索斯》（1595）。画家阴暗的世界包围了少年。

神话来源

宁芙的神话在《变形记》中得到了详细的记载，其中笔墨最多、也最富有诗意的，是纳西索斯的故事，在第三章中占了一百七十一行。帕萨尼亚斯在一次旅程中路过了赫利孔山的泉水，他认为这里就是纳西索斯观赏自己倒影的地方。在他的《希腊道里志》中，他认为原本的故事有误。纳西索斯的的确确地爱上了自己的一位姐妹，他观看自己的倒影，只是为了记住她。

读一读

田园小说的创造者是希腊作家朗格斯（3世纪），他的作品《达夫尼斯和克洛伊》是第一本田园小说。这部作品中，达夫尼斯的神话退居其次，主要内容是田园牧歌的情节。两位主人公童年的时候被父母抛弃，在牧人身边一起长大。他们之间的爱情纯真无邪。这类文学作品在西班牙语中还被称作"阿卡迪亚式"和"牧歌式"，通常表现田园生活，带有抒情色彩。

听一听

德国作曲家克里斯托夫·维利巴尔德·格鲁克（1714—1789）的歌剧作品《厄科与纳西索斯》1779 年在巴黎上演。和其他作品一样，他也尝试将这部作品变成真正的音乐剧，加入了很多合唱的元素，以及各种场景中的舞蹈。

走一走

在希腊有许多与宁芙神话相关的景点。最具标志性的一处，就是德尔斐神庙中的卡斯塔利亚泉，它是朝圣者沐浴净化的地方。卡斯塔利亚是德尔斐的一名少女，她为了摆脱阿波罗的纠缠，跳进了这处泉水中，淹死后变成了一位宁芙。她的泉水现在用来浇灌附近的橄榄树。

求者在被拒绝后向众神乞求，希望有一日他也能尝到她的痛苦，感受那无法被满足的激情在心中掀起的狂风巨浪。阿佛洛狄忒本来对这些藐视其法术的人就有不满，随时准备报复，听见这位追求者的祈祷，就让纳西索斯爱上了他自己在一处清澈泉水中的倒影。爱上自己的人不可能得到美满的结局：如果纳西索斯太靠近水面，倒影就会消失。他一次又一次想要拥抱自己的倒影，但只徒劳地弄湿了手臂。他一直待在泉水边，不吃不喝，日渐消瘦，直到最后迎来死亡。虽然他曾经伤过很多人的心，但是当他真的死去时，泉水仙女和树仙女还是为他日日夜夜地哭泣。最后众神被打动，将他变成了一种永远朝向水源的花朵：水仙花。诗人歌唱他的绝望，画家描绘他痴情的目光，植物学家同样记住了他。现代的心理学家也贡献了几笔：他们用他的名字"narcisismo"命名青春期时病态的自我陶醉。

库柏勒和她的标志物：丰饶角、狮子、城墙状的王冠。这是座公元前 5 世纪的罗马大理石雕像。

大地女神：库柏勒与得墨忒尔

对希腊人而言，盖亚在很长一段时间里都是原始大地的象征，她创造了世间生灵。但是随着时间发展，她代表的大地的力量逐渐被几位更加人性化的女神所取代。这些女神与人类的距离更近，因此能够更好地激发人类的想象力、创造出更多的神话。第一位代替盖亚的女神是她的一个女儿：泰坦瑞亚。这位来自克里特岛的女神很快就拥有了希腊式的外表。事实上，瑞亚与克洛诺斯作为第一代天神盖亚与乌拉诺斯的子女，完全继承了父母的职位。他们也和父母一样结为了夫妇，并确立了奥林匹斯至高无上的统治地位。

但是瑞亚也很快失去了存在感，被一位来自小亚细亚的女神库柏勒所取代。在弗里吉亚地区，这位伟大的洞穴之神象征着原始的大地，被山区的人类所崇拜。她拥有支配野兽的能力，因此她的随从是狮子。她的另一件标志物是鞭子，但不是用来驯服野兽的，而是被她的祭司

《巴克斯、刻瑞斯与丘比特》，汉斯·冯·亚琛（1552—1615）作品。就像这幅画中表现的那样，酒神与大地女神有时会同时出现，因为爱而联结在一起。

用于仪式中的自我鞭笞。事实上，祭拜库柏勒的仪式最初相当野蛮。仪式以热闹的游行开始，紧接着的是陷入被附身状态后浑身抽搐的舞蹈，再往后是纵情的狂欢，最后迎来仪式的高潮：集体的自残和血浴。

这些残忍的仪式与另一位弗里吉亚的神——常伴库柏勒左右的阿提斯有关。据说阿提斯曾经爱上

公元前 7 世纪发现的钟形陶罐，从左到右依次是珀耳塞福涅、赫尔墨斯、得墨忒尔和赫卡忒。

了一个双性人，并且为他变得疯狂。在一次狂欢中，他把自己阉割了，狂欢的其他参与者也纷纷效仿。这些血腥的神话传到希腊后，很自然地变得柔和起来。希腊版的传说是这样的：阿提斯本来是一个牧羊人，被库柏勒选中，为她看守神庙，但是必须保持贞洁。

戈尔狄俄斯之结

除了阿提斯之外，我们只了解库柏勒的一位丈夫——弗里吉亚的国王戈尔狄俄斯。他因为一段与亚历山大大帝有关的故事而闻名。据说这位国王曾经在宙斯的神车上系了一个复杂的结（戈尔狄俄斯之结），没有人能够解开。有神谕说，解开这个结的人，将会成为亚细亚的主人。马其顿的亚历山大在公元前 334 年路过弗里吉亚时解决了这个难题：他直接一剑劈开了这个结。事实上，他的帝国后来延伸到了印度。

莱西马库斯当政时的四德拉克马银币(公元前 4 世纪)，上面的头像是亚历山大大帝。

库柏勒手中拿着小麦和蛇出现。

这个年轻人与一位仙女发生了关系，因此被女神变疯了，开始自残。最后，他得到了女神的原谅，重新成了女神的仆从，并且恢复了理智。库柏勒的崇拜后来传到了罗马，罗马人在很多年以后继续举办疯狂的狂欢活动，来纪念这位女神。

库柏勒嫁给了传说中弗里吉亚的国王戈尔狄俄斯，他们的儿子弥达斯继承了王位，也十分有名。弥达斯被教训的故事与他的性情有些矛盾，因为他其实是一个非常谨慎和畏惧神祇的人。他曾经救过狄俄尼索斯的老师西勒努斯，这位老人在喝醉后被一群农民抓了起来。为了奖励他，狄俄尼索斯打算实现他的一个愿望。弥达斯向他请求，给予他点石成金的能力，狄俄尼索斯应允了。之后一切都很顺利，直到进食时：所有的食物都在送到嘴边的那一刻变成了金子。弥达斯饥渴难耐，乞求狄俄尼索斯收

回他的能力。狄俄尼索斯让他前往帕克托罗斯河沐浴，河水都变成了金块，他也如愿恢复了以前的状态。但是这位国王的噩运并没有就此结束。在阿波罗和玛耳绪阿斯的比赛中，他说玛耳绪阿斯的技艺更高超，阿波罗让他长出了两只巨大的毛茸茸的驴耳朵。

耕地女神得墨忒尔

如果说盖亚、瑞亚和库柏勒象征着自然野生的土地，那么得墨忒尔就是耕地之母。在希腊所有种植小麦的地方，都有得墨忒尔的崇拜者。在阿提卡地区，她是农业女神，是水果、种子和农民的保护神。因此，她是一位象征文明的神祇，与婚姻和家庭也有关系，人类因她受益。她是克洛诺斯和瑞亚的二女儿，在奥林

得墨忒尔和戈莱的大理石雕像。"戈莱"是得墨忒尔的女儿珀耳塞福涅的别名，它同样可以指一种女祭司，她们的形象通常是盛装打扮的少女。

匹斯受到尊敬。众神喜欢她娴静的美丽，以及灿若阳光的金发。她的魅力让她的两位兄弟——宙斯和波塞冬也纷纷沦陷。波塞冬对她展开了疯狂的追求。得墨忒尔不堪其扰，变成了一匹母马，波塞冬顺势变成了一匹公马，并如愿以偿。二人的结合生下了天马阿里翁，他能够开口说话，并且右侧双腿的末端是人手。我们在后面还会再见到他，他将属于一些著名的人物，比如阿德剌斯托斯国王以及赫拉克勒斯。

得墨忒尔一直无法忘记波塞冬带给她的耻辱。很长一段时间中，她离开了奥林匹斯，变成了复仇女神中的一员，以折磨男人为乐。最后宙斯的干预才让她重新回到奥林匹斯，但是不幸的命运又开始了：宙斯也想要得到她。得墨忒尔对此非常抗拒，宙斯不得不采取了他常用的策略，进行了天衣无缝的变身，变成了一头牛。得墨忒尔后来生下了戈莱，她名字的意思是"少女"。为了肥水不流外人田，戈莱的舅舅哈得斯把她抢去做了妻子。不过这是另一个故事了，我们在下一章中将会讲到。

在《变形记》第十一章中，奥维德讲述了弥达斯无法满足自己的饥饿与干渴时感到的痛苦："这些都是五谷女神刻瑞斯之所赐，但是经他一沾，便变得又僵又硬；他饥肠辘辘，想吃一片肉，牙齿一碰到肉，肉就变成一片黄金。他把清水倒在酒神的礼物——酒里，拿起来喝，你会看到他倒进嘴里去的都是金水。这种新奇的灾难使他惶恐。他固然富有了，但是很不快活。他想逃避财富，他痛恨他不久前还在祈求的东西。食物虽多，不能充饥；口渴难熬，喉咙干裂。他被可诅咒的黄金折磨得好苦，真是咎由自取。"

看一看

库柏勒在希腊人和罗马人中都很受欢迎。希腊人将她与盖亚、瑞亚和得墨忒尔并列，罗马人将她和忒路斯、刻瑞斯、奥普斯和迈亚并列。库柏勒的形象带有清晰的亚细亚特征。她一般坐在两头雄狮之间，戴着塔状皇冠，手上拿着鞭子或者丰饶角。她在帕加马祭坛（柏林）和那不勒斯国家博物馆中均有出现。古代得墨忒尔的形象端庄严肃，带有母性光辉。她长袍及地，面纱覆盖脸的上半部，手中拿着麦穗、火把或者一篮水果。最著名的雕像是公元前4世纪的《克尼多斯的得墨忒尔》，现收藏于大英博物馆。

走一走

库柏勒崇拜起源于弗里吉亚。这片地区位于小亚细亚，主要包括桑加利乌斯河与门德雷斯河之间的高原。库柏勒的主神殿位于培希努，它是古代世界重要的朝圣中心。在距离今天的土耳其小镇巴利伊萨尔三百米处，还可以看见这座神庙的地基。这些废墟在1967年被发现，之前是阶梯状的建筑，充当朝圣者观看祭神仪式的看台。公元前3世纪末，罗马元老院曾经命令人们将这座神庙中象征库柏勒的那块黑色石头（陨石）带去罗马。在土耳其安卡拉西面几公里处，还保留着公元前7世纪前叶弗里吉亚的首都——戈尔迪乌姆的遗址。这些废墟包括曾经宏伟的城市大门，以及几座神庙和宫殿的基石。在它的附近还有一片墓地，里面有好几座坟墓，其中一座属于皇室成员。

在土耳其小镇雅兹勒卡亚附近，可以看到国王弥达斯的城市遗址。那里现在还保存着这位国王公元前6世纪的坟墓。在它的外面刻着很多弗里吉亚语的铭文，其中提到了神话中这位国王的母亲——女神库柏勒。

公元前 5 世纪的希腊红绘酒杯上的图案，图中是得墨忒尔之女珀耳塞福涅和冥王哈得斯。当她和哈得斯在一起的时候，大地被寒冬统治。

珀耳塞福涅被掳

得墨忒尔在希腊神话中以痛苦母亲的形象而闻名。她和宙斯的女儿珀耳塞福涅被哈得斯掳走了，并且被带到了冥界。在开始讲述这个戏剧化的故事之前，有几点需要说明。得墨忒尔和戈莱最初可能是同一位神祇，她不仅统治大地，也管理地下的世界。后来这个角色一分为二：母亲统治地上的耕地，女儿则统治地下未知的世界。这两种来自同一位神祇的职责看似不同，却彼此补充，在神话中也得到了对应的拟人化。无论是在崇拜中，还是在故事中，这两位女神之间的联系都十分紧密。古希腊人甚至只需要说"那些女神们"，就能够清楚地指代她们二位。此外还有一个变化，冥后的名字从戈莱（"少女"）变成了珀耳塞福涅（"带来毁灭的人"）。

得墨忒尔和珀耳塞福涅（分别对应罗马的刻瑞斯和普洛塞庇娜）的故事，开始于一个宁静的春日。那一天，珀耳塞福涅外出和仙女一起采摘花朵。当她弯腰准备采一朵水仙花时，大地在她的脚下裂开了。从翻滚着热气的深渊中，塔尔塔洛斯之王哈得斯出现了，他劫走了

《珀耳塞福涅》（1867），但丁·加百列·罗塞蒂的作品。画中是一位典型的冰冷得让人无法触及的女性。

瑞亚 + 克洛诺斯

赫斯提亚　　得墨忒尔 + 宙斯　　赫拉　　哈得斯　　波塞冬

珀耳塞福涅

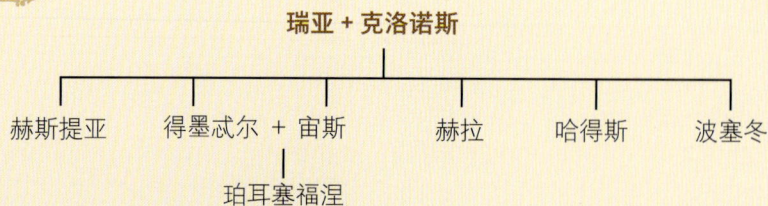

《劫走珀耳塞福涅》（1605），大约瑟夫·海因茨作品。女人们无法拯救珀耳塞福涅，只能眼睁睁地看着哈得斯带她进入冥界。

这位少女。得墨忒尔听见孩子的尖叫声，连忙跑过去帮忙，但是大地却已经合上了。这位母亲从此开始了漫长的寻女之途，途中充满了痛苦与惊险。她蒙上面纱，用火把照明，在九天之内不吃不喝地跑遍了世界的每一个角落。最后赫利俄斯告诉了她事情的原委：哈得斯在宙斯的授意下掳走了她的女儿。得墨忒尔对此非常气愤，她离开了奥林匹斯，化装成一位老妇人，一路流浪到了厄琉息斯。

厄琉息斯的得墨忒尔

当时统治厄琉息斯的是国王刻琉斯和王后墨塔涅拉，他们刚刚生了一个名为得摩丰的男婴。得墨忒尔虽然伪装得很好，但是无法掩藏身为女神丰腴的身段，因此得到了国王夫妇殷勤的招待，并让她担任小王子的奶妈。她为了感谢国王夫妇的厚待，打算把他们的孩子变成神祇。她没有用乳汁哺育他，而是用仙草涂抹他的身体，用她带有魔力的气息吹拂他，每天夜里将他放在炭火底下烤。王后墨塔涅拉有一天发现了这些奇怪的仪式，她不能理解女神的善意，惊恐万分地将得摩丰从炭火中取了出来。得墨忒尔现出了她光芒万丈的真身，遗憾这个孩子也无法逃过死劫，命令人们在厄琉息斯建造一座她的神庙。她还给了刻琉斯的长子特里普托勒摩斯一粒小麦和一辆由龙牵引的车，让他在地面上进行广泛的农业耕种。她做完这些，就离开了这座因为她的神光而变得金碧辉煌的宫殿。

当然，得墨忒尔没有忘记自己的女儿。她只是在准备一场可怕的复仇：她让大地变得贫瘠，不生产任何作物，直到她的女儿回来。为了不让人类灭绝，众神便与涉及这起事件的神协商。哈得斯同意归还珀耳塞福涅，可是珀耳塞福涅在冥界逗留期间吃了几颗石榴籽——这个行为使他们的婚姻变得牢不可破。最后，双方找到了解决办法：珀耳塞福涅一年中三分之二的时间和得墨忒尔在一起，剩下的时间和自己的丈夫一起。每当女儿与母亲团聚时，就是

珀耳塞福涅变成了与哈得斯并肩的冥界之后。

春回大地的时节；而当她们分开时，冬季又重新占领大地。

被改编的神话

珀耳塞福涅的神话在文学中得到了改编。中世纪时期流行的珀耳塞福涅形象，是一位与哈得斯共同统治冥界的地狱女神，令人畏惧。文艺复兴时期，她成了负面情欲的象征（丧失贞洁），有时也和丈夫一起代表理想的伴侣。德国诗人约翰·沃尔夫冈·歌德（1749—1832）在他的一部戏剧中用她作为主人公，将她吃石榴籽的行为与夏娃吃下苹果相类比。再后来的作家认为她并不是被抢去冥界的，而是没有抵抗住进入黑暗世界（人类不幸的深处）所带来的诱惑。

致幻剂卡吉尼亚

在厄琉息斯秘仪中，入会者会用水、面粉和薄荷调配大量名为卡吉尼亚的饮料。这种现在被称为"厄琉息斯之龙"的饮品，含有麦角真菌。这种真菌寄生于谷物，从中能够提取出致幻剂麦角酸二乙基酰胺（LSD）。这种物质能够打开人的感官，使人产生神秘的幻觉和感受：没有人能够在路过厄琉息斯、品尝过这种酒后还保持原来的模样。

《头戴冠冕的刻瑞斯》（1460），米凯莱·帕诺尼奥作品。这幅画是受费拉拉公爵所托而作，画中的女神被小爱神环绕。

《珀耳塞福涅的归来》（1891），弗雷德里克·雷顿作品。因为吞下了石榴籽，她只能每年回来与母亲团聚。

厄琉息斯秘仪

珀耳塞福涅的离开和归来带来的季节变换，是阿提卡地区很多重大节日诞生的原因。比如雅典十月末举行的地母节，就是为了庆祝冬季耕种而举行的仪式。这个属于已婚妇女的节日持续三天。春初的时候是小厄琉息斯节，信徒在这个节日中为大厄琉息斯节和"秘仪"做准备。大厄琉息斯节九月中旬开始。第一项活动是肃穆的游行，人们沿着道路从雅典走到厄琉息斯神庙，在那里取得得墨忒尔的圣物。入会者返回雅典，然后在第二天前往刻菲索斯河的桥上，用下流的言语表演争吵。之后他们会去法勒伦海湾净化身体，并献出两头猪崽作为祭品。这之后的两天，他们需要在主持秘仪的大祭司（"hierofante"，"hierós"指"神圣的"，"phaínein"指"显示"）的监督下禁食，并从事

神话来源

珀耳塞福涅的故事在荷马的《奥德赛》、献给得墨忒尔的荷马颂歌、赫西俄德的《神谱》以及其他重要作品中均有提到。伪阿波罗多洛斯在《书库》中说，得墨忒尔抵达厄琉息斯时，曾经坐在一块石头上歇脚。这块石头后来被称作"阿格拉斯托"，意思是"没有快乐的石头"。

看一看

珀耳塞福涅的形象一般是少女，她有时独自一人，有时与母亲或哈得斯为伴，有时则是在被抢走的途中。关于这位女神最精致的画作之一，来自英国拉斐尔前派重要代表画家但丁·加百列·罗塞蒂（1828—1882）。这幅名画现珍藏于伦敦泰特美术馆。画中的珀耳塞福涅手中拿着决定她命运的石榴，呈现出典型的蛇蝎美人的形象。

听一听

表现珀耳塞福涅被掳的歌剧中最著名的，是让－巴普蒂斯特·吕利（1632—1687）的《普洛塞庇娜》。在菲利浦·基诺创作的剧本中，珀耳塞福涅是一位典型的美人，因此当普鲁托抱怨自己找不到妻子的时候，众神不假思索地向他推荐了珀耳塞福涅。俄国作曲家伊戈尔·斯特拉文斯基（1882—1971）曾为法国作家的三幕音乐情景剧《珀耳塞福涅》谱写了一首乐曲，作为珀耳塞福涅未被抓走前，走在路上采摘水仙花时的配乐。

走一走

厄琉息斯神庙的遗址在距离雅典二十二公里处，它在古代曾与德尔斐并列为泛雅典宗教的中心。在那里还能看到泰勒斯台里昂神庙（由柱子支撑的方形建筑）的地基和前门。在博物馆中收藏了在挖掘中发现的象征得墨忒尔、珀耳塞福涅和特里普托勒摩斯的浅浮雕。

体操活动。最后，他们会返回厄琉息斯，在那里举行最隐秘的仪式，严格禁止外人参加。这些仪式中可能包含戏剧表演。这些戏剧与得墨忒尔和珀耳塞福涅的神话有关，演员是从信徒中万里挑一选出来的，大多数都是青年。在表演中，他们会讲述人世与地狱的种种奇闻，重现珀耳塞福涅每年在永恒的重生与死亡中来往时，必经的各个阶段。

在小亚细亚米里纳（现属土耳其）发现的酒神面具。这个戏剧面具由赤陶制成，象征悲剧的本质——人类心中的深渊。

狄俄尼索斯：每人一杯葡萄酒

狄俄尼索斯（对应罗马的巴克斯）是希腊十二主神中的最后一位。他不是希腊贵族社会和精神的创造物，而是大众想象力的产物。他的故事有一百多个不同的版本，因为这些故事不是从诗人的蒸馏器中精炼出来的，而是在平民的大锅中一股脑熬出来的。此外，因为他是酒神，每个种植葡萄的地区都贡献了自己的那一份幻想，这使这些故事变得更加复杂。他后来还成了植物之神、湿热之神、乱性之神和生育之神。

他的出生和雅典娜相似：雅典娜从宙斯的头中蹦出来，他则是从宙斯的大腿中出生。奥林匹斯之主宙斯经常前往底比斯的宫殿，拜访卡德摩斯国王的女儿——塞墨勒公主。有一天，塞墨勒请求自己的情人展示他全部的光辉，宙斯同意了。随之而来的闪电与雷火使这位公主像火把一样燃了起来，幸运的是有一株常青藤挡在了天火和她腹中的孩子之间。这个胎儿已经有六个月了，宙斯把他缝在自己的大腿上，让他继续生长发育。足月之后，狄俄尼索斯第二次来到这个世界，这也是他名字的来历——

普拉克西特利斯的雕塑作品《赫尔墨斯和小酒神》，发现于奥林匹亚。狄俄尼索斯出生时被火焰所烧，宙斯派他的信使从火焰中救出了这位未来的酒神。

古斯塔夫·莫罗（1826—1898）的《狄俄尼索斯》。

　　狄俄尼索斯就是"出生两次的孩子"的意思。

　　宙斯的这次出轨自然不可能让赫拉高兴，她打算展开报复。可怜的塞墨勒已经被烧死了，所以她只能将所有的恨意都发泄在这个孩子和他的照顾者身上。第一批遭殃的是伊诺和阿塔玛斯夫妇俩，他们统治着奥尔科梅诺斯，受赫尔墨斯委托而照顾狄俄尼索斯。赫拉让他们二人变成了疯子并亲手杀死了自己的孩子：伊诺把墨利刻耳忒斯扔进了装有沸水的锅里，阿塔玛斯把勒阿尔科斯当成鹿，用标枪射穿了他。宙斯不得不把狄俄尼索斯带到了尼萨国，把他

庞贝古城发现的一幅壁画。画上的萨堤尔看上去喝醉了，正和一位少女共舞。

变成了一只小羊羔，以躲过赫拉的追踪。狄俄尼索斯终于能够平静地成长了。仙女负责照顾她，年长的西勒努斯则负责教育他。据说他发现葡萄树和发明酿酒术的时候还是一名少年，而且他对葡萄酒的喜爱，也有可能从那个年纪就开始培养了。无论事实究竟如何，总之，赫拉后来继续报复，成功地使他变得疯癫。再加上葡萄酒的作用，这位年轻人开始像疯子一样在各地旅行，告诉每个人种植葡萄和酿酒的方法。

嗜酒者的历险记

一切能够种植葡萄树的地方，都有狄俄尼索斯的足迹。他去过维奥蒂亚、阿提卡、埃托利亚和拉科尼亚；他还拜访了许多岛屿，穿越了小亚细亚；他甚至走遍了弗里吉亚、卡帕多西亚、叙利亚、埃及和利比亚，到达了印度，用一支装备着酒神杖和鼓的军队征服了那里。酒神杖是一根顶端缀有松果，装饰着鲜花和常青藤的手杖，它是狄俄尼索斯的标志物，象征着生命和生育。在纳克索斯岛，他乘坐着豹拉的车，出现在了阿里阿德涅面前。她被忒修斯所抛弃，狄俄尼索斯安慰了她，并且让她成为了自己的女人。在另外一些地方，他受到了不同寻常的款待：比如说卡吕冬国王俄纽斯，他发现这位神爱上了自己的妻子阿尔泰娅，就直接离开了二人，给他们留下独处的机会。狄俄尼索斯的冒险经历太丰富了，多得就像降雨充

《饮酒的巴克斯》（1623），圭多·雷尼作品。"出生两次的孩子"也有可能指他本是珀耳塞福涅的儿子，却在塞墨勒的腹中成长。

沛的一年中收获的葡萄。

如果有人因为某种原因不愿崇拜他，那么就会受到狄俄尼索斯残酷的惩罚。狄俄尼索斯最喜欢的一招，是让人陷入疯狂，当然，这一招他只对女人使用。童年时的宁芙都成了他的仆人，陪伴在其左右，陷入一种神秘的永远癫狂的状态。她们被称为"迈那得斯"，意思是"发疯的女人"。后来很多被狄俄尼索斯驯服的女

人都加入她们的队伍，成了狄俄尼索斯的仆人。她们并非像人们认为的那样，是醉酒的淫乱的女人。她们是疯狂又暴力的舞者，能够毫不犹豫地将狄俄尼索斯的对手碎尸万段。她们婀娜的身体随着动作而不停地颤动，象征着永远处于变化中的自然之力。

狄俄尼索斯之旅的高潮是他下到冥界寻找母亲。他救出了自己的母亲，并且把她带到了奥林匹斯，让她成为了一位神祇，改名为提奥涅。世界上没有他不知道的地方，也没有哪个地区是那些深受世人喜爱的弯曲的葡萄藤无法扎根的。所有的城邦都为他举行热闹的祭祀活动：在阿戈里格尼亚节，人们献出一位少年作

为人祭；在勒纳节或者小酒神节，人们围绕着一根巨大的阳具舞蹈；在安塞斯塔利亚酒神节，人们品尝新收获的葡萄酿造的美酒；在最著名的城市大酒神节，人们举行盛大的游行，表演各种戏剧——悲剧、喜剧和讽刺剧等剧种划分正是由此而来。这些疯狂的祭祀活动与葡萄采摘息息相关，在这些活动中，狄俄尼索斯的祭司发挥着重要的作用。他的男性祭司被称为"巴克坎特斯"，女祭司被称作"迈那得斯"。罗马人以巴克斯的名义庆祝酒神节。虽然在公元前186年元老院禁止了这个节日，狄俄尼索斯－巴克斯的信徒还是继续着祭祀活动，纪念这位藏身于葡萄酒中的疯狂的神祇。

《狄俄尼索斯与迈那得斯》（公元前 500 年），著名的黑绘陶画家——"阿玛西斯的画家"最杰出的作品之一。狄俄尼索斯的头发精心编成一簇簇小辫，右手拿着一个康塔罗斯酒杯。他的追随者迈那得斯正献给他一只野兔。

神话来源

希腊悲剧作家欧里庇得斯（前485—前406）以狄俄尼索斯神话中最具标志性的情节为基础，创作了戏剧《巴克坎特斯》（又译《醉酒的女人》）。在彭透斯统治的城邦底比斯，城中的女人胆大妄为，质疑狄俄尼索斯的天神血统，因此被变成了迈那得斯。当她们举行酒神的仪式时，彭透斯靠近偷听，结果被自己的母亲阿高厄撕成了碎片。剧作家阿里斯托芬（约公元前445—前338）在其作品《蛙》中，也以狄俄尼索斯作为主角，不过这一次他扮演的是戏剧之神。狄俄尼索斯需要裁定阿里斯托芬的前辈——欧里庇得斯和埃斯库罗斯——谁更胜一筹。

读一读

《悲剧的诞生》是德国哲学家弗里德里希·尼采（1844—1900）的第一部作品。他在这本书中提出了两个对立的概念：日神和酒神。他认为它们是影响艺术创作的对立的两极：阿波罗象征着理想世界的平衡，狄俄尼索斯则象征未知的、可怕而残暴的世界。

看一看

大约公元前4世纪，狄俄尼索斯的形象被固定为一位无须的柔弱少年，衣着简单，手中握着酒神杖。在帕特农神庙的三角楣（伦敦大英博物馆）和阿德里安娜别墅的雕像（罗马国家博物馆）中都可以看到这样的酒神。在一块发现于提洛岛的马赛克镶嵌画中，他一手握酒神杖，一手拿手鼓，身穿

《巴克斯与阿里阿德涅的凯旋》（1597），安尼巴莱·卡拉齐在罗马法尔内塞宫的壁画。

长袍，骑在一只黑豹（他在印度驯服的动物）背上。以酒神为主角的画作中，最著名的当属意大利画家卡拉瓦乔（1573—1610）的《巴克斯》，这幅画非常有卡拉瓦乔的特点，现在收藏于佛罗伦萨的乌菲兹美术馆。

听一听

德国作曲家与指挥家理查·施特劳斯（1864—1949）曾经根据伟大的奥地利作家胡戈·冯·霍夫曼斯塔尔（1874—1929）的剧本，谱写了歌剧《纳克索斯的阿里阿德涅》。这部歌剧在1915年公演，意味着一种创作音乐剧的新方式的诞生。

走一走

安菲波利斯是靠近潘盖翁山的一座马其顿古城，以祭祀狄俄尼索斯和迈那得斯的活动而闻名。最近在安菲波利斯的四周，发现了希腊时期的城墙遗迹。雅典卫城中最著名的建筑之一，是19世纪末复原的狄俄尼索斯剧院。人们在这里举办酒神节的庆祝活动，表演埃斯库罗斯、欧里庇得斯和阿里斯托芬这样伟大的古希腊剧作家的作品。经过多次修缮后，这座剧院现在能够容纳一万七千名观众。从它的某些部分还可以看出曾经的辉煌：比如看台中央狄俄尼索斯的祭司专属的座位，上面装饰着狮子、狮鹫、萨堤尔和葡萄串等花纹。

《爱神与潘》，弗朗切斯科·曼奇尼（1679—1758）的作品。画中丘比特正在攻击潘，因为潘想要引诱他的母亲维纳斯。

好色的追求者：潘、普里阿普斯和萨堤尔

在狄俄尼索斯的身边，有一群聒噪的随从。他们和他一样喜爱饮酒，也同样好色。在这些人中最怪异的是西勒努斯，这位肥胖的醉醺醺的老人几乎无法站立，他必须坐在马车上或者骑在驴上，才不会摔个狗啃泥。这位开心的醉醺醺的老人其实拥有巨大的智慧。他作为狄俄尼索斯的义父，将自己的渊博知识都教给了他。如果趁他醉后沉睡时抓住他，就能够逼他精确地预测人的命运。因此柏拉图将他比作自己的老师苏格拉底。事实上苏格拉底的半身像也的确与西勒努斯非常相似：他们有着同样扁平的鼻子、牛一般的目光和宽大的下颌，也同样秃顶。西勒努斯大腹便便，带点可爱的坏脾气，是狄俄尼索斯宴会永远的嘉宾。

据说西勒努斯是赫尔墨斯和一位仙女的儿子，但是也有神话认为他和复仇女神一样，从乌拉诺斯被阉割时溅出的血液中诞生。无论如何，他的名字后来被用于指代一种山间或森林间的精灵，类似于萨堤尔。最著名的西勒努斯是玛耳绪阿斯，他是擅长吹奏阿夫洛斯管的乐手，据说这种乐器就是他发明的，当然也有说

《潘和普绪克》（1874），爱德华·伯恩－琼斯作品。潘神正在安慰普绪克，她在被厄洛斯抛弃后企图自杀。

149

这个黑色陶器上展示的是一个萨堤尔追求亚马逊女子的场景。

法认为是赫尔墨斯或者阿佛洛狄忒发明的。有一些作家把年老的萨堤尔也称作西勒努斯，但是二者的形象是有明显区别的。萨堤尔的样子更不像人类：他们有着尖尖的耳朵、额头上的小角、马蹄，以及某个一直直立的部位——这也是为什么，他们永远在追求迈那得斯或仙女。他们懒惰、贪玩、嗜酒，在狄俄尼索斯的狂欢节中扮演着重要的角色。

性欲强烈的潘

　　牧人和牧群的保护神潘，是一种特殊的萨堤尔。他的父母分别是赫尔墨斯和德律俄珀公主。他的母亲看见自己生出的孩子时，无法控制自己的尖叫声：这个孩子头上有双角、浑身长毛，有着山羊的身体，正从摇篮中冲她微笑。但是对奥林匹斯的居民而言，这样的一个怪物却很迷人。因为他让"所有人"都很高兴，所以他们将他命名为"潘"（来自希腊语"pân"，意思是"所有人"，虽然也有专家认为这个词根是错误的）。潘曾经参与泰坦之战，发出可怕的吼声吓走了敌人。在这之后，他仍然以恐吓旅人的队伍和仙女们为乐（西班牙语中"pánico"表示"恐怖的"，正是由此而来）：他随时准备

《潘与绪林克斯》（1635），尼古拉斯·普桑作品。

150

神话来源

荷马和赫西俄德都未曾提过潘。有一首荷马颂歌（无名氏的作品，亚历山大时期之前被认为是荷马所作）献给了这位"下为羊腿，头有双角，吵吵闹闹，微笑甜美"的神祇。在这首诗中提到了他的一些习惯，比如喜欢游览岩石嶙峋的山峰，喜欢全神贯注地抓捕野兽、然后杀死它们，以及在日暮时分吹奏排箫。

看一看

狄俄尼索斯肥胖的老师西勒努斯在壁画（庞贝古城）和石棺的浅浮雕（那不勒斯国家博物馆）中都有出现。他大腹便便，总是醉醺醺的。罗马帕拉蒂诺博物馆中的《西勒努斯与小酒神》雕塑，展示了这位老人清醒而沉静的一面。桑德罗·波提切利（约1445—1510）在1485年为美第奇城堡别墅画了一幅名为《帕拉斯与半人马》的板上油画。在这幅作品中，文明的象征——女神雅典娜，正在安抚象征野蛮的半人马。米开朗基罗（1475—1564）最初的雕塑作品中，有一座名为《拉庇泰人与半人马的战斗》（博纳罗蒂之家，佛罗伦萨）的浅浮雕作品。画面中双方的半人马的身体因为混战而扭结在一起。

听一听

著名的斯堪的纳维亚音乐家中有一位来自芬兰的作曲家——让·西贝柳斯（1865—1957），他曾经在1906年谱写了一首舞蹈间奏曲《潘神与山林女神》。在这首乐曲中，潘神空灵的笛声独奏，被爱上纳西索斯的厄科一次次重复。

走一走

从维奥蒂亚（希腊中心）的小山城阿拉霍瓦出发，可以到达帕纳索斯山附近的科律寄昂洞。这处位于一千三百米的洞穴是祭祀潘神的地方，附近的牧民从很久以前就开始了祭祀活动。在相邻的地区，人们举行狂欢聚会，纪念狄俄尼索斯。

让自己的阳具进入女人和男人的体内，用这种最地道的方式表达自己旺盛的性欲。

因此很好理解，他不费吹灰之力就进入了狄俄尼索斯的小团体，并且成为萨堤尔和西勒努斯的头领。他们常常外出"狩猎"，与那些不够谨慎的宁芙打情骂俏，最后把她们当做战利品捕获。有一天，他追赶着林中仙女绪林克斯，就在快要抓住她的时候，这位宁芙向自己的父亲河神拉冬寻求庇护，河神就把她变成了芦苇。潘听见风吹过它的声音，就把它制成了一种七孔的笛子，命名为排箫（siringa），以纪念这个错失的猎物。排箫后来成了潘最珍惜的标志物。这个故事，是潘的各种逸闻中最平和的一件。这位来自阿卡迪亚地区的神在希腊各地都有不同的模仿者，比如色萨利地区的农业和牧人的保护神阿里斯泰俄斯。这位神曾经骚扰过俄耳桑德罗·波提切利作品《密涅瓦与半人马》（1482）。

甫斯的妻子欧律狄刻，并且身为狄俄尼索斯的军队中的一员，参加了征服印度的战争。

普里阿普斯的奇特畸变

狄俄尼索斯和阿佛洛狄忒的儿子普里阿普斯，与潘神也有一些相似之处。但是这位神祇有一个非常奇怪的生理特征，无人可以比拟：他因为奥林匹斯之神的报复而与生俱来的特征，可以说是所有人中最惨的。这些特征来源于赫拉的嫉妒。一些神话认为，他真正的父亲其实是宙斯，他在一次出轨中与阿佛洛狄忒结合。赫拉害怕这个孩子会同时具备父亲的力量和母亲的美貌，就把他变成了一个畸形丑陋的婴儿，他的脑袋硕大，阴茎像身体剩下的部分一样长。阿佛洛狄忒来到兰普萨库斯，在赫勒斯滂沿岸遗弃了普里阿普斯。这个孩子由牧人抚养长大。城邦中的女人被他身上的那个器官弄得目眩神迷——他看上去就像是一匹真正的种马，随时可以让城邦添丁增口。但是她们的丈夫表示反对，并且把普里阿普斯赶出了城邦。最后，普里阿普斯被允许返回，但是只能在葡萄园或者其他的园子中当园丁，无法使用自然赐给他的巨大的阳具——它永远保持痛苦的勃起状态。

和普里阿普斯、潘、萨堤尔和西勒努斯一起围绕在狄俄尼索斯身边的，还有另外一群人，他们同样外形不正常、充满野性。这些拥有人的上半身和马的下半身的生物，就是半人马（肯陶洛斯）。他们的身世非常有趣：阿瑞斯的一个儿子——伊克西翁爱上了赫拉。宙斯好奇他能胆大妄为到什么程度，就把一片云变成了赫拉的模样。他们生下了一个半人半马的孩子肯陶洛斯。肯陶洛斯后来与佩利恩山的母马交配，生下了半人马族的其他成员。半人马最有名的故事就是他们与色萨利居民拉庇泰人的战争，战争的起因是欧律提翁试图掳走一名新娘。

性欲亢进和阴茎异常勃起

在大酒神节期间的阳物图腾游行中，人们准备了巨大的阳具模型，所有的城镇居民和这个模型一起在街上游行。这是在祭祀狄俄尼索斯、潘、普里阿普斯和萨堤尔这类神的时候，所特有的阳具崇拜。这些和生育有关的神能够导致与性欲有关的疯狂，而这种疯狂又产生了两个病理学的术语：从"萨堤尔"而来的"satiriasis"（性欲亢进），指性欲过强的男性（与女性的"ninfomanía"相对应）；和从"普里阿普斯"而来的"priapismo"（阴茎异常勃起），指影响性功能的、持续而疼痛的阴茎勃起。普里阿普斯，这位伟大的生殖之神，一直深受这种疾病的折磨。

庞贝古城维提之屋玄关处的图画，画中是商业之神和丰裕之神普里阿普斯。

埃斯科拉庇俄斯（阿斯克勒庇俄斯的罗马名字）在公元前 3 世纪的一场瘟疫之后代替父亲阿波罗成了医神。罗马国家医学图书馆。

阿斯克勒庇俄斯，医学之神

宙斯不仅统治着奥林匹斯，也统治着人间。但是人类的命运不是由他决定的，而是握在命运三女神的手中。只有她们才知道，每个人的"大限"什么时候来临。但是还有一些次级神，试图帮助人类，缓解人类的痛苦，尽其所能地延长人类的生命。在这些神中最重要的就是阿斯克勒庇俄斯，也就是罗马的埃斯科拉庇俄斯。他也许没有发明医学，但是医学的传播和发展都离不开他。无论是英雄，还是凡人，都因他而获益。

关于他的身世有多种说法，其中被广泛接受的是，他是拉庇泰国王佛勒古阿斯的女儿科洛尼斯和阿波罗的孩子。传说科洛尼斯曾经对阿波罗不忠，在怀孕时和一个名为伊斯库斯的阿卡迪亚男子偷情，并且自以为没有人会发现此事。不幸的是阿波罗之前在这位少女的身边安排了一只乌鸦，这只鸟儿把一切都告诉了自己的主人。阿波罗听到消息后勃然大怒，首先将怒气发泄在了可怜的信使身上——他把乌鸦的羽毛全部变成了黑色；然后杀死了这对恋人。在科洛尼斯的躯体在火葬的柴堆中消失殆尽之

病人的伤腿被治愈后献给医学之神阿斯克勒庇俄斯和健康女神许革亚的还愿浮雕（100—200）。许革亚是阿斯克勒庇俄斯的女儿，她还是治愈女神。此浮雕收藏于英国伦敦的大英博物馆。

前，阿波罗从她的身体中取出了这个即将出生的孩子。牧羊人阿瑞斯塔纳斯看见阿斯克勒庇俄斯四周环绕着不寻常的光晕，认为他一定是一位神，用自己的山羊喂养他，用自己的狗守护他，秘密地抚养了这个孩子。

教育阿斯克勒庇俄斯的重任，则落到了半人马喀戎的肩上。对于这位半人马我们有必要多说几句。通常提到半人马，人们会想到野蛮，

而他们无论外表还是行为举止都符合这个形容词。但是喀戎是一个例外。他博识、审慎又慈悲，是人类的好朋友。他致力于为人们提供良好的建议，教给他们有用的知识。他的学生包括珀琉斯、伊阿宋、阿喀琉斯这样的英雄，也包括我们的阿斯克勒庇俄斯。喀戎的知识面非常广，涵盖音乐、狩猎、道德等各方面，当然，还有医学。他曾经被赫拉克勒斯误伤，受伤后尝试用自己发明的软膏治疗，但是发现没有疗效。心灰意冷下，他决定隐居在一个洞穴中，安静地结束余生。可是有一个问题：喀戎是克洛诺斯和菲吕拉的孩子，因此他是永生的，无法自然死去。那么又该怎么办呢？永恒的生命对他而言本来就是多余之物，再加上处在当时的情况下，他最终决定与普罗米修斯交换位置，从而得到平静死去的权利。只有非常智慧的半人马，才能做出像他这样明智的决定。

盘绕的蛇

在喀戎那里接受了良好的训练之后，阿斯克勒庇俄斯便开始悬壶济世了。他奇迹般的医术为他赢得了极大的声誉。他甚至能够起死回生，因为雅典娜曾经送给他蛇发女妖的血液，这种血液在治疗上有着奇效。此外，因为一条蛇的帮助，他学会了用草药救人。他最著名的宝物就是那根盘绕着蛇的手杖（类似于赫尔墨斯的带翅双蛇杖），它

《阿斯克勒庇俄斯之梦》（1710），塞巴斯提亚诺·里奇作品。在开始，阿斯克勒庇俄斯神庙是一个人们生病时前往的地方，在那里，人们可以入睡并在睡梦中得到治疗。再后来，这些梦境通常在治疗师的帮助下得到阐释。

现在还是医学的标志。阿斯克勒庇俄斯的种种技能惹恼了哈得斯，这位冥界之王担心冥界因此会变得门可罗雀，便将此告到了宙斯面前，控诉这位无所不能的医生打破了生死之间本来的自然循环，危害巨大。宙斯知悉后，就用闪电劈死了阿斯克勒庇俄斯。阿斯克勒庇俄斯愤怒的父亲——阿波罗，立刻展开了复仇行动：他把那些曾经为宙斯铸造闪电的独眼巨人都杀死了。阿斯克勒庇俄斯死后变成了蛇夫座，但是他的惠及众生的善行还是通过其后代在世间流传。

阿斯克勒庇俄斯最大的儿子们是波达利里俄斯和玛卡翁，他们继承了父亲的医术，在特洛伊战争中治疗了众多伤员。他的女儿中也有几位值得一提：许革亚（Higía），她的名字是西班牙语"卫生"（higiene）一词的词根，这个

《阿斯克勒庇俄斯与蛇》。这权杖上盘绕着蛇，它们的象征意义有可能来源于克里特岛的蛇女神像，也有可能来源于克利奥帕特拉象征医术的蛇。

词来源于希腊语"hygiés"，指"健康"。他的另一个女儿帕那刻亚（Panacea）则代表草药的治疗力，这也是为什么炼金术士们追求的包治百病的药被称作"panacea"。忒勒斯福罗斯可能也是他的儿子，他是康复之神。

阿斯克勒庇俄斯的后代被称作"阿斯克勒庇阿达斯"，这个称呼也同样适用于那些信仰他的神庙医师。对阿斯克勒庇俄斯的信仰可以说是一种宗教，也可以说是一种代代相传的医学理论。希腊世界最著名的三座阿斯克勒庇俄斯神庙分别位于雅典、科斯和埃皮达鲁斯，他们可以视作现代医院的前身。病人进入神庙后，会经历几个环节。第一个环节是净化仪式，病人通过沐浴、节食和献上祭品来得到净化。之后，病人会在神庙中度过一个夜晚，阿斯克勒庇俄斯会在梦中与他交谈。病人的床就在神像旁边，上面覆盖着献祭的牲畜的皮毛。早晨来

在摩耳甫斯的怀抱中

人类一生的三分之一（睡眠）都在一位神的陪伴中，他就是摩耳甫斯。这位神是睡神许普诺斯千名子嗣中的一位，是黑夜女神的孙子和死神塔纳托斯的侄子。他的职责是变成人类的样子，出现在人们的梦中。在睡梦中，人们会以为自己遇见的和与之交谈的都是真实的人。他和父亲一样，有一对巨大的无音翅。利用这对翅膀，他能够前往世界上任何地方，悄无声息地进入沉睡者的梦境之中，而人们对他的伪装却毫无察觉。

157

神话来源

伪阿波罗多洛斯在《书库》中是这样描述阿斯克勒庇俄斯的："他成为了医生，技艺精湛，不仅能避免人类死亡，还能够起死回生：他从雅典娜处得到了蛇发女妖的血液。他用从她们身体左侧血管流出的血杀人，用从她们身体右侧血管流出的血救人。"

荷马颂歌中有一首是献给阿斯克勒庇俄斯的，篇幅很短："我先要歌颂的是疾病的治疗者，阿波罗的儿子阿斯克勒庇俄斯。佛勒古阿斯国王的女儿，神圣的科洛尼斯在多西奥平原生下了他。他是人类之喜，是痛苦的缓解者。因此我向您致敬，我的神，在我的歌声中向您祈求。"

看一看

阿斯克勒庇俄斯常见的形象是一位胡须茂密、面容祥和的成熟男性，他身上通常披着一张毯子，手中握着蛇缠绕的权杖。他有时和女儿许革亚一起出现（梵蒂冈博物馆，罗马）。在巴塞罗那考古博物馆中可以欣赏到一座美丽的阿斯克勒庇俄斯雕塑，这座雕塑来自安普里亚斯，完成于公元前4世纪。

走一走

雅典的阿斯克勒庇俄斯神庙已经所剩无几，但是在埃皮达鲁斯和科斯岛还保留着重要的阿斯克勒庇俄斯神庙遗址。在埃皮达鲁斯可以看到阿斯克勒庇俄斯神庙和神殿的基石，以及一座圆形的陵墓——有可能是阿斯克勒庇俄斯的坟墓。此外，还可以看见以前举办阿斯克勒庇俄斯运动会的竞技场的大致形状。在阿斯克勒庇俄斯运动会除了参与体操比赛外，被神庙治愈的病人还可表示感谢，他们通常会献上祭品，象征被阿斯克勒庇俄斯治愈的身体部分。这一习俗后来为虔诚的天主教徒所传承。

科斯岛的神庙中还保存着阿斯克勒庇俄斯的祭坛、一座半圆露天建筑和神庙的基石。古城帕加马（现在土耳其的贝尔加马）曾经和亚历山大里亚并列被认为是希腊在东方最重要的城邦。在这座古城中，还保留着阿斯克勒庇俄斯神庙恢宏的遗址。这座神庙是阿基亚斯建造的，为了感谢阿斯克勒庇俄斯经过埃皮达鲁斯时治好了他的疾病。很多人曾经来到这座神庙中求医，包括罗马皇帝哈德良、马可·奥勒留和卡拉卡拉。神庙总体包含一座剧院、一座图书馆、数座阿斯克勒庇俄斯神殿和忒勒斯福罗斯神殿，以及一些其他的古迹。

临时，祭司会认真地聆听病人对梦境的描述（解梦），并采取相应的治疗手段。在出院以前，病人会把金子投入圣泉之中，作为给阿斯克勒庇俄斯的诊费。阿斯克勒庇俄斯一位可能的后代是历史上真实存在的伟大医生希波克拉底，他的家庭就服务于科斯的阿斯克勒庇俄斯神庙。希波克拉底的足迹遍及整个希腊，他被视为杰出医生的代表，也是医学科学的创建者。

命运女神和生命之线

人类和英雄的命运，都掌握在摩伊赖的手上，赫西俄德把她们归于神的类别。每个人的一生中，都拥有属于自己的那部分幸福和不幸（摩伊赖），每个人也有相应的一条早已注定的人生轨迹，以及必定有限的生命。这种抽象的规律，被希腊人拟人化地表现为命运女神。她固执而不喜变通，人类必须服从她的法则，否则就会给宇宙的秩序带来危害。虽然摩伊赖受到宙斯的统治，但是就连宙斯本人也无法在她们严密的监视下改变命运之书的内容。至高无上的使命赋予了命运女神绝对的权威。哪怕是神想要帮助某位大限已至的英雄，她们也能够制止神的行为。有人认为她们是黑夜女神的女儿，即克瑞斯的姐妹。她们与克瑞斯共享某些权力，但是又各有分工：克瑞斯负责每个人死亡的方式（当她们参与时通常会流血），而摩伊赖则更关注人类的道德层面。另一些人认为命运女神是宙斯和忒弥斯的女儿，是奥林匹斯的侍女——荷赖（时序女神）的姐妹。就像克瑞斯和时序女神一样，摩伊赖（或命运女神）也是三位。她们的名字分别为阿特洛波斯、克罗托和拉刻西斯，各自有不同的职责：阿特洛波斯手执人类的命运之线，克罗托将线与线彼此缠绕，而拉刻西斯则剪断它们。这三位女神日

《阿特洛波斯，命运女神或命运》，弗朗西斯科·德·戈雅－卢西恩特斯作品。这幅作品属于他的"黑色绘画"系列，用来装饰他 1819 年搬进的"聋人屋"的墙面。1873 年，萨尔瓦多·马丁内斯·库韦利斯将这幅画从墙壁上转移到布面上，打算在 1876 年巴黎世博会上出售，却没有买家愿意购买，最后将它捐赠给了普拉多博物馆。阿特洛波斯是命运三女神中的大姐，她能够用剪刀剪断生命之线，从而决定每个人的寿命。她的妹妹分别是负责纺线的克罗托和测量线长度的拉刻西斯。

罗马的命运女神帕耳开

帕耳开起初是罗马神话中接生的神祇，类似希腊的厄勒梯亚，但是后来吸收了一些摩伊赖的特征，逐渐也变成了纺织人类命运之线的神祇形象。她们也是三位姐妹，依次管理每个人的出生、结婚和死亡。她们的雕像矗立在古罗马广场上，名为《命运三女神》。西班牙语"仙女"（hada）一词正是从拉丁语"命运"（fata）而来。

一幅罗马画作中的帕耳开。

夜不休地工作，她们静静地旁观每个人一生中的悲欢离合，等待某一个只有她们知道的时刻，在那时结束这个人在世间的旅行。她们唯一的同伴是厄勒梯亚——带领新生儿来到世间的女神。厄勒梯亚登场之后便离去，把舞台交给命运女神，方便她们立即开始工作。

神的报复：涅墨西斯

与命运女神相同，复仇女神也来源于一种伦理观。对古希腊人而言，一个凡人如果拥有了太多的权力或金钱，变得过于骄傲或者过于幸福，就会冒犯神明，因为这破坏了人应当具备的某种平衡性。就像亚里士多德提出的，最好的美德

《死亡或者命运女神的胜利》（1510—1520），佛兰德壁毯。画面表现了死亡战胜了贞洁，站着的三人为阿特洛波斯、克罗托和拉刻西斯，倒在地上的是贞洁。这幅壁毯的内容来源于彼特拉克的诗歌《胜利》：诗歌中爱情被贞洁所战胜，贞洁被死亡所战胜，死亡被荣耀所战胜，荣耀被时间所战胜，时间被永恒所战胜。

在于中庸。过度会带来神的报复。"涅墨西斯"一词正是由此而来，它的意思就是"神的报复"。如果说好运可能会带来神的报复，那么人们也可以将一部分财富献给神，从而平息女神的愤怒。但是无论在何种情况下，受命运恩惠之人贪恋财富都是不可饶恕的，奥林匹斯诸神将这种行为视作对规则的挑战。有时，就连最谨慎的人也无法完全避免涅墨西斯的怒火。波利克拉特斯是萨摩斯的僭主，一切都是那么顺风顺水，这让他心中十分忐忑，便抢在命运女神报复之前，将一枚贵重的戒指扔进了大海里。一位渔夫在一条鱼的肚子里发现了这枚戒指，将它还给了波利克拉特斯。波利克拉特斯由此得知复仇女神并没有接受他的献祭，他的命运很快也发生了变化：没过多久，他就被一位波斯总督俘虏，被钉死在了十字架上。

涅墨西斯是黑夜女神和厄瑞玻斯的女儿，属于第一代天神。一些作者认为著名的勒达之蛋其实是她的。她为了躲避宙斯的骚扰，变成了数千种不同的形态。最后，她变成了大雁，但是宙斯却变成了天鹅，趁机与之交合。涅墨西斯因此生下了一枚蛋，这枚蛋被牧民交给了勒达，她把它存放在了一个小箱子中。一段时间过后，从蛋中孵出了海伦和波吕克斯。这个神话其实是以涅墨西斯为主角的唯一一个神话，因为她的干预措施通常都是最为谨慎的。在人们对涅墨西斯的再现中，她通常举着一只手，展示某个精确的尺度，凡人不可有丝毫僭越；

爱德华·伯恩－琼斯的《命运之轮》（1883）。

乔瓦尼·安东尼奥·巴齐（又名索多马）的《帕耳开女神》（1525）。

《涅墨西斯或幸运女神》，阿尔布雷特·丢勒作品。

一只手指抵住嘴唇，表示如果不想激起宙斯的怒火，最好保持安静。

堤喀和错误

陪伴人类的一生的，还有另一些次级神。他们有时在人类实现目标时搭一把手，有时设置一些阻碍，将人类的命运一步步推向命运之书上早已写好的结局。堤喀就是其中的一位。她起初只是一种模糊的概念，后来变得日益重要，最后变成了幸运女神福尔图娜——罗马万神殿中最重要的神祇之一。对希腊人来说，她和摩伊赖或者涅墨西斯类似，只是一种单纯的概念，象征着每个人随机遇到的幸运与不幸，因此她的形象是一位彻彻底底的盲人。更有甚者，认为她是轻若羽毛的女神阿忒，象征错误。她可能是厄里斯的女儿，因为没有重量，所以能够自如地降落在人们的头顶，却能不被受害

马拉松战役

来自小亚细亚的波斯人在公元前490年登陆时，对他们能够打败希腊人胸有成竹。他们的军队有两万人，而雅典的军队与他们在沿海平原马拉松相遇时，仅有七千人。波斯人的傲慢（前文提到的不可饶恕的"极端"中的一种）遭到了复仇女神的惩罚，她将胜利赐给了雅典将军米提阿德斯。这位将军在胜利之后派了一名士兵前往雅典报信，但是士兵宣布了好消息之后就倒地身亡了：他从战场跑到雅典，跑了整整四十公里。

荷马没有提到摩伊赖，但是他提到了命运之神，认为他是神、英雄和人类命运的主宰，其力量不可违抗。赫西俄德则更加具体一些，他在《神谱》中写道："黑夜还生有司掌命运和无情惩罚的三女神——克罗托、拉刻西斯和阿特洛波斯。这三位女神在人出生时就给了他们善或恶的命运，并且监察神与人的一切犯罪行为。"他在后文写道："摩伊赖（命运三女神），英明的宙斯授予她们最高荣誉。这三位女神是克罗托、拉刻西斯和阿特洛波斯，她们使人生有幸与不幸。"

👁 看一看

在柏林的帕加马祭坛上有巨人之战的场景，其中就有摩伊赖或者帕耳开的身影。佛兰德斯艺术家彼得·保罗·鲁本斯（1577—1640）在他的《帕耳开织作玛利亚·德·美第奇的命运》中也表现了命运三女神，现在这幅作品收藏于卢浮宫。

当波斯人从阿提卡登陆时，他们带了一块帕罗斯岛的大理石，打算在征服雅典之后建造一座纪念碑。马拉松战役之后，菲狄亚斯用这块大理石打造了一尊涅墨西斯的雕像，地理学家帕萨尼亚斯是这样描述它的："在女神的冠冕上，有鹿纹和胜利女神尼刻的小图案。女神左手执苹果树枝，右手拿着杯子。"这座雕像现在已经遗失，但是后人对其某些部位的复制品保存了下来，比如在大英博物馆中就能够看到雕像的头部复制品。

🏛 走一走

拉姆努斯是雅典北部三十五公里处的小城，属于阿提卡地区。它离马拉松战役发生的地点非常近。在那里还保留着涅墨西斯多立克式神庙的遗址，这座神庙是希腊最重要的涅墨西斯神庙。在它的旁边，还有一座更小一些的忒弥斯神庙。在卫城的高处还有当时的要塞、城墙和一座小剧院的遗址。

者察觉。她会往人们的头脑中注入错误的想法，导致他们犯一些愚蠢的错误。宙斯本人就曾经是她的受害者。当赫拉克勒斯快要出生时，宙斯很庄重地宣布珀尔修斯的下一个子孙（指赫拉克勒斯）将会统治希腊。他没有想到的是，赫拉借助厄勒梯亚的帮助，让珀尔修斯的另一个后代——欧律斯透斯提前降生了。在阿忒的邪恶影响下说出的誓词成就了赫拉克勒斯的对手，赫拉克勒斯也因此不得不面对神话史上最困难的一系列挑战。自己喜欢的孩子却最终受到了损害，宙斯一怒之下将阿忒逐出了奥林匹斯，命令她只能在人间生活。从那以后，错误就开始了对人类永远的折磨。

《卡戎渡过冥河》（1515—1524），约阿希姆·帕提尼尔作品。卡戎是冥河的摆渡人，负责指引流浪的灵魂，带
领他们前往冥王的国度。作为报酬，他会收取希腊人放在死者舌下的那枚钱币。

看不见的哈得斯：不可直呼之人

当克洛诺斯和瑞亚的三个儿子瓜分世界的时候，宙斯得到了天空，波塞冬得到了海洋，哈得斯则得到了冥界。也许一开始，哈得斯并不喜欢这个离奥林匹斯如此遥远的地方——它缺少光照，充满各种犯罪活动。但是没过多久，他就安定了下来，开始游刃有余地统治这个国度。正因如此，他仅仅短暂地离开过冥界两次：第一次是为了抓珀耳塞福涅，让她成为自己的妻子；第二次是被赫拉克勒斯所伤后，前去奥林匹斯让康复之神派翁治疗伤口。但是事实上，就算他还在其他的时间中离开冥界，也没有人会知道。因为他有一顶独眼巨人为他打造的头盔，戴上之后就能隐形，雅典娜和珀尔修斯都使用过它。

哈得斯是铁面无私的冥界之主，他决不允许任何冥界居民返回人间。帮助他完成这一工作的，有无数的怪兽、妖怪和恶魔，比如摆渡人卡戎、地狱犬刻耳柏洛斯、厄里倪厄斯和珀耳塞福涅。珀耳塞福涅和她的丈夫一样冷酷无情，他们二人的关系一直是个谜。他们看上去形影不离，却没有孩子。珀耳塞福涅每年有三分之二的时间远离冥界，和母亲得墨忒尔在一起。她已知的情人只有一位，就是阿多尼斯。他不与阿佛洛狄忒在一起的时候就陪伴在她的身边。至于哈得斯，也几乎没有怎么出轨，只有两段和宁芙的恋情：一位是明忒，她和哈得斯的事被珀耳塞福涅知道后，她被残忍地践踏成了尘土；另一位是琉刻，她死后变成了白杨

一幅公元前 4 世纪的希腊图画，画中是在冥界的哈得斯和珀耳塞福涅。

树（宁芙寿命很长，但并非不会死亡）。

"哈得斯"的意思是"看不见的"。古希腊人不喜欢直接说他的名字，一方面是为了避免激起他的怒火，另一方面是因为这被视作坏兆头，非常不吉利。他们常常采取委婉的方式，用"普鲁托"（富裕的）指代哈得斯。普鲁托也是守护地下的农产品和矿产的神。作为一位可怕的神祇，哈得斯的崇拜者不多，只有埃费拉（科林斯的古名）有一座哈得斯的神殿，涅克罗曼特翁。对人们更有利的普鲁托则与之不同，在很多地方都受到人们崇拜，献给他的祭品也十分充足。向哈得斯祈祷的方式包括用手或者棍子击地，或者宰杀黑色的动物——人们常常将它们和地下世界联系在一起。

冥界同僚

哈得斯的同伴中，比较有名的有月女神赫卡忒。这位和泰坦有着血缘关系的女神最初偏

在这幅罗马的画作中，可以看见珀耳塞福涅被抢走的场景：她被哈得斯强塞进马车中。

危险的爱情

在三位厄里倪厄斯中，唯一一位拥有属于自己的传说的是提西福涅，她名字的意思是"凶杀的复仇者"。她曾经爱上一位名为喀泰戎的青年，但是因为声名不佳，求爱遭到了拒绝。故事的结尾恰恰证实了年轻人的怀疑，以悲剧告终：提西福涅用她头发上的一条蛇咬死了他，这名年轻人最后变成了维奥蒂亚的一座山。

爱人类，给予人们财富，增加人们的口才，在战争和比赛中给予人们胜利。她的能力甚至延伸到了牧群和鱼群中，通过增加和减少牧人或渔民的意志力，来改变他们的运气。后来，这位女神经历了"专业化"的过程，开始和冥界事务联系起来。她变成了巫术之神，是巫师的保护神；她会在晚上派遣恶魔来到人间，折磨人类；有时她在恶犬的护送下亲自来到人间。

她常常在墓地出现，墓碑旁和发生犯罪之处是她最爱的地方，因此人们在这些地方摆放供品，希望能够平息她的怒火。

赫卡忒虽然是哈得斯的属下，但是相对独立。地狱的其他人就不是这样了，他们要么为冥王工作，要么直接为他服务。冥王最重要的"供应商"是塔纳托斯，他是死亡的化身。塔纳托斯身披黑色的斗篷，穿梭在世间。在某些传说中，他的手中拿着一把刀，这把刀就是后来那把不吉的镰刀的前身。塔纳托斯在基督教中才开始具有不吉的意义，对希腊人而言，他只是一位身有双翼的履行职责的精灵，没有表现

《赫卡忒或帕耳开三女神》（1795），威廉·布莱克作品，这幅画的名字后来被改为了"艾涅哈蒙的欢乐之夜"。艾涅哈蒙是这位英国作者创造出来的神话人物。

在这幅扬·彼得·范鲍尔其赛特的浮雕作品《珀耳塞福涅被掳》中，冥界之主哈得斯从地底深处出现，抱住了珀耳塞福涅的一条腿，想把她带入地狱入口阿韦尔诺。

于另外三位凶猛的女性——厄里倪厄斯。厄里倪厄斯为哈得斯提供冥界的臣民，这三位姐妹的名字分别是阿勒克托、墨盖拉和提西福涅。当初乌拉诺斯的血液溅到了盖亚身上，使其受孕，生下了厄里倪厄斯，因此她们三人属于原始的希腊神祇。很讽刺的是，人们通常用"欧墨尼得斯"称呼她们，意思是"善良的"。她们下手的对象几乎都是罪犯，尤其是那些在家庭中犯罪的人。当某人犯了杀人罪，使社会成员间的信任变得岌岌可危时，厄里倪厄斯便会竖起头发上的蛇，对其展开报复。她们常常坐在弑亲者住宅的门槛处，笼罩在火把的光芒之中。她们等待弑亲者出门，然后用鞭子鞭打他。她们不会立刻将其带往冥界，而是蛊惑他和他的亲戚们犯下更多的、更恶劣的罪行。罗马人将其命名为"复仇女神"，并将其纳入可怕的冥界神祇之列。

出特别可怖的一面。其孪生兄弟睡神许普诺斯情况与他相似，只要挥动双翼，就能够让人类沉睡。有一天许普诺斯在赫拉的请求下，甚至大胆地用同样的方式催眠了天神宙斯。

和帕耳开以及地下世界相关的，还有克瑞斯。只要是发生暴力致死事件的地方，就一定有她们的身影。她们在战场上扑向伤者，用锋利的牙齿杀死他们，再饥渴地啜饮他们的血液。"哈得斯的母犬"这一绰号不仅属于她们，也属

🦋 神话来源

荷马在《伊利亚特》第五卷中讲到了赫拉克勒斯和冥王的对战，冥王因此受伤："和别的受害者一样，高大魁伟的哈得斯亦不得不忍受箭伤的折磨——在普洛斯，在死人堆里，这同一个凡人，带埃吉斯的宙斯的儿子，开弓放箭，使他饱尝了苦痛。哈得斯跑上巍巍的奥林匹斯，宙斯的家府，带着刺骨钻心的伤痛，感觉一片凄寒——箭头深扎进宽厚的肩膀，心中填满了哀愁。然而，派翁为他敷上镇痛的药物，治愈了箭伤：此君不是会死的凡人。"

赫西俄德的《神谱》中有一首为赫卡忒而作的颂歌，共计四十二行，简述了宙斯出于未知的考量给予她的各种特权。下面的这段话讲述了当人们为她举行祭祀时，她慷慨地赐予人们各种美德："赫卡忒乐意接受谁的祈求，这人就能轻易地多次得到荣誉；她还能给这人财富，因为她确有这种权力。在地神和天神所生的众多后代之中，她的所得最多。"

👁 看一看

古典时期哈得斯的形象通常手握权杖，头戴皇冠，有时还拿着丰饶角（来源于普鲁托的属性）。有时候他坐在王座上，身旁伴有地狱犬刻耳柏洛斯（锡拉库扎考古博物馆）。关于这位神明最著名的作品是吉安·洛伦佐·贝尼尼（1598—1680）的《冥王抢走珀耳塞福涅》（罗马博尔盖塞美术馆），这是一座巴洛克时期的雕塑作品。厄里倪厄斯的形象很容易识别，她们的头发是竖立着的毒蛇，就像柏林帕加马祭坛门楣上的图案一样。

▪ 走一走

希腊伊庇鲁斯地区的埃费拉神庙，是祭祀哈得斯和珀耳塞福涅最重要的宗教场所。它被称为"涅克罗曼特翁"，意思是"死者的神谕"。这座神庙毗邻阿刻戎河，据说该河通往冥界。在岩石上坐落着一座小教堂，那里就是神庙以前的位置，其希腊时期的部分遗迹得以保存至今。古时候朝圣者会前往神庙的主殿，在那里，哈得斯的祭司会举行赎罪仪式，然后吃下致幻食物进入精神恍惚的状态，从而发布神谕。据说神庙的地下室直接通往哈得斯的住所，在某些特别庄严的场合，人们还能够听见他发出的可怕的吼叫声。

涅克罗曼特翁是一座进行亡灵问卜术的希腊神庙，位于阿刻戎河河畔。据说这里是进入哈得斯的王国——地下世界的大门。18世纪，在此处建造了一座献给施洗约翰的教堂。

图为耶罗尼米斯·博斯《人间乐园》中关于地狱的片段。画面右方是对贪婪之人的惩罚，画面中间则是音乐地狱。

冥界的地图

希腊人认为世界是一个平面，四周环绕着俄刻阿诺斯（大洋）。在大洋之西，有一处阳光无法照射的荒凉彼岸，那就是冥界。后来，因为地理知识和航海经验的增加，人们航行向西，发现那里同样有国家，就逐渐摒弃了以前的想法，转而认为冥界位于世界的中心，在厄瑞玻斯所象征的黑暗地区之中。要进入冥界，不必再穿越大洋，只需进入分布在希腊各地的洞穴深处进行探索。当然，最确定的一条道路还是顺着阿刻戎河而下。这条河流真实存在，位于希腊伊庇鲁斯地区，据说它的支流通向冥界。

阿刻戎河满布沼泽，水质不佳。河水将把灵魂引向冥界的前庭，即"珀耳塞福涅之林"。这里遍布黑杨树和不育的柳树，还有一大片葬礼上常见之花——白阿福花的花原。在穿过这一片阴森的景象后，便来到了冥界的大门。此处人们将会遇见冥界的第一只怪兽——可怕的冥界之犬刻耳柏洛斯。这只三头的看门犬身上缠绕着毒蛇，它用凶恶的吼叫声迎接初来之人，不让任何人有机会离开。它是厄喀德那和堤丰的孩子，从父母处遗传了丑陋的外表和暴躁的

《赫拉克勒斯与刻耳柏洛斯》（公元前510年）。此图来源于希腊著名画师安多基德斯的双耳罐，画中展示的是地狱的看门犬被捕获的场景。

脾气。只有两个人曾经成功地安抚了它：第一位是赫尔墨斯，他使用了神奇的手杖；第二位是俄耳甫斯，他弹奏里拉琴，用美妙的音乐俘获了它。当赫拉克勒斯用暴力降服它，并且把

弗朗茨·冯·斯塔克的《西西弗斯》(1920)。西西弗斯是埃费拉的国王，他非常狡猾，当塔纳托斯来人间带走他时，却被他给锁住了。

它带上地面时，它下颌渗出的毒液滴落下来，污染了某些植物——这些植物后来成为女巫的材料。从"地狱犬"(can)衍生出了西班牙语单词"看门狗"(cancerbero)，用来指凶悍的看门人。后来这个词词义进一步延伸，被用来指足球运动中的守门员。

付给卡戎的一个银币

穿过冥界大门之后，旅者会再次来到阿刻戎河边，这一次他必须乘坐卡戎的船穿越冥河。卡戎是一位脾气暴躁的老人，如果不向他支付一银币船费的话，他会拒绝提供服务。被拒绝的灵魂只能永远在河岸的这边游荡。正因如此，希腊人不会忘记在亡者的舌下放置一枚银币，从而让亡者的灵魂能够到达彼岸。当赫拉克勒斯拜访冥界时，他也好好地"照顾"了一下这位老人：他抓住卡戎的长篙，把他狠狠地揍了一顿，强迫他把自己带到对岸。卡戎的失败自然不可能逃脱惩罚：哈得斯把他锁了起来，罚他这样被关一年。

穿过阿刻戎河，便可以到达冥界。冥界还有许多其他同样重要的河流，比如斯堤克斯河。这条河以九曲环绕整个冥界，据说他是俄刻阿诺斯和忒堤斯的儿子。也有说法认为这条河是一位宁芙，她和泰坦帕拉斯结婚，生有比亚（"暴力"）、克拉托斯（"力量"）、尼刻（"胜利"）和仄洛斯（"嫉妒"）。勒忒河是冥界的另一条河，它的河水都来源于能够让人忘记前尘往事的一处泉水。柏拉图认为，灵魂在转世投胎之前也会饮用这处泉水，清除在冥界的一切记忆。读到这里，读者应该能够发现，在哈得斯所统治的冥界，没有后来基督教地狱中的火焰，而是各种水源。因此对堕落之人的惩罚也不是永远的焚烧，而是其他的折磨方式，有时甚至只是简单地禁闭起来。

《地狱的细节》，科波·迪·马柯瓦多为佛罗伦萨洗礼堂创作的马赛克镶嵌画。

众神之誓

斯堤克斯河的河水被众神用来发誓。伊里斯用一个金杯盛放这条河的河水，将它从冥界带到了奥林匹斯。当众神进行庄严的宣誓时，就用这个金杯起誓。如果有神违背誓言，宙斯会判处他一年之内都不能呼吸空气、食用仙草或者饮用琼浆。一年之后，考验还没有结束：在接下来的九年之中，这名神祇都不能参加众神的宴会或者会议。只有十年结束后，这位神明的所有权利才会再次恢复。

死后的生活

最后，死者来到了法庭上，瑟瑟发抖地面对哈得斯和他的顾问们：埃阿科斯、米诺斯和拉达曼提斯。他们都是宙斯的孩子，在人间时均是统治者，并且表现出了对法律的热爱，因此死后被宙斯委以重任，成了冥界的法官。死者此时已经变成了一种不可以触及的实体，也就是我们俗称的"灵魂"。他们中的大多数人，会被这些铁面无私的法官判去从事和他们在世时相同的工作。对他们来说，地狱和人间相比不过是换了一种环境，生活还是同样的常

《卡戎穿越阴影》（1735），皮埃尔·苏贝利亚斯作品。

规。但是那些冒犯了神明的重罪之人，则会被打入塔尔塔洛斯。那是地狱最深的地方，这座监狱有三层围墙和金刚石做成的大门。每个人在那里都会受到与其罪行相匹配的折磨：坦塔罗斯永远忍饥挨饿，西西弗斯不停地推动着石块，半人马伊克西翁被绑在不停转动的轮子上，达那伊得斯则要灌满无底的桶。他们都是被哈得斯"选中"的居民，和他们一起住在塔尔塔洛斯的，还有曾经试图挑战宙斯权威的巨人族。在塔尔塔洛斯底部，为其他罪犯留有一片特殊的区域，在这里，他们会受到厄里倪厄斯的折磨和鞭打，被她们头发间愤怒耸动的群蛇吓得肝胆俱裂。和他们相比，正直之人的去处就有吸引力多了。他们将会永远定居在爱丽舍乐园或者幸福岛，在这些天堂般的地方不会下雨，阳光常年普照，清新的微风永远吹拂。最初这些地方只有神明才能到达，但是后来也对凡人开放了，只有那些一生无可指责的凡人才可以前往。

罗马诗人普布利乌斯·维吉利乌斯·马罗（通称"维吉尔"，公元前70—前19年）在《埃涅阿斯纪》中讲述了特洛伊英雄埃涅阿斯的冒险以及他下到冥界的经历。在书中他是这样描述爱丽舍乐园和它的居民的："纯净的空气笼罩在紫色的光晕中，充满了这片土地。阳光照耀，星辰闪烁。在原野上长草的竞技场中，一些人正在操练，他们在红土地上对峙打斗。另一些人脚尖轻触土地，歌唱颂歌，在合唱的歌声中舞蹈。色雷斯的祭司身着长袍，弹奏里拉琴的七根琴弦，用这种韵律和谐的方式作为回答……在他们之中，有因为国家而受伤之人，有作为祭司终生纯洁之人，有歌声媲美阿波罗对神忠诚的吟游诗人，有创造艺术让生命高贵之人，也有因为行善而名垂千古之人。"

👁 看一看

在希腊陶器上出现最多的哈得斯的仆从，当数刻耳柏洛斯。通常他的形象有两个或者三个头，尾巴上布满毒蛇。在纪念赫拉克勒斯功绩的雕塑上也常常能看到它，因为在十二功绩中有一件是用武力把它从地狱带到人间。出现在这一情节中的刻耳柏洛斯可以在奥林匹亚神庙的排档间饰上看到，也可以在雅典卫城的忒修斯神庙看到。

🎵 听一听

阿刻戎河和它的支流科库托斯河穿越了位于希腊西海岸的伊庇鲁斯地区。在流经一片多山和荒凉的地区之后，阿刻戎河在河口附近变宽，形成了一片沼泽湖。传说中人死后，灵魂需要穿越这片湖面到达黑暗的世界。后来人们排空了湖中的水，填满了湖泊，在原来湖泊的地方建了法纳利平原，用于种植玉米和大米。在阿刻戎河的河岸矗立着祭祀哈得斯的涅克罗曼特翁神庙遗址。

《刻耳柏洛斯》（1824—1827），威廉·布莱克作品。在但丁的《神曲》中，这头怪兽看守地狱关押贪食之人的第三层。更早的版本中，它则看守着地狱的大门。刻耳柏洛斯是厄喀德那和堤丰的儿子，它在神话中最重要的出场与赫拉克勒斯有关：赫拉克勒斯来到冥界释放忒修斯时，顺便绑走了它。

《普罗米修斯造人》，让－西蒙·贝泰勒米（1802）和让－巴蒂斯特·莫泽兹（1826）作品，现收藏于巴黎卢浮宫的玛尔斯厅。这幅画作展示了普罗米修斯神话的一个版本，他在雅典娜的面前创造了世间第一个男人。

普罗米修斯与火

　　和古时候所有民族的人一样，希腊人也对火十分着迷。由火产生了许多不同的崇拜，比如对赫利俄斯的崇拜，崇拜温暖和照亮大地的太阳；又比如对宙斯的崇拜，崇拜击打和烧焦一切的闪电。最早的人类怀着恐惧和崇拜的心情观察天上之火和地上之火：火山的熔岩，森林自发的火灾，敲打两块石头时产生的火星，沼泽上方飘荡的磷火等等。对他们而言，这种奇妙的元素是为神而不是为人而创造的，因此只有神明知晓它的秘密。怎样才能驾驭这种时而在我们头顶跑过，时而在我们脚下神秘划过的光热之物呢？

　　为人类取得火种的是普罗米修斯，他是伊阿珀托斯和海洋仙女克吕墨涅的儿子，他和父亲一样都是泰坦。普罗米修斯名字的意思是"预知者"，他最重要的武器是他的智慧。在泰坦叛乱的时候，他的家族一直保持中立，直到宙斯的胜利已经是板上钉钉了，才选择支持这位奥林匹斯未来的主人。但是他并未放弃自己的复仇计划。他以前用泥和水（也有可能是他的眼泪）创造了人类，他想通过帮助人类，来完成复仇。

《普罗米修斯被伏尔甘用铁链锁住》（1623），迪尔克·凡·巴布伦作品。因为偷火，这位泰坦被宙斯下令锁在一块石头上。

《被缚的普罗米修斯》（1611—1612），彼得·保罗·鲁本斯作品。普罗米修斯的内脏一次又一次地被老鹰啄食。

有的版本认为人类不是普罗米修斯的造物，而是盖亚自发的创造品。第一批人类除了会死亡之外，与神明几乎完全相同。

据说在克洛诺斯统治的时代，最初的人类享受一切的快乐与完美：那是黄金时代，地上的居民无忧无虑，永远不会感到疲惫。在这之后是白银时代，罪恶开始在人类心灵滋生，他们变得脆弱而冷漠。直到那时，自然都十分慷慨，但是需要耕种才能收获食物。克洛诺斯的统治结束后，就开始了青铜时代。邻里之间出现不和，人类开始受到阿瑞斯的影响，彼此残杀。文明出现，世间仍有诚实正直的痕迹，但是已经让位于弱肉强食的法则。赫西俄德认为，在这之后是英雄的时代。这个时代中带头的，是那些在底比斯和特洛伊战斗的勇猛的战士。更常见的说法是，青铜时代之后是黑铁时代。这个时代充满了不幸与不公、放荡和暴力、苦难和罪恶等诸多希腊人犯下的罪责，就像当下一样。怎么可能会产生如此的后代呢？

创造女人

要想解释这一问题，我们还要回到普罗米修斯身上来，谈谈这位心怀怨恨的宙斯的亲戚，以及他博爱的行为。在上文中的一切不幸发生以前，生命有限的人类因为与神十分类似，受到了雅典娜的喜爱，她帮助普罗米修斯给这些小人注入了灵魂。宙斯不相信人类会那么善良，以防万一，打算在他们之间建立起自己的威信，让他们屈服于自己。他召开了一次盛大的会议，人类和众神都参加了这次会议，共同商讨祭品应该如何在两边划分。作为考验，他让普罗米修斯负责分配一头巨大的牛。众所周知，普罗米修斯非常狡猾，他在这次分配中也耍了小聪明：他先把牛的肠子和最鲜美的肉分为一堆，在上面盖了牛皮；再把骨头分为一堆，在上面覆盖了诱人的油脂。他让宙斯先挑选，宙斯选择了伪装后的第二堆。当他发现被骗时，勃然大怒，从人类中间夺走了火。

但是普罗米修斯在这之前就已经展开复仇计划了，他已经取得了火种。关于他如何取得火种有两种说法：一种是他前往利姆诺斯岛，偷走了赫菲斯托斯锻炉中神火的火种，藏在芦管中，带给了人类；第二种说法是他借赫利俄斯的马车点燃了一把火炬。无论过程如何，结果都是相同的：人类能够完全自由地使用这种珍贵的元素了。火对工业的繁荣十分重要，人类不必再仰仗众神的鼻息。这一切，保证了人类作为一个物种的扩张。

宙斯被普罗米修斯大胆的举措激怒了，暗中策划了针对人类的新灾难。他让赫菲斯托斯用泥土创造了一种拥有一切美德的新生灵，将她呈现在奥林匹斯众神的面前。所有的神都为她惊人的美丽而倾倒，纷纷送给她礼物。

扬·科西耶斯（1600–1671）的作品《普罗米修斯》。普罗米修斯从奥林匹斯盗取火种后，在前往人间的路上被撞见，因此这幅画又名《普罗米修斯运火》。

179

朱尔斯·约瑟夫·列斐伏尔的作品《潘多拉》
（1882）。

弗朗索瓦·布歇的作品《维纳斯拜访伏尔甘》
（1732）。

就像我们在前文中看到的，雅典娜本来就很喜欢这些"人偶"。除了教给她纺织的技艺外，她还在这名女子的头上覆盖了精美的面纱，为她戴上花环，然后在她的头顶戴上了金冠。阿佛洛狄忒让她充满了女性魅力，并且赐予她能够引起异性强烈欲望的能力。美惠女神用珠宝装饰了她的脖子，赫尔墨斯则教给了她说话的技巧，使她能够通过取悦异性的谈话操纵对方的心灵。众神提供的礼物非常之多，他们因此将她命名为"潘多拉"（"Pandora"，在希腊语中"pan"指"全部"，"doron"指"礼物"）。

当人间的第一名女性准备就绪后，宙斯给了她一个密封严实的神秘的容器，然后把她作为礼物送给了厄庇墨透斯——普罗米修斯一个不怎么聪明的兄弟。事实上，"厄庇墨透斯"这个名字的意思就是"先行动再思考的人"。宙斯精密的复仇计划已经缓缓展开了。

神话来源

关于普罗米修斯的传说，除了赫西俄德的《神谱》之外，古希腊悲剧作家埃斯库罗斯（公元前6—前5世纪）的作品也是一项重要来源。他以普罗米修斯为主人公创作了三部曲《被缚的普罗米修斯》《被释放的普罗米修斯》和《带火的普罗米修斯》，只有第一部作品保存了下来。在这部作品中，普罗米修斯因为"太爱人类"，宁愿遭受折磨也不愿向宙斯屈服。在第二部作品中，半人马喀戎代替了普罗米修斯，他重获自由，并且告诉了宙斯自己从忒弥斯处获知的秘密。第三部作品《带火的普罗米修斯》，可能表现了雅典地区普罗米修斯崇拜的起源。

读一读

在对话体作品《普罗泰戈拉篇》中，希腊哲学家柏拉图（公元前428—前347年）谈到了政治和道德上的美德。在书中，诡辩学家普罗泰戈拉讲述了以下这个故事。众神曾经让普罗米修斯和厄庇墨透斯负责为世间万物分配相应的能力，但是厄庇墨透斯将美德全部分给了动物，轮到人类时已经什么也没有了。普罗米修斯看到这一切，就从赫菲斯托斯和雅典娜处偷来了智慧的火苗和艺术，让他们能够生存下去、发明语言并满足自己的各种需求。

看一看

普罗米修斯最经典的形象是一位被锁链束缚的泰坦，内脏被老鹰所啄食。从文艺复兴开始，关于这一主题有许多壮观的画作，比如杰出的画家提香和鲁本斯笔下的作品。

听一听

从路德维希·范·贝多芬（1770—1827）的《普罗米修斯》序曲开始，这个神话就成为了浪漫主义音乐中一个广受青睐的主题。比如匈牙利钢琴家和作曲家弗兰兹·李斯特（1811—1886）就谱写了一首同名的交响诗，表现普罗米修斯内心的激烈斗争以及他对宙斯的挑战。在19世纪末期，法国作曲家加布里埃尔·福雷（1845—1925）在让·洛兰剧本的基础上，创作了抒情悲剧《普罗米修斯》。

古斯塔夫·莫罗的《普罗米修斯》（1868），展示了老鹰啄食普罗米修斯内脏的场景。

《潘多拉》（1881），劳伦斯·阿尔玛－塔德玛作品。

潘多拉与洪水

普罗米修斯清楚地知道宙斯对他所保护着的人类不怀好意。他告诉粗心大意的厄庇墨透斯，在任何条件下都不可接受奥林匹斯送来的东西，因为那份礼物毫无疑问将是有害的。但是厄庇墨透斯习惯先行动再思考，并没有听取自己兄弟的建议。他一看见光彩照人的潘多拉就决定娶她为妻，把她带到了人类中间。潘多拉打开了宙斯给她的魔盒，盒中的东西立刻涌向四面八方：它们是一个人所能想象的最可怕的罪恶和灾祸。厄庇墨透斯想要关上盒子，但是为时已晚，只有正要飞出盒子的希望被留了下来。因为潘多拉，不幸席卷了整个世界。

人类就这样快速地堕落了。但是如果你认为这样足以平息宙斯的怒火，那就太天真了。在这个问题上，宙斯决定彻底毁灭他这些可笑的对手，用一场巨大的洪水淹死这些日益变坏的蝼蚁。普罗米修斯一直处于警惕状态，他察觉到即将发生的一切，提前通知了他的儿子丢卡利翁。丢卡利翁统治着色萨利，他的妻子是厄庇墨透斯的女儿皮拉。当洪水开始淹没大地时，这对夫妇登上了小船（比诺亚方舟小得多

《夏娃，第一个潘多拉》（1550），老让·库辛的作品。画中的女士一手放在著名的魔盒上，另一手放在一个头骨上。画中的风景就像从骷髅的内部看出去一样，增加了作品的悲剧色彩。

的船，因为这艘船只为容纳两人而建），因而幸免于难。小船在暴雨的冲击中漂浮了九天九夜，最后终于雨过天晴。两人站在奥斯利山的山顶，终于再次踏在了坚实的地面上。其他的人类都

已经死去，丢卡利翁和皮拉二人感到了无穷无尽的孤独。

　　据说宙斯怜悯这对异教的"亚当"和"夏娃"，派赫尔墨斯前去满足他们一个愿望。丢卡利翁希望宙斯能够再给人类一次机会。但是这一传说还有另一更有趣的版本。洪水退去后，丢卡利翁和皮拉来到了德尔斐，向女神忒弥斯咨询，得到了如下神谕："离开神庙后，在你们的头上蒙上面纱，松开腰带，并且把你们祖母的骸骨向身后扔去。"听到这么荒谬的信息，任何人都会觉得女神是在胡言乱语。但是在最初的震惊之后，他们很快就理解了神谕的比喻意义：他们应该遮挡住太阳，分开向前走，一边走一边向身后扔石头。难道大地盖亚不就是他们的祖母吗？那么石头不就是大地的骸骨吗？

丢卡利翁扔下的每一块石头，都变成了一个男人，皮拉扔下的，则纷纷变成了女人。人类就这样再次填满了世界，但是这种可怜的人类已经无法再回到黄金时代了。

普罗米修斯的内脏

　　在这个悲喜交织的结局的基础上，宙斯又以其惯有的专横，生生地添了几笔。狡黠的普罗米修斯为了逃脱惩罚，给他设置了太多的挑战，这位奥林匹斯之主因此命令赫菲斯托斯以众神铁匠的身份，将普罗米修斯锁在高加索山的石块上。他对此仍不满足，还派了一只鹰去啄食普罗米修斯的内脏。每天晚上，普罗米修斯的内脏被老鹰吞噬，到了白天，又慢慢地生长和恢复。普罗米修斯想让宙斯放了他，徒劳地诅咒宙斯，大声地警告他自己知道一个事关其统治的重要秘密。这会是一个新的诡计吗？为了以防万一，宙斯在停止折磨之前先锁了他三万年。三万年以后，他允许赫拉克勒斯射死老鹰，并且破坏了锁着普罗米修斯的锁链。

克里斯蒂安·格里彭克尔的《普罗米修斯》。

神话来源

宙斯为了报复，让赫菲斯托斯创造了潘多拉——关于世间第一位女性的情节最早记录在赫西俄德的《工作与时日》中。希腊诗人巴布里乌斯（2世纪）在他的《伊索寓言》中修改了神话内容，将潘多拉魔盒中的物品变成了世间各种美好之物，它们是奥林匹斯之主赐予人类的礼物。潘多拉打开盒子时，所有的美好之物都从中逃出，回到了众神那里，只留下了希望。

读一读

卡尔德隆·德·拉·巴尔卡（1600—1681）的作品《普罗米修斯的雕塑》取材于一个比赫西俄德的作品还要早的传说：潘多拉是伊阿珀托斯的儿子普罗米修斯创造的。雅典娜给了她一个盒子，并利用她引起普罗米修斯和厄庇墨透斯两兄弟的不和，让他们二人都爱上了潘多拉。最后众神饶恕了这对兄弟，潘多拉和普罗米修斯结婚了。

《赫西俄德与缪斯》（1857），古斯塔夫·莫罗作品。

宙斯来到普罗米修斯面前，双眼射出锐利的光芒，直直看向他：揭露秘密的时刻到了，如果这只是普罗米修斯逃避惩罚的幌子，他也能有所准备。虽然两人之前有过种种不和，但是这一次普罗米修斯清清白白，并没有撒谎。他骄傲地回视宙斯，告诉他不要继续追求海洋仙女忒提斯（他没有告诉宙斯自己是如何知道的）。她的儿子会远远胜过自己的父亲。出于谨慎考虑，这位奥林匹斯之主相信了神谕之言。他停止追求这位有些危险的仙女，将她嫁给了凡人珀琉斯。时间证明普罗米修斯是正确的：这对夫妇生下了著名的阿喀琉斯，而珀琉斯在儿子的衬托下早已被人们遗忘了。

宙斯感激普罗米修斯及时的建议，决定赐给他自由。他以前曾经发誓永远不会松开他，

被改编的神话

从中世纪起，潘多拉在文学作品中扮演的角色就在不停地改变。最初人们把她视为异教的夏娃，身负原罪；之后她代表一般的诱惑；再后来她则成了女性缺陷和特点的一种范式。英国剧作家约翰·李利在《月亮上的女人》（1595）中，让潘多拉置身于一个全是单身牧羊人的世界中，从她出现开始，这位任性的女子就引起了男人们一场又一场的纷争。在约翰·沃尔夫冈·歌德的《潘多拉的回归》（1807）中，潘多拉的盒子中盛放的是女性真正的美德——梦想与美丽，象征着科学与艺术。

为了不违背誓言，只好让普罗米修斯戴上一枚用锁链的金属做成的戒指，并随身携带一块高加索山的小石头——这样普罗米修斯就还是以某种方式被锁在岩石上。普罗米修斯虽然和宙斯同样身为泰坦的儿子，但是他的生命却是有限的（神话没有解释为什么）。如果他没有在路上遇到阿斯克勒庇俄斯的老师——半人马喀戎，那么他也会像凡人那样，迎来生命的终结。喀戎对生命感到厌倦，二人经过简短的交谈后，决定进行交换：喀戎代替普罗米修斯前往冥界，普罗米修斯则永远地留在奥林匹斯。雅典人将普罗米修斯视为人类的恩人，认为他大胆地为人类偷取火种，是文明真正的创造者。人们在柏拉图学园中为他设立了祭坛，和缪斯女神、美惠女神、厄洛斯和伟大的赫拉克勒斯一起接受崇拜。

近邻同盟

安菲克堤翁是丢卡利翁和皮拉之子，也是普罗米修斯和潘多拉的孙子。他将雅典命名为"雅典"，使其置于雅典娜的保护之下。他还创立了近邻同盟（anfictionía，来源于希腊语"amphiktíones"，意思是"居住在附近的人"），同盟由结盟的十二个希腊城邦代表组成，每年召开两次会议（春秋各一次），商议和共同利益有关的问题。除了雅典的近邻同盟之外，在希腊的各个地区都有类似的同盟。会议期间商议的话题除了宗教建筑的维护（特别是德尔斐神庙）之外，有时还会制裁同盟的成员，甚至可以将其排除在同盟之外。如果有成员拒绝严格遵守共同决议，在会议上还可以对其宣战。

《潘多拉》（1861），皮埃尔·卢瓦宗作品，位于巴黎卢浮宫方庭的东侧。

巴黎卢浮宫博物馆方庭中的赫拉克勒斯浮雕，该作品由菲利普－洛朗·罗兰在 1806 年完成。

超级英雄——赫拉克勒斯

赫拉克勒斯（罗马的海格力斯）是英雄的代名词。他浑身肌肉，力气过人，再加上一件有力的武器——他常用的是一个巨大的棒槌，能够完成许多史无前例的壮举。他是一切史诗中的英雄和漫画中超级英雄的鼻祖，他能够完成任何挑战，赢得一切战争。在介于奥林匹斯诸神和凡人之间的半神中，他是当之无愧的头领。那么对古希腊人而言，英雄究竟指的是什么呢？荷马的"英雄"是指那些因为强壮的身体、过人的勇气和伟大的壮举而出类拔萃的人类。赫西俄德第一个提出英雄是英雄时代的代表，他赋予了他们不同的出身：所有的英雄都是神和人类结合生下的后代。对一个民族来说，英雄是那些最为瞩目的先辈，他们是后人和神祇的联结。和普通人类不同，英雄永远不会失去最初的那些非凡的能力。此外，他们与众神之间地位平等，会在众神面前为人类说情。赫拉克勒斯就是这种理想愿景的最好体现。

虽然还存在争议，但是在常见的词源学中，赫拉克勒斯的意思是"赫拉的荣耀"。罗马人叫他"海格力斯"，意思是"力大无穷的"。他的

《小赫拉克勒斯徒手掐蛇》（62—79），庞贝古城维提之屋的罗马画作。

母亲阿尔克墨涅是阿尔戈英雄普罗米修斯的孙女，他"名义上的"父亲安菲特律翁同为普罗米修斯之孙。之所以说"名义上的"，是因为赫拉克勒斯真正的父亲是宙斯。宙斯趁安菲特律翁不在的时候假扮成他的模样，与阿尔克墨涅同床共寝。二人的结合生下了一对双胞胎：赫拉

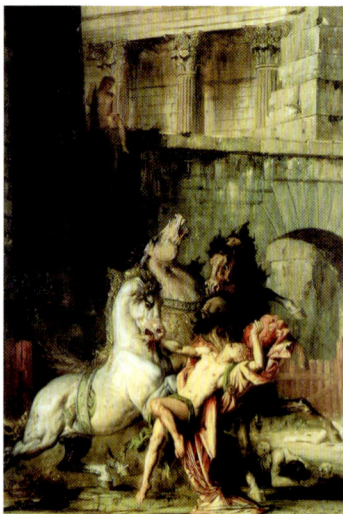

《狄俄墨得斯之马吞食主人》（1870），古斯塔夫·莫罗作品。在赫拉克勒斯的第七件伟绩中，狄俄墨得斯所养的食人母马吃掉了自己的主人。赫拉克勒斯在这件任务中，需要从这位色雷斯国王手中偷走这几匹马。

空中，形成了银河。

克勒斯和伊菲克勒斯。女神赫拉因宙斯的不忠而愤恨不已，派两条巨蛇来到两个孩子的摇篮前。伊菲克勒斯被吓得惊恐地大叫，但是赫拉克勒斯却毫不畏惧地徒手掐死了这两条蛇——他当时只有八个月大。也有人说，为了让赫拉克勒斯能够获得永恒的生命，赫尔墨斯趁赫拉睡着时，将他抱到了她的胸前：一部分乳汁流进了赫拉克勒斯的胃里，另外的则倾泻在了天

赫拉克勒斯在山林间和牧人们一起长大，他不停地锻炼着自己的肌肉。森林是他的健身房，石块是他的哑铃，倒下的树干则是他的杠铃。他不仅关注自己的身体，也关注自己的头脑和灵魂。拉达曼提斯教他如何运弓射箭，卡斯托耳教他如何使用武器，半人马喀戎教他天文学和医学知识。他还有一位不幸的老师——利诺斯，赫拉克勒斯在他这里学习音乐。当他弹奏里拉琴走音时，常常会受到这位老师的责骂。有一天，这个不听话的学生用一块石头砸死了自己的老师，也有说法是他直接把乐器砸到了老师的头上，无论如何，老师都因此身亡了。没过几年，赫拉克勒斯的体型和力量都变得非常巨大，就像他的胃口一样。他能吃下和喝下很多东西：他曾经有一次在饥饿的时候直接吞下了一整头牛；他饮水的桶非常大，两个成年人都不一定能抬起来，但是他一只手就可以搞定。他的未来看似非常光明，但是突然间，一切都发生了翻天覆地的变化。

十二功绩

赫拉为了报复，让赫拉克勒斯突然发疯，杀死了自己和底比斯公主墨伽拉所生的孩子。赫拉克勒斯来到德尔斐神庙，向神询问如何才能得到净化，神谕告诉他应当前去为欧律斯透斯服务。欧律斯透斯统治着阿尔戈利斯地区，他对赫拉克勒斯怀着刻骨的仇恨。他向赫拉克勒斯提出了著名的"十二任务"，希望这些强大的对手中能有某一位夺走赫拉克勒斯的性命。

约翰·辛格·萨金特的作品《赫拉克勒斯》（1921）。图画以非常独特的视角再现了赫拉克勒斯的第二件伟绩：杀死海德拉。

第一项任务：涅墨亚的狮子。这只著名的狮子在涅墨亚城附近的森林中大肆破坏。赫拉克勒斯用箭射中了它，用大棒槌打断了它的肋骨，最后用手臂勒死了它。他用它的皮毛做了一件刀枪不入的披风。

第二项任务：勒耳那的巨蛇。这只怪物居住在勒耳那的沼泽。有的作者认为它有七个头，有的认为它有九个头，还有的认为有五十个头。它的头砍下一个，立马又会长出一个新的。赫拉克勒斯先是用他的大棒槌砍下巨蛇的头，可是发现毫无用处。后来在他兄弟伊菲克勒斯的儿子伊俄拉俄斯的帮助下，用火把烧毁了巨蛇所有的头颅。

第三项任务：厄律曼托斯的野猪。赫拉克勒斯来到位于阿卡迪亚地区的厄律曼托斯山，活捉了这头野猪。欧律斯透斯看到他把野猪扛在肩上，来到自己面前，大惊失色，吓得钻进了一个用于藏身的青铜缸中。

第四项任务：刻律涅亚的牝鹿。这头鹿金角铜蹄，体型巨大，因此吃光了庄稼。因为它是阿尔忒弥斯的圣兽，赫拉克勒斯不愿让箭穿过它的身体，只是跟随在其身后，一直不停地追逐它，一年之后才在拉冬河畔捉住它。

第五项任务：斯廷法利斯湖的怪鸟。这些贪婪的鸟拥有铁翅膀、铁喙和铁爪。它们体型巨大，数目众多，飞起来可以遮天蔽日。赫拉克勒斯用铜钹驱赶它们，再用箭消灭了它们。

第六项任务：克里特的牛。这头愤怒的公

191

牛是波塞冬送给克里特岛米洛斯国王的礼物，赫拉克勒斯驯服了它，并且将它交给了欧律斯透斯。但是欧律斯透斯不小心让公牛逃跑了，在马拉松平原到处作恶，最后被另一位英雄忒修斯抓获了。

第七项任务：狄俄墨得斯的母马。色雷斯的国王狄俄墨得斯很喜欢自己的这些马匹，它们能够喷火，吃掉了所有路过的异乡人。赫拉克勒斯让这些马儿吃掉了自己的主人，然后将它们带给了欧律斯透斯。

第八项任务：希波吕忒的腰带。据说阿瑞斯曾经给了亚马逊人的女王希波吕忒一条腰带，象征着女王的权力。赫拉克勒斯为了抢夺这条腰带，杀死了这位女王。另一个版本说这位勇猛的女战士的朋友或者妹妹墨拉尼珀落入了赫拉克勒斯的手中。希波吕忒为了救她，把腰带交给了赫拉克勒斯。

第九项任务：奥革阿斯的牛棚。奥革阿斯是赫利俄斯的儿子，统治着埃利斯。这位国王有几千头牛，因此牛棚内累积了很多粪便。赫拉克勒斯使阿尔甫斯河和珀纽斯河改道，从牛棚流过，清理了这个污秽的地方。

第十项任务：革律翁的牛。革律翁是一只有着三个躯干和三个头的怪物，它可能居住在伊比利亚半岛的西海岸。帮助他看守牛群的，还有可怕的双头狗俄耳托斯。赫拉克勒斯一棒

《赫斯珀里得斯的金苹果园》(1869–1873)，爱德华·科利·伯恩－琼斯作品。在第十一项任务中，赫拉克勒斯必须从这个花园中偷走金苹果。看守这个花园的女仙名为"赫斯珀里得斯"，花园也由此得名。

《赫拉克勒斯与安泰俄斯》(1478)，安东尼奥·德·波拉约洛作品。这位巨人居住在利比亚沙漠中，只要他接触到大地——他的母亲盖亚，就战无不胜。赫拉克勒斯最终打败了他：他将安泰俄斯举到空中，让他无法接触地面，安泰俄斯就窒息而亡了。

几乎所有的古代作家都提到了完整的或者部分的赫拉克勒斯传说。荷马的《伊利亚特》、赫西俄德的《赫拉克勒斯之盾》和品达的诗歌中都多次提到了赫拉克勒斯的伟绩。希腊文法学家普罗迪科斯（公元前 5 世纪）在他的寓言故事《十字路口的赫拉克勒斯》中，讲述了赫拉克勒斯在困难的美德之路和轻松的享乐之路之间的抉择。赫拉克勒斯变疯后亲手弑子的情节，为两部重要的悲剧作品提供了素材。这两部作品的题目都是《愤怒的赫拉克勒斯》，一部来自希腊剧作家欧里庇得斯（公元前 5 世纪），另一部来自罗马剧作家卢基乌斯·安涅乌斯·塞涅卡（1 世纪）。

看一看

赫拉克勒斯在古代艺术作品中的形象通常浑身赤裸，手执棒槌，披着涅墨亚狮子的皮毛，就像《法尔内塞赫拉克勒斯》（那不勒斯国家博物馆）展示的那样。这座雕塑是罗马时期的仿作，据说原作出自留西波斯之手。雕塑《幼年赫拉克勒斯勒死蛇》（罗马卡皮托利尼博物馆）则展示了他人生中的第一件壮举。古希腊许多宗教建筑内都用赫拉克勒斯的十二功绩作为装饰，欧洲重要的博物馆中都收藏着相关的残片。

走一走

涅墨亚城的遗迹位于科林斯附近，包括一座宙斯神庙和一座举办涅墨亚运动会的运动场。在附近的一个洞穴中，赫拉克勒斯勒死了那头著名的狮子。古勒耳那位于阿尔戈斯湾，赫拉克勒斯杀死海德拉时所在的那片沼泽已经干涸大半。当地居民称，这些沼泽深不可测，它们是通向冥界的一处入口。斯廷法利斯湖是赫拉克勒斯第五件功绩发生的场所，它由阿索波斯河的河水形成，位于伯罗奔尼撒半岛北部。这一布满沼泽的地区一直延伸到斯廷法利斯城脚下，它的四周环绕着海拔接近两千米的高山。

槌就打死了这条狗，可是这个任务最困难的部分还在后面：他为了把牛群赶到欧律斯透斯的面前，经历了种种艰难险阻。

第十一项任务：赫斯珀里得斯的金苹果园。象征晚霞的仙女赫斯珀里得斯看守着金苹果园。在前往那里的旅途中，赫拉克勒斯先后消灭了安泰俄斯、布西里斯、艾菲达蒙和埃马提翁。最终他来到了目的地，并且在赫斯珀里得斯的父亲阿特拉斯的帮助下摘到了珍贵的金苹果。

第十二项任务：前往冥界。欧律斯透斯认为这个任务是不可能完成的，他要求带回地狱犬刻耳柏洛斯，赫拉克勒斯尝试之后肯定会放弃，因此他特意把这个任务放到最后一个。出人意料的是，赫拉克勒斯不仅完成了任务，还顺便打败了卡戎，释放了忒修斯，并且打断了哈得斯的牧牛人墨诺忒斯的肋骨。

这幅赫库兰尼姆古城的壁画展示了赫拉克勒斯和他的儿子相遇的场景。这个孩子被抛弃在画中坐着的女性代表的地区，一头鹿正在给他喂奶。

赫拉克勒斯的新功绩

　　赫拉克勒斯从欧律斯透斯处获得自由后，没有就此休息，而是继续完成值得纪念的丰功伟绩。只有这位英雄本人才可能讲述他所有的事迹，因为几乎所有的希腊城邦和地区都吹嘘自己是赫拉克勒斯某项伟绩的发生地。赫拉克勒斯勇气十足，甚至敢于挑战神明：荷马说他为了报复赫拉对他曾经的迫害，用一支三叉箭重伤了女神。哈得斯也曾经被他射伤过。在一个非常炎热的日子，他觉得太阳的光芒过于恼人，就用标枪掷向了赫利俄斯。当他参加奥林匹克运动会时，没有人敢出来迎战。宙斯喜爱自己的这个儿子，胜过喜爱其他任何凡人或者神明。他想体验一下和儿子同台竞技的感觉，就伪装成一个运动员。在长时间的比赛后，二人旗鼓相当，打成了平手：宙斯现出了真身，热烈地祝贺自己的对手。

　　但是身体健壮并不是赫拉克勒斯唯一的长处，他还拥有无边的勇气。有时候这种接近鲁莽的勇敢会让他面对一些人类难以完成的挑战。除了赫拉克勒斯之外，还有谁敢同死神搏斗呢？这一件伟绩的起因是阿尔克斯提斯。阿

《赫拉克勒斯和翁法勒》（1724），弗朗索瓦·勒穆瓦纳作品。因为爱情，赫拉克勒斯变成了这位吕底亚女王的奴隶。

被改编的神话

早期的基督教作品喜欢将赫拉克勒斯和参孙进行类比。参孙是《圣经》中的角色，他同样因为女性的背叛（大利拉）而遭到灭顶之灾。文艺复兴时期和巴洛克时期，人们尝试把这个故事朝天主教教义改编，在史诗化和道德化之间摇摆。到了现代，人们开始对赫拉克勒斯去神秘化。瑞士小说家和剧作家弗里德里希·迪伦马特的广播喜剧《赫拉克勒斯与奥革阿斯的牛棚》是这类作品的代表。

鲁本斯的《醉酒的赫拉克勒斯》（1611），展现了英雄不为人知的一面。

尔克斯提斯是阿德墨托斯的妻子。阿波罗给予了阿德墨托斯一项特权：只要有人愿意代替他去死，他就可以逃过一死。甘于奉献的阿尔克斯提斯愿意为他牺牲，变成了冰冷的尸体。赫拉克勒斯为了救回她，和塔纳托斯大打了一架，最后成功地夺走了她，把她带回了人间。她复活后变得比以前更加年轻美丽。

赫拉克勒斯的另一优点就是机智。他的机智、勇气和力量共同构成了他百战百胜的原因。在对抗安泰俄斯的时候，他遇到了一个难题：安泰俄斯是波塞冬和盖亚的儿子，只要他的双脚接触大地，他就能从母亲那里吸收能量。赫拉克勒斯将他举了起来，让他无法自我恢复，最后取得了胜利。在取得赫斯珀里得斯的金苹果时，他表现得更为机智。赫斯珀里得斯是阿特拉斯的女儿，她们的父亲被罚用双肩托起整个宇宙。赫拉克勒斯向他提议，愿意代替他让他休息片刻，但是作为交换，他要去帮他偷取金苹果。这位巨人答应了他的提议，但是偷完金苹果返回时却后悔了，不愿意再次托起世界。赫拉克勒斯假装同意，告诉他自己愿意代替他，但是先让他给背上放个垫子，这样感觉舒服一些。阿特拉斯相信了他的话，把世界接了过来。赫拉克勒斯一获得自由，立刻就捡起旁边的金苹果，一溜烟地跑掉了。这是一个多么典型的普罗米修斯式的诡计呀！

一夜五十个女人

赫拉克勒斯有无数成就，也有无数女人。他十八岁的时候曾经在忒斯皮俄斯国王的官殿中过夜，一夜之间与国王的五十个女儿发生了关系。也有说法是他用了七个晚上，还有的说他每夜只和一名女性同床，因为黑暗和疲惫，他一直以为每晚是同一个人。除了墨伽拉之外，他的妻子中比较有名的还有以下几位：伊俄勒公主，赫拉克勒斯在一次射箭比赛中赢得了她；翁法勒女王，她把赫拉克勒斯作为奴隶买了下来；得伊阿尼拉，她的嫉妒最后导致了这位英雄的死亡。

得伊阿尼拉是卡吕冬国王俄纽斯的女儿。河神阿刻罗俄斯在之前与她有婚约，因此两位追求者为此发生了冲突。赫拉克勒斯打败对手后，带着新妻踏上了回乡之路，却没想到途中奥宇埃诺斯河水猛涨，他们被生生截住去路。就在他们准备打道回府时，半人马涅索斯表示愿意将得伊阿尼拉驮过去。赫拉克勒斯同意了，率先渡河到了对岸。他回头一看，却发现涅索斯打算趁机强奸他的妻子。赫拉克勒斯连忙一箭射过去，正中目标。涅索斯自知难逃一死，将自己染血的长袍交给了得伊阿尼拉，告诉她这件东西能够让男人回心转意。这位年轻的女子十分天真，没有怀疑就收下了这份奇怪的礼物，单纯地相信这件东西以后可能会有用。

《火葬柴堆中的赫拉克勒斯》（1617），圭多·雷尼作品。赫拉克勒斯忍受着半人马衣服上毒液带来的痛苦，决定自杀。他搭建了火葬的柴堆，打算跳进去。画面选择的正是这个瞬间。

以弗所的铜币，上面是赫拉克勒斯和伊俄拉俄斯（公元前 161—前 138 年）。

多年以后，赫拉克勒斯在一次旅程中掳走了伊俄勒公主。她是他年轻时的恋人，多年过去，他的爱意并没有减退。得伊阿尼拉知道这件事后，将涅索斯的长袍寄了过去，认为它能够让丈夫重新爱上自己。赫拉克勒斯没有怀疑，穿上了长袍，却没想到长袍上的剧毒瞬间就侵入了他的骨髓。他徒劳地想要将长袍脱下，可是却发现长袍已经紧紧地粘住了自己的皮肤：他的死期到了。他自己动手，在俄忒山上搭了一个柴堆，然后躺在其中，让他的同伴点火，帮他早一点解脱。只有菲罗克忒忒斯听从了他的命令，作为回报，他得到了赫拉克勒斯的弓

箭。当火苗就要触及赫拉克勒斯的身体时，这位宙斯之子升到天上，来到了奥林匹斯。他和赫拉和解了，并且娶了青春女神赫柏为妻。

贪得无厌的欧律斯透斯继续迫害赫拉克勒斯的后代。忒修斯的儿子得摩丰把他们收留在了雅典，但是时不时还是会受到欧律斯透斯的骚扰。直到有一天，赫拉克勒斯的一个侄子结束了这位君主的性命，为自己曾经饱受折磨的祖先报了仇。多年过后，赫拉克勒斯的后代夺取了伯罗奔尼撒半岛，这位伟大英雄的血脉遍布整个希腊，世世代代地繁衍了下去。

赫拉克勒斯战胜他的一个敌人。

神话来源

索福克勒斯以赫拉克勒斯的死亡为题材，创作了悲剧《特拉基斯少女》。"特拉基斯的少女"指的是居住在特拉基斯城的少女，她们是这部作品的主角；但同时也是得伊阿尼拉在死之前信任过的少女——得伊阿尼拉因为害死了自己丈夫而饱受折磨。塞涅卡在《俄忒山的赫拉克勒斯》中用戏剧的方式再现了这个主题，将赫拉克勒斯变成了一位坚忍不拔的英雄。

听一听

17世纪和18世纪的许多歌剧作品都取材于赫拉克勒斯的一生。这类作品中的杰作有格奥尔格·弗里德里希·亨德尔（1685—1759）1744年创作的宗教剧《赫拉克勒斯》，这部作品讨论的是英雄的人生尽头。法国作曲家卡米尔·圣－桑（1835—1921）以赫拉克勒斯的传说为灵感，创作了交响诗《翁法勒的纺线杆》。在这部作品中他尝试用音乐的方式再现赫拉克勒斯厌倦了各种任务，自暴自弃地卧在翁法勒的脚边，为她纺织毛线的情节。

曼努埃尔·德·法雅（1876—1946）希望他的歌剧《亚特兰蒂斯》能够成为他此生的巅峰之作，可是未能完成就与世长辞了。他的学生埃内斯托·阿尔夫特结合法雅留下的草稿，完成了老师的作品。在这部歌剧中，赫拉克勒斯被表现为一位神话时代的伟人，剧本灵感来源于加泰罗尼亚诗人哈辛特·贝达格尔的同名诗歌。《亚特兰蒂斯》1961年在巴塞罗那公演。

走一走

在联结雅典和色萨利区的公路中，有一段被称为赫拉克勒斯之路。这段公路联接希腊中部小城布拉洛斯和伊拉克利亚，据说是赫拉克勒斯穿上那件染毒的长袍的地方，他后来还在附近俄忒山的山峰为自己搭建了火葬柴堆。在这条盘山公路上，可以尽享陡峭的山景，还可以俯视整个帕纳索斯的风光。

在土耳其城市埃雷利（距伊斯坦布尔三百公里，位于黑海沿岸），可以看到色诺芬在《长征记》中提到的"赫拉克勒斯的洞穴"。传说中赫拉克勒斯从这些洞穴中的某一个下到了地狱，抓获了地狱犬刻耳柏洛斯并释放了忒修斯。希腊的船员把形成直布罗陀海峡的两处海岬阿比拉和卡尔佩称为"海格力斯之柱"。神话记载，赫拉克勒斯在前往金苹果园的途中，将石头分成了两块，从而能够从地中海直接前往大西洋。

《海格力斯杀死海德拉》（约1430年），安东尼奥·波拉约洛。

威廉·布莱克的《米诺斯》（1824—1827）。画中但丁和维吉尔下到了地狱第二层，收容淫邪之人的地方。米诺斯是这一层的统治者，维吉尔正在告诉他不要阻拦他们的去路。

米诺斯向雅典开战

和其他的希腊重要城市一样，雅典也有属于自己的神话英雄。这座阿提卡的首府最初由刻克洛普斯建立，他也是该地的第一位国王。刻克洛普斯来自埃及的一个史前村庄，他上半身为人身，下半身却是蛇尾，非常具有神话的特点。他建立了第一座用于防御的堡垒——卫城，并且将它命名为刻克洛庇亚。当波塞冬和雅典娜为了谁来保护雅典居民发生争执时，刻克洛普斯作为裁判判定雅典娜获胜，因为她种植了一棵象征和谐的橄榄树。刻克洛普斯是一位公正的君王，爱好和平。他废除了人祭，建立了阿瑞俄帕戈斯法庭，并且教会了他的臣民如何书写，以及要把死者掩埋起来。

他的三个女儿名字分别为阿格劳洛斯、赫耳塞和潘德洛索斯。雅典娜曾经交给阿格劳洛斯一个篮子，篮子中是她在赫菲斯托斯处受辱后生下的孩子。她命令阿格劳洛斯千万不可打开篮子。三位姐妹受好奇心驱使，忍不住偷看

1959 年在比雷埃夫斯出土的青铜雅典娜雕像。这座比雷埃夫斯的雅典娜全身像，高 2.35 米，是该地发现的公元前 400 年群雕中的一座。

了一眼：在篮子中躺着女神的儿子厄瑞克透斯，他的四周环绕着蛇。这幅场景让三位公主受到了很大的刺激，她们彻底疯了，从卫城的高处跳下自杀而亡。厄瑞克透斯受雅典娜教养长大，后来成了刻克洛普斯的继承人。

另一位和神话有关的雅典国王是潘狄翁，他继承了厄瑞克透斯的王位。他被人们铭记不是因为政绩，而是因为他是一位不幸的父亲。他的两个美丽的女儿普洛克涅和菲罗墨拉都因为他女婿的暴行而受害。他的这个女婿名叫忒柔斯，是色雷斯的国王。他和普洛克涅结婚不久后就强奸了她的妹妹，并且割下了她的舌头，这样她就无法说出这件事了。可怜的菲罗墨拉在一件无袖衫上绣了这件事的始末，然后把它拿给普洛克涅看。普洛克涅为了报仇，就把儿子伊提斯肢解成小块，在宴会上呈献给了自己的丈夫。忒柔斯追赶这两位姐妹，想要除之而后快，但是众神在这个时候插手了：他们把忒柔斯变成了戴胜，把普洛克涅变成了燕子，还把菲罗墨拉变成了夜莺；小伊提斯也复活了，被变成了红额金翅雀。

潘狄翁另有一子，也叫厄瑞克透斯，他继承了父亲的王位，成为雅典第六任国王。这位国王在与厄琉息斯的战争中以牺牲自己的女儿为代价取得了胜利，因此被人们所铭记。他的无数后代中有一位名为埃勾斯，是著名的阿提卡英雄忒修斯的父亲。在那个时代，阿提卡地区相对来说比较平静安宁，文明不断发展和巩固。但是来自克里特的国王米诺斯很快就打破了这种宁静，成了这个地区繁荣的终结者。

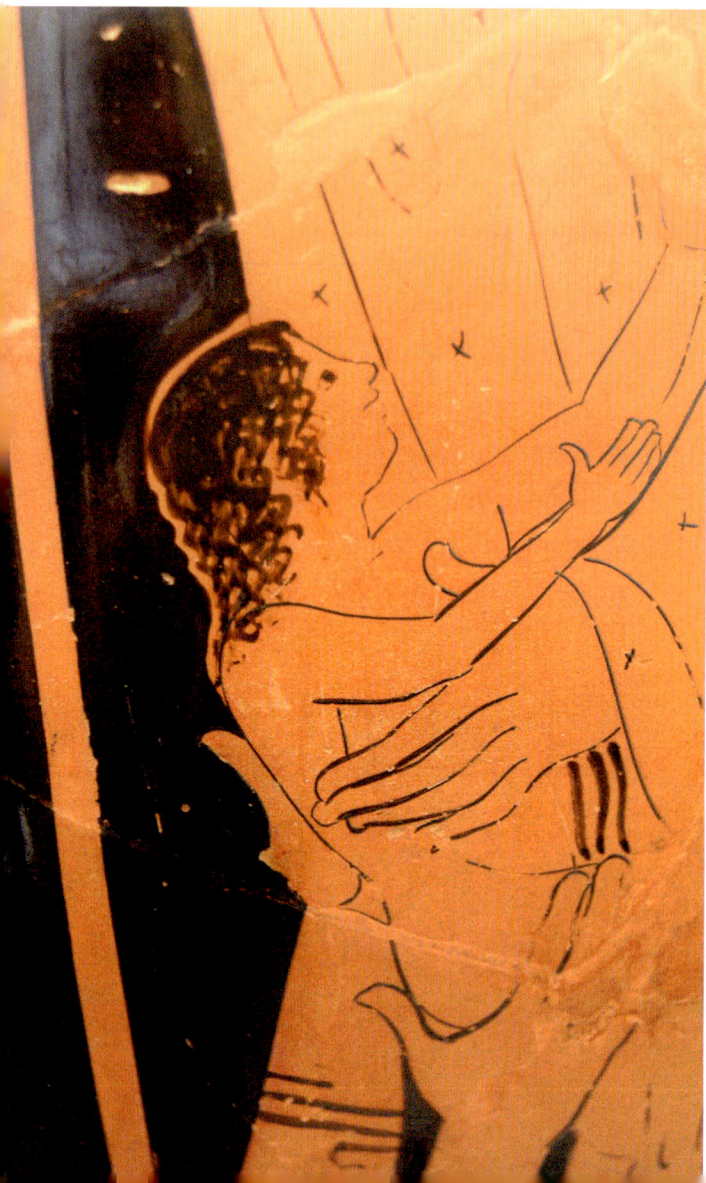

这个公元前 470—前 460 年的红绘陶罐上展示的是厄瑞克透斯出生的场景。雅典娜从盖亚的手中接过了他。

帕西淮与兽交媾

米诺斯有充分的理由对雅典宣战。他的儿子安德罗格奥斯是一位杰出的运动员，他曾前往雅典参加埃勾斯国王举办的运动会。埃勾斯看见他战胜了其他对手，就让他去与那只曾经被赫拉克勒斯降服、逃跑后在马拉松平原作恶的公牛对战。可怜的安德罗格奥斯被牛角顶伤，一命呜呼。他的父亲知道这个消息后，马上就准备了一支舰队，向阿提卡地区进军。

米诺斯登陆后没有耽误分毫，立刻率领士兵向雅典的邻城墨伽拉前进。统治墨伽拉的是埃勾斯的兄弟尼索斯。在战场上取得胜利以前，米诺斯已经在情场告捷：尼索斯的女儿斯库拉在城墙上远远地看了他一眼，就深深地爱上了他，并且为了他背叛了自己的父亲。尼索斯

《米诺斯在这里》，古斯塔夫·多雷为《神曲》绘制的插图。画中米诺斯坐在地狱第二层的入口处。

庞贝古城壁画《帕西淮和代达罗斯》，画中是王后和智者。

的头上有一根金色的头发，只要这根头发还长在他的头上，他就不可能被别人打败。斯库拉剪掉了父亲头上的金发，米诺斯趁机攻打墨伽拉，活捉了这位公主。他没有怜惜这位背叛者，把她绑在他的船头，淹死了她。众神后来把她变成了百灵鸟。

在袭击雅典时，他就没有这么幸运了。虽然宙斯在雅典散播时疫，助他一臂之力，但是城池还是久攻不下。在长时间的围城之后，雅典人同意每年向他交纳贡品，包括七名男子和七名女子，来喂养米诺斯岛上的可怕怪兽——弥诺陶洛斯。这样的一只怪物又是从何而来的

呢？原来在米诺斯掌权之初，曾经请求波塞冬从海洋中变出一头牛，他承诺会把这头牛作为祭品献给波塞冬。但是牛真的出现后，米诺斯就反悔了。波塞冬为了报复，把这头牛变疯了，还让米诺斯的妻子帕西淮对这头牛产生了畸形的爱意。负责万物之爱的是阿佛洛狄忒，她在制造爱情时从未有过任何失误，但是这次却出现了意外。这位王后愿意不惜一切代价满足自己的欲望，她向智慧的代达罗斯请求帮助。米诺斯的这位廷臣用皮和木头做了一只逼真的母牛，然后让帕西淮钻了进去。那头疯狂的公牛跑过来，与母牛交媾，帕西淮就这样得到了身为牲畜的情人。这次非自然的结合生下了弥诺陶洛斯，这只怪兽犯下了种种恶行，直到忒修斯杀死他，并救出了每年被当作食物送来的雅典人。

除了外表非凡之外，米诺斯还是一位治国有术的君王。他制定了公正的法律，保证了社会活力健康的发展。他的名字可能实际上对应着数位克里特的国王。人们用他的名字命名这种文化，即米诺斯文明。在之后的两千年中，米诺斯文明延伸到了爱琴海沿岸，对希腊文明产生了深远的影响。

米诺斯的制海权

米诺斯文明从公元前 2800 年开始一直持续发展，直到公元前 1400 年，在迈锡尼文明强大的影响下逐渐式微。米诺斯文明繁荣的基础是它的海军实力，或者说制海权（talasocracia，希腊语"thálassa"指"海洋"，"krátos"指"力量"），这也是传奇的国王米诺斯征服阿提卡的原因。米诺斯文明的伟大在艺术领域表现得淋漓尽致。它的建筑风格宏伟大气，好用美丽的壁画（如上图所示）或浮雕作为装饰。

神话来源

伪阿波罗多洛斯（约公元前 2 世纪）是这样讲述小厄瑞克透斯的故事的："雅典娜将他放在一个篮子里，交给了刻克洛普斯的女儿潘德洛索斯，禁止她打开篮子。潘德洛索斯的姐妹们因为好奇打开了篮子，看见一条蛇缠绕着一个孩子。有人说她们被蛇咬伤后丧命，还有人说她们因为雅典娜的愤怒而变疯了，从卫城上跳了下去。"（《书库》，第三卷，第十四段，第六行起）

帕萨尼亚斯（2 世纪）是这样讲述这个故事的："据说雅典娜将厄瑞克透斯放在一个篮子里，把它交给了阿格劳洛斯、赫耳塞和潘德洛索斯三姐妹，禁止她们因为好奇而打开篮子。潘德洛索斯听从了她的命令，但是她的姐妹却打开了篮子，在看见厄瑞克透斯之后变疯，从卫城最陡峭之处跳了下去。"（《希腊道里志》，第一卷，第十八段，第二行）

走一走

在雅典卫城耸立着一座小而典雅的神庙。这座神庙是献给国王厄瑞克透斯的，名为厄瑞克忒翁。神话记载这位国王至少有五个女儿：普罗特吉尼亚、普洛克里斯、克瑞乌萨、克托尼亚和俄瑞提亚，她们曾经发誓如果中间有一人死亡，其他人也不会独活。厄瑞克透斯和厄琉息斯打仗的时候，德尔斐神谕说如果他想要获胜，必须要烧死一名女儿。他最后选择了普罗特吉尼亚。其他公主遵守自己的誓言，在姐姐死后纷纷自尽。面对公主们的牺牲，雅典人颂扬厄瑞克透斯，把他当作神来崇拜，为他建造了一座神庙。泛雅典娜节的游行结束的地方就是厄瑞克忒翁神庙的大门前。这座神庙最壮观的部分是它的女像柱。雕像一共有六座，是身着长袍的少女的模样，高两米多，作为柱子起着支撑作用。为了避免受到污染，真品已经被撤走了，现在神庙中的都是复制品。若想欣赏原件，可以前往附近的雅典卫城博物馆或伦敦的大英博物馆。

厄瑞克忒翁神庙位于雅典卫城，是献给雅典娜、波塞冬和国王厄瑞克透斯的神庙。它建成于公元前 406 年，在 7 世纪时变成了拜占庭的教堂，在 15 世纪成为女子闺房，再后来还被用作火药库。神庙中的女像柱是后来的复制品。

《太阳或伊卡洛斯的坠落》（1819），梅里－约瑟夫·布隆代尔作品。这幅画陈列于巴黎卢浮宫阿波罗厅的古希腊、伊特鲁里亚和罗马展区。

代达罗斯与伊卡洛斯

如果说代达罗斯是一切科技的始祖的话，伊卡洛斯就象征着科技带来的风险。代达罗斯是一位典型的艺术家：他是建筑师、雕塑家和发明家，发明了数千种实用的装置，令人啧啧称奇。伊卡洛斯则尝试着打破不可能，实现人类自古以来就有的一个梦想：像鸟类一样在天空中翱翔。他因为父亲的发明而死，最后却作为勇敢青年的形象被历史铭记。

代达罗斯是雅典人，他是雅典的创建者刻克洛普斯的后代。他的血管中可能流着神的血液，也许来自阿瑞斯，也许来自赫菲斯托斯。他在手工方面非常有天赋，据说他的一项爱好就是制造可以自己活动的动物雕像。此外，他还是一位好老师。他的侄子塔洛斯跟着他学艺，这位青年从鱼骨（也有说法是从蛇的颌部）得到灵感，发明了锯子。代达罗斯嫉妒徒弟的发明，把他从卫城的最高点推了下去。我们不确定究竟是阿瑞俄帕戈斯法庭判了他死刑（或者流放），还是他在判决结果出来前就逃亡到了克里特岛。总之，他来到了克里特岛，在这里为米诺斯的朝廷效命。

弗雷德里克·雷顿的《代达罗斯与伊卡洛斯》（1869）。图中父亲正在为儿子调整翅膀。

孩子的面包

米诺斯死后，驻扎在西西里岛的克里特军队在当地建立了一座城市，名为赫拉克利亚米诺，并且在城里为米诺斯立了墓碑。另一支从克里特岛出发的军队，因为风暴的原因偏离了航线，在希腊各地辗转流浪。神谕告诉他们，应当在把泥土和水当作食物提供给他们的地方定居。有一天他们在马其顿看见了一群孩子用泥土做面包玩。当孩子们很开心地邀请他们品尝"面包"时，他们明白了这就是神谕所说的地方，于是在这个地方安营扎寨，永远地定居了下来。

夏尔·朗东的《代达罗斯与伊卡洛斯》（1799）。

虽然雅典人一再强调代达罗斯在雅典出生，但是他最杰出的作品却与克里特岛联系紧密。这并不是偶然，因为克里特岛孕育的文明比这些古希腊人所创造的更加高级——那就是米诺斯文明。这一文明后来在公元前12世纪因为移民风暴而消失了。

代达罗斯在克里特岛所做之事，与之后很多天才相同（比如阿基米德和列奥纳多·达·芬奇）：他用自己的头脑和艺术天赋为外国的权贵服务。他为米诺斯国王建造了一个迷宫，没有人能够从它错综复杂的道路中走出来。他还为王后帕西淮制造了一头机械牛，让她能够与波塞冬的疯牛交媾。米诺斯知道他们的奸情时为时已晚：弥诺陶洛斯已经出生了。米诺斯把这只怪物锁在迷宫中，下令逮捕了代达罗斯，指控他用自己的才能让这种出格之事变成了可能。

代达罗斯和宫中女奴纳乌克拉特生有一子，名为伊卡洛斯。有可能正是因为这位女人的帮助，他才从监狱中逃了出来。但是还有一个难题：要怎么从岛上离开呢？米诺斯的士兵控制着岛上所有的港口，要想离开，只能从天空中走了。伊卡洛斯的神话正是由此而展开的。

小心赫利俄斯！

代达罗斯的创造力不会枯竭。他用架子做了两双翅膀，覆盖上羽毛，再把它们用蜡粘在自己和儿子的肩上。

《伊卡洛斯的坠落》(1558),老彼得·勃鲁盖尔作品。

他们先稍微试了试,发现翅膀能够正常使用,然后就开始飞行了。代达罗斯一再警告儿子,要保持一个合适的高度。如果飞得过低,浪花会打湿他的羽毛,翅膀会因此变重,不利于飞行;如果飞得过高,太阳的热量就会融化翅膀上的蜡。

他们离开了克里特岛沿岸,飞到了大洋上空。这个时候,伊卡洛斯开始得意忘形了。他感觉天空伸手(或者翅膀)可及,自己几乎能够征服它,感到十分喜悦。他心中满是骄傲,在空中一点点上升,越来越接近赫利俄斯——他和往常一样,正乘坐着耀眼的马车穿越天空。正如父亲警告的那样,他的蜡被太阳融化了。这位冒失的青年直直地坠入海中,他的尸体被浪花带到一个小岛上。

为了纪念这位少年,人们将这个小岛命名为伊卡利亚。

代达罗斯对儿子的死无能为力。他继续飞

行，来到了意大利城市库迈，在那里安全地降落。之后他去了西西里岛，请求友好的国王科卡罗斯为他提供庇护。

米诺斯对囚犯的逃跑感到气愤，派他的舰队在整个地中海寻找代达罗斯。

《为伊卡洛斯哀悼》（1898），赫伯特·德雷珀作品。伊卡洛斯被奥维德描述中特有的黑暗所笼罩，皮肤洁白的仙女正在照顾他。

找寻无果，这位国王想了新的一计。他让自己的属国在进贡时回答一个问题：如何才能让一根线穿过海螺那螺旋状的外壳。或畏惧于米诺斯的力量，或希望得到丰厚的报酬，所有的国王都参与了进来，为米诺斯献上自己的答案。但是只有科卡罗斯寄去了穿好的贝壳：代达罗斯将线系在一只蚂蚁身上，利用它穿过了所有的螺旋状外壳。除了他以外，不可能有人还能想出这么简单又精妙的方法。米诺斯知道应该到哪里寻找他了。

克里特的舰队来到了西西里岛，要求国王交出逃犯。科卡罗斯对米诺斯强迫他违背神圣的庇护条约非常不满，他和代达罗斯一起想了个办法来解决这个问题。他先假惺惺地邀请米诺斯用他女儿备好的洗澡水沐浴，告诉他这是他们招待尊贵来宾的方式。当米诺斯进入浴缸后，从代达罗斯事先设置的管道中流出滚烫的沥青，注满了浴缸。这位克里特的君王因此身亡。

代达罗斯这位伟大的发明家并没有就此停止制造奇迹。他建造了许多令人目眩的伟大建筑，远远胜过同时代的作品。对希腊人而言，艺术与技术是可以画等号的。代达罗斯的作品就是这样，集实用与美观于一体。伊卡洛斯被视为青年人急躁的反面例子，但是对很多人来说，他才是神话中真正的英雄，特别是对一些诗人而言，他们在艺术创作时将他看作自由的象征。

神话来源

荷马在《伊利亚特》的第十八卷中首次提到了代达罗斯的故事。希腊学者伪阿波罗多洛斯（公元前2世纪）在《书库》的第三卷中也提到了代达罗斯。故事的一些细节，比如代达罗斯为了从克里特岛逃走，为自己和儿子伊卡洛斯制作翅膀，则可以在奥维德《变形记》的第八卷中看到。

读一读

在爱尔兰作家詹姆斯·乔伊斯（1882—1941）的小说《一个青年艺术家的画像》中，主角的名字叫作斯蒂芬·迪达勒斯，这个名字也是作家年轻时的笔名。小说讲述了一个年轻画家在都柏林的生活，他为了追寻梦想，抛弃了家庭、宗教以及民族主义。在小说《尤利西斯》中，乔伊斯对荷马的《奥德赛》的主题和情节进行了重新加工。斯蒂芬·迪达勒斯在这部小说中又出现了，是小说前三章的主要角色。作为神话中代达罗斯与伊卡洛斯的翻版，作者在这部作品中探讨斯蒂芬和主人公之间的父子关系。

看一看

古人喜欢用小雕塑、花瓶、浮雕和壁画来表现代达罗斯，他常常和儿子伊卡洛斯共同出现。伊卡洛斯的图像最早出现在雅典卫城公元前6世纪的一块黏土碎片上。德国画家阿尔布雷希特·丢勒（1471—1528）是文艺复兴艺术在欧洲北部的集大成者，他曾经创作了一幅木刻版画《伊卡洛斯的坠落》。关于这一主题，还有一些优秀的画作，比如丁托列托和鲁本斯的作品。欧洲古典主义流行时，恰逢工业崛起，因此描绘这位著名的工程师和他冒失的儿子的画作大量涌现。其中不乏杰作，比如意大利雕塑家安东尼奥·卡诺瓦（1757—1822）的大理石雕塑《代达罗斯与伊卡洛斯》。

走一走

伊卡利亚岛与附近的萨摩斯岛和帕特莫斯岛共同构成了南斯波拉泽斯群岛。它的名字来源于伊卡洛斯，据说这位青年曾经掉到小岛附近的海中。也有人说赫拉克勒斯为他收尸后，把他埋葬在了这座小岛上。伊卡利亚岛的首府是阿基俄斯克里克斯，在这个小城市中人们以渔业为生。城中有一个海港，在那里可以品尝到附近的葡萄园生产的红葡萄酒，酒的名字为"伊卡洛斯与尼卡尼亚"。

安东尼奥·卡诺瓦的《代达罗斯与伊卡洛斯》（1779）。雕塑中父亲正在教导儿子。这座雕塑来源于拿破仑的宫廷，现在收藏在威尼斯的科雷尔博物馆中。

在这个公元前 430 年的红绘阿提卡基里克斯杯上，忒修斯用武力把弥诺陶洛斯从迷宫中抓了出来，雅典娜正注视着他们。这件物品现在收藏于西班牙国家考古博物馆。

忒修斯与弥诺陶洛斯

　　如果说赫拉克勒斯是伯罗奔尼撒的大英雄，那么忒修斯就是阿提卡地区相对应的传奇角色。他们两人之间有很多相同点：两人是远亲（赫拉克勒斯的外祖母和忒修斯的祖父是兄妹），两人都消灭了许多怪物和匪徒。为了配得上雅典的王位，忒修斯模仿了赫拉克勒斯的十二伟绩铲奸除恶，想要以此赢得人民的敬仰。忒修斯几乎是赫拉克勒斯的翻版，他的死亡也同样悲剧。唯一的不同之处在于，赫拉克勒斯升上奥林匹斯，生命永恒，而忒修斯的生命却是有限的，虽然他永远活在雅典人民的心中。

　　忒修斯在特罗曾出生，由母亲抚养长大。他的母亲是庇透斯国王的女儿埃特拉，父亲则有两位，一位是凡人，另一位是神明。他的凡人父亲是埃勾斯，真正的父亲是波塞冬。传说在埃特拉与埃勾斯结合的那个晚上，她被阿佛洛狄忒运到了一个小岛上，海洋之主波塞冬在那里占有了她。埃勾斯在忒修斯出生前就离开了特罗曾，在临走前将自己的剑和鞋藏在了一块大石头下，并告诉埃特拉当忒修斯能够凭借自己的力气搬起石头时，就能够得到他的物品。

在赫库兰尼姆的一个罗马小村庄发现的忒修斯壁画（45—79）。

洛朗·德·拉伊尔《忒修斯与埃特拉》（1640）片段。图中十六岁的忒修斯努力搬起石头，想取出父亲埃勾斯藏在石头下面的宝剑和鞋子，再带上这些东西前往雅典。他的母亲（藏在画面的右方）按照埃勾斯的指示，告诉已经符合年龄的忒修斯藏东西的地方。

忒修斯长到十六岁，拥有了足够的力量。他移开石头，找到了父亲留下的东西，把它们作为证物带在身上，前往雅典寻找父亲。

在路上他完成了人生中的最初几件伟绩，消灭了当时在那片土地上为非作歹的匪徒：珀里斐忒斯、辛尼斯、斯喀戎和刻耳库翁。他还

结束了巨人普洛克路斯忒斯的性命。这位巨人有一个残酷的爱好，他喜欢逼来往旅客躺在一张小床上，然后截去他们伸在床外的部分。忒修斯用同样的方式对待他，让他流血而亡。俗语"普洛克路斯忒斯之床"正是由此而来，形容某人位于非常不舒服的处境中。

沿着刻菲索斯河消灭了种种罪恶后，忒修斯来到雅典，朝父亲的宫殿走去。当时埃勾斯已经娶了王后美狄亚。这不算一个太好的选择，因为这位王后有着女巫的名声，而且曾经为了报复前夫伊阿宋亲手杀死了自己的孩子。这位危险的女性嫉妒忒修斯，不愿让国王信任他，在宴会中向忒修斯下毒。当忒修斯把那个决定命运的杯子送到唇边时，他的父亲认出了他的

表现忒修斯故事的陶碗（公元前 5 世纪），有人认为它是科德鲁斯的画匠所绘。在碗中心的图案中，忒修斯战胜了弥诺陶洛斯。

佩剑，也因此知道了他就是自己的儿子和继承者。美狄亚被驱逐出了雅典，忒修斯带着万分荣耀，成为王位的继承人。

迷宫的出口

忒修斯最大的功绩是解放了作为耻辱的贡品被献给米诺斯国王的雅典人。三年前，雅典开始每年向克里特岛送去七位少年和七位少女，用来满足弥诺陶洛斯的辘辘饥肠。弥诺陶洛斯被关在代达罗斯所制作的迷宫里。德尔斐神谕告诉忒修斯，如果爱神厄洛斯愿意为他指引出路，他就能获得胜利。事实正是如此：米诺斯的女儿阿里阿德涅爱上了这位英雄，给了他一个线团，让他杀死弥诺陶洛斯之后还能够找到出口。从克里特岛离开时，忒修斯带上了阿里阿德涅和她的妹妹淮德拉。他在纳克索斯岛抛弃了阿里阿德涅——这也许是因为神的旨意，因为这位女子命中注定要与狄俄尼索斯结婚，成为奥林匹斯的一员。

忒修斯在战胜弥诺陶洛斯之后十分得意，但是因此间接导致了父亲埃勾斯的死亡。父子俩在之前曾经约定，如果忒修斯从克里特岛凯旋，就在船上扬起白帆。但是忒修斯忘记了这个细节。埃勾斯等得焦急，丧失了耐心。他从最高处看见远远驶来的帆船上挂着黑色的风帆，认为自己的儿子已经死了，就投海自杀了。那片海从这之后以他的名字命名，被称为"爱琴海"。

雅典的国家英雄

作为雅典国王，忒修斯在政治上也颇有建树。首先，他把当时分散在不同村落的人民聚集到了城市中，将雅典定为国家的首都。其次，他建立了民主政府的基础——至少对那个时代而言，推动法制建设。他还在阿提卡和伯罗奔尼撒之间修建了国界线，推动举行为雅典娜而办的庆典活动，并重新在科林斯举办地峡运动会。因为上述的众多贡献以及其他丰功伟绩，忒修斯被视为雅典古代的民族英雄。

忒修斯坐上了雅典国王的宝座，但是他的冒险还在继续。在参加了半人马战争和取得金羊毛之后，他还和偶像赫拉克勒斯一起对战亚马逊人，并且绑架了他们的女王安提俄珀。这位女王为他生下了儿子希波吕托斯。晚年的忒修斯喜欢未经同意就掳走女性，比如他掳走美丽的海伦时就已经五十岁了，而海伦那时还是一位青春少女。海伦后来被帕里斯带走，由此引发了特洛伊战争，我们在后面会一一讲述。有一次为了抢夺女人，忒修斯和好友庇里托俄斯下到了冥界。传说这两位疲惫的旅人坐在哈得斯的桌子前，被粘在椅子上不能动弹。赫拉克勒斯后来救出了忒修斯，但是庇里托俄斯永远地留在了地狱。

忒修斯生命的最后一章是悲剧的。他的妻子淮德拉爱上了他与安提俄珀生的儿子希波吕托斯。希波吕托斯拒绝了她，这位继母感觉受到了蔑视，就在忒修斯的面前诋毁中伤他。忒修斯将他交给波塞冬处置，波塞冬从海中升起一只怪物，惊吓了希波吕托斯的马，这位王子因此命丧马蹄之下。在这之后不久，忒修斯被斯基罗斯国王推进海中，也离开了人世。

弗雷德里克·沃茨的《弥诺陶洛斯》（1877—1886）。这只怪物正从迷宫的一堵墙后向外窥探。

大理石雕像《忒修斯大战弥诺陶洛斯》（1826），艾蒂安－朱尔·拉梅作品，收藏于巴黎杜伊勒里花园。

神话来源

忒修斯的一生中有许多故事，这些故事给希腊作家提供了极大的灵感。欧里庇得斯（公元前5世纪）据此改编的第一部戏剧《淮德拉》如今已经遗失，但是他改编的第二部作品《希波吕托斯》却保存了下来。在这部作品中，忒修斯的儿子希波吕托斯崇拜阿尔忒弥斯，拒绝信仰阿佛洛狄忒，这激怒了爱神，让他的继母爱上了他。故事结尾，垂死的希波吕托斯回到了皇宫。阿尔忒弥斯为他辩护，他最终与父亲和解了。

读一读

法国剧作家让·拉辛（1639—1699）以欧里庇得斯的剧本为基础，创作了悲剧作品《淮德拉》。在这部作品中，他让淮德拉变成了命运的受害者，虽然有罪，但又情有可原。为了让她的行为更容易被人们原谅，在这部作品中诋毁希波吕托斯和实施阴谋的人不是她，而是她的奶妈俄诺涅。在服毒自杀前，淮德拉坦白了一切。

法国作家安德烈·纪德（1869—1951）创作了伪传记作品《忒修斯》，模仿希波吕托斯的口吻讲述了父亲的一生。他不想描述那种模范性的人生，而是单纯讲述一个男人的命运，他无非是有幸参加了一些非同寻常的事件。忒修斯用以下文字总结自己的一生："我死后，留下了雅典城。我爱它胜过爱自己的妻子和孩子。我造就了我的城市。在我死后，我的思想还在城中长存。在我死后，人民能因为我而生活得更加幸福，更加美满，更加自由，只要想到这些，我就感到无比甜蜜。为了人类的福祉，我完成了我的工作。我曾经活过。"

看一看

忒修斯在古代作品中的标志是他父亲埃勾斯的宝剑和凉鞋，以及他从强盗珀里斐忒斯那里抢来的披风。在很多地方都可以看见他对抗亚马逊人和弥诺陶洛斯的场景，比如雅典的忒修斯神庙和帕特农神庙的门楣上，以及雅典人在德尔斐的金库中。

走一走

有人认为米诺斯国王在克里特岛居住的克诺索斯宫殿，原本是代达罗斯为弥诺陶洛斯建造的那个著名迷宫。现在宫殿由一系列被挖掘发现和部分重建的房间、楼梯、庭院和走廊组成。这座复杂的建筑能够追溯到公元前2世纪，它在1900年被英国考古学家阿瑟·伊文思（1851—1941）发现。这位考古学家也是提出用"米诺斯文明"来命名这个地中海文明阶段的人。

安托万－让·格罗的《巴克斯与阿里阿德涅》（1821）。阿里阿德涅帮助忒修斯走出了迷宫。

人类中最聪明的人西西弗斯，被罚在地狱中不停地将一块巨石推上山坡。

从西西弗斯到柏勒洛丰

古代的科林斯城是两位英雄的摇篮：西西弗斯与柏勒洛丰。他们同样杰出，但是截然相反：一位象征智慧与骗术，另一位象征力量与勇气。究竟谁能代表科林斯呢？这个问题科林斯的人民也不知道答案。但是正如一位受科林斯人尊敬的智慧老人所言，他们每个人的身上都有一部分杰出品质，这些品质共同构成了一个不可分割的整体。因此，可以说西西弗斯和柏勒洛丰提供了人性互补的两面，科林斯人对两种品质同样珍视。

在荷马的时代，西西弗斯被认为是最聪明的人。他是埃俄罗斯的儿子，他的兄弟萨尔摩纽斯也以聪明著称。有一次萨尔摩纽斯想模仿宙斯，就用马车在金属路面开过制造雷声，再在四周点燃火炬假装闪电。宙斯知道此事之后，用真正的闪电劈死了他。但是西西弗斯的聪明远远超过了他，有人甚至因此认为他是足智多谋的尤利西斯的父亲。在统治期间，西西弗斯知道宙斯掳走了河神阿索波斯的女儿埃癸娜。他跑去告诉这位父亲自己愿意说出罪魁祸首的名字，但河神先要在科林斯城中制造一汪清泉。

《柏勒洛丰和珀伽索斯》，乔瓦尼·巴蒂斯塔·提埃坡罗（1696—1770）作品。

他的告密行为惹恼了宙斯，宙斯派遣死神塔纳托斯前去惩罚他，但是西西弗斯却设计把死神锁了起来。死神就这样一直待在人间，直到阿瑞斯把他救出来。在这段时间内，世界上自然没有任何生物死去。

西西弗斯最妙的计谋出现在他临死的时候。在前往地狱之前，这位足智多谋的国王告诉自己的妻子墨洛珀不要按照惯例为他举办隆重的葬礼。当他来到哈得斯面前时，他向冥王抱怨自己的遗孀对自己一点也不恭敬，就像她的疏漏与自己一点关系也没有一样。抱怨之余，他请求哈得斯允许他重返地面，好好地处罚一下这个女人。西西弗斯前往人间，却赖着再也不想回来了，最后还是赫尔墨斯把这个复活的死人带回了冥界。因为种种狡猾的事迹，西西弗斯被判将一块巨大的石头从山脚推到山顶。当到达山顶时，这块石头会再次滚回山脚，西西弗斯需要再次辛苦地把它推上山顶，如此循环往复，永无止境。

珀伽索斯对战喀迈拉

科林斯皇室的第二位英雄是柏勒洛丰。他是西西弗斯的孙子，父亲是海神波塞冬。他的名字最初是希波诺俄斯（Hipónoo，"hippos"指马，"nous"指智慧），因为他骑术精湛，只用一个笼头就能驾驭马匹。后来他在一次狩猎中意外杀死了自己的兄弟柏勒洛斯，因此改名为"柏勒洛丰"（"杀死柏勒洛斯的人"）。为了赎罪，他旅行来到了梯林斯，为国王普洛托斯服务。这位国王的妻子爱上了他，邀他到其床上一叙。柏勒洛丰拒绝了她，也因此遭到了王后的报复，控告他勾引自己。普洛托斯想为自己雪耻，但是待客法则规定，不能让在自己的餐桌上吃饭的客人血溅当场，否则会被视为渎神。他让柏勒洛丰为其送一封信，给他的岳父吕底亚国王伊俄巴忒斯。这封信上面写着："杀死送信的信使。"

我们不知道为什么伊俄巴忒斯没有亲自动手。这位国王给柏勒洛丰布置了一系列可怕的任务，希望他在任务中死去。第一件任务是战

《柏勒洛丰对战喀迈拉》（1821），约翰·内波穆克·沙勒作品。

胜在该国四处为害的喀迈拉，这只怪兽有着狮子的头、羊的身体和龙的尾巴。如果没有身有双翼的马儿珀伽索斯的帮助，柏勒洛丰应该就如伊俄巴忒斯所愿，命丧怪物之口了。珀伽索斯从戈耳工被珀尔修斯砍头时溅出的献血中诞生。关于柏勒洛丰如何吸引这匹马的传说，版本很多，但最广为接受的是他在科林斯遇见了珀伽索斯，当时这匹马正在皮瑞涅泉饮水。柏勒洛丰骑着马儿从喀迈拉上空飞过。这只怪兽看见他们，立刻朝他们喷出火焰。珀伽索斯载

科林斯的皮瑞涅泉。阿索波斯为了让西西弗斯透露自己女儿埃癸娜的下落，作为交换创造了它。

《珀伽索斯和克律萨俄耳从美杜莎血中诞生》(1885)，爱德华·科利·伯恩－琼斯作品。

公元前6世纪的美杜莎，带有戈耳工的典型特点：头上的蛇，獠牙，金翅膀，锐利的视线和胸甲。

着柏勒洛丰一个俯冲，柏勒洛丰像投掷炮弹那样往它的嘴里投下一个铅块。铅块直接进入了喀迈拉的嘴里，被高温熔化，让它命丧黄泉。

这一壮举后，柏勒洛丰从伊俄巴忒斯处又接到一项命令：攻打野蛮的索吕默人。完成这件任务后，他又被派去攻打亚马逊人。发现没有人能够伤害柏勒洛丰，这位国王命令自己最优秀的士兵埋伏好袭击他。柏勒洛丰杀死了所有士兵，再一次毫发无伤地归来。伊俄巴忒斯不得不承认面前的这位英勇少年身体中流着神的血液。为了补偿曾经给他带来的种种危险，这位国王宣布他为自己的继承人，并且把女儿

菲罗诺厄嫁给了他。沉醉于自己的胜利，柏勒洛丰再次骑上了珀伽索斯，想要飞到奥林匹斯之上。这样的骄傲是宙斯无法容忍的。在这位年轻人骑着马儿升上天空时，宙斯派了一只牛虻叮咬珀伽索斯，让背上的柏勒洛丰从天空中坠落。柏勒洛丰怨恨众神，在沙漠中流浪，不愿意遇见任何人。珀伽索斯则飞到了神界，为雅典娜效力。

阿雷佐的喀迈拉，1553年在这座城市中被发现。

神话来源

希腊诗人品达（约公元前518—前446年）的第十三首奥林匹克颂歌献给了科林斯的运动员色诺芬，他在公元前464年的奥林匹克运动会中取得了两项冠军：一项是环绕体育场跑道进行的长跑，另一项是包含摔跤、跑步、跳远、铁饼和标枪的五项全能比赛。诗人借助运动员的出生地，歌颂科林斯城和相关的神话，为柏勒洛丰和珀伽索斯等主要人物献上了以下诗句："就这样 / 柏勒洛丰激动不已 / 轻轻地将这条具有魔力的缰绳 / 套在那匹身有双翼的骏马身上 / 他乘上骏马 / 披上青铜铠甲 / 挥动武器 / 立刻投身作战 / 他与珀伽索斯并肩 / 在孤独虚空的冰冷怀抱中 / 战胜了女性的部落 / 亚马逊的女弓箭手 / 杀死了喀迈拉 / 口中喷火的怪物 / 也战胜了索吕默人 / 我不愿谈及他的命运 / 或者他的死亡 / 珀伽索斯来到奥林匹斯 / 在宙斯的马厩中找到了容身之处。"

读一读

法国作家阿尔贝·加缪（1913—1960）以西西弗斯被罚将巨石反复推上山顶的情节为基础，创作了散文《西西弗斯神话》。众神为西西弗斯布置的任务是愚蠢的，它象征着"唯一的哲学问题"：生存本身缺乏意义，导致自杀。他建议人们在清醒认识和反叛的基础上建立一种道德观，为这种缺乏人性的荒谬而战。

看一看

飞马珀伽索斯的形象常常出现在希腊和罗马的银币上。人们还喜欢用珀伽索斯作为建筑物的装饰，有时和柏勒洛丰一起出现（罗马斯帕达宫），有时与美杜莎和克律萨俄耳一起出现（科孚岛阿尔忒弥斯神庙）。文艺复兴时期的画家喜欢让缪斯女神与它做伴，作为诗歌灵感的象征，比如在安德烈亚·曼特尼亚（1431—1506）的作品《帕纳索斯山》（收藏于卢浮宫）中就是如此。

听一听

法国作曲家让 - 巴普蒂斯特·吕利（1632—1687）是"法国序曲"的创造者。他在1680年以柏勒洛丰的冒险经历为基础创作了戏剧作品《柏勒洛丰》。

走一走

在科林斯古城，现在仍然能够参观皮瑞涅泉遗址。泉水的建筑可以追溯到公元前4世纪，后来经历了若干次改造。地下水池在罗马时代建成，包括一个水池和三座宁芙庙壁龛，水池中的水由一条引水渠引出。

这是在庞贝古城的狄俄斯库之家中发现的壁画，画上是珀尔修斯和安德洛墨达，珀尔修斯的右手拿着美杜莎的头颅。

砍下美杜莎头颅的珀尔修斯

在谈论珀尔修斯之前，我们先要讨论一下他母亲这边的祖先，他们在神话中非常活跃。故事开始于伊俄，宙斯看上了她，变成云雾试图诱拐她，但是被赫拉发现了。宙斯为了逃避，就把伊俄变成了一头美丽的小白牛。赫拉假装不知情，向丈夫索要这头牛作为礼物。赫拉派百眼巨人阿尔戈斯看守伊俄，把她控制在自己身边。这位巨人有一百只眼睛，他睡觉的时候只闭五十只，因此是一位很好的监视者。但是尽管如此，赫尔墨斯还是在宙斯的授意下救出了伊俄，并砍下了怪物的头颅。为了纪念这位随从，赫拉把他的眼睛安置在了孔雀的羽毛上。赫拉没有放弃，她又派了一只牛虻前去折磨伊俄。可怜的伊俄在各地逃窜，想要摆脱牛虻的骚扰，最后来到了埃及。在这个地方，宙斯温柔地抚摸她，将她变回了本来的样子。二人生下了儿子厄帕福斯，意思是"因抚摸而生的儿子"。

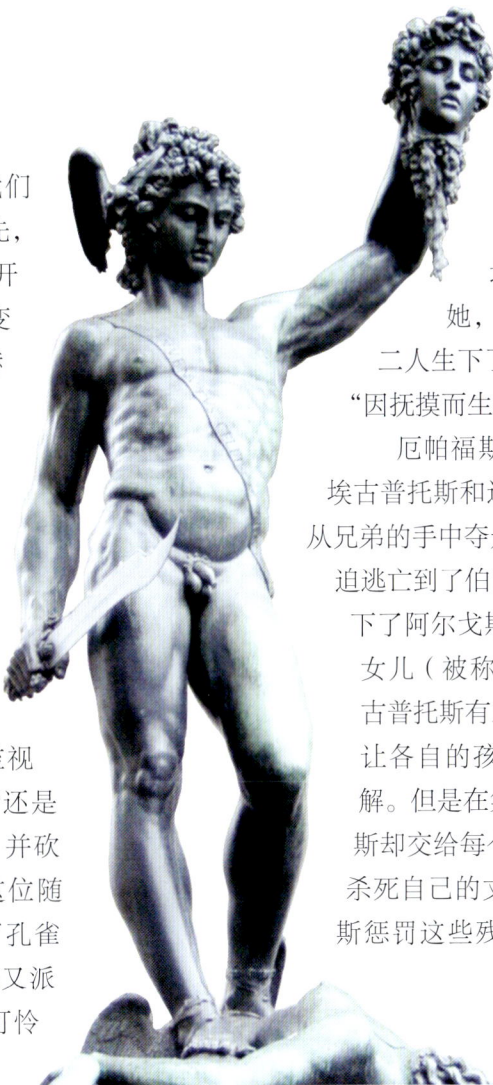

厄帕福斯的后代中，有二人名为埃古普托斯和达那俄斯。达那俄斯想要从兄弟的手中夺走尼罗的王位，失败后被迫逃亡到了伯罗奔尼撒半岛，在那里夺下了阿尔戈斯城。达那俄斯有五十个女儿（被称为"达那伊得斯"），埃古普托斯有五十个儿子。两兄弟商量让各自的孩子互相通婚，以达成和解。但是在集体婚礼的那天，达那俄斯却交给每个女儿一把匕首，让女儿杀死自己的丈夫。惨剧发生之后，宙斯惩罚这些残忍的女性，将她们打入

切利尼的作品《珀尔修斯与美杜莎》，现位于佛罗伦萨。

古斯塔夫·克里姆特的作品《达那厄》（1907）。画中这位公主正被左侧的金雨占有，场景带有情欲与梦幻的气息。

另一个版本的达那伊得斯传说

古希腊地理学家和历史学家斯特拉波（前64—24）在他著名的《地理学》中表示，达那伊得斯在地狱遭受的惩罚只是一种历史的隐喻。这些公主从埃及来到阿尔戈斯时，也带来了运水的技术。在她们的故乡埃及，人们利用液压泵将水从河流和泉水中运出。因为她们带来的这项发明，阿尔戈斯人挖了很多蓄水池，拥有了用之不竭的水源。这一切都有达那伊得斯公主们的一份功劳。神话中说她们在冥界被罚不停地往一个无底桶注水，正是由此而来。

地狱，让她们不停地朝一个无底的桶中注水。她们当中只有许珀耳涅斯特拉没有遵守父亲的残忍命令，手下留情。她和丈夫林叩斯一起逃走了。

许珀耳涅斯特拉和林叩斯的两个孙子普洛托斯和阿克里西俄斯也彼此不和，他们半生都在争吵。阿克里西俄斯统治着阿尔戈斯，他非常相信德尔斐的神谕。因此当神谕告诉他，他的孙子会杀死他并且夺取王位时，他选择将自己的女儿达那厄锁在一座铁塔中。但是对无所不能的宙斯而言，这些谨慎的措施是没有用处的。他变成金雨从缝隙中钻入，来到了美丽的少女身边。珀尔修斯就这样出生了。

让雅典娜指挥你的手

知道这个孩子出生后，阿克里西俄斯将女儿和外孙塞进一个箱子，扔进了大海里。海浪将母子俩送到了塞里福斯岛，岛上的国王波吕得克忒斯收留了他们。很多年过去后，这位国王爱上了达那厄，想要摆脱珀尔修斯，派他去消灭戈耳工。戈耳工三姐妹十分可怕，她们的名字分别是斯忒诺、欧律阿勒和美杜莎。只有美杜莎可能被杀死，但是她也是三人中最危险的，是公认最厉害的蛇发女妖。她有着野猪的獠牙，青铜手和金翅膀，头发是一条条毒蛇。她最致命的武器是极具穿透力的视线，所有不小心与她对视的人都会变成石头。

戈耳工有三位姐妹负责阻止来人靠近她们，被称作格赖埃。珀尔修斯首先让格赖埃丧失了战斗能力。这三位鹰身女妖共享一颗牙齿，轮流使用一只眼睛。珀尔修斯偷走了她们的眼睛，她们就深深地沉睡了。在对决时刻来临之前，珀尔修斯从神明那里得到了几件宝物，让胜利变成了可能：赫尔墨斯借给他镰刀和带翅膀的鞋，哈得斯借出了隐形头盔，雅典娜借给他一块如镜子般明亮的盾牌。当珀尔修斯靠近美杜莎时，他借助赫尔墨斯的鞋飞到空中，雅典娜操纵他的双手，挥动镰刀，砍下了美杜莎的头颅。他把美杜莎的头颅放在裙裤中，戴上哈得

《珀尔修斯大战菲纽斯和他的同伴们》（1670），卢卡·乔尔达诺作品。

斯的隐形头盔，趁其他的蛇发女妖还没发现时悄悄逃走了。也有人说他是骑着珀伽索斯逃走的，这匹生有双翼的马儿诞生于美杜莎脖子流出的血液中。

珀尔修斯在回程途中路过埃塞俄比亚，这个国家当时遇到了很严重的问题。埃塞俄比亚的王后卡西奥佩娅曾经非常狂妄地宣称自己比所有海洋仙女加起来都美丽，我们前文已经提到，对众神来说骄傲是不可饶恕的重罪，因此波塞冬派了一只海怪，打算毁灭这片地区。埃塞俄比亚国王请示阿蒙神谕应该如何应对，神

卡拉瓦乔的《美杜莎》（1601），她的头颅作为徽记被安放在盾牌上。

安东尼奥·阿莱格里·柯勒乔的《朱庇特与伊俄》（1535）。宙斯为了得到这位美丽的少女，变成了云雾，却被赫拉撞见，情急之下将她变成了一头牛。

他的面前，珀尔修斯就照做了。他闯进这位国王所在的房间，从背包中拿出了那件可怕的战利品：波吕得克忒斯与她对视，当场变成了一尊雕像。

珀尔修斯和妻子安德洛墨达一起返回了故乡阿尔戈斯。虽然阿克里西俄斯想方设法逃离神谕，但是神谕最后还是应验了：有一天阿克里西俄斯作为观众观看一场比赛，珀尔修斯正好参赛。他掷出的铁饼偏离了方向，误打误撞地砸死了阿克里西俄斯。珀尔修斯不愿意继承祖父的王位，他宁愿去梯林斯和迈锡尼当国王。我们不知道他具体是如何死去的，但是可以肯定的是，他后来成了众神中的一员。

意大利雕塑家吉安·洛伦佐·贝尼尼的作品《美杜莎半身像》（1650）。

谕告诉他平息众神愤怒的唯一方法，就是献上卡西奥佩娅的女儿安德洛墨达，让她去迎接海怪的愤怒。当珀尔修斯出现时，这位公主已经被绑在一块岩石上，等待死亡的降临。珀尔修斯松开锁链，解救了她，并且对她负责到底，娶她做了妻子。

回到塞里福斯岛时，他发现波吕得克忒斯还在骚扰他的母亲，并且正打算强占她。波吕得克忒斯之前命令珀尔修斯将美杜莎的头带到

神话来源

伪阿波罗多洛斯在《书库》中讲述了珀尔修斯的故事，为我们提供了一些珍贵的细节。比如说当珀尔修斯靠近蛇发女妖的时候，他为了避免直视她们，就把雅典娜送给他的青铜盾牌当作镜子。此外，当他进行任务的时候，戈耳工正在沉睡，这也为他助力不少。

达那俄斯女儿们的故事被希腊剧作家埃斯库罗斯（公元前 6 世纪—前 5 世纪）搬上舞台。他以这个神话为主题创作了三部曲，但是只有《乞援人》流传了下来。在这部作品中，达那俄斯的五十个女儿作为主角，为了逃离她们的五十位堂兄弟，前往阿尔戈斯寻求庇护。遗失的作品《埃古普希俄斯*与达那伊得斯》则讲述了集体婚礼和众女杀夫，颂扬了许珀耳涅斯特拉的形象。

看一看

在古希腊艺术中，有大量表现珀尔修斯和美杜莎的作品。但是要论震撼人心，还是要数两位矫饰主义和巴洛克风格的意大利画家：切利尼和卡拉瓦乔。本韦努托·切利尼（1500—1571）是雕塑家和金银匠，他创作了精美的青铜雕塑《珀尔修斯》（佛罗伦萨佣兵凉廊）。卡拉瓦乔（1573—1610）绘制了《美杜莎》（佛罗伦萨乌菲兹美术馆），这幅令人震撼的肖像画中是女妖扭曲的脸庞。

在以解救安德洛墨达为主题的众多画作中，值得一提的有彼得·保罗·鲁本斯的作品（普拉多博物馆）。

法国象征主义画家古斯塔夫·莫罗（1826—1898）也涉及了这个主题。他在创作神话题材的作品时模仿首饰加工的技巧，突出人物的肉体美。

听一听

奥地利作曲家弗朗茨·约瑟夫·海顿（1732—1809）最著名的歌剧作品是《安德洛墨达与珀尔修斯》。这部两幕音乐剧在 1787 年公演，剧本由詹巴蒂斯塔·瓦雷斯科创作。

走一走

阿尔戈利斯有两座重要城市曾经是珀尔修斯的冒险地，它们分别是阿尔戈斯和梯林斯。人们相信阿尔戈斯由达那俄斯建立，它是希腊最古老的城市。梯林斯保存着巨人的古城墙（公元前 13 世纪），帕萨尼亚斯曾经将它比作埃及金字塔。珀尔修斯和他的母亲可能曾经在塞里福斯岛上避难，这座岛屿属于基克拉泽斯群岛。旅客在这里可以欣赏典型的崎岖地貌，以及滨海的白色房屋形成的美丽村落。

电影

英国导演戴斯蒙德·戴维斯在 1981 年的电影《诸神之战》中再现了珀尔修斯的冒险。著名的雷·哈利豪森负责电影特效。主要演员包括哈利·哈姆林（饰演珀尔修斯），劳伦斯·奥利弗（饰演宙斯）和乌苏拉·安德斯（饰演阿佛洛狄忒）。

---

* "埃古普希俄斯"指埃古普托斯的五十个儿子。——译注

鲁本斯的《劫掠琉基波斯的女儿们》（1618）。虽然表面上看上去是暴力抢夺，但是他们后来却萌生了甜蜜的爱情。

相亲相爱的兄弟狄俄斯库里

"狄俄斯库里"在希腊语中的意思是"宙斯之子"，指卡斯托耳与波吕克斯这两位勇敢的兄弟。他们在世的时候一直在一起，死后也形影相随，虽然二人中一位拥有永恒的生命，另一位只是凡人。之所以会有这样的差异，要回到二人出生的时候。斯巴达国王廷达柔斯娶了埃托利亚的公主勒达。在流传最广的传说中，勒达看见一只天鹅正在被一只鹰攻击，张开双臂将天鹅抱入怀中，试图保护它。这只天鹅是宙斯的化身，这一幕也是他精心设计的，目的是得到这个美丽的女人。就在同一个晚上，勒达的丈夫与她同眠，因此勒达同时怀上了他们两人的孩子。几个月过去后，勒达没有像其他女人那样分娩，而是生下两个蛋：一个蛋中孵化出了卡斯托耳与克吕泰涅斯特拉，另一个蛋孵出了海伦和波吕克斯。第一个蛋中的两个孩子是廷达柔斯的，因此是凡人；第二个蛋中的孩子则是宙斯的，因此拥有神的血统。

这两位兄弟虽然血统不同，但是却形影不离，密不可分，也有人称呼他们为"廷达柔得斯"，意思是"廷达柔斯的儿子们"。这一神话

米开朗基罗的《勒达》（1530），原作已经遗失，此画是后来的临摹品。

解释了古希腊以及其他早期文明中对双胞胎的相关迷信。这一罕见的现象常常被看作不吉利的征兆，有时会导致两个婴儿甚至母亲的死亡。但是狄俄斯库里的传说用一种好的方式解释了这一现象，认为其中有一个是神的儿子，这合理解释了是什么成就了他们死后的神话。

这对团结的兄弟完成的第一件壮举，是前往雅典救回了被忒修斯绑架的妹妹海伦。他们

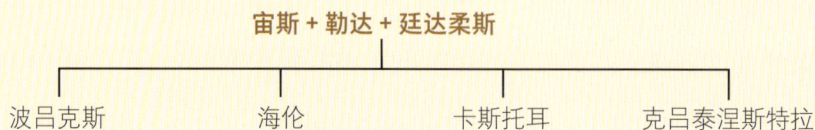

右侧画作是弗朗索瓦·布歇的《勒达与天鹅》（1742）。画家画第二位女性只是出于美学的考虑，与情节无关。左侧是黑陶盘上的《狄俄斯库里兄弟卡斯托耳与波吕克斯》。

趁忒修斯不在，用武力将被囚禁的海伦带离了阿弗得纳，还让自己的一位盟友坐上了雅典国王的宝座。他们对此仍不满足，顺便带走了忒修斯的母亲埃特拉，将她变成了自己的奴隶。

这两位兄弟还跟随伊阿宋的领导，乘坐"阿尔戈"号前去寻找金羊毛。有一天下起了可怕

的暴雨，"阿尔戈"号在科尔基斯的汪洋间飘摇。俄耳甫斯向众神祈祷，宙斯看见他的儿子也在船上，就从天空降下两团火焰，停留在卡斯托耳与波吕克斯头上。这个神话其实是对自然现象"圣艾尔摩之火"的一种解释。这种蓝色的电光常常出现在船只的桅杆上甚至手指上，宣告暴风雨的结束。

神　谱

宙斯 + 勒达 + 廷达柔斯

| 波吕克斯 | 海伦 | 卡斯托耳 | 克吕泰涅斯特拉 |

同生共死

　　卡斯托耳与波吕克斯虽然是引发战争的女人——海伦的兄弟，但是他们却输掉了特洛伊战争。之所以会这样，是因为他们在战争结束之前就死去了。死亡的种子开始于他们的最后一次冒险。在这次冒险中，他们绑架了自己的表妹福柏和希莱拉，但是这两位女子已经与她们的表兄弟伊达斯和林叩斯有了婚约。雪上加霜的是，他们选择在大婚当日抢夺新娘，这让两位新郎感到无论如何也不能接受。自此以后，这两对兄弟结下了很深的梁子。卡斯托耳与波吕克斯与抢来的女子之间没有孩子，这使事情看上去慢慢平息了，但是伊达斯和林叩斯却一直怀恨在心。

　　当狄俄斯库里后来和伊达斯和林叩斯两兄弟相约去阿卡迪亚偷牛，这种情况还在持续。在分赃的时候，双方发生了争执。我们不清楚是哪方先动手的，但是最后争执演变成了兵戎相见。卡斯托耳被伊达斯所杀（他毕竟是一介凡人），波吕克斯虽然身负重伤，但是杀死了林叩斯。狄俄斯库里兄弟一生中最感人的一幕发生了，这也是他们人生的最后一幕：波吕克斯发现挚爱的兄弟已经死去，只留下了自己一人，就请求宙斯让他追随兄弟而去。宙斯对此也非常感动，但是他告诉自己的孩子，他无法剥夺他永久的生命。波吕克斯悲痛欲绝，不停地为兄弟的死哀号。宙斯并非铁石心肠，最后也于

但丁·加百列·罗塞蒂的《特洛伊的海伦》（1863）。在画家的笔下，这位有着卷曲金发的公主看上去在逃避现实，似乎自己并没有不可回避的命运。

心不忍，允许波吕克斯与卡斯托耳分享他的特权，两兄弟轮流在奥林匹斯居住。这种调整显然与两兄弟形影不离的设定矛盾，因此也有说法是二人还居住在一起，一天居住在冥界，另一天居住在奥林匹斯，如此循环。

　　狄俄斯库里崇拜很快从拉科尼亚和阿卡伊亚地区蔓延到了整个希腊，在罗马时期依然延续，甚至最初的基督教徒也将他们视为人类通

过努力实现超越的象征，直到后来才被圣科斯马斯与圣达米安所取代。他们是海员的保护者，是待客的神明，还是旅行者和商人的朋友，甚至还分担了一部分赫尔墨斯的工作。他们在天空中的代表是"双子座"，这个词在希腊语中指双胞胎。双子座中最明亮的两颗星，被称为"卡斯托耳"和"波吕克斯"。

归于帕西泰利斯名下的群雕《卡斯托耳和波吕克斯》。

🌀 神话来源

　　神话学家认为卡斯托耳和波吕克斯是早期拉科尼亚的数位英雄的混合体。荷马颂歌中有两首是献给他们的，一首叫《宙斯之子》，另一首叫《廷达柔得斯》（廷达柔斯之子），两个名字看似矛盾，实质上并不矛盾。这两首诗歌中有一首提到了他们作为圣艾尔摩之火出现的场景："海员们在船上向伟大的宙斯之子祈祷，为他们献上洁白的羊羔，把它们升到了桅杆顶端。强风和海浪将船儿打到了水下，就在这时，他们出现了，挥动翅膀穿越虚空而来，瞬间就平息了可怕的风暴，为水手们抚平了海面白色的浪花。海员们看到这样的吉兆，无比欢欣，终于可以卸下痛苦的疲惫歇一口气。"

👁 看一看

　　古人表现的狄俄斯库里通常头上有星辰，身边有骏马——他们两人都是很好的驯马师和骑手。在罗马坎皮多利奥广场可以看见他们巨大的雕像，这些雕像灵感来源于希腊神话，是罗马时期的作品。佛兰德画家彼得·保罗·鲁本斯（1577—

1640）在《劫掠琉基波斯的女儿们》中，表现了他们带走福柏和希莱拉的时刻，这幅画现在收藏于慕尼黑现代艺术陈列馆。

🎵 听一听

　　法国作曲家让-菲利普·拉莫（1683—1764）以抒情悲剧和歌剧而闻名，他的作品带有伟大的音乐光彩。《卡斯托耳和波吕克斯》是其中的佳作，它在1737年公演，让这位作曲家名声大振。

🧳 走一走

　　斯巴达遗址位于拉科尼亚地区。要想知道这个朴素好战的、曾经在伯罗奔尼撒战争中击败雅典的城市是什么模样，只要在遗迹中走一走就能获得很多信息。在希腊取得霸主地位以前，斯巴达附属于墨涅拉俄斯统治的国家。卡斯托耳和波吕克斯的姐妹海伦，就嫁给了这位国王。游客可以参观卫城遗址，在那里还留有几座神庙的基石，一座圆形剧场，一座考古博物馆。在博物馆中收藏着向狄俄斯库里还愿的物品以及一些其他重要物件。

朱塞佩·瓦西笔下的卡斯托耳和波吕克斯神庙遗址（18世纪）。

让·奥古斯特·多米尼克·安格尔的《俄狄浦斯与斯芬克斯》（1808）。斯芬克斯的脸、爪子和翅膀隐入黑暗，构成了谜的一部分。

俄狄浦斯情结

在希腊神话中，也许没有任何家族比拉布达科斯家族更加不幸了。他们的家族史就像一部长长的电视剧，其高潮就是俄狄浦斯杀父娶母。命运为他们书写的一连串的悲剧和灾难为文人提供了灵感，创造了很多举世闻名的大师级戏剧作品，当然它们属于悲剧。

但是这一切却有一个最美好的开始。故事开始于一场最高规模的婚礼（也就是说，在奥林匹斯举办），参加婚礼的都是神明，缪斯女神为其合唱和伴乐。婚礼中的新人分别是阿佛洛狄忒和阿瑞斯的女儿哈尔摩尼亚与忒拜（底比斯）国王卡德摩斯。卡德摩斯来自提尔，他多年都在寻找被宙斯抓走的妹妹欧罗巴。有一天德尔斐神谕让他停止寻找，在遇见第一头牛的地方停下来，把此地当成新家。他在维奥蒂亚遇见了一头牛，按照神谕的指示，在那里建立了底比斯城。之后他和哈尔摩尼亚结婚，这对幸福的夫妻生下了很多女儿，以及一个儿子波吕多洛斯。波吕多洛斯生下了卡德摩斯的孙子拉布达科斯，拉布达科斯家族正是由此而来。卡德摩斯被认为是底比斯的第一个英雄，

图中是 15 世纪中世纪版本的卡德摩斯战胜巨龙的故事，其灵感来源于奥维德的《变形记》。

也是维奥蒂亚文明的推动者。据说他在神的启发下发明了书写字母和立法。从拉布达科斯的儿子拉伊俄斯开始，这个家族的命运开始变得曲折。

拉伊俄斯继承了底比斯的王位，娶了伊俄卡斯忒为后。但是神谕告诉他，他未来的儿子

古斯塔夫·莫罗的《俄狄浦斯与斯芬克斯》（1864）。这是一只散发着女性魅力的斯芬克斯，她爬到了俄狄浦斯的胸部，威胁他在猜谜和死亡之间进行选择。俄狄浦斯很聪明，因此没有被吓到。

将会杀死他，带来可怕的灾难，甚至引起家族的分崩离析。因此他在儿子出生后，刺伤其脚后跟，用一根腰带绑住其双脚，然后把他扔到了树林中。事实证明，这样的应急措施对于摆脱命运的诅咒而言无济于事。牧羊人捡到了这个孩子，他们看见他下肢的可怜状况，将他命名为"俄狄浦斯"，意思是"肿胀的脚"。他们把俄狄浦斯带到了科林斯，带给了国王波里玻斯和王后佩里玻娅。俄狄浦斯和他们一起度过了童年和青年，忘记了命运女神不会允许他逃脱自己的命运。成年之后，他旅行到了德尔斐，在那里他听到了那条曾经震惊拉伊俄斯的神谕：俄狄浦斯将会杀父娶母。为了避免诅咒发生，伤害他自认为的父母，俄狄浦斯决定远离科林

《艺术、爱抚或斯芬克斯》（1896）的局部，费迪南·赫诺普夫作品。这位画家从自己的妹妹处得到灵感，创造出一个人物具有两面性的世界。在这里，斯芬克斯有着猎豹的身体，看上去似乎爱上了这位英雄。

索福克勒斯创造的情节和结构模式一直统治着文坛，包括中世纪和文艺复兴时期。第一个尝试用新方式处理这个主题的是法国作家皮埃尔·高乃依（1606—1684），他引入了新的人物，将俄狄浦斯变成了一个单纯的受害者，他控诉众神强迫他犯下了如此多的罪行。伏尔泰（1694—1778）改变了俄狄浦斯的性格，让他变成了一个勇敢而聪明的人，唯一的弱点就是对王位的渴望。奥地利作家胡戈·冯·霍夫曼斯塔尔（1874—1929）在《俄狄浦斯与斯芬克斯》中则从故事本身出发进行讲述，他也许为自己的同胞西格蒙德·弗洛伊德（1856—1939）提出精神分析理论中著名的"俄狄浦斯情结"提供了灵感，"俄狄浦斯情结"中融合了乱伦与弑父。再后来还有一些更加个性的优秀改编，包括安德烈·纪德的《俄狄浦斯》（1930）和让·科克托的《地狱里的机器》（1934）。

斯，前往……对，恰恰就是底比斯。这一切并非单纯的巧合：他在旅途中和一个陌生人起了冲突，失手杀死了对方。这个人不是别人，正是他的亲生父亲拉伊俄斯。俄狄浦斯心中没有任何怀疑，安心地继续前行，完全不知道那个不祥预言已经实现了前半部分。

斯芬克斯的谜语

当时坐在底比斯王座上的，是伊俄卡斯忒斯的兄弟克瑞翁。赫拉派了一只名叫斯芬克斯的怪物在底比斯作恶，这只怪物有女人的头和胸部，狮子的身体和鸟的翅膀。落入它手中的旅人需要回答它提出的难题，如果没有答对，就会被当场大卸八块。它常常提出的一个谜语是："什么动物早上有四条腿，中午有两条腿，晚上有三条腿？"在令人担忧的现状面前，克瑞翁宣布，如果谁能够猜出斯芬克斯的谜语并消灭这只怪物，他就能够成为忒拜新的国王，并且娶伊俄卡斯忒为妻。当俄狄浦斯到达时，底比斯就是这样的情况。他碰到了这只喜欢提问的怪物，但是他听完问题立刻就知道了答案："人类。儿童爬行，所以是四条腿；青年人用两条腿走路；老年人用拐杖支撑，所以是三条腿。"斯芬克斯听见他的回答后疯了，从悬崖的最高处跳进了海中。

就这样，俄狄浦斯成了底比斯的国王，并且成为了他母亲的丈夫。他们生下了两个儿子，波吕尼刻斯和厄忒俄克勒斯，两个女儿，安提戈涅和伊斯墨涅。底比斯人民十分敬爱他，一切看上去都非常顺利。但是突然间，城中爆发了瘟疫。神谕告诉他这是神的惩罚，因为杀死拉伊俄斯的人仍然逍遥法外。一方面，俄狄浦斯完全没有怀疑到自己，他甚至诅咒了杀死拉伊俄斯的凶手；另一方面，他又十分相信自己的智慧（难道不是他解开了斯芬克斯的谜语吗？），因此他决定亲自调查这件事。他就像侦探一样，认真地调查和问询每一个人，只为了最后发现

拉伊俄斯 + 伊俄卡斯忒

俄狄浦斯

厄忒俄克勒斯　　波吕尼刻斯　　安提戈涅　　伊斯墨涅

《俄狄浦斯与安提戈涅》（1828），安东尼·布罗多夫斯基作品。俄狄浦斯因为与母亲乱伦自戳双目，到任何地方都由女儿安提戈涅陪伴着。

凶手就是自己。他先去询问了先知忒瑞西阿斯，这位先知虽然知道一切，但是缄口不言。他又去询问伊俄卡斯忒，她告诉他拉伊俄斯是被十字路口遇见的一群匪徒杀死的。俄狄浦斯开始怀疑了。他叫来了当天和国王在一起的随从，发现他曾经受命将拉伊俄斯刚出生的孩子抛弃在树林之中。不久之后，科林斯的信使带来了波里玻斯离世的消息，同时也告诉了俄狄浦斯他的身世：他是被牧人捡到的孩子。突然间，所有的线索都连起来了：俄狄浦斯照照镜子，就能知道杀父凶手的模样。伊俄卡斯忒无法承受这一切（她和自己的儿子、杀死自己丈夫的凶手发生了乱伦的关系），选择了自杀。俄狄浦斯用伊俄卡斯忒的别针自戳双目，诅咒了讥笑自己的不幸的儿子波吕尼刻斯和厄忒俄克勒斯，离开了宫殿。他在阿提卡的科罗诺斯城流浪，最终也死在那里。陪伴在他身边的只有安提戈涅，她是我们下一章要讲述的悲剧故事的主角。下一章将会是有史以来最惨烈的悲剧。

神话来源

俄狄浦斯可悲的形象给了希腊悲剧作家索福克勒斯（前5世纪）灵感，他以此为主题创作了两部重要的作品：《俄狄浦斯王》（前428）和《俄狄浦斯在科罗诺斯》（前406）。第一部作品让他举世闻名，在这部作品中，索福克勒斯用一条主线完美地串起了整个故事：命运的受害者俄狄浦斯受好奇心的驱使，在几个小时内就逐渐发现了整个悲剧。卢基乌斯·安涅乌斯·塞涅卡（1世纪）写了一个没有这么出彩的版本，在他的故事中拉伊俄斯以灵魂的形态出现了，亲自控诉儿子的罪行。

看一看

斯芬克斯起源于古埃及，它最初是法老的象征，有着狮身人面。后来它传到了叙利亚，拥有了翅膀，再后来则传到了克里特岛和希腊。希腊人把它看作邪恶的生物，是刻瑞斯的助手：它们会出现在战场上，以战败者为食物。这也是为什么斯芬克斯常常出现在战士的盾牌上，在很多陶器上都能看到。

听一听

在以俄狄浦斯悲剧为灵感的音乐作品中，值得一提的有费利克斯·门德尔松·巴托尔迪（1809—1847）为《俄狄浦斯在科罗诺斯》作的场景音乐，莫杰斯特·穆索尔斯基（1839—1881）所作的合唱曲，鲁杰罗·莱翁卡瓦洛（1859—1919）的歌剧《俄狄浦斯王》和伊戈尔·斯特拉文斯基（1882—1971）的歌剧《俄狄浦斯王》，最后这部歌剧是将让·科克托的剧本翻译成拉丁语之后，在其基础上创作完成的。

走一走

古希腊最具神话色彩的城市之一——古底比斯城几乎已经彻底消失了。在经历了数次地震之后，整座城市按照网格布局彻底重建，这甚至影响了卫城所在的小山。底比斯现在仍然是维奥蒂亚的首府，商业还同样繁荣，但是如果想要寻找俄狄浦斯或者拉布达科斯家族的踪迹，恐怕将会十分困难。当地的考古博物馆中收藏了该地区出土的文物，在那里游客可以在欣赏展览的同时想象当年的场景。

德尔斐阿波罗神庙的《纳克索斯岛的斯芬克斯》（前575）。这座雕像位于一根高达十米的爱奥尼亚柱上。这根柱子立于最隐蔽的神殿前，神庙中的祭司在这座神殿中进行预言。

《底比斯的祸害》，夏尔·弗朗索瓦·雅拉贝尔（1819—1901）作品。安提戈涅带领失明的俄狄浦斯走出底比斯。城中居民把他看作继斯芬克斯之后的新祸害。

安提戈涅面对强权

俄狄浦斯和母亲乱伦后生下的孩子安提戈涅，无论作为女儿还是手足，都是众人的楷模。在俄狄浦斯失明后，她一路陪伴着父亲，十分孝顺。不久后她违背国王克瑞翁的命令，为兄弟波吕尼刻斯收尸，展现了手足情谊。属于俄狄浦斯和其后代的噩运让她也深受其害。她命运多舛，结局悲惨，是一位典型的拉布达科斯家族成员。

安提戈涅带领俄狄浦斯来到了科罗诺斯，陪伴他度过了人生的最后时光。打理完这一切后，她返回了底比斯，当时她的兄弟厄忒俄克勒斯和波吕尼刻斯正为了王位打得不可开交。原来在俄狄浦斯退位后，这两位王子曾相约轮流统治，当一人坐上王位后，另一人应当离开底比斯，以免引起纷争。厄忒俄克勒斯先当国王，但是任期结束后却不愿意再交出王位。波吕尼刻斯对此非常失望，他前去寻找自己岳父阿尔戈斯国王阿德剌斯托斯，希望能够得到帮助。为了替自己的女婿报仇，让他得到本就属于他的权利，阿德剌斯托斯准备了一支非常强大的军队，向底比斯进军。这场战役被称作"七

弗雷德里克·雷顿（1830—1896）的安提戈涅。

雄攻忒拜"，"七雄"指的是指挥军队的七位王子：波吕尼刻斯、堤丢斯、卡帕纽斯、安菲阿拉俄斯、帕尔忒诺派俄斯、希波墨冬和阿德剌

在塞涅卡的《俄狄浦斯》中，一位名为福耳巴斯的牧人在一棵树下找到了俄狄浦斯，正给他喂奶。救回小俄狄浦斯是 14 世纪到 19 世纪的雕塑作品中的常见主题。这是肖代的作品，收藏在卢浮宫。

斯托斯。他们当中安菲阿拉俄斯能够预知未来，他表示最后只有阿德剌斯托斯能够平安返回。另一边的预兆也不算太好：先知忒瑞西阿斯表示，要想保住这座城市，必须献上克瑞翁的一个儿子作为祭品。因为战乱，克瑞翁暂时是底比斯的储君。

双方的预言最后都应验了。在底比斯被军队包围的时候，克瑞翁献上了自己的一个儿子，用来平息战神阿瑞斯的愤怒。七位攻城的英雄，除了阿德剌斯托斯，全部在底比斯的城墙下牺牲了。反目为仇的两兄弟厄忒俄克勒斯和波吕尼刻斯，在战场上狭路相逢，两人激战后同归

谁更享受？

忒瑞西阿斯是一位盲人，神话对此有不同的解释。一种说法是，他年轻时曾经撞见雅典娜沐浴，看见了女神的裸体，因此变成了盲人。另一种说法则完全不同：有一天，忒瑞西阿斯路过库勒涅山，看见两只蛇正在交媾。他将两条蛇分开，杀死了雌蛇。因为某种神秘的力量，他变成了女性。他以女性的身份生活了很多年，直到某天又经过同一个地方，看见了两条交缠的蛇。他做了同样的举动，恢复到了原本的性别。有一天赫拉和宙斯为哪种性别在做爱时体验更好而发生了争执。忒瑞西阿斯体验过两种性别的生活，因此两位神祇前去请教他的看法。忒瑞西阿斯回答道："毫无疑问是女性，女性的体验比男性好九倍。"他的回答泄露了女性最大的秘密，赫拉为此勃然大怒，将这位冒失的裁判变成了瞎子。为了补偿他，宙斯赐予了他预知未来的能力。雅典娜给了他一根手杖，让他能够像常人一样自如行走。离世之后，忒瑞西阿斯的灵魂还在冥界为尤利西斯预测过未来。

于尽。俄狄浦斯的诅咒也应验了，他曾经预言自己的儿子会为了争夺遗产而拔刀相向。仇恨让他们在活着的时候逐渐疏远，死后仍然水火不容：当点燃献给他们二人的祭品时，火苗会在升上空中的时候分成两股。虽然兄弟两人骨肉相残，但是并不影响希腊人将他们视为英雄。只有维吉尔比较公正，让他们最后去了塔尔塔洛斯，和坦塔罗斯、西西弗斯、达那伊得斯以及其他古代著名的反面角色在一起。

囚禁而死

　　在底比斯胜利后，克瑞翁下令按照君主的规格将厄忒俄克勒斯厚葬，但是禁止任何人为波吕尼刻斯举行葬礼。他认为波吕尼刻斯带领外国人攻打自己的国家，罪孽深重。波吕尼刻斯的尸体就这样被扔在城墙下的原野中，任何胆敢靠近的人都会被砍头处置。安提戈涅认为这对兄弟是一种不敬，自己有义务履行属于同胞的神圣职责。她本想让自己的妹妹伊斯墨涅帮忙，但是这位公主性格怯弱，不敢违抗国王的旨意，无法为她提供支持。她甚至想劝说安提戈涅放弃这个危险的想法。

《七雄攻忒拜》，公元前5世纪阿提卡花瓶上的红绘图案。

神话来源

索福克勒斯在《安提戈涅》（前441）中对安提戈涅的悲剧故事进行了巧妙的处理。克瑞翁野蛮地威胁这位女英雄，提出了一些政治和爱国方面的理由。但是安提戈涅却回答道："我生来是为了分享爱，而不是仇恨。"在家族成员接连发生不幸后，安提戈涅听见对自己的处罚，只是淡淡道："我的心早已死去。它现在只能为死者服务。"

埃斯库罗斯的戏剧作品《七雄攻忒拜》，主要讲述厄忒俄克勒斯和波吕尼刻斯之间的战争。底比斯城有七个城门，七位英雄计划每人进攻一处，只是最后没能如愿以偿。埃斯库罗斯修改了神话的结局：当底比斯的新国王禁止埋葬背叛者波吕尼刻斯时，安提戈涅说服了她的姐妹伊斯墨涅以及其他人，一起为波吕尼刻斯举办了葬礼。

听一听

索福克勒斯的《安提戈涅》被德国诗人弗里德里希·荷尔德林（1770—1843）翻译成了德文。卡尔·奥尔夫（1895—1982）是20世纪最具原创性的音乐家之一，他的成名作是《布兰诗歌》。他以索福克勒斯《安提戈涅》的德译本为剧本，创作了歌剧《安提戈涅》。这部歌剧1949年8月9日在萨尔茨堡公演。

安提戈涅鼓足勇气，趁着夜色来到了底比斯城外。她从守卫的士兵身边溜过，按照葬礼的仪式，在她兄弟的尸骨上撒了一把土。这一切很快就被发现了，她被押送到了克瑞翁的面前。克瑞翁不打算法外开恩，下令把她关到拉布达科斯家族的陵墓之中，让她和自己的先祖待在一起。听见国王的判决，勇敢的安提戈涅骄傲地回答道："比起服从人类，我更愿意服从神明。"她被关在阴冷的神庙中，知道自己最终会因为饥饿而死。为了减少痛苦，她用上吊的方式提前结束了生命。她的未婚夫海蒙听到她的死讯，十分震惊，在悲痛之下也自杀了。安

安提戈涅和俄狄浦斯的故事常常被用来作为悲剧的象征。在这幅壁画中，可以看见年老颓废的俄狄浦斯和成熟负责的安提戈涅，老人正在女儿的帮助下前进。

在陶器上可以看见忒瑞西阿斯和尤利西斯，这位盲人正建议尤利西斯开始他人生的旅程。

提戈涅因此成了神话中女英雄的典范，她不畏强权，誓死捍卫自己心中的法律之光。

十年之后，那些死在底比斯城墙下的王子们的儿子，再次带军进攻底比斯，为父辈报仇。这场战争被称作"后七雄攻忒拜"。底比斯城被攻下了。一些人被他们带走当了俘虏，另一些人为了保命，趁着夜色逃出城外。在这些人中有预言家忒瑞西阿斯。据说他一生见证了七代人的兴亡。这位老人能力惊人，他预见了所有落在俄狄浦斯和他后代身上的灾难。他在年轻的时候被雅典娜或者赫拉夺走了视力，作为补偿，女神赐给了他预知未来、洞悉过去和理解鸟语的能力。他赢得了所有希腊人的尊敬。在离开底比斯的路途中，他因为喝了冰凉的泉水而死亡，但是宙斯赐予他特权，让他在冥界依然可以发布神谕。巫师喀耳刻就曾经建议尤利西斯去冥界寻找他，向他寻求建议。正是因为这位老人，尤利西斯才知道了自己因为嘲笑独眼巨人波吕斐摩斯，得罪了海神波塞冬。顺利返回伊萨卡后，尤利西斯像崇敬神那样崇敬忒瑞西阿斯。

《墨勒阿革洛斯与阿塔兰忒》（1620），雅各布·约尔丹斯作品。墨勒阿革洛斯将众人一起猎到的野猪交给了阿塔兰忒，引起其他猎手的不满，他们企图将野猪抢回去。

埃托利亚传说

埃托利亚地区位于科林斯湾的北部。来自这片地区的英雄没有赫拉克勒斯或者珀尔修斯那么伟大，也没有俄狄浦斯或者安提戈涅那么悲剧。他们的冒险故事不会让人觉得震撼或者感动，而是带着几分夸张与黑色幽默，逗人发笑，让人感到不可置信。虽然不是完全的怪诞，但是在墨勒阿革洛斯、堤丢斯、狄俄墨得斯和忒耳西忒斯等英雄身上，都带有漫画般荒谬可笑的元素。之所以会这样，一个可能的原因是埃托利亚加入希腊神话的时间比较晚，在创作这些神话时，希腊人已经开始有一点把神话当作笑话了。

埃托罗斯是恩底弥翁和一位宁芙所生的儿子，他在公元前5世纪用自己的名字命名了一个当时还比较落后的民族，这个民族就是后来的埃托利亚。他的后代中值得一提的有俄纽斯。在狄俄尼索斯作为葡萄酒大使远行时，将第一个葡萄园赐给了他。他后来成了卡吕冬的国王，在第一次婚姻中娶了阿尔泰娅，并且生育了好几个孩子。在这些孩子中，最杰出的是墨勒阿革洛斯。命运女神曾经告诉阿尔泰娅，这个孩

雅各布·约尔丹斯在1618年完成了这版《墨勒阿革洛斯与阿塔兰忒》。

弥拉尼翁的计谋

在墨勒阿革洛斯组织的狩猎中，阿塔兰忒是第一个伤到卡吕冬野猪的人。她被熊养大，和阿尔忒弥斯一样过着半野生的生活，也像阿尔忒弥斯一样，拒绝了所有靠近她的男人，厌恶婚姻。当她的父亲想将她嫁人时，她提出自己只和跑得过她的人结婚，而且她会杀死所有的战败者。她在比赛中先故意让对手领先，当她追上去时，就用长矛直接刺穿他们——她所有的追求者都这样失败了。她的追求者中有一个名为弥拉尼翁的，他一边跑一边扔阿佛洛狄忒给他的金苹果。阿塔兰忒为了捡金苹果就耽误了，最后这位聪明的青年首先到达终点，娶到了阿塔兰忒。

圭多·雷尼的《阿塔兰忒与希波墨涅斯》（1622—1625）。弥拉尼翁一边跑一边扔阿佛洛狄忒给他的金苹果，吸引阿塔兰忒停下捡拾。弥拉尼翁因此赢得了比赛，如愿和阿塔兰忒结婚。

子的生命将和厨房里燃烧着的一根木柴一样长。这根柴火具有魔力，它消耗之时，就是墨勒阿革洛斯死亡之时。阿尔泰娅听见这句话，立刻就冲进厨房将木柴抽出来，扑灭火焰，将它小心收藏起来。她绝对没有想到，自己未来会再次将它扔进火堆。但这都是后话了，我们还是按照原来的节奏讲述。

多年以后，阿尔忒弥斯放出一头野猪，在埃托利亚四处作恶。墨勒阿革洛斯因此组织了一次史上最壮观的围猎，之所以这么说，是因为参加这次围猎的都是大名鼎鼎的英雄，他们中有卡斯托耳、波吕克斯、忒修斯、庇里托俄斯、阿德墨托斯、伊阿宋、忒拉蒙和珀琉斯。赫拉克勒斯无法参加，就在最后时刻换成了他的双胞胎弟弟伊菲克勒斯。此外，年轻的女猎手阿塔兰忒也受邀参加，这引得众人窃窃私语，打猎被认为是不适合女人的运动。除了特洛伊战争之外，很难再像这样看见众多英雄齐聚一堂了。野猪在这样的对手面前也没有丝毫畏惧，它的命不是那么轻易就能取得的：它杀死了两位猎手，在箭的夹攻之下成之字形前进，弄伤了好几位猎手。最后，它还是被墨勒阿革洛斯射死了。这头野猪因此属墨勒阿革洛斯。当时墨勒阿革洛斯正疯狂恋慕女猎手阿塔兰忒，他直接高兴地将战利品送给了她。墨勒阿革洛斯的舅舅之前参与了狩猎，他们对此非常不满，认为猎物不应该全部是他的，他们也应该有份。双方怒气冲冲地吵了起来，墨勒阿革洛斯在愤

怒之下杀死了自己的舅舅。阿尔泰娅知道自己亲爱的弟弟被杀死后，找到了那根著名的木柴，点燃了它：几分钟之后，她的儿子就死了。

狄俄墨得斯和忒耳西忒斯在特洛伊

墨勒阿革洛斯同父异母的弟弟堤丢斯也喜欢和英雄们在一起。他最大的功绩就是参加了"七雄攻忒拜"，在这场战役中他曾经以一人之力杀死五十名围攻他的士兵。他的征战记录在战争末期留下了污点。他在和底比斯英雄墨拉尼波斯单挑时，身负重伤，但是最终还是杀死了对手。他的保护神雅典娜打算让他饮下仙药，获得永恒的生命，但是一位将领却让这美好的结局泡了汤。坏事的人是能够预知未来的安菲阿拉俄斯。他知道在这场战争中只有一人能活着回去，其他的全部会战死沙场，因此他无法

饶恕这场战争的组织者堤丢斯。他知道雅典娜的打算，因此心生一计，砍下了墨拉尼波斯的头颅，将它作为诱饵献给了堤丢斯。这位垂死的英雄上钩了：他用一块石头敲碎了头骨，吮吸了敌人的脑浆。他的行为让雅典娜感到恶心，当时就抛弃了这位英雄。堤丢斯因此去了冥界。

1972 年在里亚切的海下八米处找到的青铜雕像。这一座被称为"年轻人"，可能是埃托利亚英雄堤丢斯。他是阿瑞斯的儿子，是墨勒阿革洛斯同父异母的兄弟。

阿尔泰娅 + 俄纽斯

托克希俄斯　提瑞俄斯　克吕墨诺斯　戈耳革　得伊阿尼拉　墨勒阿革洛斯

俄纽斯 + 佩里玻娅

堤丢斯 + 得伊皮勒

狄俄墨得斯

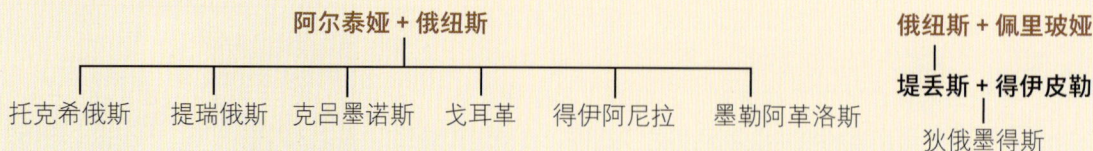

　　堤丢斯的儿子狄俄墨得斯，希望在特洛伊之战中能像父亲一样英勇，事实上他也做到了。作为尤利西斯的同伴，他完成了许多危险的任务，杀敌无数。如果这些还不够，那么他还对抗了支持特洛伊人的神明：阿瑞斯和雅典娜。这两位神明都被他打伤，逃回了奥林匹斯治疗伤口：就连赫拉克勒斯也无法在战场上或者其他地方战胜他们。第一个也是唯一一个做到这件事的人，就是这个埃托利亚人。

　　在特洛伊战争中还有一个埃托利亚人也很出名。他是狄俄墨得斯的远方亲戚。他出名不是因为英雄事迹，而是因为让人不快的愚蠢言行。他叫忒耳西忒斯，有着瘸腿、驼背、秃顶和一个硕大的脑袋。当阿伽门农为了测试他的部下，提出要解除包围时，忒耳西忒斯掉进了陷阱马上表示同意，引得同伴嘲笑。后来他煽动一群乌合之众和他一起叛乱，场面十分滑稽，最后被尤利西斯狠狠揍了一顿，士兵们因此又

花瓶上绘制的是特洛伊战争。在这一幕中，希腊的军队正在收捡萨耳珀冬的尸体，他是被身穿阿喀琉斯铠甲的帕特罗克洛斯杀死的。

《彭忒西勒亚之死》（前 460 ）。

有了新的笑料。直到这时，他都还只是一个恼人的丑角，他最后的行为却越过了底线。这是特洛伊战争中最戏剧化也是最美丽的一幕：阿喀琉斯重伤了彭忒西勒亚。在这位亚马逊女战士死前，他看见了她美丽的容貌，心中同时涌上了爱意和悔意。像埃托利亚人常做的那样，忒耳西忒斯打算在这个中箭的敌人身上开玩笑。他为这诗意的时刻画了一个悲伤苦涩的结局，用长矛的尖端挖出了美人的双眼。他的同乡和亲戚狄俄墨得斯为他说情，可是还是无法阻止愤怒的阿喀琉斯把他痛打至死。

欧仁·德拉克洛瓦的《希奥岛的屠杀》（1824）。

神话来源

荷马在《伊利亚特》中讲到，在特洛伊城墙前，狄俄墨得斯是最英勇的希腊战士之一。从第五卷开始，作者着重讲述他的英雄事迹。雅典娜女神激起了他的烈性与勇猛，让他赢得了应得的荣耀。同伴和敌人看见他周身散发出的非自然光芒，一度以为他是天上的神祇。狄俄墨得斯勇敢而坚定，他让部下不要接受帕里斯为了求和送来的珍宝，他认为特洛伊人马上就要输了。《奥德赛》则讲述了他幸福地回到故土的故事。顺便一提，荷马略去了一段情节：海伦留在了埃及，帕里斯从北非经过，只身前往特洛伊。

走一走

古埃托利亚五大城市之一卡吕冬，位于科林斯湾的入口处，距现在的迈索隆吉翁东面大约十公里。这座城市现在是埃托利亚 - 阿卡纳尼亚州的首府。那头在卡吕冬大肆破坏的野猪是被阿尔忒弥斯放出的，因为国王俄纽斯忘记了向她献祭。在19世纪希腊对抗奥斯曼帝国的战争中，迈索隆吉翁是一座标志性城市。

看一看

法国画家欧仁·德拉克洛瓦（1798—1863）用两幅画纪念希腊独立战争：一幅是《迈索隆吉翁废墟上的希腊》，现在收藏于波尔多美术馆；另一幅是《希奥岛的屠杀》，收藏于卢浮宫。

伊阿宋与美狄亚手拉着手，象征着结婚：右手相握被看作是婚姻的标志。这是一具 2 世纪末罗马石棺上的图案。

伊阿宋与阿尔戈英雄

在色萨利的伊奥科斯城，珀利阿斯从弟弟埃宋手中夺得了王位。埃宋担心新的国王会伤害自己的儿子伊阿宋，就把他送到了一个远离王廷的地方，让他在大自然中自由自在地长大，接受半人马喀戎的教育。伊阿宋二十岁时，打算从叔叔手中要回王位。他出现在伊奥科斯的宫殿中，像野人一样身着豹皮，一手握一支长矛。此外，他只穿了一只凉鞋，这让珀利阿斯汗毛直立，因为之前有预言家告诉他要警惕只穿一只鞋的人。珀利阿斯认出了这个不幸的侄子。他找了一个理由支走他，告诉他如果想坐王位，就要前往遥远的国度科尔基斯，为他带回金羊毛。伊阿宋接受了这个挑战，开始着手组织冒险。

著名的金羊毛是什么？它又是从何而来的呢？根据神话记载，在维奥蒂亚住着两个孩子，赫勒和佛里克索斯，他们的继母想要将他们作为祭品献给神。他们发现自己处境危险，就坐上了赫尔墨斯送给他们的金毛羊，飞上天空逃走了。旅行中赫勒掉到了希腊和小亚细亚之间的海峡中，人们便使用她的名字将这个海峡命名

古斯塔夫·莫罗的《伊阿宋与美狄亚》（1865）。美狄亚背叛了自己的家人，和阿尔戈英雄一同逃走。

公元前4世纪用阿普利亚石灰石制作的红绘陶罐。图中伊阿宋正将金羊毛交给珀利阿斯。

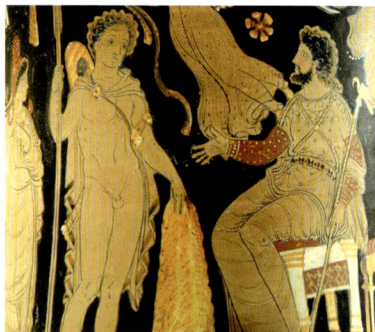

为"赫勒斯蓬托斯"*（现在的达达尼尔海峡）。佛里克索斯继续飞行，一直飞到了欧克辛斯蓬托斯（古希腊人对黑海的称呼），降落在了高加索山以南的科尔基斯国。科尔基斯的国王埃厄忒斯款待了这位少年。他们一起将这只珍贵的羊作为祭品献给了宙斯，剥下羊皮，取了其中的一小块皮毛挂在树上，作为胜利的纪念。只有神明才知道，若干年以后，佛里克索斯的儿子阿尔戈会制造一艘船，带着伊阿宋来到科尔基斯。

一个传令官将伊阿宋正在准备旅行、需要同伴的消息传播到了整个希腊。雅典娜女神帮助他，用佩利恩山的木头建造了一艘大船——著名的"阿尔戈"号。这艘船的船头是用多多纳神庙中的神圣栎树制成的。乘坐这艘船出发的有五十多人，包括一些杰出的英雄：狄俄斯库里、珀琉斯和他的兄弟忒拉蒙、仄忒斯和卡拉伊斯、预言家安菲阿拉俄斯。此外，音乐家俄耳甫斯也加入了他们，他的任务是用自己的音乐消除塞壬歌声的魔力。航行中充满了非同寻常的事件，既有冒险，也有惊喜。海员们经历了许多战斗，向神明乞求过帮助，也战胜了很多厉害的对手。最后，他们来到了旅行的终点，在费西斯河的入海口抛锚登陆。

* 通译为"赫勒斯滂"。

为美狄亚破身

　　伊阿宋和美狄亚之间一直没有发生关系，直到回程在科孚岛停留时，才被逼成为事实上的夫妻。当时埃厄忒斯的士兵追了上来，要求岛上的国王阿尔基诺奥斯交出逃犯。阿尔基诺奥斯在询问了妻子阿瑞忒的意见后，回复说他们要先为美狄亚验身。如果美狄亚还是处女，他们愿意将这些人交出；但是如果她已经不是完璧之身，就证明她已经成了伊阿宋的妻子，那么他们不会交出伊阿宋一行人。伊阿宋和美狄亚之间还没有夫妻之实，为了避免被发现，二人当天急忙在一个阴暗的山洞中发生了关系。阿尔基诺奥斯国王因此拒绝了埃厄忒斯士兵们的要求。

伊芙琳·德·摩根的《美狄亚》（1889）。

布满陷阱的工作

　　科尔基斯的国王埃厄忒斯同意交出金羊毛，但是作为交换，他要求伊阿宋为他做一点"微小"的工作：赫菲斯托斯曾经送给他两头有着青铜蹄的巨牛。伊阿宋需要套好这两头牛，然后在田野中耕地，种下一条龙的牙齿。伊阿宋不知道的是，从这些种子中会长出一支打算杀死他的军队。不幸的是，国王的女儿美狄亚爱上了这位英雄，选择站在他这边，为他提供帮助。她擅长巫术，给了伊阿宋一支软膏，让他不会被牛鼻子中喷出的火焰炙烤。之后为了帮助他摆脱从地里长出来的武士，她让他将一块大石头丢到他们中间，让他们自相残杀。此外，当埃厄忒斯拒绝交出金羊毛时，她用巫术让看

萨尔瓦托·罗萨的《伊阿宋与龙》（1663）。伊阿宋将美狄亚给他的药水喂进巨龙的口中。

257

⚜ 神话来源

希腊作家罗得岛的阿波罗尼奥斯（前2世纪）在《阿尔戈船英雄纪》中，十分详细地记录了阿尔戈英雄的冒险经历。这四本书囊括了所有情节：阿尔戈号穿过黑海抵达科尔基斯，伊阿宋在美狄亚的帮助下取得金羊毛，众人在漫长的回程中沿着多瑙河、波河以及地中海前进。这部亚历山大时期的史诗作品，着重表现美狄亚对伊阿宋的爱情，但是没有提及她悲惨的结局。

奥维德在《变形记》第七章提到了伊阿宋和美狄亚的故事，他是这样讲述龙齿从土壤中生长而出，变成士兵的情节的："这些浸透了强烈毒汁的种子在土里变软了，膨胀了，变成了新的形体。就像婴儿在母亲体内逐渐变成人形一样，五官四肢逐渐长全，等到完全成形了，才出世呼吸人间的空气；同样，当大地把他们完全孕育成了人形，他们就从丰腴的土地里滋长了出来，最最令人惊奇的是，每人手中都有刀枪，叮当作响……他把一块大石向敌人丛中一扔，转移了他们的目标，使他们彼此互相殴打。这些土里生长的兄弟们就这样彼此残杀而死。"

👁 看一看

从古代伊阿宋的肖像来看，他和其他年轻英雄并没有什么区别：赤裸的健美身躯，没有任何其他具有辨识度的物品。被绘制在陶器上的伊阿宋常常与阿尔戈英雄（卢浮宫的双耳杯）或者看守金羊毛的龙（伊特鲁里亚国家博物馆的酒杯）在一起。

🧳 走一走

阿尔戈制造了一艘以其名命名的大船"阿尔戈"号。造船所用的木材来自佩利恩山，这座山海拔一千五百五十一米，位于马格尼西亚半岛的中央。这片山区现在仍然遍布茂密的丛林和陡峭的悬崖，它的山峰已经变成了滑雪胜地。从沃洛斯（即古代的伊奥科斯）出发，游客可以在山间漫步，拜访散落其间的村落。这些村落还保留着传统的民居，在中心广场上，生长着许多巨大的香蕉树，非常有特点。在沃洛斯南部保留着帕格西遗址，包括一个色萨利的港口，"阿尔戈"号制造和下水都是在这个地方。

守金羊毛的巨龙沉沉睡去，阿尔戈英雄们趁机偷走金羊毛，登上"阿尔戈"号逃走了。在逃离的途中，美狄亚眼睛都没眨一下，就肢解了自己的兄弟阿布绪尔托斯。她将尸块扔进海中，让追赶者忙于捡回尸体以争取时间。我们不知道这个心狠手辣的女人为何这么做，是单纯为了爱情，还是她自己也想不顾一切地逃离这片深恶痛绝的土地。但是可以确定的是，她愿意为了心爱的英雄做任何事情。

回程没有预想的愉快和顺利，而是变成了一场环绕大半个欧洲的朝圣。

当他们离开多瑙河的出海口，前往亚得里亚海时，宙斯因为阿布绪尔托斯被杀而愤怒不已，降下一场暴风雨，让他们偏离了航线。从那以后，他们不得不绕一个大圈，大部分时间沿着通航河流前进。他们先进入了意大利北部的波河，之后又进入了相连的罗纳河。为了驶入罗纳河，他们先上到了阿尔卑斯山，又下到了凯尔特人的国度。

他们环绕撒丁岛航行，在坎帕尼亚短暂休息后，在斯库拉与卡律布狄斯两只怪物的夹攻下穿过了墨西拿海峡，最后来到了科孚岛。又一次暴风雨将他们带到了利比亚海岸，他们只好朝克里特岛的方向前进。登上小岛后，他们遇到了怪物塔罗斯。它是赫菲斯托斯用青铜打造的机械怪物，被送给国王米诺斯用来保卫疆土。它会向登陆的陌生船员投掷巨石，全身上下刀枪不入，只有一根血管，从颈部通下，在脚踝处有一个栓子，阻止血管内的生命之液流出。

美狄亚再次为伊阿宋只身赴险。她使用幻术，控制这只怪物朝一块石头上撞击自己的脚，破坏了栓子。另一种说法是她给了塔罗斯一种药水，骗它说是仙药，其实却是安眠药。当塔罗斯睡着后，她拔下了他脚踝处的栓子。多日之后，伊奥科斯终于出现在地平线。他们上岸后立即将金羊毛交给了珀利阿斯。人群为阿尔戈英雄欢呼。

花了整整四个月的回程终于结束了，但是伊阿宋和美狄亚的悲剧才正要开始。

赫伯特·德雷珀的《金羊毛》（1900）。画中伊阿宋和美狄亚准备离开，美狄亚的弟弟阿布绪尔托斯伸手阻拦，最后惨遭杀害。

在这个公元前 5 世纪的双耳罐上，保卫克里特岛的青铜巨人塔罗斯饮下了美狄亚的药水，沉沉睡去。

亨利·克拉格曼的《美狄亚》（1868），收藏于南锡美术博物馆。

弑子的女巫美狄亚

正如许多被阿佛洛狄忒点燃的爱情那样，美狄亚对伊阿宋的爱是病态的，这种过度的爱有时会用一种残酷的方式展现出来。只有这样，才能解释她为什么会背叛自己的父亲，肢解自己的兄弟。当然，她这样做还有别的理由：只要能够逃离埃厄忒斯统治的野蛮国度，她愿意付出一切代价。她想离开她厌恶的家，去往由伊阿宋和他的出生地色萨利代表的"文明的国度"。当然，我们无法证明这就是她真实的想法，但是它能解释美狄亚的残忍行径。然而接下来她的所作所为就没有任何理由了，只有疯子才会犯下如此可怕的罪恶。

伊奥科斯的居民将美狄亚看作野蛮的女巫，认为她是来自遥远的科尔基斯的土著，会给他们带来威胁。传说中科尔基斯位于"日之东，月之西"。珀利阿斯从伊阿宋的手中接过金羊毛，但是他看美狄亚和伊阿宋的眼神充满了疑虑。伊阿宋终于能够堂堂正正地要求王位了，但是还没来得及达成任何合约，珀利阿斯就因为美狄亚的报复先死了。照理说美狄亚应该要感谢珀利阿斯，因为如果不是他派伊阿宋寻找金羊

在这幅公元前 5 世纪的浮雕中可以看见美狄亚和国王珀利阿斯的女儿们。美狄亚让她们相信，把父亲切成小块后放进沸腾的水中，父亲就会返老还童。珀利阿斯的女儿们按照她的说法，将父亲杀死后切成了小块。

毛，她和他就不会相遇。但是事实上，她却选择报复这位君主，认为是他让自己心爱的英雄

弗雷德里克·桑迪斯的《美狄亚》（1866—1868）。这幅画因为它对女人手中恶魔之力的表现方式和它幽闭恐惧的气氛，在当时引起了很大的争议。

置身危险之中。她的复仇计划十分曲折，远远超出一个人的想象。

她先假装和伊阿宋有仇，混进了珀利阿斯女儿的家里。她向她们展示自己的魔法力量，用一种快速的方式让一头年老的羊重新变得年轻：她把羊宰成小块，再放进一锅煮沸的水里。这些容易受骗的女孩看见她这么容易就将一头老羊变成了小羊羔，坚信自己也能够用同样的

方法让苍老的父亲变得年轻。美狄亚甚至为她们提供了一口大小合适的锅。我们可以想象这些不幸的少女是如何将父亲切成小块，放进锅中烹煮的，她们还自觉是在做好事。她们的父亲自然没有再从锅中走出来，无论是以老人的模样还是年轻人的模样。当她们向美狄亚寻求帮助的时候，她装作听不懂她们在说什么。

在犯下弑君罪后，美狄亚和伊阿宋被珀利阿斯的儿子驱逐出了色萨利。这样的惩罚是很重的，因为他并没有美狄亚直接参与的证据。这对夫妇被科林斯的国王克瑞翁收留，过了几年平静的日子。他们生了两个儿子（希腊历史学家西西里的狄奥多罗斯认为是三个），美狄亚的性格似乎也变得平和。但这一切都是假象，只要一有机会，她的残忍就会再次展现出来。

愤怒的女人

克瑞翁没有男性继承人。他看上了伊阿宋，想把女儿克瑞乌萨嫁给他。在那个时代，女性被看作是二等公民，她们在城邦中拥有的权利十分有限。据说女性是凭借直觉行事，而非理性，因此需要男性的监护和保护。在这样的社会背景下，丈夫可以随心所欲地休妻，甚至可以把妻子嫁给他人。因此对于公众来说，就算伊阿宋接受了克瑞翁的提议（他也的确这么做了），也没有什么可指责的。他不过是遇到了更好的配偶，不想放过这个机会而已。但是美狄亚是

被改编的神话

第一位对美狄亚弒子的情节略加修改的作家，是皮埃尔·高乃依。在他的悲剧作品《美狄亚》（1635）中，有一瞬间这个愤怒的女人心中的母爱似乎超越了怨恨和妒忌，但是观众很快就明白了，她并没有原谅丈夫，而是决定带孩子远走高飞，让父亲永远永远见不到他们。奥地利剧作家弗朗茨·格里帕泽（1791—1872）为美狄亚创作了三部曲《金羊毛》（1821），包括《东道主》《阿尔戈英雄》和《美狄亚》。第三部无论从情节还是从文学性上看，都是最重要的。在这部作品中，美狄亚在教养良好的克瑞乌萨的衬托下，就像一个野人。她曾经尝试让伊阿宋回心转意，表示愿意为他放弃魔法，但是心中阴暗的本能最终还是让她犯下了可怕的罪恶。让·阿奴伊在他的《美狄亚》（1946）中，对故事的背景进行了现代化的加工。故事的主角是一个住在大篷车中的吉卜赛女人，她深深地爱上了伊阿宋。在最后一幕中，她站在大篷车前，车上是熊熊烈火，车中他们的孩子正在被烧死。她看见丈夫脸上的绝望，享受了片刻，然后就自杀了。

一个桀骜不驯的外国人，她从来不愿委屈自己，这样"文明"的习俗对她来说是一种侮辱。此外，如果伊阿宋和克瑞乌萨结婚了，她将被逐出科林斯。如果这样，她就要离开自己心爱的男人了，而且会手无寸铁地面对未知的未来。另一方面，伊阿宋却厚颜无耻地表示，这是对所有人来说最好的结果。他从来没有想到深爱自己的美狄亚，也会为了复仇而对自己下手。在杀人艺术方面，美狄亚已经达到了登峰造极的地步。她首先选择杀死自己的情敌和国王克瑞翁。她以感谢克瑞乌萨同意让自己继续留在科林斯为借口，派自己两个可爱的儿子送去礼物：一张面纱和一个冠状头饰。当克瑞乌萨戴上头饰时，美狄亚事先浸好的毒液立刻开始灼烧她的皮肤，在她的皮肉上燃了起来。克瑞翁想要扑灭火焰，却和女儿一起被烧死了。整座宫殿就像火把一样熊熊燃烧。在展示了自己的破坏力

约翰·威廉姆·沃特豪斯的《伊阿宋与美狄亚》（1907）。

263

欧仁·德拉克洛瓦的《美狄亚杀子》（1838）。美狄亚发现伊阿宋想抛弃自己迎娶克瑞翁的女儿时，十分气愤。她杀死了那位公主，也杀死了自己和伊阿宋生下的两个孩子。

后，美狄亚给出了最后一击：这一次是针对伊阿宋的。她在赫拉神庙的祭坛上，杀死了自己的两个孩子。历史最终给了伊阿宋应有的惩罚，虽然他做的，不过是一件所有古希腊男人都可以做的事（参照阿伽门农），但是对一位母亲而言，这件事就是不可接受的。

儿子的死亡对伊阿宋并没有太大的影响，因为他一门心思谋算伊奥科斯的王位。他后来成为了色萨利的国王，统治着这片国土，直到去世。美狄亚在杀死克瑞翁后离开了科林斯。她逃到了雅典，嫁给了忒修斯的父亲——国王埃勾斯。她本性难移，又想毒死忒修斯，但是没有成功。这件事被发现后，她再次流亡。

返回亚细亚后，美狄亚和米底人住在一起。这个民族之所以叫"米底"，是为了纪念她的儿子墨多斯，他奇迹般地避开了母亲的"照料"，活了下来。再后来，她回到了故乡科尔基斯，用魔法帮助父亲埃厄忒斯重新夺回了王位。

虽然听上去有些难以置信，但是神话记载，美狄亚死后去了爱丽舍乐园。

希腊作家欧里庇得斯在他的作品《美狄亚》（前431）中，第一次让伊阿宋的妻子美狄亚杀死了自己的孩子。在之前的神话中，这两个孩子是被愤怒的科林斯人用石头砸死的，因为他们为母亲把有毒的礼物送给了克瑞乌萨。欧里庇得斯的改编大受欢迎，很多现在只留下名字的古希腊悲剧或者喜剧作品都采用了这个版本的故事。罗马时期，奥维德在《变形记》和《女杰书简》中广泛地谈到了这个传说；塞涅卡以欧里庇得斯的作品为灵感，创作了他的《美狄亚》（55），深入探讨人物内心的煎熬。

看一看

欧仁·德拉克洛瓦在1838年创作了《美狄亚杀子》（收藏于里尔美术馆）。画中展示了这位母亲准备用匕首杀死两个儿子的场景。美狄亚非常笨拙地固定住还活着的孩子，视线却穿过他们藏身的洞穴，飘到了远方。她可能是在欣赏自己的杰作：熊熊燃烧的克瑞翁的宫殿。

听一听

意大利作曲家路易吉·凯鲁比尼（1760—1842）是歌剧《美狄亚》配乐的革新者之一，他创作的歌剧在1797年公演。他的交响乐序曲和管弦乐的独特音效影响了很多浪漫主义作曲家，特别是贝多芬。

走一走

位于马格尼西亚地区的希腊古城沃洛斯，就是古代的伊奥科斯，伊阿宋和美狄亚的悲剧故事就是在这里发生的。在几个世纪的地震中，以前的建筑已经全部消失了。在1955年的地震之后，城中的建筑都不超过四层，且具有抗震结构。在考古博物馆中收藏了希腊时期的陪葬石碑，在石碑上绘有或者刻有死者的生平，非常值得一看。

美狄亚让龙沉睡。

《俄耳甫斯被动物环绕》。这是在巴勒莫发现的马赛克镶嵌画，位于巴勒莫考古博物馆。摄影者是乔瓦尼·达尔奥尔托。

俄耳甫斯与欧律狄刻

除了俄耳甫斯，没有任何一位英雄能够如此多才多艺，一人承载了众多象征含义。这位色雷斯的半神和其他英雄不同，他的名声不是来自英雄伟绩，或者家门不幸（比如残忍地杀死自己的家人），而是来自让人着迷的能力。靠近他的人，都会被他吸引。因其音乐天赋，他能够迷住凡人和天神，驯服野兽，改变自然，甚至安抚冥界的怪物。他的力量不是身体的，而是艺术和精神的。在很久以前，他被认为是杰出的诗人、歌手和音乐家。后来随着时间推移，他变成了俄耳甫斯教的核心，被认为是这种神秘主义宗教的创造者。

俄耳甫斯是色雷斯国王阿格洛斯的儿子，虽然在有的神话中他的父亲是太阳神阿波罗。她的母亲没有争议，是九位缪斯女神中的一位，有可能是级别最高的卡利俄佩，也有可能是波吕许谟尼亚或者克利俄。我们对他的童年一无所知，除了他很早就学会了弹奏里拉琴，而且琴技十分高超。有人认为里拉琴不是赫尔墨斯而是他发明的。就算这种说法有误，将琴弦从七根增加到九根的人也是他。他这样做，是为

卡罗利·费伦齐的《俄耳甫斯》（1894）。这幅作品对神话进行了现代的诠释，用小提琴替换了里拉琴。

了纪念九位缪斯。他的和弦如此悠扬动听，就连那些最迟钝的生物也会被打动。当他弹奏时，野兽倚靠在他的身边，鸟儿停靠在就近的枝头上，安静聆听。树也朝他倾斜，随着他的乐声在四周起舞。风儿改变了方向，前去迎接他；河水在经过他身边时也停止了流动。这些美妙的故事是想向粗野的色雷斯人解释他音乐的魔力，从而让这个国家从蛮荒的状态逐渐转变成文明社会。

《俄耳甫斯与欧律狄刻》，乔治·费德里科·沃茨（1817—1904）作品。

在阿尔戈英雄的远征之后，俄耳甫斯作为诗人和智者的名声传遍了整个古代世界。人们都说他的天赋来自神赐。事实上，他能参加这次远征，的确是阿尔戈英雄们的幸运。因为缺乏力气，在旅程中他没有划桨，而是负责用歌声来引导划桨的节奏。他创造了很多奇迹，比如用悠扬的乐声让搁浅的"阿尔戈"号移动，平息了一场风暴，以及当塞壬用歌声引诱海员跳船时，他弹奏出更加动听的音乐，盖住了她们的歌声。他知道狄俄尼索斯和众卡比洛斯的秘义，因此同时也是团队中的祭司，向他的同伴宣传这些神秘信仰的好处。

唱歌的头颅

俄耳甫斯最著名的旅程是下到冥界寻找他的妻子欧律狄刻。欧律狄刻是一位得律阿德斯，她穿过一条河时（就在婚礼当天）被蛇咬伤了，后来不幸身亡。俄耳甫斯决定去冥界寻找她，他唯一的武器就是自己的里拉琴和嗓音。到了冥界之后，他的才艺发挥了奇迹般的作用：不仅塔尔塔洛斯的怪物变成了温顺的宠物，就连冥界的神祇——哈得斯与珀耳塞福涅，也被他诗意的哀歌打动。冥界的犯人因为他的歌声得到了片刻的休息，西西弗斯的石头悬停在山坡上，坦塔罗斯也不再忍饥挨饿。哈得斯允许欧律狄刻重返人间，但是有一个条件：在回到阳光下之前，俄耳甫斯不能朝后看。这对夫妇沿

中世纪表现俄耳甫斯给野兽唱歌的图画，图中俄耳甫斯手拉小提琴，轻声吟唱。

着一条倾斜的道路前行，他们穿越这个黑暗的国度，一点点靠近出口。在马上就要看见亮光时，俄耳甫斯忍不住朝后看了一眼，欧律狄刻瞬间消失了，再次隐入黑暗之中。

冥界的神明没有给他第二次救人的机会。俄耳甫斯返回了色雷斯，在那里，痛失爱妻的他继续吟唱凄婉的哀歌。色雷斯的女人想要安慰他，但是都无功而返，俄耳甫斯拒绝了所有的殷勤。这些女人最后肢解了俄耳甫斯，但原因还是一个谜。有可能是因为嫉妒，因为他一直怀念欧律狄刻，忠贞不贰。也有可能是因为俄耳甫斯创立了某种神秘的俱乐部，只有男性才能加入（据说少年爱*就是他发明的），这引起了女人的愤怒。还有可能是阿佛洛狄忒在她们心中唤起了一种暴力的激情，她们像狮子一样争夺俄耳甫斯，直到把他撕成碎片。

他尸体的碎片被扔进了埃夫罗斯河，随着河水流入了大海。据说在河水中，这位不幸的诗人的嘴唇还在呼唤欧律狄刻的名字，他的声音一直在两侧的河岸之间回响。他的头和里拉琴漂到了莱斯波斯岛，岛上的居民为他举行了隆重的葬礼，并且建造了他的陵墓。在另一个传说中，色雷斯酒神狂女的暴行在国内引起了虫害，神谕告诉众人，要想平息虫害，需要找到俄耳甫斯的头颅。最后一些渔民在梅里斯河的入海口找到了它，它搁浅在岸边，还是和死

---

* 少年爱（pederastia）是古希腊时代公开承认的一种社会关系，通常是由一名成年男性和一名青少年组建而成。

俄耳甫斯教中的灵魂

因为俄耳甫斯的神话，一个基于灵魂不灭的新宗教得以产生。据说俄耳甫斯在地狱的旅途中得到了一些神秘的启示，这些启示体现为一系列神秘的仪式，狄俄尼索斯是他们主要崇拜的神。仪式中有一项是在死者的身边放置"俄耳甫斯牌"，牌子上有一些具有魔力的文字。当死者进入冥界后，可以诵读上面的文字，来避免轮回转世。早期的基督教受到了这些信仰的影响，将俄耳甫斯看作希腊版的耶稣。

《俄耳甫斯将欧律狄刻带出地狱》（1861），让－巴蒂斯特－卡米耶·柯罗作品。

269

公元前 5 世纪的玄武岩男子头像，可能是俄耳甫斯。

之前一样美丽而富有生气。它依然能够唱出动听的歌曲。人们为他建造了一座神庙，把他当作神来崇拜。这座神庙严格禁止女性进入。

古斯塔夫·莫罗的《俄耳甫斯的头颅》（1865）。俄耳甫斯死后，他的里拉琴飞到了天上。他的头颅被女人们切下来扔进了海中，顺着海浪漂到了莱斯波斯岛，被岛上的一位少女拾到。

🜲 神话来源

在俄耳甫斯的名下，有大量的文学作品，包括一些颂歌、残章、叙事诗《神谱》和讲述阿尔戈英雄征程的史诗作品《阿尔戈英雄纪》，但这都是伪撰的，是较晚的希腊和罗马时期的作品。

在维吉尔《农事诗》第五卷中，记录了俄耳甫斯在冥界的旅程，这是最完整的版本。奥维德的《变形记》中也有这情节，以及他最后被分尸的故事。

👁 看一看

俄耳甫斯在艺术作品中，通常头戴弗里吉亚无边便帽，弹着里拉琴，身边环绕着一群动物。有时他也和欧律狄刻一起出现。很多陶器上都绘有他的图案，比较出名的有画师绘制的双耳罐作品《俄耳甫斯》（柏林博物馆）。早期的基督教徒将他和耶稣联系起来。耶稣能够用语言安抚万物，正如俄耳甫斯能够用音乐打动野兽。在罗马的圣卡里斯托和多米蒂拉的地下墓穴中，有许多与他有关的浮雕。

🎵 听一听

从文艺复兴时期开始，很多作曲家都从俄耳甫斯那里得到了灵感。西班牙语中"orfeón"（合唱团）就是从俄耳甫斯的名字"Orfeo"而来。以下是一些重要的作品：

- 克劳迪奥·蒙特威尔第（1567—1643）的歌剧《俄耳甫斯》（1607）
- 让－菲利普·拉莫（1683—1764）的合唱曲《俄耳甫斯》（1728）
- 克里斯托夫·维利巴尔德·格鲁克（1714—1789）的歌剧《俄耳甫斯与欧律狄刻》（1762）
- 雅克·奥芬巴赫（1819—1880）的歌剧《俄耳甫斯在冥界》（1858）
- 达吕斯·米约（1892—1974）的歌剧《俄耳甫斯的不幸》（1926）
- 伊戈尔·斯特拉文斯基（1882—1971）的芭蕾舞剧《俄耳甫斯》（1947）

🧳 走一走

俄耳甫斯的头颅和里拉琴留在了抒情诗的故乡——莱斯波斯岛。他的头颅没有埋在坟墓里，而是放置在海岸的一道裂缝中，后来还常常发布神谕。他的里拉琴可以在一座神庙中看到，弹奏它被视作渎神的行为。相关的神话流传到今天，已经变成了文学、音乐和艺术的混合体。女诗人萨福（前7—前6世纪）和1979年诺贝尔文学奖得主奥德修斯·埃利蒂斯都来自莱斯波斯岛。

📚 读一读

卡尔德隆·德·拉·巴尔卡（1600—1681）在1663年创作了神话主题的宗教剧《神圣的俄耳甫斯》，在剧中，他将俄耳甫斯和耶稣进行了对比。

很多诗人都创作了献给俄耳甫斯的诗歌，比如雪莱（1792—1822）和里尔克（1875—1926）。

《克吕泰涅斯特拉杀阿伽门农之前的犹豫不决》（1817），皮埃尔－纳西斯·盖兰作品，收藏于巴黎卢浮宫。

阿特柔斯后代的诅咒

在希腊神话中，除了拉布达科斯家族，最不幸的谱系就是阿特柔斯这一支了。这个家族的成员之间彼此不和，关于它的复杂故事用一个词总结就是"报复"：家人之间永远在斤斤计较，一旦发现自己吃亏就向对方展开可怕的报复。他们让负责惩罚家庭犯罪的厄里倪厄斯忙得根本无暇休息。他们的祖先坦塔罗斯开头开得就不好。坦塔罗斯是宙斯的儿子，他因此经常被邀请与神同桌吃饭。他常常会偷一些仙草和琼浆，送给自己的凡人朋友食用。当众神到他家做客时，他为招待贵宾，烹煮了亲生儿子珀罗普斯。这个可怜的孩子后来被克罗托复活了，坦塔罗斯被打入了地狱，在那里忍受着残忍的酷刑：他在一个湖中，湖水刚刚淹没他

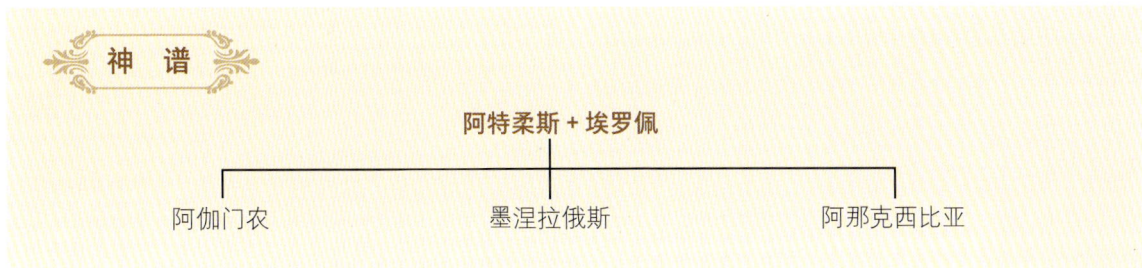

在这个红绘双耳陶罐上，珀罗普斯和希波达弥亚在一辆马车中，珀罗普斯就是凭借这辆马车娶到了希波达弥亚。

神 谱

阿特柔斯 + 埃罗佩

| 阿伽门农 | 墨涅拉俄斯 | 阿那克西比亚 |

阿伽门农的金面具。阿伽门农是迈锡尼的国王，同时也是攻打特洛伊的军队指挥官。

的脖子。他的四周环绕着结着美味果子的果树。他想低头饮水，水却往下退；他想伸手摘果子，果子却往四周移动。他就这样眼睁睁地看着食物和水，却忍受着饥渴的煎熬。

珀罗普斯慢慢长大，成了希腊的名人。他不仅用自己的名字为家族命名，还将一个小岛命名为"珀罗普纳索斯"（在希腊语中的意思是"珀罗普斯的岛屿"），为岛上带去了东方的精致品味。奥林匹克运动会最初也是由他举办的，后来赫拉克勒斯才作了改革。但是要论他最大的伟绩，还是在马车比赛中战胜俄诺玛俄斯，成功娶到其女儿希波达弥亚。为了赢得比赛，他贿赂俄诺玛俄斯的车夫，让他将马车车轮的一个钉子偷偷换成蜡的。在取得胜利之后，为了不泄露秘密，他杀死了这个车夫。他没有想到的是，这个被杀死的车夫弥尔提洛斯是赫尔墨斯的儿子。赫尔墨斯为了报仇，诅咒了珀罗普斯的子孙。

就这样，不幸的命运降临到了珀罗普斯的儿子阿特柔斯和堤厄斯忒斯身上，他们就是著名的"自相残杀的手足"。这一连串可怕事件的开始，是阿特柔斯和堤厄斯忒斯在母亲的唆使下，杀死了同父异母的弟弟克吕西波斯。珀罗普斯放逐了他们，二人来到迈锡尼避难，二人之间的仇恨和斗争就此开始。简而言之就是：堤厄斯忒斯勾引了阿特柔斯的妻子埃罗佩，并且唆使阿特柔斯的儿子普勒斯忒涅斯杀死父亲。阿特柔斯杀死了这个打算杀死自己的儿子。他还在一次宴会中杀死了堤厄斯忒斯的孩子们，把他们做成菜肴，献给了他们的父亲。堤厄斯

《伊菲革涅亚的献祭》（1757），乔瓦尼·巴蒂斯塔·提埃坡罗作品。古典戏剧爱好者朱斯蒂诺·瓦尔马拉纳，委托提埃坡罗用荷马和维吉尔的主题装饰他的宫殿。提埃坡罗因此绘制了这幅震撼的作品：所有人都看向天空——阿尔忒弥斯的住处，等待祭祀之后出发的时刻。他们的态度平息了女神的怒火，她饶恕了这位公主。

弑斯的一个儿子，埃癸斯托斯，最后杀死了阿特柔斯。这么多的犯罪可能已经很难消化了，但是血腥的复仇并没有就此结束。阿特柔斯的后人继承了家族的诅咒，继续家族的自我毁灭之路。

安塞姆·费尔巴哈的《伊菲革涅亚》（1862）。

伊菲革涅亚的献祭

阿特柔斯的儿子是著名的墨涅拉俄斯和阿伽门农。墨涅拉俄斯是我们前面提到过的美丽的海伦的丈夫。阿伽门农娶了海伦的姐妹克吕泰涅斯特拉，两人育有伊菲革涅亚、厄勒克特拉和克律索忒弥斯三个女儿以及一个儿子俄瑞斯忒斯。阿伽门农是迈锡尼的国王，他在特洛

一个惊人的发现

1876年，德国商人亨利希·施利曼（1822—1890）在退休两年后开始考古挖掘，希望找到传说中的迈锡尼。他的主要动力来自帕萨尼亚斯，根据帕的记载，阿伽门农的遗体应该葬在这片地方。施利曼很快就发现了皇家墓葬群，其中一共有十九具遗体，他认为遗体应是阿伽门农、卡珊德拉和一些其他宫廷成员。男人的脸上覆盖着黄金面具，女人则佩戴数目繁多的黄金首饰。这些首饰现在展览于雅典考古博物馆的迈锡尼厅。他的发现引起了很大的回响，也推动了希腊的考古发掘工作，之后在希腊各处发现了大量的古迹和遗址。

一个迈锡尼的圆形墓圈。

伊之战中担任希腊军队的最高统帅。当时运送士兵前往小亚细亚的舰队在奥利斯港遇到了逆风，船队虽然聚集了起来，但是无法出航。为了突破困境，这位大将军向预言家卡尔卡斯求助。卡尔卡斯告诉他，他得罪了阿尔忒弥斯，只有献出女儿伊菲革涅亚才能平息女神的怒火。阿伽门农牺牲了女儿，船队果然顺利启程。伊菲革涅亚没有死亡，她被阿尔忒弥斯救下了。阿尔忒弥斯在最后关头用一头鹿换下了祭坛上的她，然后将她带到了陶里斯（现在的克里米亚），让她做了自己的女祭司。她在那里住了很多年，但凡有遇海难而漂到岸边的外国人，就作为人祭献给阿尔忒弥斯。有一天，她认出其中有自己的兄弟俄瑞斯忒斯，就决定带着他一

《克吕泰涅斯特拉》（1882），约翰·科利尔的油画。这位迈锡尼王后一直恨着丈夫阿伽门农，他将女儿伊菲革涅亚作为祭品献给神后，她的恨意变得更浓了。当他从特洛伊返回时，她在情人埃癸斯托斯的帮助下杀死了他。

起返回祖国。

在围攻特洛伊之后，阿伽门农得到了一件战利品：女先知卡珊德拉。他疯狂地迷恋这个女人，将她带回了迈锡尼。卡珊德拉曾经预言，阿伽门农返回故土后会很快死亡，但是阿伽门农对这种不吉的预言心生怀疑，没有把它当回事。在离开期间，阿伽门农委托凶残的埃癸斯托斯替他处理国事，他是不幸的堤厄斯忒斯的儿子，曾经杀死了同样不幸的阿特柔斯。为了以防万一，他还拜托名为得摩多科斯的年迈诗人陪自己的妻子克吕泰涅斯特拉消遣，并且顺便监视她。很显然，这两人没有一人完成了自己的工作：得摩多科斯疯了，埃癸斯托斯则一

神话来源

欧里庇得斯从伊菲革涅亚的人物形象中吸取灵感，创作了两部悲剧：《伊菲革涅亚在奥利斯》（前 406 年）和《伊菲革涅亚在陶里斯》（前 414 年）。第二部作品的目的是让对神明的信仰变得更加人性化，因为伊菲革涅亚被阿尔忒弥斯从祭坛上救下后，在托阿斯统治的国家中反对为阿尔忒弥斯举行人祭。为了配合这一目的，这部作品中伊菲革涅亚的魅力体现在两方面：一方面她十分纯真，服从神明的旨意；另一方面她又勇气十足，敢于帮助俄瑞斯忒斯和皮拉得斯逃离陶里斯。

看一看

雅典考古博物馆中最珍贵的藏品之一是阿伽门农的金面具，也就是所谓的阿伽门农的陪葬面具。它是 1876 年被考古学家亨利希·施利曼在迈锡尼卫城发现的。

听一听

作曲家克里斯托夫·维利巴尔德·格鲁克（1714—1789）以欧里庇得斯和拉辛的剧本为基础，创作了歌剧《伊菲革涅亚在奥利斯》（1774）和《伊菲革涅亚在陶里斯》（1779）。这两部作品被认为是他音乐生涯的巅峰之作。

走一走

迈锡尼是阿特柔斯后代的诅咒发生的舞台，它现在是希腊阿尔戈利斯地区的一个小镇，在附近可以参观古城的遗址。要想前往卫城，必须先穿过狮子门。名称源于门的三角楣上雕刻的狮子图案。灿烂辉煌的古城墙、圆形墓圈、宫殿和城市地基等待着游客的拜访。

有机会就和克吕泰涅斯特拉偷情。此外，他们二人一致认为为了他们的未来，最好的方法就是彻底摆脱阿伽门农。

克吕泰涅斯特拉有很多理由杀死自己的丈夫。当然了，对于这个血液中充满背信弃义和复仇欲望的家族来说，也许并不需要什么理由。第一个原因是阿伽门农在之前杀死了她的第一任丈夫和她的孩子们。在索福克勒斯的戏剧中，克吕泰涅斯特拉宣称是为死去的伊菲革涅亚报仇，但也很有可能是因为嫉妒阿伽门农和卡珊德拉之间的关系。无论事实如何，这对奸夫淫妇最后都实行了自己的计划。他们假装为阿伽门农准备了一场盛大的宴会，然后在眨眼的瞬间用一把锋利的匕首杀死了他和卡珊德拉。克吕泰涅斯特拉几乎没有为丈夫的死而悲伤，因为她在几个小时后就与埃癸斯托斯正式举行了婚礼。二人幸福地生活了几年，直到阿伽门农的儿子决定对他们施加报复。

《被复仇女神追赶的俄瑞斯忒斯》（1921），约翰·辛格·萨金特作品。为了替父亲阿伽门农报仇，俄瑞斯忒斯杀死了自己的母亲，因此被愤怒的复仇女神所追赶。

因为杀母而变疯的俄瑞斯忒斯

俄瑞斯忒斯是阿伽门农和克吕泰涅斯特拉的儿子。在他还小的时候，他的父亲被母亲和帮凶埃癸斯托斯用匕首刺死。这血腥的一幕发生在他的眼前，深深地烙在了他的脑海中。如果不是姐姐厄勒克特拉趁乱将他带出了王宫，他可能就和父亲一起死在那场晚宴中了。姐弟二人离开迈锡尼，逃到了福基斯，他们的姑父斯特洛菲俄斯是那里的国王。那里的气氛很好，俄瑞斯忒斯接受了完好的教育，顺利完成了学业。他还交到了一个形影不离的好朋友，斯特洛菲俄斯的儿子皮拉得斯。但是在他的心中，复仇的火苗从未熄灭，他的身体中毕竟流着阿特柔斯家族的血。当他的年龄足够大时，他来到德尔斐神庙寻求神谕的帮助，阿波罗允许他为阿伽门农复仇。

厄勒克特拉当年也是差一点就死了。当时埃癸斯托斯的刀已经伸到了她的脖子上，她的母亲在最后一刻为她求情。这两位杀死阿伽门农的凶手不想将来被他的孩子们寻仇（有仇必报是这个家族的传统），就将她嫁给了一个城外的农民，但是让他承诺不能破坏她的贞操。另

《厄勒克特拉收到弟弟的骨灰》（1826），让－巴蒂斯特·约瑟夫·维卡尔作品。波罗将儿子的骨灰交给她，让她以为这是俄瑞斯忒斯的骨灰。

一种说法是，她还留在宫中为国王服务，等待自己的弟弟俄瑞斯忒斯归来。我们不知道在分开的八年间这对姐弟是否保持联系，但是可以确定的是，二人在拜访了父亲的坟墓（这一事件极具象征意义）后相认了。压抑多年的仇恨总算有了倾泻的可能，不过在行动前，还需精心筹备。

在这个黑绘陶罐上，展示了俄瑞斯忒斯杀死埃癸斯托斯的场景。埃癸斯托斯是俄瑞斯忒斯母亲的情人，他曾经参与谋杀阿伽门农，现在终于受到了应有的惩罚。

俄瑞斯忒斯和他忠实的朋友皮拉得斯秘密潜入了迈锡尼，在民间传出谣言，说阿伽门农的儿子已经死了。埃癸斯托斯和克吕泰涅斯特拉听到这个消息喜出望外，连忙前往阿波罗神庙，感谢众神的庇佑。他们以为不用再担心被报复了，死亡却离他们越来越近。他们返回宫殿后，发现俄瑞斯忒斯已经闯了进来，正等待着向他们复仇。俄瑞斯忒斯一剑就杀死了埃癸斯托斯，但是轮到母亲时，他却犹豫了。克吕泰涅斯特拉苦苦哀求儿子饶过她，她袒露自己的胸脯，向儿子展示曾经哺育过他的地方。俄

被改编的神话

　　古希腊悲剧作家的第一批追随者，在俄瑞斯忒斯和厄勒克特拉神话的基础上增加了一些新的情节。在伏尔泰的《俄瑞斯忒斯》（1750）中，俄瑞斯忒斯杀死自己的母亲是一个意外——她主动为埃癸斯托斯挡下了一剑。意大利作家维托里奥·阿尔菲耶里（1749—1803）基于该神话创作了两部作品：《俄瑞斯忒斯》和《阿伽门农》（均完成于1783年）。在这两部作品中，厄勒克特拉既想复仇，也想寻求正义。在为理查·施特劳斯的歌剧所创作的剧本中，胡戈·冯·霍夫曼斯塔尔用一种夸张的方式表现厄勒克特拉病态的心理。她想要亲手杀死自己的母亲，但在真做了这件事后，她却开始疯狂地舞蹈，直到最后倒地身亡。美国剧作家尤金·奥尼尔（1888—1953）在《悲悼》（1931）中，将神话故事搬到了美国南北战争时期，厄勒克特拉变成了拉维妮亚，成了弗洛伊德理论中扭曲情结的受害者。

瑞斯忒斯本来打算就此罢手，但是身旁的皮拉得斯和厄勒克特拉却提醒他神圣的使命：他鼓起勇气，一剑刺死了母亲。曾经流出白色乳汁的地方现在却流出了汩汩鲜血。士兵持剑将他们包围了起来，想阻止他们离开，但是没有人敢伤害阿伽门农的儿子，最终还是放他们走了。特洛伊的伟大征服者——阿伽门农终于能在地下瞑目了。

审判与无罪

杀死母亲后，俄瑞斯忒斯深受复仇女神的折磨。就像对那些杀死父母的人常常做的那样，复仇女神将他变成了疯子。俄瑞斯忒斯开始了赎罪之路，包括疯狂自责，忍受疾病和幻觉的折磨以及心中痛苦的煎熬。厄勒克特拉尝试安慰他，但收效甚微，因为她自己也非常后悔。复仇女神一路追着他到了德尔斐，俄瑞斯忒斯在神庙中寻求庇护。阿波罗净化了他，并且告诉复仇女神，俄瑞斯忒斯是经他同意才复仇的。但是复仇女神不愿意就此放弃自己的猎物。

在雅典，他接受了阿瑞俄帕戈斯法庭的审判。一半法官认为他有罪，另一半则认为他无罪。最后雅典娜主持了法庭，打破之前持平的局面，投了无罪的一票。据说这是这个受人尊

《被复仇女神追赶的俄瑞斯忒斯》（1862），威廉－阿道夫·布格罗作品。

敬的法庭第一次为凡人的案件判决。法律途径十分公正，无可指摘，但是这也不能满足复仇

神 谱

```
              阿伽门农 + 克吕泰涅斯特拉
   ┌──────────┬──────────┬──────────┐
克律索忒弥斯  厄勒克特拉  伊菲革涅亚  俄瑞斯忒斯
```

《皮拉得斯与俄瑞斯忒斯作为受害者被带到伊菲革涅亚面前》(1766)，本杰明·韦斯特作品。

女神，反而让她们变本加厉地折磨俄瑞斯忒斯。俄瑞斯忒斯只想休息片刻，因此重新返回了德尔斐，寻求神谕的建议。神庙中的女祭司告诉他，他应当前往陶里斯，找到由他姐姐伊菲革涅亚严密看管的阿尔忒弥斯雕像。她在献祭中没有死去，而是被阿尔忒弥斯救了。

在陶里斯，俄瑞斯忒斯和皮拉得斯差点被当成人祭献给神。原来这个国家的国王托阿斯制定了一条野蛮的法律：所有出现在这里的外国人，都会被当成祭品献给神。女祭司伊菲革涅亚同意救下两人中的一个，表示为阿尔忒弥斯献上一人足矣。这两个好朋友为此发生了争执，都想代替对方去死。毫无疑问，正是这一

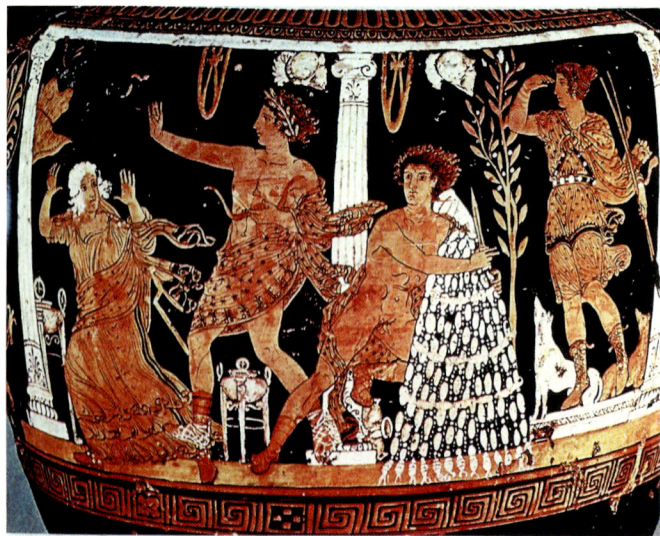

安塞姆·费尔巴哈的《伊菲革涅亚》(1861)。

德尔斐陶罐上的俄瑞斯忒斯。神谕告诉他，应当在二十岁时为父亲复仇。

埃斯库罗斯的作品《俄瑞斯忒斯》(前458年)是唯一一部保存至今的希腊戏剧三部曲。它包含:《阿伽门农》《奠酒人》和《欧墨尼得斯》,连起来讲述了一个完整的故事,从阿伽门农凯旋,到俄瑞斯忒斯被判无罪,再到厄里倪厄斯停止报复。

欧里庇得斯在两部悲剧《厄勒克特拉》(前413年)和《俄瑞斯忒斯》(前408年)中,也讲述了这对姐弟复仇的故事。在这两部作品中,厄勒克特拉都是一个嗜血的角色,她在弟弟的复仇中起着推波助澜的作用。

索福克勒斯和同时代的希腊剧作家相比,就显得仁慈多了。他在悲剧《厄勒克特拉》(前415年)中,为这对兄妹杀母找了借口,说这是神的旨意。因此俄瑞斯忒斯和厄勒克特拉有权渴望一个充满和平与幸福的未来。

听一听

理查·施特劳斯(1864—1949)和胡戈·冯·霍夫曼斯塔尔(1874—1929)合作的第一部作品,是歌剧《厄勒克特拉》(1908)。理查·施特劳斯用急促的旋律和不协调和弦强调厄勒克特拉嗜血的天性,泯灭了她身上的人性,使她变成复仇的象征。

走一走

伊菲革涅亚曾经在维奥蒂亚的奥利斯被当作祭品献给神,这个地方已经完全消失了。现在坐落在这里的是一座小渔村瓦瑟,旁边是一个美丽的海湾。虽然无法在这里找到神话人物的踪迹,但是游客可以在小酒馆中品尝到鲜美的鱼肉。

克吕泰涅斯特拉的坟墓位于迈锡尼卫城,是亨利希·施利曼1876年的发现之一。它建成于公元前14世纪,包括一道由巨大的石块制成的门和一个圆形墓圈。墓圈顶部为穹顶,里面十分宽敞。

舍己为人的精神真正地净化了俄瑞斯忒斯。奇迹发生了,伊菲革涅亚突然认出了自己的弟弟,安排好一切,带着他们二人逃离了陶里斯(当然也带上了阿尔忒弥斯的雕像)。他们三人一起逃到了阿提卡地区。

最后,复仇女神见自己的目的已经达到,就放过了俄瑞斯忒斯。赫尔墨斯的诅咒结束了,这一系列弑父杀子、食用人肉的惨剧终于告一段落,神明和凡人都能好好地休息了。在建造了一座阿尔忒弥斯神庙后,各人都拥有了属于自己的结局:厄勒克特拉和皮拉得斯结婚了;伊菲革涅亚在墨伽拉的阿尔忒弥斯神庙中隐居;俄瑞斯忒斯成为迈锡尼国王,娶了自己的表妹赫耳弥俄涅。为了完成神谕的最后一项要求,他重建了在特洛伊之战中被阿伽门农破坏了的特洛伊城。阿特柔斯的后人在遭受地狱般的惩罚之后,终于得到了一个公正而圆满的结局。

《热恋中的帕里斯和海伦》（1788），雅克－路易·大卫的作品。画中展示了海伦恋爱中的样子。

海伦引发的战争

　　因为海伦，希腊人在特洛伊城墙前打了十年的仗。但是这些人踏平这片地区，究竟是为了那位真实存在的有血有肉的美人，还是只是为了一个幻影？让我们跟随这位有着倾城之貌的女子，解开这个谜题。我们曾经讲过她不凡的出生。勒达与变成天鹅的宙斯结合后，生下了几个蛋，从其中孵化出了她和兄弟姐妹。有的诗人见她的美丽能够致人性命，引发灾难，便认为她真正的母亲应当是仇恨的化身——无情的复仇女神涅墨西斯。在这个版本的传说中，勒达不过是海伦的保姆。

　　海伦尚且年幼的时候，艳名就已经传遍了希腊。有幸一窥其容颜的旅人在世界的各个角落谈论她的美貌，说在她的面前，他们情不自禁地想要下跪。这些极富感情的溢美之词传到了忒修斯的耳中。这位雅典的国王当时已经到了暮年，他来到了拉科尼亚，无意撞见了在阿尔忒弥斯神庙中跳舞的海伦。这样的场景让他感到血液像年轻时那样沸腾，身体的疾病也不能阻止他像飓风一般将她抢回雅典。后来海伦被自己的兄弟狄俄斯库里所救，回到了父亲廷

古斯塔夫·莫罗的《被赞美的海伦》（1896）。

达柔斯的宫殿中。

这位斯巴达的国王担心女儿如果迟迟不嫁，会引来更大的祸患，因此召开了集会，让所有的追求者都前来参加。自古英雄爱美人，为了娶到美丽的海伦，希腊各地的王子都来到了斯巴达，一共有九十九人，只有阿喀琉斯缺席了这次集会。廷达柔斯担心选择某一位会引发其他人的不满，因此采取尤利西斯的建议，让所有追求者宣誓，一定会尊重海伦的选择，并且在有人想抢夺海伦时，帮助她未来的丈夫。众人达成一致后，海伦做出了选择：她选择了墨涅拉俄斯。不久之后，墨涅拉俄斯继承了廷达柔斯的王位。

安东尼·卡诺瓦的《海伦的头》（1812）。

两人最初几年的婚后生活十分甜蜜。直到有一天，特洛伊的王子帕里斯趁墨涅拉俄斯不在国内，以祭祀阿波罗为由来到了雅典。他一时冲动，不顾后果地抢走了海伦，用船将她带回了特洛伊。也有人认为海伦是心甘情愿跟他走的，还顺便带走了宫中的首饰和自己的几个奴隶。

被改编的神话

对中世纪的作家来说，海伦和希腊神话中很多诱人女性角色一样，象征着罪恶的诱惑。和她情况类似的还有卡珊德拉，她同样被视作红颜祸水。海伦这一角色后来被歌德收录进了《浮士德》（1826—1831）。在这部作品中，他用浮士德和海伦的相遇比喻浪漫主义和古典主义的融合。19世纪胡戈·冯·霍夫曼斯塔尔在为施特劳斯的歌剧创作剧本时，挖掘出了另一个角度，就是海伦和墨涅拉俄斯和解中出现的心理问题。如果说在这部作品中爱情最终取得了胜利，那么在比利时诗人埃米尔·维尔哈伦的《斯巴达的海伦》（1912）中，墨涅拉俄斯想要与海伦白头偕老，但是她对爱情的背叛最终让一切努力都付之东流。

墨涅拉俄斯回到希腊后发现了这一切，感觉受到了侮辱。他援引众人之前的誓言，寻求帮助。就这样，希腊各地的领袖愤怒地联合起来，向特洛伊宣战。

虚幻的女人

特洛伊的人民憎恨海伦，认为她应该为所有的不幸负责。因为战争中的屠戮而怪罪她是有失公允的，因为这场战争其实源于奥林匹斯众神的争执，我们在后面会提到。但是她在特洛伊战争中的确有可以指责的地方，比如一直秘密地帮助雅典人（毕竟他们才是她的同胞），和阿喀琉斯暗中见面等。当战士们浴血奋战的时候，她却和这位希腊将领谈情说爱，完全不管这个人是她丈夫的盟友，她情人的敌人。

墨涅拉俄斯和帕里斯决定两人之间用一场决斗来解决这场纷争。两位英雄开始了战斗，墨涅拉俄斯刺伤了帕里斯，但是阿佛洛狄忒却突然插进来，用云将她的宠儿裹住，带着他逃离了特洛伊的战场。在特洛伊沦陷之前，帕里斯中了一箭，因为箭伤而离开了人世。海伦没有丝毫耽搁，马上又嫁给了国王普里阿摩斯的儿子得伊福玻斯。当希腊士兵攻入特洛伊时，墨涅拉俄斯手持利剑，寻找这个背叛自己的女人，打算一剑结束她的性命。可是看到半裸的海伦时，他手中的武器瞬间落地。虽然打了十年的仗，但是这个男人心中的爱意还是没能完全消失。

在荷马的版本中，墨涅拉俄斯和海伦和好了，两人返回斯巴达，过上了幸福平静的生活。但是在另一个略显奇怪的版本中，

弗朗切斯科·普里马蒂乔的《劫走海伦》（1530），画中是暴力版本的劫持。

左图是《特洛伊城墙下的海伦》（1885），古斯塔夫·莫罗作品。

右图是《诱拐海伦》（1631），圭多·雷尼作品。在这幅图中可以明显看出海伦是自愿跟着帕里斯离开的。画面右侧的丘比特，是让海伦爱上特洛伊王子的元凶。

与阿喀琉斯永远生活在一起

在一个神秘的传说中，海伦死后和阿喀琉斯生活在一起，度过了一个又一个世纪。他们二人居住在黑海的一个小岛上，这个岛靠近多瑙河的出海口。他们的婚礼由众神举办，凡人无法靠近他们居住的乐园。在这个版本的神话中，他们生了一个身有双翼的儿子，名为欧福里翁。他拒绝了宙斯的求爱，最后被闪电劈死了。

海伦从来没有被帕里斯绑架过，也从来没有去过特洛伊。赫拉对帕里斯没选自己为最美丽的女神耿耿于怀，她选择用偷梁换柱的方法报复他：她将一朵云变成海伦的模样，把这一朵云交给帕里斯，而派赫尔墨斯把真正的海伦送去了埃及，让国王普罗透斯照顾她。这也有可能是宙斯的诡计，他想用这样的魔术伎俩引起毁灭性的战争。因此当希腊人和特洛伊人为一个虚幻的女人流血千里时，海伦正在尼罗河畔无

神话来源

特洛伊城是由普里阿摩斯的祖先伊洛建立的，因此被称为"伊利昂"。荷马史诗《伊利亚特》正是由此而来。在这部作品中，城中人看见海伦后是这样评价的："好一位标致的美人！难怪，为了她，特洛伊人和胫甲坚固的阿开亚人经年奋战，含辛茹苦——谁能责备他们呢？她的长相就像不死的女神，简直像极了！但是，尽管貌似天仙，还是让她登船离去吧，不要把她留下，给我们和我们的子孙都带来痛苦！"几乎所有古代作家都讲述了海伦的故事，或者至少提到了她。

看一看

掳走海伦是古希腊陶器画家最喜欢的主题之一。从文艺复兴时期开始，很多意大利画家也在画作中展示了这个神话场景，比如贝诺佐·哥佐利、丁托列托、圭多·雷尼和卢卡·乔尔达诺。

听一听

从巴洛克时期开始，海伦被掳成为乐曲中常见的主题。在这些作品中，值得一提的有 19 世纪雅克·奥芬巴赫的《美丽的海伦》（1864）和 20 世纪施特劳斯的歌剧《埃及的海伦》（1928）。

走一走

在斯巴达（拉科尼亚）遗址往南数十公里处，英国考古学家发现了一座墨涅拉俄斯神庙，里面供奉墨涅拉俄斯和海伦。神庙于公元前 5 世纪建成，位于一座小山丘上。从山顶往下看，可以饱览泰格特斯山脉的自然风光，欣赏伯罗奔尼撒半岛最南端的美丽景色。

聊地打发时间。在这个版本中，墨涅拉俄斯在返回斯巴达的途中路过埃及，在短暂停留期间得到了这位美丽的妻子。

这些故事的创作者也许是想要撇清海伦的所有责任，认为她只是众神手中无辜的工具。另外一些人则相反，试图强调她的罪孽，将最残忍的死亡加在她的身上。在这版的结局中，墨涅拉俄斯的两个儿子将海伦流放到了罗得岛。这位美丽的女子最后在一棵树上上吊而死，可能是自杀，也有可能是她的一个朋友为其在特洛伊战争中死去的同伴报仇。

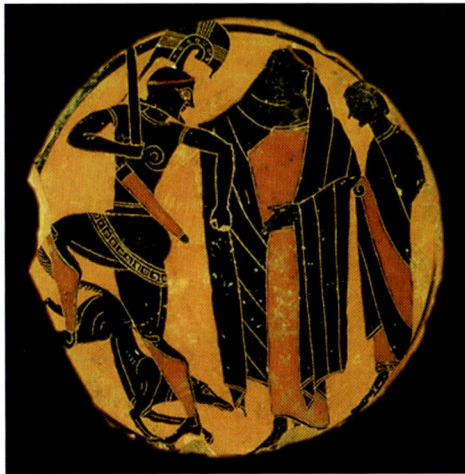

在这个公元前 5 世纪的陶盘上，墨涅拉俄斯找回了自己的妻子海伦。

詹姆斯·巴里的《阿喀琉斯的教育》（1772）。

阿喀琉斯之踵

神话学家对阿喀琉斯的形象一直存在争议。有人认为他是一位完美的英雄，也有人认为他是一个暴力的男人、感情的奴隶。第一眼看过去，你会觉得他非常符合第一种形象：金色的头发，炯炯有神的双眼，健壮的肌肉，沉稳有力的嗓音。他还是一位勇猛的战士，热爱战争和荣耀胜过其他一切，其勇气已经得到过证明。他有很多美德，尊重朋友与家人，能够毫不犹豫地执行神的命令。但是他也不是完人。他有时非常残忍，有时又会轻易感动，甚至落泪。他因为愤怒而爆发的时候，举止中也还是带着几分人性和温柔。希腊哲学家喜欢将感性冲动的阿喀琉斯和谨慎智慧的尤利西斯做对比。只能说就像荷马创造的很多人物一样，阿喀琉斯体现的是人类的复杂性。人性本身就是多面而善变的。

阿喀琉斯是海仙女忒提斯和色萨利国王珀琉斯的孩子。所有人都不看好这桩仙女和凡人的婚姻，事实也的确如此。忒提斯一直在努力抹去孩子身上凡人的痕迹，她将他们投进天火中净化，企盼着珀琉斯带给他们的特征会消失，

《珀琉斯与忒提斯的婚礼》（1593），科内利斯·范哈勒姆油画。宁芙忒提斯不情不愿地和凡人珀琉斯结了婚。他们的孩子中只活下来了一个，就是阿喀琉斯。

最后却杀死了这些孩子。阿喀琉斯是第七个孩子，他父亲在关键时干预，将他从致命的灼热中救了回来。另一个版本的神话，说忒提斯将这个孩子浸在了冥界的斯堤克斯中，让他的全身变得刀枪不入。忒提斯手提着儿子的脚后跟，

《阿喀琉斯在吕科墨得斯的女儿中间被发现》（1664），扬·德布雷作品。在这个版本的神话中，阿喀琉斯伪装成女人，藏身于这位国王的宫廷中。

因此这个地方没有被河水浸泡。无论如何，忒提斯和珀琉斯的婚姻生活都就此结束了。忒提斯离开了他们，回去和姐妹们住在一起，在两人间划下一道巨大的鸿沟。

智慧的半人马喀戎负责阿喀琉斯的教育，教给他作为一个未来的英雄需要的所有知识。珀琉斯也没有忘记增强儿子的体魄：他让儿子食用狮子的内脏和熊的骨髓，希望他能够得到这些动物的力量。他还喂给他蜂蜜，希望他拥有甜蜜的情感以及说服别人的能力。阿喀琉斯的母亲曾经问他，是选择长久但平凡的生命，还是短暂而辉煌的。阿喀琉斯毫不犹豫地选择了第二种。但是忒提斯却不这么想，她帮儿子选了第一种。她从先知卡尔卡斯处得知，只有自己的儿子能够夺下特洛伊城，但是他会死在城墙下。为了避免预言成真，她将儿子打扮成女人，将他送到了斯库罗斯岛上吕科墨得斯国王的宫殿中。她让儿子进入皇家后宫，化名"皮拉"，意思是"金发女子"。在这样的伪装下，

一个虚荣的阿喀琉斯

威廉·莎士比亚（1564—1616）选择了两个阿喀琉斯神话中的配角，作为其戏剧《特洛伊罗斯与克瑞西达》（1601）的主角。特洛伊罗斯是普里阿摩斯和赫卡柏的小儿子，希腊英雄到达特洛伊后不久他就死了。克瑞西达是被阿伽门农俘虏的少女，她最后被送还回去，因为众人不敢违背阿波罗的意志。这位英国作家将两人变为对爱忠贞的男人和背叛爱情的女人，二人的四周则环绕着那些著名的希腊英雄。在这部作品中，阿喀琉斯是一个反复无常的狂妄之徒，相比希腊人的胜利，他更关心自己的利益。当他和赫克托耳作战时，他趁赫克托耳卸下武装时攻向他，轻松地取得了胜利。莎士比亚用这样的情节表示，神话故事也许给了这种不够荣耀的行为过多的赞誉。

他与国王的女儿得伊达弥亚暗度陈仓，生了一个名为涅俄普托勒摩斯的儿子，小名叫"皮罗"。

愤怒与友谊

但是阿喀琉斯没能逃脱他的命运。当希腊王子聚集在一起向特洛伊进军时，卡尔卡斯再次表示如果没有阿喀琉斯的参与，不可能攻下特洛伊城。他告诉众人阿喀琉斯的藏身处，尤利西斯前去寻找他，凭借其惯有的智慧完成了使命：他伪装成商人，来到吕科墨得斯的后宫，给公主的女眷带去了礼物。在这些物品中，包括几件武器。当其他女人都在挑选珠宝首饰的时候，阿喀琉斯（皮拉）却立刻拾起了一把剑和一把匕首，这一举动泄露了他的真实身份。尤利西斯没有费什么工夫，就说服了他应当与

在这个黑绘双耳罐上，我们能看见阿喀琉斯和埃阿斯为特洛伊战争准备武器的场景。

勇敢的英雄为列。另一方面，忒提斯给了他一副由赫菲斯托斯打造的天神铠甲。阿喀琉斯装备好后，就和其他人一起前往特洛伊了。

阿喀琉斯很快就让特洛伊人闻之丧胆。在军队向前推进的过程中，忒提斯的儿子一人就夺取了小亚细亚的数座城市，还俘虏了布里塞伊斯，他的奴隶与妻子。围城第十年，希腊军营中爆发了瘟疫。为什么会这样呢？原来阿伽门农之前俘虏了阿波罗祭司的女儿克瑞西达，这场瘟疫是阿波罗作为惩罚降下的。军队的将领召开会议，

《阿喀琉斯帐篷中的阿伽门农的使者》（1801），奥古斯特·多米尼克·安格尔作品。

《阿喀琉斯之死》（1630—1635），彼得·保罗·鲁本斯作品。画面左侧，帕里斯在阿波罗的帮助下，用箭射中了阿喀琉斯的脚后跟。画面下方，一只狐狸正在吞食鹰，暗示智慧胜于力量。

的阿喀琉斯在知道好友的死讯后，向其发起攻击。他不仅杀死了这位骄傲的敌人，还把尸体绑在马车后面，拖着绕城一圈，让所有人都看到这血腥的场景，以此来羞辱特洛伊人。但是正如我们之前所说，阿喀琉斯有时前一秒还在盛怒之中，后一秒心中就涌上了怜悯之情。在这件事中他就是这样的。当普里阿摩斯来到军营，乞求他将儿子的遗体交还给他时，阿喀琉斯又展现出了自己的待客之道，和老人一起抹了眼泪，然后把赫克托耳的遗体还了回去（当然，换取了可观的赎金）。也是在这次会面中，他遇见了普里阿摩斯的女儿波吕克塞娜。他爱上了这位公主，并且表示如果能娶到她，他愿意改变立场，帮助特洛伊人。

根据一个稍晚版本的神话，这次爱情直接

商量后决定将这名女子送回去，以平息神的愤怒。但是阿伽门农要求作为补偿，把布里塞伊斯送给他。阿喀琉斯非常愤怒，和他的士兵们一起退回帐篷，拒绝在他们讨论自己心爱女子归属时参与战斗。他的退出影响巨大，胜利的天平瞬间就开始朝特洛伊人倾斜。眼看希腊人就要失败了，阿喀琉斯的知己帕特罗克洛斯无法再忍耐，出战帮助希腊人。但是没过多久，他就死在了赫克托耳的刀下。

特洛伊名义上的国王是年迈的普里阿摩斯，但是实际掌权者却是他的儿子赫克托耳。愤怒

《阿喀琉斯拖拽赫克托耳的遗体》，多纳托·克雷蒂（1671—1749）作品。在死亡之后，这位王子还被阿喀琉斯侮辱。

🦴 神话来源

阿喀琉斯是荷马《伊利亚特》中主要的英雄，整部作品围绕他的易怒进行讲述，从他与阿伽门农的争执讲起，一直说到赫克托耳的死亡。荷马留下的空白被之后的神话和诗歌填满，阿喀琉斯的神话就这样变得逐渐完整。埃斯库罗斯为他写了三连剧，但今已失传。品达在一些诗句中暗示了他的生平。欧里庇得斯在悲剧作品《赫卡柏》（前430年）中，讲述了阿喀琉斯和波吕克塞娜的爱情。总之，从希腊时期到罗马时期，阿喀琉斯的故事给了作家们许多灵感。

📖 读一读

《阿喀琉斯之盾》（1955）是英国诗人威斯坦·休·奥登（1907—1973）的巅峰佳作之一。正如题目所反映的，这首诗主要表现这位古代英雄和现代战争的士兵之间的冲突，他迷失在了这个枯燥的、缺乏诗歌的世界中。

👁 看一看

阿喀琉斯在古代的形象可以分为三个主要时期。在古风时期，他被表现为一位具有威胁力的战士，身着戎装，有浓密的胡须。在古典时期，人们减少了他形象中粗犷的一面，去掉了他的胡子，为他增加了几分少年气。在希腊化时代，他的形象和亚历山大大帝结合在了一起。亚历山大大帝终其一生也将阿喀琉斯视为偶像。

🎵 听一听

意大利音乐家安东尼奥·卡尔达拉（1670—1736）在彼得罗·梅塔斯塔齐奥（1698—1782）剧本的基础上创作了歌剧《在斯库罗斯岛的阿喀琉斯》（1736）。这位年轻的英雄在自己的命运和与得伊达弥亚的爱情之间矛盾不已，此外，母亲强迫他男扮女装也让他感到没有尊严。当尤利西斯发现他，将他从这桩苦差中解放出来时，他感叹道："感谢你让我重新拥有了生命。"

🖼 走一走

根据神话记载，阿喀琉斯出生在珀纽斯河河畔的拉里萨城，这座城市属于色萨利地区。在这座现代的城市中，只保留了少许希腊剧场的遗迹。以前的卫城所在处，现在矗立着一座中世纪城堡。此外，在考古博物馆中，还收藏着许多有趣的陪葬石碑。

导致了这位英雄的死亡。当指挥军队与特洛伊作战时，阿喀琉斯为了履行合约，没有佩带任何武器。帕里斯抓住这个机会，向他射了致命的一箭，箭穿过了他全身唯一的弱点——脚后跟。有的作者则表示，他是堂堂正正地战死在沙场上的，那一箭是阿波罗射的。海洋仙女、缪斯女神和所有的希腊人都为他的死亡而哭泣。他被埋葬在海岸边，人们把他当作半神来崇敬。

萨莫拉大教堂的教堂博物馆中收藏的挂毯，表现的是特洛伊战争。由弗朗索瓦·热贝尔斯 1600 年开始编织，1610 在布鲁塞尔完成。

特洛伊木马

希腊人已经围攻特洛伊城九年了，但还是没有攻下来。狄俄墨得斯的力量，阿喀琉斯的迅猛，尤利西斯的智慧和其他希腊英雄的勇气（比如两位埃阿斯：一位身轻如豹，另一位重如犀牛），都在特洛伊坚固的城墙上撞得粉碎。赫克托耳死后，阿伽门农将英雄们召集起来，重新审视他们的战术。阿喀琉斯表示应该强攻，而尤利西斯则认为应当智取。胜利看似比任何时候都要近了，但是没有人知道应该如何得到它。

这一漫长的战役其实并不是绑架海伦导致的，它是众神相争的结果。自从帕里斯将金苹果给了阿佛洛狄忒，判定她为最美丽的女神后，奥林匹斯就分成了水火不容的两派：一边是被拒绝的两位女神，赫拉和雅典娜，她们支持被波塞冬保护着的希腊人；另一边是阿佛洛狄忒、阿瑞斯和阿波罗，他们支持帕里斯和特洛伊人。宙斯保持中立，远远地旁观，但是暗中却趁机制造了大量的死亡，想将人类的数量减到最少。希腊人知道这一切，他们最大的愿望就是这位天界之主最后能够站到他们这边。

在这样的情况下，有人想到了木马的点子。

《埃涅阿斯逃离特洛伊》（1598），费代里科·巴罗奇作品。

这个人究竟是谁，说法不一。有人认为是预言家卡尔卡斯，也有人认为是叛变的特洛伊人赫勒诺斯，但是最有可能的还是聪明的尤利西斯。希腊人的主帅阿伽门农立刻同意了这个提议，但是也有人不看好它，认为这只是一种绝望的挣扎，注定会失败。负责建造这个巨大的木马

297

不存在的特洛伊木马

　　事实上，特洛伊之战是一场商业冲突，希腊人攻打特洛伊，为的是它的战略位置。特洛伊控制着赫勒斯滂海峡（即达达尼尔海峡），这里是黑海的入口，控制这里就相当于控制了来往于小亚细亚和地中海之间的商队。关于特洛伊木马，历史学家现在仍无法证明其存在。有人认为，特洛伊木马其实是一种攻城机械，下有轮子，上方有一个小篷，进攻者可以在里面得到保护。

在迈锡尼（现在的米科诺斯岛）发现的 7 世纪的双耳罐，上面出现了特洛伊木马。

群雕《拉奥孔》，公元前 1 世纪作品。

的，是名为厄帕俄斯的希腊士兵。他是一位平庸的战士，却是一位杰出的木匠。

　　几天后的一个清晨，在城墙上守卫的特洛伊哨兵发现了一个难以置信的事实：希腊人不知为何撤军了，退回了海洋之中。冒着余烟的战场上，只留下一匹巨大的木马。在最初的惊讶之后，这些哨兵心中涌上狂喜，连忙跑出城门欣赏。见这些特洛伊人处在喜悦之中，被留下的希腊间谍西农趁机出现，说他打算背叛希腊人，投靠他们，因为阿伽门农想要杀他。他表示这只木马是按照神的旨意建造的，是献给帕拉斯·雅典娜的祭品。女先知卡珊德拉强烈反对他们将这只可疑的木马带进城中，但是没有人理会她。阿波罗的祭司拉奥孔也表示怀疑，他建议特洛伊人用火烧了它，或者将长矛刺进它的腹中，确认里面没有藏人。就在这时，一件怪事发生了，让众人对这位祭司的提议产生

《普里阿摩斯的儿子波利忒斯观察希腊人的动向》
（1834），希波吕忒·弗朗德兰作品。

了怀疑。

大火中的伊利昂

在这之前，特洛伊人委托拉奥孔祭祀海神波塞冬，希望敌人船队在回程中遇到尽可能多的困难和阻挠。当拉奥孔准备献上一头牛时，从海中出现了两条可怕的巨蛇，勒死了他和他的两个儿子。所有的特洛伊人都以为这是对他之前怀疑木马的惩罚（事实上这些怪物是阿波罗派来的，惩罚的是另一件渎神的行为），决定相信西农的话。他们打开特洛伊的城门，将木马拖进城中，打算最后将它献给神明。

众所周知，在木马中藏着一支精良的突击队，他们屏住呼吸，避免被外面的人发现。在这些人中，有忒修斯的儿子得摩丰，先知卡尔卡斯，愤怒的墨涅拉俄斯，克里特的国王伊多梅纽斯以及阿喀琉斯的儿子涅俄普托勒摩斯。尤利西斯是他们的领导。美丽的海伦发现了他们，调皮地围着木马走动，一边走一边模仿他们妻子的声音，有几个人差点情不自禁地回应她。

当天晚上，特洛伊人举行了一场宴会，庆祝胜利与自由。宴会之后，众人安心睡去，西农则偷偷打开了木马侧腹的门。第一个从木马中出来的英雄是波蒂厄斯，他没想到距地面有多高，跳下时不小心摔死了。吸取他的经验，尤利西斯下降得十分小心，其他人也跟着他纷纷落地。在这之前，西农已经点燃了城墙最高处的火把，作为信号，让希腊的船队在夜色掩护下折返。特洛伊人以为战争已经过去，因此减少了城墙上哨兵的数量。希腊人的先锋队很快就杀死了这些士兵，打开了城门，让他们的主力大军进入。就这样，希腊人终于实现了十年以来的梦想：劫掠特洛伊城，再一把火烧掉它。

从国王普里阿摩斯开始，希腊人杀死了大部分的特洛伊男人。女人则成了奴隶：阿伽门农得到了卡珊德拉，阿喀琉斯的儿子涅俄普托勒摩斯得到了安德洛玛刻。安德洛玛刻是赫克托耳的妻子，阿喀琉斯杀死了她的丈夫、父亲和七个兄弟，她现在却不得不委身仇人的儿子。

乔瓦尼·多梅尼科·提埃坡罗的《特洛伊木马》（1750）。

《阿喀琉斯的儿子涅俄普托勒摩斯杀死特洛伊国王普里阿摩斯》（前 5 世纪），由希腊花瓶画家克莱奥弗拉德斯绘制。

在为数不多成功逃出特洛伊城的人当中，有仅次于赫克托耳的特洛伊大英雄埃涅阿斯。他带着最珍贵的物品穿过了火海，躲过了希腊士兵，朝山区跑去。他的背上背着年迈的父亲安喀塞斯，一手抱着儿子阿斯卡尼俄斯，另一手抱着特洛伊的圣物。他成了逃亡的特洛伊人的首领，后来在意大利登陆。他的后人罗慕洛建立了罗马城。

无人相信卡珊德拉

为什么没有人理会卡珊德拉的话？原来阿波罗曾经答应教给她预言的能力，但是要求她学成之后把身子交给他。卡珊德拉答应了，但是学会之后却不愿意履行承诺。阿波罗只强吻了她，在这个瞬间让自己的唾液流进她的嘴里，夺走了她说服听众的能力。

神话来源

荷马在《伊利亚特》中没有讲述特洛伊木马的故事，但是在《奥德赛》中对此有简要提及。这个故事在后来的史诗中得到了极大的丰富，只可惜这些史诗现在都已经遗失了，只能从前人的引用中猜测其内容。其中有一首名为《诺斯托伊》，它开篇介绍特洛伊木马，之后讲述卡珊德拉的命运和埃涅阿斯的流亡。欧里庇得斯在两部悲剧中讲述了特洛伊女性的命运，分别是《特洛伊妇女》（前415年）和《赫卡柏》（前430年）。这些人物的命运与战争的结果息息相关。

读一读

特洛伊之战中的人物，为现代的小说家和剧作家提供了大量素材。以下是其中的部分代表：

- 让·季洛杜（1882—1944）：《特洛伊之战不该发生》（1935），戏剧。对特洛伊人民不可回避的命运的反思。
- 克丽斯塔·沃尔夫（1929—2011）：《卡珊德拉》（1983），小说。通过描写女先知和特洛伊人的冲突，反映核时代中迷失自我的个体。
- 亚历山德罗·巴里科（1958— ）：《荷马，伊利亚特》（2005），小说。他重写了荷马的《伊利亚特》，将它改编成了一个没有神明参与的故事。

看一看

希腊群雕《拉奥孔》，是由阿格德罗斯、阿典诺多罗斯和波利佐罗斯三人于公元前1世纪中叶制作完成的。这座雕像发现于1506年，后来被教皇尤利乌斯二世带到了梵蒂冈，现在仍然可以在梵蒂冈的皮奥·克莱门蒂诺博物馆中看到它。在雕像中，这位特洛伊的祭司和他的两个儿子正在徒劳地挣扎，想要从蛇的桎梏下挣脱出来。现在的雕像是修复后的作品，很多雕塑家都参与了修复工作。比如米开朗基罗就修复了拉奥孔断裂的右手臂。

听一听

法国作曲家埃克托尔·柏辽兹（1803—1868）创作了伟大的歌剧作品《特洛伊人》，他在这部作品中尝试模仿德国天才理查德·瓦格纳。

走一走

在土耳其恰纳卡莱城以南的特洛阿德地区，可以参观特洛伊古城的考古遗址。亨利希·施利曼于1870至1890年间在此处进行挖掘，现在挖掘工作仍然没有停止。到现在为止，在这个地方发现了九座重叠着的古城。荷马笔下的伊利昂对应着第九座，它毁于大约公元前1250年的一场大火。

埃尔·格列柯的《拉奥孔》（1608—1614）。

《忒勒玛科斯归来》，安格莉卡·考夫曼（1770—1780）作品。奥德修斯的儿子回家时，还不知道自己的父亲是死是活。

聪明的旅行者尤利西斯

尤利西斯被希腊人称为奥德修斯，他是《伊利亚特》中希腊军队的将领之一，也是《奥德赛》的主人公。在两部作品中，荷马都赞扬了他的智慧，正是凭借这个优点，他渡过了种种难关。正因如此，斯多葛派将他作为人类的榜样：其他的英雄常常被激情拖累，动不动就喜欢诉诸暴力，但是尤利西斯却永远那么睿智和节制。他喜欢以理服人，是一个有技巧的谈判者，口才极佳。为了避免失利，他善用伪装，精于计算，能够用花言巧语迷惑敌人。与这种狡猾相伴的，是他惊人的智慧。他似乎有着用之不竭的智慧，能够适应任何情况。如果要从希腊神话各个时期选出一位最具智慧的角色，尤利西斯无疑能够当选。

尤利西斯是拉埃尔特斯和安提克勒亚的儿子，出生在父亲统治的国家伊萨卡。他在年轻时就表现出了对旅行的兴趣，当然旅行后来也成为了他一生的标志。在拉科尼亚的时候，他也是海伦的追求者之一，但是很快他就远离了那群自命不凡的男人，跑去担任海伦的父亲——廷达柔斯国王的顾问。聪明的他很快就看清了

弗朗切斯科·普里马蒂乔的《奥德修斯与佩涅罗珀》（1563）。

局势，放弃了海伦，转而选择她的表妹佩涅罗珀。她和海伦相比差距不大，但是带来的风险却少了很多。他们生了一个儿子，名叫忒勒玛科斯。当希腊军队招募人员进军特洛伊时，他因为舍不得家人（或者只是想推卸任务），装疯卖傻，找借口逃避。他在沙滩撒盐当成种子，

然后赶着一头驴（或者牛）犁地。但是这一次他失算了。前来寻找他的帕拉墨得斯将小忒勒玛科斯放在他的犁前，尤利西斯无法从儿子身上犁过去，只好停止装疯。他对帕拉墨得斯拆穿他的诡计耿耿于怀，后来想方设法害死了他。

在十年的特洛伊围城战中，尤利西斯表现出了惊人的勇气和智慧。他兼具外交官和间谍的特质，曾经尝试不动用一刀一枪、以和平的方式解决这场纷争，而且差一点就成功了。当希腊人走进死胡同时，也是他想出了木马的点

公元前 7 世纪的双耳罐的局部，奥德修斯正在刺瞎独眼巨人波吕斐摩斯的眼睛。

子。如果没有尤利西斯，希腊军队难以攻下特洛伊城。当战争结束后，尤利西斯立刻启程返回伊萨卡，想尽早到家。可惜事与愿违，这成为了他新冒险的开始。他的旅程中充满危险，这位流浪的水手在一次又一次的航行中老去，也变得更加睿智。

从特洛伊到伊萨卡

风暴、海风和海浪将他从地中海的一个地方带到另一个地方。在这段曲折的旅程中，发生了非常多的故事，很多都广为人知。其中值得一提的，有他们在西西里岛面对波吕斐摩斯的故事。这位独眼巨人打算两人一口地吃掉尤利西斯的同伴，但是聪明的尤利西斯却用葡萄酒把他灌醉了。他在醉倒前问尤利西斯的名字，尤利西斯告诉他："我的名字是'没有人'"（Oudeís，这个词和"奥德修斯"听上去很像，在希腊语中的意思是"没有人"）。他们用烧红的棍子刺瞎了波吕斐摩斯唯一的眼睛，然后逃走了。当其他独眼巨人来帮忙，问是谁刺杀他，

《奥德修斯在波吕斐摩斯的洞穴中》，雅各布·约尔丹斯（1593—1678）作品。

《奥德修斯和瑙西卡》（1619），彼得·拉斯特曼作品。在雅典娜的建议下，法埃亚科安岛的公主是第一个帮助他的人。

波吕斐摩斯气恼地大声嚷道："没有人！"他说了一次又一次，其他的独眼巨人觉得他疯了，就都走开了。尤利西斯的计谋又一次大获成功。

他们离开西西里岛后，来到了伊奥利亚岛，之后又去了莱斯特律戈涅斯的国度和喀耳刻的宫殿。尤利西斯与这位女巫共度了一年，最后从她的魔法中逃脱出来，成功地穿越了斯库拉与卡律布狄斯之间的海峡，到达宁芙卡吕普索的小岛。这个小岛位于休达附近。他到那时已经孑然一人，所有忠心的同伴都死在了旅途中。他划着小木筏，又一次遇到了海难，漂流到了法埃亚科安岛。在这里，阿尔基诺奥斯国王的女儿瑙西卡为他提供了回家的船只。他不在的日子前后加起来，有整整二十年。

在等待丈夫归来的时间里，佩涅罗珀被一大群骄傲的追求者环绕。他们都等着她选择自己，取代她消失的丈夫。这些秃鹫般的男人（在

沃特豪斯的《嫉妒的喀耳刻》（1892）。这位女巫是嫉妒的代名词。

一些神话版本中有一百二十九个）住进了尤利西斯的宫殿，挥霍他的财产。佩涅罗珀承诺他们，织好年老的拉埃尔特斯的寿衣后，会给他们一个答复。为了拖延时间，她每天晚上都偷偷地把白天织好的部分拆掉。当尤利西斯伪装成乞丐返回时，只有他的爱犬阿尔戈认出了他，这只可怜的小狗因为太过高兴而丢了性命。尤利西斯和儿子忒勒玛科斯偷偷会面后，想了一个办法除掉这些敌人。忒勒玛科斯告诉众人，尤利西斯走之前，留下了一张弓，这张弓很长时间都没人使用过了。他将把母亲嫁给能用这张弓射中目标的勇士。追求者纷纷尝试，但是甚至没人能够拉动弓弦。这时候一个不知名的乞丐来了，所有人都嘲笑他，但是这位其貌不扬的乞丐却稳稳地拉开了弓，第一箭就射中了红心。尤利西斯用这种方式展示了无可争辩的实力和自己的性格。他一个一个地杀死了所有的追求者。

神话来源

荷马在《伊利亚特》和《奥德赛》中讲述的神话故事，后来被很多古代作家评价、修改和扩写。荷马称赞尤利西斯的形象，但是很多作家却不这样想。品达指责他撒谎，高尔吉亚在《帕拉墨得斯的辩护》（前420年）中，把他描写成一个肆无忌惮的妒忌之徒。悲剧作家埃斯库罗斯、索福克勒斯和欧里庇得斯批评他玩弄阴谋、两面三刀、野心勃勃。但是对斯多葛派哲学家来说，他却是完善之首——节制方面的模范。

看一看

尤利西斯像出现在各种纪念碑、陶器、浅浮雕、奖牌和多彩宝石浮雕上。他的标志是希腊海员常戴的尖顶帽。有两件精美的阿提卡陶器上绘有相关的情节：一件是《尤利西斯逃出波吕斐摩斯的洞穴》，收藏于卢浮宫。另一件是《尤利西斯将自己绑在船上抵制塞壬歌声的诱惑》，收藏于大英博物馆。有时他还和他的保护神雅典娜一起出现。

走一走

爱奥尼亚的小岛伊萨卡，是尤利西斯的祖国。它与荷马在《奥德赛》中的描写几乎完全吻合：它是一个地峡连接的两片山区，有着茂密的小森林、陡峭的海岸和间杂其间的典型的地中海沙滩。考古学家在这里发现了迈锡尼时期的建筑，可能是尤利西斯和佩涅罗珀的宫殿。岛上还有一个"仙女洞"，靠近首府。据说尤利西斯去见猪倌欧迈奥斯前，把在法埃亚科安岛得到的财宝藏在了这里。

听一听

在以尤利西斯的神话为灵感而创作出的歌剧中，值得一提的是克劳迪奥·蒙特威尔第的《尤利西斯的归来》（1640）。这部歌剧的特点是大量的管弦乐和戏剧化的唱段，因此成了同时代的佼佼者。

电影

意大利导演马里奥·卡梅里尼通过他的电影《尤利西斯》（1955），将《奥德赛》搬上了大荧幕。这部电影的主演有：柯克·道格拉斯（尤利西斯），西尔瓦娜·曼加诺（喀耳刻/佩涅罗珀）和安东尼·奎恩（安提诺乌斯）。

关于这位英雄的晚年，有两种不同的说法。有人认为他和喀耳刻的孩子忒勒戈诺斯某天因为意外杀死了他。另一种说法是他继续旅行，去了伊庇鲁斯、埃托利亚和意大利，甚至到达了莱茵河畔。但是故事的结局是没有异议的：尤利西斯死的时候已经年迈，他一生的阅历十分丰富。

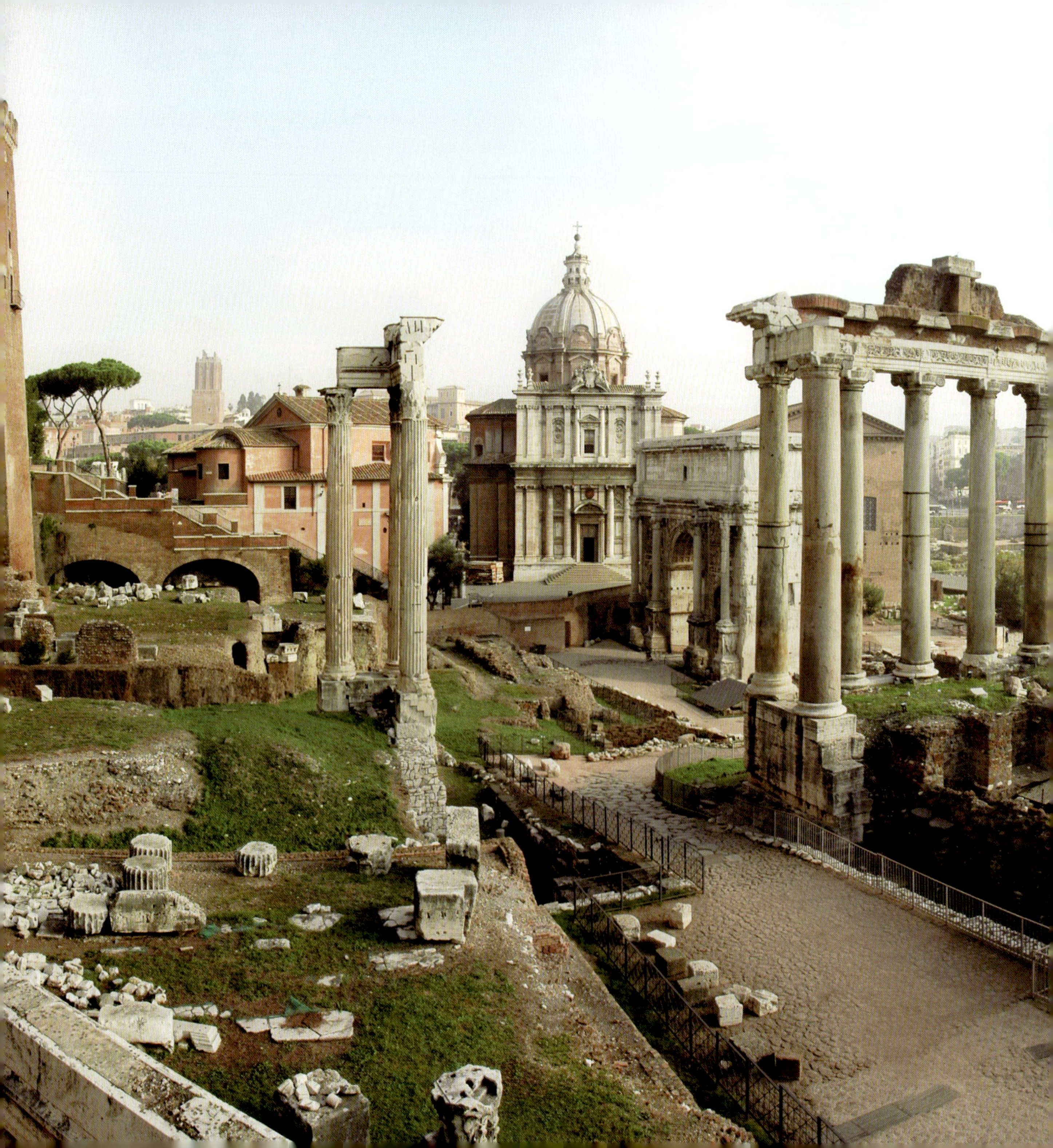

伊特鲁里亚与罗马

古罗马广场，罗马帝国旧都城市中心的遗址。

吹笛手，位于塔尔奎尼亚豹子之墓中的绘画。

伊特鲁里亚占卜师

当罗马人塑造他们的神祇之时，希腊文明的荣耀时刻已经过去一段时间了，但是她的丰功伟绩仍然被罗马人所钦佩。因此，罗马神话的创造者试图通过古希腊最为壮观的事迹——特洛伊战争中的英雄埃涅阿斯追溯罗马的历史。然而，同希腊神谱那具有诗意的多样性和丰富性相比，罗马的宗教几乎是过于简约的，它的神性也是趋于扁平的。罗马人的实用心理驱使他们用一种功利的方式来构筑信仰：他们的神祇是一群收取祭品，发放恩惠的高级官员，是一群如果调解帮助不恰当或者无用的话，便可以取消报酬的公职人员。那是一种简单的、物质的宗教，因而与此同时，也是向有益的变动开放的：随着罗马人不断开拓征服新的疆土，异域的神祇自然而然地并入了罗马简单的宗教制度当中，异教之神不再是敌人，而逐渐在罗马城中有了自己的庙宇。

这一同化的能力是当时罗马的社会需求和环境的产物。在罗马的建立时期，西西里岛和意大利南部有几处希腊殖民地（历史学家们称这些地区为"大希腊地区"）。除此以外，还有那些占领着拉齐奥及其周边的民族，主要是萨宾人、阿尔巴尼亚人和伊特鲁里亚人。罗马宗教的基本教义由所有这些不同种族的文化构成，还要再加上叙利亚、波斯和埃及地区的文化贡献。从这一文化大熔炉当中，自然生出了一种缺乏教条主义的、宽容的、并不繁复的神话。

托迪的玛尔斯，制于公元前 5 世纪，是伊特鲁里亚时期的意大利的雕像。

希腊神话和拉丁神话中神祇对应表

希腊	拉丁
埃涅阿斯	埃涅阿斯
阿佛洛狄忒	维纳斯
阿波罗	阿波罗
阿瑞斯	玛尔斯
阿尔忒弥斯	狄安娜
阿斯克勒庇俄斯	埃斯科拉庇俄斯
雅典娜	密涅瓦
卡里忒斯	美惠三女神
得墨忒尔	刻瑞斯
狄俄尼索斯	巴克斯
厄里倪厄斯	孚里埃
厄洛斯	阿摩尔／丘比特
盖亚	忒路斯
哈得斯／普鲁托	普鲁托
赫利俄斯	索尔
赫菲斯托斯	伏尔甘
赫拉	朱诺
赫拉克勒斯	海格力斯
卡斯托耳	卡斯托耳
克洛诺斯	萨图恩
赫尔墨斯	墨丘利
摩伊赖	帕耳开
尼刻	维多利亚
奥德修斯	尤利西斯
珀耳塞福涅	普洛塞庇娜
波吕丢刻斯	波吕克斯
波塞冬	尼普顿
萨堤尔	法乌努斯
塞墨勒	卢娜
宙斯	朱庇特

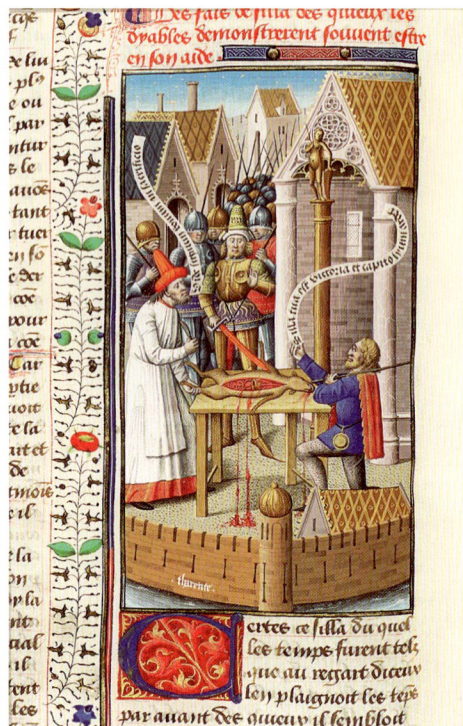

这份手稿中描绘了献祭给贝罗娜的祭品，贝罗娜是玛尔斯之前被崇拜的战神。

《塔革斯之书》中记录了罗马占卜师进行预言活动时需要遵守的原则。

罗马与希腊之间的第一个过渡民族当属伊特鲁里亚人——一支印欧起源的民族，生活在台伯河和阿诺河流域。伊特鲁里亚文明与拉丁文明相比着实先进不少，事实上，在公元前 7 世纪末期共有三位堪称传奇的伊特鲁里亚国王曾统治罗马。至于神学领域，伊特鲁里亚民族颇受希腊神话影响，但他们的神祇不像希腊众神那样模棱两可、多才多艺。

面对天国众神的威力，伊特鲁里亚人仅仅局限于通过观察闪电（最令人畏惧的处罚）和仔细研究祭祀的动物内脏来揣测神意。在这两种占卜的艺术中，伊特鲁里亚人成就了一种超凡的能力，具体体现于他们的若干本祭祀书典。在这些占卜作者中有一位叫做塔革斯，他的传奇随后被奥维德和西塞罗所讲述。

通过阅读肝脏来占卜

一天，农民塔尔迟翁正在田里耕地，突然从一块田埂中生出一个叫做塔革斯的男童。他生出后不久就去世了，但在他极为短暂的生命中，他得以展示他那伟大的智慧和杰出的占卜

公元前 3 至 4 世纪时神殿最为常见的祭品之一。

天分。村民纷纷赶到他出生的农田，只为一闻他的来源出身以及他神奇的占卜准则。塔革斯向他们口述了占卜的规则之后便死去了，但他的教导被用文字记录了下来，并且构成了伊特鲁里亚宗教中最为独特的元素。占卜术是一门通过研究祭祀动物的内脏，尤其是肝脏来获得预兆的知识。19 世纪末期，在意大利皮亚琴察发现了一块铜质的肝脏，上面刻满了切口和众神的名字，考古推测此物曾被占卜师（arúspices 来源于拉丁文 haruspex）当作指导工具使用，占卜师是专门研究这门学问的祭司。

当然了，占卜术和伊特鲁里亚其他的许多宗教信仰一同，得以被罗马所同化。比如说，以下提及的几个伊特鲁里亚神祇构成了罗马宗教信仰的基础：提尼亚（朱庇特），乌尼（朱诺），玛里斯（玛尔斯），那森恩斯（尼普顿），孟尔瓦（密涅瓦），阿德（哈得斯）和西尔瓦斯（西尔瓦努斯）。但最重要的是，伊特鲁里亚人主要崇拜一系列守护神，这些神灵有好有坏，并且两者争夺着亡者的灵魂。卡隆（卡戎）是邪恶的神灵中的一员，他有着狰狞可憎的容貌，在传说中他引渡亡灵前往某个方向，与此同时，

万斯，这一仁慈的神灵则将死者指引向相反的方向。

由此，初生的罗马宗教被希腊化之前先受到了伊特鲁里亚文化的影响，此时罗马神话中只有少数几名神祇完全属于古意大利，比如说门神雅努斯和农神萨图恩。这些古意大利独有的神逐渐失去了他们的主神地位，与此同时，伊特鲁里亚宗教中显赫的神祇崛起了，他们被赋予了希腊神话中名字不同的众神的职权和能力。有一些次神，例如刻瑞斯、狄安娜和维纳斯，在罗马神话中分别演变成了希腊神话中的得墨忒尔、阿尔忒弥斯以及阿佛洛狄忒，于是地位上升，成为了罗马神话中的主神；尼普顿一直以来是一名默默无闻的小神，直到他被赋予希腊神话中海神波塞冬的身份；以及利贝尔·帕特尔，这一身份不明的古意大利农夫，他被赋予了希腊神话中酒神狄俄尼索斯的神性，这

墙面饰有浅浮雕的陵墓，塔尔奎尼亚，公元前4世纪。

一神祇在伊特鲁里亚神话中则另有名字，叫福弗伦斯。

罗马神系的希腊化演变过程持续了四百多年。罗马人对华丽典雅的希腊文化的崇拜之情日益增多，于是渐渐的，罗马神话中的每一名神灵都对应了一名希腊神祇。在公元前3世纪到公元前2世纪之间，这一演变过程得以完成，但此时统治罗马城的神祇已经从古希腊尊贵的众神演变成了刻板僵化的公职人员，罗马人向他们奉上规定数额的祭祀，以此来换取国泰民安。这一演化对后世影响十分深刻，以至于今日，我们更常提起众神的罗马名字，而非他们的希腊名称。

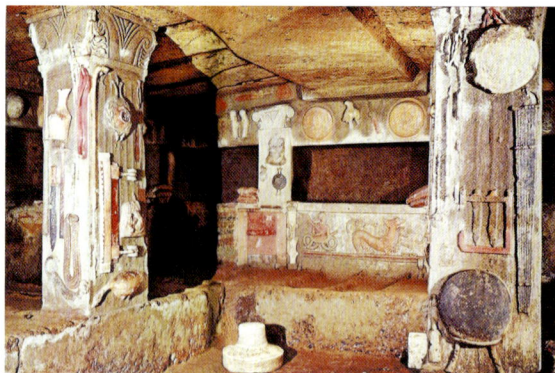

萨堤尔搂着一名醉酒的女祭司；公元前4世纪青铜雕像。

🈯 神话来源

在希腊和拉丁著作里引用的一些祭祀文献中简单概括了伊特鲁里亚民族及他们的宗教仪式内容。据说，这些祭祀文献的作者是塔革斯以及其他一些传说人物。名为《伊特鲁里亚之书》的书籍收录了伊特鲁里亚民族的口述传统；名为《闪光之书》的文典则是关于闪电的诠释；《占卜之书》是论述占卜术的；《鬼魂之书》等文献则是关于使灵魂得以神化的征兆的；《祭祀之书》则重点陈述祭奠仪式。这些书典都被罗马人或全部或部分改编使用。

👁 看一看

伊特鲁里亚文明得以展现在世人面前，还要多谢从他们的石棺和墓穴中发现的陪葬物品，通过这些遗物，我们能够认识到伊特鲁里亚社会的方方面面。在 19 世纪末期伊特鲁里亚墓园的重大考古发现之前，该民族的文明与艺术一直被认为是次要存在，其美学价值远远不及希腊艺术。但是人们发现，伊特鲁里亚人具有写实风格的雕塑作品竟与现代艺术的表现形式如此相似，于是便改变了看法。目前，罗马的伊特鲁里亚国家艺术博物馆和卡比托利欧博物馆，以及佛罗伦萨的考古博物馆收藏了其中最为杰出的一些艺术品，除此以外，在一些当时隶属伊特鲁里亚统治的意大利城市也藏有珍品，这些地方也保存着一些考古遗址。

🧳 走一走

位于意大利半岛拉齐奥大区的切尔韦泰里和塔尔奎尼亚地区的陵园呈现了伊特鲁里亚文明非凡的考古证据。该陵园区于 2004 年被联合国教科文组织列为了世界文化遗产。这一遗址中有着成千上万的岩刻沟渠和坟墓。陵墓内部刻画了伊特鲁里亚城市住宅的布局，还有很多精美的建筑、岩石浮雕和壁画装饰。

阿波罗、宙斯与赫拉呈红色形象，出现在公元前 420 至前 400 年的伊特鲁里亚双耳杯上。藏于西班牙国家考古博物馆。

埃涅阿斯在拉齐奥登岸，身后跟随着儿子阿斯卡尼俄斯。他的左侧是一只母猪，这只动物向他指明了建立新城市的地点。大理石浮雕，140—150 年。

埃涅阿斯在拉齐奥

埃涅阿斯是希腊神话中的一名英雄人物，他的传奇故事为罗马提供了建立帝国所需的一切名望和贵族头衔。多亏了埃涅阿斯，罗马城的创建者作为他的后裔，拥有了神族的血统，因为埃涅阿斯的母亲是爱神阿佛洛狄忒，而他的父亲，安喀塞斯王子，则来自众神之首宙斯这一族血脉。诚然，关于罗马起源那壮美的神话故事不过是一种被广泛使用的宣传手段，随后又被奥古斯都大帝时期的众多历史学家和诗人们所附和印证。这些人论证说，在荷马史诗《伊利亚特》当中早已暗示了罗马的辉煌未来，因为书中说到埃涅阿斯在特洛伊城沦陷之际曾"被阿波罗秘密地救下"，这昭示着太阳神随后将赋予他一项伟大的使命，那就是锻造一个新的帝国。因此，为了增添罗马帝国的光辉与荣耀，希腊人和特洛伊人，这两个结有宿怨的民族在罗马神话中的关系似乎得到了和解。

根据传说，埃涅阿斯在与阿开亚人英勇战斗一番之后，从特洛伊的熊熊火海中逃离。有居心不良的人说曾目睹埃涅阿斯向敌人投降，因为他看到败局已定，然而，流传下来的自然是

《受伤的埃涅阿斯》，庞贝古城壁画，现位于罗马帝国贵族骑士普布利乌斯·维迪乌斯·西里斯旧居中。

更为高尚的版本。埃涅阿斯与其余的逃难者一同乘坐着二十艘小船开始了海上航行，经过颇

《墨丘利向埃涅阿斯现身》（1757），画家提埃坡罗。长翼的神祇提醒英雄他有未完成的使命。

多波折，终于在一场海上风暴中抵达了北非海岸。那个时候狄多女王刚刚建立了迦太基王国，她在自己的王宫中收留了埃涅阿斯。在第一场宴会上，流亡英雄讲述特洛伊的沦陷以及他的冒险历程，女王听得如痴如醉，爱上了埃涅阿斯；这场爱恋终于在几天后抵达了高潮：二人正在狩猎之时，一场暴风雨来袭，于是他们躲到同一个岩洞中躲避风暴。也许，埃涅阿斯也曾想过与狄多女王结为连理，这样他便可以成为迦太基亲王，因为狄多很明显已经深陷爱河，一定会将他扣留在身边。但是，朱庇特将爱神维纳斯刚刚唤醒的爱情阻遏在了摇篮里。众神之首深知，埃涅阿斯的命运并不止于此，他需

《埃涅阿斯在拉丁努斯的宫殿中》（约1663年），费尔南多·博尔油画作品。在抛弃了迦太基的狄多女王之后，埃涅阿斯来到了库迈，在那里他受到国王拉丁努斯的接待，并娶了国王之女拉维尼亚。

要继续前行，于是便命令他的后裔在没有告诉狄多女王的情况下匆忙离开迦太基。被抛弃的女王，深陷绝望，于是她燃起祭坛的熊熊烈火，投身火焰自杀身亡。

埃涅阿斯旅途中这一颇具戏剧性的爱情插曲使得罗马人十分满意，因为这个故事将迦太基民族的传奇过去和罗马的历史连接了起来。狄多统治的时代过去多年之后，这两个地中海强国开始了布匿战争（前3—前2世纪），双方在数场战役中都遭受了血淋淋的惨重损失。战争以迦太基国的灭亡告终，帝国最终沦为了罗马在非洲大陆的一个省份。因此，在罗马人的神话中，迦太基帝国的开国女王为了罗马民族的尊贵祖先殉情而亡也是理所当然的。

土著民族、特洛伊民族和拉丁民族

埃涅阿斯继续着他的旅程，他从地中海南边北上，走遍了意大利半岛的海岸，在台伯河河口终于停下了脚步。在那里他得到了拉丁努斯的接见，拉丁努斯统治着拉齐奥，意大利最古老部落的地区，是土著民族的君王。据说拉丁努斯早先得到了神谕，让他将自己的女儿拉维尼亚许配给一名异域英雄，因此，埃涅阿斯刚刚到达，拉齐奥国王便同他谈起了婚事。然而就在此时，波折迭起。有风言风语说，埃涅阿斯的随行者们，厌倦了长期漂泊却毫无意义的流浪生活，计划侵占东道主拉丁努斯的国土；另外还有人暗示，王后阿玛塔密谋破坏这桩联

再看神话

狄多女王和埃涅阿斯的曲折爱情故事在文学创作中经历了不小的改编。在神话中相思成病，惨遭情人抛弃的女王，感动了中世纪和文艺复兴时期的作家，于是在浪漫主义文学作品中女王变成了一个性情冰冷、精于算计的女人，她和埃涅阿斯深陷爱河，二者结合以后，她便打消了顾虑与算计，结果却付出了生命的代价。

《狄多接见埃涅阿斯和化身为阿斯卡尼俄斯的丘比特》（1720），画家弗朗切斯科·索利梅纳。

迦太基城市废墟，在那里女王狄多爱上了埃涅阿斯并为他殉情，现在位于突尼斯首都附近，是一处历史遗址。

姻，因为她想要把自己的女儿嫁给卢杜里之王。传说，埃涅阿斯之子阿斯卡尼俄斯意外杀死了一只宫廷驯养的马鹿，并由此在特洛伊人、拉丁人和卢杜里人之中激起了层层仇恨。无论如何，埃涅阿斯镇压了反对者，不顾重重阻碍，还是与拉维尼亚结婚了。

最终，所有历史的拼图碎片完美契合在了一起：英雄埃涅阿斯统治了原住民，这个古老部落和特洛伊移民相互交融，他们的后裔被称为"拉丁人"，以此来纪念逝去的国王拉丁努斯。

此时的埃涅阿斯还有充分的时间建立拉维尼之城，但之后他便神秘消失了，不知是因为与卢杜里人起了冲突，还是众神发出的一场暴风雨迫使他离开了此地。他的儿子阿斯卡尼俄斯，又名朱洛，建立了阿尔巴朗格，后来这个城市的王族中诞生了罗慕路斯和雷穆斯。尽管某些传说将罗马城的建立归功于埃涅阿斯，但所有帝国的作家们认可的正式版本是，这一传奇性的历史使命是由罗慕路斯完成的。这里必须提及的是，阿尔巴朗格在数十年的时间里统治着拉齐奥，是罗马的大都市，直到这座台伯河畔的城市在战争中走向埋灭。阿尔巴朗格的霸权在一场战役中被毁灭了：三名罗马战士（霍拉提兄弟）和三名阿尔巴战士（库里亚提兄弟）为各自的城市而战。罗马战士的胜利最终使阿尔巴朗格于公元前 665 年毁灭。

罗马共和国末期，贵族们纷纷试图将家族源头追溯到埃涅阿斯的历险同伴上，因为拥有特洛伊人祖先意味着贵族血脉。罗马帝国执政官尤利乌斯·凯撒和奥古斯都大帝的所属家族，尤利乌斯族，便被认为祖先是埃涅阿斯之子朱洛，然而事实上，两个名字的相似纯属巧合。以这种方式，罗马人不仅成了埃涅阿斯之子的后裔，还和特洛伊英雄的母亲以及保护神、爱神阿佛洛狄忒，也就是维纳斯，最终扯上了血缘关系。因此，凯撒建造了一座神庙并以维纳斯的名字命名，来向自己的家族致敬，这座庙宇被称为"Venus Genitrix"，意为"维纳斯母亲"。

神话来源

埃涅阿斯的历险故事被维吉尔记录在史诗《埃涅阿斯纪》中，诗人在公元前 19 年最终去世前几年才完成此书。《埃涅阿斯纪》的主题是奥古斯都大帝向诗人提议的，因为他希望能有一本史诗专门颂扬自己的祖先。而诗人却对自己这一作品从始至终都不满意，甚至在去世之前还试图烧毁该史诗。

罗马历史学家蒂托·李维（前 59—17）作为奥古斯都大帝的亲信，奉命教导大帝的养孙克劳狄，也就是日后的罗马君王克劳狄一世。他的历史著作《从罗马建城开始》（通译为《罗马史》）从埃涅阿斯抵达意大利为开端讲述了罗马历史，并计划以他的保护者奥古斯都大帝逝世（14 年）来完结全书，然而事与愿违，李维自己于公元 17 年去世，没能按照计划完成史书。

看一看

自公元前 4 世纪开始，埃涅阿斯的形象就被刻绘在钱币、宝石和瓷器上。另外，他的英雄形象还出现在奥古斯都于公元前 9 年下令建造的纪念祭坛——罗马的和平祭坛之上。而文艺复兴时期的画家则多将埃涅阿斯和狄多女王联系在一起，巴洛克时期的艺术家们则将艺术创造的主题拓展到了神话故事的其他情节。例如，贝尼尼于 1618 年创造的群体雕像，《埃涅阿斯、安喀塞斯与阿斯卡尼俄斯》（藏于罗马博尔盖塞博物馆）。在马德里皇宫中也可以观赏到提埃坡罗于 1762 年至 1766 年之间创造的壁画《埃涅阿斯的神化》。

听一听

一系列精彩纷呈的巴洛克歌剧都刻画过狄多和埃涅阿斯的传奇爱情，其中最为著名的是由英国历史上最伟大的歌剧作家亨利·珀塞尔（1659—1695）于 1689 年创作的同名作品。

走一走

根据传说，迦太基有可能是公元前 9 世纪时狄多女王领导的腓尼基移民建立的。迦太基帝国的考古废墟现存于突尼斯首都东北一处地峡里。西庇阿·艾米利安努斯于公元前 146 年率军攻陷并摧毁了布匿城（即迦太基），然而从 1880 年就已开始的考古挖掘至今都未能找到有关这座城市的考古证据。目前人们知道的是，迦太基城由三层城墙围起，还有两个港口，分别用于军事和商业。至于罗马城，则由奥古斯都大帝亲自设计蓝图，并先后由另外两位罗马皇帝哈德良和安东尼·庇护扩建，城里坐落着竞技场、阶梯剧院、大剧院、歌剧院和小布景剧院，直到今天这些建筑的遗址仍可参观游览。

至于古城阿尔巴朗格，一般认为它的地理位置在如今意大利的冈多菲堡，这是一个位于罗马东南方的小镇，也是教皇夏日别墅的所在地。离此地不远处便是霍拉提兄弟和库里亚提兄弟被埋葬的地方，他们的墓地是在罗马共和国末期修建起来的。由埃涅阿斯修建的拉维尼亚城，如今是意大利小镇 Pratica di Mare，位于罗马南部四十公里处的第勒尼安海岸。

《埃涅阿斯与阿卡特斯在利比亚海岸》（1520），画家多索·多西。画面描绘了两人抵达北非的场景，没多久便受到了狄多女王的接见。

《被法斯图鲁斯发现的罗慕路斯和雷穆斯》（1643），彼得罗·达·科尔托纳所作。牧羊人将发现的幼小双胞胎交给了妻子阿卡·劳伦缇雅，也就是传说中的母狼卢佩尔卡，从那时起，牧羊人的妻子便抚养着兄弟二人直到他们长大成人。

罗慕路斯和雷穆斯

卢佩尔卡的雕塑，名为《卡比托利纳母狼》，雕像中的母狼正在给罗慕路斯和雷穆斯哺乳。

在罗马成为当时世界最伟大的城市之后，史学家创造出一个极为虚荣的故事来解释罗马城的起源：那便是罗慕路斯和雷穆斯的传奇。有一些作家相信他们是埃涅阿斯的儿子，但是普遍流传的版本却更为复杂一些。显然，阿尔巴朗格的最后一任国王，阿穆利乌斯，废黜了他的长兄努米托，并迫使他的侄女，公主瑞亚·西尔维亚成为灶神的处女祭司，这样她就不可能生育继承王位的后裔了。然而，美丽的少女得到了战神玛尔斯的爱慕，并和他生出了一对双胞胎，篡位者阿穆利乌斯为了防止这对兄弟长大后与他争抢王位，便派人把他们杀掉以除后患。于是两个婴孩被放在一个摇篮里，投入了台伯河中。河水奔流而下，而逆流却将篮筐卷带到了河的上游，最终使其搁浅在离摇篮入河处约二十公里的荒野，此地位于随后被称为帕拉蒂诺山脚之下。一只刚刚痛失狼崽的母狼听到了婴孩的哭声，便来到他们身边并将自己肿胀的乳房送到罗慕路斯和雷穆斯嘴边，哺育了兄弟二人。这一堪称奇迹的故事，对于后来的罗马人而言，意味着自己的祖先在吸取母狼乳汁的同时也吸取了狼族的勇敢，这一高贵品质随后又被他们的后裔所继承。

兄弟俩随后被近郊的一名牧羊人发现并带回其茅舍，牧羊人将孩子托付给妻子阿卡·劳伦缇雅教养。对这一官方版本持有异议的神话学家们认为，所谓哺育他们的母狼其实也就是牧羊人之妻，这个女人因为自己不检点的行为获得了"Lupa"的绰号，这一名称既有"母狼"之意，也是当时对妓女的称呼。无论如何，兄弟俩在山间和畜群一起茁壮成长，当他们长大成为强壮的少年，便回到了阿尔巴朗格，夺回了家族的王权，重新立自己的祖父努米托为王。在这之后，二人决定在他们被母狼哺育之地建立起一个崭新的城市。

罗慕路斯想要将新城市建立在帕拉蒂诺山上，而雷穆斯则计划选择向南几百米处的阿文提诺山。二人争执不停，最后也没达成一致，于罗慕路斯统治罗马四十年后，消失于一场风暴的云雾之中，随后尤利乌斯·普罗库鲁斯声称国王向他显形，并告诉他罗马将成为伟大的帝国。《神祇之城》（1475—1480），巴黎画家大师弗朗索瓦所绘。

是他们分别站在自己的山头上，等待神谕出现，替他们做决定。天穹破晓之际，雷穆斯看到六只鸶掠过头顶，而在日落时罗慕路斯却看到了十二只鸶。雷穆斯坚信自己是这场争辩的赢家，因为他是最先看到鸶的人；而罗慕路斯则称自己看到的鸶多，因此他才理应获胜，并且立马着手修建围城的垄沟。雷穆斯半开玩笑地跳过了这象征城市神圣边界线的垄沟；但也许他不是非常了解自己的哥哥，因为罗慕路斯一怒之下立刻杀死了弟弟。事实是，罗慕路斯的确是一个缺乏幽默感的人，并十分看重自己的历史使命。在他解决了自己爱开玩笑的双胞胎弟弟之后，便开始为自己的城市建造城墙，并以自己的名字，将其命名为罗马（罗慕路斯的字面意思是小罗马）。

劫掠萨宾妇女

普遍认为罗慕路斯对罗马城的统治一直到公元前716年，那时刚建成不久的城市也被称为"方形罗马"，因为它的城墙形状是四方形的。罗慕路斯统治期间最为著名的传说和城市早期的移民者有关。罗慕路斯向各种歹徒、冒险者、流亡的奴隶以及拦路抢劫者打开了罗马城的大门，慷慨收留了他们，他将众人召集在神殿中，并命大家为这些乌合之众喝彩欢呼。但是出现了一个问题：这些外来者全都是男性。为了向他的臣民提供女人以繁衍后代，罗慕路斯决定采取诱拐的方式；他向邻近的萨宾族居住的村庄放出话去，称罗马城即将召开几场精彩的娱乐集会。缺乏警惕心的萨宾人携家带口，兴高采烈赶到了宴会，这期间罗慕路斯的追随者拐骗了所有处于生育年龄的萨宾女性。随后，萨宾国王塔西奥向罗慕路斯宣战，并围攻了罗马城。

罗马差点在它历史上经历的第一场战争中被攻陷，因为罗马堡垒指挥官的女儿塔彼亚绝望地爱上了萨宾王。围攻罗马的萨宾人轻而易举地说服了塔彼亚为他们打开城门，他们许下诺言说

神 谱

玛尔斯 + 瑞亚·西尔维亚

┌──────────────────┴──────────────────┐

罗慕路斯   雷穆斯

奥斯库罗伊兄弟在罗马

　　罗慕路斯和雷穆斯并不是唯一一对被罗马人尊为偶像的双胞胎兄弟。公元前 5 世纪初期，拉齐奥战争正如火如荼，这期间罗马不断壮大，引起了其他几座拉丁城市的深深忧虑，于是他们便与罗马城对战，其中便有图斯库鲁姆城。卡斯托耳和波吕克斯兄弟二人，也被伊特鲁里亚人称为 Kastur 和 Pultuc，出现在了勒吉鲁斯湖战役中，他们指挥罗马骑兵打败了拉丁军队；随后在古罗马广场上，两兄弟一边让自己的战马痛饮朱图尔娜泉水，一边宣布了罗马军队的胜利。在供奉两兄弟的神庙在此地建成之后，这两位古希腊人的神族后裔便成为了罗马神族的成员。如今的意大利小镇弗拉斯卡蒂周边可以看到图斯库鲁姆古城的遗址，古城居民是首批获得罗马公民身份的人。

阿格里真托的卡斯托耳和波吕克斯神庙。

　　"会用士兵们左臂上携带的物品报答她"，这里指的是他们的金护臂。塔彼亚在一个夜晚完成了自己的承诺，打开了城门，但萨宾士兵却用自己左臂携带着的铁盾纷纷向罗马的背叛者砸去，使她丧失了性命。萨宾士兵涌入罗马城的广场，如果不是因为萨宾族妇女的干预，他们早就会攻下罗马，但这些被拐骗来到罗马的妇女来到两军之间，尝试调停这场战争，因为一边是自己的兄弟，另一边是她们已经深深爱上的丈夫。萨宾妇女的调解不但成功阻止了战争，而且还推动了这两个民族和睦相处。罗马人和萨宾人达成协议，将两国土地合并起来，并且共同在罗马城统治这新的王国，罗慕路斯和塔西奥甚至共掌王权，二人的统治持续了五年，最后以塔西奥的死亡终结了这一篇章。

　　罗慕路斯在罗马建立了许多机构：比如说鸟象占卜官组织和祭司团、军队，还有元老院，在他的领导下，罗马民族蓬勃发展。一天，当他在战神广场上检阅军队之时，突然狂风暴雨来袭，天空中出现了日食现象；在漫长的几分钟里，瓢泼的雨水和无际的黑暗淹没了世界。当一切恢复正常之后，罗慕路斯却失踪了。有人说，这场神祇们送来的暴风雨吞噬了罗慕路斯，将他送上了天界；毫无疑问，事实是心怀怨言的元老们派人谋杀了他，然后为了安抚躁动伤心的罗马人民，编造了这个所谓的"神迹"。无论事实为何，一名叫做尤利乌斯·普罗库鲁斯的罗马人站了出来，发誓说他看到罗慕路斯向他显灵，告诉他自己早已升天，并变成了众神一员，神名为奎利努斯。随后，一座专门用来供奉这名新晋神祇的神庙被树立了起来，而他的妻子埃西利亚，也被用隆重礼仪对待，位列不朽众神之中。

🌀 神话来源

批评家、古希腊史学家，哈利卡纳苏斯的狄奥尼修斯（前 1 世纪）在他的著作《古罗马史》中具体表达了他对罗马城的赞美，事实上这本史书全书都以颂扬的口吻讲述罗马从建成以来的发展历史。这本著作的主要目的之一便是化解希腊人和罗马人之间的历史矛盾，作者论证道，首批定居罗马的人是古希腊的后裔。针对罗慕路斯向各类恶人提供庇护之所这一史实，狄奥尼修斯写道："因此我们可以毫无疑问地认为，罗马城在这里像是一座希腊城市一样，那些管罗马叫做充斥着野蛮之人、流亡之人和游手好闲之人的城市的人可以闭嘴了，因为罗马城这一举动反而体现了她的好客、大度和友善（……）因此可以说，除了罗马，再也找不到另外一座如此古老、又如此有古希腊风范的城市了。"

👁 看一看

罗马城的象征，那座表现母狼哺乳罗慕路斯和雷穆斯场景的青铜雕像（现藏于罗马保守宫博物馆），最初由一名伊特鲁里亚艺术家于公元前 5 世纪创造。自古典时期以来，雕像便竖立在卡比托利欧广场，公元前 65 年，一道闪电击中了雕像，现在还可在母狼的一条后腿上看到被劈中的痕迹。在文艺复兴时期，这对双胞胎的形象才被加进雕塑。这一母狼哺育场景在罗马艺术中广泛可见，出现在货币上、浮雕作品和镶嵌艺术品之中，随后又被彼得罗·达·科尔托纳、安尼巴莱·卡拉齐以及彼得·保罗·鲁本斯等画家在各自作品中运用体现。

🧳 走一走

为了纪念少女塔彼亚对罗马城的背叛，人们将位于卡比托利欧南边不远处的一块巨石命名为塔彼亚之石。在古典时期，此处被用来处决罪犯，人们将受刑之人从巨石之上投入兽群。如今，游客在此可以获得俯瞰古罗马城的绝佳视野。

至于卡斯托耳和波吕克斯神庙，这座为了纪念罗马人在勒吉鲁斯湖战役中取得的胜利而在古罗马广场树立起来的建筑，时至今日还屹立不倒，它的三根古希腊风格的柱子承载着只存留下来一部分的柱顶过梁。神庙始建于奥古斯都大帝时期的古罗马广场重建工程。另一位罗马皇帝卡里古拉则下令在这个神庙和卡比托利欧之间建立起一座桥梁，前者正位于皇帝的宫殿前廊，而后者是朱庇特神庙的所在地，以此，卡里古拉便可以随心所欲地直接前往神庙，与众神之首交谈。

《在罗马士兵和萨宾士兵之间的萨宾族妇女》（1799），由雅克－路易·大卫所画。这场战争的导火索是罗马城没有足够的女性，因此不正当地诱拐了萨宾女人，但最终还是这些女人来到了两军之间，阻止了她们的家人和丈夫相互残杀。

双面神雅努斯

雅努斯是为数不多的罗马神话原创神祇，在古希腊或任何其他神话体系中都没有类似形象。尽管有一些作家称他起源于希腊的色萨利或雅典，但更普遍的看法是，雅努斯是意大利古国的一位土著神祇，致力于教化拉齐奥地区的首批居住者，也就是"原住民"。对雅努斯的宗教崇拜历史悠久，普遍认为是由罗慕路斯之后第二任罗马执政官努马·庞皮里乌斯建立发展的，而执政官本人也是罗马历史上一个半传奇的存在。事实上，雅努斯的传说和罗马古城早期的神话故事渊源颇深：罗马的贾尼科洛山曾是这名神祇定居的地方，因此便以他的名字命名，而台伯河的名字则来源于他的一个儿子。

特别要提及的是，雅努斯又称双面门神，他既是公共场所也是私人宅邸的门神。这一事实充分说明了雅努斯作为神的职能，因为所有的门既有入口，又有出口，入口象征着万事的起始，出口则象征着结束。从这个意义上来讲，雅努斯是所有战争、和平、时间、空间、生命和宗教仪式的开端的保护神。作为万事起始之神，他在罗马神话的创世过程中扮演了重要的

在罗马，人们将这座拥有四张面孔的拱门称为雅努斯拱门。雅努斯是双面神，他的两张面孔分别望向相反方向。这座拱门可能是为纪念君士坦丁大帝而建的，古时的商贩曾在拱门下贩卖物品。

角色。古罗马诗人奥维德叙述道，在世界之初，在土地、水流、空气和火焰分离开来之前，雅努斯构成了混沌之神尚未成形的主体；这一世界开端的混乱也体现在雅努斯的两张面向相反方向的脸，一张脸望向万物的开端，另一张则面对万物的结束：雅努斯和时序女神荷赖一同掌管天国之门，并从天界同时监测着东方和西方。

据说，雅努斯统治的古国天下太平而无战事，因此在罗马人当中他享有卓越的声望。在所有宗教仪式当中，即使祭典仪式献祭给其他神祇，首先被祭拜的也一定是雅努斯，因为他被认为是众神之父。罗马人列举众神之时雅努斯总是处于首位，甚至高于众神之首朱庇特。也正因此，每年的开端一月份便以雅努斯命名。

共和国时期的硬币，公元前3世纪。

一股阻碍萨宾人的喷泉

雅努斯曾向建城之初的罗马提供了宝贵的帮助，那时正值罗慕路斯和他招募的各路流亡之人诱拐了萨宾族妇女。萨宾国王塔西奥为了一洗耻辱，命士兵前去围攻罗马，他们贿赂了堡垒指挥官的女儿塔彼亚，后者则向他们打开了要塞大门。萨宾士兵马上就要攻下罗马人的防守之际，雅努斯使得一股沸水激流从地面喷薄而出，挡住了攻城者的步伐，因为雅努斯的神力之一便是使地下暗流受压力而离开地面。这一突发的神迹惊吓了萨宾士兵，他们处在一片至少持续了几个小时的水流汪洋中，这给了罗马人充分的时间来准备新一波的攻击。

在古罗马曾有若干专门用来献祭双面神雅努斯的神庙，第一座神庙是罗慕路斯或努马执政罗马时树立起来的，用来纪念那次地下喷出泉水的神迹。罗马人决定在战争时期将神庙的门敞开，以便雅努斯可以及时赶到施以援手，在和平时期便将庙门关闭。这一根深蒂固的习俗在古罗马被长期实行，也很好地证明了罗马不停征战、开拓疆土的历史特点。在长达七世纪的时间里，神庙之门几乎长期处于敞开的状态，仅仅在短暂的时期里关闭过五次：一次是在努马执政期间，另有三次在奥古斯都大帝时期，还有一

雅努斯半身塑像，现藏于梵蒂冈博物馆。

安娜·贝勒娜戏弄玛尔斯

关于女神安娜·贝勒娜有着生动的传说故事。据传说，安娜是迦太基女王狄多的妹妹，她追随埃涅阿斯到了意大利古国，之后成了水仙。神话同时讲到，安娜活了很长时间（她的名字贝勒娜来源于拉丁语，意思是"永存不朽的"），在她年老的时候，玛尔斯曾祈求她替自己和智慧女神密涅瓦牵线。安娜·贝勒娜深知，纯洁的处女女神密涅瓦不会同意这种事，于是通知玛尔斯晚上赴约，自己蒙上面纱，冒充密涅瓦。当二人亲近地躺下之后，她便摘去了面纱：玛尔斯看到身边的佳人原来是年老的安娜·贝勒娜之后惊呆了，而此时安娜又讲起了各种淫秽的话来羞辱他。因此，在纪念安娜·贝勒娜的节日上，人们都会唱起作者不详的"黄色"歌曲。

《密涅瓦》（1611），智慧女神，亨德里克·霍尔奇尼斯所绘。

次是在 4 世纪。

战神玛尔斯的长矛

玛尔斯和雅努斯一样古老，早在古意大利人把希腊战神阿瑞斯的职能和传说移接到他身上之前，玛尔斯就存在于罗马神话中了。对于罗马人而言，当雅努斯授权开战之后，玛尔斯便负责战争的具体行动。战神的神圣器物之一，便是他的长矛，通常情况下被供藏在一个专门的祭殿中，当边境出现战事时，就会自发抖动起来。罗马将军在出发征战之前，都要去摸摸这长矛，并大声喊道："战神玛尔斯，保佑我

罗慕路斯与雷穆斯（1618），彼得·保罗·鲁本斯所绘。

刻有雅努斯神庙形象的硬币。紧闭的大门象征着和平。

维纳斯与玛尔斯（约1822年），安东尼奥·卡诺瓦作品。

们！"以此祈求战神的保佑。当战役马上就要打响之际，众人便会向玛尔斯献祭，甚至有时候战神本人会和同样职司战争的女神贝罗娜一同亲自出现在战场，有时一起出现的还有恐惧之神（来恐吓敌人）、光荣之神荷诺斯与勇敢之神维尔图斯（象征着荣耀和勇气，是罗马神话特有的神祇）。毫不令人惊奇的是，主事祭祀战神玛尔斯和贝罗娜的祭司都是从罗马角斗士当中招选的。

然而，在最初的远古时期，玛尔斯是自然、春天和农业之神。他作为神祇职能的改变也许和罗马人所处的不同时代有关，他们在农耕时期都是农民，后来才成为骁勇的战士。罗马人同时也将玛尔斯尊为青春的保护神，因为青年时期是成为战士的绝佳年龄；玛尔斯也负责指引年轻一代的罗马人离开故土，移居到异地他乡寻找财富和好运。玛尔斯与畜牧业的联系体现在古罗马的三牲祭祀仪式上，在该场合要祭供三种动物：一头猪，一头公羊和一头公牛；但是玛尔斯的象征性神圣动物其实是狼。也正因此，当他和灶神的处女祭司瑞亚·西尔维亚秘密生下双胞胎罗慕路斯和雷穆斯之后，玛尔斯便遣派一只母狼哺育他的儿子。因此，兄弟俩便都被称为"玛尔斯之子"或"母狼之子"。

🔯 神话来源

描写雅努斯和玛尔斯传说的主要作者是奥维德和维吉尔，当然其他一些拉丁作家也曾记录过这两位罗马神祇的故事，比如说活跃于2世纪的古罗马作家格利乌斯。这位博学的作家摘录了他从二十本不同的书籍上读到的片段章节和引文，成书《阿提卡之夜》。《阿提卡之夜》堪称文学珍宝，收录了作家与主题多变的各种文学内容。

拉丁诗人卢克莱修（1世纪）终其一生只写出一本书，《物性论》，在他身后由另一位罗马作家西塞罗发表。该书被认为是阐述伊壁鸠鲁哲学宇宙论的经典之作，开篇便模仿希腊诗人荷马所描述的阿瑞斯和阿佛洛狄忒之间的爱情，回忆了玛尔斯和维纳斯之间的回转爱恋。

👁 看一看

雅努斯作为门的守护神，在古罗马他的形象总是一手持钥匙，另一手则拿一根棍杖，用来保护建筑的入口。雅努斯的两张面孔都是一个长着络腮胡的中年男子，总是出现在罗马古老铜币的正面。在钱币的反面则一般刻画着一个船头（也许是为了纪念雅努斯乘船来到意大利古国的经历）或一辆朱庇特的战车。

古罗马时期玛尔斯的雕像一般都沿袭了古希腊的艺术风格，形象特征也和希腊神阿瑞斯基本无异，都是手持长矛头戴头盔身披胸甲。与伊特鲁里亚文化形象比较接近的是 Mars Ultor（复仇者）雕像的复刻品。罗马皇帝奥古斯都下令将复仇者雕像放置于古罗马广场神庙中。在藏于卡比托利欧博物馆的一组群雕和藏于那不勒斯博物馆的一些壁画

中，玛尔斯的形象与维纳斯有着千丝万缕的关联。

🧳 走一走

传说中雅努斯的居住地贾尼科洛山，位于台伯河的右岸。它并不是罗马七座山丘之一，因为它地处古罗马城以外，完全在荒野之上，直到罗马皇帝奥勒良（3世纪）兴建了罗马城城墙才改变这一事实。现今，在罗马城墙和台伯河之间形成了一处风景颇佳的区域，这里坐落着一些著名的古迹，例如法尔内塞别墅、科西尼宫、蒙托里奥圣伯多禄堂，还有著名的伯拉孟特设计的小教堂。

在奥古斯都广场上至今还遗存屹立着几支复仇者神庙的柱子。这座神庙在古罗马的公共活动中曾扮演重要角色：神庙内部存放着圣物——凯撒大帝的御剑，该地也是古罗马皇族少年年满十六岁接受象征成年的长袍的行礼之处。这座神庙里也曾举行罗马城向帝国各个行省派遣行政官的授权仪式，同时，里面还存放着帝国征战获得的战利品等等。

《玛尔斯和密涅瓦之争》（1771），由雅克－路易·大卫所绘。艺术的保护神将战争驱逐出人类世界。

朱庇特与朱诺，庞贝古城壁画。

朱庇特与朱诺，罗马神话的官方夫妻

众神之首朱庇特和他的妻子朱诺，作为罗马崇拜的至高神祇，组成了帝国制度化的、坚不可摧的婚姻。夫妻二人在卡比托利欧山顶和谐地共同统治着古罗马，那里也坐落着供奉他们的最重要的祭祀神殿。对于罗马贵族而言，这对不可触犯的神圣夫妻地位至高无上，不容诋毁，从这方面来讲，他们的情况要比二人在希腊神话中的原型，众神之首宙斯和他的妻子赫拉尊贵很多。古罗马不论在意大利古国的哪个地方建立殖民地或派遣外交官，前往各行省的受命官员的首要任务便是仿照罗马的朱庇特与朱诺神庙在当地也树立供奉二人的祭殿。当然，同时这也是因为高等官员们每次代表罗马最高行政权力出行外地之时都需要一处舒适的豪宅临时寓居。

在过于活跃的宙斯和他沉稳的罗马继任者朱庇特之间，还存在一位地位等同的伊特鲁里亚神祇，叫做提尼亚。提尼亚同样也运用闪电来维持凡间秩序。他有三道闪电，但只有第一道可以自行降下，以用来警告凡人。第二道闪电则意味着最后通牒，要发射这道闪电需要通

《卡利斯托与朱庇特》（1656），尼古拉斯·贝尔赫姆所绘。

过与提尼亚共同统治的十二位神的赞成。至于最后一道闪电，其功能是惩罚，它的后果是摧毁性的，提尼亚不可随意运用这道闪电，他必须征得比统治凡间的天国众神地位更高的、神秘莫测的神祇的授权才能行使这最后的措施。

与提尼亚截然不同的是，朱庇特从一开始就拥有完全独立、至高无上的权力来运用闪电统治人间，虽然我们并不熟知具体讲述他使用

闪电的罗马神话故事。除闪电以外，朱庇特还使用各种不同的气候现象来施展权力、进行统治，比如狂风、暴雨、雷鸣等等，并且他还同时身兼白昼光芒之神、生育能力之神和播种之神等多个神职。以上这些原始职权随着朱庇特形象的改变渐渐失去了原有的地位：他开始象征各类美德，例如荣誉与正义，直到最后，他变成了罗马城以至于罗马帝国的保护神。罗马人在卡比托利欧山以朱庇特之名兴建了祭祀他的神庙，这座古罗马最伟大的宗教神庙使得其他的神祇崇拜都黯然失色。

在罗马共和国时期，新晋就职的执政官都要向朱庇特祈祷，征战凯旋者也要向他献上自己象征胜利的桂冠。通过古罗马祭祀团的传令官之口，朱庇特发出神谕，统领着共和国的外交事宜；不管是外交使团、驻外大使馆，与外邦签订的协议还是其他的国际相关事务，都由他来掌管。当罗马认为国家权益受到了侵犯，传令官们便会赶到边境，以朱庇特之名要求对方补过赔礼。当对方没有及时补偿，传令官之首便会向敌方境内扔去一支染血的长矛，表示罗马向其宣战。在后续的罗马历史上，不少帝国

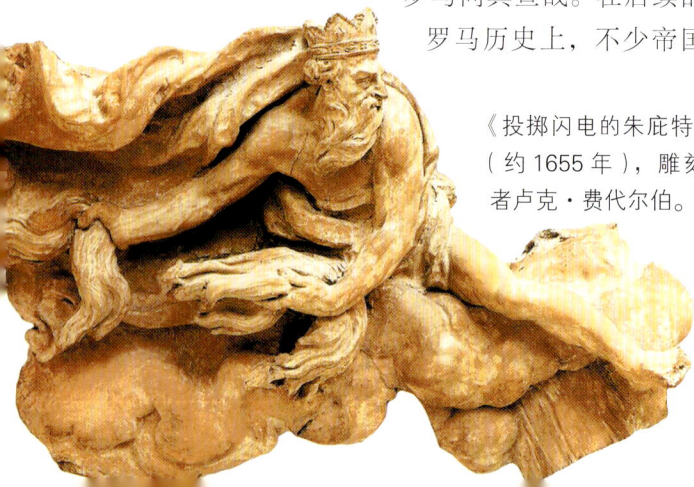

这幅卡比托利欧浮雕作品中，由左到右的神祇是：赫拉克勒斯、密涅瓦、巴克斯、朱庇特、刻瑞斯、朱诺和墨丘利。

《投掷闪电的朱庇特》（约 1655 年），雕刻者卢克·费代尔伯。

皇帝都尝试以某种方式将自己和朱庇特的形象连接起来：奥古斯都曾讲述道，当他在罗马的西班牙行省与坎塔布里人激战之时，至高无上的朱庇特曾发出一道闪电，幸而只击毙了他所乘轿子的一名奴隶，他因此躲过一劫；另一位皇帝，狂妄的卡里古拉则命令众人以适用于朱庇特的礼仪来祭供他，他甚至自称是朱庇特的凡间化身。

母仪天下的女神朱诺

朱庇特作为众神之父，象征着罗马帝国的政治和公共事务，而他的妻子朱诺，作为天后，则象征着私人和家庭事宜，二人互补互足，相互完善，完美遵从了罗马传统的家庭理念和准则。朱诺作为天父的模范妻子，是罗马所有有着法定地位的妇女之首，是她们崇拜的母性与女性之神。以她的名义每年三月举行的主妇节，同时也纪念萨宾妇女为罗马人和萨宾人和解作出的巨大贡献。每逢此节，在帕拉蒂诺的圣林里便会举行一系列欢庆活动与仪式，罗马的"家庭主妇"会像女王一样被尊贵对待；她们的丈夫会赠予她们特殊的礼品，以此表示对妻子纯洁的爱意。

朱诺掌管职权一步步扩大，拥有了众多的名号，她承担起了保护婚姻和配偶的结合，以

卡里古拉半身像，这名罗马皇帝曾要求臣民以供奉神祇的礼数供奉他。

及婴孩的出生过程等神职，于是渐渐成为无处不在的全能神。警戒者朱诺负责在情侣结合前给予忠告；伴娘朱诺则承担婚礼女傧相的职责，保证仪式顺利进行；引路者朱诺则会陪伴新娘到达新婚丈夫的住宅；熏香者朱诺负责为新婚夫妇的婚床喷洒香水；解衣者朱诺解开新娘的束腰；护孕者朱诺守护着怀孕的女人，保证她在孕期一切安康；塑骨者朱诺负责使婴孩的骨骼健全发育；母乳者朱诺使新任母亲的乳房充满乳汁；保护者朱诺陪侍照料分娩期的妇女，保证一切按部就班地进行。

朱诺作为保护神的这一形象，非常受古罗马人欢迎。起初保护神的职权只是保证已婚女性顺产，后来这一护理作用逐步衍生出一种神谕的功能。朱诺保护神在拉努维奥的神庙被一只蛇守卫着，每年都会有一个适龄少女带着各类美食佳肴前往这个神庙。如果这只蛇接受少女献祭的食品，这意味着她是纯洁的，已经到

卡比托利欧的鹅

警戒者朱诺（Juno Moneta），起初只是夫妻的忠告者，在公元前4世纪初期，她警告罗马人民，使得他们逃过了高卢人的攻击，此后她便成为了整个罗马的禁戒保护神。当时献祭给女神的鹅就圈养在朱诺神庙里，突然，这群动物惊叫起来，警醒了罗马城的保卫者，他们赶紧击退了高卢人的进攻，使罗马城安然无恙。随后人们在神庙旁边建起了第一座铸造古罗马钱币的工坊，朱诺警戒者的称号（Moneta）便成了钱币这个词语的词源。

🜨 神话来源

古罗马智者马库斯·特伦提乌斯·瓦罗（前116—前27）撰著的《拉丁语论》，是后人认识古罗马世界的重要文献，鉴于此书不但大范围地涉及了词源学和词法学，同时也是一本名副其实的罗马前后历史文化百科全书。在陈述不朽神祇的章节当中，作者将朱庇特和朱诺二神分别比作天空和大地。瓦罗在书中确定了罗慕路斯和雷穆斯创建罗马的具体年份，并以此年份为基准记录其他大事件的日期。按照罗马人的历法，基督诞生的年份是在753 A.U.C（罗马建城纪年）。

👁 看一看

罗马人将希腊神宙斯的外貌形态赋予了朱庇特：一个中年男子，蓄着络腮胡，头顶戴着象征权力的冠冕。伊特鲁里亚艺术家维伊的瓦尔卡在卡比托利欧山朱庇特神庙中也将天神塑造成了相似的形象，但这一艺术品于公元前83年不幸被毁。朱庇特的另一种造型是未长胡须的年轻人，这是通过伊特鲁里亚人创造的提尼亚神像雕塑传入罗马的。这一形象被文艺复兴时期的艺术家在绘画中广泛表现，其中尤为著名的是拉斐尔、提香、委罗内塞等画家。

至于朱诺的外貌特征，则大致与希腊神赫拉无异，而且很多情况下朱诺的形象都是直接从希腊艺术品中复制而来的。然而，女神在罗马文化中有两个独特的衍生形象：手持小巧盾牌的保护者朱诺，还有怀抱婴孩的护孕者朱诺。这两种朱诺形象都在众多种类的古钱币上出现。

🧳 走一走

卡比托利欧山是罗马最小的一座山丘，那里曾是罗马共和国和帝国的政治宗教生活中心。该地如今是卡比托利欧广场，广场上矗立的朱庇特神庙曾经统治影响着整个罗马。神庙是著名的帝国"暴君"卢基乌斯·塔奎尼乌斯·苏培布斯于公元前6世纪建立的，随后又被奥古斯都大帝和图密善重新修建。凯旋的将军身着紫金色服饰，手持杖头雕刻着鹰（神祇象征）的大理石权杖。朱庇特神庙不远处曾经矗立着朱诺和密涅瓦的神庙，这三所祭殿共同构成了"卡比托利欧三神庙"。由米开朗基罗设计的石阶和广场连同毗邻的这几座神殿，现在已成为卡比托利欧山的遗址纪念中心。罗马另外备受尊崇的"三神"由朱庇特、玛尔斯和奎里努斯构成，他们每人代表古罗马的一个社会阶层：万神之父朱庇特代表祭司，战神玛尔斯代表士兵，奎里努斯则代表农耕者。传说罗马的建城者罗慕路斯死后化为的神祇便是奎里努斯，罗马的奎利那雷山便以该神命名，现如今这里坐落着意大利共和国的国家元首官邸奎利纳雷宫、特莱维喷泉，还有贝尼尼和博罗弥尼设计建造的两座美轮美奂的巴洛克风格的教堂。

了生育年龄，如果她的献祭被蛇拒绝了，则是坏兆头，意味着少女需要独守闺房等待一年方可生育。然而，朱诺的神圣动物并非蛇而是孔雀，石榴也是时常献祭给她的食品之一。

维斯塔与伏尔甘之火

　　维斯塔，相当于希腊神话中的赫斯提亚，她是罗马神谱中最古老的神祇之一，大概也是众神中最美丽的女神（如果维纳斯没有意见的话）。早先的拉丁人认为维斯塔是纯洁的，闪耀着火焰般明亮的光辉的处女女神，她是大地和原始之火的化身。随着神话发展，她的神权慢慢减小到了家庭的灶火和神庙的圣火，因此她不但有属于自己的宗教崇拜，还有另外一群和罗马国教相关的教众信仰着她。维斯塔的神职之一便是和众多家神和灶神一同负责家庭生活里食物的准备。供奉维斯塔的主要神庙位于古罗马广场，并不向普通民众开放，除了每年六月七日以维斯塔之名举行的节庆，那时神庙的大门会向罗马的家庭主妇们敞开，允许她们进献为女神准备的祭品。每逢此节，全城的驴子都不必干活，人们还用鲜花做成冠冕装饰它们，因为根据一个传说，有一次生殖之神普里阿普斯追赶着维斯塔向她求爱，多亏了一头驴子的捍卫，女神才保全了贞操。

在古罗马广场上维斯塔神庙一部分遗址的重建。在神庙内部，神圣之火一度熊熊燃烧，从不应该熄灭，在罗马帝国奉基督教为国教之后，圣火才灭掉。

在古罗马广场上维斯塔祭司们住宿之处，这一建筑是贞女之家的一部分，就在圣道南侧。这里曾居住着六位维斯塔祭司，她们是女神的服侍者，是罗马仅有的女性祭司，从贵族家庭的少女中挑选。

在普通时日，女神的祭司，也被称为"维斯塔贞女"，会在维斯塔神庙中私下里举行简单的祭祀典礼。这些专司维斯塔的女祭司们由抽签的形式从罗马贵族家庭里六到十岁的女孩中选出，随后被选中的少女便会在神庙侍奉女神三十年。维斯塔女祭司们由"大贞女"领导，在她们学会自己的职能之后，便会投身宗教仪式以及教导年轻女孩。维斯塔贞女在古罗马的日常生活中享有极高的声望，在各种宗教仪式典礼上也常见到她们，但是一旦疏忽了职守，便会受到极为严厉的惩处。如果一名女祭司在疏忽下让神庙的不灭之圣火熄灭了，大祭司便会对她处以一种叫做 Azote 的鞭刑，如果女祭司违反了自己许下的贞操誓言，那么她遭受的刑罚会更严重：那就是被活埋。在神庙侍奉维斯塔的三十年过去后，她们便获许回归尘世，可以结婚，但几乎所有的贞女都甘愿一生不婚，以保持作为贞女所享有的各种特权，比如说出行之时会有一名权标侍从官为其开路，这是最高执政官和行政长官才能享有的待遇。偶然情况下，如果她们在路上碰到了被处以死刑的人，该人便会被立刻赦免。

伏尔甘的儿子

如果说维斯塔职司的是每个家庭的灶火，那么同样掌管着火这个元素的伏尔甘，负责的范围要更大一些，因为他是炉灶和大火之神。他的传说对应的是希腊神话中的赫菲斯托斯，但罗马人做了不少改动。比如说，赫菲斯托斯和阿佛洛狄忒在希腊神话中是夫妻，但伏尔甘和维纳斯却并非一对爱侣，也许是因为这位女神加入罗马神谱的时间过晚，于是便缺乏了这一层关系。无论如何，有两个奇特的传说故事便是以伏尔甘的儿子为主角的，尽管故事中并没有讲明他们的母亲是谁。第一个传说讲的是卡库斯，他在希腊英雄赫拉克勒斯的历险故事中扮演了一个强盗的角色，在大英雄从伊比利亚远征归来的路上，卡库斯趁着他熟睡，偷偷牵着他的几头牛的尾巴使这些牲畜倒着走进了自己在阿文提诺山的山洞中，以为这样就不会使牛群留下脚印，被赫拉克勒斯发现踪迹，然而最后卡库斯还是被捉了个现行，尽管有三个头颅，三张嘴都能喷火，他还是被大力士在第一次交锋中就打败了。传说现如今罗马的屠牛市场便是当时赫拉克勒斯放牧这群卡库斯尝试偷走的牛的地方，卡库斯的名字也早已成为他的同类们，小偷与扒手的代名词。

伏尔甘的另一个儿子叫做塞古罗，传说在一个普通的家庭里，一片火星溅到了一个貌美的女牧羊人的胸脯之上，由这火花生出了塞古

《伏尔甘》，锻造之神的雕像，于 1803—1805 年由德谟克利特·甘多尔菲雕塑，如今矗立在米兰的威尼斯大门处。

《赫拉克勒斯与卡库斯》（1613），亨德里克·霍尔奇尼斯所绘。赫拉克勒斯刚刚杀死了卡库斯，这名巨人从希腊大英雄处偷走了革律翁的牛群，并将其藏到了自己的洞穴当中。

罗。和同父异母兄弟卡库斯一样，塞古罗也是盗匪之流，那时候在动荡骚乱的罗马，强盗行径是相当普遍的现象。后来塞古罗改邪归正，在拉齐奥东部边境建立了城镇帕莱斯特里纳。为了说服居民们让大家迁往帕莱斯特里纳展开新生活，他向火神父亲请求神谕，于是与会者

们顿时被熊熊火焰包围了起来，直到塞古罗发出了命令，火才熄灭。这个神迹使得大家相信这个小镇得到了火神的庇护，于是帕莱斯特里纳的定居人数迅速增加。

另外两名希腊神话主神，雅典娜和赫尔墨斯，就没有火神伏尔甘－赫菲斯托斯那么幸运了，他们在加入罗马神族之后地位有所降低。雅典娜在罗马神话中的替代者密涅瓦和赫尔墨斯的继承人墨丘利还是在古罗马占有一席之地的，但是从神话学的角度而言，这两位神的许多特点——他们的魅力之所系——在他们加入罗马神话体系后便被剥夺了。密涅瓦在伊特鲁里亚神话中被叫做 Menrva 或 Meneruva，尽管在罗马神话中她和朱庇特、朱诺一同组成了"罗马三神"，但她身上已经毫无雅典娜——宙斯最为青睐的聪慧女战士，并且在史诗《伊利亚特》中留下了众多令人钦佩的事迹——的踪迹。在罗马，密涅瓦成了无聊的商业和工业的保护神，得到了"冒险"的职业从事者的崇拜，比如说鞋匠和长笛演奏手。同样的事情也发生在墨丘利身上，这位罗马神话中商贩的保护神，只有在大部分务农的古拉丁人开始大量从事商业活动之时，才显露出重要性。自然，墨丘利的另外一个神职便是岔路口的保护神，另有一说他和水仙拉拉的儿子们，也就是拉尔，才是岔路口之神。罗马神话缺乏原创性的明显证据便是，密涅瓦和墨丘利的形象是直接从希腊神话中复制过来的，连一处改动或增添的元素都没有。

神话来源

古罗马雄辩家、作家和政治家马库斯·图利乌斯·西塞罗（前106—前43）著有一系列广博的关于罗马人民哲学思想和宗教信仰的书籍，这些著作是后人得以了解古罗马的主要渠道之一。他所著的《论神性》曾论述维斯塔的神职："至于维斯塔，她的称号来源于古希腊人（因为希腊文化里她的名字叫做赫斯提亚）；除此以外，她的职权被限制在神坛之上和家庭之中；结果就是，所有向她献出的祭词和祭品，都限于她的神庙当中，因为毕竟维斯塔自己就是世间最为隐秘的事物的守护者。"

看一看

存留至今的维斯塔的雕像寥寥可数。其中最值得一提的是现存梵蒂冈的维斯塔神像和卢浮宫的《戴面纱的维斯塔》。在所有关于维斯塔的艺术作品当中，包括这两座雕像，维斯塔都戴着象征贞操的面纱。她常用的圣物是一根权杖或火把，以及一个献祭盆（一种在奠基仪式中使用的形状扁平的圣杯）。至于伏尔甘的形象，则绝大多数从希腊神话中的赫菲斯托斯原封不动地搬来。通常情况下伏尔甘都是以一名蓄着络腮胡，身着短袍，头戴一顶帽子的男子样貌出现，并且一手持锻铁的工具，这一形象可以在庞贝古城的壁画和赫库兰尼姆古城的镶嵌作品中看得到。

听一听

意大利歌剧作曲家斯蓬蒂尼（1774—1851）曾写过一部叫做《维斯塔贞女》的歌剧，后来在1807年在巴黎演出。这部作品据说深受拿破仑喜爱，讲述的是一名供奉维斯塔的年轻女祭司因为疏忽使圣火熄灭而被处以活埋的刑罚。最后关头，维斯塔救下了少女，并允许她在维纳斯的神庙中与爱人举行奢华的婚礼。

走一走

在人类还不能随心所欲使用火的时代，在罗慕路斯的帕拉蒂诺山上有一个专门用来保存公共火种的圆形茅舍。大概在公元前6世纪末期，维斯塔的第一座神庙竖起时，这座神殿保留了那个古老茅舍的圆形形状。这座建筑坐落于古罗马广场之上，曾经若干次被烧毁又重建，如今只遗存有柱基一部分。这座神庙曾经不向公众开放，四周被门廊围着，门廊是由二十根雕有凹纹和腰线的科林斯式柱子构成的。紧挨着神庙便是贞女之家的遗址，这是一块矩形空间，是供奉维斯塔的贞女们曾经生活的地方。在卡比托利欧山附近还有另外一座底层呈圆形的神庙，大概也是祭祀灶神维斯塔所用的。

117至138年间创作的维斯塔贞女的大理石浮雕。现藏于帕拉蒂诺博物馆。

萨图恩与两位农业神祇，可能是奥普斯和佛洛拉，在普斯特尔拉别墅的一幅壁画中，该别墅建于 17 世纪，位于米兰附近城镇林比亚泰。

萨图恩和司管农业的众神

在雅努斯出现并统治了罗马七座山丘之一的贾尼科洛山之后，萨图恩（也就是希腊神话中的克洛诺斯）也来到了意大利，他被朱庇特（也就是宙斯）废黜后被驱逐出了奥林匹斯山。被迫害的萨图恩选择罗马的另外一座山丘，卡比托利欧山并栖居于此，还建立了一个传说中被称为萨图努尼亚的强壮村落。在当时那个古老的城市中，这两位开拓历史的神之间并无纷争，相反，雅努斯还热情欢迎了这名从希腊迁移而来的古老神祇，并与他一同执政。萨图恩在意大利古国教化当地人的成就部分弥补了他过去吞噬亲生子女的残暴行为导致的坏名声，他在当地向原住民们传授了农耕之术，还沿袭了雅努斯开创的先河，向民众颁布了几部最早的律法。

也许萨图恩能够成为农神纯属巧合，因为他的名字被和 sator 这个词（播种者的意思）联系了起来，而当他被添加进罗马初始神谱之时，正赶上庄稼纷纷丰收。无论如何，随后萨图恩很快便和两位女神有了千丝万缕的联系：奥普斯，象征着繁荣与财富的职司生育的女神，以

在庞贝古城的一幅壁画中，萨堤尔向一位女性求爱的场景。

及佛洛拉，生命力的化身，使众树开出繁花的女神。

以萨图恩的名义举行的节日，和其他职司田野、农业的神祇的节庆都以其不拘小节、放荡不羁著称。在十二月举行的农神节期间，社会阶层的千差万别被抛之脑后：主仆地位颠倒，

农业神祇一览表	
刻瑞斯	植物之神，同化了希腊神话神祇得墨忒尔的性格和神职。
康苏斯	负责谷物播种的相关工作。在马西莫竞技场旁有一座供奉他的神坛，平日被泥土遮盖，等到举行农业节庆之时便会投入使用，节庆时的标志性活动是赛马和赛驴。
狄安娜	阿尔忒弥斯对应的罗马神祇。她在位于罗马东南部的内米湖岸边有一座神庙。
厄革里亚	泉水女神。根据传说，她是罗马国王努马的指导者。在卡佩纳门附近曾对她进行宗教崇拜，此地是流淌神祇之泉水的古罗马的主要入口之一。
利贝尔·帕特尔	古意大利的狄俄倪索斯。在以神祇为名举行的农业节庆日中，青年贵族会穿着显示阳刚之气的镶紫红边白长袍（praetexta），表示已经成年。
帕勒斯	原来是男性神祇，后来变成了牲畜与牧羊人的女神。在庆祝她的节日帕利利亚节时，人们会清扫牲畜圈棚。帕拉蒂诺的名字便起源于她。
西尔瓦努斯	森林之神(silvae，森林之意)，孩子们都十分害怕他（因为母亲们总威胁孩子说，如果不听话便会呼唤这名神灵），同时产妇们也很恐惧他。
忒路斯	地母女神，经常与地母盖亚和库柏勒等同。她的形象被描述为一个长着很多乳房的硕大女人。
维纳斯	罗马版本的阿佛洛狄忒。她是春天和肥沃的象征。
朱图尔娜	河流与水池之神。

《维尔图努斯》（1590），朱塞佩·阿尔钦博托所绘。神圣罗马皇帝鲁道夫二世在画中拥有这名大地与植物生长的伊特鲁里亚神祇的相貌特征。

萨图恩在一幅中世纪绘画中。

奴隶主侍奉着仆人，后者还可以畅所欲言。所有的公共活动，小到学校大到战争，都会暂停一段落，以方便人们能够在无休无尽的丰盛酒宴上尽情享受，并往往以烂醉纵欲告终。在春天献给佛洛拉的节庆上，虽然没有角色互换的环节，但会有妓女以主角的身份参加节庆活动。

法乌努斯的节日

在备受罗马人崇拜的农业神祇当中便有法乌努斯，他是萨图恩的孙子，也曾作为国王治理拉齐奥，同时也是牧羊人的保护神。他和森林之神西尔瓦努斯都有希腊神话中潘神的形象特征，也继承了潘神无休止的淫欲和好色。法乌努斯和西尔瓦努斯的众多后裔，则继承了希腊神话中的森林之神的特性，只不过外貌没有后者那么畸形残暴，显得更加和蔼和淘气一些。这些农神的后人和希腊神话里的"远房亲戚"一样，都是半羊半人的精灵，头上有角，身下有蹄。

罗马人对法乌努斯的宗教崇拜的高峰时期便是二月中旬的牧神节。自然，节日期间会献祭公羊，并用羊的鲜血来净化农神的年轻祭司们。这些年轻人随后便会开始放荡不羁的游行，用献祭的动物的毛皮勉强遮住赤裸的身子，用牛皮鞭鞭打着路上碰到的女子，被鞭笞的女人的生育力便会增强。据奥维德叙述，牧神节上祭司们赤裸身子的传统来源于一个滑稽的神话

《巴克斯与阿里阿德涅》（1520），提香·维伽略所绘。

小插曲。一天夜里，法乌努斯发现赫拉克勒斯和翁法勒共枕熟睡着，便萌生歹意，想要强奸翁法勒，但是却不知这对情侣在入眠之前曾戏耍着换穿了对方的衣服；在一片漆黑中，法乌努斯摸索大力士穿着的柔软的女式衣物，并压了上去，当然后果是惊醒了赫拉克勒斯，而且被狠狠羞辱了一番。自从这件事发生以后，为了避免类似的混淆情况发生，法乌努斯便命令他的祭司们在庆祝牧神节时一丝不挂，一如他们初来世上的样子。

法乌努斯的姐妹或妻子，被称为法乌努斯娜或良善女神的罗马神祇，在只允许女性参加，男人被排除在外的纵酒狂欢的宗教仪式上被崇拜供奉。酒神节一开始也只允许女性参加，后

345

《佛洛拉》（1730），由罗萨尔巴·卡列拉所绘。

来才向男人开放。然而，在一场政治宗教性质的公众审判上，这些女司仪神甫被控告犯有道德败坏、通奸和谋杀儿童等罪名，随后元老院便在公元前2世纪时禁止了法乌努斯的宗教崇拜。直到今天，我们还顺理成章地管一场纵酒放荡的狂欢节叫做"酒神节"。

维尔图努斯和波摩娜

罗马神话中与农业相关的重要传说之中，有一个是由维尔图努斯做主角的。维尔图努斯是来源于伊特鲁里亚文化的农神，他有随意改变形貌的超凡能力。（他的名字的词源就是vertere，变化之意。）他的职责是守护耕地，让土壤肥沃，保证植物生长，结出果实。一天，农神深深爱上了波摩娜，这名有着倾城美貌的水仙之前几乎拒绝了所有其他农牧之神的求爱。维尔图努斯在追求她的过程中，先后变成了一个耕农、一个收割者和一个酿酒师，但女仙都无动于衷，直到最后他化成了一个年老的妇人，向波摩娜提供宝贵的建议，这才征服了她。从那时开始，这对情侣便形影不离：他们两人一起周期性地衰老又重获青春，从未死去，并将耕种料理花园之术传授给了罗马人民。

这个传说故事的隐喻再明显不过了：维尔图努斯的改变的外貌象征着四季不断的更迭和与之对应的农业活动的变化。他为博取波摩娜爱意最后变成的老妇人是冬天的化身，两人之间的谈话则象征着冬日炉火边上悠悠讲着的故事传说。供奉维尔图努斯的神庙曾经坐落在位于台伯河和卡比托利欧山丘之间的罗马蔬菜市场上。他的形象是头戴由不同植物叶子编织而成的头冠，手持一支象征丰收的丰饶杯。

神话来源

奥维德在《变形记》第十四卷中讲述了维尔图努斯和波摩娜的传说故事。农神化身成一个老妇人，在水仙面前扮演起了媒人的角色："……你要是聪明的话，你要是想要拥有美好的姻缘的话，就听我老人言吧，……你要拒绝凡俗的婚姻，择维尔图努斯为偶。就连我都不禁为他心动；事实上，没有人像我一样了解他，熟知他；他并不四处无所事事、游手好闲；他栖息于广袤的天地之间；他不像你的其他追求者那样见异思迁，四处拈花惹草；你是他心中燃起的第一朵激情，也是最后一朵，他将向你献出流年岁月。除此以外，他年轻、一表人才，还有随心所欲塑造自己外貌的能力，他将永远听命于你，变成你想要他成为的模样。"

看一看

法乌努斯，或他的子孙农牧之神们，是罗马神话中经常出现的肖像。他们常常以一个留着络腮胡，赤身裸体或只身着一片羊皮，手持一支丰饶之角的形象出现。其中最为著名的雕塑当属希腊化时代创造的"巴尔贝尼的法乌努斯"（现藏于慕尼黑古代雕塑展览馆），以及"博尔盖塞的法乌努斯"（现藏于罗马博尔盖塞美术馆）。

走一走

萨图恩在罗马古广场的神庙于公元前 497 年建立，在罗马共和国时期几次被修缮，随后 4 世纪又在一场大火之后得以重建。从那以后，神庙便有了八柱前殿，一直存留至今。在神殿的地下室里曾经藏有罗马的国宝，也许是因为萨图恩的妻子是财富与繁荣女神奥普斯吧。公元前 49 年的内战时期，凯撒不顾元老院的反对意见，以萨图恩之名，独揽罗马大权，展开了独裁统治。

《维尔图努斯和波摩娜》（1522），乔万尼·弗朗切斯科·梅尔茨所绘。图中大地女神和果实女神和谐共处。

《埃涅阿斯和女先知西比尔在阿韦尔诺湖》(1814—1815），约瑟夫·玛罗德·威廉·透纳所绘。在古罗马，阿韦尔诺湖被认为是冥府的入口。

冥府之神灵

在古罗马，存在着体制化的多神教，这体现在国家公认的众多神祇，极为壮观的神庙建筑和隆重盛大的宗教仪式之上，除此以外，罗马民族自己的宗教信仰也深深扎根于文化传统之中，这一点则不仅表现为国家公历上规定的宗教节日，也表现为繁多的根深蒂固的迷信传统。罗马人对死者和后世的认识理解和关系处理方面混杂着偶像崇拜，质朴的态度和古老的

庞贝古城西塞罗故居中的镶嵌画。

习俗，其中很多特点都是从伊特鲁里亚文化中传承而来的。对于伊特鲁里亚人而言，地狱是原始部落对死亡的恐惧，是与演变后的希腊神话传说产生联系的想象力的不竭源泉。比如说，地下世界是由阿德（哈得斯）和他的妻子普西芬尼（普洛塞庇娜）统治的，并由卡隆辅助，同时还有一个重要的角色叫做图丘察，他是一个有着凶恶的眼神，长着驴耳、鸟喙，两条蛇盘绕在头顶的邪恶精灵，在希腊神族中并不存在，是伊特鲁里亚神话里的原创神。

而罗马人从一开始便不愿向象征死亡的神祇献以宗教信仰，不管是性情宽厚良善的神，还是居心邪恶的神，只要负责亡者事宜便不供奉。这些游荡的亡灵主要是马努斯神，他们的名字来源于古老的外来词马努斯(良善宽厚之意)，尽管如此，仅仅提起这个名字，就算是和亡灵同流合污了（事实上这些神灵应该是 immane，可憎之意）。为了安抚游荡在生者之间的亡灵，罗马人以亡者之名举行各式各样公共的以及死人的祭奠仪式，主要包括在坟墓祭供美酒、牛奶和蜂蜜。历史上有一个时期还进行过活人献

庞贝古城的神秘别墅中的绘画，公元前50年绘。

生者是好是坏都不放过。在五月中旬以勒穆瑞斯为名举办的节日中，每个罗马家庭的一家之主，也就是父亲，会施行一系列异常奇怪的宗教仪式：夜晚时分，他会光脚离开家，一边打着响指一边朝一眼泉水走去，打响指是为了吓跑隐在黑夜中的幽灵。随后，他会在泉水里将手洗上三遍，往嘴里塞满菜豆或者黑色蚕豆，然后一边念着祭词，"这些蚕豆保护吾与吾之家人不受邪灵侵害！"一边将豆子吐到身后。这

祭，也许角斗士表演便是因此兴起的。与马努斯相关的节日中，最著名的当属二月份的帕伦塔利亚节，人们用鲜花装饰墓地，向逝者献上上述食物。奥维德声称，这一节日是由埃涅阿斯为纪念他的亡父安喀塞斯而始创的，从节日创建开始，罗马人只有一次忘记了向死者献祭，导致亡灵愤而离开坟墓，游荡在城市中，用悲恸的哀声扰乱着罗马。因此，尽管安抚马努斯很容易，但他们的脾气还是很坏的。一些神话学家声称，马努斯其实不是游荡的亡灵，他们是女恶魔或次神曼尼亚生出的小恶魔，而这位曼尼亚实际上并没有相关的传说，是罗马母亲们编造出来吓唬不听话小孩的。

祭奠勒穆瑞斯的仪式

然而，罗马神话中名副其实的恶魔其实是勒穆瑞斯，这些凶灵无时不在折磨人们，不管

庞贝古城绘画，描述了一名供奉古埃及女神伊西斯的年轻祭司。

句祭词要说九遍，期间不能向身后看，因为勒穆瑞斯一路捡着这些种子，一路跟随着他。最后，一家之主要再次用泉水清洗自己，还要敲响一个铜制品，再将最后的祭词重复说九遍："我祖先的邪灵，不要纠缠，快离开！"这之后他便可以朝后观望了，因为勒穆瑞斯已经被驱赶消失了，直到第二年这个时候才会再出现。

尽管希腊神话在罗马的影响颇为巨大，罗马人并没有立即将希腊神族中掌管地下世界的神祇编入自己的神话体系中，冥神哈得斯－普

阿涅埃斯与女先知西比尔以及卡戎在一起的场景。

埃涅阿斯在阴间

诗人维吉尔在《埃涅阿斯纪》中讲述了英雄前往冥府的故事，故事里地狱的大门被库迈的女先知守卫着。她用这一番话迎接了埃涅阿斯："特洛伊人，安喀塞斯之子，神族子嗣，下到冥府并非难事。普鲁托阴暗地府的大门日夜敞开，但是要想走回头路，从阴间回到阳光普照的凡间，就没那么容易了，这就是风险所在。只有少数被慈爱的众神之父朱庇特青睐的神族之辈，或是拥有炙热的英雄之心的人，才能成功返回。"埃涅阿斯越过了可怖的巨人，来到了冥府，他目睹了遭受折磨的亡灵，终于抵达了极乐净土，那里聚集着逝去的英雄豪杰；他的父亲安喀塞斯也在其列，向他展示了家族的未来命运。当然，这发生的一切随后对埃涅阿斯而言都将是沉睡的回忆，仿佛一个梦境，这便是穿越到亡灵的世界又返回人间要付的代价。

鲁托在罗马原始的信仰体系中叫做迪斯·帕特尔，这一名称本意是"富裕之父"，因为他的奴隶（也就是死者）与日俱增；然而，冥神在罗马的宗教信仰中并不受重视，他的神庙也非常之少。在家庭里讲述的传说故事中，他被奥尔克斯，一个象征死亡的恶魔替代，在伊特鲁里亚人的墓地中奥尔克斯的形象是一个长有浓密胡子的巨人；有时冥王的形象则会被一个叫做Februo 的源于伊特鲁里亚神话的神祇代替，二月（febrero）便是献给该神并以其命名的。罗马神话中唯一一个拥有自己神庙的，并且和死后往生相关的女神叫做利比蒂娜，她职司葬礼的

《卡戎之船》（1919），何塞·本鲁勒·吉尔所绘。现藏于瓦伦西亚美术博物馆。

在这幅耶罗尼米斯·博斯于 1504 年创作的绘画中，表现了人类被恶魔驱赶的场景。

顺利进行。利比蒂娜的祭司们负责葬礼的隆重仪仗，他们集聚起来举行仪式的地点是女神的神庙，该神庙位于阿文提诺山丘上的圣林之间。

虽然神话传说的改编和衍变不断，但对罗马人而言，真正掌管地下世界的神祇还是马努斯。相关的史料证明，罗马人每每新建一个城市，便会在所谓"地面中心"挖掘一个洞口，代表地狱通向凡间之门，方便马努斯至少每年有三天可以从地下探出，拜访人世。每年剩下的日子里，罗马人便会把这个洞穴用一块名为"马努斯之石"的圣石盖上。除了这些"人造"的地狱之门以外，在意大利还有许多其他的"天然形成"的通往亡者世界的入口。在希腊也存在着某些洞穴、湖泊和江河，沟通冥界和人间。最为著名的阴阳分界处当属位于意大利坎帕尼亚大区的阿韦尔诺湖。湖泊周边的圣林在当时是献祭给女神赫卡忒的，她是魔鬼的女巫和主人，根据西塞罗叙述，她运用唤魂之术，让亡灵将自己的神意传递到人世间。

神话来源

奥维德在他的著作之一，挽歌诗集《岁时记》当中以月份顺序详细描写了罗马日历中的节日。他写此书的主要目的是颂扬和谐的古罗马，尝试复原奥古斯都大帝所推崇的道德和宗教复兴。根据《岁时记》的详细描述，献祭给亡灵的节日，帕伦塔利亚节在每年二月二十一日举行，节日里必须出现的贡品有："陵墓也有它的荣耀。你们要前去安抚已逝父辈的灵魂，向他们的火祭坛献上小礼物。马努斯神们只需要这些微小的祭品：比起奢华的礼物，他们更看重的是子孙的爱意。深沉的斯堤克斯河中并不栖居贪婪的神祇。你们需要祭供的，只是一片装饰着花冠的瓦，一些散落的燕麦，在葡萄酒中浸泡过的一点盐和小麦，还有几只散落的香堇菜。将这些祭品放入一个瓦盆中，再将它置于路中间。并不是说不可以献祭更重要的东西，只是这些简单的祭品便足以抚慰亡者的灵魂；在燃起熊熊祭火之后，你们还要口念字句适当的祈祷词。推崇怜悯和善意的先祖，埃涅阿斯将这些献祭亡灵的习俗在拉丁时期带到了你们的土地。他向他父亲的灵魂带去献祭的礼物；人们正是向他学习了虔诚怜悯的祭祀典仪。自从这个习俗开始以来，只在某次战火纷飞时，人们忙于交战而疏忽了祭献亡灵。传说中，这一疏漏并没有侥幸逃脱了惩罚，相反，罗马郊区燃起的祭火使得整个城市炙热不堪。我也觉得实在难以置信：传说我们已经逝去的祖父辈纷纷离开了安息的坟墓，打破了宁静的深夜，哀怨之声不绝于耳。传说，一团集聚起来的空洞模糊的亡灵游荡在城市的大街小巷和辽阔的田野间，哀嚎不断。这件事发生以后，人们重兴了一度被遗忘的祭奠亡灵之

礼，并为殡葬设立了相关仪式。"

走一走

阿韦尔诺湖位于那不勒斯湾，就在连接坎帕尼亚大区首府和库迈的道路尽头。一座植被覆盖的火山脚下便坐落着这宁静的湖泊。从古代时神秘的气息便笼罩着阿韦尔诺湖，那时从湖面飞过的鸟类都会因这里散发的气体而窒息身亡，掉落湖中，如今，这里的玄秘气氛有增无减。维吉尔认为，通向亡灵王国的入口便地处于此。在阿韦尔诺湖周边，可以参观很多与古希腊和古罗马历史相关的名胜古迹，还可前往拜访巴亚的小布景剧院、波佐利（圆形剧院，塞拉比斯神殿和奥古斯都神庙），还有库迈斯古卫城遗址。

阿韦尔诺湖被罗马人认为是通往地下世界的入口，是离库迈斯不远的一个火山口，位于意大利坎帕尼亚，在那不勒斯附近。

《皮格马利翁与群像：灵魂的获生》（1878），由爱德华·伯恩－琼斯所绘。

皮格马利翁和变活的雕像

从远古时代到现如今，雕刻出的女子奇迹般获得生命的故事一直是无数的诗人、小说家和剧作家的灵感来源。在这个传说中影射了男子的性需求，并表达了他想要创造出一个可以伴其左右的完美女人的渴望和幻想。但从更深的角度分析，这个故事也隐秘地表现了很多男子的厌女情结，他们认为女人是不忠诚的、任性的，爱操纵人心又充满缺陷的一种生物。男人们渴望按照自己的意愿塑造理想伴侣，很多情况下，他们试图通过"教育"一个年轻的女子，不断地改变她，直到她能够满足自己的需求，但往往以失败和欺骗告终。然而，有一个罗马传说向我们讲述了一个男人梦想成真的故事：那便是塞浦路斯国王皮格马利翁的传奇。

让我们从头讲起。尽管故事的原身是希腊神话，但我们今日熟知的皮格马利翁的历险故事其实是罗马诗人奥维德的想象，也许诗人的创作灵感是从流传民间的故事中汲取的。在奥维德的杰作《变形记》第十卷中，俄耳甫斯曾吟唱了一首长歌，其众多的角色中便出现了普洛普洛提得斯们，她们是岛国塞浦路斯的城市

《维纳斯在火神的锻造之火中》（1884），由贝尔特·莫里索所绘，这是一幅少见的描述美之女神的印象派画作。

阿玛托斯的一些少女，曾胆敢狂妄质疑阿佛洛狄忒的神权。女神为了惩罚她们，在她们身上唤起了无尽的难以满足的淫欲，于是这些女人便会向任何男人投怀送抱。奥维德又讲道，她

355

们便是最古老职业的开创者，历史上最早出现的妓女。最后，普洛普洛提得斯化身为石头。"她们既然丧失了羞耻之心，脸上的血也硬化了，因此只须稍变，就成顽石了。"[*] 诗人如是写道。

皮格马利翁目睹了他这些臣民的淫荡恶习，因此便对性本恶的女性产生了难以克制的厌恶。他过着严于律己的单身生活，唯一的热情所在便是雕塑之术，他也逐渐成了一名雕刻大师。一天，塞浦路斯国王用大理石雕出了一个美艳不可方物的少女，身材大小与真人无异，细节刻画栩栩如生。"皮格玛利翁赞赏不已，心里充满了对这假人的热爱"奥维德写道；也就是说，国王爱上了他雕出的少女。他对雕塑的爱情并没有给他带来丝毫的羞愧之感，反而使他充满了激情：他同这不语的雕塑讲话，温柔地爱抚她，赠予她礼物，给她戴珠宝首饰，为她穿华服，并为雕塑在任何装饰之下都如此美而惊叹不已。当然，少女雕像赤裸的样子更使他欢喜："他在床上铺好紫红色的褥子，把它睡在上面。称它为同床共枕之人，把一个软绵绵的鸟绒枕放在它头下，好像它有感觉似的"。

一张真嘴唇

普洛普洛提得斯对爱神阿佛洛狄忒－维纳斯犯下了亵渎神灵之罪，但皮格马利翁确是女

《皮格马利翁与伽拉忒亚》（1530），由布龙齐诺所绘。

神虔诚的追随者。在维纳斯的节日上，国王向女神献上了众多华美的祭品之后，他颤抖地走近烟雾缭绕的维纳斯神像，许下了毕生最大的愿望：恳求女神将大理石雕像变活，成为他的妻子。典礼过后，国王回到他的宫殿，马上来到了他深爱的雕像旁，充满爱意地吻了她；此时，让我们来听听奥维德是如何讲述这故事的："她经他一触，好像有了热气；他又吻她一次，并用手抚摸她的胸口；手触到的地方，象牙化

* 此处以及下文的《变形记》译文选自杨周翰译本。

软，硬度消失，手指陷了下去，就像黄蜡在太阳光下变软一样……"皮格马利翁几乎不敢相信他的视觉和触觉；大理石冰冷的身躯温热了起来，血脉跳动了起来，"又去吻那嘴唇，这回是真嘴唇了。姑娘觉得有人吻她，脸儿通红，羞怯地抬起眼皮向光亮处张望，一眼看见了天光和自己的情郎"。最后这个故事以诗意的方式完美落幕，皮格马利翁与从一具雕塑中获得生命的少女喜结连理，育出一双儿女，从此过上了幸福生活。但值得一问的是，当塞浦路斯国王怀抱着化为人身的娇妻，为什么他没有对这具有血肉之躯的女人产生厌恶之情？毕竟他以前可是非常反感活生生的女人的啊。也许这个问题的答案可以用一个跟神话相关的历史事件解释，即一个国王和一名执管生育的女神的特殊关系，国王在一场"圣婚"中与女神的祭司结婚，由此也就是和女神得到了结合。

《伽拉忒亚的胜利》（1511—1512），由拉斐尔·桑齐奥所绘。

再看神话

莎士比亚在喜剧《冬日故事》（1611）的最后一幕中便借鉴了皮格马利翁神话中复活的雕塑这一典故：西西里国王莱昂特斯被引领到一尊他妻子的雕像面前，此时的他深信妻子已经去世多年了，但突然之间雕像开始动了起来，并从石墩上走了下来，原来是王后埃尔米奥娜本人，为了给好妒的丈夫一个教训，多年来一直藏匿于雕像之中。皮格马利翁的传说也被后世许多作家在文学作品中演绎，其中便有恩斯特·特奥多尔·威廉·霍夫曼（1776—1822），他在发表于1816年的故事《沙子男人》中讲述了一个狂热的男人爱上了一个名叫奥林匹亚的女子，而实际上这名女子是机器人。19世纪爱尔兰文豪萧伯纳（1856—1950）创作了戏剧《卖花女》（原名《皮格马利翁》）。在这部作品中，希金斯教授教导街头卖花女伊莱莎·杜立德如何成为淑女，当卖花女变成举止优雅的女子后却厌倦了当试验品，转而决定反叛。但到这个时候，博学儒雅的单身教授早已无可救药地深爱上了他的实验对象。

Ouidius nafo poeta

这本中世纪手稿中表现的奥维德，将皮格马利翁的故事记录在了《变形记》当中，这部十五卷的叙事诗讲述了希腊和埃及神话故事。

传说中在阿佛洛狄忒帮助下从雕塑化为真身的女子叫做伽拉忒亚。在另一个内容和以上故事颇为相似的传说中，主角也是一个名为伽拉忒亚的克里特女子，也许皮格马利翁的故事便借鉴了这个传说。另一名拉丁作家，安东尼奥·利波拉曾记录过这个传说故事。这另一名伽拉忒亚是嫁入一个良善但是十分贫穷的家庭的女子，她丈夫想要一个儿子，可以和他一起劳作、养家糊口。妻子最终怀孕了，并在放牧牲畜之时，在远离家的群山之间分娩了。生出的孩子结果是个女儿，这意味着孩子会被丈夫一家抛弃，因为女孩子对家庭的经济收入毫无用处。伽拉忒亚于是将孩子装扮成男童，并取名为琉基波斯，但随着孩子日渐长大，女性的柔美日益增添，越来越难以遮掩了。此时的伽拉忒亚并没有向丈夫坦白，而是向女神勒托祈祷，女神经不住母亲苦苦哀求，于是便将女孩子变成了她父母渴望已久的男儿，琉基波斯。这个由女到男的性别转变和上文中由雕像变为真人的转变一样不可思议，然而质疑是没有意义的，因为神话传说从来不是有理有据的，爱追问到底的好奇者也不会获得什么合理的解释。

神话来源

皮格马利翁的传说在奥维德的《变形记》中得以被讲述，但同时也出现在了其他罗马作家维吉尔、查士丁以及克莱曼特的作品当中。伽拉忒亚的故事也出现在了安东尼奥·利波拉（2世纪）的作品中，这名罗马作家用希腊语写成的神话故事合集与奥维德的《变形记》同名，其中讲述了一系列凡人成神的变形故事。

读一读

基于皮格马利翁变活的雕像衍生出的众多奇幻文学作品当中，法国中短篇文学大家普罗斯佩·梅里美（1803—1870）创作的相关小说拥有不可撼动的地位。《伊尔的维纳斯》（1837）中塑造的主人公是一个古希腊罗马文化的爱好者的儿子，一天他发现了一尊美丽的维纳斯雕像。主人公当时马上就要踏入婚姻殿堂了，他手上戴着要赠给新娘的新婚戒指，但因为要去参加一场壁网球的比赛，情急之下便把戒指摘了下来，戴在了维纳斯雕像的手指上；由此，女神便在各方面取代了他未婚妻，甚至在床榻上也不例外……

看一看

在演绎这个传说的众多绘画和雕塑作品中，值得一提法国艺术家让－莱昂·热罗姆（1824—1904）绘制的《皮格马利翁与伽拉忒亚》（现藏于大都会艺术博物馆），还有法国雕塑家罗丹（1840—1917）创作的同名青铜群雕，现藏于法国巴黎罗丹博物馆。

基于萧伯纳的作品，美国作曲家弗雷德里克·洛维（1904—1988）谱写了音乐剧《窈窕淑女》，该剧于1956年在纽约首演。随后导演乔治·丘克于1963年将这部音乐剧改编为电影搬上了大荧幕，由奥黛丽·赫本和雷克斯·哈里逊主演。

听一听

演绎这个神话故事的还有两部精彩绝伦的歌剧：一部是法国剧作家让－菲利普·拉莫（1683—1764）的作品，另一部则由意大利作曲家路易吉·凯鲁比尼（1760—1842）创作。

走一走

塞浦路斯，普洛普洛提得斯和皮格马利翁的故国，于公元前22年被罗马帝国吞并。塞浦路斯的雕塑家深受埃及和希腊艺术风格的影响而创作的石刻和粘土作品在地中海东岸十分著名。阿玛托斯古城的遗址则坐落在如今塞浦路斯南部城市利马索尔周边。

《皮格马利翁与伽拉忒亚》（1890），由让－莱昂·热罗姆所绘。

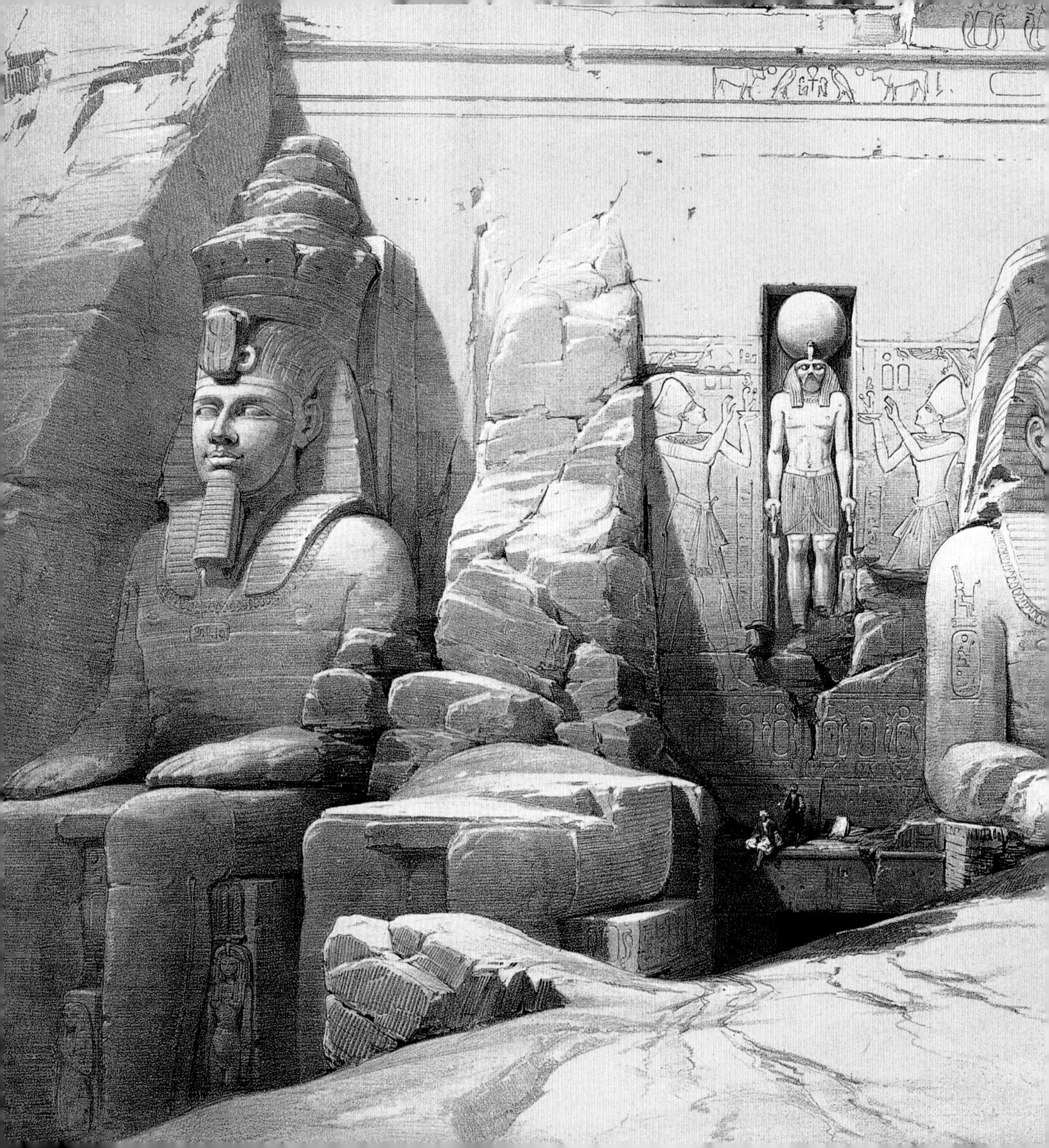

埃 及

戴维·罗伯茨所画的阿布辛贝勒神庙，画家于1838年前往埃及旅行时看到神庙被半掩在沙土之中，神庙所在地随后被阿斯旺大坝段的尼罗河河水所淹没。

尼罗河既是埃及文明的中心，又是生命的摇篮。努恩之地有可能位于深不可知的尼罗河三角洲纸莎草丛林中的某处，也就是阿匹斯神牛闲适生活之地，在荷鲁斯之鹰呼啸盘旋的苍穹之下。

原初之水是努恩

所有历史悠久的古老民族都用超自然力量来解释各种自然和社会现象，尼罗河谷孕育的古埃及居民也不例外。在古埃及，因为万物万事都有一个神灵管理负责，所以上埃及和下埃及的各个城市和诺姆（行政省份）都崇拜着数量可观的神祇。人们在法老图特摩斯三世的陵墓中发现了一份提及七百多位神灵的名单，其中大部分都是一些只出现名字的地方神。主要神殿的祭司，为了整理这多神主义的神话世界，将解释万物之由来的创世神论系统中最为重要的神祇分了组归了类。古埃及的赫里奥波利斯（也称太阳城）、赫尔墨波利斯、底比斯和孟菲斯的创世神论比埃德夫、伊斯纳、塞易斯和象岛这些城市的创世论要更有威信。当帝国统一了诺姆，这些地域的信仰便相互交融，最后在整个国家拥有了极高的地位，但每个省份都保留了他们自己更偏好的宗教崇拜。

不管是哪个地区的创世神论，开端都一样，那便是原始之神努恩，他是原初之水，在宇宙成型之前就已经存在。在埃及人构建神学系统的过程中，符合逻辑的是人类并不是从虚无中生出的，而是源于一种液态物质，这一液体暗示着他们的自然风光：尼罗河涌动泛滥着，每年溢出的河水淹没了大地，创造了肥沃的烂泥。正如在尼罗河涨水的滋润下无数植被蓬勃生长，那蕴含着生命的各种元素的液体努恩——也滋润了埃及人的诞生和成长。这原初海洋之水努恩一直以来都被看作是一个抽象概念，他既没有属于自己的神庙，也没有特定的追随崇拜者，但是在古埃及艺术作品中常常会被表现为一半身子浸在水里的男人，手中擎着从他内部诞出

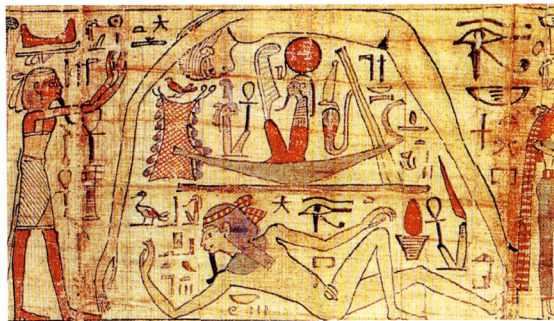

在古埃及艺术品中的空气之神舒，将苍穹女神努特和大地之神盖布分离开来。然而在画的正中心却是太阳船和太阳神拉。

的众神。

在努恩身中，藏匿着一个造物主，他是宇宙的创造者，随后和无尽的混沌最终分离开来，在造物主意识到他自己的个体存在之前，已经生养出了万物万象。在太阳城创世神论当中，这个造物主的名字叫做阿图姆，一个模糊的，隐蔽的神灵，他从尚未成型的包括自己原始形态在内的混沌物质中择取元素，并用这些元素组成了自己。阿图姆这个名字来源于一个同时表示完整和未完成的事物的名词，既是所有，又是虚无，因为阿图姆同时是万物存在的起源和结果。但是在造物过程开始之前，阿图姆和那原始物质混淆在一起，困在其中。石棺文献中的一个片段记叙道，这位造物主自己说："我在

努特主导着每日白天的时间，傍晚时分吞噬太阳，清晨到来再诞出日光。

一片死寂沉沉里，只和努恩在一起。我找不到可以立足之地，可以容身之所。"

阿图姆－拉，造物主的两张面孔

　　阿图姆在和原始混沌分离开之后，便在寂静的深渊中自言自语，随后为了从那死气沉沉的岩浆中区分出来，他命名了努恩，并与其对话。由于阿图姆在这混沌当中独自一人，他不

阿图姆 + 拉

舒　　　　　　　　　　　泰芙努特

能够以自然的方式产生其他的生命，为了能从他的自我当中提取出新的存在，他要借助一系列超常的手段。因此，神学家找到了两种凡人可以理解的神话学解释，来阐释造物主采取的创造生命的方式。第一种说法是，阿图姆用手自慰，产生了精液，也就是说造物主自身雌雄结合，产出生命；另一个版本则称，他"从口中咳出一口痰"，在这神迹般的黏液中，生出了第一对神祇，舒和泰芙努特。

在舒和泰芙努特降生的过程中，阿图姆自己也在经历一系列奇异的演化过程。太阳城的祭司相信造物主曾经需要太阳的光芒来作为他锻造宇宙的工具，于是便将阿图姆和埃及人那著名的太阳神拉联系到了一起。在埃及存在着数十个与太阳相关的神灵，他们各司其职，和谐存在：其中有的代表太阳这一天体之王的相对位置和状态，有的则是太阳某些方面权力的体现，合在一起，便构成了绝对至高无上的神权。这些象征权力的太阳神祇中有一个在太阳城得到了广泛绝对的崇拜，这便是埃及自古王国时期以来就享有至高权力的拉神。

《亡灵书》当中有一个章节清晰描述了这两位原始神灵之间职责的划分："当我从努恩之中分离，独自一人时是阿图姆。当我统领众生，以光芒四射昭世之时我便是拉。"因而，阿图姆和拉其实是造物主的两面：前者是创造万物的神灵之躯，后者则实现决定性的统治。换句话说，当他附于努恩之中休息之时，太阳神是阿图姆，他竭尽全力维持自己的光芒（根据不同版本记述，他曾闭目养神，或者藏匿于一朵莲花正中），直到他再无法忍受这冰冷乏味，于是便以拉的名字现身，展现出了光辉四射的神性。

宇宙形成之后，阿图姆－拉的合体便解除了，更准确地说，阿图姆被拉所吸收，变成了太阳神拉多个神性中的一面。在埃及新王国时

圣甲虫凯布里是拉神的一种存在形式，是黎明的象征，也是一种经常被使用的护身符，每日清晨它都在地平线后推动太阳并帮助其升起。

神话来源

流传至今的古埃及神话史料不胜枚举，这些历史证据通过古墓和神殿中保存完好的铭文、绘画和莎草纸文稿存留了下来。其中记述最为全面的文集有《金字塔之书》（古王国时期）、《石棺之书》（中王国时期）和《亡灵书》（新王国时期）。这些文献相互补充，记述着死后来生，为我们提供了研究法老时期埃及众神的重要历史资料。

拉的创造过程主要记录在《金字塔之书》以及布莱姆纳尔 - 瑞德莎草纸文稿中，后者在底比斯城中被发现，现藏于大英博物馆。在布莱姆纳尔 - 瑞德莎草纸文稿中，文字以造物主的口吻讲道："无数的生命从我口吐出，那时天地尚不存在……在用我的唾液喷射出舒和泰芙努特之前，我以整体之态，塑造出了万物之形状……我用手刺激自己，使自己兴奋，用手繁殖，从口中吐出痰液，吐出了舒和泰芙努特，随后我的父亲努恩将二人教化，而我从未将督查的神眼从我的子女身上挪开。"

看一看

阿图姆大概是第一个以人形出现的神祇。他被塑造成一个以高官的形态端坐的形象；他头戴象征上下埃及的双重神冠，手持指挥权杖。但是他更为常见的形象是一条从水中涌现出的原始之蛇。和太阳神拉相关的动物形象则是公牛、游隼、猴子、圣甲虫、獴、狮子和蜥蜴，这些都是拉的圣物。

走一走

太阳城位于尼罗河三角洲的末端，这座城市中矗立着一座著名神庙，其中有一座巨大的方尖碑，象征着对太阳的宗教崇拜。除此以外，太阳城的祭司也十分有名，他们提出的神祇造物论即是我们熟知的"太阳城创世神论"。在托勒密王朝时期太阳城曾一度失势，随后罗马人还将城中的石头运走去建造其他的城市。969 年，开罗城在太阳城往西几公里处得以建立，随着新晋首都的不断扩张，曾经的太阳城演变成了开罗的一个区。通过考古工程人们发现了古王国时期的太阳城遗址，但这座一度光辉难掩的古城如今只剩下一座辛努塞尔特一世树立的红色花岗岩的方尖碑，坐落在迈泰里耶的居民区。

期有记叙，拉每日驾着太阳船驶过天界，日出之时他是凯布里，正午时分成为霍拉吉提，傍晚时分便成了阿图姆。但在太阳城的创世神论中，阿图姆－拉在创造宇宙后成为九柱神之首，这九位神祇组成了世界万象：太阳神之子舒（空气）和之女泰芙努特（湿气和水），他俩生出了盖布（大地）和努特（苍穹），而这对神灵又诞下了俄西里斯等神祇：俄西里斯、伊西斯、塞特与奈芙蒂斯，随后荷鲁斯也加入其列。

阿图姆－拉的后裔神

古埃及人不能理解没有家族血缘的独立个体，因此在埃及神话中每一名神祇都被放入了一个整体当中，以使他们能够不断获得新生。也由此，诞生了三神体系，即由三名神祇构成的整体，其中两个是父母神，另外一个是二者的子嗣。在古代，几乎在每个神庙当中都存在这样的三神体系，每位神祇都职司不同事务，这和人类社会以家庭为基层单位的运作如出一辙。在一些宗教崇拜中心，例如太阳城，以三神体系为基本中心，几代神祇被连接起来，组成了一个九神体系（三乘三），表示神灵的无穷无尽，繁荣蓬勃。鉴于造物主阿图姆－拉在没有女性参与的情况下独自繁衍出了后代（更晚一些的新王国时期，造物主有一名叫拉埃特或拉埃塔乌伊的女神伴侣），那么他的后裔一定是一双子女（舒和泰芙努特），以便于"一神化三神"。这对天地初始兄妹象征着宇宙秩序，也一直代表着呈现于混沌之外的造物主。

舒象征着光芒穿透的空气、云层和拉的生命之吐息。我们在后文会讲到，舒的主要职责是分离大地和苍穹，因而象征这名神的姿势是

孟卡拉三神体系。法老孟卡拉在这尊雕像中和女神哈索尔以及代表第十七诺姆的神祇站在一起，他将太阳城阿图姆－拉神的宗教崇拜引进了自己统治的王国。

安卡，又称生命之符，是古埃及最为重要的符号之一，也是所知最古老的护身符。

高举的双手（他的名称字面意思是"举起者"）。舒不但接替了拉的至高神权，同时也继承了父亲的仇敌们，其中值得一提的是邪恶之蛇阿佩普。这个从努恩之中孕育出的恶魔，栖居于黑暗的地下世界，无时无刻不在密谋，千方百计设置障碍想要阻止拉的太阳船完成日常使命。当舒获得了最高神权之后，阿佩普和他的乌合之众攻击了舒的宫殿，虽然他们的暴行最终被阻止了，舒却深感疲惫，面露病态，于是决定退位，将神权传给他的儿子盖布。随后，舒的形象便和太阳神拉好战的化身奥努里斯合二为一，在希腊神话中，奥努里斯等同于战神阿瑞斯。

　　至于舒的妹妹，泰芙努特，是湿气、雨水和晨露女神，她诞生于阿图姆的唾液（她的名称字面意思则是"被咳出者"）。关于这位女神并没有很多的传说，但神话中有时会提及她抛弃了九柱神的其他成员，化身为母狮神塞赫麦

舒 + 泰芙努特

努特　　　　　　　　　　　　　　　　盖布

特，致力于攻击人类。下文我们会细讲这个奇异的传说。除此以外，泰芙努特总是以舒苍白无力的陪衬出现，职责便是帮助她的兄弟擎起苍穹。在一些艺术作品当中，两兄妹以狮身出现，代表着地平线处的双峰，负责每日向世界带来曾赋予他们生命的太阳。

天地之分离

舒和泰芙努特相结合，生出了第二对神祇，便是大地之神盖布和苍穹女神努特，在希腊神话中与二者相对的是泰坦巨神克洛诺斯和瑞亚。罗马作家普鲁塔克曾写道，这对兄妹私下里有着不正当关系，这使太阳神拉非常不满。其他版本的神话则讲述道，拉本人促成了这桩婚姻，但盖布和努特如胶似漆，从不分离，像是发情期的兽类，这惹怒了拉。如期而至的便是天神降下的惩罚：拉命令舒出面干预，强行将二神分开，将努特擎举至天空，把盖布则留在了遥远的地面。在许多演绎这一场景的艺术作品中，盖布一只胳膊肘撑地，一只膝盖弯曲，阳具朝

着他妻子的方向勃起，最后一次做着无用的尝试；努特则高高在上，弯曲着身子形成了布满星星的天穹，二者之间，拉的太阳船和对父亲言听计从的舒，也就是空气，在其中干预。传说，盖布为了接近妻子做出了巨大的努力，他的姿势如此别扭，导致了地震的产生。

做出这些举措后，为了以防万一，拉又进

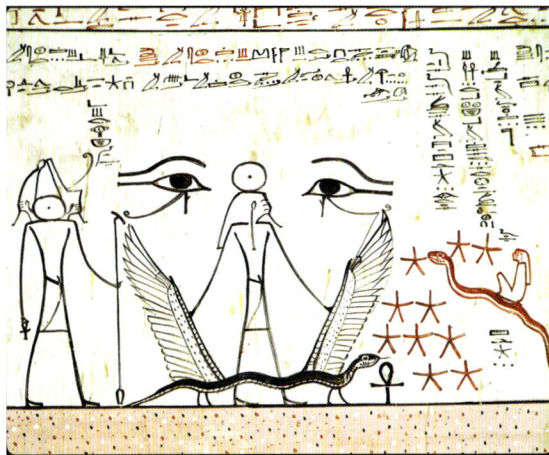

图特摩斯三世的陵墓细节。拉出现在地下世界，在夜晚的第五个钟头穿过索卡尔之洞穴。两侧的荷鲁斯之眼保护着他。

一步命令道，努特不能在现行日历的三百六十天里分娩，其实也就是禁止了她诞下和盖布的孩子。这一禁令极为麻烦，因为根据传说，苍穹女神还应当生下五子（包括"古老之神"荷鲁斯），才能构成完整的九柱神体系。此时便出现了智慧之神托特，他深深同情着被禁止与妻子相见的努特（根据普鲁塔克叙述，托特其实自己爱上了苍穹女神），便和月神以光为赌注掷骰子，月神输了，于是托特便得到了月亮光芒中的一部分。托特将这些光芒汇聚起来，于是便产生了比埃及的历法计算多出来的五天（这就是历法中的置闰）。在这多亏了托特的智慧争取到的额外五天中，努特分娩出了俄西里斯、伊西斯、塞特、奈芙蒂斯以及荷鲁斯。根据传说，这五位兄妹其实在母亲的腹部待了有一些时日了，如没有置闰的这五天，便不能被诞出，埃及历法中每年十二个月，每月三十天，再加上这额外的五天，才形成了一个真正的太阳年。

在遥远的年代，这一巧妙的变动使一个连贯实用的历法得以建立，埃及人将其归功于知识和法术之神，托特。尼罗河岸边的古老居民将这五天中的每一天都和一位神祇的降生联系起来。比如说，法老们认为第三天是不祥之日，因为这一天出生的神是塞特，他是谋杀长兄俄西里斯的凶手，也是荷鲁斯的宿敌。除此以外，这额外的五天有着重大的象征意义，因为作为

女神努特用自己的身躯笼罩着大地上的所有居民。努特作为埃及的苍穹女神，象征着坚实稳定，也是所有天体的母亲。在太阳城九柱神体系中，她是象征空气的舒和象征潮湿的泰芙努特的女儿，是象征大地的盖布的妹妹，四位神祇一同组成了原初宇宙的基本要素。在一年的三百六十天中，努特被迫与盖布分离，但在托特的帮助下，她获得了额外的五天并诞下了俄西里斯、塞特、伊西斯、奈芙蒂斯，另外某些神话称，当伊西斯出生时，荷鲁斯已经具有了形态。

神话来源

《金字塔之书》是一本用象形文字写成的汇编文集，由太阳城的祭司们撰写，镌刻在古王国时期的墓室墙壁上。在这些铭文中，舒以云层的形象出现，供君王做阶梯之用，以登上天国；泰芙努特则和一名叫做特芬的神灵一同出现，随后当特芬所在的神系被并入太阳城创世神论之后，他便被舒所取代。盖布的形象则被刻画为一只手臂伸向苍穹，另一只指向大地的样子。

在塞提一世、拉美西斯二世和拉美西斯三世（古埃及第二十王朝）的墓穴墙壁上镌刻着一些文字，这些铭文随后被发展成《神牛之书》，其中记述了拉将努特变成布满星星的苍穹，又命令舒将天地分开的故事。在拉美西斯六世（第二十王朝）墓穴的石棺里有一个演绎了《白昼之书》和《黑夜之书》的艺术品附件，其中的主要角色便是被太阳船驱赶着前行的努特。

看一看

盖布的肖像表现十分多样化。他有时头戴一顶上埃及的白色冠冕，有时是下埃及的红色冠冕，有时则戴一顶双重冠冕，比如阿泰夫头冠。他总被描绘成被推倒在地或站立的样子，阴茎勃起着。他身上的凸起象征地壳上的高地。努特最为宏伟的形象则是一个裸体女人，身躯高傲地弯曲着，形成苍穹的形状，上面布满了繁星。她只有手指和脚碰到了大地，触碰点位于东、西两个方向，其实象征着东西南北四个基点。人们在夜晚时分可以观察到，女神腹中闪耀着众多天体的光芒。努特的另外一个常见形象是一头母牛，她化身为此动物是为了载运她的父亲拉神。

每年的最后五天，它们标志着一个新的周期即将展开，同时也象征着某种"插曲"，一个过渡期，既承接结束，又宣告新一年的开始。

法术和文字之神，托特在卡尔纳克。

雕像表现的是俄西里斯，冥界和生产力之神，他体色像尼罗河中的烂泥一样黝黑。藏于巴黎卢浮宫。

善良的俄西里斯

俄西里斯的传说以及他多舛的命运无疑是埃及神话中最广为人知的故事。在古老的时代，俄西里斯和他的妻子伊西斯声名远扬，不仅整个埃及崇拜他们，就连罗马帝国举国上下也知晓二人。他是大自然和植物萌芽之神，与希腊神话的狄俄尼索斯和哈得斯等同，俄西里斯在丰收时节死去，又在种子萌芽之时重生；他是周期性泛滥的尼罗河的象征，同时也代表着太阳光，傍晚时光芒藏匿，黎明时又重放光辉。

作为冥神的俄西里斯也备受崇拜，因为他将永生的希望授予他忠实的信徒。

人们对俄西里斯的历史起源知之甚少。在古王国时期，崇拜他的城市主要有两个：一个是布西里斯城，在那里俄西里斯取代了当地神祇安杰提，以及阿拜多斯城，在那里他则和提尼斯墓地的保护神简特亚门蒂乌融合了起来。有古老的传说称，俄西里斯其实是一个被神化的英雄，他曾经是一个真正的国王，而他不同寻常的命运使他最终走向了超越凡人的不朽，化为神祇，得以永生。盖布和努特的长子出生后，一个神秘的声音突然响起，宣告了俄西里

俄西里斯在双重真理大厅，他掌管通向亡灵世界的大门。他佩戴着象征自己神权的物件：阿泰夫冠冕和法杖，胸部置有长鞭，下巴上装着人工胡子，白袍绿身。

努特 + 盖布

俄西里斯　　伊西斯　　塞特　　奈芙蒂斯

在此画中，在殡葬仪式上的阿努比斯神将死者的嘴打开，目的是为了使亡者的灵魂能够离开身体。

斯将成王者，但同时也预言了他今后要遭受的苦难和不幸，真可谓悲喜交加。

　　这名众神当中最为苗条、睿智和善良的神与他的妹妹伊西斯结合，决心竭尽全力治理埃及，教化民众。于是，他废除了食人的恶习，将农耕之术传授给他的臣民，制定了无可指摘的律法，建起了城市，设立了神祇崇拜的制度；也有人说他是埃及雕塑艺术的鼻祖，他创造了历史上最早的几座雕像，也发明了在节庆上演奏使用的乐器。这些使社会进步的举措都是俄西里斯在尽可能不使用暴力手段的情况下实现的，因为这位神祇是一名非常彻底的和平主义者。当他在埃及的教化任务完成后，他想要将自己那益处颇多的治国之策传播向全世界，于是他将治理埃及的使命交给了妻子伊西斯，自己踏上了征程，去寻找新的未受教化的蛮荒之族。

衣箱变灵柩

　　当俄西里斯远在异域之时，他的弟弟塞特假装臣服于伊西斯的王权之下，实际上在伺机策划一场政变，以便自立为王。塞特是早产子，未到产期便撕裂了母亲的小腹，横空出世；他的形象丑陋，暴虐易怒；他那红色的茂密毛发被埃及人比作驴子的鬃毛。当俄西里斯在全世界范围内用自己的治理政策成功教化了许多民族并归来之后，妒火中烧的塞特计划把邪恶的政变付诸行动。恶毒的弟弟按照他哥哥的身材尺寸定制了一个木制衣箱，在一场宴席之间，他称将把这个衣箱送给"那个能够刚好装进箱中的人"。轮到俄西里斯尝试之时，他恰好能把自己的身躯塞进这个箱柜，分毫不差，就这样走进了兄弟的圈套。塞特的七十二位亲信将柜子死死盖上，并熔铅封上了柜门：随后他们把变成灵柩的衣箱投入了尼罗河中，想要淹死箱中的俄西里斯。

这一噩耗对伊西斯而言可谓晴天霹雳。俗话说得好，祸不单行，年轻的寡妇在此时发现她的亡夫在生前居然和他的亲妹妹，塞特的妻子奈芙蒂斯有染。据说，奈芙蒂斯灌醉了俄西里斯，引诱他和自己发生了关系，因为她和丈夫塞特一直不孕，而她一直渴望拥有后代。为了使俄西里斯的不忠看起来不那么罪孽深重，传说俄西里斯是将奈芙蒂斯误认为她的双胞胎姐姐伊西斯才与其结合的，然后生出了阿努比斯。这一细节具有一定的重要性，因为九柱神体系中的每一对神祇都好比一枚硬币的两面，是一个存在实体的两个方面：随后，伊西斯和奈芙蒂斯一起承受了丧夫之痛，并共同抚养了二人与俄西里斯生出的子嗣。

与此同时，装着俄西里斯尸体的箱柜顺着尼罗河入海，又被激浪冲到了遥远的腓尼基人的城市比布鲁斯的岸边，搁浅在一棵罗望子树下。这棵树生长得飞快，很快就将神祇的尸体遮掩在了大树繁复交错的根部，将其灵柩束缚在树干内部。后来，比布鲁斯国王马拉甘德在毫不知情的情况下下令将这宏伟的大树砍伐，以用作建造皇宫的柱子。传说这树的木头散发出一股异香，这超乎自然的气味传播了千万里

俄西里斯的脊柱

杰德柱象征着俄西里斯以及他的脊柱，根据传说，后者埋葬在布西里斯城。杰德柱的形状主体是一根柱子，四条水平放置的棍状物横穿而过，这些水平方向的棍子象征着俄西里斯的颈椎，一说是高置的神坛，或者标志着埃及统治的四个地方：利比亚、努比亚、近东和地中海地区。杰德柱是稳定太平的象征和表意符号，每位法老当权之后都会竖立起一根巨型杰德柱，以此象征他统治时国家安康、社会平稳的愿景。《亡灵书》明确将杰德柱定义为俄西里斯的脊柱，这样，神便以人类躯体作为自己的身体，头部则用杰德柱的柱头替代。

之远，直到伊西斯嗅到香气。也有人认为这个说法过于夸张，女神的嗅觉不可能捕捉到如此遥远的芳香，应该是一名旅行者将这消息告诉了她。无论如何，伊西斯得知了俄西里斯的长眠之地，踏上了去腓尼基的旅途。

伊西斯即将抵达目的地之时，在一座桥边停下脚步，稍作休息。当比布鲁斯王后的女仆们出宫打水时，伊西斯和她们交谈，为她们编发辫，让她们沉浸在自己散发出的馥郁芳香之中。马拉甘德的妻子听说后，想要认识这远道而来的魔法师，便召她入宫，命她照看自己刚出生的儿子。伊西斯想要把自己神性中的一部分赋予这孩童，于是将孩子穿过净化灵魂的圣火来烧掉他的凡性，但就在此时，孩子的母亲突然出现，于是伊西斯不得不坦白了她的真实身份和她远道而来的目的；很快，比布鲁斯国王和王后便将这神奇的木柱交给了伊西斯，俄西里斯的灵柩被从中提取了出来。在返回埃及的路上，为了不让塞特发现，伊西斯将丈夫的棺柩藏在了尼罗河三角洲的泥沼之中，但这犯下弑兄之罪的邪恶弟弟却再次走了运。

阿蒙霍特普三世（前1390—前1352）石碑，描绘了法老阿蒙霍特普一世向俄西里斯奉上祭品的场景。他的身后是王后雅赫摩斯－尼斐尔泰丽。

神话来源

讲述俄西里斯和伊西斯传说的主要作者是希腊作家普鲁塔克（约 50—120 年），他在游历亚洲和埃及之后，写了一部讲述这两名埃及神祇的小文，收录在他的著作《道德小品》（从中世纪以来此书便以 Moralia 之名著称于世）当中。普鲁塔克笔下的这个讲述俄西里斯丰功伟绩的传说带有浓重的希腊色彩而缺少埃及特色，但为我们研究历史大事的时间顺序提供了珍贵的资料。除了普鲁塔克以外，众多象形文字史料中也提及了俄西里斯的宏伟功绩以及他秘密的、具有象征性的各方面。

看一看

俄西里斯被表现为一名身躯裹着绷带，只露出头部和手的神。他手持两支特殊的权杖，一支是鞭状的，另一支则是一端有一个钩状物的法杖，叫做 hiq，二者皆为皇权象征。这位神祇佩戴的最为独一无二的物件便是一顶特殊的头冠，叫做阿泰夫冠冕，它中间是一个锥体，锥体一端顶着一个圆盘，两边则有两支鸵鸟羽毛装饰。这些元素中每一个都和俄西里斯的传说故事紧密相关。例如，遮盖俄西里斯面部的汗巾不但象征着他的尸体被木乃伊化时的仪式，也体现了他农业之神的身份，因为俄西里斯象征着那藏在荚里的种子，准备破壳发芽。

走一走

阿拜多斯是俄西里斯的圣城，位于上埃及，地处离小城丹德拉数百公里的沙漠边缘，如今是一片布满遗址废墟的辽阔田野。这是埃及古老的埋葬之地，曾是古埃及第一和第二王国时期的首都，提尼斯城的墓地。在帝国宫廷迁移至孟菲斯之后，阿拜多斯仍然是埃及民众的朝圣之城，也是俄西里斯殡葬崇拜的起源地，因为这座城市中一座现已失落的神庙中曾存放着俄西里斯的头颅。数位埃及帝王曾下令在萨卡拉修建他们的陵墓，然后在阿拜多斯另外修一座衣冠冢，普通的埃及民众一生中则至少要到阿拜多斯朝圣一次，如果着实难以实现，便会托人在阿拜多斯的纪念石碑上刻下名字，或以自己的名义在俄西里斯神殿附近贡上一件祭品。现今，可以前往参观塞提一世神庙和他的衣冠冢俄塞里斯庙，也是俄西里斯的象征性陵墓。

前往阿拜多斯的旅行者可能会发现埃及当局的遗址安保措施十分严格，这是因为政府担心游客的随意举动会损害宝贵的历史遗迹，毕竟这些古迹是埃及国家收入的主要来源之一，但除此以外，游客可以尽情游览欣赏古城阿拜多斯。

《亡灵书》中的俄西里斯，通体黝黑，缠着白色绷带，这就是阴间之主的形象。

一尊罗马化的伊西斯像，手持一支叉铃，右手则拿着一个罐子，叫作曲柄酒壶。大理石制（117—138）。现存于意大利蒂沃利哈德良别墅。

伊西斯和被肢解的丈夫

在接下来的关于伊西斯和俄西里斯的传说故事中，女神作为忠诚的妻子的名声与日俱增，以至于在现世和来生，人们都将她看作家庭、婚姻和儿童的伟大保护神，对她的崇拜从远古帝国时期一直持续至今。她曾将丈夫的尸体从异国他乡收回并藏匿在沼泽之中，但塞特还是在一个月夜带着狗群打猎之时偶然发现了兄长的尸体：凶恶的弟弟不假思索地将俄西里斯的躯体分解成了十四块，并将其分散到了埃及的各个地方。伊西斯没有灰心丧气，她立刻着手寻找尸块，决心不管代价为何，都要再次找回丈夫的尸体。

关于俄西里斯神圣残骸的命运，则有两种说法。第一种声称，伊西斯每发现尸体的一部分就将其就地埋葬，这使得俄西里斯的多个墓地分散在了上下埃及。墓地中负有盛名的是阿拜多斯和布西里斯的俄西里斯陵墓，分别埋葬着神祇的头颅和脊柱，其他拥有俄西里斯圣骨的城市也都深感骄傲。第二个版本的传说讲述道，女神最终小心翼翼地将丈夫的尸体碎片一一拼合起来，最后只剩阳具没有找到，想必是被尼罗河里的鱼吃掉了。

将俄西里斯的尸体拼接起来之后，在妹妹奈芙蒂斯、侄子阿努比斯和智慧之神托特的辅助之下，伊西斯做了传说中的第一具木乃伊。随后，为了进一步使死者复生，两位双胞胎女神分别站在木乃伊的两侧，口念感人至深的挽词。然后，伊西斯化身为一只飞鸟，在涂抹了防腐香油的尸体上方盘旋，挥动着她的双翅，扇起了生命之气息：当俄西里斯重获生命，夫妻以超乎自然的方式结合（缺失的阳具用粘土制作的替代），由此二人生出了另一位神祇，荷鲁斯。

由此可见，伊西斯在这个传说中的角色十分重要。她两次踏上旅途寻找俄西里斯的尸骨，两次都将其收复。随后，多亏了女神的神奇法术，木乃伊化的丈夫得以重获元气，这才诞下了他的儿子与继承者。是坚韧不拔的女神复活了俄西里斯，使他不受尘世羁绊，化身为地下世界的统治者，之后便很少再离开冥府。伊西斯在传说中呈现出的形象如此坚贞不渝，深知自己作为妻子和母亲的职责，也正因如此，伊被神秘光环笼罩的伊西斯。现藏于纽约大都会艺术博物馆。该形象同时被认为也是伊西斯的妹妹奈芙蒂斯。

西斯和俄西里斯夫妇被认为是埃及家庭核心的典范，深受颂扬与推崇。

女巫师的诡计

　　伊西斯回到了曾经藏匿丈夫尸体的沼泽地，并在那里抚养荷鲁斯长大，直到可以为父报仇，收复被塞特篡夺的王权。但伊西斯和她的儿子面临着被塞特谋害的危险，于是女神借着自己擅长巫术，化身为女巫师，以避免此等风险。

头上是西方象征符号的阿蒙提特 – 伊西斯 – 哈索尔女神坐在拉 – 霍拉吉提身后，后者的形象是典型的鹰头人身，头上则是太阳圆盘。

她召唤了七只蝎子（特芬、德提特、贝芬、马提特、梅斯提特、梅斯提特夫以及佩提特）作为护卫神来为她保驾护航。有一次，伊西斯和她的随从来到一个富裕女人的家门口，乞求她收留他们，但这个叫作乌塞尔特的女人非常傲慢地拒绝他们进入，于是众人便只好留宿在一个贫穷的女渔夫家的牲畜棚里，这时，保护者之一特芬蜇伤了乌塞尔特的儿子，这位母亲跑出家门向邻居求助，但大家都厌恶她那令人不快的性格，于是纷纷置之不理。只有伊西斯同情那孩子：她将手放在孩子身上，口念咒语，使他将体内的毒物排出。乌塞尔特既深受感动，又悔恨不已，于是便将自己的所有财产赠送给了贫困的女渔夫。

关于伊西斯和她的法术的另一个故事则和太阳神拉的巫术名字有关，众神与凡人都不知晓拉神的秘密称号。传说，这一神秘的名字先于万物而存在，承载着众神之父拉的至高神权。伊西斯想要查明这一秘密称号，并将太阳的神力据为己有，再赠予她的儿子荷鲁斯，同时她也想试试自己的法力。此时的拉已经衰老，成了一个淌着口水的老头，伊西斯用他的涎水浸湿土壤，制作了世界上第一条眼镜蛇，并把它放置在拉的必经之路上。拉被毒蛇咬伤以后，刺痛难忍，以为自己本就所剩无几的力量将永远丧失了。

由于拉不能自己治愈这不明缘由的病痛，便召集众神，请求援助。伊西斯偷偷走近，向拉讲到也许自己可以帮点忙；她聆听可怜的拉讲述其遭受的病痛（发冷、发热、颤抖、出汗），佯装无辜地说，如果拉能够透露他的隐秘名字，她便可以用法术清理蛇毒。拉便诵读起一连串

婴孩形态的荷鲁斯坐在伊西斯膝头，许多研究者认为该形象是基督教圣母玛利亚和年幼耶稣形象的原型。

神 谱

俄西里斯 + 伊西斯
|
荷鲁斯

伊西斯的命运

为了向伊西斯表示崇敬，人们以她的名义在春季和夏季举行大型的节庆和宗教游行。在她吸收了众多埃及地方女神以及腓尼基女神阿斯塔尔塔的神性之后，对她的宗教崇拜又进一步扩展到了希腊文化中（与她等同的女神是得墨忒尔），并吸取了秘教的许多元素。在罗马帝国时期，她的地位和另一位秘教崇拜的代表神密特拉不相上下。拉丁作家阿普列乌斯（约125—170），伊西斯秘教的研究鼻祖，在他的著作《金驴记》中描述了这些神圣的庆典仪式。伊西斯的神殿叫作 iseum 或者 iseion，在名望上甚至超过了她的丈夫俄西里斯，受欢迎程度与当时新生的基督教崇拜相仿。现德国、大不列颠和西班牙的土地上都曾有过她的神庙，自3世纪以来就有女性信徒聚集在伊西斯神殿举行祭奠仪式。

此图中的伊西斯和其他许多艺术作品中一样，双臂和翅膀都作张开状。展开的双翅在古埃及被认为是守护法老的象征。

名字，但这些都是伊西斯早已熟记于心的，她此时并没有失去理智。在老人忍受不了剧痛时，她又问了一遍，拉别无他法，于是蒙蔽了其他神祇的耳朵，只向伊西斯透露了他那具有神奇法力的、女儿期盼已久的神秘名称。

女巫师于是驱使拉体内的蛇毒离开他，进入她自己的身体；天神重获健康，但从那以后，伊西斯便自称为"知晓拉神秘名称的人"。

由此，对伊西斯的宗教崇拜日益兴盛，以至于其他女神都黯然失色。随着时间推移伊西斯逐渐吸收了其他女性神祇的神权，这些女神慢慢丧失了地位，变成了伊西斯的神性的一部分。她的信徒在埃及以外也日渐增加，在古希腊和古罗马世界里，她也是掌管海洋、果实和死者之神，她的名望甚至延伸到了基督教时代的开始，圣母玛利亚抱着耶稣的原型便来自伊西斯膝抱婴孩荷鲁斯的形象。

神话来源

许多埃及的宗教经典都将伊西斯描述成众神之母，也是君王象征意义上的母亲。同时，她也因擅用多种法术而被称为"伟大的女巫师"。伊西斯的祭司是医师和法师，而她的汤药里则包含了非常多的神秘原料，例如"口水"，还有"伊西斯之尿液"。她的众多象征元素中有一个叫作"伊西斯之结"，是一种腰带状的用植物纤维制成的护身符，《亡灵书》称，护身符是用红色大理石或"伊西斯之鲜血"制成的。佩戴伊西斯之结可以得到女神的保护，自第十八王朝开始，这一物件便成了神祇时常佩戴在腰部的装饰品。

看一看

伊西斯通常情况下被描绘成一个头戴王冠的年轻女人，王冠在埃及象形文字中即她的表意符号，象征着她是王权的保护神。有时她的形象是一个有牛头或牛角的女人，这种情况下伊西斯则等同为另一位重要的埃及女神哈索尔。在许多雕像中她的形象是一个正在哺乳儿子荷鲁斯的女人，这一姿势便是基督教圣母玛利亚形象的原型。在数不胜数的绘画和浮雕作品中，可以看到伊西斯展开翅膀保护丈夫俄西里斯或其他死者。她的另一个形象是她化身为鸢，挥动翅膀和俄西里斯结合时的样子。

奈芙蒂斯的头部则顶着两个象形符号，一个篮子（neb）和一座房子（hut），这两个象形符号连到一起便构成了她的埃及名字，Nebethut，意思是"城堡女神"。在艺术作品中，她常常和双胞胎姐姐伊西斯一同出现，守卫着俄西里斯的灵柩，二人也总出现在棺材和石棺的盖子上，呈展翅站立或跪地的姿势。

听一听

法国作曲家让－巴普蒂斯特·吕利（1632—1687）1677 年将他的抒情五幕悲剧《伊西斯》搬上了歌剧舞台，在巴黎观众中却反响平平。歌剧的女主人公是希腊神话中名叫伊俄的水仙，她被朱庇特热烈追求，遭到了妒火中烧的朱诺的报复。最后，伊俄化身成为女神伊西斯，加入了奥林匹斯众神之列。

走一走

在和尼罗河第一个瀑布同等高度的菲莱岛上矗立着唯一一座至今保存完整的供奉伊西斯的神庙。内克塔内布一世于公元前 4 世纪前半叶开始建造这座神殿，在最后几代法老时期内得以美化完善，最后在罗马帝国统治时期彻底完工。查士丁尼一世于 535 年宣布神庙建造完成，但由于兴建了阿斯旺水坝，菲莱岛面临着被淹没的境况，神庙也一度面临被毁灭的危险。之后神庙被拆卸分解，石块被搬到邻近的阿吉勒基亚岛——如今伊西斯神庙遗址所在地——原样重建。这项工程持续了八年（1972—1980），花费了三千万美元。

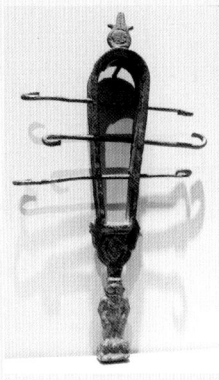

公元前 360 年的青铜叉铃。藏于柏林埃及博物馆。

尼罗河边考姆翁布神庙的荷鲁斯浮雕。荷鲁斯手中握着生命之符安卡。

复仇者荷鲁斯

古埃及人时常瞻仰盘旋在头顶的游隼。这动物于他们而言是一种非常熟悉的、临近苍穹的化身，代表着亘古不变的宇宙运行，于是自远古时期便成了神祇的象征和表现。在埃及神谱中，荷鲁斯拥有丰富多彩的形式和称号，其中最为古老的便是荷鲁俄西斯，也就是"老者荷鲁斯"，他的双眼分别代表太阳和月亮。据传说，他的父母亲伊西斯和俄西里斯尚在努特胎中之时便迫不及待地结合，于是还未出生便在努特的腹中产出了爱情的结晶，荷鲁斯诞生于祖母的体内。当努特分娩时，初生子是俄西里斯，然后出来的是荷鲁俄西斯、塞特、伊西斯和奈芙蒂斯。另外还存在孩提时的荷鲁斯（哈波奎迪斯），由俄西里斯死后生出的荷鲁斯（哈尔希斯），为父报仇的荷鲁斯（哈朗多德斯），象征太阳的、被误认为是吉萨狮身人面像的荷鲁斯（哈尔玛吉斯），这名鹰神总共有不少于二十个化身，分别在不同的神庙中被祭供，是各种神话传说的主角。为了简化接下来故事的叙述，我们姑且使用鹰神的常见名字荷鲁斯来指代他的多面神格。

不同版本的神话中，对荷鲁斯究竟是出生于父亲俄西里斯生前还是死后说法不一。无论是哪种情况，幼小的神都是在尼罗河三角洲的沼泽地度过的童年时光，他母亲怀着被塞特迫害的恐惧，独自将儿子抚养长大。有时，伊西斯会将儿子一个人留在家中，自己出门到邻近的村庄乞食，有一次，她归来之后发现荷鲁斯躺在地上一动不动，濒临死亡。伊西斯绝望之中，一度深信塞特是伤害

隼头荷鲁斯，名称来源于鹰头造型，这体现了他目及一切的战神特点。

385

儿子的元凶，直到一名老妇人告诉她，孩子是被一只毒蝎子蜇伤了。伊西斯向神界发出召唤，众神纷纷赶来援助：拉的生命之息和托特的神奇咒语在最后一刻使荷鲁斯康复了。除此之外，荷鲁斯经历了多次生命危险，每次都被母亲的法术拯救，伊西斯的咒语记录在莎草纸文稿中，被法师们用来治愈症状相近的病人。

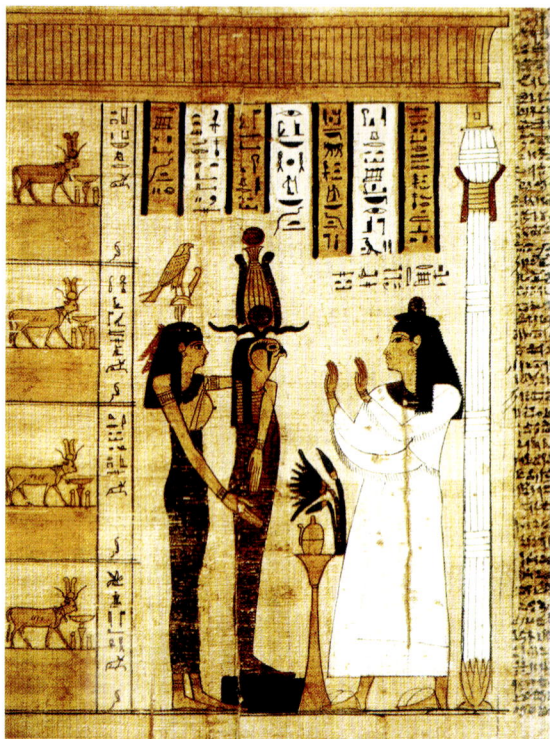

《亡灵书》的一个场景，在右侧站着亡者，他前方是荷鲁斯，支撑着鹰神背部的是西方女神哈索尔－阿蒙提特，象征太阳落下时经过的西边的山峦，山的后面是地下世界。

在荷鲁斯成长的过程中，冥神俄西里斯时常离开冥府，来到儿子的身旁教授他战争之术。此举的目的是使荷鲁斯为发动对塞特的战争，夺回原该属于他的王权做好充分准备。荷鲁斯成年之后，以太阳神拉为首的神界审判团聚集起来，商讨这一难题。荷鲁斯自然享有无可置疑的王权继承权，但众神八十年间不断听到反对者塞特的理据，于是对于将王权最终授予谁犹豫不决。最后，当众神之心偏向荷鲁斯时，塞特决定采取行动了。

无尽的战争

叔侄两人无休止的战争中有一些令人意想不到的情节。在一个故事中，塞特挖出了荷鲁斯的双目，而侄子则把叔叔阉割了，但在各种文献叙述的后续故事中我们可以发现，荷鲁斯并没有失明，塞特也没有失去他的男子气概，因为托特将二人失去的器官又安了回去。两位争斗者在战争中多有伟绩，比如说有一次二人曾潜入水中，化身为河马并持续了三个月，比谁能坚持更久。二者的这一决斗引发了一个奇异的插曲。伊西斯非常为儿子的生命担忧，于是用法术制造了一支鱼叉，向塞特投去，不料她弄错了攻击对象，鱼叉伤到了荷鲁斯。为了纠正这一无心之过，伊西斯收回武器，再次投出，这一次击中了塞特；但受伤的敌人痛苦的样子触动了伊西斯，于是她收回了鱼叉。荷鲁

出现了荷鲁斯左眼乌加之眼（完整的）的象形文字，象征着正义战胜邪恶。并为护身符携带者带来好运。

斯一见母亲居然对自己的宿敌表现出怜悯之心，暴怒之下砍下了伊西斯的头颅，将其置于一座山上。幸亏拉神命令托特将形象为母牛的女神哈索尔的头安置到了无头伊西斯的身上，这也解释了两位女神外形为何是相似的牛头人身。

塞特发现自己无法用武力战胜对手，于是心生诡计。他装作不计前嫌，要和荷鲁斯和好，邀对方来家中作客，却试图武力侵犯侄子，将自己的精液倾洒到荷鲁斯的双手上。伊西斯知情后，她砍下了儿子沾满污迹的双手（随后马

荷鲁斯之左眼

在和塞特争斗时，荷鲁斯第一次去了双眼，随后其母伊西斯用羚羊乳汁重新放置回去，之后他又失掉了左眼，这次是托特将碎片一一找回。这只左眼代表着月亮（右眼则代表着太阳），也叫作乌加眼（意为完整的），成为战胜邪恶的象征。荷鲁斯之眼逐渐演变成了象征好运的挂在脖子上的护身符，保护携带者不受邪灵侵害，也曾放置在木乃伊绷带之间以防止恶兆。

石碑上孩提时的荷鲁斯站在音神贝斯前，双脚踏在两只鳄鱼上，这是哈波奎迪斯的典型形象。

上用一双新手替换），将其丢入尼罗河中。之后，她向儿子索要了他的精液，并洒到了敌人菜园的莴苣上，塞特丝毫没有怀疑，吃下了这些菜。不久之后，在众神的审判面前，塞特称侄子早就将王冠"据为己有"并要求他交出来，荷鲁斯立即否认了。大家都为此事深感不悦，为了解决这一难题，托特召唤起了二人的精液：属于塞特的从尼罗河中发出了回应，而属于荷鲁斯的则以镀金圆盘的形状从阴谋者塞特的额头处浮现出来，此刻真相大白。

最终，俄西里斯发表了一通为儿子据理力争的演讲（其中混杂着要对众神派出地狱恶魔的威胁），进而说服了众神，确定了荷鲁斯王权的合理性，由此他便成了上下埃及之王。新上任的国王荷鲁斯统一了上埃及和下埃及的领土，并在全国重新建立父亲俄西里斯的声望；自那时开始，荷鲁斯便被尊为一国之神，也被认为是历代法老的祖先，这些后续的埃及君主的众多头衔之一便是伟大的荷鲁斯的化身。

神话来源

切斯特·贝蒂莎草纸文稿以民间传说的形式详细讲述了荷鲁斯和塞特之战。文献讲述道，当众神集结之时，伊西斯为帮助儿子插手干预。荷鲁斯的母亲化身为一个美艳动人、"举国无人可比"的女子。塞特对这美女一见倾心，深陷爱河，"相思到患上了疾病"。面对塞特的求爱，伊西斯则向他寻求帮助：她自称是一名牧羊人的寡妇，二人共同诞下一子。她丈夫死后，儿子理所当然地照管起了畜群，但此时出现了一名外乡人，他企图占据儿子的财产，将年轻的继承人驱逐。塞特面对这不公之事，义愤填膺地说："这外乡人难道就占据了本应属于儿子的财产吗？"伊西斯听闻此言，化身为一只苍鹰，飞到一棵大树枝头，冲塞特喊道："哭泣吧，因为你自己说出了真相。你自己的理智审判了你的罪行。还有什么可说的呢？"于是塞特便承认了自己不应当掠夺荷鲁斯的继承权，他自己也想将俄西里斯的王权交还于荷鲁斯，于是自行宣告了罪行，结束了斗争。

看一看

荷鲁斯最常见的形象是鹰头人身，头戴双重冠冕。作为荷鲁俄西斯（老者荷鲁斯），他常常头戴阿泰夫冠和金色圆盘出现。当他是哈波奎迪斯（孩提时的荷鲁斯）之时，便是一个口含手指的裸体婴孩，坐在母亲的膝头或站立在两只鳄鱼身上。哈尔玛吉斯（地平线上的荷鲁斯）则以太阳神形象出现，有着狮子的身躯和法老的头颅。

塞特则被表现为一只神话动物：一只四足兽，口鼻朝下弯曲，四方的耳朵，叉状的尾巴。根据传说，这一难以确定物种的野兽其实混合了驴、狗、熊和蚁类的特征。同时他也有另外的动物形象，比如说鳄鱼、河马、带翼的公牛、野猪、羚羊和蛇，这些野兽形象的共同点是都有驴的头颅。尽管荷鲁斯和他是宿敌，但二者也常常以一个角色的两面出现，象征着相反但是互补的元素。只有第二十二王朝创造的浅浮雕作品例外，其中弑兄夺权的邪恶塞特被从浮雕中删去了，他的形象变成了与众神作对的一种恶魔。

走一走

荷鲁斯和塞特之间的大战发生在埃德夫，上埃及第二诺姆的省会城市，被罗马人称为阿波罗波利斯马格纳。这座城市坐落在伊斯纳和阿斯旺两座城市之间，是荷鲁斯的第一座圣城，在那里他以太阳神的形象被民众崇拜。埃德夫城中荷鲁斯的宏伟神庙是全埃及保存最好的一座，因为在很长一段时间里这座古迹都被高达柱顶的沙子遮掩着。1860年法国埃及古物学者奥古斯特·马里耶特（1821—1881）发现了掩埋在沙尘中的神庙。尽管根据文献详细的记载，这座神庙的建造者是位于萨卡拉的左塞尔金字塔的设计者，"普塔之子，伟大的印何阗"，实际上却是在公元前3世纪到公元前1世纪的托勒密王朝时期完成的。

托特的浮雕形象，位于尼罗河边祭献给荷鲁斯的埃德夫神庙中。这座神殿建于托勒密王朝时期，那时托特已经被称为赫尔墨斯了。

解决一切问题的托特

太阳城创世神论以九柱神为中心发展了神祇体系，赫尔墨波利斯马格纳的祭司们则整理了另一套神祇分类体系，由八名神组成（八元神体系）。八神中有四位雌性和四位雄性，他们一开始浸在原初海洋当中，当他们从水中浮现时，四位雌性化身为蛇，四位雄性则化为蛙类，并配为四对：即努恩和纳乌涅特（代表混沌）、凯库和凯库特（代表黑暗）、海赫和海赫特（代表无限永恒）以及特涅姆和特涅穆特（代表隐蔽）。在之后的时期里，随着底比斯之神阿蒙地位日渐提高，八元神中最后一对神祇便被阿蒙和阿蒙涅特所替代。可以认为八元神之一努恩是其余神祇的起源，从他之中生出了其他几个，但实际上，八元神只是一名拥有至高神权的存在的象征，那便是托特，名副其实的宇宙造物主。

在原始海洋的城市中，准确来说是在赫尔墨波利斯城，托特将孕育宇宙的一颗蛋放在了海中浮现出的一座山丘之上，他发出了神性的声音，在漫长的造物过程中，将其声音物质化，形成了八元神。这八名神灵共同继续着托特的

常常被用来表现托特的动物是白鹮。更多情况下，托特被描述为鹮首人身，有时则是一只狒狒。托特是法术、智慧和知识以及天文和文史的保护神，有些人认为他也是塔罗牌的发明者。藏于维也纳艺术博物馆。

《文明的黎明》（1894）中的八元神，加斯顿·马斯佩罗作。八元神也被称为"托特灵魂"，他们以不可拆分的方式行使神权。

造物工程，他们绕着蛋加速其孵化，直到蛋壳终于破碎，释放出开创世界的光芒：这光便是拉神。托特能完成这一壮举是因为他是鸟类，一只具有神性的白鹮，然而其他的神话传说中，这一使宇宙萌芽的孵化容器并非蛋类，而是一朵莲花花苞。

托特的形象在赫尔墨波利斯的地位变得如此显要，以至于没过多久，其他城市的神学家（参见太阳城的创世神论）决定将托特加入他们的神学体系，并赋予他俄西里斯得力助手的重要地位。正因如此，托特开始干预俄西里斯家族的纷争，并以其不寻常的高效率解决他们的各种问题。在所有传说故事中，托特是足智多谋、口才极佳、善于调解的智者，是举世无双的法师，是能够解决各种疑难杂症的医师，是总在最后一刻用理智解决难题的法官，是惩恶扬善的复仇者。在任何由神灵的愚蠢造成的灾难和不公正现象面前，拉都会不假思索地求助于托特，因为他将解决一切问题。

托特的事迹

- 他帮助拉战胜了无际的黑暗，而根据赫尔墨波利斯宇宙来源神系的讲述，其实是托特本人创造了黑暗。
- 他在掷骰子游戏中战胜了月神，赢得了额外的五天（置闰天），在这五日里诞生了努特的五个子女。这意味着如果没有托特，俄西里斯也不会存在。

- 他为俄西里斯前后多次复活做出了贡献。
- 他帮助伊西斯抚养荷鲁斯长大，并在孩子被一只蝎子蜇伤，生命垂危之际用法术治愈了他。
- 他在荷鲁斯和塞特的战争中进行了干预，在前者双目被挖出后治愈了他的失明，又在后者被阉割后解决了他的问题。
- 在荷鲁斯将伊西斯斩首之后，他将牛神哈索尔的头颅安在伊西斯身上，救活了女神。
- 他完成了荷鲁斯和塞特王权之争的最后审判，判后者有罪。多亏托特的这一决定，荷鲁斯得以统治埃及。

　　鉴于托特在如此多重大事件中起到了非凡的作用，自然而然，荷鲁斯决心退位之后，托特继承了王权，开始了对尘世的统治。根据传说，托特在位三千二百二十六年，是和平公正执政的典范。在托特的教化治理下，民众掌握了众多知识：数学、几何学、建筑学、天文学、医学、外科学以及最重要的象形文字的书写，最后一门知识使得古埃及的知识得以被记录下来流传后世，而托特也因此被崇拜为文字之神，他总化身为一只狒狒，保护着用文字书写的知识。这位无所不知的神同时还拥有月亮，也就是荷鲁斯左眼的监管权，因此他也负责度量时间，他把时间分割成月份和年份，创立了官方的埃及日历。作为记录者和档案管理者，托特

的众多神职包括将埃及历史详尽记录下来，并在太阳城的圣树树叶上指定下一任法老的名字。和托特一起完成这一项使命的还有他主要的妻子书籍女神塞莎特。

　　托特是有史以来第一位被神圣崇拜的法师。只有最忠诚和精通法术的追随者才能进入隐秘的地下墓穴，那里存放着记录魔法的莎草纸文稿，这些文献是平民百姓接触不到的。这些文稿明确记录了操控自然力量的法术，甚至还有影响神祇行为的秘诀，但不是每个人都有能力破译这些文字，甚至仅仅尝试解密也可能导致不堪设想的后果。关于托特的魔力，民间流传

这座群雕作品中出现了化身为狒狒的文字创造者托特，正在向一名文吏口述，抑或是在启发他的工作。

体色为黑的是俄西里斯，体色为蓝色、鹮首人身的是托特。藏于卢浮宫。

着一个有教育意义的故事，传说一个叫作纳夫瑞格普塔的文史，听说有一本托特的巫术之书，读了便可以实现神迹，于是四处寻找。最后他终于如愿以偿得到了这本书，读完第一页后便知晓了自然的所有奥秘，读到第二页便发现了神祇的所有秘密。他学习了这些知识，成为埃及最伟大的法师，但他的妻儿不久之后身患重病，他使用了所有他能想到的咒语和法术想要治愈家人，却没有一个符咒起作用。在深爱的人病重身亡之后，他力图调查清楚法术失败的原因，于是翻开了书的第三页，上面赫然写着对他的审判，他因为亵渎了神祇的法术而遭到了惩罚。这个故事对于所有巫术学徒而言的寓意是托特可不喜欢那些法术的狂热爱好者。

神话来源

《金字塔之书》并没有明确记述托特的家族血统，有时他作为拉神的长子出现，有时他的身份是盖布和努特的儿子，也就是俄西里斯、伊西斯、塞特和奈芙蒂斯的兄弟。莎草纸文献不常提及托特和九柱神的血缘关系，而是直接将他形容为俄西里斯的得力助手，负责出谋划策、记录圣迹。

看一看

托特最为常见的造型是鹮首人身，头顶冠冕，冠上有太阳圆盘和一弯新月。他的另一个动物化身是狒狒，他的象征符号是一只蹲姿的狒狒，手持羊皮纸和书写文具。有一种可能性是，托特是两个神祇相融合的产物，这两个神的形象分别是一只飞鸟和一只猴子。在雕像中，托特的常见形象是坐在祭坛上，向一名文吏口授的狒狒（卢浮宫）。

走一走

被希腊人称为赫尔墨波利斯的古城，最早的神祇居民是八元神的成员，正如城市古老的埃及名称所证实的一样——库努姆，字面意思是"八神之城"。该城是上埃及第十五诺姆的省会，也是祭祀崇拜托特最重要的宗教中心。古城的废墟如今位于小城阿希莫宁的出口处，离艾斯尤特距离很近（位于开罗南部三百八十八公里处）。在古代，神话体系认为从原始海洋中浮现出的山丘之一就曾坐落在赫尔墨波利斯。在古城的地层里遗留有几座巨型的托特雕像，里面藏有阿蒙霍特普三世的象形茧，但遗址中除了希腊城市的城市中心广场和基督教初期所建的大教堂的广场以外没有剩下什么，仅有供奉托特的第一座神庙的几处遗迹。可以确定的是公元前4世纪时，大祭司佩托西里斯下令修缮和建立了若干处封闭空间，让神祇的圣物狒狒和白鹮生活在那里，这些动物死后被埋葬在了埃尔盖布尔陵墓之中。佩托西里斯在他的自传中说道，在这座圣城里保存着孵化出拉神的那颗原始之蛋的一块蛋壳。

托特是文吏的保护神，这是古埃及时期非常普遍的一种职业，文吏游于乡村，帮助村民写信或是记录文件。图中的雕塑是著名的《坐姿文吏》（前2500年），石灰岩制。这类雕塑从第五王朝以来便十分常见。

硬砂岩三神体系雕塑的局部，其中形象颇佳的哈索尔搂抱着法老孟卡拉，该雕像发现于吉萨孟卡拉神庙谷中。现藏于波士顿美术博物馆。

哈索尔，最美丽的母牛

哈索尔是埃及神话中的一个特例。各种不同的创世神论都没有明确提及她的名字，但她却是一名无处不在的全能神，她吸收了许多其他女性神祇的神职，并将其演变成了自己神性的方方面面。哈索尔在埃及神族中的地位也并不明确：如果说她是拉神的女儿，那么她便是泰芙努特，但有时她又以荷鲁斯母亲的身份出现，这时她便承担起了努特和伊西斯的双重角色。哈索尔非常多面化的形象具体体现在她拥有的众多名号（多达一百）以及数不胜数的肖像艺术展现上。

首先要提及的是，哈索尔是爱神，与希腊神话中的阿佛洛狄忒等同，所有的感官愉悦都在她的管辖范围之内：情爱、舞蹈、歌唱、熏香、酒醉、音乐和笑声是女神的诱惑武器，而肉体的美丽则是她的象征：哈索尔将性欲化身为生命之引擎。女神的众多特征之一是一头波浪大卷的秀发，众所周知，女人的发型在埃及文化中被认为是展现女性魅力的一个重要方面。有一个第十九王朝时期的关于两兄弟的民间故事便展现了一头精心梳理的秀发的重要性：一

上埃及的保护神，女神奈赫贝特，这里戴着母神哈索尔的标志性牛角，因此女神也被称为栖居于奈赫贝特之神的伟大白色母牛。

个女人对小叔子频频进行不当暗示但遭到了对方拒绝之后，便心生恨意，向自己的丈夫撒谎，哭诉他的兄弟无耻地向她提议："来吧，让我们共同度过销魂的一小时。戴上你的假发！"一头精致编织而成的发型足以让这世上最难以接近、不食人间烟火的男人向诱惑屈服。

　　一些文献记载，哈索尔也是支撑苍穹的伟大母牛，她无私哺育了以法老为首的所有人类。在许多艺术表现中哈索尔都和法老一同出现，有时女神怀抱着年幼的埃及君主，有时则将其放置在自己膝头，有时她直接以母牛的化身出现，而身份尊贵的婴孩吮吸着她的乳房。实际上，所有的埃及母亲神都和哈索尔一样，头顶两只牛角，头中间则佩戴着太阳圆盘，因此这些女神和哈索尔的形象常常混淆在一起。故而哈索尔也职司促进生育能力，保护妇女儿童。

　　然而，哈索尔的性情也有阴暗面，有时顷刻之间，便可以从愉悦的女神变为仇恨的化身。当众神聚集在一起，商讨荷鲁斯和塞特之争时，狒狒之神巴巴质疑拉神的无上神威，拉为此深感抑郁，为了使父亲重展笑容，哈索尔在他面前跳起舞来，不时掀起裙子展示自己的私密部位，引得天神哈哈大笑。谁能想到，随即哈索尔便化身为嗜血的母狮，去杀戮了无数生命呢？

远方的传说

　　事实上，近距离接触哈索尔的人都会发现，她那一头令人着迷的美丽头发随时都能变成致命的眼镜蛇，这动物同时也是神蛇冠的象征。太阳神之女具有潜伏的攻击性，这和象征太阳神力的拉之眼紧密相关，人类文明便从这眼睛的泪水中得以萌发。这一充满奥秘的元素符号有时颇有益处，有时则极其危险，这则远方女神的传说便讲述了拉之眼的危害。

在众神仍居住在地面，拉统治众生的远古时期，拉的女儿泰芙努特（也就是哈索尔）为了远离单调无趣的生活，自我放逐到了遥远的努比亚。在那里她释放了拉之眼嗜血凶残的一面，化身为一只名叫塞赫麦特的母狮。遥远的女神在那片荒凉的土地上以当地居民的血肉为食，双眼和利齿之间投出灼烧的火焰，她的咆哮声撼动着努比亚的沙丘。拉神想让她回到自己的身旁，便派塞特和托特去寻找她。前者作为在逃的女神的兄弟，应该会起到使她平静下来的作用；而后者作为智慧之神，应当用雄辩的口才打动她。二者化身为无害的猿猴，得以成功接近凶恶暴怒的女神，托特开始不带感情地向她灌溢美之词："你的双眸美过那白云飘浮的纯净蓝天……"

托特用奉承话让女神平静下来，又劝她不要残杀凡人了，因为有时哪怕最微不足道的存在也可以帮到强大的神祇。随后为了证实这一观点，托特又进一步讲述了一则狮子和老鼠的寓言。故事讲的是，一只狮子要吃掉一只小老鼠，后者向前者恳求："求求你别吃我！就算你吃了我，你也填不饱肚子，如果你放我一条生路，说不定日后哪一天，当你遭遇不测之际，我还可以帮到你呢。"狮子觉得这小老鼠的话十分可笑，但转念一想，吃了它的确也无法饱腹，于是便放它走了。一些时日后，狮子掉进了猎人的陷阱，被绑起来扔在了茫茫沙漠中。夜幕

埃德夫神庙中的荷鲁斯和哈索尔，鹰头神就是从这里出发去寻找丹德拉的爱情女神的。

降临后，曾经被狮子赦免的老鼠出现了："你还记得我吗？你曾经饶了我一命，现在我来是为了报答你的恩惠，因为善有善报。"于是它咬断了绳索，让狮子重获自由。

这个寓言故事深深打动了塞赫麦特，二人

哈索尔是所有母亲的母亲，是苍穹与爱情女神，同时也是毁灭之神。她有许多的名号和形象，其中一个便是巨大的野牛，她以此形象出现在法老王后卡威特的石棺中，图片中仆人正在给母牛女神挤奶，来喂食王后。

轻易地说服她停止了食人的暴行，和他们一同回到太阳城赫里奥波利斯。为了打消所有顾虑，在回程路上，塞特和托特让女神在尼罗河第一瀑布浸泡冰凉的河水，使她变回了性情温良的哈索尔。但这可不是爱神第一次化身为暴虐的复仇女神塞赫麦特：在下文我们将再次讲述哈索尔变身嗜血母狮，凶残杀戮人类的故事。

神话来源

在《亡灵书》中描述了哈索尔作为新生儿保护神的作用，文献中出现了可以为刚出生的婴孩指定命运的七头母牛（"七者哈索尔"）。这七位益处颇多的神灵也出现在哈里斯莎草纸文稿中，在这一文献中她们的角色预言了一名王子的命运，这尊贵的婴孩被一条蛇、一只鳄鱼和一条狗威胁着。有一些法术和咒语则召唤这七头母牛的帮助来治愈疾病。她们的名字记录在拉美西斯二世第二任妻子尼斐尔泰丽的陵墓中。

在远方女神的传说中，泰芙努特-哈索尔的出走远方象征着一年之中太阳的倾斜。在夏季，太阳的威力正值高峰之时，从正东方向升起；但随着冬天降临，太阳的力量逐渐减退，昼短夜长，它的升起方向更偏向东南；此时散发万丈光芒，至高无上的太阳更为虚弱一些，更为"遥远"一些。当太阳的升起方向越来越向正东方向偏移的时候，就是它强大力量回归的时候，此时强劲的阳光逐渐使埃及的大地再次炙热。太阳的威力在夏至日达到巅峰，这时拉神的女儿的攻击性也达到了最大的危险。幸运的是，这一时期正逢尼罗河涨水之时。当远方女神踏上回程，她也为埃及带来了繁荣昌盛：太阳神使性情火爆的女儿在尼罗水涨之际归来，确保了埃及民众的生命安全。

看一看

哈索尔的形象十分多样化：有时她长着牛角，两角中间戴着一个太阳圆盘，长着牛头或牛耳，有时便直接以母牛的样子出现，这一动物是母性与哺乳的象征。在代尔拜赫里神庙群中的一尊雕塑便将哈索尔表现为了一头正在哺乳阿蒙霍特普二世的母牛，该雕塑现藏于开罗博物馆。由于女神具有众多名号和神职，她的动物化身也多种多样（母狮、母猫、游隼和蛇），甚至有时她还会化身为梧桐树，这一形象来源于哈索尔有时会隐藏在沙漠边缘的梧桐树下，静候逝者路过，向他们提供表示欢迎的水和面包。

走一走

哈索尔曾"居住"在丹德拉，上埃及第六诺姆的省会城市。这座一度欣欣向荣的城市现在只剩一座小镇（在卢克索以北六十九公里处），在农田和荒漠之中矗立着女神宏伟壮丽的神庙，此建筑于托勒密七世和他的继位者统治时期（前1世纪）得以建造。这座神庙同位于埃德夫的荷鲁斯神庙外形十分接近，不同之处在于前者拥有哈索尔特色的柱子，柱头处复刻着摇串和女神长着长长的母牛耳朵的头颅。在丹德拉曾举行一年一度的游行，人们抬着女神雕塑一直走到屋顶平台，使哈索尔与太阳结合。在丹德拉，人们把从女神塑像上流过的水洒在病人身上，用以治病。

拉－霍拉吉提石碑，其中他扮演着俄西里斯的角色，他坐在一名正在供奉祭品的女祭司面前，女祭司头顶着典型的椎体熏香。发现于底比斯。

人类的浩劫

拉神统治时，人类和神祇共同生活在大地上。居住在赫里奥波利斯的宫殿中的太阳神进行着平静的统治，所有由他创造的臣民都和睦相处，一片祥和。这一"黄金时期"本来是要持续上百万年的，但发生了一件极不寻常的事：拉变老了！神祇衰老听起来着实不可思议，因为在神界，没有死亡，只有永生：众神可以感动和痛苦，也可以遭受折磨，但他们注定要和亘古的宇宙一样，拥有无限的存在。然而，拉为了更好地治理凡界，他化身为一名人类男子，故而时光在他身上留下了痕迹。编年史中将此时的他形容为一个昏聩糊涂的老人，他的双唇颤抖，口水直流，也正是趁他衰老之际，伊西斯得知了他的神圣秘名。另外的文献中则提到拉拥有非同一般的外貌："他的骨骼是银子的，肉体则是金子的，就连他的头发，都是青金石的。"这一外形意味着拉已然不再属于这个世界，到了应该进入凡人不可及的更高神界的时候了。

人们发现拉神的衰老迹象之后，便开始用不敬之词议论他，不久之后，甚至开始打破他

太阳神拉是古埃及尤其在太阳城赫里奥波利斯被崇拜的主神之一。此图中，太阳神的众多形象之一，全能的鹰头神拉－霍拉吉提，于正午时分接受献祭。

制定的基本法规，并走上了反叛的道路。拉作为宇宙和谐的保证者，确保了自己并不为凡人私自萌发的暴动势头负责任："我并未命令你们作恶，是你们自己的内心决定反抗我的指示。"于是他召集赫里奥波利斯的众神，询问他们的意见："人类要密谋推翻我。告诉我，你们如果处在我的地位，会做出什么举措。我要知晓你们的意见之后，才能作出杀掉造反者的决定。"

努恩发言了，提醒拉神，他最强劲的武器便是拉之眼。

当反叛者得知拉神暴怒，便纷纷逃入荒漠。拉下令降下他的复仇之眼，也就是说，使女神哈索尔化身为母狮塞赫麦特。这一极具毁灭性的终结女神摧毁了所有逃到沙漠中的密谋反叛者，但她并没有就此止步，而是直入埃及的心脏地带，决定毁灭全人类。此刻拉神意识到，如果他再不干涉，自己所有的臣民就要被赶尽杀绝了，于是下令将大量啤酒和一种象城的红色土壤混合在一起，造出一种看起来像是人类血液的饮品。拉神将这一液体整整灌满了七千瓦罐，随后在一个夜晚将其倾倒在了塞赫麦特进行过杀

戮的地方。第二天早上，口渴难耐的母狮醒来，以为这液体是被她杀害的人类的血液，便痛饮了所有的啤酒，结果酩酊大醉，由此，拉神顺利阻止了塞赫麦特进一步的大屠杀。人类终于得以幸存。

拉神升天

在女神哈索尔终于完全平复下来之后，拉神下令，每年年初举行哈索尔节庆之时，他的臣民应当酿造他灌醉母狮时等量的啤酒，并将其喝下。此举目的是纪念他的女儿受命为他毁灭造反者之后重获理智和宁静。关于这则神话，则有一定的解释。比如说，染红的啤酒象征着河流的周期性发水现象。在努比亚地区，阿特巴拉河在尼罗河第五道和第六道瀑布之间与其相汇，并在尼罗河流域留下了富含铁质的烂泥。拉派人去寻找象城的红色土壤也是有象征意义的，因为在神话中，象城正是周期性发水的地方。

让我们回到神话故事中来，忘恩负义的人类使拉神意识到，是时候离开他统治的凡世了。太阳神确认了他的神族成员也都深感虚弱，不复从前，于是便想，是时候开始一个新的时代了。事实上，太阳神在凡世的初衷已经得以实现，此时宇宙中的所有元素都有条不紊，因此对他而言"在下面"已经没有其他使命了。女神努特在拉神的命令之下，化身一头母牛，载

在另一页中，女神塞赫麦特的雕像坐落在图坦卡蒙的陵墓中。这名女神是哈索尔的一个衍变版本，前一秒还在拉神的面前撩起裙子惹他哈哈大笑，后一秒就暴怒难耐，变身为无所不摧的狂暴狮子。

母狮与母猫

希腊人混淆了母狮神塞赫麦特和母猫神芭丝特，因为二者都拥有猫科动物的外形。芭丝特象征的是母性、生育力、音乐和舞蹈。一开始，芭丝特的外形也是一头母狮，当女神发怒时也会由猫变狮，但当她慢慢平静下来之后，便又会变身为一只微笑的母猫，因为猫是埃及人深深喜爱的动物。在艺术表现中，芭丝特的形象总是携带着叉铃（乐器）和盾牌（很小的一种盾），后者是女神用来保护她的小猫的武器，有时在艺术作品中，她的脚边也会出现这些猫仔。

左侧是母猫芭丝特，右侧是古王国时期的陶瓦狮子雕像。

着拉将他向更高的神界运去。当努特用四蹄站起之时，她感到一阵眩晕并开始颤抖，这时舒便来到了女儿的牛腹之下，稳稳撑起了她。舒生出了八名与赫尔墨波利斯八元神等同的神灵，他们成双成对，分别置身于四个方向，以此撑起了苍穹的四支擎天大柱。

拉神在地面的统治就这样走向了终结，随后他便升至天界，在那里享有一席之地，成了高不可攀的威严的太阳神，每日中的十二个小时，他驾着壮观的太阳船，由东到西高高越过他的帝国。升天之后，他唯一的心头大患就是蛇神阿佩普，后者时不时就会吞噬太阳船，造成日食现象，但他每次总会被拉神的捍卫者所击败，并被抛掷下无尽的深渊，以保证太阳船又能重新开始它的使命：善与恶，光明与黑暗之间的冲突总是无休无止的。关于拉神的所有传说，其实是象征太阳永恒的周期循环的寓言故事，拉神在黎明时分重生，在正午时分成年，在傍晚时分衰老，在夜晚时分死去。拉神在埃及文化中是造物主，也是万物的绝对拥有者，所有的神祇最后都会回归于他。从古帝国时期，法老们就自称为"拉之子"，因为根据传说，每次需要创造新的继承者时，至高无上的拉神便会重返大地，与被选中的妻子结合，诞下埃及新的帝王。

神话来源

《神牛之书》讲述了哈索尔分裂为塞赫麦特的故事,后者的名字的意思是"威力巨大的",并演变成了前者的一个绰号。塞赫麦特对人类的干预,尽管十分血腥,却也保证了世界的公正运作。

拉前往地下世界的旅行记录在《杜亚特之书》《洞穴之书》《地狱之书》和《拉的祈祷》当中,这些书籍是镂刻在新王国时期墓壁上的讲述宗教殡葬的文献。

《石棺之书》是中王国时期的贵族下令刻写在他们的石棺上的文献,当时前往地下世界已经不是帝王的特权了。这些文献由象形文字写成,解释了如何保证长生不朽。其中某章讲到,人类之心一度脱离了正轨,自行选择不再遵从造物主的命令。于是象征着正义和真理的女神玛亚特被拉神派遣下凡,人类可以选择服从或反叛,一旦走上了拒绝服从玛亚特之法的道路,便会遭受永恒的惩罚。愿意和平生活的人们得以幸存,但那些选择挑战拉神权威的人便会被神祇派出的铁面使者永不停歇地追捕。正如在《神牛之书》记叙的一样,哈索尔－塞赫麦特代表的拉之眼,便追杀那些反叛拉神之人。

看一看

拉是一名形象多变的神祇。他常常被表现为一个呈坐姿或正在行走的男子,头部装饰着太阳圆盘和乌拉斯冠冕,但有时也采取一头公牛或一只鹰的形象。有时他出现在太阳船之上,在白昼驱赶神船越过凡世苍穹,在夜晚则穿过地下世界。

塞赫麦特则常常以一只母狮或公狮的形象出现,或者以长着狮头的穿红色的女人之身展现形象。她在头顶戴着一顶乌拉斯冠冕,一顶缠绕着眼镜蛇的头冠或者太阳圆盘,有时还插着两只鸵鸟羽毛。她手中握着安卡生命之符和一支法杖,还持着用作武器的刀或箭。

走一走

在阿斯旺以北四十五公里处,在尼罗河左岸,坐落着科翁布神庙,这座神殿曾经属于上埃及的第一诺姆。神庙祭献着两位神祇,一名是鳄鱼之神索贝克,另一名是老者荷鲁斯,但神庙祭司同时也供奉着许多其他的神灵。这是唯一一座拥有两个入口大门和两个平行陈列室的神殿,在其中一个陈列室内部,可以观赏到塞赫麦特站在哈索尔旁的一尊精美的雕塑。神庙以北一百九十多公里处,在卡尔纳克,法老阿蒙霍特普三世在供奉阿蒙神之妻姆特的神庙中树立起了上百座女神塞赫麦特的雕塑,姆特也是长着母狮头的神祇,她是底比斯城崇拜的主要女神。

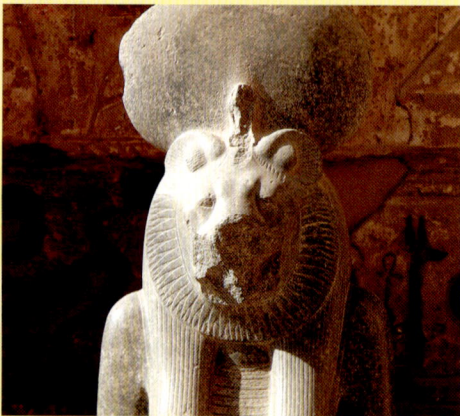

阿蒙的极速得权

　　底比斯伟大的神祇阿蒙极速得权的过程值得详细讲述。在古王国时期，阿蒙作为神祇几乎无人知晓，正如当时的底比斯也不过是上埃及第四诺姆一座无人问津的小城镇而已。据说，阿蒙神的名字可以翻译为"隐蔽者"，他的职责是将其他神祇保护在自己的阴影之下，但在神谱中他的地位却名列二流神灵。该诺姆的省会城市赫尔蒙提斯原是年老的莫的封地，莫是一名象征着太阳和战争的神祇，当时年老的他在自己的领土上地位逐渐下降。随着第十二王朝来临，阿蒙和底比斯开始获得重要性。外来神祇阿蒙最终争夺走了莫神在当地的重要地位，他还一度企图称莫为自己的儿子来获得权威，但莫甘愿放弃权力，退居到封地赫尔蒙提斯。阿蒙的神权快速上升，以至于三百年后，第十八王朝伟大的法老们将他当做宇宙造物主、王族祖先以及保护者来崇拜颂扬。

法老阿肯那顿向太阳神阿顿奉上玛亚特的祭品，阿顿是阿肯那顿在统治期间引入并举国推行的神祇，但法老一死，阿顿神便被祭司阶层废除了崇拜。

阿蒙左手持生命之符安卡，右手握着繁荣幸福的象征符号沃斯杖。

如果没有底比斯祭司阶层的干预，阿蒙神权的迅速上升不可能发生，这一阶层权势巨大，甚至可以说他们主导着埃及最荣耀伟大的时期的政治局面。这些祭司利用阿蒙来巩固他们的统治权：他们根据自己阶层的利益诠释阿蒙的神谕，将其传递给法老，后者则必须遵守神的旨意。当时存在一些阻止阿蒙成为埃及至高无上的最为古老的神祇的障碍，祭司阶层巧妙地绕过了这些问题。阿蒙的形象被穿上旅行装束，引入了八元神体系中（祭司声称阿蒙从底比斯跋涉到赫尔墨波利斯，来完成创世伟业），在赫里奥波利斯神系中他被比作阿图姆，而在孟菲斯，阿蒙则化身为普塔之舌。最后，底比斯祭司们毫不顾忌地将阿蒙等同于拉神，由此衍生出了阿蒙－拉，万物的绝对创造者。

阿顿与阿蒙之争

王朝的前三名法老都名为阿蒙霍特普（字面意思是"阿蒙神心满意足"），标志着阿蒙的神权达到了巅峰，此时另一位神祇开始悄悄崛起。这个神叫作阿顿，是太阳圆盘的象征。阿蒙霍特普三世曾下令建立了一座供奉阿顿的颇为朴素的神庙，但他的继任者，在他任期的第四年展开了一场声势浩大的宗教改革，授予了阿顿至高神权。阿蒙霍特普四世将自己的名字改做了阿肯那顿（"阿顿之荣耀"），并下令建造了阿肯塔顿城（"阿顿之地平线"），取代了底比斯城。当然，这场极端的一神教改革目的在于摆脱当时颇具影响力的崇拜阿蒙的祭司阶层的政治控制：这名异教徒法老宣布，供奉阿蒙的祭司尊崇的教条是错误的，他关闭了所有崇拜阿蒙的场所，没收了祭司阶层的财产，宣判他们用非法手段聚集私财，建立"国中国"的罪行。于是祭司们于公元前1336年下毒谋杀了阿肯那顿。

只有阿肯那顿法老本人能够对阿顿进行崇拜。在王朝新首都阿肯塔顿城竖起的供奉阿顿的神庙中有近千座祭坛。法老本人亲自谱写了献给阿顿的赞美诗，在埃及大地上时刻被唱起。在永不停歇的连祷仪式上，太阳神被当作造物主和恩惠主一样崇拜，那些讲述拉神和他的神族后裔的古老神话故事被忽略不计了。这是一个只有帝王本人可以崇拜，没有其他祭司的宗

鳄鱼之神

孔斯是底比斯神祇阿蒙和姆特的养子，根据传说他的亲生父母是科翁布的索贝克和哈索尔，三者形成了一个三神体系。在被希腊人叫做鳄鱼城（现为法尤姆省）的舍德特，某种蜥蜴类爬行动物被当作圣物供养；它们被金臂章和项圈装饰着，朝圣者们用肉、面包和红酒喂养它们。如今在阿斯旺以北的尼罗河段已经没有鳄鱼了。

法老阿蒙霍特普三世和象征肥沃、植物和生命的鳄鱼之神索贝克一起。

对抗埃及整个祭司阶层的法老极为突出的侧面像。

教，也不存在理论性争议的阴影。在阿肯那顿生前，埃及除了阿顿，绝无其他神祇。阿顿的对手阿蒙成了被放逐者，他的座座雕像被摧毁，他的名字也从各个宫殿和神庙中被删去。

阿蒙的复辟

随着阿肯那顿的死亡，阿顿的至高神权立刻烟消云散了。阿肯那顿的继任者图坦卡顿（"阿顿的形象"）被祭司阶层控制，抛弃了父亲的宗教信仰和名字，改名图坦卡蒙（"阿蒙的形象"）。对阿蒙的宗教崇拜的重兴几乎是一瞬发生的。阿蒙不仅仅重获至高荣耀，甚至神权还有所增长。在拉美西斯三世统治时期，阿蒙神（也就娜芙蒂蒂半身像，她是阿肯那顿的妻子，拥有传奇的美貌。

是祭司阶层）拥有多达八万一千三百二十二名奴隶和四十二万一千三百六十二头牲畜。这一势力庞大惊人的教廷的统领者来自全埃及最富有的家庭，他们掌管着宫殿，治理着整个帝国。埃及第十九王朝崩塌后，在整个国家瓦解之际，大祭司赫里霍尔篡夺了上埃及的王权。底比斯作为城市彻底失去政治地位，取而代之的是塔尼斯，底比斯成了专门供奉阿蒙的圣区，那里实行僧侣统治的政治制度，统治者是出身皇室的一名女子，她是阿蒙的一个妻子，治理着属于丈夫的财产与土地。由此，底比斯的地位开始衰落，这和整个埃及帝国的衰退是平行发生的。

阿蒙是底比斯三神体系的最高神祇，另外两名神祇分别是他的妻子姆特和他领养的儿子孔斯。姆特最初和她的丈夫一样是次神，但不久之后超越她的对手，成为了阿蒙的女版神祇。孔斯代替莫神，被阿蒙和姆特收养之后，也一跃成了伟大的月神。孔斯作为驱邪师和巫医备受崇拜：为实现神迹般的治愈，他将自己的替身派到病人身边。

神话来源

底比斯之神阿蒙的形象在第五王朝晚期的《亡灵书》中第一次出现，其中提到法老是坐在阿蒙的御座上升天的。那时他还是一个不太重要的小神，但千年之后，他便一跃成了众神之首。第十八王朝的一份莎草纸文稿便是献给阿蒙的宏伟圣诗，其中用以下诗句颂扬他："长生不老的你啊，安居在和平之中，／我主拥有宽广之胸怀，威严之外貌，／我主头戴乌拉斯和双重羽毛之冠冕，（……）苍穹北部承载着你的爱意，天空南方蔓延着你的柔情，／你的美貌俘获心灵，／你的爱意使双臂无力，／你完美的外形让双手失灵，（……）你是创造万物的独一形态，／你是属于唯一的存在，万物生灵就这样被你造出。"

读一读

芬兰作家米卡·沃尔塔利（1908—1979）的小说《埃及人西努黑》讲述了阿肯那顿法老统治时期，在宗教战争血染埃及时，一名医师的历险故事。主角名为西努黑，来源于古埃及文学作品《西努黑的故事》，该书约撰写于公元前20世纪，作者不详，《埃及人西努黑》中的其他元素也来源于《西努黑的故事》，后者讲述了一名古埃及官员，为了远离阿蒙涅姆赫特一世被残忍谋杀的风波逃亡近东的故事。

看一看

阿蒙的形象是一名端坐在御座之上的男子，皮肤呈蓝色或黑色，头戴舒提冠冕（一种用两只游隼的羽毛分制成彩色流苏的冠冕）。他的另一种化身是头顶象征生育力的两只弯角的公绵羊。

阿顿则从未有过相关的雕像。在浅浮雕和绘画作品当中，他被表现为一个巨大的太阳圆盘，发射出条条光芒，每一条太阳光线的尾部都是一只小手。阿顿用这些小手收集圣坛上的祭品和赋予君王生命之符。法老阿肯那顿实施的一系列宗教改革，建立了一种新的审美准则，以苗条纤细为美。

走一走

荷马笔下的底比斯古城是"百门之都"，因为该城有无数城门，该城是现在的卢克索，在开罗以南七百零七公里处。那里矗立着供奉阿蒙的宏伟神庙：主要的是卡纳克神庙，次要的是毫不逊色的卢克索神庙。该地如今是全世界游客最多的旅游胜地之一，此地的尼罗河西岸还坐落着古埃及最伟大的纪念性建筑物：帝王谷、王后谷和贵族谷的陵墓群；工匠工人的村落，德尔埃尔麦迪纳；拉美西斯二世神庙；迈迪耐特哈布和代尔拜赫里的墓地群，以及门农巨人雕像。

阿肯塔顿城存留至今的遗址很少，这座由法老阿肯那顿下令建成以替代底比斯的古城迅速衰落了。在如今位于开罗以南的尼塔斯城的地层中还遗存着古城阿肯塔顿各种建筑的地基，这些建筑在异教徒法老阿肯那顿死后被全数摧毁了。

拉美西斯二世下令建造了阿布辛贝勒神庙来纪念他在美索不达米亚对赫梯人的虚假胜利，他将神庙献给了自己和埃及最重要的神祇，阿蒙－拉、拉－霍拉吉提以及普塔。在神庙外侧，拉美西斯的雕像重复出现了四次，但在山丘内部法老的雕像和阿蒙、拉以及普塔一同出现。然而，当太阳光射进神庙时却照不到普塔身上，因为作为冥界之神，普塔应当长存黑暗之中，图中位于最左的就是普塔。

孟菲斯的普塔

孟菲斯城的创世神论体系当中关于普塔神的部分从一个非常智慧的角度解释了世界起源。为了完成造物创世，普塔使用的工具是心脏和舌头，也就是人类产生和表达愿望的器官："用眼可观，用耳可闻，用鼻则可呼吸。眼耳鼻知会心脏。从心之中生出了所有的知识，舌头则将内心所思用语言重复表达出来。"由此，普塔用心想象出了宇宙，随后用唇舌将其中万物一一命名，由此诞生了世界。普塔神的宗教崇拜中心孟菲斯城的祭司试图将自己的理论和其他两个在赫里奥波利斯和赫尔墨波利斯城盛行的创世神论体系结合起来。于是，孟菲斯的祭司称赫里奥波利斯九柱神是普塔的牙齿和嘴唇，随后又以相似的方式将普塔加入了赫尔墨波利斯的八元神体系：托特是普塔的舌头。

帝王谷的塞提一世陵墓中的普塔。同他的神族之辈相比敏感得多的普塔神正在接见法老。普塔是巫术之神，伟大的神匠，也是泥瓦工的创造者。

献给神牛阿匹斯的纪念碑，发现于塞拉比尤姆墓地。

断了亚述人的箭筒、弓弦和盾牌把手，使得敌军尽丧攻击力，毫无防御，不得不撤退。这个传说故事或许和普塔总跟侏儒有着紧密联系而有关，后者自古以来便被认为是世上最灵巧精湛的金银匠；普塔的形象事实上也表现为一个身材臃肿的侏儒，双腿弯曲，双臂叉在腰间。普塔和他的妻子塞赫麦特以及儿子奈夫图姆一同构成了孟菲斯三神体系。凶残的狮神塞赫麦特，除了时不时会在埃及大地上屠杀作恶，平时作为医师和巫医的保护神也有善良的一面。奈夫图姆是神圣莲花之神，他是阿图姆神性的一种变体，被描述为"拉神鼻息前的莲花"；因此，奈夫图姆也被尊崇为熏香和油膏之神。

神牛阿匹斯

在孟菲斯城的普塔神庙周边，饲养着神牛阿匹斯，它是神祇生命的象征，也是古埃及众多负有盛名的神圣动物之一。根据传说，普塔

在解释孟菲斯创世神论的文献当中，普塔同时也是艺术和各行各业的创立者，相当于希腊神话体系中的赫菲斯托斯。他的名字不但意味着"创造"，也有"雕刻""塑造"之意，所以普塔理所当然地成了"神圣的工匠"，进一步演变成了工匠的保护神。工匠塑造原始材料，从中提取出反映生命的形象，于是每一个金银匠、雕塑匠和画匠都在不同规模上重复着造物主的创世举动。传说普塔塑造了历任法老，而拉美西斯二世更是声称自己是普塔用铜铁锻造而成。

关于普塔流传着许多神迹故事。传说他曾从亚述国王辛那赫里布发动的攻击下拯救了位于红海路线上的佩鲁修姆。普塔召集了一支耗子大军，命令它们向攻击者进发，这些动物咬

在也许是埃及历史上最伟大的法老，拉美西斯二世的统治阶段，最主要的神祇是阿蒙、拉和普特。

会化身为天蓝的火焰，每隔一段时日便会和一只小母牛结合使其受孕，生出一只具有一定特色和辨识度的公牛：它应当具有黝黑的躯体，在前额上有钻石形状的白斑，脊背处有一只双翅张开的苍鹰形状，右侧有一弯新月的痕迹，舌头、腹部或后蹄上有一个神圣金龟子的形象。实际上，只要满足以上标记中的一个便可以被祭司们选中，成为名副其实的"普塔转世。"

阿匹斯神牛极其舒适地住在一个尊贵奢华的宫廷牛圈中，并被一种特殊的祭司专门照顾。根据希腊历史家希罗多德叙述，这一区域有宏伟的柱子，柱头上雕刻有牛头人身。每天，神牛都会被放出到一个庭院中，以便那些从埃及各地远道赶来的信徒们可以一瞻其尊容，并聆听其神谕。当然了，这只动物并不会讲话，但可以通过不同的方式诠释它的神命。例如，当神牛前去觅食之时，会有两扇门供其选择（一扇意味着肯定，另一扇则是否定），或者用手向它提供某种食物，看它接受还是拒绝。另外一种方法是，向神牛提出问题之后，信徒掩上双耳，走到神庙之外孩子们玩耍和跳舞的地方；如果解读无误的话，信徒听到的孩童说出的头几个词语便是神兆。普鲁塔克记述道，为了保持神牛的身材纤细，它只从一口特殊的水井中饮水，并不沾染尼罗河之水。

尽管通常情况下，神牛都是自然衰老死亡

母性女神

埃及平民阶层特别崇拜两位性情慈善，负责保护产妇和哺乳期的妇女的女神。其中一位叫做奈赫贝特，等同于希腊神话中的助产女神厄勒梯亚，她是分娩的保护神。奈赫贝特常以一只兀鹫的形象出现，在浅浮雕作品中她总是盘旋于法老的头顶，有时也以哺乳法老的样子出现。另外一位女神的形象是河马的图埃利特，她是怀孕、母性和哺乳的保护神，她的形象十分显眼，拥有高高鼓起的腹部和因为哺育过众多埃及婴孩而下垂的胸部。

托勒密时期的浮雕作品，上面出现了上埃及的保护女神奈赫贝特以及眼镜蛇女神瓦杰特，她们正在向国王授予冠冕。

的，但有些历史学家肯定地称道阿匹斯神牛如果年岁超过了二十五岁，便会被置于一处泉水中淹死。除此以外，还有两头神牛曾在孟菲斯被侵略时期被波斯人残忍屠杀。神牛的死亡会引起举国沉痛哀悼，几乎和法老去世时的集体哀痛不相上下，为其举行的隆重葬礼也可与国王的殡葬媲美。神牛死后会被木乃伊化，身躯用珠宝覆盖，用爬犁载运到神牛的墓葬地，塞拉比尤姆墓地。这之后，孟菲斯祭司们便在全国范围内着手寻找它的继任者，直到找到一只拥有以上提及的标记的公牛才停止搜寻，有谣言说如果寻找满足条件的神牛过程实在困难，祭司们便会自行在一头黑色的初生公牛身上做出标记，称其为普塔之子，以此蒙混过关。在被证实的确拥有这些标记后，小牛会被放置于一个面朝东方的封闭空间中，前四十天都只喝牛奶，被命名为新的神牛阿匹斯之后便会顺着尼罗河被运载到孟菲斯，那里的人们欢欣不已地等待，迎接它的到来。

神话来源

普塔创世的故事被记载在沙巴卡石碑之上，现存于大英博物馆。这块石头上的文字讲述道，孟菲斯的祭司们发现一份记录普塔神迹的莎草纸文稿被虫子吃掉了，于是法老沙巴卡（第二十五王朝）便命其在一座底座尺寸为137×32厘米的石碑上复刻了文稿。因为石碑一度被当做磨坊的石盘使用，因此上面的一部分文字被磨掉了，但根据剩下的记述，人们还是重新构建了孟菲斯传世神论体系。

希罗多德讲道，对阿匹斯神牛的宗教崇拜一直持续到残忍的波斯国王阿尔塔薛西斯三世侵略埃及（前343年），他下令杀死了神牛，并将肉呈给宴席上的波斯将军们吃。这一故事不太可信，因为在波斯王国的统治之下，神牛仍然会根据传统被埋葬在塞拉比尤姆墓地。

看一看

普塔的形象十分不同寻常，他被表现为一个头矮小的，木乃伊化的男子，被木乃伊布紧裹的剃过的头部凸起，上面盖着一顶小圆帽，他的双手持握着象征稳定（节德）和象征生命（安卡）的复合权杖。通常情况下普塔被供奉在一座象征玛亚特的正义的墩座上，这样矮小的普塔便可以和其他神祇平起平坐了。

走一走

离矗立着著名的狮身人面像和宏伟的金字塔的吉萨河沙卡拉陵墓群几公里之处，游客可以拜访一处散布着遗址的棕榈林，这里曾经是孟菲斯城的所在地。传说孟菲斯城由具有传奇色彩的埃及国王美尼斯建立，在整个古王国时期都是埃及首都，并在长达数世纪中都因其位于尼罗河三角洲的地理优势而占据着主导地位。这座埃及大城市的衰落始于公元前332年亚历山大港的建立，随后在640年，穆斯林将这座城市夷为平地之后，孟菲斯差点从地图上消失。最后决定它的彻底毁灭的是12世纪时的决堤，这些保护孟菲斯的大坝不复存在之后，孟菲斯也走向了毁灭。

另一个崇拜普塔的城市是德尔埃尔麦迪纳，这个地方曾居住着参与了帝国谷的建造的工匠们。

离德尔埃尔麦迪纳不远的尼罗河对岸，矗立着一座供奉普塔的神庙，旁边便是宏伟的卡尔纳克的阿蒙神殿。

在萨卡拉的孟菲斯陵墓区里坐落着塞拉比尤姆墓地，这里埋葬着木乃伊化的神牛阿匹斯。塞拉比尤姆墓地是由一片广阔的地下建筑复合体组成的，这些建筑由无数个含有巨大墓室的陈列室构成。那里保存着神牛石墓，这些石棺由一整块巨大的石头制成，平均每块重量达七十吨。神牛一旦被埋葬，它的石棺便会用一块石碑盖上，嵌入墙中。

拉美西斯二世在孟菲斯的雕像，于1860年左右被土耳其摄影家帕斯卡尔·塞巴发现并用胶片记录。

此图与 423 页的一样，都是拉美西斯二世陵墓中的壁画，图中可见法老站在荷鲁斯和阿努比斯之间。

阿努比斯，死者之向导

最开始，为了使尸体能保存更长时间，埃及人在沙漠中用沙砾埋葬死者。胡狼以及其他以腐尸为食的兽类会将尸体从沙中掘出吃掉，但人们相信这些野兽通过这种方式指引亡灵去往另一个世界的道路，因而认为它们是神圣动物。当随后木乃伊化处理和埋葬技术普及之后，胡狼神阿努比斯便承担起了他的那些饥肠辘辘、食用尸体的胡狼祖先的宗教职责，变成了监管所有殡葬仪式的神祇：他会对死者实行象征性的防腐香油涂抹仪式，引领死者通往亡灵世界，并保护他们在石棺中安息，不受侵扰。

然而，在《金字塔之书》中，阿努比斯直接以拉神儿子的身份出现，而赫里奥波利斯的神学家则使他在神祇家族中扮演另一个角色。之前我们已经提到过，阿努比斯是俄西里斯和奈芙蒂斯通奸而生的儿子，然而伊西斯并没有因为丈夫和双胞胎妹妹的不忠而气恼，反而收养了二人的儿子，视为己出，抚养长大。这一版本对于神话的进一步发展颇有益处，因为阿努比斯随后被召唤将亡父的尸体碎片聚集起来，实行了史上第一例尸体木乃伊化："绷带之神"

将俄西里斯的尸体包裹起来，防止其腐烂，然后奏响了长鼓，使父亲重获生命。

古典时期的肖像画，在法尤姆陵墓中被发现。

从那时开始，为尸体涂抹防腐香料的过程便以阿努比斯之名进行。人们将死者的内脏和大脑取出，然后用没药和其他香料填满尸体，并将其存放在泡碱中（碳酸钠盐），使尸体脱水变干。然后人们用麻布绷带包裹好尸体，最后将其放入一个或多个石棺当中。与此同时，仪式上会燃起熏香，人们向神灵发出祷词，诵读咒语。一名佩戴胡狼面具的祭司负责在仪式上将死者之口打开，他用一只金属棍片打开尸体的嘴，以便亡者在另一个世界可以说话、呼吸和吃饭。阿努比斯监管整个殡葬过程的所有复杂仪式，确保一切顺利进行。

埃及人信仰永生，更确切地说，他们认为延长逝者的生命存在需要首先确保身躯的保存。至于亡者的灵魂，则有多种形式：卡是由神祇刚刚赋予新生儿的生命之息，而巴则是个体的人生经历，包括了此人一生中的行为。后者与前者是分离的，并在个体死亡之后交付审判。如果审判结果是正面积极的，卡和巴这两个元素便会在安卡中结合，使亡者升天。

内脏的保管者

在木乃伊化的过程中，内脏被保存在四个"克诺珀斯罐"中，由条纹大理石或方解石制成。这些容器的盖子造型是荷鲁斯四个儿子的头颅，他们是容器里内脏的保管者：艾姆谢特（人头形象）负责保管肝脏，哈皮（狒狒头）负责看管肺，多姆泰夫（胡狼头）是胃的看守者，而凯布山纳夫（鹰头）则保管着肠子。除此以外，这四名神灵还象征着东西南北四个基点，因而他们的名字也被刻写在石棺的四个角上。有一个传说讲到，拉神从水中的一朵莲花中将他们四个用一张网钓出；因此也可以看到他们出现在"灵魂称重"的场景当中，立足于一朵莲花之上，身处俄西里斯的王位之旁。

图坦卡蒙陵墓中的克诺珀斯石罐。

双理厅

逝者一旦接受了防腐仪式，便要踏上前往地下世界杜亚特的旅途，那里遍布妖魔鬼怪和烈火之湖。为了克服这些困难，死者随身携带着多种形式的护身符和辟邪物，这些物品事先会被置于绷带之间，在亡者旅途中用作通行证。与此同时，逝者也要背诵几句咒语，防止被烈火炙焰中的恶魔吞噬，或被遇到的某些黑暗邪灵永远困住。在路上，亡者会碰到一些巨门，这些关卡由一些可怖的神灵（炎魔，斥退犯上者之神，不停用刀刺的神，血上起舞之神）看守，这些神灵的名字应当被诵读，这样才会允许亡者继续自己的旅程。如果在某些地方被耽搁的话，彻底穿过杜亚特有可能是一条非常漫长的路途。

如果亡者能够顺利无阻地通过这可畏的地下国度，他便会在阿努比斯的指引下抵达一间叫作"双理厅"的巨大房间。最高审判官俄西里斯便在那里等候着，端坐于王位之上，接见来自凡间的臣民，并审查他的良知道德。在大

《亡灵书》中的一幕。亡者正在一堆献给俄西里斯的祭品前祷告。

厅正中间放置着一个巨大的天平，旁边是真理和正义女神玛亚特，以及"吞噬者"阿米特，一个鳄鱼、雄狮和河马的混合怪兽，他的职责是吞噬掉那些有罪之人。四十二位顾问神，对应了埃及四十二个诺姆的法官，开始向亡者提问关于他往生的细节；逝者在质问过程中可以否认自己犯过罪行，为自己进行辩护。

《一个木乃伊的葬礼》（1877），弗雷德里克·阿瑟·布里奇曼所画。埃及人将亡者的尸体运往坐落着神庙的尼罗河西岸。

接下来，便会进行"灵魂称重"：在天平的一个盘中放置亡者的心脏，另一个盘中则会放上象征玛亚特的鸵鸟毛，也就是"真理之羽"。阿努比斯则会检验结果，托特将其记录在他的莎草纸上，荷鲁斯则将结果传达给俄西里斯：如果天平平衡，被审判的人便获得永生。俄西里斯此时便会庄严地宣布："此逝者是自由之身，他可以前往神祇之住宅生活"。如果结果相反，也就是亡者犯下的过错重量超过了玛亚特的羽毛，他便会受到有罪的判罚，被俄西里斯的仆人当场肢解，阿米特会吃掉他的心脏，让他永远失去永生的机会。

如果受审者被判无罪，他便可以继续前往天国。哈索尔擎着天梯，以便那些正直的灵魂可以升到天堂，那是属于俄西里斯的田地，复活后的俄西里斯在这里耕种土地，一如他在凡世埃及所为。这个简朴的小伊甸园和真实的埃及没有多大区别，只不过天堂的庄稼丰收更为富足，自然风光则没那么像沙漠荒原，闲暇时刻，这些善人会去打猎，举办一个接一个的宴席，以及参与其他并无什么特别之处的娱乐活动。

神话来源

埃及学家将新王国时期，也就是第十八王朝以后的陵墓中找到的莎草纸文献称为《亡灵书》。这些文献大部分是关于巫术、颂歌以及占卜的汇编集，都是亡者进行地下世界旅行必需的知识。在《金字塔之书》和《石棺之书》中也记载了穿越玛亚特之国的方式。

《亡灵书》中最为人所知的一个版本是安尼莎草纸文献，它由三卷附加文献组成，总长度达二十四米。该莎草纸文献由三名书吏以及一名画匠共同完成，成书时期大约在公元前 1300 年。安尼莎草纸文献于 1888 年被大英博物馆购得。其中记载了玛亚特的规定原则，还有亡者在双理厅进行"灵魂称重"之前，应当向众位顾问神诵读的忏悔之词。

希腊作家希罗多德（前 484—前 430）在其著作《历史》第二卷中讲述了埃及人的文化习俗，既有日常生活也有宗教相关的内容。比如说，他详细记叙了防腐香料处理尸体的三种方式：最为昂贵的防腐仪式是为重要人物准备的，中等一级的仪式是针对普通人的，而最廉价的防腐方式则属于穷人阶层。

看一看

玛亚特十分容易辨认，因为这名女神头上戴着一顶鸵鸟毛冠冕。这支鸵鸟毛，也就是玛亚特在埃及文字中的象形符号，在象形文字文献中可以单独出现。权力、真理和道德正义的女神玛亚特是拉神偏爱和信任的女儿，她也常常在太阳船上拉的身边出现。同时她的另一个形象是托特的助手或妻子，于是托特也被称为"玛亚特的主人"。她是双理厅中俄西里斯的随从之一，在那里，象征女神的鸵鸟羽毛也被放在天平之上，用于称量亡者心灵的重量。

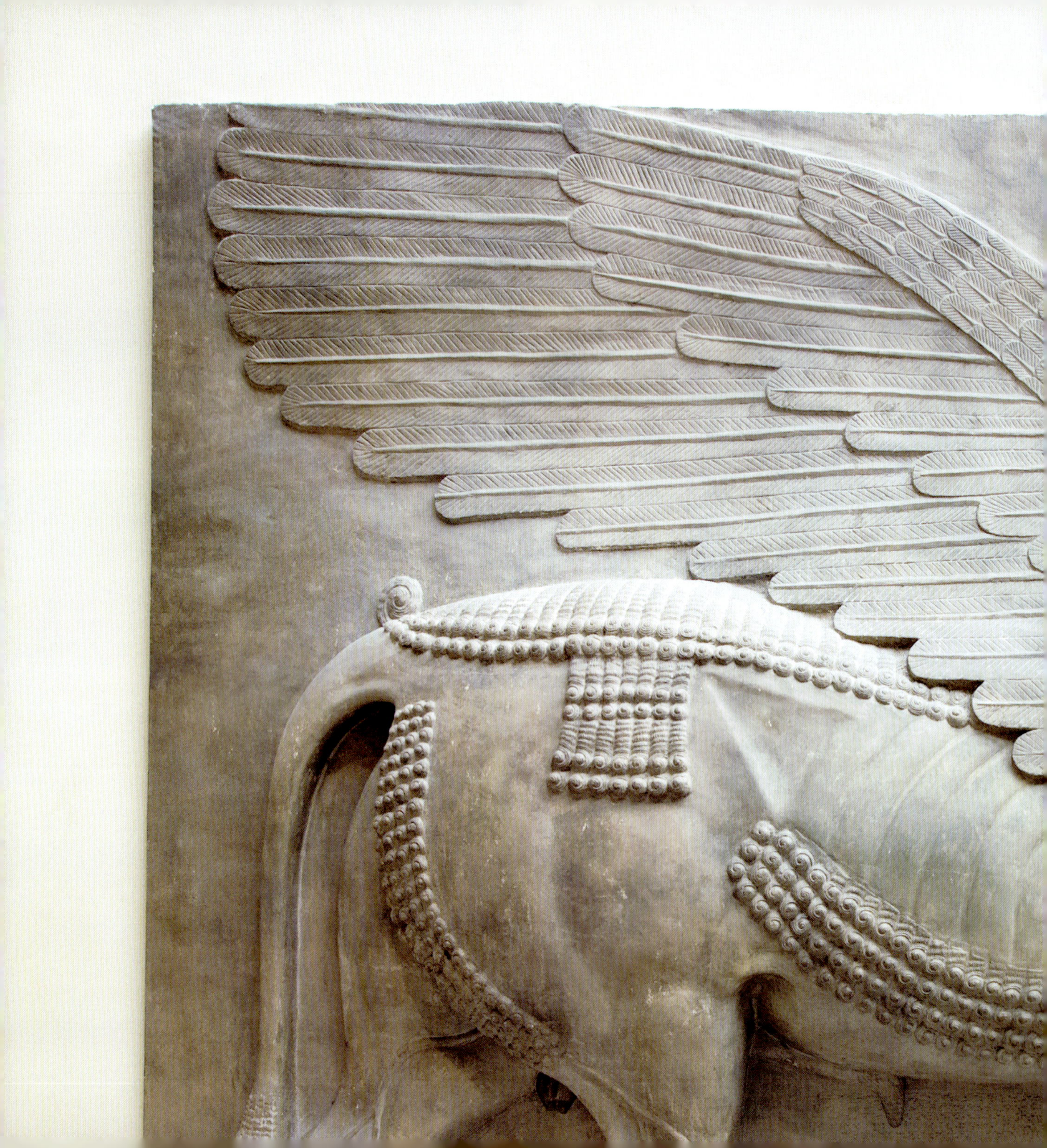

美索不达米亚

带翼的人头牛身神灵拉玛苏的浮雕，是萨尔贡二世在亚述古城杜尔舍鲁金的宫殿墙壁，古城即今伊拉克城市豪尔萨巴德，浮雕时期约为公元前 716—前 713 年。拉玛苏是人类的保护神，常被置于神庙入口两侧，起门神之用。拉玛苏的反面生物是乌图卡，神话中的邪恶神灵。

提格拉特帕拉沙尔三世是公元前 8 世纪最重要的亚述国王之一。他被认为是新亚述帝国的创建者，该帝国最终由萨尔贡二世进一步扩大。提格拉特帕拉沙尔三世统治着扎格罗斯山区的部落，并征服了叙利亚人和玛代人。亚述人是英勇的战士，他们崇拜的主神是阿舒尔，信仰一种由神祇的怒火占主导地位的宗教。

美索不达米亚神祇的诞生

在长达三十个世纪的历史上，在亚洲美索不达米亚平原上底格里斯河和幼发拉底河的孕育下诞生发展了多个文明。历史学家将这被沙漠包围的土地称为"肥沃月湾"，这一地域从亚美尼亚绵延的山脉一直延伸到波斯海湾，覆盖了如今的叙利亚和伊拉克。由于这里主导统治的民族更迭，不同种类的神话混杂，于是产生了一个综摄的信仰体系，换句话说，这一复杂的宗教信仰体系诞生于不同教义信仰的融合之中。公元前 3000 年以前，苏美尔人和阿卡德人活跃于美索不达米亚平原的历史舞台上；一千年以后，巴比伦帝国崛起了，但在公元前 1100 年左右被雄起的亚述人取代了；甚至在公元前 7 世纪，巴比伦帝国在被居鲁士统领的波斯帝国彻底攻陷以前，还出现了最后一次的辉煌复兴时期。以上提到的每一个文化都曾荣耀一时，但在昙花一现的霸权时期，这些民族各自用自己的宗教观丰富了这片地域上的共同神话财富。这是一片神圣的森林，不同种类和流派的宗教信仰构成了树林中繁复的枝叶，为了简化叙述，我们统称其为"美索不达米亚神话"。

《汉谟拉比法典》是已知的历史上第一部法典。其中，国王汉谟拉比呈站姿，坐着的正义之神沙玛什正将律法授予他。法典记录在浮雕下侧的黑曜岩上。

虽然苏美尔－阿卡德和亚述－巴比伦民族拥有不同的神话传说，但在解释宇宙起源的问题上却殊途同归，这些不同的文化用同一个神话故事讲述了世界的开端，那便是著名的《创世史诗》。这首史诗以时间的拂晓开篇，那时苍穹都没有名字，天地间只存在两位原始神祇：象征淡水的阿卜苏，以及混沌大海的人格化象征提亚玛特。如同希腊神话中的俄刻阿诺斯一样，阿卜苏是某种围绕在大地四周的地下深水，而提亚玛特则是女性的初始象征。二者的液体交融，两股原始力量结合产生了一系列嘈杂的生物，其中有穆木（波涛），初始之蛇拉姆和拉哈姆，除此以外，还有安沙尔（苍穹世界）和吉莎尔（大地世界），正如希腊神话中的乌拉诺斯和盖亚一样，他们一同构成了美索不达米

公元前 9 世纪的亚述浮雕，展现了一名长翼的神灵出现在阿淑尔纳西尔帕二世背后。

法术的仪式

每年，马杜克的雕像都会被从伊萨吉尔神庙中抬出，在游行中被抬到阿基图，一座坐落在巴比伦城墙以外的神殿，在那里，马杜克的虔诚信徒，包括国王都会在几天的时间里向神祇献上祭品。宗教仪式包括了祷告、献祭、洗涤和其他具有法术性质的活动，这缘于马杜克是命运之神和秘教的起始人。仪式还有重要的一部分，那便是重现马杜克的神迹，他的死亡、复活以及和女神撒尔帕尼突的婚姻。庆典结束后马杜克的雕像会被抬着在幼发拉底河附近游行，随后沿着神圣大道放回伊萨吉尔神庙。

亚神话体系中的初代神祇。安沙尔和吉莎尔诞出了伟大的第二代神祇：安努、埃亚、马杜克，等等，这些都是智力超群、极其狡猾的神灵，他们在随后的故事中将和那些先从宇宙混沌中诞生的无序力量斗智斗勇，一较高低。

《创世史诗》源于巴比伦民族文化，故而诗中所有重要故事都发生在巴比伦，马杜克，美索不达米亚的宙斯，废黜了先祖神灵，使世界获得了秩序。但冲突的源头并不寻常，可以追溯到马杜克出生以前，那时阿卜苏对吵闹纷争、难以容忍的后代十分不满，于是说："我要终结这糟乱的行为，并毁灭他们，以便让和平笼罩于世，我们便都可以安心沉睡了！"阿卜苏和他的仆人穆木准备着一场神族的灭绝，但"众人皆知"的埃亚神抢先一步，用他的神奇法术使阿卜苏和穆木二人陷入深眠，然后杀死了他们。随后，埃亚将阿卜苏的住所据为己有，他和达姆金娜结婚，诞下一子，那便是地位超越同族的马杜克。

马杜克与提亚玛特的斗争

于是，愤怒的提亚玛特决定为死去的阿卜苏复仇。首先，她组建了一支可怖的怪兽军队：长角的毒蛇，恶龙，狂犬，人蝎，人鱼和人牛。她还使金古充当军队首领，命其为众神之君主，并将命运之牌交于其手。安沙尔对此深感不安（"她拧着手指，咬着双唇，肝脏浮肿，腹部翻搅"），向她的儿子安努和埃亚求助如何回应提亚玛特的威胁，但这两位神祇面对暴怒的祖母，也都无计可施。当一切看似已成败局之时，马杜克自告奋勇，却有一个条件：如果他战胜提亚玛特，众神就要将至高无上的神权交给他。由于此时马杜克成了大家唯一的希望，于是在座各位便将王权赋予了他，承诺一旦战胜便拥他为众神之首。"马杜克是王！"大家纷纷喊道：最后一战的时刻到来了。

马杜克的武器是弓箭、一柄大锤和一张用于围困提亚玛特的大网。在战斗即将开始时，马杜克的身前有

雕塑形式的祭品，发掘于苏萨的尹苏辛那克神庙附近。

429

刻画战争场面的亚述浮雕。亚述人的冲锋部队具有十分灵活的特性，由成对的步兵（弓箭手和持矛的盾手）、骑兵、战车和投弹手组合而成。

一道闪电开路，他的面庞上燃烧着无法扑熄的烈火。《创世史诗》的高潮时刻是马杜克和提亚玛特对战的场面。马杜克向女神面部投去一阵猛烈的风，作为强劲对手的提亚玛特张开她的无边巨口，试图吞噬马杜克，但却无法闭上嘴，剧毒的气体将她螫伤，使她肿胀成一个巨大的气球；马杜克趁机向她射出一箭，他用力将箭投掷并正中女神的心脏。随后他从金古手中夺去了命运之牌，最后，他将提亚玛特砍成两半，"像一条切开要晒干的鱼"；随后他用女神的一半身躯建成了大地，另一半则撑起了苍穹。

战斗胜利之后，马杜克便赋予世间万物以秩序：他命名了每一个天体，为他的兄弟姐妹们建造了神庙，创造了月亮的阴晴圆缺；他用提亚玛特的唾液造出了云朵和雨水，用她的两个空洞的眼窝使底格里斯和幼发拉底河萌发了奔腾的生命力。但马杜克的神迹并不止于此，他决定完成最后的壮举："我想铸造原始的平凡存在：并命名其为人类。"根据《创世史诗》，马杜克用混着金古的血的泥土塑成了第一个凡人，为的是使人类能够承担起神族的沉重使命，这样众神便可以投身享乐了。为了犒赏马杜克的功绩，众神为他在地面上建造了一座宏伟的宅第：巴比伦神庙和庙塔。

☯ 神话来源

《创世史诗》讲述了世界的开端和在马杜克保护之下巴比伦的建立过程。在尼尼微、亚述古城和基什岛发掘出的楔形文字泥版中有七块（一千行文字）是关于《创世史诗》的。这部文学作品又名《埃努玛·埃利什》，"埃努玛·埃利什"也是全文的开篇之词（意为天之高兮）。该文献向后世提供了萨尔贡二世时期（前 722—前 705）巴比伦王国的官方教义，也概述了美索不达米亚平原上活跃过的民族的宗教信仰。在全文最为有趣的一个篇章中，马杜克一看到提亚玛特出现在他面前，意志便出现了动摇，深觉自己不能战胜女神。马杜克的这一反应自然是非现实的，这是为营造戏剧效果而添加的，使马杜克必胜的故事发展显得不那么肯定。这篇讲述创世神话的文学作品和其他许多美索不达米亚的宗教文献一同被记录于楔形文字泥版中，这些泥版被发现于亚述国王巴尼拔（前 669—前 628 在位）的图书馆遗址中，很大一部分现藏于伦敦大英博物馆。文史们在粘土柔软之时用铁笔刻下文字，故而文献中的符号是楔形的。这种被苏美尔人和阿卡德人使用的楔形文字于 19 世纪中叶被破译。

👁 看一看

艺术作品中将马杜克刻画为一名穿着长礼服的斗龙男子（纪念他战胜提亚玛特的功绩）或手持法术圈和权杖。马杜克总是头戴一顶有角冠。在大英博物馆中藏有一块库杜卢（用以划分界限的黑石），上面记录着主神马杜克的主要神职和神权。

🧳 走一走

巴比伦古城坐落在幼发拉底河河岸，位于如今的希拉市（伊拉克）的北部。在阿卡德帝国时期巴比伦是一座无足轻重的小城，但汉谟拉比（前 1792—前 1748 在位）将其奉为辽阔的巴比伦帝国的首都。古城被亚述国王辛那赫里布（前 705—前 682 在位）率军摧毁，随后又被尼布甲尼撒二世（前 605—前 562 在位）在新巴比伦时期重建并扩建。如今我们看到的巴比伦遗址便是这一时期的古迹。城池为矩形，四周有双层城墙，共有八扇城门。一条大道穿过整座巴比伦城，通向马杜克的神殿，伊萨吉尔庙，旁边一侧竖立着七曜塔，也就是《圣经》中提到的巴比伦通天塔。那著名的空中花园，覆盖花草植被的梯形高台便是尼布甲尼撒二世宫殿的一部分。

苏美尔圆柱章的章印。

公元前 13 世纪的界石库杜卢，上面刻画着天穹三元素之下的安努神。

安努、埃亚和伊利尔

信奉多神的苏美尔－阿卡德人崇拜的神祇多达数千名，统称为安努那基。随后安努那基成了地下和冥界之神的专用名称，活动在天界的神祇则称为伊吉吉。除此以外，苏美尔－阿卡德宗教体系中还有成百上千的神灵、恶魔、精灵、神话英雄、被神化的国王和自然力量，这些都是被崇拜的对象。起初，这些神祇并没有独特的性格特征，甚至连性别也不确定，但后来他们被赋予不同的动物形态，直到最后，终于拥有了人类的外形，并且每个神灵都获得了各异的特征，不再完全一样。这些神祇和人类的区别是，除了能长生不朽，力量和块头也要比凡人更大一些。然而，泥版上刻画的神灵也都十分脆弱，情绪像凡人一样敏感多变：有时他们面露惧色，有时则被复仇的怒火冲昏了头脑，和其他大部分宗教神话一样，他们还喜欢举办奢华的宴席。他们也有家室，并且和人类国王一样，也有仆人和军队。众神在一个名叫乌普舒基纳的大厅里召开集会，商讨重要事项的解决方案，他们也会在此举行年会，来决定众生的命运。在巴比伦的马杜克入主这一宗教

将加喜特王朝国王美里·什帕克的女儿表现为在天体下的女神娜娜。

体系之前，苏美尔人和阿卡德人供奉的主神共有六名，分成两组三元神：一组是安努、埃亚和伊利尔，另一组是三名天界之神：辛、沙玛

433

什和伊什塔尔。

马杜克战胜提亚玛特，在宇宙间建立秩序与和平之后，世界便被第一组的三名神祇所支配了：安努为苍穹之王，埃亚掌管江河水流，伊利尔则负责大地事务。阿卡德人将安努，也就是安努姆（在苏美尔语中是安）尊为众神之首，其他所有的神祇都在需要援助或保护时前去请求他的支援。安努居住在高高在上的星空之地，他来去行走的也是不同寻常之道路，这些"安努之路"只供他一人行走。至于埃亚（苏美尔语中为恩基），不仅仅是众水之神，也是所有秘术和魔法的开创者；他被称为"圣眼之神""洞察万事之神"，因此其他神祇往往向他寻求意见，并允许他纠正自己的错误。埃亚除

提亚玛特被马杜克追赶的场景，来源于瑞典百科全书《北欧家庭书》（1904—1926）。马杜克将提亚玛特禁锢在深渊当中，将其砍为两半，并用其中一半创造了苍穹，从那里萌发了底格里斯河和幼发拉底河的源头。

了主持占卜之术，也负责传递神谕，除此以外，他也将众多手艺行当传授给了人类；木匠、石匠和金银匠都奉他为保护神，而一则民间传说中则称，是埃亚，而不是马杜克，用泥创造了人类，因此他也被称为"陶工之神"。

后继的神祇

这创世三元神组合中的第三位神祇便是安努的儿子，伊利尔（苏美尔语中称为恩利尔）。他掌管大地，随着时间流逝，他逐渐取代了他父亲的神职和地位。伊利尔的武器是飓风、风暴、闪电和其他一些自然现象，但最使他权位

巴比伦国王汉谟拉比的野心使他成为了亚述人的统治者，苏美尔和阿卡德的君王。他在历史上最重要的功绩之一便是使国家政教分离，在汉谟拉比法典中，他没有提及任何一位神祇。

突出的一点便是他持有命运之牌，那上面记录着凡人和众神的命运。也许正因如此，他也负责从凡人中指定王族并授予王权，因此国王就是他在凡间的代表。

当巴比伦人传承并改造了苏美尔人的神话宗教，伊利尔并没有被遗忘抛弃，而是在得到改造的神话体系中继续占有着一席重要地位，只不过，他的名字变成了贝尔，是"先生，主人"的意思。关于伊利尔最为人们所熟知的神话之一便是那场他引发的用来毁灭人类的大洪水（这个故事被记载于《吉尔伽美什》），另外一个传说讲的则是他如何战胜了一只壮若高山的怪兽，并因此获得了大地上至高无上的权力。他的伴侣是宁利尔（也被称为贝莉特，"女士"之意），而他的圣城则是尼普尔。

安努、埃亚和伊利尔继承了汉谟拉比推行的宗教改造重组事业，但这几位神祇的地位跟埃亚和达姆金娜之子马杜克相比，差了一个层次。马杜克起先是农神（他的象征是锄头），但他以提亚玛特战胜者的形象出现在巴比伦泥版上之后，地位便得到了飞跃。他变成了众神的保护者、法术的主人、国王的领主、万物的创造者，类似的头衔还有很多，他成了安努那基的最高统治者，并吸收了其余神祇的神格。从那时起，他的功绩便成倍地增加了。其中一项功绩便是他击溃了乌图库，正是这些邪灵夺窃了月亮神辛的光芒，造成了月食现象，而如果没有月亮神的监管，夜间活动的罪犯就会横行

苏美尔女神伊南娜在阿卡德文化中变成了伊什塔尔，她除了是美索不达米亚文化中自然和生命力的象征以外，还是古以色列人口中的地狱公爵亚斯塔录。

435

安努、埃亚和伊利尔的传说主要出现在《创世史诗》中，但在其他一些美索不达米亚神话文学作品中也经常以高级神祇的身份出现。例如，在《祖之史诗》当中这三位神就以这样的形象出现，这部史诗被以楔形文字记录在三张泥版上，文献篇章曾散落在不同的考古地层中。作品的开端讲到了祖的诞生，这是一只性情狂暴、邪恶暴力的大鸟。埃亚劝说伊利尔，让祖成为他的私人护卫，专职守护伊利尔沐浴之处的大门。当伊利尔浸在神圣之水中时，祖偷走了他掌管的命运之牌并逃走了。安努立即下令处决这名叛徒，但数名伊吉吉不愿和祖交锋。智慧之神埃亚将这一使命交到了战神尼努尔塔的肩头，并且给予了他如何战胜祖的忠告。尼努尔塔用一支利箭刺穿了祖的心脏和双肺，在史诗的结尾处，他带着战利品，并将其交给了伊利尔。《祖之史诗》是伊利尔之圣城，尼普尔城神话体系中的一部分。

👁 看一看

在艺术作品中，美索不达米亚众神总以胡子浓密的男子形象出现，头后束着长长的头发。在远古时期，这些神祇身着有多毛流苏的服饰（卡乌纳克），再往后他们的服装又演变成了带有条纹的长衫。众神的头顶总是有裹头巾，或者是一顶有一对或多对角的冠冕。

亚述人崇拜的众神之首阿舒尔，在浮雕作品中则戴着一顶冠冕，持着一种弯刀状的武器。有时他也被表现为骑坐在一头公牛身上的样子，状如一座带有双翼的半身像，长着鹰头。为了体现他生育力保护神的特点，在他的形象周边往往出现蔓延交叉的枝藤。

无忌。

但当巴比伦城的霸权被亚述人的都城尼尼微取代后，马杜克的至高神权便不复存在了。虽然这片土地的新征服者总体而言十分尊重巴比伦文化，也很尊重后者的宗教秩序，但亚述人不能接受一名异域神祇统领神界，于是便强行推广自己民族的至高神祇阿舒尔。亚述人为减少这一过渡时期的冲突，便声称阿舒尔便是古老的神祇安沙尔，随后又进行了进一步的粉饰包装，宣布说阿舒尔自己创造了自己。阿舒尔反映了亚述民族好战的品性，他首要的身份便是战神，职能是将战术的灵感带给将军们，指引弓箭手的箭飞行的方向；在分享战利品之时，战士们会把最优质的一部分留着献祭给他。在一些场合，他还会在亚述人的敌人面前现身，胁迫他们如果不抛下武器撤退，就会被杀死在战场上。

安努在人世间的住宅位于乌鲁克，这座古城的废墟位于如今幼发拉底河畔的城市沃尔卡（伊拉克）。这座圣城里曾经有一个地区（恩南娜），那里树立着安努、伊什塔尔和塔木兹的神庙，如今的遗址大部分是后两名神祇的神殿。这里另外一座重要的宗教建筑便是献祭给苍穹之神的高塔。

苏美尔人的古城邦尼普尔主要供奉的神祇是恩利尔，或称伊利尔，这座城市于1851年在巴比伦城东南方向七十五公里处被发现。在考古地层中发掘出了成千上万的楔形文字泥版以及神庙和书吏居住区。

埃利都古城遗址位于伊拉克以南的区域，于1854年在阿布沙赫赖因丘附近被发现。公元前3000年这座城市位于波斯湾沿岸，但如今该城的考古地层却处于距离海岸二百公里处，海岸线的后退缘于底格里斯河和幼发拉底河洪水泛滥。在埃利都古城，树立着埃亚的重要神庙，阿勃祖神殿。根据传说，在神庙旁边生长着一棵神奇之树，它的树叶光芒闪耀如同天青石，投射出的阴影如此浓密，仿若一座森林。

19世纪末发现亚述城的位置在如今的舍尔加特（伊拉克）。当临近的尼尼微充当帝国的政治中心之时，亚述城则扮演着国家宗教中心的角色，那里也是皇家陵墓的所在地。考古挖掘工程曾让数座神庙重见天日，其中最为著名的当属阿舒尔的神殿，它有两座中心建筑、四个庭院和数不胜数的次等建筑物。另外被发掘的遗址还有献给安努和阿达德的巨型神殿-庙塔。

《巴比伦通天塔》（1594），卢卡斯·凡·翁肯伯奇所绘。这是描绘通天塔的众多艺术作品中的一幅，中世纪该类作品数不胜数，传说通天塔是产生了众多语言的地方，人类从那时起，便分化成众多不同种族。

库杜卢是有法律效力的界石，插在地产边界处。在界石库杜卢上镌刻着租界条款（被保存在神庙中的一块泥版上）和宗教象征，其中有众位保护神的形象。

地府的伊什塔尔

　　阿卡德神祇辛、沙玛什和伊什塔尔，也就是苏美尔人所称的南纳、乌图和伊南娜，组成了天体三元神。辛是月亮的化身，常常以一名蓝胡子老人的形象出现。马杜克让辛以月相分配时间，也将夜间巡查世间的责任交付给了他。在罕见的场合下，辛也会以光芒四射的太阳圆盘的形象出现（一般是月食的时候），这时候他的名称是"王冠之神"。他与妻子宁伽勒育有三子，沙玛什、伊什塔尔和努斯库。

　　沙玛什作为太阳的化身，他的相关神话与希腊太阳神赫利俄斯甚是相似。每日清晨，蝎子人打开黎凡特山脉之门之后，太阳神沙玛什便从东方出现，乘着车夫布南驾的太阳车划过苍穹，在傍晚时分消失在西方山脉；但夜晚沙玛什的太阳车也不会停止，而是在地下继续运行，在第二天黎明便可以重返天穹。和赫利俄斯一样，沙玛什是侦察发现罪恶、无所不知的神眼，他使行恶之人改邪归正；因此，人们也将他尊为世间至高无上的大法官。同时，他的特性和另一名希腊神话的太阳神相似，那就是他也是预言神祇，在占卜祭祀的典礼上扮演着

生育女神伊什塔尔的赤陶浮雕，公元前1800年。在亚述人和阿卡德人之后，伊什塔尔的形象被腓尼基人同化成了女神阿斯塔尔塔；甚至连希腊人的爱神阿佛洛狄忒的部分特征也取自于她。

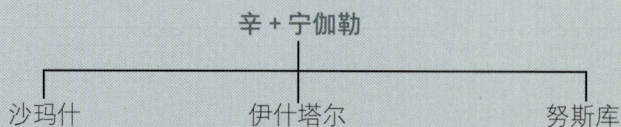

辛 + 宁伽勒

沙玛什　　　　　伊什塔尔　　　　　努斯库

关键角色。

这组天体三元神中最复杂又最令人着迷的是伊什塔尔，她是战争女神，也是感官享乐之神。伊什塔尔等同于晨星维纳斯，有时被认为是辛的女儿，有时是安努的女儿，她的特征性格也随着身份变化。当是辛的女儿时，她是战争女神，当和安努联系在一起时，便是爱情女神。伊什塔尔这一双重神格也体现在她的性别上，鉴于有时她同时被人们当作男神和女神崇拜，也就是说，她有着雌雄同体的身份。在乌鲁克城中，人们将她和庙妓活动产生的感官愉悦相关联，这一在神庙里举行的性活动是伊什塔尔宗教崇拜的重要特征。

爱神伊什塔尔四处留情，不论是神祇、人类还是兽类都是她热烈的求爱对象，即使她同时拥有二十个爱人，也不能满足她的欲望，但是女神选中的情人的命运总是以悲剧告终。伊什塔尔恋上的狮子丧失了原始力量，不再咆哮，而是被驯服拜倒在女神的脚下；男人则因为伊什塔尔深陷嫉妒，变得多疑，行为举止像极了失去理性的野兽。在《吉尔伽美什》中，主人公吉尔伽美什拒绝了伊什塔尔的求爱，并指责她那使受害者腐坏堕落的邪恶能力。除此以外，传说再没有其他人可以抵抗伊什塔尔的诱惑和魅力。

缓慢的脱衣秀

关于伊什塔尔广为人知的便是她独闯冥界，寻找农神塔木兹的故事，后者是女神的丈

伊什塔尔神庙中的苏美尔祭司，身穿典型的羊毛裙，头发剃光了，长着胡子。

夫、儿子或者情人，也许在不同的时刻拥有三种身份之一。女神在冥界入口处威胁道若不开门便摧毁大门，随后她便进入地下世界，穿过"不归之地"的七重险境，在每一处险地中，她随身携带的饰品和面纱的一样便会被掠夺走，这也是美索不达米亚神话典型的宗教仪式场景。她首先失去的是那富丽的冠冕；随后她丢掉了耳环、珍珠项链、钻石胸饰、宝石腰带、手镯和脚镯，最后褪去了包裹着她那美丽胴体的轻薄衣裳。因此，当她终于到达她的姐姐，冥界女王埃列什基伽勒面前时，女神赤身裸体，她的美艳使得姐姐颤抖震撼。然而，埃列什基伽勒作为统领地下世界的女王，为了惩戒擅闯冥界的伊什塔尔，命令仆人纳姆塔尔将妹妹关进宫殿，并向她的双眼、四肢、心脏、头部和身体的其他部分发出了七十种疾病。

伊什塔尔被关押在冥界宫殿奄奄一息之时，大地上所有与性相关的活动都停止了："公牛不再爬跨母牛，公驴见到母驴就逃避而去，年轻男子也不再和年轻女孩子在街巷中交配；男人独自在自己的房间睡去，而女人也和女性好友共度时日"。如同往常一样，埃亚在聆听了众神的管家帕普苏卡尔的恳求之后，想出了解决问题的办法。他创造出一名叫做阿苏舍那莫的年轻男子，将他派下冥界，这名年轻人容貌俊美如女子，以便平息埃列什基伽勒的怒火。阿苏舍那莫抵达目的地之后，本应该假装自己口渴，索要一个装满了水的皮囊，然后借机将水喂给伊什塔尔，使其重焕生命活力。然而，这项计划却不幸失败了。虽然一开始当埃列什基伽勒看到美貌的阿苏舍那莫时十分欣喜，但她在发现男子的诡计之时甚是懊恼，便向他发出了一条可怕的魔咒（"愿醉酒之人和饥渴难耐之人打你的面颊"）。当局面貌似失控了的时候，埃列什基伽勒展现出了和她姐姐如出一辙的喜怒无常的性情，并将伊什塔尔释放了。她命令纳姆塔尔用生命之水滋润唤醒了伊什塔尔，爱情女神再次穿过七道冥界之门，每过一处便重新获得一项她那象征着权力的物件，从尊严之面纱到冠冕，她都一一收复。为使她的离开增添几分意境，塔木兹吹奏起了笛子，但他的命运在冥界长存，因此伊什塔尔最终没能将他带回人间。

被表现为生育之神的伊什塔尔。

441

伊什塔尔之门上的公牛，这一形象与风暴之神阿达德有着紧密联系。

尽管伊什塔尔水性杨花、性情暴躁，有时她也可以化身为感性、温柔的保护神。在关于亚述国王萨尔贡二世和亚述巴尼拔的传说当中，她便扮演了一个性情柔美温和的母亲："我把你当作一枚雕刻精美的珠宝，置于我的胸前；夜晚时分我为你盖好毛毯，白日之际我则为你穿上衣服；我抚育的儿子啊，你不必感到害怕"。

🦉 神话来源

伊什塔尔独闯冥府历险的故事片段被记录在泥版上，亚述城和尼尼微城的考古遗址地层中都有发掘出。实际上，这段故事仅有一百五十行，尽管有一个早先的苏美尔神话版本要稍微长一些。这个传说并不完整，但胜在文字讲究，精准优美。当伊什塔尔抵达了地府，面对埃列什基伽勒统领的妖魔鬼怪之时，她的火暴脾气爆发了："守门者！快将门打开！快将门打开，我好进去！若你拒不服从，我必使大门坍塌，使门环脱落，使过梁倒落，使门扇破裂，我必使死者从地府纷纷升起，吞噬凡间生者：亡者的数目就会超过生者！"

👁 看一看

沙玛什的形象出现在巴比伦文明留下的数不胜数的浅浮雕中，在艺术作品中他呈坐姿，身穿苏美尔古服饰卡吾拉凯斯或是一件条纹长袍，手握权杖，戴着戒指。他最为人所知的形象出现在《汉谟拉比法典》的石碑上部（现藏于卢浮宫），石碑约公元前 2000 年制成，展现的画面是沙玛什正在向汉谟拉比口授律法。在另一座现藏于大英博物馆的，可以追溯到公元前 9 世纪的石碑上，展现的是他正在接见自己的信徒，面前是自己的象征徽章，太阳圆盘的神坛。

伊什塔尔的艺术表现则遵循了她的双重神性，战争女神和爱情女神的特征。亚述圆柱上将她表现为穿着长袍，戴着头盔的战神，脚放在一只狮子身上，手攥一支弓箭，乘坐雄狮驾驶的战车。作为爱情女神，则有一些赤陶雕塑刻画了她的形象，女神袒露着曲线优美的神躯，双手紧盖着胸部。这两种形象的艺术品均可在卢浮宫中参观。

🧳 走一走

美索不达米亚的很多古城都盛行伊什塔尔宗教崇拜，但女神最为重要的神庙位于乌鲁克。另一座宗教崇拜中心位于阿卡德帝国首都阿加德，该城由萨尔贡一世于公元前 2300 年左右建立。这座古城的地理位置尚未确定，根据猜想，或许离巴比伦古城不远。

辛的宗教崇拜中心在下美索不达米亚的苏美尔古都，乌尔城。这座古城于 19 世纪被发现，那里进行的考古挖掘工作使具有圆形拱顶的皇家墓园遗址重见天日。那里可以参观的还有于约公元前 2100 年建造的大金字神塔，该建筑的底部得以完整存留。对沙玛什进行宗教崇拜的古城西帕尔的遗址位于如今城市阿布哈巴（伊拉克），距离巴格达南部三十公里。在那里的考古地层中发掘出了众多刻有楔形字的泥版。

尼尼微古墙细节图，现藏于柏林帕加马博物馆。

帕祖祖是美索不达米亚神话中的风之魔王,是风暴、灾害、瘟疫和热疫的携带者。

空气、水源、火焰、土地和地狱

伊利尔在巴比伦文化寒冷潮湿的时期仍然是风和飓风的主人，但同时也出现了另一位叫做阿达德的神祇，他也职司降雨。有时，阿达德在凡间的作为是颇有益处的，因为他降下的雨水每年都会使江河水位上涨，使岸边覆满肥沃的烂泥。但有时候他也会大发脾气，比如说一次他向人类释放了洪荒之灾，连续七个日夜天降暴雨，以此达到自己的目的。阿达德和沙玛什一样，也具有预言未来的能力，故而也被叫做"预见之神"。除了这些风神雨神之外，埃亚也是重要神祇，他是世界四周液态深渊的君王，协助在他左右的是他的女儿尼娜，负责掌管桥梁和沟渠的女神。

负责另一个原始元素的是基比尔和努斯库，两名神祇和谐相处，共同治理火焰这一要素。基比尔掌管的是具有毁灭性和净化功能的火焰；实施法术的人会一边向基比尔祷告，一边将某位巫师的陶土小雕像投进火焰，还有一种仪式是破解巫术的必要步骤之一，那便是将一个洋葱或一堆磨碎的海枣扔进火中，同时向基比尔发出颂辞。与之相反的是，努斯库之火则熊熊燃烧在普通宅邸的灯中，或献给神祇的圣火当中：如果没有努斯库之火，众神便不能够享受祭品燃烧发出的芳香了。

对于第四个基本元素土的掌管者，苏美尔人和阿卡德人的文化中有着许多不同的神祇：嘎图姆杜格，芭乌，古拉，宁胡尔萨格，古木恩班达和美什拉姆特亚是其中一些名字，但爱情女神伊什塔尔或伊南娜起初也是大地母亲的象征，正如地母盖亚于希腊人一般。同时还存在数名职司庄稼丰收、葡萄园和农田的安努那

长有人头的公牛雕塑。

基，但地位最为重要的农神应当是伊什塔尔的丈夫塔木兹，他还有另一个名字，叫做杜姆兹。女神伊什塔尔的爱情总是一个恶兆，这点对杜姆兹也不例外，他年盛之时被伊什塔尔杀死了。根据伊什塔尔独闯地府的传说我们知道，女神杀死丈夫后甚是悲伤，她在一群哭丧女的哭泣声中发出了悲鸣之声，最后决定亲自下到地府去寻找爱人。尽管这一救赎行为貌似定会以失败告终，但在某些版本的故事中，塔木兹最后得以被拯救，重新列入众天神之位，并和他的父亲，"生命之木之神"宁吉什兹达一同担任安努守门人的职责。每年夏日过后，万物萧条之

际，为农神塔木兹哭丧的习俗便会重演。

冥界

在凡间大地之下是冥府世界，人类死后便前往那里，并且不复归来。若要进入冥界，需要先穿过七道门和克服其他困难，在这一过程中穿行者需要脱下所有的衣冠服饰，直到抵达终点，那里便是阴暗地狱所在之地，被囚禁在里面的人被绝对、可怖的漆黑所笼罩，用尽永恒的时间来思考自己生前犯下的罪行差错。众神之中只有伊什塔尔得以进入地狱并从中逃脱，向世人讲述自己的见闻；除了她以外，《吉尔伽美什》中的英雄恩奇都也被允许前往冥府并活着出来。在这一令人毛骨悚然的地方，亡灵（埃提姆）身上覆盖着羽毛，层层叠叠，密密麻麻。几乎所有的埃提姆都吃灰尘和泥土，还有一些则偏好食用稻草和水。那里还有一些不幸从天界跌落而被俘的神祇，例如提亚玛特的得力助手金古，他在争斗中输给马杜克后便陨落至地府。

在地狱大门之前，守着恐惧之神埃列什基伽勒，她在冥府的统治地位一直持续到内尔伽勒（又称埃拉）将她引诱和征服。关于这对神族夫妇的传说始于安努的一个决定：鉴于埃列什基伽勒不可能来到生者的世界中参加一年一度的众神盛宴，而众神去世前也不能够下到冥府去，故而安努派了一名信使去通知冥界女王，说她可以在方便的时候前去领取自己的那一份。

巴比伦壁画，描绘了和乌伽尔鲁一同出现的家神，乌伽尔鲁是人身狮头的保护神，她保护人类不受恶魔和疾病的侵害。这一对人类有益的怪物的形象和埃及神话中地下世界的某些神灵十分相似。

良善之神和邪灵

另外一类神灵（乌图库）比主神的地位要低一个级别，他们常常介入，干预凡人的事宜。善良的保护神叫作"舍杜"或"拉玛苏"，他们的职责是保护凡人，在高等神祇面前替人类求情，并将后者的献祭品运上天界。因为舍杜是神圣之物的护卫，因此常常以带翼动物的形态出现在神庙门口两侧。但还存在另外一种邪恶神灵，叫做埃提姆，他们是没被埋葬或未能举行葬礼的死者的亡灵。埃提姆常常用各种方式折磨生者，虽然祭酒和简单的仪式便可以安抚他们。另外一种更加危险的邪灵来自地下世界，他们将更加可怕的灾病带给人类。这些邪灵以多角的狮子头的怪兽形象出现，驱赶他们的方式十分有限，唯一的办法便是委托给符咒和驱魔专家阿什普。

勒站立不动；他不尝向他奉上的面包和酒肉，也拒绝了埃列什基伽勒为他洗脚的要求。当女神洗浴过后，半裸着出现在他面前，"他抵抗着内心想要屈服于男女欢爱的欲望"，但埃列什基伽勒不停的挑逗最终还是让内尔伽勒屈从了肉体之欲。二人在床榻缠绵整整七日，直到内尔伽勒返回天界，但埃列什基伽勒仍旧渴望再次感受他的爱抚，于是便向安努恳求让爱人回到身边，最终安努为了避免战争的爆发，向她妥协了。在另一个版本的故事中，内尔伽勒用武力征服了地狱，但结局殊途同归：他最终和埃列什基伽勒结婚，并成了冥界之王。他的象征是剑和狮头；二人的信使纳姆塔尔是瘟疫僚神，他蜷缩着身体，只有主人派他去俘获新的亡灵时，才会将身体舒展开来。

埃列什基伽勒的仆人纳姆塔尔遵命来到人世寻取宴会上属于女神的礼物，却被瘟疫和战争之神内尔伽勒侮辱。于是埃亚介入调和，并遣内尔伽勒下到地府去向冥王道歉，但是同时警告说不能在埃列什基伽勒面前坐下，也不能吃她请的面包和肉，不能喝她奉的酒，不能洗涤双脚，当然，在她"穿着隐约可见肉体的精美长袍"洗浴出来之时，也不能够拜倒在她的魅力和诱惑之下。

内尔伽勒穿过七道地狱之门，来到了埃列什基伽勒面前。恐惧女神邀他坐下，但内尔伽

人头牛身青铜雕像。这些雕像常被摆放在亚述宫殿的门口两侧，作护卫用，通常尺寸都十分巨大。

447

✿ 神话来源

内尔加勒和埃列什基伽勒的传说被记录在公元前 15 世纪和公元前 7 世纪的不同的泥版上，共计七百五十行。这一神话和伊什塔尔闯冥府的传说的相似之处值得一提：两个故事都有一个主要动机和若干角色，除此以外，埃亚在两个故事中为了找到解决方案，都做了干预。

在尼尼微、亚述、巴比伦、乌尔和其他考古遗址发现的五块泥版（约有七百五十行文字）上记叙了一部名为《艾拉史诗》的文献。这部史诗中，冥王和战争之神埃拉（也就是内尔加勒）一直在自己统治的地下国度无聊度日，直到他的武器开始厌倦并且躁动起来。听到了这些埋怨，埃拉来到了巴比伦城，向马杜克说他的服装肮脏，冠冕也失去了光泽。他又讲道，说使马杜克的衣冠再次焕发光彩所必需的匠人都在地下世界，无法返回人间。埃拉劝说马杜克去冥府寻找这些匠人，并承诺在他离开期间，自己会代他治理神界和凡间。马杜克中了冥王的圈套，离开了自己统治的国度，与此同时埃拉趁机摧毁了巴比伦城，他糟践了神庙，捣毁了皇宫，在家庭之间散布了冲突和争执。当人们谴责他这一行为之时，埃拉回复道："你们统统闭嘴，听我道来！你们以为我想要造成这些破坏和不幸吗？当怒火控制了我，我忍不住想要摧毁一切！"这部史诗暗喻了巴比伦城的衰落。

◉ 看一看

艺术作品中通常把阿达德表现为站在公牛上，紧握着闪电的形象，因为他除了是雨神，也是掌控着闪电和风暴的神祇。在卢浮宫，可以在一座石碑浮雕上观赏到阿达德的这一经典形象。

卢浮宫中也收藏了精美的保护神雕塑。这些神灵是人头带翼的公牛形象，守护着萨尔贡二世在杜尔舍鲁金的宫殿之门，除此之外，还有刻画长着人类躯体的带翼的鹰的浮雕，浮雕中这些鹰神正在向杜尔舍鲁金宫生长的圣树倾灌着袚除圣水。

大洪水的传说

巴比伦神话中，马杜克用金古的鲜血创造了人类，然而在不同版本中，人类是以其他方式诞生的。但是，为何有一天众神决定使他们亲自创造出来的人类灭亡，却无从得知。《吉尔伽美什》中第十一块泥版也被称为"大洪水泥版"，开篇讲述英雄主人公质问神祇乌特拿比什提姆，逼他讲述了大洪灾的故事，但没有解释其中缘由。众神在舒鲁帕克城集结，多数神同意用大洪水灭绝人类，埃亚却对凡人抱有同情心，他使一簇芦苇飒飒作响，告知乌特拿比什提姆这一迫在眉睫的灭顶之灾："舒鲁帕克的人类，乌巴鲁图图的子孙，摧毁你们的房屋，建造一艘船，抛弃所有物质财产，逃生去吧。将所有物种的种子都带上船去。"乌特拿比什提姆遵循了这一忠告：他建造了一艘高达一百二十腕尺的巨船，并装满了金银（这一点他没有听埃亚的话），然后他让全家上了船，并将"家畜和平原上的野兽"也运了上去。随即，大洪水便到来了。

为了创造出大洪水，所有掌管气候等自然现象的伊吉吉聚集到一起，共同合作：沙玛什

来自拉格什的公元前 2500 年的饰有浅浮雕的碑牌。石碑上的小洞是用来存放献祭的水或鲜血的。浮雕中展现了献给山脉女神的祭品，以祈求雨水降临。

约翰·马丁所绘《大洪水》的局部，刊于《皇室圣经》。

乌特拿比什提姆和诺亚

巴比伦神话中关于大洪水的记叙和圣经故事里诺亚方舟的传说（创世记第六至第八章）的相似是绝对的，只是在细节上略微不同而已。和埃亚一样，耶和华给了诺亚详细的造船指示，包括所用材料、方舟尺寸和结构。在《吉尔伽美什》中，大雨下了六天，而在《圣经》中，曾多达四十天。乌特拿比什提姆首先放飞的是一只鸽子和一只燕子，然后是一只乌鸦，而诺亚则是先放出了一只乌鸦，然后是一对鸽子。美索不达米亚神话中的英雄在下船以后的第一件事是向众神献祭，诺亚的首要任务则是筑起一座神坛。除此以外，乌特拿比什提姆来自舒鲁帕克城，传说那里便是诺亚出生和建造方舟的地方。

使天空阴沉下来，伊利尔送来了飓风，阿达德使得天空布满乌云，并使其倾下大雨；大雨持续了整整六天七夜。其他的众神纷纷降到地面，在安努的领土上寻求庇护之地。一些神祇，例如伊什塔尔，十分后悔自己参与发起了这一灭绝之灾。整个大地洪水横流。所幸乌特拿比什提姆关闭了所有舱口，船在水面上漂浮着，被浪潮拍击着。最后，大雨终于停了，洪水也平息了下来，大地上笼罩着绝对的寂静，因为整个"人类种族已经变成了烂泥"。

乌特拿比什提姆打开一扇船门，他看到这一片荒凉，忍不住流下了泪水。船只最后停靠

450

在了一座山峰上，因为只有这地方露出了洪水。乌特拿比什提姆先放出一只鸽子和一只燕子，二者随后都飞了回来。然后他又放出了一只乌鸦，这次并没有归来，证明洪水已经消退了。乌特拿比什提姆从船中出来以后第一件事便是向众神献祭，但伊利尔看到还有一名凡人存活，仍然怒火冲天。埃亚再次向他求情，使暴怒的同伴平静下来，并劝他将乌特拿比什提姆和其妻子也化为神灵。

神祇与人类：充满冲突的关系

古老的传说也讲述了其他类似的故事，其中神祇向人类发出各种各样的灾害。正如之前讲到过的阿卜苏因为人类过于吵闹使他不得安睡，于是决定灭绝他的后代的故事一样，一天，伊利尔－贝尔召集了神族同伴商讨如何惩治那些过于吵闹使自己不得安宁的人类。最后他决定向凡人降下"时疫、头痛、地震和灾难"，但结果却适得其反，好事的人类吵闹声更大了。于是他命令阿达德停止降雨，目的是使所有的田野贫瘠、大地干涸，所有人都饥肠辘辘。旱灾持续了整整五年，第六年，幸存的人类开始自相残食。当整个世界的人类都即将灭绝之际，预言之神埃亚再次干预，为人类求情，并在生育分娩之神玛密和其他大地之神的帮助下，用泥土塑造出了新的男男女女，创造了崭新的人类种族。大概从那时起，神族和人类便开始和睦相处。

人类的命运总是掌握在伊吉吉的手里。拥有命运泥版的特权先后属于安努、埃亚和马杜克。每年伊始，至高无上的神祇便取出命运泥版，在聚集在乌普舒基纳的神族领导们面前叙述每位凡人未来十二个月的命运。当马杜克继承了这一王权之时，负责将他的决定用文字记录下来的是他的儿子纳布。尽管这些记录是机

书吏群体，一个特权阶层

纳布最后成了文字书写的发明者和书吏的保护神，而书吏在美索不达米亚社会中享有特权和名望。通常情况下，书吏是亲王和统治阶层贵族的子嗣或亲戚，仅是这一点他们便是享有威望的一个群体了。这些贵族青年在神庙相关的学校里受教育，只有一个例外，是位于乌尔城的一个独立存在的学习中心。成为书吏的学习过程十分漫长，因为楔形文字的书写甚是复杂，其中有五百多个变体符号，因此要求学习者的勤奋、耐心和天分。学生应当记忆词汇和符号表，并要将其抄写成千上万遍，因此从小便要开始相关学习。一旦学成，书吏便从事于遗嘱、贸易契约、婚约以及其他文件合同的撰写。书吏应当详细写明合约的条款，并加上在任国王的姓名、年份，以及一件当时发生的重要史实。一般情况下，这一职位都由男人承担，但在马里城也有过女性书吏。

在《吉尔伽美什》中，主人公和恩奇都聚集在雪松之山上，讨伐了神兽胡姆巴巴，也就是图中象征死亡的河流。吉尔伽美什将其杀死，并激起了恩利尔的怒火。

密的，但人类还是能通过各种方式窥探他们的未来。前文我们已经讲述过，很多情况下，埃亚都扮演着人类同盟的角色，他常用间接的方式通知凡人接下来要发生的灾难。但有重要地位的人类，特别是国王，能够作预言之梦，这些梦境是由月神辛的信使撒加送来的。如果解析梦境比较困难，便会向占卜家和解梦家尼那献祭贡品。神祇也会向人们直接显灵，指示他们以神之名建造神庙。

神话来源

大洪水神话记叙在《吉尔伽美什》第十一块泥版上，但这一故事在阿卡德神话《阿拉哈西斯》的三块泥版（大约有一千二百行）中也有记载，这些文献出土于西帕尔和尼尼微城。这一传说中，阿拉哈西斯的角色和乌特拿比什提姆相近：在伊利尔制造大洪水之前，埃亚预见了灾害并命其建造了一艘逃生之船。洪灾之后，众神决定减缓人类的繁殖速度。这一责任落到了女性的肩头，她们的生育力被削弱，尤其是某几个社会阶层，比如说庙妓。

走一走

下美索不达米亚古城舒鲁帕克的考古遗址现位于伊拉克迪瓦伊那省法拉赫丘城周边。考古挖掘发现了楔形文字泥版、石碑、带有装饰的瓷器印章和许多其他古文明文物。

祭祀马杜克和撒尔帕尼突的儿子纳布的主要神殿位于巴比伦古城附近的波尔西帕。如今是尼姆鲁德（伊拉克）的古城曾经因它的天体天文学校而闻名。在亚述人的统治下，波尔西帕的权望大大增加，他们用阿舒尔和纳布代替了马杜克的主神地位，而前者的宗教崇拜在新巴比伦时期达到了巅峰。

在这些关于人类集体或个人命运的事宜中，纳布的重要性日益增多。作为书吏之神，他的职能一开始仅限于将马杜克的口述用文字记载下来，但随后他逐渐拥有了父性神职，他开始干预预言的撰写，更换其中的字句，改变词语的含义，最后，还根据自己的喜好增加或减少凡人的寿命。于是自然而然，纳布从一个众神集会上的普通文吏，渐渐变成了知识和智慧之神。

亚述巴尼拔的宫殿浮雕，展现了猎狮场景。众亚述人的国王必须要以不同寻常的方式杀死狮子，来展示君王气质，尽管在关键时刻，国王还是需要仆人帮助。

寻求永生的英雄

和赫拉克勒斯以及忒修斯这类半人半神的存在不同，美索不达米亚神话中的英雄都是试图寻求永生不朽而不得的凡人。这些英雄的传说存留并记录在泥版上的史诗章节中而被后人得知，内容与当地阿卡德国王的传奇经历甚是相似，这些统治者都是真实存在过的人，但他们的人生经历却被遗忘了。除了巴比伦神话版本的诺亚，乌特拿比什提姆得以成神以外，其他著名的凡人英雄有埃塔纳、阿达帕和吉尔伽美什。不同英雄的传说有着令人讶异的相似之处，并且传达了一个共同的警示：人类为和神族比肩而作出的努力都是无谓的，并以受到惩戒告终。

埃塔纳的传说始于一个久远的年代，那时世上还没有国王。安努那基和伊吉吉在寻找一个凡人，把专属于神祇的权杖和冠冕交给他，使他成为地面上神的代表。最终被选中的便是埃塔纳，他是基什城一名十分古老的君王，他的名字列于苏美尔众王之中。埃塔纳面临着一个问题，那便是他没有后裔，为了拥有后代，他祈求沙玛什指引他找到一种名为"生子草"的神奇草药。沙玛什非常喜爱埃塔纳的祭酒礼和其他祭品，于是他命令国王登上一座高山，山顶上将会有一只雄鹰引导他找到神奇草药所在。故事接下来叙述了雄鹰和一条蛇之间的争执。这两个动物在一棵杨树投下的荫凉下和谐共处着，并曾达成一致，不会触犯沙玛什的律法，在一段时间内它们轮流捕获猎物，并与后代分之。

一个头顶盒子的男人青铜雕像，盒子中也许是祭品，公元前2650年。这名男子的形象暗示了他的身份也许是祭司。

455

伊吉吉的不公正

讲述埃塔纳和阿达帕的史诗故事除了其英雄特点以外，还蕴涵了一种不容置疑的道德观，因为故事中主人公对不朽和永生的追寻经历体现了凡人追求完美的热切渴望，而只有神族才能达到这完美境地。在这些神话故事中，展现了伊吉吉对待凡人的方式好似愚昧简单的木偶一般，字里行间也隐隐体现了一种对神祇的这种行为的不满。亚述-巴比伦文学通过一系列凡人作为主人公的故事深化了这一主题，这些传说中最为人所知的一篇叫做"正直却遭受折磨的人"：神不公正地惩罚了一个好人，导致他的邻居十分蔑视他，因为他们相信只有十恶不赦之人才能遭到神界如此的惩戒，故而这个正直的人无缘无故遭到了双重处罚。在巴比伦第一王朝发动的宗教改革时期出现的另一个故事版本中，马杜克允许这个正直的人收复了他的财产、健康和同族的尊重。

鹰之翱翔

但是当鹰自己的幼崽长大后，她便萌生了吃掉幼蛇的念头，她的子女中聪明的那个警告她此举的后果十分严重："不要吃掉蛇崽啊母亲！否则你定会落入沙玛什的圈套！"鹰并没有听从忠告，夜幕降临后，她暗中实行了自己的计划。当蛇回到巢穴却发现空无一物，自己的子嗣不翼而飞，便举头向天上的神祇发出哀怨："苍天有眼，沙玛什啊，您的法网辽阔如大地，辽阔如苍穹；这鹰不应该逃脱法网制裁！"神听到了蛇的怨恨之辞，于是便让他去寻找一头野牛，打开牛的脏腑并藏身其中。众鸟定会纷至沓来，啄食牛肉，其中便有鹰；于是这时蛇跃起袭击鹰，折断她的翅膀和利爪，并将其丢到壕沟里，任凭她饥渴交加而亡。尽管睿智的鹰之子再次向母亲发出了劝告："别去；也许蛇便藏匿在牛肚子里！"这一切还是按照沙玛什的计划发生了。苍鹰身处壕沟底部，双翅尽折，双爪已断，尊严倍受打击。鹰的命数看似已尽，这时埃塔纳在沙玛什的指令下出现了。

鹰同意将神奇草药交给埃塔纳，但前提是他需要时间恢复元气。埃塔纳在长达八个月的时间里喂食鹰，直到后者能够再次翱翔于天空。但是鹰最后并没有找到草药，于是便提议说，要将埃塔纳载着飞上天空，去见安努。像伊卡洛斯的传说那样，埃塔纳从高处俯视着自己统治的国度，萌生了逗留天国，化身为神祇的想法。然而，随着湖泊渐渐变成渺小的水塘，高峰也成了一堆堆微不足道的沙砾，埃塔纳开始恐高，感到眩晕。他陷入了恐慌，恳求鹰飞回地面，但因为他紧紧抓着鹰的羽毛不肯放手，使得鹰极速下降，这两位冒失的旅者狠狠摔到地上，成了碎片。在另一个版本的神话中，埃塔纳和鹰得以成功着陆，最后找到了"生子草"，所以在苏美尔帝王谱上，埃塔纳有一个继承王位的儿子，叫作巴里。

永生之面包

阿达帕也是个差一点就获得永生的凡人，虽然最终失败，却成了人类中最睿智的学者。传说中，他是埃亚在艾瑞都城神庙的祭司，准时无误地完成祭献仪式，其中有一项便是出海为神祇捕鱼。有一天，他的船因为南风之神的干预差

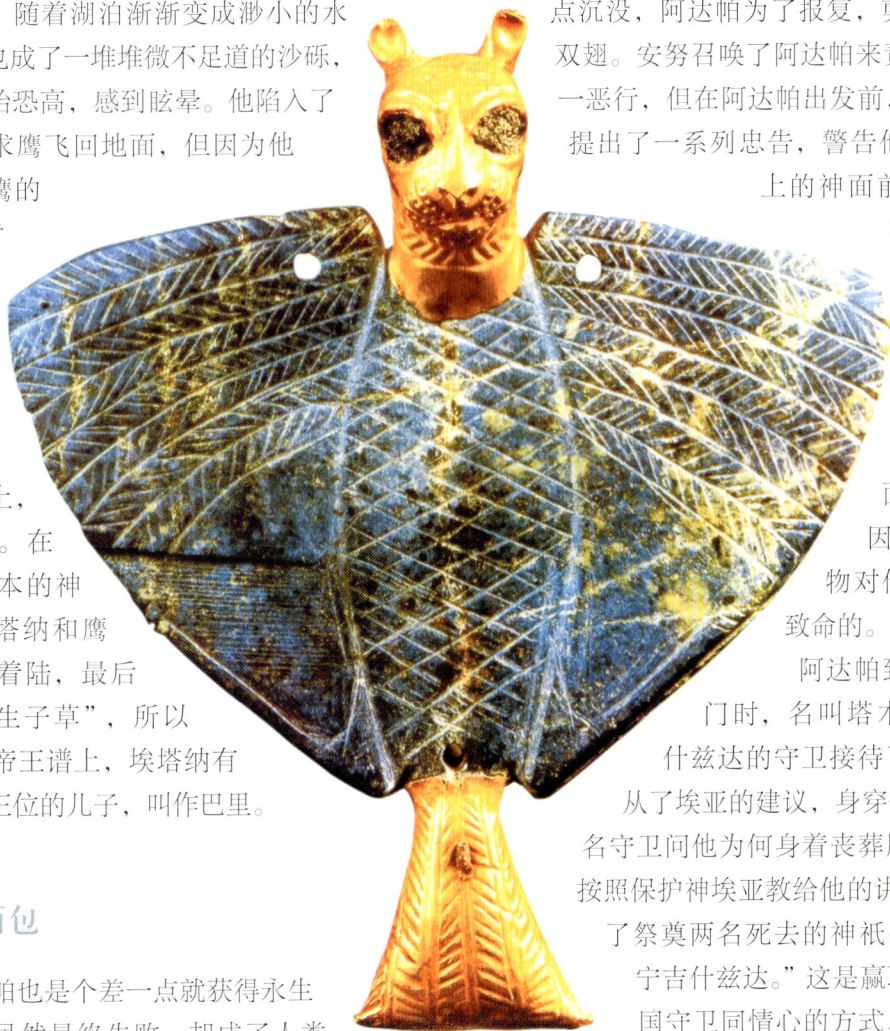

苏美尔时期，天青石狮头鹰雕像。

点沉没，阿达帕为了报复，剪短了他的双翅。安努召唤了阿达帕来责备他的这一恶行，但在阿达帕出发前，埃亚向他提出了一系列忠告，警告他在至高无上的神面前要谨言慎行：最重要的是，千万不能食用任何安努赐予他的面包和水，因为这些食物对他而言都是致命的。

阿达帕到达天国之门时，名叫塔木兹和宁吉什兹达的守卫接待了他。他遵从了埃亚的建议，身穿丧服，当两名守卫问他为何身着丧葬服饰时，他按照保护神埃亚教给他的讲道："是为了祭奠两名死去的神祇：塔木兹和宁吉什兹达。"这是赢取这两名天国守卫同情心的方式，奇怪却有效，因为塔木兹和宁吉什兹达为阿达帕表现出的敬意而感动，于是为他说了情。听了两个守卫求情的话之后，安努非但没有责问阿达帕，反而十分宽宏大量，

乌尔南塞浮雕，现藏于卢浮宫。

还命人向阿帕达奉上食物和饮品。凡人祭司想起了埃亚向他提出的关于食物的警告，于是拒绝了食用这些实际上只有神祇能享用的面包和水。史诗剩下的部分已经遗失，于是我们永远也无法得知埃亚是否故意欺骗了阿达帕，因为正如史诗前半部分书写的一样，一名普通的凡人几乎无法企及永生。

🔯 神话来源

《埃塔纳》是一部英雄史诗，主人公埃塔纳是出现在苏美尔帝王谱中的古老的基什国王。这部史诗的主要情节讲述了这名膝下无子的国王为了有后裔，苦苦寻找一种神奇草药，这个传说还有一个衍生故事，讲述了同住在一棵树上的一条蛇和一只鹰。史诗记载在出土于亚述和尼尼微的楔形文字泥版上（总共有五百四十行）。

《阿达帕》是一部一百二十行的出土于尼尼微古城的史诗，讲述了一名服务于埃亚的祭司故意折断了南风神的双翅而被带到天界接受处罚的故事。这两部史诗体现了人类为了超越瑕疵缺陷，追求永生而作出的无用努力。

👁 看一看

关于埃塔纳的文献是我们所知的唯一一部包含精简配图的美索不达米亚神话故事。这些配图是一些阿卡德时期（前 2390—前 2249）的圆柱形印章，出现在描述埃塔纳被鹰带着翱翔在天空，向天界飞去的情节中。图中地上站着两名带狗的牧羊人，见证这一升天情景。这些艺术作品现藏于卢浮宫。

🧳 走一走

历史传统上一般认为巴比伦东北部的苏美尔城市基什是大洪水之后皇权复兴的地方。尽管每座城市都有自己的王室，但基什城的国王享有更高的统治权力，能够裁决其他王国的事宜。基什的考古遗址由若干个名为 tell 的山丘组成（tell 来源于阿拉伯语中的 tale，意为山丘），这一名词指古老村庄，后来的游民将居住地建立在已有的废墟之上，长期以来通过连续积累遗址，形成了小山丘。在乌哈亚米尔丘发现了当基什是一个重要的苏美尔王国时建造的一座宫殿的废墟；在印嘎拉丘则复原了一座含有两座庙塔的新巴比伦风格的双重神庙。考古挖掘发现了可以追溯到大洪水的传说的洪水层。

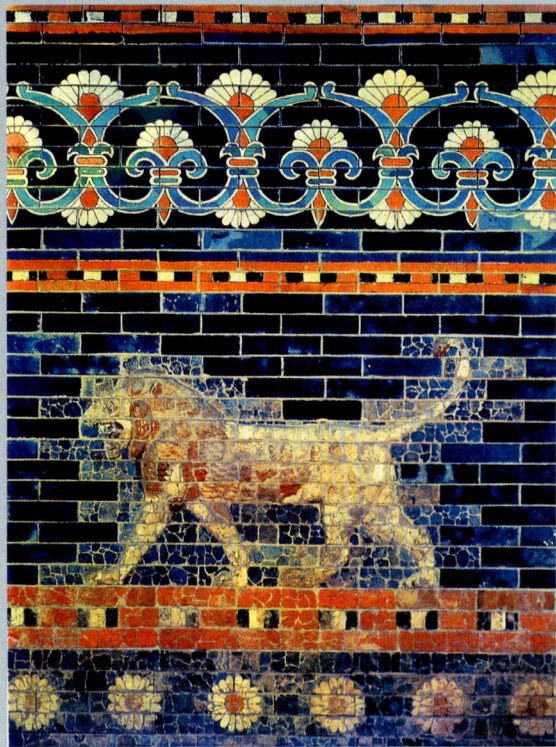

公元前 4 世纪初的巴比伦皇宫底座上的狮子。

瓷釉砖墙上的狮子形象，这面墙从马杜克神庙和伊什塔尔之门一直延伸至阿吉图神庙。

吉尔伽美什，完美力量的化身

    巴比伦古国最为著名的英雄吉尔伽美什在一部美索不达米亚长诗中得以神化而永生不朽，这部史诗堪称美索不达米亚文学瑰宝：《吉尔伽美什》。史诗讲述了苏美尔赫拉克勒斯的传奇故事，主人公吉尔伽美什并不是凭空杜撰的角色，而是约 4600 年以前统治过乌鲁克城的真实存在过的国王。史诗开篇简单陈述了英雄的丰功伟绩和命运，讲明了吉尔伽美什作为女神宁苏恩和一名凡人的子嗣，实际上是半神半人。文学作品中的吉尔伽美什是一位既博学睿智又专横独断的君王，他拥有至高的"君王权力"，一方面可以命令乌鲁克所有的适龄少女成为自己的待嫁新娘，另一方面又派遣年轻人去建造城墙和神庙。乌鲁克的人民受够了吉尔伽美什的专横霸权，于是向神族之母阿鲁鲁发出祈祷，恳求她创造一个与国王旗鼓相当的对手，以使二者相互较量、相互制衡。女神应允了人民的祷告，用粘土创造了一个名为恩奇都的男子，他也成了史诗中除吉尔伽美什以外最重要的角色。

    恩奇都毛发很多（"他的全身布满了粗硬的毛发，他的长发像女人，他的发丝生长飞速，

被吉尔伽美什杀死的神兽胡姆巴巴的雕像。

好像小麦"）并且野蛮（"他不识得人为何物，也不懂什么是界限，他的穿着好似野兽"），他在丛林中和羚羊一同长大，和牲畜共饮同食。由于他总是拆除猎人布下的陷阱和捕网，吉尔伽美什决定，是时候教化他了。于是国王派出了高等妓女沙姆特，并命令她在恩奇都面前展现裸体，以使后者拜倒在她的魅惑下。事实上，过惯了野蛮生活的恩奇都一看到沙姆特褪去衣

史诗《吉尔伽美什》的第四块泥版。

历史上真实存在的国王

几乎可以确定，吉尔伽美什是乌鲁克第一王朝真实存在过的一名国王（约公元前2600年）。苏美尔帝王谱中显示吉尔伽美什的统治时期长达一百二十六年。他被认为是女神宁苏恩的儿子，父亲则是国王卢伽尔班达，史诗中的叙述肯定了这一点。然而，上文提及的帝王谱中却显示吉尔伽美什的父亲实际上是库拉部（乌鲁克城的一个区）的大祭司。毋庸置疑的是，吉尔伽美什在苏美尔众城的君王中脱颖而出。他最为重要的历史伟绩是建造乌鲁克城墙，这在史诗中也有所提及。在他之后的乌鲁克君王阿纳姆修缮城墙时也肯定了这一史实，他称其为"吉尔伽美什的古老建筑"。

服，便好色难耐地像只弹簧一样向她扑去。两人缠绵整整六天七夜之后，恩奇都改变了，换言之，他被驯服了；他虽然获得了知识，却失去了纯朴性格，曾经以他为友的兽类纷纷逃离他的身边；除此以外，恩奇都感到甚是软弱无力，他不再能像以前一样和他的野兽朋友们一同奔跑了。沙姆特继续"教化"恩奇都，她毫无节制地奉承爱人："如今你已经像神祇一样深刻了，恩奇都。为何还要在这平原大地上继续和一群野兽流浪呢？让我带你去乌鲁克，那里有雄伟的城墙，有安努和伊什塔尔的圣庙，那里居住着完美力量的化身，吉尔伽美什。"

接下来的故事有许多个版本。吉尔伽美什梦到他与一名有着神力的男子争斗，抑或其实就是恩奇都，在他实行自己无度的国王权力之时受到了对手的阻拦。不管这名男子是谁，最终的结果是一样的：二者都明白了，他们不应该是相互排斥的仇敌，而是朋友，于是自此便成了形影不离的同伴。

胡姆巴巴、伊什塔尔和其他怪兽

二人结成好友之后，很快便决定了要去杀死雪松之山上居住的怪兽胡姆巴巴，传说"他的咆哮好似洪水，言语如同烈火，呼吸像是死亡之息"。乌鲁克城伟大的智者起初试图打消二人这个轻率的冒险念头，但劝说无果之后，便开始给予二人忠告："吉尔伽美什，你万万不要仅仅依靠自身的力量；你要详尽地观察，然后瞄准，再发出狠狠一击。走在前面的人会拯救后面的人的生命，熟识道路的人会保护他的同伴不受伤害；你要让恩奇都走在前面带路。"在出发远征之前，宁苏恩向太阳神沙玛什进行了烟熏祭祀之礼，以求恩奇都保护吉尔伽美什，平安归来。

吉尔伽美什和恩奇都向胡姆巴巴的栖息之地进发的路上，有新的梦境预示了二人最后的胜利。这两位好朋友一想到要和怪兽相遇交锋，便感到恐惧，但二人相互激励鼓劲，打消不安之感。最终接近了胡姆巴巴，但他对两名英雄嗤之以鼻："你们如此之渺小，于我而言，你们就像凡人眼中的一只海龟或陆龟。"正如其他的美索不达米亚神话中讲述的一样，众位安努那基在英雄和怪兽的交战中进行了干预，用神祇的武器帮助了吉尔伽美什和恩奇都，特别是沙玛什，他向胡姆巴巴释放了风暴。多亏众神协助，两名旅者最终得以将怪兽斩首，并将怪兽的头放置于一条木排上，让幼发拉底河的水流把战利品带去了尼普尔。

胜利之后，吉尔伽美什洗漱干净，穿戴整齐，加戴冠冕；他的面容如此英俊，富有吸引力，以至于女神伊什塔尔在他面前现身，恳求成为他的妻子。但英雄非但没有动心，反而极为坦率地尽数列举了女神的众位情人（整日以

吉尔伽美什抓着一头狮子的浮雕。

463

献给乌鲁克第五任国王的权杖头，献出者是拉加什的仆人乌尔东。现藏于巴黎卢浮宫。

泪洗面的塔木兹；被折断翅膀的多彩鸟；被设下陷阱的雄狮；被用马笼头、铁尖和马鞭驯服的骏马；最后变成了狼的牧羊人；还有变成了癞蛤蟆的园丁），最后吉尔伽美什问道："那在我身上会发生什么呢？现在你爱我，但之后便会像对待他们一样对待我！"

伊什塔尔听到这些无情的指责之后，怒气冲冠，赶到天界去向父亲安努告状。她不能够忍受吉尔伽美什口出冒犯之词却得以逍遥法外。她请求父亲，派一头神牛前去攻击乌鲁克城，

安努准许了。长着角的巨型神牛的怒火在城中引起了重重灾难（它的每次沉重呼吸都创造出一处无边深渊，吞噬了城中居民），直到吉尔伽美什和恩奇都回到了乌鲁克，二人杀死了神牛，随后在城中的街道上进行了凯旋游行。这时，虽然看起来危险处境已经过去，但伊什塔尔，这一前所未见的复仇心极强的女神，对英雄还怀着深深的仇恨，在接下来的故事中她还要对这对好朋友的命运产生不吉影响。

神话来源

《吉尔伽美什》十二章的大部分内容（用阿卡德文书写的十二块泥版，共有三千行）在尼尼微古城的纳布神庙和亚述巴尼拔宫殿的图书馆遗址中被发现。一般认为这部文献可追溯到公元前 2000 年初期（古巴比伦时期）。在乌尔城和西帕尔城也发现了相关文献片段，还发现了苏美尔版本的史诗，以及赫梯文、胡利特文和埃兰文的翻译版。然而，因为史诗的泥版重要的部分仍然缺失，目前不可能复原整部文献。

《吉尔伽美什》开篇首先简述了史诗内容：吉尔伽美什是一个博学睿智的伟人，他苦苦追寻永生却不得，于是陷入抑郁，最后放弃了对不朽的追求，回到了他的国度，在一块石碑上镌刻了自己的丰功伟绩；随后建造了乌鲁克城墙，还树立起了女神伊什塔尔的神庙，恩南娜。

看一看

从各个不同时期的考古遗址中，发掘出了刻画吉尔伽美什的若干作品，由此我们能够认识英雄的具体形象。吉尔伽美什的传奇故事的一些场景在公元前 3000 年就出现在了美索不达米亚印章中。其中他的一个典型形象是站在一对对称的狮子旁边，出现在宫殿墙壁下侧的装饰嵌板上。这一形象也出现在源自杜尔舍鲁金（公元前 8 世纪）的墙壁浅浮雕上，现藏于卢浮宫，浮雕中英雄以英勇姿态出现，右手持着武器，身躯压在一只他刚刚捕获的狮子身上。

至于怪兽胡姆巴巴，我们通过一些文物得以知道其具体模样，这些文物包括现藏于卢浮宫的粘土小板以及一只出土于西帕尔的粘土制成的怪兽雕像头部（现藏于大英博物馆），雕像下部有一条简短的注释，说明了怪兽身份。在头部雕像扁平的鼻子下方是一张巨大的嘴，可以看到又小又尖的利齿，整个面容布满褶皱：它的面貌着实可怖。在卢浮宫还收藏着一尊出土于阿什努那克的吉尔伽美什粘土雕像，英雄站在胡姆巴巴的头颅之上。

走一走

亚述古都尼尼微的遗址现位于摩苏尔（伊拉克）西北，古城由两座废墟山丘组成，考古工作 17 世纪就已开始了。考古层由五个史前地层组成。考古工作找到的标志性建筑遗址包括伊什塔尔神庙、纳布神庙和阿淑尔纳西尔帕二世的宫殿。至于亚述巴尼拔那座坐落着著名的图书馆的宫殿，至今尚不知晓其具体结构，但可以确定的是古城由高大结实的城墙所围绕保护。

展现狩猎场景的浮雕。

恩奇都之死

《吉尔伽美什》的高潮是当两位英雄杀死安努派来的神牛之后和睦相处，共同统治着国泰民安的乌鲁克。在这一片繁荣的景象之下，回响着伊什塔尔的诅咒："愿不祥落到这些曾恶言侮辱我的人身上！"由于女神的阻挠，幸福的结局便是不可能的事，自此开始史诗的基调便极速转变成了深深的痛苦和失望。曾预见过不祥征兆的恩奇都，此时又产生了另一个预言幻象，他做了一个梦，梦中看到伊吉吉们聚集在一起，互相交谈。埃亚向伊利尔说道："二人杀死了神牛，还谋杀了守护雪松之山的胡姆巴巴。"于是安努宣判："让恩奇都死去吧，但让吉尔伽美什存活。"

恩奇都为自己的不幸命运扼腕痛惜，此时他诅咒了曾引诱自己的沙姆特，终结了她野性又无忧无虑的一生。不久之后，他做了另一个梦，梦中他目睹了自己的死亡，并下到了冥府世界，由此他深受折磨，一病不起。在病情迅速恶化的好友的病榻前，吉尔伽美什控制不住悲伤的泪水。十二天以后，恩奇都告别了人世，史诗中列举了为英雄流泪哀悼的一众：乌

《受伤的母狮》，来自尼尼微古城宫殿（大英博物馆，伦敦）。

鲁克的老人、田野、桃金娘、松树和柏树、广阔平原上所有的野兽，还有"纯净的幼发拉底河，她的河水装满了我们的水囊，供我们解渴清爽……"，但撒手人寰的恩奇都已经听不到这些为他发出的哀鸣了。吉尔伽美什的叫喊声响彻全国；这喊声是在命令为他的朋友用青铜、金银、宝石和天青石建造若干尊葬礼用的雕像。

下完这道命令，吉尔伽美什便逃离了王宫。

接下来的泥版讲述了吉尔伽美什流浪迷失在丛林中，因为目睹了恩奇都的死亡而受到惊吓。他决定前去寻找大洪水唯一的幸存者，乌特拿比什提姆，向他询问获取永生之术。这一旅程非常漫长，并且一路布满了重重障碍：在狭窄的道路和通向马束山的小路周边流窜着狮子，马束山是沙玛什每个夜晚的休憩之地，那里被半人半蝎所看守着。一开始，这些守卫对吉尔伽美什充满敌意，直到它们发现后者身上有神族血脉，才放行。吉尔伽美什在山间穿行，通过了一处如他的绝望一般黑暗的山谷；他在密林之中行走了很久，直到走出了森林，通往了一处花园，那里充满了被明媚的阳光照射而熠熠生辉的宝石，花园后面是一望无际的大海。这原来是"客店女主人"女神西杜里·萨比杜的宅邸。

忧郁的英雄

看到吉尔伽美什抵达，西杜里赶忙关上了宅门，因为来拜访她的人和当时深深吸引了伊什塔尔的梳洗整齐的英雄毫不沾边：此时的吉尔伽美什身披狮皮，忧伤憔悴的面容上尽显痛苦不安。当英雄终于说服了西杜里自己就是吉尔伽美什之后，和他旅途上的重重阻难一样，女神也劝说他放弃寻找乌特拿比什提姆，因为找他需要越过大海，而只有沙玛什可以做到。除

面对死亡的达观

通过神话和史诗，我们了解了美索不达米亚民族面对死亡的态度。对这些民族而言，并不存在古埃及社会中认同的来生观念，他们用一种豁达的现实主义接受了死亡（其中的例外便是吉尔伽美什，他久久不能接受挚友的死亡，而奋起反抗）。美索不达米亚民族用为死者铸造雕塑的方式进行纪念，正如吉尔伽美什为恩奇都塑造了雕像。除了皇室葬礼以外，普通人的埋葬仪式都在死者的家中进行，亡者和其生前最喜爱的物品会被一同土葬。人们相信，没有坟墓的尸体，或者家人没有为其举行葬礼仪式的死者，都会变成追逼生者的鬼魂（埃提姆）。当时的美索不达米亚社会不存在公墓。

发掘于巴比伦古城的细砖墙面修复品上的楔形文字，现藏于柏林博物馆。

此以外，她还说，与其纠结生死，不如利用自己一国之君的身份，在有生之年尽享凡尘之乐。由于西杜里的劝告没有对英雄起到丝毫作用，她便建议求助于乌特拿比什提姆的摆渡人乌尔沙那比，因为他是能唯一指引吉尔伽美什找到乌特拿比什提姆的人。

随后，乌尔沙那比让吉尔伽美什砍了三百根一百英尺长（约三十米）的长杆。二人乘船出发了，用一根接一根的长杆划船前进，摆渡人警告英雄说，无论如何不能让乌特拿比什提姆花园周围的水弄湿双手，因为这水是有致命之毒的。每用完一根长杆，二人便将其抛弃，使用下一根，如此反复，直到抵达了目的地。乌特拿比什提姆接待了吉尔伽美什，并试图向他展示，自己当初选择永生之举是不明智的："吉尔伽美什，你何苦延长在这世上的痛苦呢？神将你造成和你的父母一样，死亡那一刻便是难以避免的……"他还解释道，要依靠一名神祇的慈善之心，才能得以获取永生的特权。总而言之，乌特拿比什提姆十分理解吉尔伽美什渴求永生不死的愿望，并向他提出一个建议：那便是在六天七夜的期间，也就是大洪水持续的时间，保持清醒不睡去。然而，吉尔伽美什失败了，因为他一躺下"睡意便像一阵大雾一样涌来"。吉尔伽美什一觉醒来已经是七天之后了，但他不相信自己曾经睡去，直到看到七块已经发霉了的圆形大面包，这些面包每天清晨都会被放到他的床头。

高达二米五的石碑底座，上面镌刻着汉谟拉比法典中的若干条日常律法。

469

《萨尔贡二世和一名贵族》（前716—前713）。亚述古国杜尔舍鲁金的萨尔贡二世皇宫墙壁浅浮雕，杜尔舍鲁金即如今伊拉克豪尔萨巴德。现藏于巴黎卢浮宫。萨尔贡二世（前722—前705）是历史上最广为人知的亚述帝王之一，原因是《旧约·以赛亚书》中提到他于公元前711年向西海岸十二城邦发动了战争，被攻击者中有犹大、以东、摩押和埃及。

吉尔伽美什深感气馁，于是放弃对永生的追寻，决意以凡人身份返回乌鲁克。乌特拿比什提姆命乌尔沙那比带他回去，但在这之前他赠予了英雄一份礼物：在海洋深处的某个地方有一种使人重返青春的草药，是长生不老之术的替代品。吉尔伽美什在身上系了几块石头，潜入水中，找到这束草药，回到了地面。寻求不朽的旅途最终还是没有枉费！然而在回城的路上，在他用泉水洗漱之时一条蛇偷走了这草药。吉尔伽美什深感忧伤，哭泣起来，他明白了自己不可能永生不老。于是他彻底放弃了自己的痴心妄想，两手空空回到了乌鲁克，深知自己将永远被死亡的念头折磨。吉尔伽美什只有在静静看着自己铸造的伟绩之时才能感到一丝平静：那便是乌鲁克城墙。

神话来源

《吉尔伽美什》第十块泥版包含了整部文献中最深刻的篇章，是当乌特拿比什提姆试图向英雄解释死亡的意义，抑或是死亡的缺乏意义之时："死亡无人可见，死神之容貌无人可窥。简言之，野蛮的死神收割着人类性命。有时我们建起一座房屋，有时我们挖出一处洞穴。但随后兄弟姐妹们将房屋或洞穴当作遗产各自分配。难道我们还能为自己建造一处永恒的房屋吗？有时候，敌意在大地上也明显可见：河水上涨，洪水淹没了整个地面。蜻蜓在河面上面朝太阳，盘旋而飞。但是河水难道会永远增长吗？万物骤然飞灰湮灭。睡去的人和死去的人并无两样。死神的形象无从得知，无法描述。"

毫无争议，吉尔伽美什的颂诗在第十一块泥版便结束了，但貌似还有一块泥版是后来添加的。这块后加的泥版并不能够和史诗的其他部分完美融合在一起，因为最后的泥版中恩奇都仍然活着，但在第七块泥版的叙述中他已经去世了。在最后的篇章里，吉尔伽美什用木材制造了两个物体，分别叫做普库和美库（我们并不清楚这两个物品到底是什么），后来双双落入地狱之中。恩奇都为了替朋友找回丢失的物品，下到冥府寻找却不得。恩奇都渴望回到人世（这是文学作品中一个屡见不鲜的主题），吉尔伽美什为了拯救朋友只能跑去向神祇求情。最终吉尔伽美什救回了恩奇都，后者得以向他描述冥府世界的真实模样。史诗在此处以一个阴郁的结尾结束了全篇，这与第十一块泥版中的结尾风格甚是不同，其中吉尔伽美什终于和自己的心魔和解，明白了他树立起的宏伟城墙可以传递后世，从而达成永恒。

👁 看一看

吉尔伽美什和恩奇都的丰功伟绩被用雕像表现了出来，也被刻画在了用宝石雕刻而成的圆柱和器物上。在柏林，可以看到哈拉夫遗址出土的柱脚，上面的浅浮雕表现了二位好朋友正在杀死怪兽胡姆巴巴的场景。用硬石雕刻圆柱形印章的工匠们常常使用这一艺术主题。一件亚述圆柱（现藏于卢浮宫）展现了吉尔伽美什和恩奇都合力同一头公牛和一只狮子搏斗的场景。

💼 走一走

吉尔伽美什穿过的马束山便是如今的黎巴嫩山，女神西杜里的花园毗邻的大海便是地中海。另外有人认为马束山以及胡姆巴巴的栖息地雪松之山都是亚美尼亚南部、叙利亚北部的山脉。第二种观点认为，英雄讨伐胡姆巴巴和他前往寻找不老之术的旅程都是美索不达米亚民族远征的文学象征，他们沿着底格里斯河和幼发拉底河逆流而上，一直抵达亚美尼亚和叙利亚边境处的森林，为的是寻找他们所缺乏的木材、石头等原材料。

腓尼基

希腊风格的人面石棺雕塑，出土于黎巴嫩北部的
腓尼基古城安塔拉德斯，文物可追溯到公元前
480—前 450 年。现藏于哥本哈根国家博物馆。

公元前 3300 年到 3200 年的盖贝尔·埃尔阿拉克匕首。这柄匕首用河马牙雕刻而成，背部的浮雕图案展现了埃尔正在同两头雄狮搏斗的场景，两狮分别代表了清晨和夜晚的金星。

原始神祇：巴雅拉特和埃尔

古希腊人将叙利亚海岸城市居民称为"腓尼基人"。这些闪米特民族和叙利亚其他内陆城市的居民都用阿卡德语自称"kinahhu""kináun"或"kenáani"，也就是迦南人，居住在迦南的民族（现位于以色列和巴勒斯坦地区）。事实上，腓尼基人的原居地是位于迦南地区以南的内盖夫沙漠，三千多年前，他们开始向海岸地区迁移，定居在由推罗、西顿、比布鲁斯、亚瓦德和乌加里特构成的狭窄地带（如今位于黎巴嫩和叙利亚西部）。至于这些城市中最为古老的比布鲁斯城是何时被腓尼基人占领的，我们无从得知，但是毫无疑问比布鲁斯和古埃及一直有紧密的贸易往来，埃及商人向腓尼基人购买造船用的雪松木和用来木乃伊化尸体的树脂。

频繁的贸易往来对比布鲁斯神话有着决定性的影响，以至于比布鲁斯崇拜的至高女神，巴雅拉特（"女神"之意），就是埃及女神哈索尔的翻版，随着时间推移，巴雅拉特和哈索尔的形象渐渐融为一体。虽然腓尼基人因为发明了字母表，在商贸上也极具才能而闻名历史，但在文化和宗教方面，他们却建树平平，缺乏

两名保护神驾车的雕塑，塔尔忒索斯的腓尼基人制，约在公元前10世纪。

475

原创性，常常利用和改编已经存在的神话作品。在追溯到三千年前的圆柱印章和浅浮雕等文物中，出现在巴雅拉特身边的几位神祇形象与埃及神拉和鲁提十分相似，还有一名叫做海塔乌的森林之神，他主宰着松柏林，而这是神秘的腓尼基古国的巨大财富。希腊历史学家普鲁塔克认为，埃及人将海塔乌的神性赋予了俄西里斯，后者不但是冥界之王，也是植被和生命力之神：他的泪水则被比作腓尼基松柏的树脂。

巴雅拉特是腓尼基人最珍视的两样东西的保护神，那便是生命和商业，除了她以外，闪米特民族还崇拜另一位名为埃尔的原始主神，他是时间的主宰，也是其他神祇和所有生物之父。埃尔的存在早于万物诞生，他作为太阳神的权威遍布整个迦南地区，他使海洋深处汇出河流，滋养土地。埃尔被他的崇拜者冠以不同的名字，他的神圣动物和其他的迦南神祇一样，

都是公牛，这一动物对于腓尼基民族而言是力量和权力的完美象征。然而，在许多神话故事中埃尔总以一名老态龙钟的无能长者形象出现，这也许是因为他的地位很快就被更年轻勇敢的后代取代了：其中有雷雨神巴力，冥神莫特，还有海神雅姆，这几位神族兄弟也相互对峙，争斗不休。

既有趣又美丽的女神

一些文献中提到一位名叫埃拉特的女神（埃尔的女性形式），但关于她的细节我们并不知晓。可以确定的是埃尔和另一位叫作亚舍拉的女神结合诞下了数量可观的后代。亚舍拉有"众

叙利亚海岸的乌加里特主宫殿遗址入口。

神之母"的称呼，如果认为所有作品中提到的亚舍拉都指的是一个人的话，那么她的子女多达七十个，但是同时叫作亚舍拉的还有推罗的一名女神和巴力的妻子，在接下来的章节中我们会谈到这两名女神。

腓尼基创世神论被后世的希腊作家著书论述，其中便有比布鲁斯的费龙（2世纪），他同时也翻译了一名腓尼基祭司的著作，但这些讲述腓尼基创世神论的作品与希腊神话别无二致，都讲的是自混沌宇宙以来万物的起源。然而，有一部来源于乌加里特的文献讲述了仁慈的埃尔如何创造了一系列神祇。

故事开篇讲述了冥神莫特十分疲惫，并且没有生育能力（他"手持一支不孕权杖"），于是庄稼都干旱死亡了。莫特的妻子们为此而哀鸣不止，并向亚舍拉求助，后者又去祈求她的丈夫埃尔伸出援手。于是，作为太阳神的埃尔来到海边，浸入海水，并使一阵巨大的波涛升起，在天空转换降下了雨水。随后，埃尔和妻子进行了圣婚仪式（神与神的结合），他向妻子倾去身子，爱语道："你的双唇如此甜蜜，好似一簇葡萄。"圣婚仪式之后便诞生了生育力（田地变得肥沃，莫特的妻子们和亚舍拉受了孕，或许大地母亲也变得生机勃勃）。这一结合诞生的首批神祇是萨哈尔（曙光女神）和萨勒姆（暮光女神），之后又生出了其他"仁慈又美丽"的神灵，宇宙由此繁荣兴盛了起来。

这一诗篇提醒腓尼基人，他们从内盖夫沙漠迁移到肥沃的土地定居生活的历史。根据其风格，我们猜想这篇诗歌曾在宗教仪式上被诵读，或者在旱季，当风暴肆虐的时期开始之时举行的祭祀典礼上被用作伴唱。值得一提的是，莫特是埃尔最青睐的儿子，他是冥界之神（他的名字字面意思是"死亡"），因此也是庄稼干旱、种子无法萌芽之时的田野之神；人们常说，当久旱而不降雨，土地干旱之时，谷物便"在莫特的拳头中"。随后我们会讲到，巴力的儿子，丰沃之神阿勒殷每年都会同莫特进行一番争斗，以保证庄稼的收成。

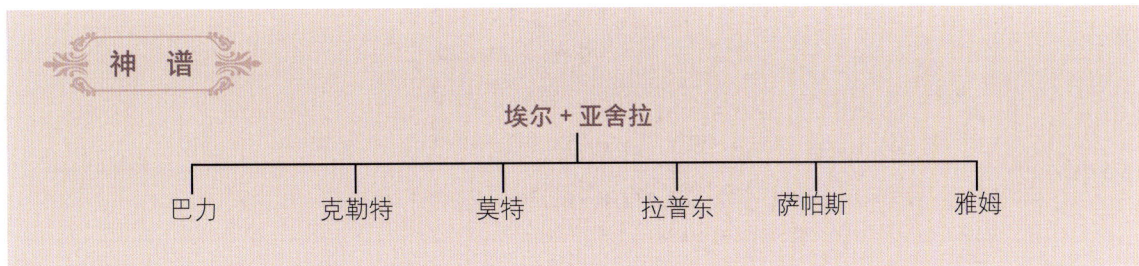

神 谱

埃尔 + 亚舍拉

| 巴力 | 克勒特 | 莫特 | 拉普东 | 萨帕斯 | 雅姆 |

🜏 神话来源

许多记载了腓尼基神话的原始文献虽然出土于比布鲁斯古城遗址，但其实都来源于古埃及帝国（前2700—前2160）。其他的相关史料也都来自埃及：例如《石棺之书》中将尚未和哈索尔有所联系的巴雅拉特塑造成了魔鬼形象；而海塔乌则出现在了《金字塔之书》的三章里，其中法老在死后会化身为神祇海塔乌。

👁 看一看

印章和绘画中的巴雅拉特穿着紧身服饰，呈坐姿，发型梳成古埃及样式。和埃及女神哈索尔一样，她的头部长着一对牛角，中间戴着太阳圆盘。在一些浅浮雕作品中，描绘她正接见法老和国王的场景。在中王国时期（前2040—前1785），比布鲁斯和埃及之间的联系如此密切，以至于巴雅拉特和哈索尔的形象几乎完全等同。在阿契美尼德王朝时期的叶哈乌米尔克帝王石碑上展现了"比布鲁斯女神"巴雅拉特接见国王的场景，她和托勒密王朝时期的哈索尔一样，头戴苍鹰羽毛饰物和一顶圆帽。

🎞 走一走

比布鲁斯古城，即今朱拜勒（黎巴嫩），位于贝鲁特以北三十七公里处。它的腓尼基名称为迦巴勒，而古希腊和古罗马人则称之为比布鲁斯，早在三千年前这座城市便是重要的雪松木出口港和莎草纸的贸易中心。在腓尼基人到来居住之前，它便和埃及以及美索不达米亚平原保持着紧密的文化和商业往来。当时人们在此建造了巴雅拉特神庙（现存遗址是古罗马时期的修复作品）。在腓尼基卫城遗址中发现了皇家陵墓，里面有数量繁多、仿埃及风格的文物（匕首、剑器、胸饰、印章、戒指等）。阿斯塔尔塔神庙遗址如今也开放参观，公元前16世纪到前12世纪，当比布鲁斯城落入埃及法老统治时得以修缮重建。随后，比布鲁斯变成了腓尼基帝国居民最多的城市，直到西顿和推罗城取代了它的地位。亚历山大大帝征服比布鲁斯之后，将希腊罗马文化引进其社会，更晚一些，在罗马帝国治下比布鲁斯社会曾短暂经历过一段文明复兴，在那时树立起了数座神庙，一座大教堂，七座小布景剧院和一座大剧院。这些建筑中有一些得以存留至今，实在值得一游。

巴力之名

神祇巴力在一些情况下被认为是巴雅拉特的同伴或丈夫，在年表上他要晚于埃尔，并且有可能是埃尔的儿子。但在讲述关于他的传说之前，需要说明的是巴力并不是这名神祇独有的名字，而是一个闪米特人用来代之男性神祇的普通名词（"主"）。同理，在圣经中出现过若干次的火神摩洛（"国王"）也是一个名词，而非专用名称。这些代称的背后隐藏着每个神祇的真实名字，只有博学的智者才知晓，并且只有在特定的重要场合下才能大声说出神之姓名。腓尼基人用这种办法防止异教徒得知神的名称而徒然召唤神灵。

被称为巴力的神灵根据地域和时代差异，可以指不同的神祇。在公元前 1000 年时，每个腓尼基城市都崇拜自己的巴力，也就是领土和居民的保护神。还有一个象征天父的"老者"巴力；一个萨丰巴力，"北方之神"；一个沙敏巴力，"苍穹之神"，也就是希腊神话中的阿多尼斯；一个黎巴嫩巴力，山区独有的"黎巴嫩之神"；还有一个在埃及被崇拜的巴力，他在那里有自己的祭司学校。以上提到的神祇形象都是战争、生命和生育力的象征，通常情况下和他们紧密关联的神圣动物是公牛。但腓尼基巴力和其他叫做巴力的神都不同，他的神职包括主宰风暴，制造雨水，发出闪电，因为其最后一个特征，他也被认为是巴比伦的阿达德。巴力的母亲叫作亚舍拉，父亲也叫作巴力，有种猜想是亚舍拉背叛了丈夫埃尔和自己的儿子巴力发生了私情，但我们无法确定两个巴

投掷雷电的巴力小雕像，藏于乌加里特博物馆。巴力是雷电之神，他的武器是一道闪电，战神巴力栖居在天界，在乌加里特他的地位很高，是众神之首。

力是不是同一个神灵。所有关于巴力的神话都具有一定的复杂性。首先巴力曾和自己的兄弟雅姆反目，后者是原始混沌海洋的象征，相当于是美索不达米亚神话中的提亚玛特，但因为巴力需要雅姆保护腓尼基海员，所以不得不俯首认输。他的第二个与神的对抗故事也是极为复杂的：他和冥界之神莫特争斗，为的是保障永生不死。我们接下来会看到，在巴力和莫特的故事中，他的两个子女，阿勒殷和阿娜特也扮演着重要角色。

阿勒殷的死亡和复活

阿勒殷的形象有时会和他的父亲相混淆，这极有可能是因为二者指的是同一个神格（阿勒殷也被称为"大地之巴力"或"驾驭云层之神"）。阿勒殷有一个特殊的神职，即保持泉溪河流的水源不断，也就是将水流疏导到田地，以供庄稼生长。因此，阿勒殷和雨水以及生育力有着紧密的联系，这使得他的形象和雷雨神巴力更为相近。腓尼基人在江河入口处以阿勒殷之名树立了座座纪念碑。

阿娜特则是一名好战的贞洁女神，她的一些特征被传递到了希腊的雅典娜身上。阿娜特的主要职能是向众神提供永生不死的方法，为此在埃及，对阿娜特的宗教崇拜根深蒂固，同时她也是战争期间国王的保护神。作为巴力的女儿，阿勒殷的妹妹，她也通过使露水降落在

巴力之庙

乌加里特古城的文献中有一篇讲述了巴力神庙的传奇建造过程，巴力的宅邸虽然是无边的苍穹，但其他神祇都有自己的圣殿，唯独巴力在地面上没有栖息之所。埃尔首肯之后，他便下令和亚舍拉同是智慧之神的拉普东，开始建造巴力神庙。巴力发出雷电，砍伐了"圣林"雪松林中的树木，用作神庙的栋梁，他的儿子阿勒殷则负责神庙的神圣祭祀部分的建造。当神庙建成之后，库索尔赶到并提议在屋顶中心开一扇天窗，这一建议使阿勒殷不快。众神中的拥护者和反对者进行了争辩，最终达成妥协：可以安装天窗，但巴力要保证他不会随意让雨水通过窗户落入神庙。库索尔等同于希腊神话中的赫菲斯托斯，他是机械装置和捕鱼船的发明者，还是巫术专家，除此以外也实践占卜之术。

耕地上，在植被和庄稼的生长中发挥作用。

莫特和巴力的儿女之间的争斗记载于多首诗歌中，但这些文献提供的信息却相互矛盾，无法统一。其中一个故事开篇讲述了巴力和亚舍拉在为死去的阿勒殷痛苦哀悼。这一切看起来似乎是莫特的过错，因为阿娜特命令冥王将她的兄弟从地下世界的牢狱中释放出来。由于莫特拒绝了这一要求，女神便嗾犬前去攻击凶手，她用镰刀将莫特砍成两段，又用长鞭笞之，用烈火烤之，用石磨将他的尸体磨成粉末，最后将遗骸碎末像倾洒种子一样洒遍了田野。随

后阿勒殷获得重生，他使大量雨水降下，以至于河流泛滥。然后莫特也重生了，再次对阿勒殷的生命构成了威胁。两位神灵再次展开了激烈的争斗，并以阿勒殷的最终胜利而告终：尊严尽失的莫特被迫降到冥界，并居住在他的地下国度，直到来年才能再次回到大地。

另一个相关故事可能是上一个传说的前传，其中死去的不仅仅是阿勒殷，还有他的父亲巴力。父子二人前往沙漠狩猎时发现了一些貌似野牛的怪兽，在同后者进行了一番残忍的较量后，阿勒殷和巴力战败身亡。当阿娜特为巴力掘墓时，她落下的泪水将沙漠的一部分变作了一片花果园；随后她将阿勒殷的尸体负在肩头，朝着北方山脉进发，那里是献祭冥府之神的地

方。阿娜特将事情始末告诉了埃尔和亚舍拉，二者为他们能够铲除野兽而感到高兴，但阿娜特将巴力之死归咎于莫特。这块泥版剩下的内容不幸遗失，但根据猜测，接下来发生的事也许就是本章节第一个传说。

这两个神话故事影射象征冬日和夏日的神祇交替掌管人间，也可能指天界与冥界神灵的

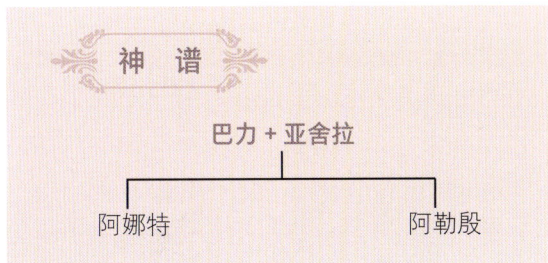

神 谱

巴力 + 亚舍拉

阿娜特　　　　　　阿勒殷

巴力在叙利亚城市巴尔米拉的神庙，他在这座城市被称为贝尔。在这一区域，巴力的神职是看管附近山区的森林，当时在季节性降雨作用下生长的树林如今已经消失不见了。

轮流统治：阿娜特和阿勒殷（巴力的代表）象征植被萌芽生长之力量，为了保障庄稼丰收，莫特必须要被献祭。但冥王并不会死去太久，一段周期之后他便会获得重生，再次统治田野枯旱、生机尽丧的大地。

出土于乌加里特的贝尔小型雕塑，现藏于卢浮宫。雕塑中的神祇高举着一只手，准备抛掷闪电。

乌加里特是叙利亚海岸的重要景点之一。古城坐落在拉塔基亚以北几公里处，那里的遗址值得深度一游。

🏺 神话来源

乌加里特古城的考古挖掘工作于 1928 年展开，使得许多公元前 15 世纪的楔形文字泥版得以重见天日，这些文献中不但记录了众多社会和商业史料（合同、贸易文件），还记载着神话故事和诗歌，这才使腓尼基的神话传说为后人所知。

👁 看一看

在出土于乌加里特古城遗址，现藏于卢浮宫的一座石碑上，可以看到巴力戴着一顶头盔，形状尖利，装饰有两只象征性的牛角；他的右手挥舞着一支武器，左手握着一支深插到地里的简易长矛。古埃及作品中描绘的巴力总是戴着一顶状如上埃及白色冠冕的头盔，手持一支松木狼牙棒和一柄长刀。有时他会被雕刻成公牛的模样，有时身边会伴有一头公牛。但可以确定的是，《圣经》中提及的"金牛犊"指的就是他。

🧳 走一走

乌加里特古城遗址现被称为拉斯·沙姆拉，坐落在叙利亚地中海沿岸城市拉塔基亚以北。乌加里特古城的鼎盛时代是公元前 2000 年，那时供奉巴力的宏大神庙得以建起，神殿中曾有一尊金雕像和若干座银牛雕塑。但在公元前 1365 年左右发生的一场地震中，神庙不幸被毁。1929 年起展开了对乌加里特的考古挖掘工作，发现古城中有极为丰富的地层结构，从旧石器时代到罗马帝国的各个时期的遗址都有存留。在乌加里特发现了不同年代的瓷器、铁器和铜器，除此以外，还有武器、杯具、灯具和圣甲虫（一种埃及护身符）。

出土于加的斯市加迪尔遗址的戴有金面具的小型青铜雕像，时代为公元前 8 世纪到前 7 世纪之间，加迪尔是地中海沿岸的腓尼基殖民地之一。根据其风格，推测是巴力雕像的复刻品。

用于盛放香料和祭品的腓尼基玻璃细口瓶。腓尼基人在创作上缺乏原创性，善于同化周边文化艺术，是极为精巧的艺术工匠。

献给阿斯塔尔塔的祭品

这座名不副实的腓尼基蒙娜丽莎出土于亚述城市尼姆鲁德，年代为公元前8世纪，是所谓的腓尼基象牙雕刻品之一。塑像出土于内陆城市尼姆鲁德，说明腓尼基艺术家曾来到这里进行工作。

腓尼基文化中极具特色的一点在于神祇像人类一样，也会感到饥饿，需要食物，于是献给他们的祭品中也包括用金制托盘盛放的面包和酒。由此可见，也许腓尼基神祇并不是长生不死的，或者说他们的永生在很大程度上取决于信徒献上的祭品。例如，在神庙的神圣祭祀仪式上，被献祭的动物有阉牛、牛犊和羊羔（通常是公羊羔），如果要祭祀的神祇是负责生产力的，则还会有与收割时节关联的特殊仪式。于是自然而然地，腓尼基的神话体系历经数个世纪还能幸存，这要归功于热爱旅行的腓尼基人将自己的神话传统传播到了地中海沿岸各地。

正因如此，起源于西顿城的、腓尼基文化特有的女神阿斯塔尔塔才得以享有盛誉。她的完整名称是"巴力之天空的阿斯塔尔塔"，指的是金星，有人认为她是埃尔的妻子，也有人相信她是巴力的配偶，这可能是因为她的本质是亚舍拉的一个化身。她是生育力和植被之女神，是动物的保护神，同时也是负责战争和军队的神祇。有时她又是违背大自然规律的圣母（"受孕却不分娩之女"），但除此以外，她还有阴暗、神秘、略显狡猾的一面，这和她淫荡好色、水性杨花的另一面神性相符。对她进行崇拜的男女祭司会在洞穴中进行宗教仪式，这些信徒往往来自腓尼基皇族。

在美索不达米亚平原和近东地区的所有母亲神中，阿斯塔尔塔的名声和地位无人可及，她的形象或多或少传播到了已知世界的许多地区。除了西顿城，她在乌加里特还有一座神殿；她等同于苏美尔文化中的伊南娜、亚述巴比伦神族中的伊什塔尔、叙利亚神话里的阿塔伽提斯，除此以外，摩押人和阿拉米人也拜倒在她的神坛之下。希伯来人于公元前1250年左右进入迦南地区定居后，立刻便将阿斯塔尔塔奉为战争女神，阿什卡隆的非利士人也是如此：两个民族交战时，双方士兵高举着同一神祇的象征。公元前10世纪，所罗门王在耶路撒冷用腓尼基技术和材料为女神树立起了一座神庙。埃及人也将阿斯塔尔塔，连同巴力和阿娜特一起引进了自身的神话体系。最后，希腊人将她称为阿佛洛狄忒，删去了传说中那些最为残忍淫荡的特性，将她变成了性感的爱情女神。

塔妮特，迦太基的阿斯塔尔塔

公元前500年的迦太基帝国的保护女神是伟大的布匿女神塔妮特，她是阿斯塔尔塔的一个变体神祇。塔妮特等同于罗马神话中的朱诺，地位高于巴尔汉蒙，也就是罗马人的朱庇特。和阿斯塔尔塔一样，塔妮特既是和月亮有关的母亲神，又是丰产和战争女神。在大量石碑上出现了一个名为"塔妮特"的记号，目前这一符号的意义不明。塔妮特符号是一个圆锥截体，或等边三角形，顶部是一条横线，线上有一个圆盘。在这一符号中还有一个简化的人类形象侧影，也可能是一座原始祭坛。在塞普蒂米乌斯·塞维鲁统治时期，塔妮特戴着头盔，手持长矛，骑乘一只雄狮的形象被印刻在了古罗马货币上。塔妮特作为爱情女神，她的形象总是一名双手置于胸前的裸体女性。

迦太基石制秤砣，上面有塔妮特符号，即一个三角形和一条形似古埃及生命符号的横杠。

克瑞特史诗

以大都市为中心，腓尼基人将货物和信仰传播到了他们在地中海沿岸的各个殖民地，这些殖民地散布在爱琴海、克里特岛、西西里岛、北非、撒丁岛、巴利阿里群岛和加迪尔（加的斯）地区。在这些殖民城市中最重要的迦太基城（现突尼斯），阿斯塔尔塔被称为塔妮特，人们对她，还有巴尔汉蒙以及埃什蒙一并进行宗教崇拜，其中埃什蒙是等同于希腊神话中阿斯克勒庇俄斯的西顿神祇。唯一一名迦太基独有的神祇叫做贝斯，他的形象被描绘成是一个外罗圈腿的侏儒，面容丑陋，大腹便便；不过也许贝斯的原型是腓尼基殖民者崇拜的一个次神，因为他的形象常常出现在腓尼基船只的船头。

另一个起源于西顿城的人物是克瑞特，他是腓尼基神话中唯一流传下来为人所知的英雄。到底克瑞特是半神半人（他的形象有可能是众神埃尔的儿子，或者是"众神之火炬"，女神萨帕斯的卫兵），还是一名统治过西顿并击败了未知侵略者的国王，我们无从得知。根据传说，埃尔命令克瑞特率军对抗一支侵略军队，领导者是身份不详的月神特拉，或艾特拉。敌军有一队力量雄厚的同盟军（这些同盟国家是历史上真实存在的）：希伯来部落国家西布伦和于公元前1530年左右得以统治巴比伦的加喜特民族。克瑞特并没有作为勇士承担起这一历史使命，而是在挑战面前惊慌发作，退藏到他的宅邸中哭了起来，于我们而言，这一场景充分展现了他的人性。随后不久，他的一个梦境向他宣告，他将为人父，孩子是一个美丽如阿斯塔尔塔，

🜨 神话来源

在古城乌加里特发现的大部分泥版是由乌加里特语写成的，这门古代语言于 1929 年被破译。乌加里特语并不属于阿卡德语言的一种方言，而是一门独立的闪米特语，曾在如今叙利亚海岸地区被广泛使用。这些印刻文字为相关工作人员研究公元前 1400 年的乌加里特社会日常活动提供了完整的记录资料。

👁 看一看

在阿斯塔尔塔最为常见的肖像中，女神身边常出现她的各类天体象征（金星、新月、太阳盘、圣石或锥状石碑），此外也有战士象征（雄狮和斯芬克斯）。作为丰产女神，她总是裸体出现，双手置于胸前。女神的另一种形象是坐在由斯芬克斯围绕的神位上，代表作品为阿米里特的阿斯塔尔塔（藏于卢浮宫）和加莱拉的阿斯塔尔塔（藏于马德里考古博物馆）。埃尔卡拉姆伯洛的珍宝藏品是在塞维利亚附近一座小山丘发现的文物，其中便有一尊阿斯塔尔塔的青铜雕像（藏于塞维利亚考古博物馆）。

🚶 走一走

西顿古城是腓尼基最为重要的港口城市之一，即今日位于贝鲁特南部的赛伊达（黎巴嫩）。由于西顿和新埃及帝国（前 1550—前 1070）保持着外交关系，西顿商人得以在地中海东部地区开设工厂。自那以后，西顿城曾被数次围困和侵略：亚述人于公元前 675 年将其摧毁，公元前 676 年巴比伦国王尼布甲尼撒二世下令围困该城，公元前 351 年西顿人曾奋起反抗，但起义力量被波斯人所镇压。由法国考古学家展开的挖掘工作使得众多西顿文物重见天日，其中既有史前瓷器、波斯风格柱，也有国王形象的货币。在该城的古陵墓中发掘出了石棺和有着装饰墙壁的墓室。

优雅似阿娜特的男婴，这一消息使他鼓起了勇气来完成埃尔给他的指令。在备战前，他登上高塔，向苍穹高举双手，为神祇献上各种动物的鲜血，还有用金银器皿盛装的蜂蜜和红酒。

自此以后，克瑞特便表现得精进勇猛。鉴于特拉的军队早已攻占了附近城市，并计划将整个腓尼基领土分裂为二，克瑞特便让西顿居民做好长期被围困的思想准备，又命令他们囤好食粮。随即，他率领一支军队，前往寻找驻扎在内盖夫的敌军大部队。在战役中发生了什么呢？由于文献缺失，故事在这里中断，但我们可以猜到腓尼基军队最终得以化险为夷。传说讲述道，克瑞特回到了西顿，重登王位，并和买来的一名妻子生下一个美貌风度惊人，能战善武的儿子，他刚刚出生便发出了喊叫："我仇恨我的敌人！"不难想象，他那怯懦的，起初因为不想参战而痛哭的父亲，在听到儿子说出如此早熟，充满战争狂热的话语时的震惊和恐慌了。

庞贝古城的古罗马绘画，上面出现的维纳斯和阿多尼斯静坐在一处洞穴。阿多尼斯的神话故事打破了时间的限制，流传至今，如今被用来指代美少年。

腓尼基和希腊的阿多尼斯

农业和植被之神阿多尼斯是腓尼基森林之神海塔乌、阿勒殷和莫特的继任者，后两位神灵是不共戴天的仇敌，并轮流统治着季节循环交替的大自然。阿多尼斯的力量来源于植物种子的神秘之心、树木的浆液和花朵的绽放光彩。闪米特古老的神话中将阿多尼斯塑造成了年轻巴力的化身或阿斯塔尔塔的仆从。在《圣经》中，阿多尼斯的名称是塔木兹，也就是美索不达米亚神话中的植被之神。6 世纪时，名叫达玛西奥的折衷派哲学家揭露了阿多尼斯事实上就是后来演变成希腊神祇阿斯克勒庇俄斯的埃什蒙。

那么阿多尼斯的真实身份到底是什么？关于这位神灵的大部分已知文献都来源于古希腊罗马，距腓尼基文明的鼎盛时代已经有一段时间了。源自于比布鲁斯城和推罗城的阿多尼斯宗教崇拜广泛传播于整个地中海地区，最后得以渗透进希腊神话体系。古希腊人将希伯来语中的词语，上帝的圣经名字之一，"adonai"（意为"我的主"）进行了改编，将这位伸命名为阿多尼斯。希腊作家们将阿多尼斯的传说添以绚丽多彩的风格，并纳入了希腊的多神论体系中。

《阿多尼斯之死》（1684—1686），画家为卢卡·乔尔达诺。

下面我们就看看这些作者是如何讲述阿多尼斯神话的。

叙利亚有一位国王，名为忒伊阿斯或基尼

拉斯，他和妻子肯刻瑞伊斯诞下了一个叫做密耳拉的女儿。肯刻瑞伊斯扬言，她的女儿美貌胜过阿佛洛狄忒，女神为了惩戒这一亵渎神灵的言论，让密耳拉产生了不伦的恋父情结。密耳拉在乳娘希波吕忒的暗中帮助下，在父亲的床榻上同他共度了十二个夜晚，在被基尼拉斯发现后，她逃离王宫，藏匿在森林中。似乎是阿佛洛狄忒亲自将密耳拉变成了一棵没药树，九个月后，基尼拉斯从树干中取出了新生的阿多尼斯。林中的水仙们抚养婴孩长大，后来阿佛洛狄忒将阿多尼斯托付给了冥界女神珀耳塞福涅养育。后来当阿佛洛狄忒要求珀耳塞福涅将少年交还给她时，两位被阿多尼斯的美貌深深打动的女神都想把少年留在自己身边。最后宙斯解决了这一纷争，他命令每年阿多尼斯和阿佛洛狄忒在天界度过一些时日，剩下的时间便到地府陪伴珀耳塞福涅。阿多尼斯是在一场狩猎中被一头野猪攻击杀死的，这野兽可能是由阿瑞斯、阿尔忒弥斯或者阿波罗派出，目的是谋杀美少年。

有一些传说讲述了作为植被之神的阿多尼斯和几种植物的关联故事。首先，阿多尼斯的母亲变身为一颗没药树；还有原本玫瑰都是白色的，在阿佛洛狄忒前去搭救被野猪攻击的美少年时，情急之下脚被一根刺扎到，女神流出的鲜血将玫瑰染成了红色；最后，从阿多尼斯流淌出的鲜血中生出了银莲花。

血流成河

阿多尼斯的神话讲述了一名从树干中诞出的孩子，他每年在地下度过一些时日，随后回到地面和爱神阿佛洛狄忒重聚，这个传说象征每年春天万物复苏、植被重生的自然现象。阿多尼斯的故事，和莫特与阿勒殷之间的斗争传说有着不可忽略的相似性，尤其是两个神话都提及了象征着大自然循环周期的死亡和重生过程。在比布鲁斯和巴勒贝克之间流淌着一条今名易卜拉欣的河流，古称"阿多尼斯之河"，岸边岩石上有座阿斯塔尔塔的神庙。阿多尼斯之河穿过一处岩洞之后形成了几条瀑布，水流落入一处峡谷，也就是神话里阿多尼斯被杀死的地方。

推罗之神美刻尔

推罗城也曾崇拜一位太阳神巴力。晚些时候，和其他许多腓尼基港口城市的神祇一样，这名具有海神特点的推罗城巴力也结合了植物之神的神性，也就是说，周期性死亡重生的特征。这一混合产生的神祇便是美刻尔（"城市的守护神"），后来希腊人将其演变同化成了赫拉克勒斯。随后美刻尔又拥有了王位继承人和毁灭者的身份。他的追随者为了净化他的负面形象，每年春天便会以美刻尔之名举行一场盛宴，其中包含了人祭仪式，还会燃起庆典篝火，并在火焰上方释放一只苍鹰，以此暗示美刻尔永恒的重生。

《维纳斯和丘比特哀悼阿多尼斯》（1655），画家为柯奈利斯。

每年特定时期，河岸两边的岩石中含铁矿物质会将河水染红，这和古老传说中阿多尼斯每年回到此地，受伤的身躯流淌出的鲜血将河水染红的情节相符。

在阿多尼斯被纳入主神之列后，腓尼基和整个叙利亚都以其名设立了阿多尼斯节，并在较长一段历史时间中举行庆祝。阿多尼斯节的节庆活动一般在丰收时节之后举行，其中也包含殡葬仪式、公共祭献活动和宴席庆典。节庆期间，腓尼基妇女会举着数不胜数的阿多尼斯塑像在街巷中游行，因为神祇最终悲惨的命运而捶胸顿足，并且口中反复吟念着"adonai"。除此以外，人们还会组织宗教仪式舞蹈，在一种乐器伴奏下吟唱悲痛的歌曲，这种乐器名为吉格拉，是腓尼基人常在葬礼上使用的一种声音尖利的短笛。整个庆典仪式长达八天，前四天

《维纳斯和阿多尼斯》（1729），画家为弗朗索瓦·勒穆瓦纳。这位法国画家痴迷于光影技巧，是凡尔赛宫最为重要的画匠之一。

描绘阿佛洛狄忒和阿多尼斯重聚场景的祭坛残片，出土于意大利南部塔拉斯。在这幅公元前400年到公元前375年左右完工的浮雕作品中可以看到，女神面对垂死的爱人神色焦虑，她的左右两侧各有一名侍女，但只有左侧的出现在浮雕中。阿佛洛狄忒和阿多尼斯重聚标志着春天的到来，而二者的分离则象征着秋日的脚步临近。

用来表达阿多尼斯之死的悲恸，后四天则洋溢着神灵复活的喜悦之情。活跃在公元前3世纪的古希腊诗人忒奥克里托斯在亚历山大城托勒密二世的宫廷中生活时，曾描述阿尔西诺伊女王宫殿中以阿多尼斯之名举行的盛大庆典活动。

阿多尼斯节的庆祝中有一独一无二的风俗，那便是将植物的种子放入小型花盆、篮筐和盒子中，然后用热水浇灌，使其迅速萌芽生长。

"阿多尼斯的花园"种植的植物有茴香、大麦、小麦以及莴苣，传说阿佛洛狄忒曾将被野猪攻击后垂死的爱人放置在莴苣铺成的草床上。这些植物生长极为迅速，但由于根部脆弱，长大后不久便会凋零，这一现象象征着阿多尼斯稍纵即逝的短暂生命。植物凋亡后，这些小型花盆便会被投入大海或河流中。

🐏 神话来源

拉丁诗人奥维德（前43—18年）所著的《变形记》第十卷，讲述了密耳拉和阿多尼斯的传说故事。其中情节最为紧张的一段是当密耳拉察觉自己对父亲竟然产生了不伦之爱时，她独白道："我的心要带我去何方？我到底在策划着什么？天神啊，我祈求你们，虔诚啊！儿女对父亲的神圣职责啊！不要让我犯罪，抵制这种犯罪行为吧，如果这确是犯罪的话！但是爱父之情不可能诅咒这种爱，其他动物都随意杂交，小母牛和生它的公牛，马和它自己生的母马，山羊和它自己生的羊群，都杂交。（……）据说有这样一些种族允许母与子，父与女交配，亲子之情由于两层关系而增强了。（……）他是值得爱的，但只能作为父亲来爱，因此如果我不是伟大的基尼拉斯的女儿，我可以和基尼拉斯结合。但是现在因为它属于我，所以他不属于我，我和他很亲，这件事本身对我不利，我若是个陌生人，是不是可以好一些呢？（……）你愿意变成你母亲的情敌，你父亲的情妇吗？你愿意你的儿子叫你姐姐，你的弟弟叫你母亲吗？（……）"[*]

👁 看一看

腓尼基帝国为纪念阿多尼斯而树立的雕塑大多将他刻画成手持长矛，即将被野猪攻击身亡的少年，或是躺在草床之上垂死的美男子。

[*] 译文取自《变形记》杨周翰译本，209页-210页。2008年，人民文学出版社。

📖 走一走

今南部行政区（黎巴嫩）的推罗古城曾经位于一个岛上，如今是一个半岛。古城建立于公元前2750年，根据古希腊历史学家希罗多德所述，推罗在国王海勒姆（公元前10世纪）统治下走向了繁荣，当时强大的推罗舰队使腓尼基帝国的疆域扩伸到北非、西西里岛和伊比利亚半岛。在推罗的古陵墓中发现了波斯帝国统治时期的文物以及亚历山大大帝的罗马帝国殖民占领时期遗留下的古物。

黎巴嫩推罗古城遗址。推罗古城过去坐落在地中海地区的一座岛屿上，如今则是半岛。在公元前10世纪，推罗城曾在国王海勒姆的统治下经历过一段辉煌时期。

波　斯

萨珊王朝比沙普尔四世的加冕仪式场景，该
石面浮雕位于现伊朗法尔斯。

源于波斯波利斯的一片雕带装饰，上面刻画了一头公牛攻击一只狮子的场景，从中可以一窥古波斯人的美学价值观。

古代波斯的神话传说

公元前 1500 年左右，来自高加索山脉北部的雅利安民族占领了美索不达米亚平原和印度河之间的高原地带，并将该区域命名为伊朗高原。这些部落中有一些离开并向小亚细亚进发，另外一些则前往印度，但有两个民族在伊朗高原定居了下来：一个是北部地区的米底人，另一个则是南波斯人。原始的雅利安信仰和亚述巴比伦宗教相互融合，诞生了一个新的神话体系，由于现存相关文献较少，且缺乏精准性，这一神话体系鲜有人知。但可以确定的是，公元前 6 世纪初期查拉图斯特拉对这一宗教体系进行了改革，新教义的发展历经了三个王朝的统治（阿契美尼德王朝、帕提亚阿萨息斯王朝和萨珊王朝）并于第七世纪被阿拉伯国家的入侵中断，从那时起，伊朗高原的宗教格局便发生了翻天覆地的变化。

那么在查拉图斯特拉干预改革前，伊朗高原的信仰到底是何面貌呢？首先要讲的是一名叫作阿塔尔的火神，他是所有古代印欧民族共同崇拜的神祇。阿塔尔的神性不仅仅关乎简单的火元素，同时他还向人类供暖，提供智慧、

在这一波斯波利斯墙裙浮雕中，我们可以看到古波斯人崇拜的心地良善、法力无边的神祇阿胡拉·马兹达，他是一个抽象的神灵形象，起初并没有人形，但其太阳神的象征符号是一个圆圈和一对翅膀。这一符号也被称为"法拉瓦哈"或"法罗哈尔"，是生者和死者的灵魂的象征。

力量、生存资料和高贵的血脉，从而激励这些部落。阿塔尔保护天下苍生不落入坏人的圈套

497

波斯波利斯宫殿墙裙上雕刻的波斯士兵。

诡计，他同太阳车一同朝起暮落，他在天堂接见美德良善之人。更晚时候，阿塔尔演变成了主神阿胡拉·马兹达之子，在查拉图斯特拉的宗教变革中他又成了真理的象征。随后衍生出的各类宗教分支仍然保留了对阿塔尔的宗教崇拜，伊朗各地还存留着祭供火神的神坛遗址。至于帕西人，他们是迁移定居在伊朗高原的波斯拜火教徒（即查拉图斯特拉教）的后裔，在穆斯林占领伊朗后，他们因不愿改信伊斯兰教而逃到了印度，火神祭拜得以完整保存下来。

另外一位原始神祇叫豪摩，是波斯人的神圣饮品的神化，和吠陀人的苏摩相似。豪摩是一种香气扑鼻的醉人饮品，常在特定的宗教仪式上供人们饮用，为的是增强凡人的灵性，作为众多供奉神物中的最佳祭品，它被认为是能赐予不朽永生的崇高植物。根据传说，首先发现并饮用豪摩的是地面上的首批人类之一，名叫维万哈瓦特，他生出了一个有着光荣事迹的儿子，叫作伊玛，他后来推广了豪摩的饮用，将其推上了神坛。伊玛也被认为是早期人类之一，黄金时代世界的统治者，唯一长有太阳神眼的凡人；传说他曾和恶魔抗争，死后到亡者国度瓦拉当起了冥王。

密特拉和阿纳西塔

实际上，伊玛不但是勇士和世界的太阳王，还是密特拉的化身，也许是伊朗神族里首先出现的神祇，等同于印度神话里的密特拉。密特拉字面意思是"同伴"或"契约"；因此他起先是契约合同和友情之神，是反对背叛和不忠的

豪摩，通往永生之门

《亚斯纳》中陈列了信徒在饮用豪摩时应当诵读的语句，以达到驱除邪灵、开启阿胡拉·马兹达国度之门的作用。阿胡拉·马兹达通过豪摩饮品与查拉图斯特拉进行交流，并赋予他宣告神谕的能力。至于豪摩的原始组成成分是什么，目前尚不知晓，但根据猜测应该含有由一种致幻草药制成的发酵液体，这种物质能使服用者产生幻觉并感到精力充沛，于是人们认为豪摩能够使人永生，具有神力。如今的查拉图斯特拉教徒饮用一种用牛奶和植物浆液配制的豪摩，但这种饮料并没有酒精作用。

真理捍卫者。密特拉的勇气与智慧过人，他既是命运的开创和保护者，又每日驾着太阳车越过苍穹。人们向密特拉献祭活牲，供上豪摩酒，但只有经过艰苦的宗教忏悔才能够参与这些祭祀仪式。密特拉曾一度和海洋女神阿纳西塔和众神之首阿胡拉·马兹达联系在一起，但查拉图斯特拉发起宗教改革之后，他的名字便在官方文献中被抹除了，然而民间对他的宗教崇拜并没有停止，并且，正如下文要介绍的，在罗马帝国时期密特拉的神祇地位再一次复兴了。

阿纳西塔是另一位远古神灵，她曾一度被贬为和查拉图斯特拉同等地位的次神，但随后又重新兴起了对她的宗教崇拜活动。她是腓尼基女神阿斯塔尔塔的摹本，同样也被认为是金星的化身，被信徒称作"沃水圣母"（阿尔德维·苏拉·阿纳西塔）。在她和密特拉以及阿胡拉·马兹达组成的三元神体系中，她象征女性起源和母性职能，但同时也有好战的一面，因为她有一个形象是乘坐着白色骏马拉着的战车，并用狂风、暴雨和冰雹攻击敌人。常常和阿纳西塔联系到一起的还有风神伐由，随着时间推移他的重要性日益增加，直到最后他扮演了神界和人间的调停者：伐由是人神二界的边境，辛瓦特之桥的守卫，若要求得他的帮助，首先应当献祭一种活牲。

以上提及的神祇有一个至高的主宰，那便是阿胡拉·马兹达，其主神地位在居鲁士大帝统治的阿契美尼德王朝期间得以巩固，并在查拉图斯特拉宗教改革中得以正式确定。米底部落的祆教徒一开始拒绝服从这一宗教变革，并固守雅利安的古老信仰。当居鲁士去世，他的儿子冈比西斯二世继位之后，他面临着一支由术士高墨达领导的反叛力量，这名叛军头领伪称自己是国王早已死去的兄弟，以正篡位之名。大流士一世最终推翻了高墨达，收复了帝国，自那时起所有术士便臣服于波斯帝国霸权之下，并在萨珊王朝统治时期建立起了拜火教教堂：阿胡拉·马兹达作为波斯皇权推崇的主神，地位凌驾在他的神族前辈之上。

波斯波利斯遗址。

神话来源

　　波斯圣书叫作《阿维斯塔》，又名《阿维斯塔的诠释》，在古波斯语中意为"根基的诠释"。这部文献在查拉图斯特拉时期成书，其中的部分章节由查拉图斯特拉亲自撰写。由于历经了城市围困、战争和自然灾害，经书的手稿不幸遗失了，但查拉图斯特拉教祭司通过口耳相传的方式使其得以流传下来，后来萨珊王朝第一任国王阿尔达希尔一世（公元前3世纪）命令书吏将《阿维斯塔》一部分汇编成书，所用语言是巴列维语的一种变体"阿维斯塔语"，这是梵语方言的一种，来源于含有四十八个符号的阿拉米语。

　　古老的《阿维斯塔》流传下来的有五组文献。其中最为重要和古老的一篇叫作《亚斯纳》，其中记载了宗教典礼上应当诵读的礼拜颂语。《维斯帕拉德》则由祷告词组成。《雅什特》的内容主要是与神祇相关的赞歌和传说，并记录了关于先知的古老传统。《万迪达德》中出现了关于恶魔和净化仪式的内容。至于最后的《胡尔达·阿维斯塔》（意为小阿维斯塔）讲述的内容则与祷告词相关。

　　《阿维斯塔》中写道，虔诚信徒通过火焰与神灵交流，因为火是阿胡拉·马兹达之子，是由主神创造的行善之神斯彭塔·曼纽的显身。在《雅什特》中，阿纳西塔得到了颂扬，阿胡拉·马兹达亲自崇拜女神，并向她乞求帮助，然而这和查拉图斯特拉设立的神族体系是相悖的。

走一走

　　在伊朗矗立着众多的考古建筑群，其中不乏献祭火神的作品，位于设拉子西北五十余公里处的卢斯塔姆王谷就是其中之一。王谷中矗立着两座圣火祭坛，在一处开阔平地上还有一座圣火塔，塔前便是大流士一世、薛西斯一世和阿尔塔薛西斯一世的石墓，除此以外，还可以看到一系列恢宏富丽的萨珊王朝浮雕。这座塔名为 Kabah-e Zardusht（意为"查拉图斯特拉之塔"），由白色的石灰岩拱心石建成，高达一千二百六十米，仅有一处入口。

波斯波利斯的航拍景观。

萨珊王朝第一任国王阿尔达希尔一世的加冕，伊朗法拉什班德。在萨珊王朝的统治和保护下，查拉图斯特拉教地位日益提升，并最终变为国教，虽然王朝干预修改了其教义。查拉图斯特拉教崇拜圣火，在每座城市都有献给火元素的祭坛和神庙。所有的宗教场所中都祭拜着取之不竭的圣火。

查拉图斯特拉如是说

在波斯帝国尚在襁褓之中时，查拉图斯特拉（琐罗亚斯德的希腊名称）出现在历史舞台上，这是伊朗民族宗教发展历程中的重大标志事件。这名祭司改革了各部落的传统多神教，将术士们自古信奉的教义和君主专制国家的宗教需求融合了起来，在萨珊王朝统治下，他成立的一神教成为国教，并在他身后盛行长达八个世纪。拜火教，也就是查拉图斯特拉教宣称，世上只有一名至高善神，那便是阿胡拉·马兹达，他和人类的永恒宿敌，恶神代表安格拉·曼纽进行着不懈的抗争。

斯皮塔马·查拉图斯特拉的出身和他的生平一样在历史上都较为模糊。以亚里士多德和普鲁塔克为首的一些希腊作家认为，查拉图斯特拉的活跃年代是特洛伊战争爆发数千年前。尼科拉乌斯·达马斯库斯则称他生活的年代约为公元前1000年，但根据帕西神话，查拉图斯特拉早在公元前584年，波斯帝国被亚历山大大帝征服的二百五十年前就已经去世。历史上确有其事的是毕达哥拉斯为了结识查拉图斯特拉，曾特地前往巴比伦城，这一事件发生在公元前6世纪后期。这也是历史学家普遍认可的年代。

神话为这位宗教改革者蒙上了一层神秘气息，查拉图斯特拉教圣书，他亲自参与编写的《阿维斯塔》称其具有神力。和呱呱坠地的凡夫俗人不同，查拉图斯特拉出生后非但没有大哭，反而面露笑容，使得举世洋溢着喜悦之情。

两座位于卢斯塔姆附近的祭火圣坛，随后被用作万人坑。这两座祭坛大约在萨珊王朝（226—651）建立完成，那时拜火教是波斯国教。

伊朗贝希斯顿的三语铭文。在浮雕中可以看到波斯帝王大流士的宣语，由三种文字书写而成：古波斯语、埃兰语和巴比伦语。在文字之上雕刻着大流士和他的一众臣民，最上方是阿胡拉·马兹达的象征，也就是琐罗亚斯德教最知名的符号，被称为法拉瓦哈。

一些传说指出他的出生地是距离德黑兰十六公里远的帝王之城，但有待考证。这名宗教先知得悟真理的过程与佛祖甚是相似，他也是在年少的二十岁背井离乡，成为一名行善布施的正直男子。《阿维斯塔》写道，卡维斯（皇族祭司）和卡尔帕斯（神牛祭司）曾迫害他，于是年轻的先知不得不躲入图兰地区的一处洞穴藏身，一避就是七年，期间他修身养性，不言不语。在这段漫长的冥想时期，他顿悟了慈悲神祇在世间的使命：那便是布施于贫者，援助于动物，使圣火长明，使清水变成神圣的豪摩饮品。在他三十岁之际，阿胡拉·马兹达派遣大天使去拜访他，向他昭示神迹，并赋予其许多超自然神力，其中一项便是神灵附身。

贫穷的朋友

神向他显灵两年之后，查拉图斯特拉使得

图兰部落的祭司首领维斯塔斯帕——在一些史料中他是大流士一世的父亲——皈依了拜火教。据称查拉图斯特拉与一名大臣的女儿结姻，二人的子嗣中为后世所知的是儿子伊萨特瓦斯特拉以及小女儿普鲁西斯塔。他并没有从他组建的凡尘家庭享受很久天伦之乐，而是继续四处讲教的流浪生活。在维斯塔斯帕的宫廷中，他收下了弗拉萨奥斯特拉和哈马斯特拉等第一批门徒，和他们一起组成了名叫"贫者"或"朋友"的宗教性质流浪团体。据传说，这个宗教群体的主要敌人是信奉狂怒恶魔（艾什玛）的武士军队，他们屈服于密特拉的淫威和嗜血盛筵，而追随他。

先知在游历波斯东部的旅途中又获得了新的神启。神祇向他传授了方方面面的知识，其中包括如何对待家养牲畜、使用火种、耕种田地、锻造金属和摄取水源。阿胡拉·马兹达亲自将他锻造为一名智者，然而前方还有一个至关重要的挑战等待着他：那便是恶魔的诱惑。恶魔为了防止查拉图斯特拉战胜自己创造出的鬼怪，于是便在他面前现身，并试图用统治世界的王权引诱和收买他。先知面对这邪恶诱惑，最终拒绝并作出了抵抗，喊出了气势迫人的驱魔之辞："以神臼之名，以圣杯之名，以马兹达之名，赋予我身的武器，我必将战胜尔辈！"

在同恶魔的战斗中凯旋之后，查拉图斯特拉的宗教旅程达到了高峰。他掌握的知识包罗万象，例如物理学和天文学；他也精通宝石、

拜火教移民

阿拉伯人在击垮波斯帝国之后（7世纪），伊斯兰教成了贵族阶层普遍信仰的宗教，拜火教的地位极速下降。一群虔诚的拜火教徒逃到印度，在那里建立了一个殖民地，建起了自己的拜火神殿。在长达数世纪的时间里，这一宗教群体悄无声息地扩张，最后将其崇拜中心建立在了孟买城，在那里进行重要的商业和文化活动。这些移民群体的后裔自称为"帕西人"（词源为 farsik，意为波斯帝国法尔斯省的居民，如今伊朗的官方语言 farsi 也来自此词）。这些印度的拜火教徒恪守原始的一神教教义，因此对他们而言，阿胡拉·马兹达的神威远远超过安格拉·曼纽，而阿梅沙·斯彭塔则不过是神的标志与象征而已。他们崇拜圣火、神祇的形象和符号；为了使圣火不受玷污，帕西人从不火葬，而是将尸体存放在"寂静塔"中。帕西人是严格遵循拜火教教义，是以《阿维斯塔》为基础而构建的信仰的追随者，他们是当今世界中拜火教的主要精英群体。如今，在印度和远东地区共计有十万多名帕西人。

天体。查拉图斯特拉教教徒和皈依者日益增加，神迹也层出不穷。凭借拥有的神奇草药，他使一名盲人重见光明，使教众大病奇愈，又使瘫痪之人再次获得行走的能力。和他同时代之人不把查拉图斯特拉看作凡人，而是将其供上了神坛：传说他的身躯并非由血肉组成，而是来自阿胡拉·马兹达的圣火，神祇使一条火柱升

🏆 神话来源

波斯古经《阿维斯塔》的第一篇章《亚斯纳》中有一组颂诗（名为《偈颂》）是专门献给查拉图斯特拉的。在这些颂歌中，这名宗教改革者自称为祭师，即波斯教中宗教歌者和作曲者。一些学者驳斥查拉图斯特拉曾和米底末代帝王阿斯提阿格斯的一个女儿结婚的观点，也不相信他曾和推翻米底统治的居鲁士二世有亲属关系，因为在《阿维斯塔》中丝毫没有提及阿契美尼德帝国是由居鲁士建立的。

📖 读一读

德国哲学家和作家弗里德里希·尼采（1844—1900）假托波斯改革者查拉图斯特拉之口，以其形象和传说为出发点，于1883年至1885年写出了著作《查拉图斯特拉如是说》。在这本书中，查拉图斯特拉不再是将冥想所悟哲学传给世人的宗教改革者，而拥有和尼采一致的哲学思想：超人的权力意志或上帝的死亡。若想从根本性或文学性的角度理解尼采的思想，这本充满了象征性和诗意的著作则是必读经典。

🎵 听一听

德国作曲家理查·施特劳斯的同名交响诗《查拉图斯特拉如是说》（1896）的创意来源于以上提及的尼采的同名著作。这是一部充满浪漫气息的音乐作品，具有丰富的管弦乐部分和诙谐有力的曲调。

🎒 走一走

在伊朗的地理中心卡维尔和卢特沙漠边缘处坐落着绿洲城市亚兹德，尽管其规模不小（共有三十九万居民），但大部分建筑是土坯房屋。传说中，它的建立者是神话中的国王佐哈克和先知穆罕默德，这座城市是伊朗拜火教最重要的堡垒（整个伊朗现约有两万教徒）。亚兹德的各类建筑中最为突出的是查拉图斯特拉神庙，名为阿塔什卡德什（"圣火之家"），这里是查拉图斯特拉追随者的总部。该神庙于1934年在帕西人（印度的拜火教徒）的援助下建立完成，内部存放着的不竭圣火已经熊熊燃烧了一千五百二十五年之久，辗转不同的宗教场所后落于此处。

起，昭示着要让查拉图斯特拉重建善神玄义。

查拉图斯特拉晚年不再维持自己的和平主义者形象，而是协助维斯塔斯帕同土耳其人作战，这为他赢取了战争英雄的声誉。根据传说，他最终被图兰的一名极端主义者刺杀身亡，享年七十岁。先知查拉图斯特拉创建了一系列标榜道德严格的思想、言论和经书，组成了拜火教教义的基础，并逐渐取代了远古的宗教传统，于是拜火教作为萨珊王朝的国教，得以屹立流传，直到8世纪才开始被日益壮大的伊斯兰教所取代，查拉图斯特拉的先知地位也被穆罕默德所继承。

阿胡拉·马兹达和行善之军

在查拉图斯拉特实行宗教改革前的远古时期，阿胡拉·马兹达、密特拉以及阿纳西塔都属于统治苍生的上古之神，但当查拉图斯特拉实行的一神教改革和阿契美尼德君主专制政权的利益相符之时，阿胡拉·马兹达便被拜火教供为世间唯一存在的神。阿胡拉·马兹达一跃成为至高神祇，他的光辉使密特拉和阿纳西塔黯然失色，与此同时，居鲁士大帝击垮米底帝国（公元前550年）和巴比伦帝国（公元前537年）之后，也抵达了政治权力的顶峰。正如阿胡拉·马兹达治理大自然的万物一般，阿契美尼德皇室统领着波斯帝国。然而查拉图斯特拉的宗教影响在帝国西部较为薄弱，那里仍旧固守着传统信仰。该地区实行残忍的祭祀仪式（有时甚至使用人祭），矗立着圣火神庙，在查拉斯图特拉改革的影响之下依旧坚持崇拜密特拉。

贝希斯顿的阿胡拉·马兹达，雕塑细节图。关于法拉瓦哈符号的意义争议比较多。有人认为这一符号表现的是名为法拉巴什的守护天使（在拜火教教义中，意为"个体的保护神"），另一种观点则称这一符号象征着带翼太阳，在古埃及文明中是荷鲁斯和皇权的代表。现代拜火教教义认为该符号象征通往永恒不朽的道路，通过它，我们凡人可以和阿胡拉·马兹达相结合。

安德烈·卡斯塔涅的《高加米拉战役中斯基泰士兵的战车上的负载物》。这场战役发生于公元前331年，战争双方是亚历山大大帝带领的马其顿大军和大流士三世率领的波斯军队，最终前者战胜了后者。这场战役发生于查拉图斯特拉死后两百年左右，在先知逝世之时，波斯正由米底王国统治，但那时阿契美尼德王朝即将出现，并带领波斯走向繁荣，直到这一场空前绝后的战役结束了该王朝的辉煌。

阿胡拉·马兹达的神名来源甚是复杂，至今尚未确定。波斯语中的阿胡拉相当于印度的"阿修罗"，意味着和王权相关的神祇，其词源是"主"的意思。马兹达则有可能来自梵语中的"medhâ"（"智慧"），由此可见，阿胡拉·马兹达的意思便是"睿智的主"，是抉择一切、知晓万物的智慧之神。他发明了普世律法（阿查），是没有任何凡人缺陷的完美化身。事实上，他是一名抽象的神灵，并不具有任何形状，也没有物质组成；在波斯经书中并没有任何篇章描绘阿胡拉·马兹达的具体模样，形形色色的艺术表现其实是雕刻工匠想象力的结晶。

重看神话

密特拉最初来自卡帕多西亚地区，是武士阶层的保护神，后在查拉图斯特拉宗教改革影响下削弱了其地位。然而，密特拉还是有很多追随者，他被崇拜为正义和道德之神（与沃胡·玛纳共存），也是在来生世界中打败阿里曼的神祇。在阿契美尼德王朝的统治下，密特拉是波期帝国东部的主神，被认为是太阳神，人们常用的祭祀物是白色的牛马。在公元前3世纪，建造了很多叫做"密特拉神殿"的宗教场所（一般是天然洞穴或模仿岩洞的人造神庙），并在其中举行密教的祭祀仪式，该仪式以杀死一头公牛达到高潮。有预言称，密特拉将化身为救世主国王，并统治世界一千年。神秘的密特拉宗教在古希腊罗马世界中得到了广泛传播，甚至还流传到了埃及。在古罗马城中曾有许多密特拉教徒，在帝国前线驻军中也十分流行对其战神形象的宗教信仰，在4世纪以前的某些地方，密特拉教甚至一度是基督教的强劲对手。在印度，《吠陀》中的密特拉是一名善良的神祇，是友谊和正义的保护神。

全能神阿胡拉·马兹达的名字传播到希腊后得到了改编，变成了奥尔莫兹德，万能的造物主，他创造了两名对立的神灵，那便是行善之神，光明和真理的象征，斯彭塔·曼纽以及邪恶之灵，黑暗及背叛的缔造者安格拉·曼纽。由此，虽然查拉斯图特拉教崇拜一神论，但善恶两种对抗力量的构造为其增添了二元神的意味，后来从这一角度，衍生出了异端摩尼教。尽管拥有至高地位的阿胡拉·马兹达和他的另一神格斯彭塔·曼纽在与恶魔的斗争中必定会以胜利收尾，但这并不影响安格拉·曼纽作为神祇的宿敌永恒存在，世间万物便在这善恶两极间波动：神祇与恶魔之间无休无止的抗争创造了大千世界的历史。

罗马文化接受并改造了密特拉的信仰。密特拉的常见形象是他头戴弗里吉亚帽，正在杀死一头公牛。查拉图斯特拉曾称，降临的人类救世主便是阿胡拉·马兹达的儿子密特拉，他出生于一处岩洞，被迫杀死世界上首先被创造出来的生物，也就是公牛，而根据拜火教传统，正是从这头公牛的鲜血中孕育了整个世界，或萌发了永生。密特拉教开创了洗礼的宗教传统，在整个罗马进行了扩张，一度是基督教的劲敌，随后被其强大的势力所镇压。

神圣六圣体

　　每一名神祇都由其随从神灵协助行事。阿胡拉·马兹达的助手是六名阿梅沙·斯彭塔（"行善之神"），每一位都代表了主神的一个神格。这六名神灵分别是沃胡·玛纳（善思），阿沙·瓦希什塔（至高真理），赫沙特拉·瓦利雅（理想神权），斯彭塔·**阿尔迈提**（虔诚），奥尔瓦特（完善），阿梅雷塔特（永生）。这六名阿梅沙·斯彭塔类似于《圣经》中的大天使，他们是由阿胡拉·马兹达领导指挥的行善之军，负责执行神发出的命令。例如，是阿胡拉·马兹达派遣沃胡·玛纳启示了先知查拉图斯特拉。在阿胡拉·马兹达的良善大军中还有密特拉，他是忠诚和战役之神，是至高神祇的代理者，普照和捍卫生机勃勃的大地不受邪灵侵犯。另外还有女神阿尔德维苏拉，丰沃和道德净化之女神，她是阿胡拉·马兹达军队的女骑士。

　　除了以上提及的，世间还有其他良善之神灵，保佑协助信仰拜火教的军队。首先值得一提的是雅扎塔，这一词语意为"值得崇拜尊敬者"。从某种层面上，可以说雅扎塔和阿梅沙·斯彭塔一样，也划分成了许多组，每组神灵负责世界的某方面，于是数不胜数的雅扎塔汇合在一起，涵盖了宇宙各方各面：一些和天体行星相关，一些负责基本元素，还有宇宙力量和道德准则相关的雅扎塔。我们只知道其中一些雅扎塔的名称：科瓦雷诺象征力量和权威；斯劳沙（"服从者"）是亡者审判团的成员；拉赫努为正义的使者；德尔维斯帕（"神牛之灵魂"）职责为保护牲畜群；阿那伊提斯是丰沃之神；而乌鲁斯拉格纳则是胜利的象征。人们相信，雅扎塔体系的功能运作和职能划分来自古老的雅利安传说，建立较晚，大概在萨珊王朝。有些文献记载，所有行善生灵都可称为雅扎塔：由此，阿胡拉·马兹达便是神界首要雅扎塔，而查拉图斯特拉则是人间雅扎塔的代表。

波斯波利斯城的阿帕达纳阶梯上的波斯军队，楼梯通向召见大厅，波斯帝国一年一度的使节集会在此举行。

🔱 神话来源

《阿维斯塔》中暗示道，如果说每个阿梅沙·斯彭塔都象征着神的一个特征，那么奥尔瓦特（完善）和阿梅雷塔特（永生）的形象更像是阿胡拉·马兹达赐予人类的美德。除此以外，每一名阿梅沙·斯彭塔都主宰着大自然的一种元素，沃胡·玛纳象征着益兽，阿沙·瓦希什塔是火元素，赫沙特拉·瓦利雅负责金属，斯彭塔·阿尔迈提代表大地，奥尔瓦特主宰水流，而阿梅雷塔特负责的是植物。

👁 看一看

起初，阿胡拉·马兹达的形象是一个带有双翼的圆盘，长着尾巴和逼真的爪子。在大流士一世期间，阿胡拉·马兹达则变成了一个有着亚述人容貌特征、长着胡子的男子，头戴圆柱形波斯帽，手戴象征皇权的戒指。这一形象也广泛出现在波斯波利斯和贝希斯顿两座古城中。在萨珊王朝的卢斯塔姆巨幅浅浮雕中，这一神人同形论得到了更进一步的应用，作品中的阿胡拉·马兹达的形象是一名骑马的战士，正将手上的巨大权杖和象征权力的戒指交给国王阿尔达希尔一世。

密特拉在波斯神话中的形象和罗马时期十分相似。他身穿一件短袍，戴着弗里吉亚斗篷和帽子，有时头戴一顶光芒四射的王冠。关于密特拉最为常见的艺术表现是他在一处神圣洞穴中用匕首杀死神牛的景象，流出的鲜血中萌发出三支穗物。在其他浮雕作品中，他常伴国王身边，或者正要登上由带翼神马驾驶的太阳神车。

🧳 走一走

在距伊朗城市设拉子五十三公里处的普哈河畔，坐落着宫殿之城波斯波利斯的遗址，该城由大流士一世在公元前 518 年建造，后来于公元前 331 年被亚历山大大帝的铁骑毁灭。波斯波利斯是它的希腊名称，意为"波斯之城"，这一名称在西方世界为人所熟知，但波斯波利斯的居民都称其为 Takh-e Jamshid，意思是"杰姆辛德之王权"。这座宫殿群位于一处巨大的人造平台之上，周边围绕着城市统治的疆土。通过双重阶梯可以抵达平台，上面还遗存着阿契美尼德最富有代表性的建筑物：薛西斯之门、阿帕达纳厅即召见大厅、百柱大厅、图力普隆即议事厅、哈迪什即薛西斯宫，还有其他一些特色建筑，例如闺阁、司库室和石洞里的皇家陵墓。

在这个等级分明的军队化神祇体系中还存在另一种不可或缺的生灵，那便是和罗马神话中保护神角色相像的神祇的助手们，名为法拉巴什。他们是人世间个体的护卫神，每个人出生以前阿胡拉·马兹达都会为其创造一个代表他灵魂的保护神。然而，这些波斯精灵和叫作基尼的罗马守护神并不等同，因为他们不会因个体死亡而消逝，而是可以随着宿主肉体的消亡转移到另一个人身上。人们无需特意崇拜法拉巴什，因为他们不受神祇支配，也不受凡人祭拜影响，无时无刻都在保佑自己负责的人类个体。

苏萨古城大流士皇宫中的狮身兽浮雕局部，现藏于卢浮宫。

安格拉·曼纽和邪恶阵营

被希腊人称为安格拉·曼纽的阿里曼是代表黑暗的恶神。他的名字意为"痛苦思绪"，是主神阿胡拉·马兹达的最大宿敌。可以肯定的是，他在变成邪恶化身之前，原先是统领地下世界的冥界之王。原始的密特拉教徒通常在幽暗的洞穴中建立神殿，这可能是因为他们也崇拜安格拉·曼纽。

在拜火教创世神论中，安格拉·曼纽和阿胡拉·马兹达一样也是造物主，他创造了一个平行于阿胡拉·马兹达所创世界的宇宙。神向查拉图斯特拉显灵时揭示道："我造出一个虚无之世界；在这充满生机之地的对面，安格拉·曼纽也造出了一个对立之世，那里则死气沉沉，在那个世界里夏季仅两个月长，大地酷寒无比，即使夏天，也寒冷刺骨。而寒冷，是万恶之源。"随即阿胡拉·马兹达讲述了敌人是如何密谋摧毁他的丰功伟绩的："我建起人间仙城加翁，那里生长着玫瑰和有着宝石红羽毛的鸟类；安格拉·曼纽便造出虫灾，来攻击美好的植被动

物。"随后，奥尔莫兹德建立了圣城穆鲁，阿里曼便在城中散布谎言。神祇建起的被绿茵环绕的众旗之城巴赫迪也遭到了安格拉·曼纽之侵犯，他派出野兽前往吞噬畜群。在祷告圣城尼加，他蛊惑人心，使信仰动摇，在富宫之城哈尔珠，他使人们产生惰性而因此变得穷困潦倒。阿胡拉·马兹达造起的一座座天堂般美丽富强的城市，都被奸猾的安格拉·曼纽用诡计侵蚀毁坏；神祇每赋予人类一项美妙绝伦的礼物，都会被敌人污染、摧毁。人世间长存无尽灾难，生灵涂炭，这都要归咎于安格拉·曼纽。

梵语中"deva"（意为"提婆"）一词在印度的宗教中指的是天界神祇，在波斯古经中存在一个相同的词语，"daeva"，意思却是魔鬼。据猜测，词义转变的原因应当为，查拉图斯特拉宗教改革时将雅利安教的其他原始天神妖魔化了，以使阿胡拉·马兹达晋升为至高神祇。魔鬼是安格拉·曼纽的绝对忠诚者，惯常实施欺骗和谎言，和真善美之事物形成了鲜明对比。

摩尼教，摩尼的教派

在波斯，除了拜火教和密特拉崇拜之外，还有第三个重要的宗教：摩尼教。该教创始人摩尼（3世纪）来自巴比伦，他的教义得以广泛传播，得益于沙普尔一世的庇护。摩尼被冠以巫师阴谋活动的罪名，被囚禁在地牢里并死于此，他的追随者因此将他看作一名烈士。摩尼教是拜火教经矫正和提升的一种流派，它宣称两种对立并永恒的物质的存在，那便是善与恶；人类为了达到净化的目的，应当实行禁欲主义，保持纯净之身，不食肉类，不可杀生，不可说谎。根据摩尼亲自撰写的摩尼教圣书，只有恪守教义之人才能被选中，最终升入天堂，而没有完全信守教义的人则将重新投胎于世，至于那些犯下罪孽的人，将会被马上扔到地狱里。摩尼教吸收了拜火教、诺斯替主义和巴比伦占星术的元素，发展了自己的一套教义理论，并在罗马帝国传播，被基督教徒猛烈驳斥。现如今，我们将那些认为世间万物产生于善与恶、黑与白两个极端的人称做"摩尼教徒"。

桥梁与深渊

安格拉·曼纽的邪恶军团中也有六名魔鬼，和阿胡拉·马兹达的六名大天使相对应。沃胡·玛纳的对立面是阿卡·玛纳，"邪恶之神"，安格拉·曼纽的得力助手；阿沙·瓦希什塔对应的是因陀罗，他迷惑人类，使其深陷道德惶惑不能自拔；赫沙特拉·瓦利雅代表的王权秩序则被象征无序、暴虐和匪徒行径的恶魔苏鲁所破坏；斯彭塔·阿尔迈提的仇敌则是傲慢与不敬之神那昂海狄亚，他总是趁虚而入，动摇不幸之人的信仰；完善之神奥尔瓦特的对立面

波斯波利斯的狮身鹰头兽。这种动物是鹰和雄狮的混合体，象征着力量和权威，但有时也可以成为邪恶的化身。有一种理论声称，这一形象可能源自发现于该地区的恐龙残骸。

是使人类堕落、回归兽态的塔乌尔维；永生之神阿梅雷塔特则和导致衰老的恶灵沙里查相抗衡。

和阿胡拉·马兹达的良善之军一样，邪恶阵营中除了这些魔鬼以外，还有其他一些可以自治的丑恶领袖。其中最为重要的便是上文提到过的暴怒之魔艾什玛，他是拜火教的前身团体的主要仇敌。他和温顺服从之神斯劳沙直接对抗，在《圣经》中他的名称则变成了性情叛逆的阿斯摩太，是破坏和淫欲之魔。

这些黑暗之魔之下，还蔓延着一众次等魔鬼，他们是于人有害的鬼怪，统称为"特鲁吉"或"说谎成性者"。这种虚伪善骗的生物和纳苏一样，大部分都是女性或雌性，通常以苍蝇的形象出现，以便飞进尸体，使其腐烂，虽然，往往一只狗的凌厉眼神便可歼灭她们。另一种和特鲁吉相似的妖精叫帕里派利卡，她们常披着具有吸引力的诱惑外表，以扰乱动物、植物和天体的正常生活和运作。

亡者前往极乐世界，需要越过一座名为辛瓦特的桥，这桥是树立在凡世和神界之间的边境。那里守候着风神伐由，人们在一生当中要不断地向他献祭，只为在这死后的关键时刻获准通过。但对于逝者而言，真正可怖的敌人是

位于卢斯塔姆的浮雕作品，其中行善和光明之神阿胡拉·马兹达骑着骏马，踏在邪恶之神阿里曼的尸体上。随后，确认了浮雕中的两个形象分别是阿契美尼德和萨珊国王。

因陀罗，他徘徊在辛瓦特之桥附近，等待失足的灵魂滑向无边的黑暗深渊。某些传说讲道，辛瓦特之桥会根据过桥者生前的罪行变宽或变窄。生前行善的美德之人会飞往阿胡拉·马兹达的极乐天堂，升为半神，而罪孽深重的死者则变为魔鬼。一些化为神魔的亡者会返回到人世间，加入善良或邪恶大军来干涉人类生活。

🜋 神话来源

安格拉·曼纽的副手之一艾什玛在《圣经》中名为阿斯摩太（希伯来文，Asmedai），变成了淫欲魔怪，也是婚姻结合的反对者。艾什玛在《圣经》中第一次出现在多俾亚传（3∶8），故事的女主人公撒拉虽然很年轻，但已有过七次婚姻，这是因为邪恶的阿斯摩太在撒拉的每个新婚之夜，当二人即将结合之时便使丈夫一命归西。天使拉斐尔被派下人世间，以帮助撒拉和多俾亚结姻，并彻底结束诅咒。当这对夫妻共处寝室之时，多俾亚使了一个咒语，他把鱼的心脏和肝脏放在炭火上灼烤，产生的烟雾将阿斯摩太熏到了埃及沙漠，在那里大天使将他束缚起来，确保他不会再次扰乱新娘的生活。于是，多比和撒拉便一同平安度过了新婚之夜。

👁 看一看

在众多波斯艺术品中，有一件瑰宝是大流士一世的苏萨宫殿入口处的釉面细砖群雕。其中一些展现弓箭手和带翼动物形象的多色浮雕作品中体现了美索不达米亚艺术风格对阿契美尼德雕刻工匠的影响。这些造型庄严的雕塑可以起到保护住宅的神奇作用。雕塑中有一种是狮身巨翼、长有弯曲牛角和宽大下颌的恶魔，他也是安格拉·曼纽的邪恶助手之一。以上大部分装饰艺术品现藏于卢浮宫，还有一些在德黑兰考古博物馆可以观赏到。

🧳 走一走

在伊朗胡齐斯坦省，距离省会阿瓦士一百一十八公里处坐落着苏萨古城的遗迹，那里曾是埃兰王国最繁华的中心和美索不达米亚平原上最重要的城市之一，随后又成了阿契美尼德帝国的冬季首府。法国考古学家在古城展开的挖掘工作发现了大流士一世宫殿基底，古代卫城以及工匠曾活跃居住的地区。苏萨东南方向四十五公里处矗立着埃兰古迹恰高·占比尔通灵塔，是当今伊朗唯一一座保存完整的该时期金字塔形神塔。

位于铁罗，即今伊朗吉尔苏的白色大理石浮雕作品，完工于公元前 2550 年，半鸟神安祖被刻画成了鹰头狮身的样子。

天堂之赞歌

在查拉图斯特拉宗教改革实行以前，术士们崇拜一名叫做祖梵的神祇，他是苍穹之主，时间命运之神，也就是希腊神话中的克洛诺斯。祖梵不但地位远高于之后兴起的众多神祇，甚至还能将他们包容进自己的无限神光当中，同时也是造物主的原型：一个至高无上的存在，远离渺小的人类，他对自己创造的生物漠不关心，所以缺乏具体的崇拜者。祖梵的重要性在于他在伊朗创世神论体系中扮演的角色。传说他是查拉图斯特拉教的二元神奥尔莫兹德和阿里曼的父亲，除此以外，他还将世界长达一万两千年的历史分割成四个年代，这也是拜火教徒普遍承认的时间周期。

根据祖梵分割时间论，前三千年是用来让奥尔莫兹德创造可见的世界的。起初，神祇的目的仅仅是造出不具有实体的生物，他应该已经预见到了阿里曼的诞生，但决定顺其自然，随他出现（或者是祖梵特意创造出了这一恶魔首领）。奥尔莫兹德一出生便是人世的绝对之主，大地上一片其乐融融的景象。当他的兄弟从黑暗中诞生之后，奥尔莫兹德向阿里曼伸出了橄

金制兽头杯，一种漏斗状、底部雕刻有兽类形象的器皿，在这幅图中，杯子下部是波斯文化中特有的带翼雄狮。图中的兽头杯有可能是阿契美尼德皇家的御用餐具，同时也发掘出了该时期的多个金属制兽头杯。毫无疑问的是，这类器皿最初是用在宗教仪式上的。在远古的祭祀仪式上，会献祭一种动物，通常是一头公牛，它的鲜血会被仪式参与者饮用。

榄枝，却遭对方断然拒绝。从此，二者之间便开启了延续九千年的抗衡斗争。

第二个时代中祖梵正式创造了善与恶，奥尔莫兹德和阿里曼也参与了其过程。二者之间的

角逐如此激烈，阿里曼甚至萌发了想要将苍穹据为己有的邪念，但明亮的天空使其目眩，于是他不得不作罢，返回了黑暗国度，与此同时，奥尔莫兹德则同自己忠实的幕僚，阿梅沙·斯彭塔在一起。此后便展开了第三时代，也就是我们现处的年代。在这三千年中，人类种族的命运历经沉浮兴衰，从最初的凡人葛育玛特，到查拉图斯特拉和波斯神话英雄，直到将在第四时代爆发的最终战役。关于最后的三千年，存在令人震惊的各种各样的预言。据术士们称，世界命运掌握在祖梵手中，他可以随意选择一方使其获胜，但毫无疑问，神定会使奥尔莫兹德代表的善良阵营赢取最后的胜利。预言还说，神会让阿里曼先尝得一系列甜头，恶魔将向地球投来一颗毁灭性的彗星。但正是在这一场灾难中，罪人的灵魂得到了净化，人性之恶将被粉碎不复存在，这样一来，阿里曼的邪恶大军便将臣服于奥尔莫兹德的权威之下。曾争斗不休的兄弟二人将结合成为一名至高神灵（也许那便是祖梵本人？），那时，天籁圣歌升起，世界将溶解于天神耀眼的光辉之中。

葛育玛特和他的继承者

　　趁着真善美必将胜利的最后三千年还未到来，让我们驻足于属于人类种族的年代，也就是第三时代，在这一时期发生着重要的历史事件，善恶相交而将冲突和战争释放到了世界的各个角落。第三年代中最根本的重大事件是葛育玛特的诞生，他是人类种族的祖先，在查拉图斯特拉宗教改革中替代了伊玛的角色。葛育玛特并非独自一人诞生的，和他一起问世的还有原牛高赫；有传说称，葛育玛特是从高赫的肩胛骨处生出的，随即这两名原始生物又一同诞出了世间所有的良善之物。毫无疑问，原人和原牛象征着远古神话中常见的两名主人公，也就是献祭者和被献祭者。当高赫之鲜血孕育了益兽和给予粮食的植物之时，阿里曼也趁机造出了与其相对的害兽和危害世界的植物。邪恶的阿里曼还谋杀了葛育玛特，他被葬于地下长达四十年，然后奥尔莫兹德在其尸骨之上生出了人类元祖，男子马斯奇亚和女子马斯丘伊，相当于《圣经》中的亚当与夏娃。

马斯奇亚和马斯丘伊的极乐时光和《创世记》中的伊甸园故事甚是相似。淳朴的二人四目相对，含情脉脉，证实着神的确创造了对方。随后他们声称："奥尔莫兹德造出了水源、大地、树木、牛、月亮、太阳和其他美好的事物，还有果实和种子"。二者是如此的纯洁质朴，以至于被恶魔引诱之后，他们便毫无质疑地肯定道："阿里曼造出了水源、大地、树木……"；邪恶神灵由此从人类身上收获了第一份乐趣。虽然马斯奇亚和马斯丘伊不幸落入了谎言之网中，奥尔莫兹德并没有停止保护他们，因为二人所犯的罪行并非源于自身恶意，而是因为阿里曼从中进行了干预。于是，奥尔莫兹德授予了他们取火之法，以便满足生活需求。二人结合创造了其他的七对男女，自此便展开了人类种族的繁衍，诞生了生生不息的血脉。

波斯的神话传说自这一情节之后，神祇便退居到了故事叙述的次要地位，一众波斯英雄成了神话主人公，这些传奇人物活跃在波斯神话的舞台之上，直到关于他们的记忆被时间冲淡。其中一个英雄形象是人类第一个国王霍常，传说他曾将一个魔鬼剥皮断颈，毫无怜悯地把恶魔践踏在脚下；这个故事其实暗喻霍常曾捕猎和驯养野兽，并用皮毛做衣服给部落人穿。据说，国王也是制造铁器的第一人，从而引领人类走上了文明之路。

埃兰风格的半牛神因苏尼那克浮雕。此浮雕作品位于苏萨城中供奉因苏尼那克的神庙墙壁上，半牛神是该城的保护神。在埃兰民族融入巴比伦、亚述、米底和波斯帝国之前，他们曾统治过苏萨一段时间，这一半牛神形象便是在此期间经改造供为神祇的。

519

🜚 神话来源

在《阿维斯塔》最古老的篇章《亚斯纳》中，查拉图斯特拉将自己塑造为杰出的先知、导师和弥赛亚，协助阿胡拉·马兹达构建了萨什拉（王国之意），所有行善之人死后前往的天堂国度。还有一个传说称，阿胡拉·马兹达在最后几百年中战胜了安格拉·曼纽，但宽容的善神原谅了他，于是邪恶神灵和凯旋的阿胡拉·马兹达化为了同一神祇，但这个神的名称及本质我们却无从得知。

关于人类种族的第一对男女的传说被记载在《班达希经》中，这部拜火教神学百科全书用巴列维语（公元前 2 世纪到 7 世纪时期波斯民族使用的文字体系）写成，其中广泛地讲述了阿胡拉·马兹达的创世之举，描述了各式各样的生物的特征。该经书的作者并不知名，他从《阿维斯塔》中获得了启发，并由此创造了《班达希经》的许多篇章。

📖 走一走

库尔曼沙城（伊朗库尔德斯坦地区）附近有一片多石山区平原地带，公元前 521 年，大流士一世就是在这里打败了篡权者高墨达。为了纪念这场战役，阿契美尼德王朝的统治者命令在这里的岩石上雕刻了一组塑像以及文字：那便是贝希斯顿铭文。上面镌刻的形象和文字所处高度惊人（离地五十米到一百五十米）；雕像作者为了保护铭文不受毁坏，特意警示途经此地之人，而这一地区正是波斯的重要商队经常必须穿过的地方。其中一幅浮雕展示了大流士率领着战士，脚下践踏着他的仇敌高墨达；在国王面前则是九名叛军头目，用麻绳绑着脖颈，双手被缚身后。这幅场景之上，神阿胡拉·马兹达的形象高高在上。铭文用三种文字镌刻而成（巴比伦文、新埃兰文和古波斯文），解释了崇拜阿胡拉·马兹达的宗教仪式，详细介绍大流士的皇族血脉，还概述了波斯王国的疆域。

至于伊朗最古老的城市之一埃克巴坦那，遗迹甚少，仅剩的一些遗址也融入了现代城市哈马丹中（位于德黑兰西南方向三百三十六公里处）。埃克巴坦那曾因七道彩色城墙和城内的神庙宫殿而闻名遐迩。因为这里气候宜人，阿契美尼德王朝、安息帝国和萨珊王朝都曾将这里作为帝王的避暑胜地。

列王的黄金时代

　　塔姆拉斯是霍常之子，人类之王，他也曾和安格拉·曼纽及其魔鬼军团进行对抗。这位国王也是伟大的巫师，在位前几年间曾成功用法术制服魔鬼：传说他竟在安格拉·曼纽身上装上了马鞍，并骑在魔鬼背上游历了世界。恶神无法忘掉这奇耻大辱，立刻召集了自己的妖魔喽啰，组建了规模空前的魔鬼军队。当这些可怖的士兵踏上征途之时，天空阴沉，变得黑暗，大地震动，裂成碎片；行进在最前方的是黑魔鬼，也就是安格拉·曼纽的另一个化身，他发出了震撼天地的嚎声，使得可怜茫然的农民走避奔窜。塔姆拉斯带着大头棒来到交战之处，他的兵器和赫拉克勒斯的狼牙棒一样，只有自己能够驾驭；他的身后是纪律严明的波斯步兵军队和骑兵队伍，皆呈战斗布局。两军交锋甚短，因为塔姆拉斯口念了几句咒语，便束缚了大部分敌军；至于剩下的恶魔，国王挥舞着大头棒将其纷纷击晕，还不等他们重整旗鼓就沦为了阶下囚徒。

　　塔姆拉斯赦免了俘虏，以换取只有魔鬼才知晓的"一个新的魔法"。有趣的是，这一魔法

公元前 5 世纪的刻有弓箭手的雕带。在苏萨古城的艺术品中常见鲜艳色彩和上釉细砖，而波斯波利斯则常用石雕。

其实就是文字，于是通过这种方式，人类的文化财富得到了壮大。另外，塔姆拉斯子承父业，继续教化人民的事业：他传授了臣民纺织之术，教会了他们驯养猎豹和猎鹰来帮助狩猎，同时他也是第一个铸造钱币的人。

黄金时代的另一典型人物是伊玛王，在《阿维斯塔》中他是维万哈瓦特的儿子，在其他一些文献中则名为杰姆辛德，是塔姆拉斯之子。在传说中，伊玛相当于圣经中的诺亚，以及美索不达米亚神话中的乌特拿比什提姆，是伊朗神话中唯一从灭世之灾中幸存下来的神话人物。但在查拉图斯特拉教的文献记载中，这一经典神话的波斯版本和其他宗教略微有所不同：向人类发去灾难的并非耶和华或其他神灵，而是一个叫做马尔库斯波斯的恶魔；另外，灾难不是大洪水，而是一场漫长的旱灾，对人类文明造成了灭顶之灾。阿胡拉·马兹达为了拯救正直的伊玛，命令他建造了一座巨型地下堡垒（名为瓦拉）而不是一条大船，并让他带着男人、女人、各种动物和植物在其中藏身，沉着地度过大灾难时期。

维万哈瓦特是史上第一个饮用豪摩的人类，豪摩是一种被奉若神明的植物饮料，查拉图斯特拉的父亲，普尔沙斯帕曾将其混以牛奶，自己饮用了一半，让妻子度格昊瓦喝掉了另一半，二人吸取了豪摩之神性，由此生出了先知查拉图斯特拉。

背信弃义的佐哈克

伊玛即杰姆辛德和他带入地下庄园的生物最终幸免于难，阿胡拉·马兹达的创造物得以

波斯军队的主力是骑兵和弓箭手，而以希腊为代表的其他军队则主要依靠步兵。在波斯波利斯，战马受到的崇敬和颂扬表现在雕塑作品中，左图便是一例，古波斯战马仅在胸前戴有一片织布，没有其他保护便进入战斗。再晚一些时候，在希腊的影响下，年轻的居鲁士大帝的随身护卫为他的战马装上青铜甲胄，以起保护作用。

阿胡拉·马兹达的指示

当大自然即将释放天灾毁灭世界之际，阿胡拉·马兹达向伊玛 - 杰姆辛德显灵，向他传递了详尽的求生指示：

"建造一处瓦拉，长宽等同，规模巨大，连骏马也可在其中奔跑。在堡垒里放入各式各样的动物，尺寸大小要和以下列举相当：狗、鸟、牛和羊。牢记在瓦拉中要有水源以及花果树木。还有各种植物的样本，要选那些最美丽、最芬芳，果实最为可口的。带入人类，但不要畸形的、无能的、疯狂的、邪恶的、撒谎成性的、心怀厌恨和嫉妒的人。就连牙齿不平整的和麻风病人也不要。在瓦拉上部建造九条大道；中部六条，下部三条。在上部空间放置九千对男女，中部放六百对，下部则安置三百。还要记得开一扇窗户，让光线进来。为了建造瓦拉，你要用手脚将土地捣成粉末，就像陶工做的那样。"

逃过一劫。但黄金时代就在这名君王的统治下终结了，因为伊玛在幸存之后，被获取的绝对权力冲昏了头脑，犯下了傲慢的罪过，因此落入了一名篡权者的圈套之中：那便是恶魔佐哈克。

佐哈克是沙漠之王的儿子，他在安格拉·曼纽的阴影下度过了一生，一开始魔鬼劝诱他杀害了自己的父亲，然后在他的宫殿中以厨师的身份工作起来。安格拉·曼纽引诱佐哈克食用动物的肉，这使整个惯于素食的沙漠王国人民深恶痛绝。佐哈克甚是喜爱这些油腻的新食物，于是承诺犒赏厨师，而后者只提了一个要求，那便是允许他亲吻国王的肩膀，并把头靠在其上休息片刻。佐哈克认为这仅仅是一种表示敬爱和恭顺的举动，于是便准许了，但是当安格拉·曼纽上前拥抱他之时，国王的双肩上生出了一条条黑色的毒蛇；要是砍断丑陋的蛇头，不一会儿断蛇身上便会重新长出更大、更具攻击性的头颅。宫廷术士都无计可施，于是佐哈克向一名刚刚抵达的异域医师求助（其实也是由恶魔装扮而成的），医师则建议说，要用人类的大脑喂食毒蛇。

佐哈克由此变成了一个噬血成性的恶魔，他前往会见杰姆辛德，战胜了后者，并将其身躯砍作两半。佐哈克统治世界长达千年，在此期间，各类恶行在朗朗天日之下肆无忌惮地流窜，但大家对此都无计可施。唯一使佐哈克不安的是他做的一个梦，梦境中一名年轻的王子夺去了他的王冠和财富；为了阻止噩梦成真，佐哈克命士兵屠杀了全国的婴孩。然而，一名女子得以瞒天过海，救下了自己的儿子费力顿，并把他交给了守卫居住着神牛普尔玛杰的花园的看门人。婴儿被神牛哺育成长，长大后来到了山区生活，成人之后他决定向佐哈克宣战，废黜这独裁恶魔。费力顿的资本是自身的力量、

高达 5671 米的德马峰是伊朗最高峰，传说那里禁锢着恶魔佐哈克。

才智和几个忠诚的朋友，当然还有良善之神的援助。当他向着佐哈克的宫殿前进之时，一名天使下凡，向他传授了魔法之道。两人的斗争堪称速战速决：佐哈克用毒蛇和宝剑攻击费力顿，但最终还是不敌英雄的魔咒。阿胡拉·马兹达的使者告诉战胜的费力顿，不要杀死佐哈克，而应将其关到德马峰的一处洞穴中，传说时至今日，佐哈克还被禁锢在那里。随后，费力顿统治人间五百年，堪称太平盛世。

战斗中的波斯士兵。公元前 2 世纪帕加马送给雅典卫城的一尊雕像的象牙复制品。

神话来源

历史诗人阿布·卡西姆著有长达七千多行的史诗故事，名为《沙纳玛》（《列王纪》），其中讲述了古波斯的英雄神话故事。作者有一个更为人熟知的别名，叫菲尔多西（意为"天堂极乐的"），940 年左右，他在图斯城（呼罗珊）的一个地主家庭出生。后来他生活在伽色尼苏丹的宫廷中，他的保护者，国王马哈茂德命令他将诗人达恢恢只写了开篇的波斯传奇故事完成。菲尔多西的著作涵盖了从创世以来，到帝国被阿拉伯人征服的所有历史时期，他笔下的主人公是伊朗神话历史上伟大的英雄，其中便有杰姆辛德和卢斯塔姆。经过三十多年呕心沥血的写作，菲尔多西最终将成书交给了马哈茂德，后者曾承诺，诗人每写两行押韵诗，就赏他一块金币；但是马哈茂德对该书不是非常满意，于是把稿赏降到了一块银币。诗人拒绝了他的酬劳，转而投奔到了萨鲁亚尔亲王的宫廷中，并在那里完成了整本史诗，并顺便写了几句嘲讽苏丹的诗句。菲尔多西于 1020 年左右逝世，而他的著作《列王纪》却流传至今。

走一走

德马峰，传说中费力顿禁锢佐哈克的地方，是伊朗的象征。该火山位于德黑兰东部六十公里处，坐落于马赞德兰省内，海拔高达 5671 米，是伊朗境内的最高峰。德马峰对于伊朗民族而言，是阿拉对他们的祝福和礼物：山峰周边是肥沃的火山泥土壤，而山上则覆盖着浓密的森林，是多种动植物的栖所。峰顶常年被积雪覆盖，这对于登山爱好者而言是巨大的障碍，尤其是峰南的攀登路线，十分险峻。在春天，则有可能进行滑雪活动。

图斯城是呼罗珊省（位于伊朗最东北部）最古老的城市之一，那里是诗人菲尔多西的出生地。诗人的陵墓坐落在该市一处公园里，从那里可以俯瞰整个城市。菲尔多西的陵墓建于 1933 年，呈庙塔形；墓地四角树立着四根仿照波斯波利斯风格的巨型柱子，建筑正面是阿胡拉·马兹达的符号。陵墓周边存留着图斯宏伟的古城墙遗址，这些城墙的基底厚度达到了六米。

菲尔多西在波斯图斯城的陵墓，于 1925 年到 1945 年期间由礼萨汗下令建造。

菲尔多西《列王纪》里的微型画，作者为 15 世纪的一名画师。

露达贝的长辫子

伟大的君主费力顿治国有方，在任期间使波斯国富民强。在他年事已高，胡须苍白之时，他决定将疆土分给三个儿子，赛尔姆、图尔和伊勒迪。小儿子伊勒迪是其中德行最好的，于是费力顿便将宝地伊朗指派给了他。他的两个哥哥对这一分配极为不满，于是联合起来，组建了一支强大的军队前去征讨弟弟。年轻的伊勒迪十分痛恨骨肉之间自相残杀，于是他独自一人手无寸铁地出现在了兄长们面前，想要同他们商讨一个和平的解决方案。伊勒迪已经准备将继承自父亲的国土毫无怨言地交给哥哥，但却意想不到地遭到了武力攻击：图尔用匕首反复刺入弟弟身躯，砍下了他的头颅，在里面装上麝香和琥珀，遣人送到了费力顿的宫廷中。

老国王接见了图尔的使者，还以为儿子给自己送来了什么奇珍异宝。当他掀开遮盖的丝绸，看到下面竟是小儿子的头颅之时，费力顿几乎一命归西。但众神没有让他这样死去，并希望他为小儿子之死复仇。伊勒迪的孙子米努切尔被派去洗雪耻辱。他向赛尔姆和图尔发动了一场异常激烈的攻击，"大象踩踏在血海中，

斯慕格将扎尔带去德马峰的巢穴的场景；插画来源于菲尔多西所著《列王纪》，原名《沙纳玛》，于1370年出版于大不里士。扎尔因为刚出生时的一头白发而被父亲抛弃在野外，后被神鸟斯慕格救下。它将英雄带回自己的巢穴，让他和幼鹰一起长大。

象腿如同珊瑚色的柱子一般"。费力顿最终心愿已了，驾鹤归西，将王权留给了这场浩大内战的胜利者。

米努切尔统治期间出现了伊朗神话中第一位英雄人物，但他的使命不在于自己获得王权，而是让他人的王位更加巩固。英雄叫做扎尔，是米努切尔的一名大臣萨姆的儿子。当扎尔出生的时候，他的父亲看到新生的儿子竟然头发

波斯的亚历山大大帝

在关于波斯王朝皇室的起源问题上，神话传说的分量要重于历史事实。毫无疑问，费力顿、米努切尔、扎尔和卢斯塔姆都是历史上真实存在过的统治过雅利安部落民族的君王，伊朗民族为此将许多伟大事迹归功于他们。神话中的这些远古时期的君王被供上神坛，在阿契美尼德帝国建立后，居鲁士大帝和他的继任者皆自称为其后裔。还有一个类似的宣传手段，将亚历山大大帝也称为阿契美尼德王朝成员。一些官方历史学家声称，亚历山大并非腓力二世的儿子，因为他的母亲奥林匹亚斯公主曾和波斯国王大流士发生过关系而产下一子，这也解释了为什么亚历山大作为马其顿人，对征服波斯帝国如此痴迷，这都是因为他对波斯有着合法的继承权。对于这些历史学家而言，阿契美尼德帝国的大流士三世和亚历山大大帝之间的战争其实是家庭内部纷争。自然，随受众不同，这一故事的版本也千变万化：对于埃及人而言，亚历山大大帝则是埃及帝国末代法老内克塔内布二世的儿子。

全白，十分震惊。也许萨姆以为这是一个坏兆头，或者他为不同寻常的儿子感到羞耻，所以便将扎尔抛弃在一处远方的山区。命悬一线的扎尔发出了悲伤的哭声，神鹰斯慕格闻声而来，用爪子抓起婴孩，并将其带到自己的窝巢。扎尔同年幼的鹰仔一起被斯慕格哺育着，直到有一天，感到悔恨不已的萨姆前去寻找被抛弃的儿子，斯慕格痛快地将养子交还给了他，而此时的扎尔，已经长成一个面容俊美，受教育良好，和苍鹰甚是相似的少年。

扎尔之子，卢斯塔姆

扎尔的丰功伟绩数不胜数，但最值得一提的既不是他的英勇过人，也不是他的卓越智慧，而是他和美丽的露达贝相识相爱的故事。露达贝居住在喀布尔，她的父亲生怕某个无耻之徒玷污女儿，于是将她藏在一座城堡中。少数有幸见过露达贝容貌的人将她比作一株银色的柏树，一枝色泽完美的玫瑰；他们说，她的面容如同红酒一样让人迷醉，发丝像琥珀一般散发光泽，身躯是由精美的红宝石做成的。露达贝耳闻城中来了一名英雄扎尔，于是派自己的奴隶去一睹其真容。最后有一天，两人终于相见了：露达贝正在城墙上散步，扎尔则抵达了墙下的沟壑处。据记载，两人立刻一见钟情，火花难以抗拒。但是他们之间的距离甚远，于是露达贝放下自己长长的发辫，使其垂落城墙，如此一来她的爱慕者便可攀爬上去，与她相见了。二人的嘴唇颤抖着，接近着，缠绵到了一起……

然而存在一个难题。露达贝的家族是嗜血佐哈克的后裔，与米努切尔是世世代代的仇敌，举办婚事是需要国王许可的。两人的爱情差点就像罗密欧和朱丽叶的故事，在两个家族的阻拦下以悲剧收尾了。但扎尔前去请教了星象学家们，后者声称，扎尔和露达贝的结合将诞生一个传奇的儿子，称他"将要把冠冕放置在比云层还高的地方"。这名被预言的英雄就是卢斯塔姆，他日后同图兰部落抗争，并创始了一支皇族血脉，也就是历史上知名的阿契美尼德王朝。

神话中并没讲述很多卢斯塔姆的政治生活，而是更多地叙述了他同各类魔鬼斗智斗勇的传奇，尤其是最后他被自己效忠的国王所杀害的故事。这名恩将仇报的国王十分嫉妒卢斯塔姆的英名，便设下了一个圈套。他深知卢斯塔姆狩猎时常常骑着爱马拉克什，王国里最有烈性，但也最为迅捷的骏马。国王命人在城外野生动物活动的田野上挖了一个壕沟，在底部放满了尖利的长矛，然后用枯叶盖上，这样卢斯塔姆便无法看到危险的陷阱了。随后他同英雄讲话，狡猾地让他在王国里任意狩猎，每猎取一块动物的皮毛都有所嘉奖。卢斯塔姆欣然接受了国王的提议，骑马前去追猎狮子。奔跑的拉克什迅如疾风，但在经过陷阱之前还是察觉到了危险，于是试图放慢脚步，然而卢斯塔姆太过于

古什塔普（卡亚尼亚王朝第五任国王）之子埃斯凡迪亚尔同神鸟斯慕格搏斗。菲尔多西所著《列王纪》插画，设拉子出版的版本。

专心狩猎，鞭策着爱马使其加速。骑士和骏马一同落入了陷阱，被长矛刺穿。但英雄在临死之间，还是将一支利矛投向了背信弃义的凶手，当时国王正好奇地向陷阱里探头查看。

至于波斯神话中的神鸟斯慕格，它翼展巨大，力大无穷，可以举起一只骆驼或大象，是天地结合的象征，因为出现在扎尔的传奇里而为人所知，后来他还告诉扎尔如何为妻子露达贝进行剖腹手术，以使卢斯塔姆顺利出生。另一个波斯传奇勇士埃斯凡迪亚尔，即希腊神话中的阿喀琉斯，他历经了重重冒险，身上唯一的弱点是双眼，曾和齐格弗里德以及卢斯塔姆争斗，最后神鸟被他杀死。

《埃斯凡迪亚尔同恶狼搏斗》，来自《列王纪》插画，设拉子出版版本。

描绘伊苏斯战役的壁画，画中可见亚历山大大帝与大流士三世。这是在庞贝城法乌努斯之家找到的，目前收藏于那不勒斯国家考古博物馆。科多曼努斯是阿契美尼德王朝最后一位帝王，因为他不幸遇到了亚历山大大帝。希腊人称大流士三世为科多曼努斯。

神话来源

《阿维斯塔》中并没有记载卢斯塔姆和他的父亲扎尔，说明这两名英雄形象可能是在雅利安人进入波斯高原之后的神话时期出现的。《卢斯塔姆史诗》，又名《波斯的阿喀琉斯》，讲述了英雄一直以来是皇室忠诚的追随者，但在史诗的最后篇章中被嫉妒他正直品行和名誉的国王背叛杀害。卢斯塔姆的神话象征着伊朗民族和图兰部落之间的抗争，图兰人居住在奥克索尔（咸海）的另一岸边，是土耳其人和蒙古人的祖先。

《列王纪》曾被和荷马史诗相提并论，是宏伟的史诗和诗性浪漫的篇章的完美结合，其中的一些故事被改编纳入了《一千零一夜》。露达贝的传说富有激情，细腻感性，作者菲尔多西运用了一种含有阿拉伯词语的波斯文书写而成，使其更富韵味。

走一走

帕萨尔加德由居鲁士大帝建成，是阿契美尼德王朝的第一个首都，位于波斯人的发源地，也就是如今伊朗法斯省的中部。帕萨尔加德距离该省省会设拉子东南方向一百三十公里，地处今马夫达沙特和萨阿达特阿巴德之间。最早的时候，那里曾是游牧部落的营地，后来帐篷被带有院墙的建筑物，以及放养着动物的花园所取代。古希腊历史学家色诺芬公元前394年左右曾一度旅居于波斯，他描述过这些美妙绝伦的花园；是他将波斯词语"pairidaeza"（意为被墙围绕的）翻译成了"paradeisos"，也就是我们所称的"天堂"的词源。

游客慕名来到帕萨尔加德，主要为一睹居鲁士大帝之墓。陵墓位于一座平台上，平台与地面有六级阶梯相连，每登上一级，阶梯就矮一点，上面有一座白色巨石屋，坡形屋顶由两块大石板组成。亚历山大大帝曾经多次前往拜访其陵墓，并证实了石棺上的金银珠宝装饰品都已经被劫掠一空了。然而，三百多年后的希腊地理学家斯特拉波记述道，墓室里面有一口装着居鲁士大帝木乃伊的石棺，上面镌刻着一句话："人类啊，我是居鲁士，是波斯帝国的建国者，是统治亚细亚的君王。莫要因为这栋纪念物而妒忌我。"

居鲁士二世在帕萨尔加德的陵墓，位于伊朗境内，建于公元前528年。

神话词典

《诸神大会》，亨德里克·凡·巴伦（1575—1632）绘。

A

Abdero　阿布得罗斯

希腊神话中赫尔墨斯的儿子，赫拉克勒斯的男宠之
一。他陪同英雄赫拉克勒斯制服了狄俄墨得斯国王的
食人牡马群。赫拉克勒斯将马群交给阿布得罗斯看管，
自己带着其他伙伴继续同狄俄墨得斯交战。当他得胜
回来时，看到的是阿布得罗斯被牡马撕裂吞噬后的残
骸。赫拉克勒斯悲愤万分，便将俘获的狄俄墨得斯扔
给了牡马，让它们将其吞噬。

Abenaki　阿布纳基人

阿尔冈昆部落幸存者，其后裔现仍生活在美国东北部
和加拿大南部地区。主要以狩猎采集为生，信奉萨满
教。其神话历史可分为三个阶段：第一阶段，人和动
物没有区别；第二阶段，人类仍然属于动物，但已经
分开居住；到了第三阶段，人与动物彻底区分开。

Abrahámicas　亚伯拉罕诸教

同源于闪米特族一神论的三大宗教，《圣经》和《古
兰经》中记载的先知亚伯拉罕是其共同祖先。这三大
世界性宗教分别为犹太教、基督教和伊斯兰教。有人
也把巴哈伊教算进去了，该教有时被描绘成三大宗教
的综合体。

Abtu y Anet　阿卜杜和阿内

古埃及传说中年龄最小的神。根据《亡灵书》记载，
阿卜杜（埃及语为阿布德禹）和阿内（或安特）是古
埃及太阳神拉白天穿行在天空和夜晚行走在地府的两

艘太阳船的掌舵者。

Abu　阿布

苏美尔神话中植被的保护神，在闪米特语里代表
"父亲"。

Aca Larentia　阿卡·劳伦缇雅

罗马神话中救下罗马城奠基人罗慕路斯和雷穆斯的牧
羊人之妻。一说她是赫拉克勒斯的情人。

Acanto　阿康托

希腊神话中阿波罗的男宠之一，是莨苈花树的人格化
象征，最终被神变作青草，他的妹妹阿康娜化身为金
翅雀。

Achates　阿卡特斯

罗马神话中埃涅阿斯的朋友，陪他一起冒险，并肩作
战，是忠实的象征。

Acis　阿喀斯

希腊神话中，西西里岛同名河流的神祇。传说中他是
狄俄尼索斯或潘与河精女仙西马素丝的儿子。根据奥
维德的描述，他是西西里岛一位普通的牧羊人，海中
仙女伽拉忒亚深深爱上了这位俊秀少年，但始终觊觎
伽拉忒亚的波吕斐摩斯心生妒忌，用巨石砸死了情
敌。后来，伽拉忒亚为纪念恋人，便将阿喀斯的血液
注入西西里岛的一条大河中。还有一种说法是，牧羊

人为了躲避岩石变成了河流。

Acolmiztli　阿科尔米兹特利
阿兹特克神话里的冥界之神。

Acteón　阿克泰翁
希腊神话中的打猎高手，是阿里斯泰俄斯和奥托诺厄的儿子。一次狩猎时无意中窥见正在山泉处沐浴的狩猎女神狄安娜的裸体，女神盛怒之下把阿克泰翁变成了一只牡鹿，然后派自己的猎犬咬死了它。

Actis　阿克提斯
希腊神话中，赫利俄斯和罗得的儿子之一，居住在罗得岛。传说中阿克提斯和他的兄弟坎达罗斯、玛卡耳以及特里俄帕斯因为嫉妒弟弟忒那革斯的才能而将弟弟杀死。为此阿克提斯被放逐到埃及，建立了圣城赫里奥波利斯，他将从父亲那里学到的占星术广泛应用于城市的各个方面。

Áctor　阿克托耳
在希腊神话中代表多个人物：阿尔戈英雄之一；埃涅阿斯或赫拉克勒斯的同伴之一；死于同半人马怪战斗的拉庇泰人之一；阿卡斯托斯的儿子之一；波塞冬同奥革阿斯之女阿伽墨得生下的女儿之一；阿乌伦科人，为图耳努斯所杀，图耳努斯得到阿克托耳的长矛而引以为荣。罗马人有句俗话"获得阿克托耳的盔甲"，意思是冒领他人之功；埃利斯之王，摩利奥涅的丈夫，莫利奥尼达斯的父亲；色萨利佛提亚之王，密耳弥冬之子，欧律提翁的养父；墨诺提俄斯之父，任命女婿珀琉斯接任他的位置，珀琉斯是忒提斯的丈夫、阿喀琉斯的父亲。

Acuecucyoticihuati　阿库埃库克尤提西华提
又称为查尔丘特利库埃或查尔西乌赫特利库埃，阿兹特克神话中湖泊和水域之神，掌管肆虐的洪水，阿兹特克宇宙起源学中的第四个世界最终被洪水摧毁。她是特拉洛克的妻子，特科茨兹特卡特利的母亲。

Ada　阿达
亚述神，名字意为"唯一的"，象征太阳。

Adad　阿达德
巴比伦神话中的风暴雷雨之神。被苏美尔人称为伊西库尔，在迦南又称哈达德，形象为凶暴的野牛。与加喜特王朝的布里亚什和胡里特民族的特舒布齐名，被人们视为母亲神沙拉的儿子。他具有两面性：一方面支配着洪水风暴，同时还掌管雨水和晨露带来丰收。

Adar　阿达尔
亚述神话中控制风暴的神，被誉为萨图恩的化身。

Aditi　阿底提
印度神话中的众神之母，智慧女神，掌管过去、现在和未来，常化身为天空。她是达刹和毗里妮的女儿，后嫁给迦叶波，二人生下阿耆尼和阿底多群神。

Adityas　阿底亚斯
印度神话中的太阳神，阿底提和迦叶波的儿子们。相传有七到十二位，包括密多罗、伐楼拿、达刹和萨特维尔。

Adlet　阿德莱特

因纽特神话中嗜血的群魔。他们是爱斯基摩女人和一只红犬生下的孩子，相传他们兄弟姐妹十只中五只犬漂洋过海，殖民于大洋彼岸；另外五妖则繁衍成群魔。

Adlivun　阿德利温

因纽特神话中指死者的亡灵，同时也指大地和海洋之间的冥界，亡灵会在此处停留一段时间。阿尼尔尼伊特亡灵在此处逗留期间会得到净化并且准备到冥府，即奎德利乌姆上去，在那里他们会得到永恒的安息。冥府宽广而冰冷的土地由塞德娜掌管。

Admeto　阿德墨托斯

希腊神话中弗里吉亚国王，在好朋友太阳神阿波罗的帮助下，娶了美丽的妻子阿尔克斯提斯，忠贞的妻子说服命运之神由她代替丈夫赴死。阿德墨托斯让避难的阿波罗帮他看守牛群，而阿波罗的弟弟赫尔墨斯在出生当天便偷了他的牛，并将牛群倒牵。

Adonis　阿多尼斯

在古希腊和叙利亚传说中，阿多尼斯是塞浦路斯国王基尼拉斯与自己的女儿密耳拉的私生子。阿多尼斯从没药树中孕育诞生，爱神维纳斯对其一见倾心，把他交给冥后普洛塞庇娜抚养。两位女神同时爱上了这个年轻人，阿多尼斯在一次狩猎时被一头野猪杀死。他是从叙利亚传入希腊的，在叙利亚他被闪米特人所尊崇。

Adrastea　阿德剌斯忒亚

希腊神话中克里特岛宁芙，是蜜蜂之神墨利修斯的女儿，受瑞亚的委托秘密抚养初生的宙斯，以逃避其父克洛诺斯的杀害。阿德剌斯忒亚在妹妹伊达和冠神库瑞忒斯的帮助下给宙斯喂阿玛耳忒亚羊奶。

Aeas o Eas　阿埃阿斯或埃阿斯

希腊神话里的海洋仙女，掌管同名河流。当达芙妮为了躲避阿波罗的追求而变成月桂树时，其父珀纽斯得到女神的安慰。

Aegir　埃吉尔

在北欧神话中埃吉尔是深海之神，密斯塔布莱迪之子，洛基之兄。他的妻子是澜，他们一同生活在海底，育有九个女儿，代表了海上的九种海浪。他非常热情好客，邀请众神到雷色岛上他的宫殿里畅饮，因此也叫司酒之神，与海水泡沫相连发挥作用。家里的杯子通过魔法就能自动满杯，用闪光的金子照明，即所谓的"埃吉尔之火"。此外，在他的家里不能有任何暴力行为；因此，巴德尔去世后，洛基能够侮辱世人且无人可反抗。

Afrodita　阿佛洛狄忒

希腊神话中的爱与美之神，也是爱和婚姻女神，司掌爱欲激情。有关这位女神的诞生有很多种说法，其中最有趣的是克洛诺斯切掉他父亲乌拉诺斯的生殖器并抛入海中之后，激起了白色的浪花，四周的泡沫诞生了一个美丽女神（如波提切利的画），因此传说她是海神塔拉萨的女儿。在荷马史诗中，她是狄俄涅的女儿，还有传说她是乌拉诺斯的孩子。她与战神阿瑞斯私通，生下厄洛斯、福波斯、安忒洛斯、哈尔摩尼亚和得摩斯五个孩子。

Agameda　阿伽墨得

希腊神话中的女巫，埃利斯州国王奥革阿斯和伊皮卡斯式的女儿。穆里奥斯的妻子，二人还未育有孩子，穆里奥斯便死于特洛伊战争。后来她同波塞冬恋爱，生下狄克提斯。一说她也是阿克托耳和柏罗斯的母亲。

Agamenón　阿伽门农

希腊神话中的迈锡尼国王，在特洛伊战争中他是希腊联合远征军的统帅。为了战争的胜利，不惜献祭自己的女儿伊菲革涅亚。他的妻子克吕泰涅斯特拉对此怀恨在心，在他回程时设下陷阱将其谋害。后来其子俄瑞斯忒斯为他报了仇。他同阿喀琉斯的关系在荷马所著的《伊利亚特》中有所展现。

Agasaya　阿加撒亚

中东拥有闪米特人血统的吼神，职能与伊什塔尔相似。

Agathós Daimón　阿加索斯·戴伊蒙

善良的魔灵或神灵。在古埃及被希腊人统治的时期，他是继塞拉皮斯之后亚历山大城第二位重要的神祇。尼罗河在埃及人的想象中就像一条巨大的蛇，对他们来说这种动物能够带来好运，而阿加索斯神是埃及荷鲁斯的幼神，因此也被描绘为蛇的化身。在埃及语中，他被称为普诗埃，是掌管人民命运的蛇神；在希腊语中，戴伊蒙代表管理神灵的邪神或调停者，而阿加索斯则象征着美好。

Agatirso　阿伽忒耳索斯

希腊神话中赫拉克勒斯与厄喀德那之子。厄喀德那是巨人堤丰的妻子，生下了许多怪物。有一次赫拉克勒斯睡醒觉后发现丢失了马匹，在寻找的过程中遇见了厄喀德那。她承诺只要赫拉克勒斯同她交欢便将马归还给他，之后便生出了阿伽忒耳索斯、格洛诺斯和斯库忒斯，赫拉克勒斯将孩子们交由斯库拉抚养。一说其父亲是宙斯。

Agenor　阿革诺耳

代表希腊神话中的几个人物，其中最重要的是海神波塞冬和利比亚的儿子。因仙王座刻甫斯和仙后座卡西奥佩娅犯下的错误而被迫对战珀尔修斯，原因是珀尔修斯承诺从海怪中解救出仙王座和仙后座，但二人不愿把自己的女儿仙女座安德洛墨达许配给他，而是将其献给了阿革诺耳，于是珀尔修斯举起了美杜莎的首级击退了阿革诺耳，阿革诺耳为了同忒勒法莎（也称安提俄珀）结婚也拒不接受仙女座。阿革诺耳和忒勒法莎生有欧罗巴，后被宙斯劫持，还有菲纽斯（也叫提尼亚），塔索（用他的名字命名了岛屿），基利克斯（征服了奇里乞亚），卡德摩斯（以其名命名卡德米亚），菲尼克斯（以其名命名了腓尼基）。另一个神话故事中，阿革诺耳受父亲之命杀害了内弟阿尔克迈翁。阿革诺耳还出现在《伊利亚特》中，安特诺尔的儿子，是第一个向阿喀琉斯投掷长矛的特洛伊战士。为了吸引追兵，阿波罗变成了他的样子向城外奔跑，他成功获救。

Áglae　阿格莱亚

希腊和罗马神话中美惠三女神之一，宙斯和欧律诺墨的女儿。阿格莱亚在美惠三女神中最年轻，也最美丽，嫁给了火神赫菲斯托斯。

Aglibol　阿戈黎波

帕尔米拉月神，名字意为"主的小牛"，阿拉伯统治期间的叙利亚对其很是推崇。

Agrio　阿格里奥斯

代表希腊神话中的几个人物。一说他是巨人之神，乌拉诺斯的血溅到盖亚身上生出的儿子，被命运女神摩伊赖棒打致死。另一种说法，他是奥德修斯和喀耳刻的儿子。还有一种传说，他是卡吕冬第一代天王的儿子。

Águila de Prometeo　普罗米修斯之鹰

见词条 Ethon。

Ah Hoya　阿奥亚

玛雅神话中的雨神，也被称为恰克。

Ah Puch　阿·普切

玛雅神话里的死亡之神，梅特奈尔之神，九层地狱的主宰，一个十足的坏神。形象为系着铃铛的骨架，有时为猫头鹰头，玛雅人死亡的象征。

Ah Tzenul　阿赫·特塞努尔

玛雅神话中的雨神，也叫做阿奥亚或恰克。

Aha　阿哈

古埃及《金字塔铭文》中乐善好施的神明，"神舞的侏格米人"。贝斯的祖先，尽管他身材矮小，但不属于侏儒症。备受世人尊崇，是一位长着胡子的神灵。

Ahazu　阿哈祖

阿卡德神话中的女妖，苏美尔人称她为蒂姆梅库尔，与拉巴苏和拉巴尔图并称为地狱三女神，司掌瘟疫和传染病。

Ahmose Nefertary　雅赫摩斯·奈费尔提蒂

公元前 16 世纪古埃及王后，逝世后被神化。她曾是新王国初期第十八王朝创始人雅赫摩斯一世（据说是她的亲兄弟）的妻子。通过卡纳克神庙的石碑了解到，她拒绝担任阿蒙的第二神甫（先知），该职位通常由男性担任，而后被视为阿蒙的神妻。

Ahriman　阿里曼

见词条 Angra Mainyu。

Ahuízotl　奥伊佐特

阿兹特克神灵，效忠于雨神，犬状，猴手猴脚，灰色皮毛，从水中出来后就会变成密实的刺状。即使受害者哭得像婴儿一般，也丝毫不会手软，会强行拖进洞穴，拔出他们的眼睛、指甲和牙齿。然后，把他们送到天堂。

Ahura Mazda　阿胡拉·马兹达

也叫奥尔莫兹德，波斯琐罗亚斯德教的最高神。名字意为"智慧之主"。他是代表光明的善神，与代表黑暗的恶神安格拉·曼纽相对立。拜火教（或琐罗亚斯德教）的二元论学说，即善良之神对邪恶之神，对犹太教和后来的基督教影响深远。

Ainu　阿伊努人

也叫虾夷人。主要分布在日本北海道和本州北部，俄罗斯千岛群岛和库页岛也有分布。信仰万物有灵和多神，相信大自然中一切事物的内部都有神圣的灵魂存在，将其称为卡穆伊或卡米。最重要的卡穆伊是土地婆，其次为动物和鱼类卡穆伊。举办庆祝仪式时一般使用摆放在祭坛上的柳树枝，即稻生。他们死后，灵魂将升到天堂或被打入地狱。根据其创世说，最初有七重天和七地狱，分别生活着神明和恶魔。而天空中间则居住着动物。造物主卡穆伊居于九霄，外面高墙林立，里面是一个水中世界。一天，他开始移动沙层，创造了坚实的大地。卡穆伊同意了动物住到那里的请求并创造出其他动物同他们一同生活在那片土地上，最后还创造出第一代人类，把人类送到爱奥尼亚所在的地方，请她教人类打猎和烹饪。

Aión　埃翁

罗马神话中永恒之神，于他时间永远不会停驻，而对于克洛诺斯时间会停止，两位神灵在这点上完全不同。

Aita　阿伊塔

伊特鲁里亚冥王，相当于希腊神话哈得斯和罗马神话普鲁托。

Ajet　阿赫特

古埃及神话中奶牛女神，代表草地，慈母形象，能够促进地球上一切植物的生长。对其崇敬始于旧帝国时期，在一些地方被尊崇为库努姆之母。

Aker　阿克尔

古埃及神话中最古老的神灵之一。代表地球的威力和地壳，太阳每天在其内部转化能量。

Akeru　阿科鲁

埃及神话中地球上的蛇形神灵。闪灵神明，居于地球内部。与阿克尔相关联，有些情况下作为该神的化身，同为守门之神。被认为是太阳神拉的祖先。

Al Apaec　阿尔·阿帕埃克

中美洲莫其卡神话中的嗜血神，世界的创造者，莫其卡族保护者，为他们提供水和食物，条件是族人要向他敬献大量的人祭。被称为"斩首之人"，面目狰狞，形象为愤怒的美洲豹。

Alá　安拉

亚伯拉罕宗教中，阿拉伯语里"上帝"一词的西班牙语形式，常常译为真主安拉。专门指伊斯兰教中的真主，《古兰经》中将他尊为唯一的主宰者。

Alal　阿拉尔

中东地区的地狱魔，能采用各种各样的方式诱导人类犯罪。

Alala　阿拉拉

苏美尔的众神之父，贝利利之夫，有时等同于伊什塔尔。

Alalu　阿拉路

第一代赫梯的众神之父，后被安努取代。与巴比伦的阿拉拉齐名，是安努二十一个祖先之一。

Alatu　阿拉图

亚述葬礼神灵。她是冥界的最高统治者，形象是站在一朵黑色的云上，等待亡灵的到来。

Alcestes o Alcestis　阿尔西斯特或阿尔克斯提斯

希腊神话中伊俄尔科斯之王珀利阿斯的女儿，阿德墨托斯的妻子，对她的丈夫非常忠贞，当命运之神来索阿德墨托斯的命时，她请求他们留下丈夫把她带走，自愿代替丈夫赴死。

Alcínoo　阿尔基诺奥斯

希腊神话中费阿基亚之王，瑙西托俄斯之子，阿瑞忒之夫。伊阿宋和美狄亚逃离科尔基斯之时，他收留二人住在自己的官殿。还在奥德修斯遭遇海难后收留了他，这激怒了海神波塞冬，封锁了费阿基亚，把奥德修斯所乘之船变成了岩石。

Alción o Alcioneo　阿尔库俄纽斯

希腊神话中最强大的巨人，他是乌拉诺斯和盖亚的儿子，赫拉克勒斯带着革律翁的牛群逃跑，在科林斯地峡二人狭路相逢。由于他离开了不死故土芭兰娜，最终被英雄杀死。

Alcíone　阿尔库俄涅

在希腊神话中阿尔库俄涅是风神埃俄罗斯和厄那瑞忒或埃癸阿勒亚所生的女儿，嫁给了特剌斯国王刻宇克斯。据说，在得知丈夫刻宇克斯死于海难之后，阿尔库俄涅跳海自尽，众神怜悯，就将二人变成了翠鸟让他们长相厮守。传说中这对鸟儿在海岸孵卵育雏时，风神埃俄罗斯便止住大风，给他们充裕的时间产卵，这是属于翠鸟的太平日子。还有一种说法，他们非常幸福，甚至自诩为宙斯与赫拉，众神气恼，于是女生被转化成翠鸟，而男生被变成了潜水鸟。

Alcmena　阿尔克墨涅

希腊神话中迈锡尼国王厄勒克特律翁的女儿，安菲特律翁的妻子，宙斯化身她丈夫的模样诱其交欢，生下了赫拉克勒斯。赫拉曾试图阻止赫拉克勒斯出生，但阿尔克墨涅的侍女伽兰提斯骗赫拉说赫拉克勒斯已经出生，赫拉为了报复就将她变成了一只鼬鼠。后来，在安菲特律翁死后，阿尔克墨涅嫁给了拉达曼提斯为妻。

Alecto　阿勒克托

希腊神话中复仇三女神欧墨尼得斯之一，传说诞生于乌拉诺斯被阉割后的鲜血之中。任务是惩戒那些因愤怒或狂妄等情绪犯下罪行的犯人。名字意为"致疯者"。

Alegría　阿莱格里亚

凯尔特神话里的阿莱格里亚岛，多次出现在亚瑟王的神话中。一种说法是，王后桂妮薇同兰斯洛特迪拉克生气，于是他便藏到阿莱格里亚岛上。佩莱斯国王的女儿和二十个侍女每天早上围着他那挂在松树上的盾牌跳舞，小岛由此得名。后来王后桂妮薇原谅了他，他便离开了小岛，岛更名为塞卡皮诺佛得角岛。

Alfeo　阿尔甫斯

希腊神话海中之神，伯罗奔尼撒半岛同名河流之神，爱上了狩猎女神阿尔忒弥斯的侍女阿瑞图萨并不停追逐她，阿瑞图萨便向女神寻求帮助，女神把她变成了泉水，逃到河流直至海洋，化作锡拉库扎附近的奥提伽岛泉水。根据帕萨尼亚斯所述，阿尔甫斯是一个猎人，为追求阿瑞图萨请求变作河流，最后他汇入了奥提伽泉水，在地下流淌。

Alfesibea　阿尔菲斯贝阿
希腊神话中的亚洲宁芙，被酒神狄俄尼索斯爱上，他化身为一只老虎，让仙女跌入他的怀抱里避难。她的儿子梅多使底格里斯河河畔产生了巨大的吸引力。

Allat　阿勒特
古阿拉伯神话中麦加的三大主神之一，阿勒特、玛纳特和乌扎三位女神被称为"真主的女儿"，她们是麦地那城和古莱氏部落的守护神，为佩特拉纳巴特人所崇拜，与雅典娜齐名。阿勒特是胡巴尔的母亲，根据希罗多德的著作，等同于希腊女神阿佛洛狄忒和波斯神密特拉。

Allu　阿鲁
中东非人性恶魔种族，是一个男人在梦中和莉莉斯或其仆人结合生出的。凡其目之所及全部摧毁，目标是阻止逝者的灵魂进入地狱，让他们成为漂泊的灵魂。在苏美尔，阿鲁是恶魔的力量。

Almas de Pe y Nején　佩和奈赫恩之灵魂
代表前王朝时期埃及南北部王国统治者的神灵，国王的祖先和保护者。佩和奈赫恩，他们的另一个名字更为人们熟知，即布托和希拉孔波利斯，分别为下埃及（尼罗河三角洲）和上埃及（瀑布）的都城。这些神被称为"赫里奥波利斯的灵魂"。

Almón　阿尔蒙
古罗马台伯河同名支流的水中之神，拉拉水神之父，

向赫拉透露宙斯和朱图尔娜的恋情。另一种说法是阿尔蒙为提莱奥之子，拉齐奥皇家牛群的看守人，在同特洛伊流亡者的对抗中不幸身亡。

Alóadas　阿洛伊代兄弟
希腊神话中的双胞胎巨人兄弟，名叫奥托斯和埃菲阿尔忒斯，他们是海神波塞冬和伊菲美迪亚的儿子，九岁时两兄弟把奥萨山堆叠到佩利恩山上面，想袭击奥林匹斯众神，最终被阿波罗打死。还有一种说法是，他们试图追捕变作麋鹿的阿尔忒弥斯，结果两个人互相把对方杀死了。

Alseides　阿尔塞伊德斯
希腊神话里树丛中和狭窄通道间的宁芙，时常吓唬过路的人。其中最有名的是阿尔塞伊德。

Altea　阿尔泰娅
古希腊神话中人物，埃托利亚国王忒斯提俄斯和欧律忒弥斯的女儿。同卡吕冬国王俄纽斯结婚，二人育有无数后代，其中比较有名的有提瑞俄斯、克吕墨诺斯、阿海莱奥、艾乌利梅德斯和美拉尼佩。此外她与海神波塞冬有染，二人育有安凯俄斯，还同战神阿瑞斯生下墨勒阿革洛斯，与狄俄尼索斯育有得伊阿尼拉。在儿子墨勒阿革洛斯死后自杀。

Altjira　阿尔特基拉
澳大利亚中心地带土著的造物主，黄金时代最重要的神灵。创造地球之后，他便去往天堂。被描绘为长着鸸鹋脚的形象（见词条 Numakulla）。

Alux　阿鲁科斯

玛雅神话中的小精灵，通常是看不到的，与大自然各种各样的地方相关，如森林、洞穴、石头或土地。玛雅人建造小房子让阿鲁科斯住，他们在七年的时间里帮助当地人民种植农作物，使得风调雨顺。相当于欧洲精灵。

Alvís　阿尔维斯

北欧神话中的侏儒，与雷神托尔的女儿斯露德（见词条 Thrud）订婚。

Amaltea　阿玛耳忒亚

在希腊神话中，有许多关于这位仙女的传说。其一，她是阿卡迪亚山羊，当时瑞亚把宙斯藏在克里特岛的一个山洞里以防克洛诺斯吃掉，阿玛耳忒亚便用羊奶哺育宙斯。其二，她是一位水神，海莫尼奥的女儿，出于与上一故事同样的原因，她用断角羊的奶水喂养宙斯。这只角为宙斯提供了满满的果实，形成了丰饶角。宙斯带着这只独角羊奔向天空，变成了第一个独角兽和星座摩羯座。第三种传说，宙斯折断角，交给阿玛耳忒亚作为丰富的象征（见词条 Cuerno de la abundancia）。一说山羊死后，宙斯用他的皮变作盾牌，即帝盾。

Amaterasu　天照大神

日本神道中的太阳女神，被奉为日本皇室的祖先。名为天照大神，意为"照亮天空的荣耀女神"。一种说法是，原始神灵伊邪那岐和伊邪那美生下天照大神；另一说法是，当伊邪那岐从地狱中逃出来清洗眼睛时，女神从他的左眼中诞生。她是月亮之神月读和风暴之神须佐的姐姐，被送往高天原普照大地，但其胞弟须佐可耻的行为迫使她藏进了一个山洞，其他天神试图营救她，世界陷入一片混乱和黑暗之中。神灵们不停地摇晃，给了她一面镜子，女神从洞里出来时便看到了镜中的自己。她做的第一件事就是让天孙带着八咫镜、草薙剑和八尺琼勾玉三神器去往日本。曾孙神武天皇是日本的第一位皇帝，天照大神也成为日本全国的守护神。

Ama-Ushumgal-Anna　阿玛－乌舒姆加尔－安纳

苏美尔椰枣树的化身。

Amazonas　亚马逊女战士

希腊神话中，发源于小亚细亚或黑海地区特尔摩冬河附近的古老的战争民族。在她们的国家不允许出现任何一个男人，于是女战士们便组队到邻国联姻，以保证后代的繁衍，若生下男孩就杀死。与其相关的神话包括吕底亚的入侵，她们被柏勒洛丰驱逐；赫拉克勒斯的第九件任务是偷取亚马逊女王希波吕忒的腰带；雅典国王忒修斯与赫拉克勒斯一起劫持了亚马逊女战士安提俄珀，于是亚马逊族攻打雅典营救同伴，她们在雅典市中心扎下营盘，但最后被雅典军打败。被阿喀琉斯杀死的亚马逊女战士包括珀莱姆萨、彭忒西勒亚、安坦德拉、西珀托亚、哈尔莫托亚和安提布罗塔。

Amenhotep　阿蒙霍特普

古埃及哈普之子，国王阿蒙霍特普三世的股肱之臣，监管国王的一切工作。近千年之后的托勒密时期，他因智慧被世人尊崇为上帝。

Amentit 阿蒙提特

古埃及，尼罗河西边埋葬尸体的底比斯大墓地女神。

Am-Heh 阿姆 - 赫赫

古埃及神话中冥府的凶神，有恐怖的猎犬首和食人之胃，极具威胁性和侵略性，吃人的神，其名的意思是"百万吞噬者"。

Amico 阿密科斯

希腊神话中的比提那大王，实力强大，挑战所有的到访者，最后阿尔戈英雄将其战胜。

Amimitl 阿米弥特尔

阿兹特克淡水之神，渔民之神。

Amma 阿玛

马里多贡部族的缔造者。创造了福尼奥米（直长马唐），这种作物生长于西非热带草原。福尼奥米，多贡人称其为"珀"，在本地称为"世界蛋"，产量超群。是生长最快的谷物之一，六到八周即熟。后来，阿玛还创造了第一个生灵，即诺莫（见词条 Nommo）。

Ammavaru 阿妈娲录

印度神话中的原始神灵，是三大主神梵天、毗湿奴和湿婆的生主。现存作品中没有关于她出生和死亡的记载和介绍。

Ammut 阿穆特

也叫阿米特，古埃及神话中冥界女神，"死人的吞噬者或食骨者"，在真理法庭等待死者心脏或亡灵的称重结果。如若死者心的重量超过了天平另一端象征正义的真理之羽，那么他的心就会立即被阿穆特吃掉。由于心脏代表死者的"巴"（亡灵的灵魂），因此被吃掉心脏的亡灵将永远失去成为不朽神灵的机会。

Amón 阿蒙

埃及神话中底比斯的主神，十八王朝至高无上的神灵，太阳神拉的名字有时会与阿蒙的名字结合起来，即阿蒙 – 拉，赫里奥波利斯众神之首。希腊语中他的名字为 Ammón（阿蒙），源自"amm"（"隐形的"），代表大自然无形的力量，即大气之神和风神。"王之王，王之神"，慢慢成为至高无上的太阳神阿蒙 – 拉，每天创造新的日子。渐渐地，其他的神开始失去重要性，而阿蒙则被认为是唯一一个可以保护法律和道德的神灵。他的庆祝活动成为全国最重要的节日，人们从四面八方赶来拜望他，请求他像牧师那样传达神谕。然而老百姓离这些伟大的节日非常遥远，甚至在底比斯的大部分地方人们仍继续崇拜自己信奉的其他神灵。阿蒙是至高之神，他虔诚慈悲，遵循玛亚特的治国方针。与女神穆特和养子库努姆并称底比斯三神。

Amonet 阿蒙涅特

古埃及神话中能够感觉到但看不到的神，绰号"隐形神"，阿蒙之妻，代表大气。随着时间推移逐渐失去地位，在新王国最终成为八神中最小的神灵，通常阿蒙和阿蒙涅特夫妻二人整体出现。

Amor 阿摩尔

多被人们称为丘比特，罗马神话中的小爱神，同希腊神话厄洛斯。一说他诞生于混沌之神卡俄斯，也有传说他是维纳斯和玛尔斯的儿子，是一个手拿弓箭、长有一对小翅膀的调皮小男孩。当他射出那支金箭，无论神灵抑或人类都会坠入爱河；而射出铅箭，便会使之拒绝爱情。

Amorgen　阿莫尔根

爱尔兰凯尔特神话中米莱·埃斯帕伊涅的长子，凯尔特之父，亦被称为格伦赫尔，膝盖为白色。德鲁伊教巫师首领，与七个兄弟一同入侵爱尔兰岛，是第一批侵略该岛的人类。之后达努神族三王，即麦克·库伊尔、麦克·塞迟特和麦克·格莱伊奈，背信弃义欲驱逐他们，最终阿莫尔根被杀害。

Amrita　阿姆利塔

印度神话中神灵保持长生不老的神仙饮品。对于瑜伽修行者来说，当处于冥想状态时阿姆利塔便在身体内部自然产生。

Amset　艾姆谢特

古埃及神话中荷鲁斯的四个儿子之一，形象为站立的人形木乃伊。同兄弟一起出现时就会变成鸟或蛇。司掌四风向和四方位之一，是南方的守护者。四位保管死者木乃伊内脏的神灵之一，他掌管肝脏。伊西斯是他的女保护神，他的生命元素是卡。

Amulio　阿穆利乌斯

古罗马神话中阿尔巴朗格的国王，篡夺（或推翻）兄弟努米托的政权，褫夺王位。他杀死了努米托的儿子们，还将努米托唯一的女儿瑞亚·西尔维娅变成维斯塔的女祭司，迫使她保持童贞，否则就处死她。但她被玛尔斯强奸，生下了罗慕路斯和雷穆斯，他们长大后杀死了叔公阿穆利乌斯，将宝座归还给了努米托。

Amurru　阿穆如

又称玛尔图，中东地区苏美尔人和阿卡德人为阿摩利人之神起的名字。被认为是安努的牧人儿子，今天在卡帕多西亚还能够发现有关该神的铭文。

An　安祖

苏美尔神话主神，天空之神，启神的丈夫，恩利尔与恩基的父亲，组成了父子三神，后恩利尔成为阿卡德主神，使用安努这个名字（见词条 Anu）。

Anak　阿纳克

古阿拉伯神话中的巨人，为以色列人诞生了安纳吉姆，他们是住在约旦河东边的巨人，艾米姆和莱法伊姆的亲族，那些巨人奈菲利姆都是圣经中的巨头神，上帝的子民。

Anansi　阿南西

西非神话中最重要的神灵之一，天神尼亚美的儿子。其最有名的故事来自于阿散蒂地区，创造了太阳、星星和月亮，并向人类传授农业技术。

Anat　阿娜特

中东和埃及地区的战争女神，迦南主神巴力的妹妹、爱人和守护者，从叙利亚、希克索斯，一直到埃及，都尊为"众神之母"，也被视为埃及国王之母。嗜血女神，帮助巴力打败他的敌人，包括杀死巴力的冥王莫特也被她打败。根据迦南神话，阿娜特在沙帕什的帮助下找到巴力的尸体，使巴力重返世间。在埃及她被尊崇为中央帝国法老王的保护者（最高的土地神），后来在波斯时期，与耶和华和阿希姆贝特尔组成三神。

Anax 阿那克斯

希腊神话中的巨人，乌拉诺斯的血流到盖亚身上生出的儿子之一，阿斯忒里奥之父。阿克托利亚之王，后来米莱托征服了该国，并更换了国名。

Anco Marcio 安古斯·马尔西乌斯

古罗马努马·庞皮里乌斯之孙，罗马的第二任君主，扩大了城市规模，赋予拉齐奥居民以公民身份，建立了奥斯蒂亚港口，在台伯河上建造了第一座木制桥，还有马梅尔定监狱和渡槽。是第一位有记载的历史人物。

Andrimnir 安德利姆尼尔

北欧神话中阿萨神族王牌厨师，每天杀野猪沙赫利姆尼尔，在神奇的大锅艾瑞尼尔中将其烹煮。除此之外，他的拿手好菜还有用海伊杜恩羊奶制成的阿萨神族蜂蜜酒。

Andrómaca 安德洛玛刻

希腊神话中，赫克托耳的妻子，底比斯国王厄提昂的女儿。在丈夫被杀以及城邦被攻陷后，沦为涅俄普托勒摩斯的奴隶，二人育有摩罗索斯、珀尔罗斯和珀伽摩斯三个孩子。涅俄普托勒摩斯死后，她嫁给赫克托耳的弟弟赫勒诺斯，生了一个儿子，名叫刻斯特任诺斯。

Andvari 安德瓦利

北欧神话中住在瀑布下的侏儒，能够依据心中所愿随时变成鱼。他有一个魔法戒指，可魔幻般地变出黄金，使他成为大富翁，这个秘密被洛基发现了，洛基用一张神奇的大网捉住了他，迫使他交出黄金和戒指。据传安德瓦利给戒指和拥有戒指的人下了诅咒。很久之后，他又重拾了黄金，那是齐格弗里德杀死法夫纳和雷金后藏在洞穴中的，却再也找不到那枚神奇的戒指了。

Andyety 安杰提

古埃及神话中下埃及第九区的守护神。安杰提是冥王俄西里斯的前身，其名字意为"安杰提的天性"，也是布西里斯的名字。有人认为他是被神化的统治者，虽然这种可能性很小。最初掌管农业，包括司掌土壤的肥沃。在布西里斯和阿比多斯备受崇奉。

Anemoi 阿涅摩伊

古希腊神话中四大风神的统称，都是阿斯特赖俄斯和厄俄斯的儿子，被风神埃俄罗斯关押。有时被描绘成带翼之人的形象，有时是马的形象。代表四个方向的神灵分别是北风神玻瑞阿斯、南风神诺托斯、西风神仄费罗斯和东风神欧洛斯。在罗马神话中，他们被称作梵迪。

Anfiarao 安菲阿拉俄斯

希腊神话中的阿尔戈斯国王，是阿尔克迈翁和安菲罗科斯的父亲，加入七将远征底比斯，试图推翻厄忒俄克勒斯在底比斯的政权。他的妻子厄里费勒接受了波吕尼刻斯贿赂的会使家族厄运连连的不祥之物哈尔摩尼亚项链，说服安菲阿拉俄斯出征。最后，宙斯降下霹雳，大地张开黑洞，将安菲阿拉俄斯连同他驾驶的战车一起吞没。

Anfitrión 安菲特律翁

希腊神话中底比斯的将军，是梯林斯王阿尔凯厄斯的儿子。他意外杀死叔父厄勒克特律翁，后与其女阿尔克墨涅结婚。趁安菲特律翁不在的时候，宙斯假扮成他的模样，诱奸了阿尔克墨涅，二人生下了大力神赫拉克勒斯。

Anfítrite　安菲特里忒

希腊神话中海中仙女，海洋女神，她是海神波塞冬的妻子，俄刻阿诺斯的女儿，也有传说她是俄刻阿诺斯之子涅柔斯的女儿。

Angakuit　安加库伊特

因纽特神话里的巫师，身心理疗师，既医治身体的伤痛，也帮助解放精神，还能通过某种仪式召唤灵魂，仪式上通常有打鼓、歌唱和舞蹈等。

Angal　安加尔

中东德尔市（现为推罗·阿加尔市）保护神。

Ángeles　天使

上帝的天庭，据说是由早期犹太民族演变而来。他们是上帝创造的生灵，服务人类，造福众生。4 世纪时建立了天庭等级制度，分三个级别：第一级由炽天使、智天使和座天使组成；第二级包括主天使、力天使和能天使；第三级则由权天使、大天使和天使组成。从 8 世纪教士会议起很少有天使为人所知，其中最有名的包括加百列、米迦勒、拉斐尔和乌列，乌列在希腊人中享有盛名。阿拉伯人非常尊崇天使，赋予他们超凡的能力，虽然没有建立等级阶层，但将加百列、亚纳尔、米迦勒和萨麦尔尊为四大天使。

Angra Mainyu o Ahriman　安格拉·曼纽或阿里曼

波斯神话里拜火教中的恶神之首，毁坏者，世界上一切邪恶的根源，肆意屠戮生灵，行尽恶事。在最后的审判日被善神阿胡拉·马兹达（斯彭塔·曼纽）打败，从世界上永远消失。拜火教信奉二元论，善与恶不断斗争，其中的恶有可能促使了基督教初期撒旦的产生。

Angurboda o Angerbode　安格尔波达

北欧神话中的女巨人，女巫，洛基的妻子，她们一共生了三个可怕的孩子，魔狼芬里尔、死神海拉和巨蟒耶梦加得。

Angus o Aengus　安格斯

也叫恩古斯，麦克·奥克，或"唯一的儿子"，爱尔兰凯尔特神话中的人物，怀孕一天便出生，凯尔特主神达格达和伯安恩的儿子，由父亲的兄弟米迪尔教育抚养，此外，安格斯还是马纳南的养子。生得很美，在达努神族任牧师、战士和工匠。也被认为是诗歌之神，可与阿波罗相媲美。是勇士迪尔姆德·奥迪那的养父。

Anjana　安阇那

阿斯图里亚斯和坎塔布里亚凯尔特神话中的善神，恋人的保护者，也是在森林迷路之人及所有诚实之人的保护神。有人说她像一个仙女，身穿白色长袍和蓝色披风。与奥汉卡诺和奥汉卡纳对立。

Anjea　安赫亚

澳大利亚土著神话中的富饶之神，逝去的人在重生过程中将灵魂驻留在此处。

Anna Perenna　安娜·贝勒娜

古罗马神话中的女神，掌管时间的推移和轮回。人们通常向她祈祷以获得一年的风调雨顺。

Annigan o Igaluk　安尼根或伊加鲁克

因纽特神话中，玛莉娜的兄弟。

Annwn o Annwvyn　安努恩或安温

威尔士凯尔特人神话中的冥府，入口位于格拉斯顿伯里修道院或者塞文河口。一说其为西方天堂岛。国王名叫阿隆。

Anquises　安喀塞斯

希腊神话中卡皮斯和忒弥斯之子，目前尚未明确他到底是牧羊人还是贵族，为阿佛洛狄忒所爱恋，二人结合生出了埃涅阿斯。

Anshar　安沙尔

中东地区神话中的天空之神，天际的化身，安努之父。虽为地区主神，但他在神话中的作用其实微乎其微。

Anteo　安泰俄斯

在希腊神话中代表不同人物，其中最著名的是一个巨人，盖亚和波塞冬之子，住在利比亚沙漠，在那里杀害过往的人，建立了一座人类头骨的寺庙，敬奉波塞冬。曾挑战赫拉克勒斯，大力神一直没能战胜他，直到识破他的秘密将他高举远离大地母亲盖亚，才将他扼杀。这个名字还代表以下这些人物：利比亚国王，将自己的女儿献给比赛获胜者；哈利卡纳苏斯的一位王子，在拒绝弗比奥之妻的示爱后死于井中；一位拉丁首领，在意大利对阵埃涅阿斯，战败身亡；忒尔喀涅斯（见词条 Telquines）之一。

Anteros　安忒洛斯

希腊神话中，阿佛洛狄忒和阿瑞斯之子，单恋的化身，对手厄洛斯的男宠。

Anti, Antuey o Nemty　安提、安图埃伊或奈姆特伊

古埃及非常古老的猎鹰之神，使得古老帝国勉强幸存下来。上埃及十二区和十八区的当地神灵，其重要性根植于神话，传说他与牛皮融为一体。被称为"漫步者"或"流浪者"，这也是国王护卫战神和俄西里斯的特点。十二区都城为佩尔·安提（"安提的豪宅"）。

Antífates　安提法特斯

希腊神话中，莱斯特律戈涅斯食人族部落国王，西西里巨人族，离开风神岛七天之后袭击阿尔戈战队。

Antígona　安提戈涅

希腊神话中，俄狄浦斯同他母亲伊俄卡斯忒生出的女儿，二人不知晓他们之间的亲属关系便结婚了。当底比斯国王俄狄浦斯发现他娶了自己的母亲，他挖出了眼睛，离开了这座城市，安提戈涅一直陪伴左右，直到弥留之际返回家乡。最后，她的两个哥哥厄忒俄克勒斯和波吕尼刻斯均死于战争，叔叔克瑞翁掌管全城，称波吕尼刻斯为叛徒，禁止将其埋葬。安提戈涅以遵循"天条"为由埋葬了波吕尼刻斯，于是克瑞翁下令也将她活埋。

Antíope　安提俄珀

希腊神话中有两个重要人物使用这个名字。一个是宙斯的情人之一，宙斯化作森林之神，与这位美丽的仙女结合。二人生下了双胞胎安菲翁和仄托斯，他们收复了底比斯并新建了著名的底比斯城墙。一说她是阿索波斯的女儿，也有说她是底比斯国王的女儿。另一位叫这个名字的是一位亚马逊女王，赫拉克勒斯寻找希波吕忒腰带的过程中，与忒修斯一起劫持了安提俄珀，致使亚马逊女战士进攻雅典娜。此外，叫这个名字的还有两位阿尔戈英雄的母亲，风神埃俄罗斯的一位女儿，赫拉克勒斯的情人之一，以及阿革诺耳的妻子。

Antum o Antu　安图姆或安图

苏美尔和亚述神之母，天神安的妻子，二人育有安努那基和乌图基。最终，伊什塔尔取代了安图姆，同安登上宝座。

Anu o An　安努或安

在苏美尔语中其名字意为"天堂"（安），也称为阿木，"天堂之王"，在中东他是恩利尔、恩基和伊南娜的父亲，安图姆的丈夫，安沙尔的儿子。代表男性创造者之神。安努那基之父，众神之王，后来恩利尔替代他成为主神。其祭拜之地主要在乌鲁克。

Anubis　阿努比斯

古埃及神话中形象为犬的亡者保护神，是尸体防腐之神。佑护亡者木乃伊。主要负责真理法庭审判之秤的称量工作。引导被宣告无罪的亡灵进入冥界，有时将亡灵握在手中用月光照射，《洞穴之书》对此有所介绍。

Anukis　阿努基斯

古埃及神话中下尼罗河的瀑布女神。相传，阿努基斯原为太阳神拉的女儿，后来到新王国时期被认为是库努姆和萨蒂斯之女，象征宇宙起源的一部分，象岛位于靠近阿斯旺和埃及帝国南部边境的地方，她与下努比亚相关。名字意为"包含"，代表痊愈或窒息。在底比斯与哈索尔相连，与情欲和性欲相关。作为瀑布水神，她负责向穿越象岛的人们提供淡水，同时负责保证尼罗河每年规定的洪水水量。

Anunit　阿努尼特

中东地区人们为好战的伊什塔尔起的一个绰号。

Anunitu　阿努尼图

阿卡德新生与富饶女神，同伊什塔尔。

Anunnaki o Anunna　安努那基

苏美尔和阿卡德神话中一群神灵的统称，据说由五十大神组成，主神是天神安努，他的继承人是恩利尔。他们组成了神明统领会，里面包括天地和冥界的诸神。有农业女神阿什南，水渠之神恩奇木杜，底格里斯河与幼发拉底河水神艾姆比卢鲁，风暴神伊西库尔，六畜之神拉哈尔，穷人、寡妇与孤儿之神南塞，书写之神尼达巴，医药与啤酒之神宁卡西，还有服装之神乌特图。住在地球上的其他神灵伊吉吉负责为年长的神明供应物品，伊吉吉与安努那基发生对抗。恩利尔想摧毁他们，但恩基提议创造一个新的物种：人类。随着时间的推移，安努那基和伊吉吉人相互融合，最终伊南娜决定让七位安努那基只生活在地狱，伊吉吉人则生活在天堂。

Apanu o Alpan　阿帕努或阿尔潘

伊特鲁里亚爱神，相当于希腊珀耳塞福涅，司掌冥界。形象为裸体或半裸的带翼女神。

Apate　阿帕忒

希腊神话中黑夜女神的女儿，被称为福劳斯。罗马神话中的欺骗之神，与谎言、诡诈相关，同真理之神阿莱特亚相对立。居住在克里特岛，附近是宙斯的假墓。赫拉曾向她求借那条包含人类所有欺骗和圈套的腰带，目的是杀害宙斯的情人之一塞墨勒。

Apedemak　阿佩德马克

古埃及神话中的战神，其形象为狮首人身。源自苏丹麦罗埃文化，具有很强的非洲色彩。是一个勇敢坚强的战士，其使命是在战争中保护君主。在埃及，他被称为"猎人"（帕赫德梅基），麦罗埃名字的变体。具有希腊战狮米霍斯的本领，是麦罗埃寺庙入口处努比亚上帝斯比乌梅克尔身边的保护神。

Apidano　阿皮达诺斯

希腊神话的海中之神，色萨利同名河流及阿尼佩奥支流之神。当珀纽斯河神之女达芙妮变作月桂树后，他向珀纽斯河神施以安慰。

Apis　阿匹斯

古埃及神话中孟菲斯人崇拜的公牛神，城市造物主卜塔的象征。死后化作俄西里斯。天神授意，他被称为"携带真相的卜塔先驱"。他是神灵和人类之间的桥梁，尼罗河三角洲原始孳生公牛，高大威猛，长着大大的牛角，人们用套索捕捉。当他不代表神灵时，则劳作、挪动重物或追截本地野牛。

Apofis　阿佩普

古埃及神话中的地狱蛇神，使命是阻拦夜晚运行于冥世的拉神。他代表混沌之神卡俄斯的原始力量，始终维持生命秩序。其黑暗虚空的体内空间，会吞食那些判定的不存在的灵魂。由于太阳船能设置各种障碍阻挡阿佩普前行，因此二者相互对立。连连败退之后总是能够回到原来的生活，原因是混沌之神的真身坚不可摧，始终等待着重新回归世界发挥力量。

Apolo　阿波罗

希腊和罗马神话中，奥林匹斯十二主神之一，朱庇特与黑暗女神拉托娜之子，狄安娜的孪生兄弟。生得英俊至极，幼年时杀死了巨蟒，曾使德尔斐神庙在原地拔地而起。每天指挥太阳战车划过天空。这位埃及太阳神拥有许多情人，参与了很多希腊历史事件，譬如在特洛伊战争中帮助被围的一方。他是音乐的发明者，医神阿斯克勒庇俄斯之父。他的一众情人包括阿尔西诺伊（埃利奥皮斯的母亲）、卡利俄佩（利诺斯和俄耳甫斯的母亲）、达芙妮、卡斯塔利亚、库瑞涅（阿里斯泰俄斯的母亲）、德律俄珀（安菲苏斯的母亲）、赫卡柏（特洛伊罗斯与波吕克塞娜的母亲）、卡珊德拉、科洛尼斯（阿斯克勒庇俄斯的母亲）、艾图萨（厄琉特尔的母亲）、玛耳珀萨、曼托（摩普索斯的母亲）、普萨玛忒（利诺斯之母）、喀俄涅（菲拉蒙的母亲）、罗伊欧（艾尼奥斯的母亲）、诺普（西里奥的母亲）和琉科忒亚。此外，他还有男宠雅辛托斯、阿康托和库帕里索斯。

Apsu　阿卜苏

中东淡水之神，与海水之神提亚玛特一起创造了神灵拉赫穆和拉哈姆，不断繁衍，直至埃亚干预才平静了淡水。阿卜苏死后便产生了马杜克，其母亲为埃亚的妻子达姆伽尔努娜。

Apu Illapu o Illapa　阿普·伊拉普或尤拉帕

印加雨神，闪电之神，受世人崇拜，极端情况下需要向他敬献人祭。有人认为他的影子在银河系，从安第斯高地观察非常明显，水便是从那里流出。他也被认为是战斗之神。

Aqen　阿切恩

埃及地狱之神，带死者穿越冥界天国之水。太阳船驾驶者玛哈弗必须在拉神和其随同一辈近时就叫醒阿切恩，阿切恩会陪伴和保护逝者乘坐拉神之船度过危险的航行。形象为人形。

Aqueloo　阿刻罗俄斯

希腊神话里的海中神仙，同名河神，俄刻阿诺斯和忒堤斯的儿子，拥有变形的本领。为了追求得伊阿尼拉，他化身为一头公牛与赫拉克勒斯决斗。被击败后放弃了爱情，以换回英雄从他头上拔掉的角。

Aqueronte　阿刻戎

希腊神话中的海中之神，伊庇鲁斯同名河流的河神，卡隆带死者通往地狱经过此河。除了卡隆的船，其他所有经过此河的船只都会被淹没。河水从意大利流出，流入阿韦尔诺湖，共有两条支流，分别是佛勒革同和科库托斯，由此产生斯堤克斯湖。阿刻戎同水中的仙女生有一子，名叫阿斯卡兰。

Aquiles　阿喀琉斯

最伟大的希腊勇士，战无不胜，海洋女神忒提斯和侏儒国王珀琉斯之子。他的母亲希望他永生不死，却留下了一个致命弱点：脚踵。他的父亲让半人马喀戎和他的朋友帕特罗克洛斯教导他。先知卡尔坎特让他在漫长而平淡的生活与短暂而光辉的一生中作选择，他选择了后者并参加了特洛伊战争，帕里斯向他的脚后跟射了一箭，致使其身亡。

Aquilón　阿奎洛

古罗马神话中的北风神，同希腊神话中的玻瑞阿斯。

Aracne　阿拉克涅

希腊神话中，她是一位有着非凡织绣本领的少女，吸引无数仙女侧目。她技艺超群，在雅典娜的土地上向女神发出挑战。在一次比赛中，看到众神身穿阿拉克涅编织的华衣，女神被彻底激怒，便毁掉阿拉克涅的作品，并把织梭向她掷去。阿拉克涅不堪羞辱自缢而死，最终被雅典娜变成了蜘蛛。

Aragorn　阿拉贡

来历不明，《指环王》传奇中的刚铎王，也是托尔吉亚那神话中最后一位国王。有可能来自于辛达"祭坛"，意思是"贵族"或"皇室"。这些名字，J. R. R. 托尔金大多是从凯尔特神话和语言中联想得来的，童年在威尔士火车车厢和卡车上见到这些名字，便在他心中埋下了大大的种子。

Aranzah　阿兰萨赫

赫梯神话中，底格里斯河的化身。

Arawn　阿隆

威尔士神话中的冥王。

Arcas o Árcade　阿卡斯或阿卡得

希腊神话中宙斯和卡利斯托之子，其母去世后，被赫尔墨斯收养，交予其母亲迈亚照顾，长大之后前往阿卡迪亚教授当地人他师从特里普勒摩斯和得墨忒尔学到的手艺和技能。一种说法是，在一次狩猎中，阿卡斯追赶被赫拉变成熊的母亲，一直追到一座闲人禁止入内的圣殿，最后宙斯把他们二人变成了两个星座，小熊星座和大熊星座。另一种说法是，阿卡斯被阿卡迪亚之王吕卡翁收养，国王有一个习惯，即献祭所有的外国人，于是国王就把阿卡斯的肉煮熟献给了宙斯。

Arce　阿尔珂

希腊神话中，海神陶玛斯和厄勒克特拉的女儿，彩虹女神伊里斯、许达斯佩斯和鹰身女妖哈耳庇厄的姐妹。不幸的是，在奥林匹斯众神与泰坦的战争中，她成为后者的使者（而她的姐妹彩虹女神选择了奥林匹斯众神），于是她被关进了地狱。她的翅膀分别赠予了珀琉斯和忒提斯，忒提斯随后将翅膀固定在了儿子阿喀琉斯的脚踵上。

Arensnufis　阿莱恩斯努菲

努比亚神话中神人同形之神，出现在希腊罗马时期上埃及的庙宇中。当麦罗埃市成为库什的都城之后，他在麦罗埃的地位更加重要。有关这个神的信息我们所知甚少，仅仅知道他是慈悲之神，绰号"好伙伴"，与斯比乌梅克尔一同看管麦罗埃的神殿。

Ares　阿瑞斯

奥林匹斯十二主神之一，在罗马被称为玛尔斯，战神。宙斯和赫拉之子，阿佛洛狄忒的丈夫，在罗马神话中是罗慕路斯和雷穆斯的父亲。这位勇敢嗜血的神在希腊不是很受欢迎，而在底比斯远近闻名，在罗马则被尊为玛尔斯。与美索不达米亚神内尔伽勒相关。他平日里的陪伴者有不和之神厄里斯、福波斯、得摩斯和厄倪俄，以及饥饿之神、恐惧之神、痛苦之神和遗忘之神。根据不同的说法，他的恋人包括埃罗佩（阿埃洛珀的母亲）、阿格劳洛斯（阿尔基佩的母亲）、阿佛洛狄忒（育有安忒洛斯、得摩斯、爱神厄洛斯，后来还有福波斯和哈尔摩尼亚）、阿尔泰娅（墨勒阿革洛斯的母亲）、阿斯提奥克（阿斯卡拉福斯和伊阿尔墨诺斯的母亲）、阿塔兰忒（帕尔忒诺派俄斯的母亲）、库瑞涅（狄俄墨得斯的母亲）、克律塞（佛勒古阿斯的母亲）、得摩尼克（维奈、莫洛、皮洛和忒斯提俄斯的母亲）、厄倪俄（埃尼亚利奥的母亲）、厄俄斯（俄诺玛俄斯的母亲）、哈尔摩尼亚（亚马逊的母亲）、伊利亚（罗慕路斯和雷穆斯的母亲）、奥特瑞拉（安提俄珀、希波吕忒和彭忒西勒亚的母亲）和特利泰亚（墨拉尼波斯的母亲）。还有子女阿尔孔、得利阿斯、阿格洛斯、利希姆尼奥、吕科斯、尼索斯、珀尔塔翁和忒柔斯，这些孩子的母亲不明。

Ares Lusitani　卢西塔尼亚的阿瑞斯

卢西塔尼亚神话中的马神。

Aretusa　阿瑞图萨

代表希腊神话中的若干人物：一位女猎人，被河神阿尔甫斯所恋，她为了保持贞洁便向阿尔忒弥斯求助，于是女神就把她变成了水神，从河流一直逃至大海，最后成为奥提伽岛泉眼；涅柔斯和多里斯之女，海中仙女，为海神波塞冬所爱，二人生下埃维亚王阿班特；赫斯珀里得斯之一，阿克泰翁的一只狗要吞噬她，便被阿尔忒弥斯摇身变成了鹿。

Arges 阿尔革斯

希腊神话中的独眼巨人，乌拉诺斯和盖亚的儿子；他的名字也指闪电。是斯忒罗佩斯和布戎忒斯的兄弟，他们都只在额头上有一只眼睛，性格固执，是非常优秀的工匠。

Argonautas 阿尔戈英雄

希腊神话中参加远征的英雄，这次远征由伊阿宋带领，乘阿尔戈号快船去科尔基斯取埃厄忒斯国王掌管的金羊毛。按照字母顺序排列，这些英雄包括：阿卡斯托斯、阿克托耳、阿德墨托斯、安菲亚罗、安凯俄斯、阿尔戈斯、阿斯卡拉福斯、阿斯忒里翁、阿塔兰忒、奥革阿斯、布忒斯、凯纽斯、卡拉伊斯、卡尼托斯、卡斯托耳、赛特奥、克洛诺斯、埃基翁、厄耳癸诺斯、埃斯塔菲奥、欧斐摩斯、欧律阿罗斯、欧律达玛斯、法莱罗、法诺、赫拉克勒斯、许拉斯、伊达斯、伊德蒙、伊克力斯、伊菲托斯、伊阿宋、拉埃尔特斯、林叩斯、梅拉姆波、墨勒阿革洛斯、摩普索斯、瑙普利俄斯、俄琉斯、俄耳甫斯、帕莱蒙、珀琉斯、佩奈雷、珀里克吕墨诺斯、佩安特、波吕克斯、波吕斐摩斯、提费斯和仄忒斯。

Argos 阿尔戈斯

代表希腊神话中的几个人物。其中一位是受赫拉之命看守伊俄的牧师，赫拉为防止丈夫宙斯接近伊俄，就把她变成了小母牛。阿尔戈斯有一个本领，就是睡觉时也能看见事物，但朱庇特命令赫尔墨斯用他的笛声催眠所有人，用这种方式将他杀害。还有一说，他是被宙斯亲手杀的，赫拉为了向他表示崇敬之情便把他

的眼睛放到了孔雀的尾巴上。另一位非常有名的阿尔戈斯，是阿尔戈号大船的建造者。此外，还有传说，阿尔戈斯是奥德修斯忠实的家犬，在奥德修斯返回时唯一承认他的人。还是阿克泰翁的一只狗，其他狗要吃掉他时他瞬间变成了鹿。此外，以下人物也叫这个名字：阿尔戈斯城市神灵，宙斯和尼俄柏的儿子；这座城市的国王之一以及他的孙子；埃厄忒斯的孙子，从海难中被救出后加入阿尔戈英雄；伊阿宋和美狄亚的儿子，在科林斯被石头砸死。

Ariadna 阿里阿德涅

希腊神话中，克里特岛国王米诺斯和帕西淮的女儿。她爱上了忒修斯，当他要出征攻打牛头怪时，她陪伴他，并用著名的线团帮助他逃离迷宫。可是后来忒修斯把她丢弃到一个小岛上，在那里她被狄俄尼索斯爱上，但亦是始乱终弃。最后她吊死在树枝上，还有一说她被珀尔修斯杀死。

Arión 阿里翁

希腊神话中莱斯波斯音乐家，赢得西西里比赛后获得奖金，回程时被水手打劫。为了自救，他请求水手们让他最后再演奏一遍里拉，吸引了周围海豚的注意，他投向大海，被可爱的海豚救下。

Arpías 哈耳庇厄

希腊神话中的怪物，即鹰身女妖。长着女人的头和胸部，却有秃鹰的身体、翅膀和爪子。神灵的报复工具。据传有三位：埃罗（"风暴"）、俄库珀忒（"快速飞行"）、刻莱诺（暴雨的"黑暗"，也被称为波达耳革，由罗马人加入了希腊双雄），海神厄勒克特拉和陶玛斯的女儿，泰坦蓬托斯的孙女。她们住在爱奥尼亚的

斯特洛法得斯岛或居于克里特地下。出现在伊阿宋和阿尔戈英雄的神话故事中，与菲纽斯相关。

Arsínoe　阿尔西诺伊

希腊神话中的几个女性角色。一位是普索菲斯国王菲盖厄斯的女儿，与阿尔克迈翁结婚，但他逃婚而走，背叛了誓约，娶了卡利洛厄，最后她被卖与涅墨亚国王做奴隶，看着她的丈夫和孩子都死了。另一个是米尼亚斯的三个女儿之一，因为她们不愿与酒神狄俄尼索斯在一起，最后被他逼疯，变成了鸟或蝙蝠。还有：俄瑞斯忒斯的保姆，杀死自己的儿子来保护英雄；塞浦路斯王尼科克莱翁特的女儿，性格坚强，即使是一位被她拒绝的追求者自杀时她也没有掉一滴眼泪，阿佛洛狄忒把她变成火石。此外，毕星团的一位成员还有琉基波斯的女儿也叫这个名字。

Ártemis o Artemisa　阿尔忒弥斯或阿特密斯

希腊神话中，奥林匹斯十二主神之一，罗马人称她为狄安娜，宙斯和勒托的女儿，阿波罗的孪生姐姐。狩猎女神，野性自然之神，也是丰产与孕育之神。后来的诗人认为阿尔忒弥斯和月亮女神塞勒涅、魔法女神赫卡忒是同一女神。出生在得罗斯岛，只有在这里人们才敢把她接生出来，因为愤怒的赫拉始终在逮捕她丈夫的情人。她的特质包括，始终是贞洁处女身，她外出狩猎之时众犬、鹿和纯洁仙女始终相随。在阿克泰翁、阿多尼斯、阿伽门农和伊菲革涅亚、卡利斯托、墨勒阿格里得斯、喀俄涅、阿塔兰忒和卡吕冬国王俄纽斯、尼俄柏、俄里翁和塔宇革忒的神话中都有出现。

Artumo　阿尔图姆

伊特鲁里亚神话中的黑夜之神，月亮女神，自然、森林和富饶女神，与希腊神话中的阿尔忒弥斯相关。

Aruru　阿鲁鲁

苏美尔神话中的造物主，人类的母亲神，淡水之神。与伊南娜、伊什塔尔和宁胡尔萨格齐名。

Arúspices　阿鲁斯皮塞斯

古罗马伊特鲁里亚神威，通过动物的内脏预言未来。阿卡·劳伦缇雅也叫这个名字，她是救出罗慕路斯和雷穆斯的牧师之妻，罗慕路斯的奶妈。

Asa　阿萨

阿康巴或康巴的主神，阿康巴是生活在非洲肯尼亚中部的班图民族。阿萨意为"父亲"，也叫姆瓦图安吉、姆鲁恩古和穆木比，被认为是灵魂仁慈的善神。

Asag　阿萨戈

苏美尔恶魔，创建了一支石头军队来对付人类，最后被尼努尔塔击败。

Asakku　阿萨库

美索不达米亚可怕的恶魔，用疾病攻击人类，譬如头痛，类似于拉比古或埃提姆。

Asaruludu　阿萨鲁路杜

苏美尔和阿卡德地区，安努那基之一，保护神，意为"照亮我们前行的道路"。

Ascálafo　阿斯卡拉福斯

代表希腊神话中的两个人物。一位是河神阿刻戎之子，母亲据说是奥尔夫奈或冥河女神斯堤克斯。据传阿斯卡拉福斯提醒哈得斯，珀耳塞福涅咬过冥界的石榴籽，阻止她离开冥界，得墨忒尔为了惩罚他把他压在冥府一巨石下面。赫拉克勒斯释放了他，但得墨忒尔把他变为猫头鹰。另一位是阿尔戈英雄之一，阿瑞斯和阿斯提奥克之子。他爱上特洛伊的海伦，派出三十艘船舶解救她，但最终战死于得伊福玻斯之手。

Ascanio　阿斯卡尼俄斯

希腊神话中埃涅阿斯之子（在罗马叫朱洛），阿尔巴朗格的缔造者，罗慕路斯和雷穆斯的先祖。

Asclepio　阿斯克勒庇俄斯

希腊神话中的医药之神，同罗马神话中的埃斯科拉庇俄斯。他是阿波罗和科洛尼斯的儿子，在阿波罗和雅典娜的救助下活下来，交由半人马喀戎在佩利恩山上抚育。雅典娜交给他两个小药瓶，是用戈耳工的血制成的，其中一个有起死回生的能力，于是阿斯克勒庇俄斯复活了很多人物，其中包括忒修斯的儿子希波吕托斯。为此，宙斯用一道闪电摧毁了他。

Aserat o Ashera　阿塞拉特或阿塞拉

乌加里特（公元前 1400 到前 1200 年间埃及人和赫梯人统治时期，现为叙利亚海岸）埃尔的妻子，在那里发现了最古老的字母（约公元前 1600 年）。在阿卡德文中为阿什拉图，在赫梯文中为阿塞尔杜或阿塞尔图。她是闪米特无足轻重的母亲女神，绰号"七十神灵之母"，巴力的敌人，二人结合生下了怪物，她把他们都给了巴力。她是司植物生长的女神，人们在神殿庭院中放置桩子或树桩以示敬仰。在巴勒斯坦，闪米特人称她为阿斯塔尔塔。

Asertu　阿塞尔图

赫梯语中女神阿塞拉特的名字。

Ases　阿萨神族

日耳曼和斯堪的纳维亚神话中的至高神灵，与华纳神族或小神仙相对立。他们拥有最大的权力，影响着人类的命运。阿萨神族共十二位神明，以奥丁为首，最为人们熟知的有雷神托尔、战神提尔、海姆达尔和巴德尔。

Ash　阿什

埃及神话里位于埃及或利比亚西部沙漠的神灵，被称为"特赫努王"，使命是在君主统治下掌控绿洲的物产，保护在其领土范围内流动的车队。绿洲的财富不可估量，这一点从最新的考古挖掘中便可看出。

Ashe　阿什埃

尼日利亚约鲁巴人中奥洛杜玛莱的创世主，通过阿什埃创造世界的核心创世力量，代表宇宙生命的血液，是奥洛杜玛莱生命、力量和正义的权力象征。被奴隶传播到美洲。

Ashima　阿诗玛

中东地区闪米特血统本神之一，撒玛利亚各城市的守护神，与阿卡德女神诗姆提结亲，代表"可呼吸风的房子"。

Ashnan　阿什南

中东地区的谷物女神，谷穗形象。传说她是第一位农民，曾与第一位牧羊人争论谁会献给上帝最好的礼物，最后阿什南成为赢家。她是恩利尔之女，拉哈尔之妹。

Ashur　阿舒尔

中东地区闪之子，诺亚之孙，以拦、亚拉姆、亚法撒和路德之兄。注意不要同亚述神亚述相混淆。

Askasepa　阿斯卡塞帕

中东地区赫梯统治者的神祇，马神皮尔瓦的丈夫，二神均起源于印欧。

Asopo　阿索波斯

希腊神话中四位河神的名字：一位是维奥蒂亚河神，发动普拉提亚战役；一个是伯罗奔尼撒河神，被人民认为是梅安德罗之重生；还有两个分别是色萨利和特尔莫皮拉斯温泉附近的河神。随着时间的推移维奥蒂亚和伯罗奔尼撒河流之神合二为一，与拉冬河的宁芙女儿墨托珀结婚，生下二十个孩子，个个都美丽至极，为众神所爱，其中最为突出的有埃癸娜、特贝和普拉提亚，被宙斯诱惑；科尔基拉、萨拉米纳和埃维亚，为海神波塞冬诱惑；诺普和特斯皮亚，为太阳神阿波罗所爱；还有塔纳格拉为战神阿瑞斯所爱。阿索波斯通过西西弗斯得知宙斯藏匿埃癸娜的地方，而西西弗斯也因泄露太多秘密而被判处下地狱。根据说法的不同，阿索波斯和墨托珀其他出众的孩子们有安提俄珀、阿索皮斯、哈尔基斯、克利昂娜、哈尔皮娜、许普修斯、伊斯墨涅、伊斯梅娜、涅墨亚、奥尔尼亚、佩拉贡、皮瑞涅和塔纳格拉。

Assur o Asshar　亚述

也叫巴尔蒂尔，亚述国家之神，亚述帝国都城亚述市的统领。起初被认为是众神之父，同安沙尔，后来萨尔贡二世将他与马杜克和其子纳布相关联。他也被认为是伊什塔尔的丈夫和富饶之神。他是战争之神，但其名意为"仁慈"。他创造了自己，继而创造了所有神明和人类，天堂和地狱。

Astarté　阿斯塔尔塔

迦南和叙利亚地区的生育和性爱战神，源自巴比伦伊什塔尔女神。在迦南有关阿斯塔尔塔的起源说法是，她由希克索斯带到埃及，成为"人类之父"埃尔的三个妻子之一。被尊为"孕而不育的伟大女神"，形象为身骑白马手持盾牌或箭袋、弓和剑，正摧毁敌人拱门的裸体女人。她的两个儿子分别是珀索斯（"性欲"）和爱神厄洛斯（"性爱"）。被以色列人尊为战场女神崇拜，在考古挖掘中发现了大量的奖牌。在希腊被称为阿佛洛狄忒。

Asteria　阿斯忒里亚

代表古希腊神话传说中的几个人物。一个是泰坦后代，科俄斯与福柏之女，为了摆脱宙斯的骚扰不惜投海，最终变为提洛岛；她同巨人珀耳塞斯结合生下赫卡忒。也有一种说法，她是一位宁芙，化为鹌鹑逃离了宙斯。一说她是赫拉克勒斯在寻找希波吕忒腰带过程中杀害的第六位亚马逊女战士。

Asterio　阿斯忒里奥

见词条 Asterión。

Asterión 阿斯忒里翁

代表古希腊神话传说中的几个人物：一位是巨人，阿娜特之子，盖亚之孙，阿那克托利亚之王，最终被米莱托征服，并以自己的名字重新命名国家；伊纳克支流同名河流之神，阿尔戈利达把这条河流交与赫拉，宙斯因此让河永远干涸；两位阿尔戈英雄；涅斯托尔的兄弟，被赫拉克勒斯杀害；埃希普托的一个儿子，与克利俄结婚，后听从其父达那俄斯的命令杀死了妻子；阿斯特赖俄斯的仆人；克里特岛士兵，加入多尼索反对印度的运动，被忒修斯打败；牛头怪的名字。罗马神话中克里特岛的国王，与离开宙斯的欧罗巴结婚，育有儿子米诺斯、拉达曼提斯和萨耳珀冬。

Astrea 阿斯忒赖娅

希腊和罗马的圣洁女神，宙斯和忒弥斯的女儿，与她的母亲都是正义的化身，因此有些情况下二人等同。据说其双臂携带着宙斯的雷电光束。是最后一个与人类共同居住的神灵，后来离开了人间，成为室女星座，她在罗马也代表正义，成为天秤座。有时被称为狄刻，狄刻是柏拉图对正义的说法。

Astreo 阿斯特赖俄斯

希腊神话中的泰坦神，克利俄斯和欧律比亚之子，黎明女神厄俄斯的丈夫，众风神玻瑞阿斯、诺托斯、欧洛斯和仄费罗斯的父亲，亦是众行星斯提尔朋（水星）、福斯福洛斯（金星）、皮洛厄斯（火星）、法厄同（木星）和法农（土星）的父亲。伊希尼奥认为他是塔尔塔洛斯和盖亚的儿子，因此他也是泰坦巨人之一。

Asura 阿修罗

印度教神话中强大的神灵，被创造出来之后选择邪路，是违背了天神之意的恶魔。迦叶波的儿子们，其中最为有名的是密特拉、伐楼拿和弗栗多。在拜火教中对应于阿胡拉，是至高无上之神，后变作印度教妖魔。佛教中阿修罗是神仙。

Atabirio 阿塔比利奥

代表希腊神话中的两个人物。最广泛的说法是罗得岛的上古之神，太阳的人格化，被克里特人认为是欧律诺墨和普洛托的儿子，又被希腊人转化为宙斯。另一个说法是忒尔喀涅斯之一，塔拉萨和蓬托斯的儿子们，罗得岛的第一批居民。

Ataegina 阿塔克纳

卢西塔尼亚的春之神，富饶之神，自然之神和月神。在安达卢西亚和埃斯特雷马杜拉同样受尊崇，在那里有专门为她修建的神殿。她的形象是山羊。

Atalanta 阿塔兰忒

希腊神话中的美女猎手，因神谕有误拒绝结婚，凡是向她求婚的人必须和她赛跑，并承诺只会嫁给胜过她的人，而她始终是战无不胜的，直到希波墨涅斯（一说弥拉尼翁）在她的跑道上放了金苹果，才赢过她。由于二人在专属库柏勒的神庙结婚，爱神阿佛洛狄忒便把他们变成了狮子以作惩罚。另一种传说是，由于阿塔兰忒不是男儿，便被父亲狠心抛弃，后来她由母熊喂养，由猎人抚养长大，因参与墨勒阿革洛斯等英雄猎捕野猪的行动而名声大噪。阿波罗多洛斯认为她是参加阿尔戈英雄远征的唯一女性。

Atamante 阿塔玛斯

希腊神话中，埃俄罗斯之子，奥尔科梅诺斯国王。同涅斐勒结婚并育有两个孩子，佛里克索斯和赫勒。后来与卡德摩斯的女儿伊诺结婚，生有勒阿尔科斯和墨利刻耳忒斯。传说有些许令人困惑，根据一些说法，德尔斐神谕劝他牺牲第一任妻子的孩子结束旱灾，但涅斐勒把孩子们乔装打扮让他们坐在金羊毛的羊脊背上逃跑。于是赫拉使阿塔玛斯将勒阿尔科斯同一只白色的鹿混淆，在一次狩猎中杀害了他，而伊诺则和墨利刻耳忒斯逃走。还有说法是，因阿塔玛斯收留宙斯私通之子狄俄尼索斯而被赫拉把他全家搞疯，当伊诺和墨利刻耳忒斯准备跳海自杀时，狄俄尼索斯将母亲变为海神琉科忒亚，把孩子变为海神帕莱蒙。

Atar　阿塔尔

印度火神和净化之神，在《吠陀经》中他是天神帝奥斯和地母波哩提毗的儿子。为生者提供温暖，为亡灵指引通向冥界的路。后来变为阿胡拉·马兹达的儿子，对于查拉图斯特拉来说他是真理的象征。

Ate　阿忒

希腊神话中的命运女神，能够引诱人或神失去理智而发狂。荷马认为她是宙斯的女儿，而赫西俄德则认为她是不和之神厄里斯的女儿。据说，她曾说服宙斯发誓，他第一个出生的儿子将是伟大的统治者，不料因为赫拉的缘故，宙斯属意的阿尔克墨涅腹中之子赫拉克勒斯迟迟未生，阿忒之子欧律斯透斯却提前出生。最后宙斯将阿忒驱逐出了奥林匹斯山，从此她便在人间徘徊，引人作恶。

Atea　阿特阿

在波利尼西亚土阿莫土毛利人中，塔内的对手之神。与对手对抗以统治世界，终被击败，但由于他具有神性，便被赐予定居土阿莫土并建立王朝。

Atenea　雅典娜

奥林匹斯之神，罗马人称她为密涅瓦，她也被称为帕拉斯·雅典娜，是司战争、艺术、科学和智慧的女神，从宙斯的额头横空出世，生下来便是全副武装的成年人。众神之父赐她盾牌，即帝盾（帮助珀耳修斯杀死美杜莎后，帝盾就镶上了美杜莎的头）和闪电。因她曾赠与希腊人橄榄树，当地人便为她修建了帕特农神庙以示崇敬。特洛伊之战中她全力支持希腊人，但当她发现其祭坛之一充当了特洛伊人卡珊德拉的藏身处之后感觉受到了背叛，于是威胁海神波塞冬向希腊舰队施以风暴。有时雅典娜凭借智慧与战争之神阿瑞斯对立，阿瑞斯比她血腥得多（见词条 Marte 和 Minerva）。她还是编织女神，其中最有名的是她与阿拉克涅的较量。

Athos　阿陀斯

希腊神话中的巨人，他本想将山推向众神，但发挥失常，山峰垂直降落最终形成希腊半岛东北部的阿陀斯山。

Atl　阿特尔

阿兹特克水神。在阿兹特克人的天文历中，阿特尔意为"水"。

Atlacamani　阿特拉卡玛尼

阿兹特克神话中，热带风暴和飓风之神。

Atlacoya　阿特拉科亚

阿兹特克神话中的干旱女神。

Atlas　阿特拉斯

希腊和罗马神话中，伊阿珀托斯和克吕墨涅之子，普罗米修斯和厄庇墨透斯的兄弟。参加了对抗朱庇特的泰坦之战，失败后被罚支撑苍天。同大力神赫拉克勒斯会面之后，被他尊为天文学大师。同赫斯珀里斯结合诞下昴星团普勒阿得斯，与许阿斯结合生下毕星团，与普勒俄涅结合（一说埃特拉）诞生普莱雅塔群星，还育有孩子卡吕普索、狄俄涅和玛丽亚，其母亲未知。

Atlatonin　阿特拉托尼恩

阿兹特克神话中的母亲之神，海岸女神，与特斯卡特利波卡相关，也有说是他的妻子。

Atlaua　阿特拉乌亚

阿兹特克神话中的水神，渔民和弓箭手的保护神。

Atman　阿特曼

印度教中本体生命的气息、精神、灵魂和本质，宇宙间存在的生命，超度自我的灵魂。但佛教否认阿特曼的存在，认为自我没有永久实质性的灵魂，佛教的观点是，人由五个不同的事实本体组合而成：身体、情感、观念、意识和素因。

Atón　阿顿

古埃及底比斯法老阿肯纳顿（第十八王朝）创造的唯一神祇，摒弃了此前一直信仰的阿蒙神，将象征太阳圆盘的阿顿推崇为当时最重要的神灵，将其视作普遍且唯一的真神。这期间阿顿始终是埃及主神，但由于其打乱了整个埃及神职人员体系，因此只持续了几十年的时间，法老去世后便继续信奉阿蒙神。阿顿是太阳星，就是我们所理解的"星星"，是拉神的一种表现形式。

Atra-Hasis　阿德拉 – 哈西斯

阿卡德史诗著作，记载了创世记和大洪水的故事。

Atreo　阿特柔斯

希腊神话中的迈锡尼国王，阿伽门农和墨涅拉俄斯的父亲。他的父母是奥林匹斯（或皮萨提斯）的国王和王后，即珀罗普斯与希波达弥亚。他和他的兄弟堤厄斯忒斯杀害了他们的同父异母兄弟克吕西波斯，逃到迈锡尼，二人背着国王欧律斯透斯自行加冕称王。在赫尔墨斯和宙斯的帮助下，阿特柔斯成为唯一的国王。然而，当他得知其兄是妻子埃罗佩的情人之时，他杀死了兄长的五个孩子，并且哄骗兄长吃下其亲骨肉。堤厄斯忒斯得到神灵启示，如果他和女儿菲洛庇亚生下一个儿子，那么这个孩子将来就会杀死阿特柔斯，埃癸斯托斯由此降生，并最终杀死了国王阿特柔斯。

Atum　阿图姆

古埃及神话中的太阳神和创世神，亦被称为赫里奥波利斯之王，大地之神，后与太阳神拉组合，形成阿图姆·拉神，简称拉神，始终是上下埃及最重要的神祇，直到上埃及底比斯阿蒙建立新王国取消其至高神性。作为九柱神的首领，创造了埃及历史上最为人熟知的一众神灵。诞生于太初混沌努恩之中，始终保持横卧的姿势，身处奔奔岛（原始岛屿），与自身交配（一说自慰）创造了第一对神明夫妻，即大气之神舒和雨云女神泰芙努特，他们是从其精液和唾液中生出的，二人育有大地之神盖布和天空之神努特，这两位神灵又产生了俄西里斯众神：俄西里斯、伊西斯、塞特和奈芙蒂斯，后来又加入了荷鲁斯。

Audumla 欧德姆布拉

北欧神话中的原始牝牛，在鸿沟周围热浪和寒气的作用下，诞生了牝牛欧德姆布拉。她的乳汁汇成了四条白色的河流，用其喂养巨人伊米尔，欧德姆布拉用舌头融化了冰盐融块，从中诞生了第一位神灵，名曰布利，他是包尔之父，而包尔则是奥丁、威利和维的父亲。

Augías o Áugeas 奥革阿斯

希腊神话中阿尔戈英雄之一，埃利斯国王，太阳神赫利俄斯和那乌皮达梅之子，一说是海神波塞冬之子。伊皮卡斯式的丈夫，阿伽墨得、阿加斯特奈斯、伊皮卡斯式、欧律托斯和菲莱奥的父亲。他拥有全希腊最大的牛群，因被赫利俄斯赐予的十二头公牛保护，没有遭受过任何疾病痛苦。赫拉克勒斯接受考验的第五项任务就是在一天之内将他的牛棚清理干净。国王奥革阿斯一头牛也不愿给赫拉克勒斯作酬劳，于是大力神集结了一支队伍，几年后在战斗中杀死了他。为了庆祝这一胜利，诞生了奥运会。

Augures 奥古莱斯

罗马神话中负责向神灵咨询重要事件意见的教士。随着时间的推移，其行为具有愈加重要的政治意义。

Auletes 奥勒铁

罗马神话中，俄克诺斯的父亲或兄弟，博洛尼亚市的创始人，当时称菲尔辛纳市。

Auloníades 奥洛尼亚黛丝

希腊神话中，司掌畜牧的宁芙，经常在潘的陪伴下拜访牧民和牲畜。其中最著名的是欧律狄刻。

Aurora 欧若拉

泰坦神许珀里翁与忒亚的女儿，太阳神（阿波罗）的姐姐；希腊神话称她为厄俄斯。每天乘着铺有金色毯子的太阳战车疾驰于苍穹。她的丈夫提托诺斯是普里阿摩斯之兄，由于欧若拉的错误而永远变老，于是女神便向朱庇特请求赐予丈夫永生的灵魂，但不能永葆青春。后来，曙光之神欧若拉爱上了凡人刻法罗斯，差一点为了他抛弃天职酿成宇宙混乱，但爱神用铅箭改变了英雄的情意。女神有许多情人和孩子，其中包括四大风神（同阿斯特赖俄斯结合生下）；女神眼泪化作的露水之神；还有启明星路西法，基督徒便是据此同化出撒旦。

Australia 澳大利亚

在这片陆地上有数百个使用不同语言的土著民族和氏族；然而，几乎所有信仰体系都认同泛灵论，即多神的万物有灵论，大部分使用当地的动物作图腾，其中最突出的是彩虹蛇。与此同时，他们大多经历了创世的黄金时代。

Avatares 印度神化身

印度教梵文词，指神灵在地球的化身，意为"下凡"。有印度教主神化身、文明的创造者，如穆罕默德、摩西或琐罗亚斯德，还有菩萨、精神之路或生活方式的缔造者，如耶稣、克里希纳、佛陀和老子。尤指印度神话中毗湿奴的下凡和化身，化作兽形或人形，其中最为重要的化身有罗摩和克里希纳。

Avesta 阿维斯塔

波斯拜火教中，集结思想的圣典。

Ayalgue　阿亚尔古埃

在阿斯图里亚斯和坎塔布里亚凯尔特神话中，她是一位被施了巫术的女人，被囚禁在一座城堡中，由库耶列布希神龙看守。解救她的唯一方法就是杀死神龙，她被释放后能够恢复人类面容，与她结婚的人可以接管神龙看守的宝藏。

Ayar　阿雅

最为人所熟知的印加神话之一。塔姆博托克山上有一个带三扇窗子的山洞或房子，阿雅四兄弟便是从中诞生出来的，分别是阿雅·奥卡，阿雅·乌丘，阿雅·卡奇和阿雅·曼科（后作曼科·卡帕克），还有玛玛·奥克略等姐妹四人，成为第一批定居者和印加祖先。

Ayauhteoltl　阿亚乌赫泰奥尔特利

阿兹特克女神，代表傍晚浓重的雾气以及虚荣和名声。

Áyax　埃阿斯

希腊神话中俄琉斯的儿子，在特洛伊战争中与希腊人并肩作战。城市沦陷后，他推翻了智慧女神雅典娜神庙，以修建先知卡珊德拉的宫殿。雅典娜非常愤怒，要求海神波塞冬向希腊舰队施以强烈的风暴。埃阿斯拼命游泳逃到岸边，夸口说没有风暴能够杀了他。这句话激怒了海神，海神立即派出一排浪将他卷入海中，最终窒息而亡。

Azathoth　阿撒托斯

美国作家霍华德·菲利普·洛夫克拉夫特所创造的原始神，出现在克苏鲁神话故事中（见词条 Cthulhu）。

阿撒托斯是恶魔的苏丹君主，被原神定罪肆意发动叛乱，并将其永远驱逐至混沌之所，命令他在那里一刻不停地吹奏笛子。

Azeban　阿塞巴纳

北美神话中阿布纳基族黎明之时土地上淘气的精灵。熊妈妈六个孩子之一，蒙骗猎捕受害者。

Azrael o Abu-Jaria　亚兹拉尔或阿布 – 哈利亚

犹太教中的死亡天使，对于阿拉伯人来说，他负责接收亡者的魂魄，指引他们面见上帝，并直接听取天神的命令，尽管他与黑暗之神相关。

Azteca　阿兹特克

辉煌的墨西哥古文明，其万神殿中涵盖几个世纪以来征服民众的所有神灵。定居到阿纳瓦克山谷之后，阿兹特克人就用邻国敬献的贡品装饰自己的神殿。最初是一个二元宗教，由男神奥梅特库特利和女神奥梅奇华特尔共同统治，二人是原始生命的创造者，同时也是四位特兹卡特利波卡的父母亲，这四位分别是：红特兹卡特利波卡，他也被称为西佩或卡玛斯特拉，统治东方；黑特兹卡特利波卡或真特兹卡特利波卡，支配北方；蓝特兹卡特利波卡或维齐洛波奇特利，掌管南部地区，成为特奥蒂瓦坎主神；还有白特兹卡特利波卡，即羽蛇神魁札尔科亚特尔，日落之神，西部之神。这四个方位相连产生第五个方位，象征地球，被称为科亚特利库埃。随着神话渐成体系，共形成了十三个天空，九个冥府，分别位于地球的上方和下方，五个太阳或者说从创世到现在的五个不同的时期。

B

Baal　巴力

闪米特神话中主神的名字，意为"主人"，指地中海东部沿岸的各路神灵，尤其在迦南地区，被奉为土地和牲畜的保护神。在乌加里特城被尊为主神，沿袭前任主神哈达的特性，还成为雨神、肥沃之神和农业之神，最厉害的是变为了天空之神，形象是右手持巨锤，左手发着雷球。在迦南神话里，他击败了海神雅姆，雅姆制造对田地具毁坏性的不规律降雨，与其三个妻子大地之神阿尔萨伊、光之神皮得拉伊和露水之神塔拉伊结合。后到地狱对抗代表死亡和干旱的莫特，七年后终于将其打败，埋葬后又被阿娜特复活返回地球。从叙利亚到埃及人们都对他心怀崇敬，在十八王朝被尊为祭司。另一位叫巴力的神灵是迦太基的主神，最初名为闪米特达贡（腓尼基人继承了迦南人的宗教，并传播到卡塔戈），后作克洛诺斯，也被称为伊勒。以色列人用巴力之名作为神灵的代名词，指称上帝，就如同早期阶段称神祇为伊勒或耶和华，但慢慢地迦南神的名字消失了，他逐渐演化成另一个宗教的神灵，在神殿庆祝酒神节。最后，基督徒将当地恶魔称为巴力，一说这群恶魔来自非利士神魔王主神。

Baalat　巴雅拉特

腓尼基神话中，叙利亚海岸比布罗斯（旧迦巴勒）至高无上的女神，其丈夫与她来自相同的地方。名字意为"主人"，是小亚细亚商品的保护神，包括黎巴嫩雪松和西奈半岛绿松石。埃及人视她为哈索尔，希腊人认为她是阿斯塔尔塔的变形。

Baba　巴巴

古埃及神话中的狒狒神，是威力无边、勇敢强壮的动物，可怕、嗜血，代表了君主的品质特征。也是石棺的人格化表现。月亮之神（与托特神日食的故事相关），富饶之神，绰号星夜之主，是火焰湖的守护者。长着红色的耳朵，紫色的四肢。在约鲁巴神话和美国黑人巴巴神话中，是巴巴洛利萨（见词条 Babalorixá）的简称，也是依里加和埃舒的另一个名称。

Babalawo　巴巴拉沃

美国黑人神话中，约鲁巴宗教占卜者或牧师的名字。

Babalorixá　巴巴洛利萨

约鲁巴宗教（萨泰里阿教和坎东布雷教等）中，一座神殿的祭司，特雷罗长，看守者或大户主，通常对服务超过三十年的人称为加加、塔塔或派-德-桑托。主持仪式庆典等。

Babalu Aye　巴巴鲁·阿耶

萨泰里阿教、伏都教、坎东布雷教和乌姆邦达教中的疾病之神奥里莎，叶玛亚和奥伦甘的儿子。起源于尼日利亚约鲁巴神话，但在达荷美被尊为天花神萨克帕塔。占卜仪式中人们为其准备贡品。

Babbar　巴巴尔

阿卡德神话中初升的太阳，正义和智慧之神，月神南纳或辛之子。与沙玛什和乌图相当。

Bacabs　巴恰布斯

玛雅神话中的神灵，司掌地球东西南北四角基点。形象为美洲虎，与色彩和年岁周期相关。伊察姆纳和伊克斯切尔之子。他们分别是霍萨奈克，执掌南部，代表黄色；霍布尼尔或恰克，掌管东部，代表红色；扎克·西米，执掌西部，代表黑色；卡恩·特兹克纳尔，掌管北部，代表白色。一说巴恰布斯同恰克的形象。

Bacantes　巴坎特斯

罗马神话中，酒神巴克斯的女崇拜者，与跟随希腊酒神狄俄尼索斯的女祭司相当。

Baco　巴克斯

罗马神话中的酒神和植物神，相当于希腊神话中的狄俄尼索斯，朱庇特与塞墨勒之子，朱庇特无心之失将塞墨勒杀死，酒神便是从朱庇特大腿里生出的。仙女、山神和智者西勒努斯侍奉左右。每逢庆祝他的节日都无比盛大，在希腊和罗马会举办酒神狂欢节。

Badb　芭德布

爱尔兰凯尔特神话中的女战神，通常化为乌鸦，摩莉甘和玛查的妹妹。也可以化身为狼，在战斗中帮助其中一方作战。

Bag an Noz　巴戈·安·诺兹

凯尔特神话中，负责将英国和爱尔兰死者灵魂运往冥界的夜船。

Baiame　巴伊亚梅

澳大利亚土著神话中，卡米拉罗全人类的父亲和祖先，居于南部新威尔士北边。司管天空、生死、雨水和巫师。与比拉格诺洛结婚，生有一个儿子，名叫达拉姆鲁姆。在公共场合禁止直呼他的名字。另一种传说是，创世后他用泥土和尘土创造了男人和女人，这个神话有别于基督教有关创世的传说，因为对于原住民来说，土地本身就是有生命的，只是要为它塑造形态而已。

Balam　巴兰

玛雅神话中田野和庄稼的保护神。

Balam Agab　巴兰·阿卡布

玛雅神话中，产生玉米后出现的第二个人。名字意为"夜晚美洲虎"。他的妻子是卡基西亚，意为"科托拉的水"。

Balam Quitze　巴兰·奎特泽

玛雅神话中，创造玉米后出现的第一个人。他名字的意思是"美洲虎甜美的笑容"。妻子是察哈·帕鲁玛，意为"流水"。

Balar　巴罗尔

爱尔兰凯尔特神话中的巨人，额头上有一只眼睛，头骨后面有另一只。弗莫尔人之王，能够通过眼神摧毁整个军队，孩提时代他就钻进父亲制备的汤药烟中。他有一双恶魔的眼睛，通常紧闭双眼；睁开后，一旦眼神对上注视他的人，那人便必死无疑。在第二次马格特瑞德大战中巴罗尔杀死了达努神族领袖努阿达。多年以后，巴罗尔的孙子鲁格找祖父报仇，杀死了他。

Balder o Baldur 巴德尔

北欧神话中，司掌光明、欢乐和真理的神灵，奥丁和弗丽嘉之子，霍德尔的孪生兄弟，赫尔莫德之兄，也是托尔同父异母的兄弟。与植被女神南纳结婚，生有一个儿子凡赛堤，是正义之神。阿斯加德最心爱的神，他非常美丽，精通医疗领域知识，是美好、正义、雄辩、怜悯与和平的化身。巴德尔的母亲让万物发誓永远不会伤害她的儿子，而只有槲寄生在树枝上的一颗幼苗没有发誓。洛基发现并说服巴德尔盲眼的兄弟霍德尔拿着这个树枝向巴德尔射击。巴德尔死后途经海拉王国，二人同坐在宝座之上。赫尔莫德恳求海拉放过巴德尔，海拉同意如果众生都哀悼巴德尔的死就让他重返地球，但洛基拒绝。

Balio 巴利俄斯

希腊神话中的神马，西风神仄费罗斯和鹰身女妖刻莱诺的儿子。他有一个名为克珊托斯的兄弟，海神波塞冬在珀琉斯和忒提斯婚礼上将两匹神马作为礼物送给他们。后来珀琉斯把他们赠给了阿喀琉斯，当神马在战斗中大放异彩后，阿喀琉斯将神马和赫克托耳的尸体绑在一起。一说巴利俄斯是人类，训练克珊托斯，特洛伊战争中希腊人让他负责提供马匹。

Bamapana 巴马帕纳

澳洲姆鲁基原住民中淘气的精灵，时常制造问题，淫秽，打破乱伦禁忌。

Banba 班布哈

凯尔特神话中达努神族埃尔恩玛斯之女，同姐妹福德拉和埃利欧都是爱尔兰守护神。是米利都人抵达西班牙后发现的第一批女性。埃利欧给该国起名为爱尔兰，但班布哈成为爱尔兰的名字之一。

Banebdyedet 巴奈布杰代特

古埃及神话中门德斯墓穴之神，门德斯为下埃及十六省省会，位于三角洲中心。他名字的意思是"巴神，德耶得特阁下"或"巴神，门德斯的灵魂主宰"，绰号巴，代表创世者的灵魂或拉神的活灵魂。墓穴显示了这些野兽通过性力表现出的男子气概，所有的国王都希望得到他的青睐；于是他重生时变为俄西里斯的样子，成为南北神灵以及人类和众神的男性准则，世人为其节日庆祝。当地鱼神哈特迈希特的丈夫，夫妻二人争夺名望，育有哈波奎迪斯。

Banshee 班舍俄

只有爱尔兰人能看到的仙女。样子可变：年轻或年老，皮肤黝黑或金发碧眼。能够预言死亡。相传在人临终时出现，在世上活了多少天，就会听见多少声惨叫。

Bantú 班图

生活在刚果和安格拉的中非民族，大批成员运往巴西做奴隶，信奉了当地的伊斯兰教、天主教和招魂术，并开创了若干巴西黑人宗教，如乌姆邦达教、金丹巴教和坎东布雷教。班图人相信人死后灵魂仍然存在，称那些灵魂为马昆古。随着时间的推移，马昆古组成了其他神灵群体，如儿童神灵韦恩亚姆贝拉和成人神灵姆维奈·穆瓦格。同样地，被带到美国的班图奴隶产生了不同的乌姆邦达教系（见词条 Umbanda）。部落的巫师首领被称为医术娴熟的巫医恩甘加斯，承袭了祖先强大的精神，他们借此力量得以重生和治愈。每个部落都离不开自然的力量，被称为"基西"，明确规定了宗族禁令。其主要神灵包括恩萨兹犬，闪电的化身，其他部落称之为布伦格瓦纳，意为彩虹，代表蛇、海洋、森林或火山，与基西相关。在刚果地区人们更倾向于信奉进化到巴西金丹巴教和乌姆邦达教的创世神：恩展毕（见词条 Nzambi）。

Bapef　巴佩弗
古埃及神话中，冥界保护神。名字意为"灵魂"。在冥界有一座房子，专门用来接收死者，供它们在克服黑暗恐惧后休息使用。

Barón Samedi　萨梅迪男爵
一位洛阿神，格赫德家族伏都教神灵，死者的灵魂，代表男爵（西默蒂埃，拉克鲁瓦，克里米奈尔和萨梅迪）。萨梅迪男爵（法文作"sábado"）身穿黑色西装，戴着墨镜和帽子，脸涂成白色。他的妻子代表格赫德家族另一位神灵马曼碧姬。海地独裁者帕帕·杜瓦利埃扮成萨梅迪男爵唬人。

Basajaun　巴萨哈乌恩
巴斯克神话中的林神，保护羊群的半人半羊农牧之神，牧羊人休息时帮助看管羊群。全身毛发，披着长长的头发。与塔塔洛和恩地尔同为巴斯克山巨人。

Basilisco　巴斯利斯库
远古时代一种虚构的动物，据说能够用眼神杀人，但当他自己照镜子时，也会被自己的眼神杀死。鸡爪、蛇身，多刺翅膀，矛形尾巴。智利奇洛埃岛将它收入神话，把它描述成半公鸡半蛇，借助粗糙的树皮从行走的母鸡蛋中孵化，到了出生的那刻，就藏到房子下面，用歌声将人催眠，吸收仙气，啜饮唾液。受影响的人会逐渐气绝身亡。必须消灭这种鸡蛋，若无法直接消灭鸡蛋，房子就会被烧毁。

Bastet　芭丝特
古埃及神话的猫女神，司掌幸福、女人味、富饶、音乐和舞蹈。约公元前 1000 年获得神性，成为拉神的女儿和保护者，使其免受阿佩普蛇神的攻击。具有母狮的天性，但随着时间的推移逐渐变得温柔与亲近。所属城市是比巴斯提斯。在希腊和罗马神话中与多个人物相关，如狄安娜或阿尔忒弥斯。

Bat　芭特
古埃及前王朝时期，上埃及第七省都城迪奥斯珀利斯·帕布瓦牛女神，她的形象出现在纳尔迈石板蚀刻的顶部边角上，纪念公元前 3000 年的国家统一。与生育相关，最终与哈索尔混同。同时也代表正义，很多裁判官将其形象的护身符挂于胸前。

Bau　芭乌
苏美尔和阿卡德地区丰饶女神，与田地、动物和人相关，为其提供生命气息。安努之女，尼努尔塔之妻，形象为犬首人身，名字意为"犬吠"。

Behedety　贝赫得提
古埃及时期，下埃及第十七省贝赫得特崇拜的神灵。绰号"霓裳羽衣"，形象为翅盘。保卫大门等关隘，主持宗教仪式。后变为第二省都城艾得夫·贝赫得特（贝赫得提）所推崇的荷鲁斯。

Bel　贝尔
意为"神"，适用于巴比伦各路神灵。在希腊语和拉丁语中为拜洛什和拜卢什，同时也指亚述造物主马杜克，称其妻萨尔帕尼特为贝莉特。而他的母亲苏美尔女神宁胡尔萨格，在阿卡德被称为贝莉特·伊利（"女神"）。

Beleno　贝勒诺

又称巴莱纳斯、百勒努斯、贝雷诺斯或贝尔，凯尔特、英国和欧洲内陆地区神话中的光之神。名字意为"光明"或"闪亮"。罗马人将贝勒诺与阿波罗相连，对他很是崇拜，同时该神在爱尔兰也备受欢迎。他的名字经常出现在中世纪小说中，是女神细罗那的丈夫。贝雷诺斯时常会同其他神灵相混淆，如格兰努斯（代表光亮），在法国广受推崇。

Belerofonte　柏勒洛丰

希腊神话中，科林斯国王格劳科斯的儿子。用雅典娜赠予的马辔驯服带翼神马珀伽索斯。柏勒洛丰爱上了普洛托斯国王的妻子安忒娅，普洛托斯国王对他心生嫉恨，便将他送到吕底亚，想让国王伊俄巴忒斯杀了他。但国王内心敬畏神灵，于是派他抓捕怪兽喀迈拉，希望用这种方式结束他的生命。然而，柏勒洛丰却顽强地活下来了，在打败了索吕默和亚马逊部落之后，国王将自己的女儿许配给他。最后，柏勒洛丰请求飞马带他到奥林匹斯，但飞马却将他丢到了无人区，他在那里游荡直至死亡。

Belet-ili, Belit-ili o Belili　贝莱特·伊利、贝莉特·伊利或贝利利

也叫玛米或宁图，意为"女神"，在巴比伦称为宁胡尔萨格。

Belisama　贝丽萨玛

高卢和英国凯尔特火神。意思是"像火焰一样"。司掌火种、艺术和手工艺。聚宝盆为其象征，光明之神百勒努斯的妻子。相当于罗马神话中的密涅瓦。

Belit　贝莉特

阿卡德神话中亦称为贝莱特·伊利女神（见词条 Belet-ili），在阿卡德语中也称宁胡尔萨格。

Bellona o Belona　贝罗娜

希腊神话中的战争女神，福耳库斯和刻托的女儿，玛尔斯的妻子或妹妹。她的名字来自"城镇的终结者"，意为战争。有些作者把她的名字列为希腊术语，认为在罗马语里其名对应的是杜埃尤娜，源于来自克劳迪亚斯家族的名叫内里奥的古萨宾神，参议员就在玛尔斯神殿中等待得胜归来的将军。罗马神话中相当于厄倪俄。

Belo　柏罗斯

在希腊神话中代表几个不同的人物。最重要的是埃及国王，海神波塞冬和利比亚（一说是同欧律诺墨）之子，阿革诺耳的孪生兄弟。安奎奥科的丈夫，阿革诺耳、仙王座刻甫斯、孪生兄弟达那俄斯和埃古普托斯、菲尼克斯、菲纽斯及特洛尼娅的父亲。使用这个名字的还有利比亚国王和吕底亚国王；亚述国王柏罗斯，征服了塞浦路斯，是安娜、忒伊阿斯、皮格马利翁和狄多的父亲；还是波塞冬的另一个儿子，其母亲是奥革阿斯之女阿伽墨得女巫。

Belos　拜洛什

亚述神马杜克在希腊神话中的形象，相当于宙斯，被称

为宙斯·拜洛什。一说拜洛什是一位古老的国王，巴比伦的创造者，建造了著名的金字塔，是一位战神。希腊人视他为赫拉克勒斯后代多利亚人的祖先。

Beltaine　贝尔泰涅神节
爱尔兰人第三大宗教节日，通常伴随春天的到来在 5 月 1 日庆祝。根据凯尔特神话传说，第一批人类居民于那一天登上爱尔兰岛。其他著名节日还有 2 月 1 日的圣布里吉德节，8 月 1 日卢古斯丰收节，11 月 1 日萨曼亡人节，正值冬季伊始。

Belus　拜卢什
亚述神马杜克的拉丁语书写形式（见词条 Marduk），在罗马神话中相当于朱庇特，称为朱庇特·拜卢什。

Benten　弁财天
日本神道七福神中的唯一女神，福德自在神，精通音乐，司掌水文，其形象为头饰八莲冠，怀抱琵琶。

Beowulf　贝奥武夫
神话传说中的人物，是盎格鲁·撒克逊同名诗作中的主要人物，这部作品的作者不详，于公元 8 世纪完成。在该诗第一部分中，怪兽格伦德尔来到丹麦国王的城堡，并在夜里吞噬城堡里的人。后来意外地，斯堪的纳维亚王子贝奥武夫来到这里拯救城堡。一天夜里，怪兽出现，贝奥武夫与他搏斗，砍掉了怪兽的胳膊，杀死了他。在第二部分中，贝奥武夫回到自己的王国，其父去世后，加冕为国王。这位老国王统治国家五十载，杀死一条喷火巨龙，最终也因身受重伤死去。史诗以贝奥武夫的葬礼结束。

Berenice　贝勒尼基
希腊神话中，库瑞涅国王之女，埃及法老托勒密三世之妻。众人皆知她有一头飘逸的长发，她剪下自己的一缕头发献给神庙以保佑自己的丈夫，后来维纳斯将这缕头发带到天上，化作一个星座。

Bergelmir　贝格尔米尔
北欧神话中与其妻是仅有的两位原始巨人，二人从一场洪水灾难中死里逃生。这场洪水是由其祖父伊米尔的血水引起的，祖父被奥丁和兄弟维、威利杀害。夫妻二人藏到树洞里，生下新一代霜巨人。

Bes　贝斯
古埃及神话中的侏儒神，相貌怪诞，畸形，胡子拉碴，但是性情温和。新王国时期和蔼可亲的守护神和保护者。在源头阿比西尼亚海岸绰号努比亚先生或蓬特先生。贝斯的名字对应各种怪异神灵。本事超群，能够保护荷鲁斯圣童，保卫家园，助力新生和分娩，司掌女性饰品和化妆品、爱情与愿望，同时还是冷酷无情的音乐家的守护神。

Bía　比亚
希腊神话中，冥河女神斯堤克斯和帕拉斯之女，与其兄弟姐妹胜利女神尼刻、克拉托斯和仄洛斯同为宙斯的亲随，身披胸甲，手持木槌，是力量女性的化身。

Bifrost　比尔鲁斯特
北欧神话中的彩虹桥，连接尘世米德加尔特和仙宫阿斯加德。由海姆达尔保护，只有神仙能上去。

Bile　比莱

英法凯尔特神话中光与健康之神，宠物之神，有时等同于贝勒诺。在庆祝富饶丰产的节日盛宴上，比莱象征神树，妻子达纳象征水源，二人生下儿子达格达，为德鲁伊之神。

Binu　碧奴

超自然灵魂，表现为动物或物体，马里多贡的保护神，特别是上加部落的守护者。在万物有灵宗教中，牧师的使命是维持人类和超自然力量间的平衡，建立与权力的联系。碧奴是阿玛创造的第一批生灵中产生的肢解体，能够重建地球秩序。

Biosbardos o gamusinos　比奥斯巴瑞德斯或加穆西诺斯

加利西亚神话中的虚构人物，其外观经常令不知内情的人忍俊不禁并开启疯狂的猎捕模式。

Bishamon　毗沙门

日本神道中代表好运的七福神之一。起源于佛教，是身披戎装的守护神。

Bith　比斯

爱尔兰凯尔特神话中诺亚的儿子，其女凯塞尔被禁止登上诺亚方舟，于是同家人自行建造方舟去往爱尔兰。

Blaanid　布拉尼德

凯尔特神话传说中马恩岛上的公主。

Bmola　布莫拉

北美阿布纳基人引发寒潮的鸟神，居住在缅因州最高山卡塔丁山上。

Bobbi-Bobbi　波比 – 波比

澳大利亚土著人超自然灵魂，黄金时代居于天堂，对人类施行仁政。赐予人们食物，教他们自己动手丰衣足食。但当人类试图进入天堂之后，波比 – 波比开始告知他们死亡的存在。

Bomo　博诺

马来西亚巫师的名字。

Bona Dea o Maia Maiestas　良善女神或迈亚

罗马神话中，司掌春天的老神，妇女的庇护者，掌管贞操、健康和生育，尤其为妇女所崇拜。法乌努斯之女（一说妻子或妹妹），也被称为法乌努斯娜。她的神殿周围是一个花朵郁香的植物园，人类无法进入。

Bonafides　博纳菲德斯

罗马神话中的诚信女神。

Bor　包尔

北欧神话中，第一位神灵布利的儿子，巨人博尔颂之女贝斯特拉的丈夫，二人生下奥丁、威利和维。

Boréadas　玻瑞阿代兄弟

希腊神话中仄忒斯和卡拉伊斯的统称，北风之神玻瑞阿斯和雅典国王厄瑞克透斯之女俄瑞提亚的儿子们。阿尔戈英雄，从鹰身女妖的手中营救菲纽斯，应彩虹女神伊里斯的请求，对其实行追捕却未杀害。后来，许拉斯在寻找水源的过程中被仙女诱惑，而赫拉克勒斯因一直在寻找他与众人失去联络，当时玻瑞阿代兄弟阻止阿尔戈战船再次营救赫拉克勒斯，最终被大力士在特纳斯岛上杀害。

Bóreas　玻瑞阿斯

希腊神话中泰坦之一，北风之神，冬季的化身，也被称为阿奎洛。罗马神话中厄俄斯和阿斯特赖俄斯的儿子，长发浓须，手持海螺，身穿云袍，长着蛇脚。绑架雅典国王厄瑞克透斯的女儿俄瑞提亚，与她生下带翼的双胞胎卡拉伊斯和仄忒斯，被称作玻瑞阿代兄弟，兄弟俩帮助菲纽斯驱赶鹰身女妖。

Bormanico　博尔玛尼科

卢西塔尼亚古罗马神话温泉之神。

Bragi　布拉基

北欧神话中的诗歌之神，奥丁和女巨人格萝德之子，伊登之夫，伊登是阿斯加德万年花园的主人，掌管恢复青春的苹果。不仅是跟随奥丁的诗人，还是仙宫阿斯加德的记述者。据说他的舌头上有神奇的符文，可赋予他巨大的智慧。

Brahma　婆罗贺摩（梵天）

印度教造物主（见词条 Trimurti）三神之一，位居毗湿奴和湿婆之下的第二层，是婆罗门宗教仪式的祭司。梵天负责宇宙的延续，向人们传达自己的理解感悟。关于他的出生分别有两个版本：其一是从原始神阿妈娲录的一个宇宙金卵中与湿婆和毗湿奴共同出生；另一说法是，从毗湿奴肚脐里长出的一朵莲花中诞生，然后他开始创造世界万物；此外，他还被认为是第一个存在的神，万物的创造者，一切由婆罗门产生。知识女神萨拉斯瓦蒂的丈夫，达摩和阿陀利是从他的大脑中生出，而非身体。红色皮肤，四面四臂。

Brahman　婆罗门

印度教中，此名意为永恒，代表宇宙万物神圣的内在无穷的力量。是至高无上的宇宙精神，无所不在，无所不能，无所不晓，这也是人类的本质所在。超脱一切感官，无人能解。

Branwen　布兰雯

威尔士凯尔特神话中的爱神与美神，等同于希腊神话的阿佛洛狄忒，北方的维纳斯。海神佩纳丹和里尔的女儿，有兄弟玛那威丹和圣人布兰。嫁给了爱尔兰国王，被百般虐待，无奈之下向哥哥布兰求助，布兰派出了舰队，经历一场恶战之后，击败了爱尔兰人，最终只有七位威尔士人生还。布兰雯为自己引发了这场战争感到非常自责，回到威尔士之后不久便在悲痛中去世了。一般人们在行动开始前，或为寻找灵感，或为处理某种损失，会向女神祈祷。这个故事出现在威尔士故事集中，名为《马比诺吉昂》，是《赫格斯特红书》14世纪手稿的一部分。

Breogán　布雷奥甘

凯尔特神话中的加利西亚国王，在布拉甘蒂亚城中修建了一座高高的塔，他的孩子们可以登顶看到遥远的爱尔兰海岸。多年以后，他的一个孙子将其征服。有人认为该塔是当前拉科鲁尼亚海格力斯塔，而他本人则被认为是加利西亚人的父亲。

Bres 布雷斯

爱尔兰凯尔特神话中，努阿达在对抗费伯格族的首战中失去了手臂，之后布雷斯接替努阿达成为达努神族领袖。布雷斯是弗莫尔人领袖伊拉萨和女神艾琳的儿子，使命是维护与弗莫尔人的和平，但他是一个暴君，使人民沦为弗莫尔人的奴隶，七年之后被驱逐出境。为了报仇，他组织巴兰展开马格特瑞德的第二次战役，弗莫尔人惨遭失败。

Briareo 布里亚柔斯

希腊神话中的三位百臂巨人之一，乌拉诺斯和盖亚之子。同他的兄弟们一样，他也被乌拉诺斯送到地狱，帮助克洛诺斯后又被其送回到地狱。后来宙斯释放了他们，并命令他们在战争中帮助抗击泰坦。后雅典娜、赫拉和波塞冬企图登上王位，忒提斯向他寻求帮助，解救宙斯。在伊利亚特他被称为埃盖翁，一说他是塔拉萨、埃忒尔或盖亚之子。根据亚里士多德，海格力斯之柱之前称为布里亚柔斯之柱。

Brígida 布里吉德

最初是凯尔特富饶女神，被英法西多雨地区居民布里甘特人顶礼膜拜，罗马人称她为布里格尼亚。后来演化成诗歌、治愈和肥沃女神，爱神安格斯的姐妹。天象、治愈科学和冶金女神，形象为白天鹅。罗马人将她与朱庇特的妻子天空女王朱诺相提，认为她嫁给了爱尔兰众神之王布雷斯。终极版神话称她为圣布里吉德（5—6世纪），居住在爱尔兰，被一头神奇的奶牛喂养长大，十九位修女在为其建造的基尔代尔修道院点燃圣火纪念她。

Brigit 布里吉特

见词条 Brígida。

Brok 布洛克

北欧神话中的侏儒，辛德里的兄弟，两兄弟试图向众神敬献三件礼物，超越希芙的金发、弗雷的神船和奥丁的永恒之枪。洛基打赌他们成功不了，他变作苍蝇叮咬、阻止布洛克，布洛克一心一意地拉着风箱，完成了他的工作。他们做成的是聚金指环德罗普尼尔，每天晚上能够生出九枚同等威力的戒指；一头金鬃的山猪，无论多么黑暗的地方黄金鬃都能照亮；还有托尔雷神之锤米约尔尼尔。于是矮人赌赢了，布洛克想要洛基的头，但无法砍掉，他辩解说脖子是他的，他们唯一能做的就是将洛基的嘴唇缝上，这样他就暂时不能欺骗其他人了。

Brontes 布戎忒斯

希腊神话中第一代独眼巨人，乌拉诺斯和盖亚的儿子，他的名字是雷霆的意思。他是斯忒罗佩斯和阿尔革斯的兄弟，都只在额头上有一只眼睛，非常固执，还是很好的工匠。

Brunilda 布伦希尔德

北欧神话中奥丁神的使女，出现在《沃尔松格萨迦》和《尼伯龙根之歌》，也是《埃达诗歌》齐格弗里德歌剧的主角。布伦希尔德在一次争论中拒绝帮助父亲获得所爱而被父亲惩罚，被锁在城堡里沉睡，最后被齐格弗里德唤醒，但他必须离开，当他返回时，被一个魔镜抓住，与古德伦结婚，欺骗布伦希尔德让她嫁给内兄。当她发现真相后，杀死齐格弗里德报仇雪恨，然后自杀。

Bubona　布博娜

罗马神话中牲畜的保护神，同凯尔特神话骑马女神埃波娜。

Buda　佛陀

佛教中，佛陀指的是通过真理、现实以及身体和心灵的绝对解放而获得个人全面发展的每一个个体。第一个著名的佛陀是悉达多王子，悉达多离开养尊处优的宫殿，寻找启迪觉悟，终于，他坐在一棵名叫菩提伽耶的无花果树下得到了启发。他坐在树下冥想的过程中，被幻想主玛拉的恶魔军队袭击，但他能够化解。之后，随着他的觉悟不断提高，能够知晓前世今生，可以通过神的眼睛看到众生的转世，并明白了四个真理：生而为人即是痛苦，而人生的痛苦源于对世间万物的欲望，悉达多找到了摆脱世俗的道路，还参悟出如何通过八个阶段做到尽善尽美，可概括为道德、冥想和智慧。

Bunjil　班吉尔

澳大利亚原住民古林族和乌伦赫利族的至上神，世界的创造者，相信一旦完成劳作，所有人的父亲都会飞上天堂。

Buri　布利

北欧神话中众神之始，包尔的父亲，奥丁的祖父。生于咸冰，原始奶牛欧德姆布拉舔舐他，用她从乳房中流出的奶水喂养巨人伊米尔。据说第一天在头发中冒出了冰块，第二天是头，第三天是身体的其他部分。从这里冒出了一个孩子，奥丁之父包尔。

Busgosu　布斯格苏

坎塔布里亚和阿斯图里亚斯凯尔特神话中的半人半羊神，长着山羊的角和腿，帮助牧民放牧，还能使羊群死而复生，但是对樵夫和猎人不甚友好。

Busiris　布西里斯

希腊神话中，海神波塞冬和吕西阿纳萨的儿子，埃及国王，将所有的外乡人都当作牺牲献祭给宙斯来安抚这位神，直到赫拉克勒斯从赫斯珀里得斯金苹果园来到他的王国，才终止了这种祭祀。

Butes　布忒斯

希腊神话中代表几个人物。其中之一是河神厄里达诺斯的孙子，阿尔戈英雄之一，他是唯一一个禁不住女妖歌声诱惑而跳船的，但被阿佛洛狄忒搭救。另一个是北风之神玻瑞阿斯的儿子，由于秘密谋反同父异母兄弟吕库尔戈斯而被流放到荒岛纳克索斯。去色萨利寻找女人的过程中，绑架了女祭司科洛尼斯，在仙女将他变疯投井之前同她生下希波达弥亚。另有六个人物叫这个名字，其中一位是厄瑞克透斯的兄弟之一。

C

Caballos de Diomedes　狄俄墨得斯的马

见词条 Yeguas de Diomedes。

Cabracán　卡布拉坎

玛雅神灵，司掌山峰和地震。维科布·卡库伊科斯和齐玛尔马特之子。他有六个孩子。

Caco　卡库斯

希腊巨人，赫菲斯托斯之子，住在拉齐奥阿文提诺山洞里。偷了四对牛，是赫拉克勒斯之前从革律翁那里偷到的。这些牛的喊叫暴露了卡库斯，激怒了赫拉克勒斯，就把他杀了。罗马神话中卡库斯是火之神，最后被大力士赫拉克勒斯杀死。

Cadmo　卡德摩斯

希腊神话中著名的底比斯创始人，阿革诺耳和忒勒法莎的儿子，欧罗巴的兄弟，哈尔摩尼亚的丈夫。根据德尔斐神谕，他要跟着一头牛找到建造城市的理想地，但必须对战神龙，在密涅瓦的建议下他拔掉了神龙的所有牙齿，获得了帮助。

Caicaivilú Coicovilú o Kaikaifilú　卡伊卡伊维鲁、克伊克维鲁或卡伊卡伊菲卢

（翻译多样源于不同的口头文化）南美洲马普切和奇洛埃神话中，特兰坦维鲁的妻子。

Cakulha　卡库尔哈

玛雅神话中的雷神，克尤帕的兄弟，雅鲁克的助手，司掌雷电的主神。

Calais　卡拉伊斯

希腊神话中玻瑞阿代兄弟之一，北风之神玻瑞阿斯和俄瑞提亚的儿子。参加了阿尔戈远征，对抗鹰身女妖，救出菲纽斯。

Calcante　卡尔坎特

见词条 Calcas。

Calcas o Calcante　卡尔卡斯或卡尔坎特

希腊神话中，特洛伊战争中非常有名的占卜者。他预言战争将持续十年，还补充说，没有阿喀琉斯参加赢不了战争，后来又加上阿喀琉斯的儿子涅俄普托勒摩斯和菲罗克忒忒斯，此外，他还建议制造特洛伊木马。因对抗另一个魔法师摩普索斯而死。

Calcíope　卡尔基奥佩

希腊神话中，科尔基斯王埃厄忒斯和宁芙阿斯忒罗得亚的女儿，美狄亚的妹妹。她的丈夫佛里克索斯是奥尔科梅诺斯王阿塔玛斯同发妻的孩子，继母伊诺说服农民杀了他和他的姐姐赫勒，但两人都被金毛羊救下，带他们飞走。飞行途中赫勒不幸掉入海中，只有佛里克索斯平安抵达科尔基斯，国王埃厄忒斯把女儿卡尔基奥佩嫁与他做妻子。他们有四个孩子：阿尔戈斯、基提索罗斯、弗戎提斯和墨拉斯，在返回奥尔科梅诺斯时遭遇海难，被阿尔戈英雄救下。孩子们心怀感激，期望父亲能够赠予他们金羊毛，但埃厄忒斯不仅不给还嘲笑他们，卡尔基奥佩说服姐姐美狄亚用法术帮助他们。

Calcón　卡尔孔

希腊神话中代表几个人物。其中一人参加了对抗亚马逊女战士的战争，但由于后来爱上了彭忒西勒亚，改变了立场，被阿喀琉斯杀死。另一位是忒尔喀涅斯之一，因自尊为神而被阿波罗和宙斯杀死。还有一位卡尔孔，在科阿利用黑暗打伤了赫拉克勒斯。最后一个在特洛伊战争中表现出色，迈密登战士之一。

Calcu　卡尔库

南美洲马普切神话中，由一位也叫做"卡尔库"的人利用巫术或黑色魔法产生的邪恶神灵。与马基不同，他使用白色魔法帮助人类。

Caleuche　卡莱乌切

南美洲奇洛埃神话中，巫师乘坐的幽灵船，只在夜间航行，用音乐和灯光吸引当地渔民，然后将他们变成奴隶。

Calidón　卡吕冬

希腊神话中，埃托罗斯和普罗诺厄的儿子，埃皮卡斯塔和普罗特吉尼亚的父亲。卡吕冬城使用他的名字命名。

Calíope　卡利俄佩

希腊神话中九大缪斯女神之一，司掌史诗、口才和科学。一说她是俄耳甫斯的母亲。形象为手持蜡板和钢笔。

Calipso　卡吕普索

希腊神话中，阿特拉斯的宁芙女儿，住在奥杰吉厄岛，奥德修斯被囚禁在那里十年。是一位海中女神或海中仙女。有两个孩子：瑙西托俄斯和瑙西诺俄斯。

Calírroe　卡利洛厄

希腊神话中代表几个人物：一位是海中女神，马内的妻子，二人生有卡尔；也是克律萨俄尔的情人，二人育有革律翁和厄喀德那；还是波塞冬的情人，生有米尼亚斯，后成为奥尔科梅诺斯国王。另一位是卡利登的女儿，酒神狄俄尼索斯的牧师克莱索拒绝她后，被她杀害。还有一位是阿刻罗俄斯的女儿，她向丈夫阿尔克迈翁索要哈尔摩尼亚的项链，挂在她的床上，后来丈夫为了得到它不惜说谎，导致死亡。还是维奥蒂亚公主，国王福科斯的女儿，国王阻止女儿的婚礼，将求婚者赶跑，最后他们杀了国王。利比亚之王吕科斯的女儿，爱上了狄俄墨得斯，在他离开后自杀。最后一位是埃斯卡曼德的女儿，国王特洛斯的妻子，生有克利奥帕特拉、伊洛斯、伽倪墨得斯和阿萨拉科斯。

Calisto　卡利斯托

希腊神话中，美丽的少女，宁芙或公主，阿尔忒弥斯的随行人员，宙斯为她倾心。仙女一看到男人就会逃跑，为了引诱她，宙斯变成了阿尔忒弥斯。后来，卡利斯托的儿子阿卡斯或阿卡得差点失手杀死她，宙斯把他们带到无人能进的宙斯神庙，并把他们双双变成星座。一说她被赫拉变成熊。

Calquinia　卡尔基尼亚

希腊神话中，国王琉基波斯的女儿，波塞冬的情人之一，二人生有佩拉托，他接受外祖父琉基波斯的培养教育，以继承王位。

Camahueto　卡马韦托

南美洲奇洛埃神话中，他是额头上长着一个角的小牛，像独角兽。在瀑布边成长，到了二十五岁奔向海洋，所到之处皆被摧毁。若想免于伤害，必须在他到来之前提前发现他的动向，并请巫师帮助把他带到海中。

Camaxtli　卡马斯特利

阿兹特克神话中，狩猎和战争之神，火的发明者。四大创世神之一。奇奇梅卡人部落之神，司掌人类献祭，护送在斗争中战死的士兵去往东边的天空。

Camazotz　卡玛佐兹

玛雅神话中的蝙蝠神。在《波波尔·乌》中，他同乌纳普和伊斯布兰克兄弟在西瓦尔巴冥界相遇。在卡玛佐兹家中，乌纳普失掉了头颅，伊斯布兰克让所有动物把自己最喜欢的食物带来。浣熊拿来了西葫芦，伊斯布兰克便用南瓜为他的兄弟刻了一个新的头，继续他们的冒险之旅。

Camoneae　卡莫奈亚埃

罗马神话中的泉水女神。

Can Cerbero　刻耳柏洛斯

见词条 Cerbero。

Candalo　坎达罗斯

希腊神话中，赫利阿达斯之一，赫利俄斯和罗得的儿子，居于罗得岛。阿克提斯、坎达罗斯、玛卡耳和特里俄帕斯因嫉妒而杀害了弟弟忒那革斯，不得不逃离该岛。坎达罗斯定居到科斯岛。

Candomblé　坎东布雷教

巴西黑人宗教，将约鲁巴人和班图人等非洲奴隶带来的宗教信仰同奴隶主强制信仰的基督教综合形成。这一信仰在巴西偏远地区独立发展的过程中，划分成几个不同的族系，分别崇拜不同的神灵。其中最主要的有约鲁巴人后裔，主要分布在克图、厄凡、弥玛·纳科等地区；安格拉和刚果的班图人后代；还有达荷美民族，也叫杰杰奥，是约鲁巴人对他们的贬义表达。有关信奉的主神明，约鲁巴人将奥罗伦或奥罗卢姆视为主神，班图人尊崇恩展毕，杰杰奥相信玛巫。奥罗伦创造了奥瑞莎人，恩展毕创造了尹吉赛斯人，玛巫创造了伏都人，主神不同的神灵表现形式与人类生活的全部特点都相连相通。

Cao Guojiu　曹国舅

中国道教传说中的八仙之一。文学作品和戏剧多以他为题材进行创作。山洞里有一个玉石盒，里面放着一个羊皮纸卷轴，他在其中发现了丹药。正当他研磨卷轴时，鹊带他入了仙境。他随身带着一本律规簿，因为他的弟弟屡屡犯罪而牵连他，不得不为自己辩护，同时证明自己的博学。此外他还有一个拨浪鼓。

Caos　卡俄斯

希腊神话中黑暗寂静的深渊，诞生了黑夜女神尼克斯和黑暗之神厄瑞玻斯，二人结合孕育出爱情结晶，有白昼女神赫墨拉，光之神埃忒尔。卡俄斯还产生了广袤的大地，星光灿烂云朵飘飘的天空，还有宇宙中第一代创造物，即地球母亲盖亚和她的丈夫乌拉诺斯，他们二人是泰坦、独眼巨人和百臂巨人的父母。

Cardea　卡蒂亚
古罗马神话中，司掌健康、枢槽、铰链和门闩的司门守卫女神，与门神弗尔库洛斯和门槛之神李门丁相关。

Caribdis　卡律布狄斯
希腊神话中的海怪，海神波塞冬和盖亚的儿子，因吞吐大量的水，久而久之在墨西拿海峡形成了大漩涡，怪物与海妖斯库拉居住在里面。伊阿宋和奥德修斯都横渡过这条海峡，但命运却不尽相同。卡律布狄斯曾是宁芙，后被宙斯变成怪物。

Carioceo　卡里厄赛奥
卢西塔尼亚战争之神，人们向他敬献贡品，包括鲜活的人类，他通过人的内脏可预测未来。相当于罗马神话的玛尔斯。

Carissia　卡里西亚
阿斯图里亚斯凯尔特神话中，一个有名的山泉仙女，她的美貌吸引了一位名叫卡里西奥的罗马将军，追随她直到湖泊，在她现出天空仙女真形时，他无可挽回地投入湖中。自那以后，山泉仙女便叫卡里西亚。

Cárites　卡里忒斯
见词条 Gracias。

Carmenta　卡尔门塔
古罗马神话中司掌占卜的拉丁女神，本是河流仙女，河神拉冬的女儿。拥有预言的本领，罗马女人认为自己孩子的命运掌握在她的手中，便在靠近其埋葬之地卡皮托利乌的地方设祭坛祭拜。有时也称之为良善女神。

Carna　卡尔娜
古罗马神话中，杰诺手下的宁芙，司掌门的铰链，保护新生儿。

Carón　卡戎
同伊特鲁里亚神话中的卡隆，后被希腊神埃涅阿斯替代。他鼻梁高挺，长着尖耳朵，红头发。守卫地狱入口，用锤子敲打受害者，灵魂被困在地狱受尽折磨。

Caronte　卡隆
希腊神话中冥王哈得斯的船夫，厄瑞玻斯和尼克斯的儿子，用他的船帮助死者渡过阿刻戎黄泉，代价是支付一个古希腊钱币欧沃罗，否则将被迫在超生前徘徊百年。生者则必须支付从库迈女巫处获得的金枝。只有俄耳甫斯凭借他动人的乐声没有支付任何钱财便活着过去了；赫拉克勒斯则是借助武力渡河，为此卡隆被判处幽闭一年。

Casandra　卡珊德拉
希腊神话中，特洛伊国王普里阿摩斯和王后赫卡柏的女儿。阿波罗很爱她，还赋予她预言的能力，但被她狠心拒绝之后便让任何人都不相信她说的话。埃阿斯把她带离特洛伊雅典娜神庙，并把她交给阿伽门农。她预言她同阿伽门农在返回希腊时将被杀死，但他不相信，最后返程中果真死在了克吕泰涅斯特拉手中。

Castalia　卡斯塔利亚
希腊神话中，阿波罗喜爱的仙女，她逃脱太阳神的过程中，不慎落入帕纳索斯山下德尔斐圣地的泉水里，卡斯塔利亚泉由此得名。泉水非常神圣，从附近山上的岩石裂缝中涌出。

Cástor　卡斯托耳
见词条 Dioscuros。

Catchbad　卡奇巴德
凯尔特神话中的德鲁伊、先知、军事领袖，芬德乔埃姆和康奇厄伯·麦克·涅萨的父亲。预言迪尔德丽将造成阿尔斯特的毁灭，英雄库胡林的生命将传奇而短暂。

Catequil　卡提基尔
印加神话中的雷电之神。

Cath o Catha　凯茜或凯茜亚
伊特鲁里亚人，太阳之女，代表曙光的太阳女神。

Catreo　卡特柔斯
希腊神话中，克里特国王米诺斯和王后帕西淮的儿子。神谕警告他，他将死于一个孩子的手中。孩子阿尔泰墨涅斯和阿佩摩叙涅逃到罗得岛，女儿埃罗佩和克吕墨涅被卖作奴隶。多年以后他去到罗得岛，被阿尔泰墨涅斯杀害。墨涅拉俄斯去参加他的葬礼，妻子海伦遭帕里斯绑架，自此引发了特洛伊战争。

Cécrope　刻克洛普斯
希腊神话中，阿提卡之王，直接从雅典第一位国王厄瑞克透斯的精液中诞生，半人半蛇。执政五十年，教导希腊人建造城市和书写文字，将宙斯和雅典娜尊为雅典守护神，而非海神波塞冬。还帮助库瑞忒斯返回埃维亚家园。有三个女儿，分别是阿格劳洛斯、赫耳塞和潘德洛索斯。

Céfalo　刻法罗斯
希腊神话中的青年猎手，与普洛克里斯幸福甜蜜地结婚，但黎明女神厄俄斯深爱他。女神被拒绝后心存不甘，让他产生了嫉妒的心理；刻法罗斯乔装试验他的妻子，妻子发现后，离开了他。后来，他们和好如初，但普洛克里斯因嫉妒心发作在一次狩猎中偷偷跟着他，最后死于悲剧，杀她的武器正是她亲手送给刻法罗斯的礼物。

Cefeo　刻甫斯
希腊神话中的两个王：一个是柏罗斯的儿子，埃塞俄比亚国王，卡西奥佩娅的丈夫，珀尔修斯的妻子安德洛墨达的父亲；另一个是阿琉斯的儿子，阿卡迪亚国王，阿尔戈英雄之一，后成为忒革亚国王，在与大力神赫拉克勒斯并肩作战对抗拉科多尼奥斯中战死。

Céfiro　仄费罗斯
希腊神话中，西风之神，泰坦阿斯特赖俄斯和黎明女神厄俄斯的儿子。住在色雷斯一个山洞里，被认为是春天的使者。与彩虹女神伊里斯结婚，绑架了她的一个姐妹花之神克洛里斯，与她生出卡尔普斯（水果之神）。与伊里斯另一个姐妹刻莱诺结合，生下阿喀琉斯的骏马巴利俄斯和克珊托斯。据说，西风之神仄费罗斯吹风使阿波罗杀死哈辛托。在罗马神话中相当于法沃尼奥斯，至今仍掌管意大利温暖和煦的西风。

Ceix　刻宇克斯
希腊神话中，阿尔库俄涅的丈夫（见词条 Alcíone）。

Celeno　刻莱诺
希腊神话中代表几个人物：普勒阿得斯七姐妹之一，阿特拉斯和普勒俄涅的女儿，是阿尔忒弥斯的随行人员，被海神波塞冬引诱，生出吕科斯、倪克透斯和欧律皮洛斯（传说特里同亦是），和普罗米修斯结合，生有另外一个名叫吕科斯的儿子，还有喀迈莱乌斯。这个名字的另一个角色是三位鹰身女妖之一，也被称为波达耳革，西风之神仄费罗斯的情人，二人生出阿喀琉斯的骏马巴利俄斯和克珊托斯。此外，刻莱诺还是达那伊得斯之一，亚马逊女战士之一。

Celens o Cel　刻勒恩斯或切尔
伊特鲁里亚神话中的地球之神，相当于希腊神话中的盖亚。

Celeo　刻琉斯
希腊神话中，厄琉息斯国王。得墨忒尔化装成一个老妇人，寻找她的女儿珀耳塞福涅，国王仁慈地收留了她。为了表达感激，女神想让他变作神灵拥有不朽的灵魂，但他的妻子墨塔涅拉阻止了她。于是作为回报，她教给他和他的孩子们农业技术，他们又教给其他希腊人。

Centauros　肯陶洛斯（半人马）
希腊和罗马神话中，半人马怪，色萨利国王伊克西翁

和一片云的儿子，宙斯（朱庇特）将云朵变作赫拉（朱诺）的模样。残酷无耻，因在庇里托俄斯婚礼上的过分行为而被赶出色萨利。因对抗赫拉克勒斯（海格力斯），大力神杀掉了他们之中的很多伙伴。其中比较特殊的一位是喀戎，他是英雄阿喀琉斯和珀琉斯的老师。

Centeotl　森特奥特尔
阿兹特克神话中的玉米男神，奇科梅科亚特尔的儿子。每位神灵代表玉米的一个面。人们向其母亲敬献贡品，以期得到好收成：女孩必须割下她的头，让她象征肥沃的血液流淌。

Centímanos　百臂巨人
见词条 Hecatónquiros。

Centzón Huitznahua　山宗·威次纳瓦
阿兹特克神话中，科亚特利库埃或希特拉利库埃的孩子们。代表南部星斗和神灵，与龙舌兰酒神有关；山宗·弥米克斯科亚代表北方神灵和星辰。他的母亲因被一只羽毛小球砸到怀上了维齐洛波奇特利，他们认为母亲背叛了他们，众星准备杀死她，由妹妹月亮之神柯约莎克主持，然而恰在那时维齐洛波奇特利出生，拔出了他们的心，斩断了月亮的头，于是便有了月亮每个月的重生。

Centzón Totochtin　山宗·托托奇汀
一群阿兹特克神灵，四百只兔子或中毒的兔神。玛雅神话中胡尔的儿子，地球肥沃的象征，有四百个乳房喂养孩子。饮太多龙舌兰酒的人都是受他的影响。

Centzontotochti　山宗托托奇汀

见词条 Centzon Totochtin。

Ceo o Coeus　科俄斯

希腊神话中，司掌智慧的泰坦，乌拉诺斯和盖亚的儿子，和姊妹福柏生下孩子阿斯忒里亚和勒托。勒托与宙斯生出阿波罗和阿尔忒弥斯。

Cerbero o Can Cerbero　刻耳柏洛斯

希腊神话中，长着三个狗头的怪物（一说上百个），蛇尾，背部长着蛇头，看守哈得斯冥界大门，防止死人出去活人进入。厄喀德那和堤丰的儿子。被俄耳甫斯、赫尔墨斯、埃涅阿斯和罗马神话的普绪克嘲笑，最后被赫拉克勒斯抓获杀死。

Cércafo　克尔卡福斯

希腊神话中，赫利俄斯和海中宁芙罗得的孩子，赫利阿得斯之一。在他的兄弟们因嫉妒杀死忒那革斯后，他同奥基摩斯两个人留在岛上。兄长奥基摩斯和赫革托利亚结婚并有一个女儿，名叫基狄佩，她后来同叔父克尔卡福斯结婚，二人生出卡迈洛斯、伊阿索斯和林多斯。另一个克尔卡福斯是菲尼克斯的祖父。

Cerción　刻耳库翁

希腊神话中著名的强盗，海神波塞冬或厄琉息斯国王的儿子，公然挑战路人，先同他们作战，之后将他们杀掉。直到遇见了去雅典途经此地的名叫忒修斯的年轻人，败在他手下。

Cercopes　克尔科佩斯

希腊神话中，森林中的顽皮生物，心思狡诈，是俄刻阿诺斯和忒亚的孩子们，居住在温泉关或埃维亚。虽然只是两个人，但会因时变形而改叫不同的名字。爱说谎、善欺骗，企图抢劫赫拉克勒斯，逃跑时毛发全被剪掉了。其母曾警告他们要注意躲避英雄的大黑臀部，英雄把二人挂在木棒上，站在他们面前，两个人令英雄一通大笑，赫拉克勒斯笑过之后就释放了他们。

Cerda de Cromio　克洛米翁野猪

希腊神话中，堤丰和厄喀德那的儿子之一，野猪形怪物，给克洛米翁地区造成恐慌，最后被忒修斯杀死。

Ceres　刻瑞斯

希腊神话中的农业女神，教授人类耕种土地的技术。奥林匹斯十二主神之一，克洛诺斯和瑞亚的女儿，朱庇特的妹妹。她的女儿普洛塞庇娜被普鲁托绑架，带到了地狱，每年只被允许有六个月和母亲待在一起，其余几个月只能留在冥界，刻瑞斯的悲哀产生了大自然的冬季。在罗马相当于得墨忒尔。

Cernunnos　科尔努诺斯

古罗马凯尔特神话神祇之一，长期盛行于布列塔尼南部高卢地区。富足之神，掌管陆生和水生野生动物。形象为鹿耳鹿角，佩戴高卢项圈，一条长着公羊头的蛇跟随左右。手持树枝，象征力量、权力和永无止境。作品中，他是一位祭坛住持，手持一篮子食物、蛋糕和硬币。

Ceróesa　塞洛埃萨

希腊神话中，海神波塞冬的情人之一，宙斯和伊俄的女儿，出生于拜占庭，是比桑特和埃斯特罗姆波的母亲。

Cesair　凯塞尔

凯尔特神话中第一位住在爱尔兰的女性。诺亚儿子比斯的女儿，被拒绝登上诺亚方舟。一位神灵建议大家造一艘能够承载三个男人和五十个女人的船，共同躲避大洪水。七年后，他们在洪水到来前四十天抵达爱尔兰。大洪水爆发前的第六天，凯塞尔被爱情欺骗而死，其余人则死于洪水，只有费坦化身鲑鱼存活了五千多年的时间，直到转世超生。

Cessair　凯塞尔

见词条 Cesair。

Ceto　刻托

希腊神话中，盖亚和蓬托斯的海怪女儿，福耳库斯的妻子，二人拥有众多的孩子：蛇发女妖戈耳工、格赖埃三姐妹、美人鱼塞壬和厄喀德那等。

Chaac　恰克

见词条 Chac。

Chac　恰克

玛雅神话中的雨神和雷神，形象为圆眼象牙。与肥沃和农业相关。一说代表东南西北四个方向不同的神灵：北方白恰克，东方红恰克，西方黑恰克，南方黄恰克（见词条 Bacabs）。此外，还与青蛙关联，形象是一个爬行老人，眼中含泪，那泪水代表雨水。

Chac Chel　恰克·柴尔

玛雅人神话中伊察姆纳的妻子。

Chalchiuhtlique o Acuecucyoticihuati　查尔丘特利库埃或阿库埃库克尤提西华提

阿兹特克神话中，雨神特拉洛克的妻子，司掌淡水和死水。名字意为"玉裙"或"翡翠"庇护夫人，在墨西哥地区受挑水夫以及所有从事与水相关工作之人崇敬。

Chalchiutlatonal　查尔丘特拉托纳尔

阿兹特克神话中的水神，神话中很多与水元素有关的故事都离不开他。鉴于其自身的特点，与拉科塔神灵温图恩塔克、玛雅神灵伊克斯盖尔或约鲁巴神明叶玛亚相类似。

Chalmecatl　查尔梅卡特尔

阿兹特克神灵之一，居于死亡王国米克特兰。

Chamán　萨满

精神世界与现实世界之间过渡的中间地带。萨满产生于宗教之前，那时人类开始意识到，死人的灵魂和神灵也应有一个地方安放。沟通交流使得萨满更加明智智慧，通过教育向弟子传授知识。可以预测未来，寻找丢失的动物，组织狩猎活动，求雨，解决部落共同或个人问题，能够让两个人相爱，同时也能使两人分开，还会祛除眼中的邪恶；萨满特别能保存部落的智慧——因此，他们熟悉典礼仪式，悉心组织，了解著名的药用植物，懂得抗击任何疾病的方法措施，在很多情况下要担当治疗师或治疗者的角色，部落其他人也会一起合作。"萨满"一词来自西伯利亚和蒙古，那里许多人至今仍然信奉萨满，以期与祖先的灵魂接触。在美洲，萨满主持仪式，与神灵沟通对话，医治病人，司掌通过药物获得启迪的典礼，如死藤水或仙人掌。宗教制度中，萨满由牧师代替，成为神与人之间的桥梁，但不再使用魔法，且随着时间的推移，不再承担医生的角色。

Changó, Shango o Xango　昌戈、尚戈或汉戈

尼日利亚雷鸣天神，约鲁巴祖先。在非洲，是奥约的第四个国王，后被英雄格邦卡击败。在树林中上吊自杀后，被送回到原来天堂中的地方，在那里制造风暴，似一只公羊呼啸。他有三个妻子，一位是尼日尔河神奥亚，另两位则是其他河神。在萨泰里阿教中他是拉丁美洲最为人熟知的神灵，奥约尚戈仪式依旧作为入会仪式举行。在海地他是雷神和雨神；在古巴、波多黎各和委内瑞拉相当于圣巴巴拉；在巴西同乌姆邦达。

Chantico　查安逊克

阿兹特克神话中，火神修堤库特里的妻子，与火山大火和家中火灾有关，负责催熟玉米。还与热相关，表现为红色和黑色，背部有一道光线。

Chasca　查斯卡

印加神话中，地球的人格化，少女和圣女的保护者。也有人认为她是渔民保护神。

Chi You　蚩尤

战神，同韩国君主迟武。在中国南部苗族神话中被称为 Txiv Yawg（苗语中"蚩尤"写法），是一位年老狡猾的国王。在中国内陆流传的神话中同雨神祈雨，能够制造战场上的雾气。

Chiccan　基卡恩

玛雅神话中，生活在湖泊中的四位雨神，他们制造出天空的云彩。与地球东西南北四个方位相关，同巴恰布斯。

Chicomecoatl　奇科梅科亚特尔

阿兹特克神话中，司掌食品、玉米（绿色玉米穗）和丰饶的女神，名字的意思是"七蛇"，阿兹特克人用蛇象征水肥的能力。每年九月，需向她敬献一个女孩，斩首后流出的血要洒到她的雕像上。被认为是雄性玉米神灵森特奥特尔对应的雌性神灵。

Chicomecohuatl　奇科梅科华特尔

见词条 Chicomecoatl。

Chicomexochtli　奇科梅霍奇特利

阿兹特克神话中，画家和艺术家之神。

Chilam Balam　奇兰·巴兰

玛雅神话中，因预言重大发现而成为人们所熟知的著名牧师，曾预言东方人在神明的指引下即将到达，且会受到当地人的欢迎。

Chiloé　奇洛埃

智利南部海岸岛屿，奇洛埃人的聚居地。奇洛埃神话是当地各土著部落神话的集成，主要受马普切神话的影响，并结合了欧洲征服者的文化元素。对于奇洛埃人来说，世界的创造者是土地之神坦坦·维鲁和海洋女神卡伊卡伊·维鲁，二人被马普切人引入神话。后来又加入了一系列部落本土的人物，如特劳科，他是卡伊卡伊蛇神的私生子，他的诞生源自母亲对人类的愤怒。

Chilota 奇洛埃

见词条 Chiloé。

Chin 奇恩

小玛雅神，形象为侏儒或矮小的孩子，魔术、占卜、命运之神，与同性恋相关。

China 中国

中国古代神话大概可追溯到公元前 12 世纪，由于是口口相传，因此只有两千年前收集在《水经注》《山海经》中的故事流传下来。汉朝时作者完全重制神灵的列表，以将皇帝加入其中。此外，汉代沿袭了当时盛行的哲学之风，加入了各个思想流派均包含的五个方位，东西南北中，表现为风水之学。编书者不同，所认为的创世神灵也各不相同。最重要的创世神有上帝，等级最高的神灵；天，即天空；女娲和伏羲，人类祖先；盘古，第一位创造者，同埃及拉神一样从一个鸡蛋中诞生，是阴阳的创造者；还有玉皇大帝，玉之皇帝，出现得较晚，道教流行后才被普遍尊崇的创世者。同所有东方宗教一样，光、天、日、火与暗、夜、月、水相对。一些故事中出现了太阳鸟，即乌鸦，太阳从树上飞下，十个太阳燃烧了世界，后来相互碰撞最终只剩下一个太阳照耀人间。还有神话故事说，大洪水与黄河水势上涨有关，淹没了王朝中心。中国神话故事众多且相互关联，有很多重要人物，如八仙；美猴王孙悟空；道教三清殿三清祖师；四大佛教住持；习武之神关羽；观音，传自印度继承慈悲的女神；笑面佛，幸福的化身；灶君，厨房之神；羿，拯救了中国的弓箭手；还有神话动物，如凤凰，龙。

Chuichu 丘伊丘

见词条 Cuichu。

Cian 萨安

凯尔特神话中，在弗莫尔人之后到达爱尔兰的达努神族神灵之一。萨湾和戈班的兄弟。萨安有一头神奇的牛，能够产出大量牛奶，弗莫尔之王巨人巴罗尔迷恋它。于是他设计了一个计谋，一天他去铁匠铺，使兄弟发生冲突，趁机带走奶牛。为了报仇，萨安在巫师比洛格的帮助下把自己扮成女人。二人使用魔法到达海中高塔，巴罗尔的女儿恩雅公主被关在那里，他们假装制造海难，进入其中。夜晚，在巫师的帮助下，萨安设法用谎言与公主结合，当公主早晨醒来时，他们已经离开。没有人知道这件事情，但九个月后公主生下了三个孩子。巴罗尔得知后责令立即将这三个孩子扔进大海。而刽子手把他们埋到了牧场，想以这种方式了结他们，不料在一个名叫阿尔菲莱尔的海湾丢失了一个孩子鲁格。一群女性德鲁伊发现了他，并把他带给了他的父亲萨安，后来萨安与他的兄弟一起养育这个孩子。

Cibeles 库柏勒

自然女神，小亚细亚众神的母亲，在弗里吉亚和吕底亚被认为是最古老的女神。阿提斯的情人，伊达山女神，宙斯和赫拉便是在那里结合。从小亚细亚到色雷斯和克里特岛都广受尊崇，等同于奥林匹斯众神之母瑞亚。被弗里吉亚人传播到了罗马，罗马人尊崇她为大地母神，仪式典礼较血腥。祭司为公鸡，自我阉割以施肥土地。

Ciclo de la Rama Roja　红枝时期

见词条 Ciclo del Ulster。

Ciclo del Ulster　阿尔斯特时期

也被称为红枝时期，四个凯尔特神话之一，记述爱尔兰起源以及中世纪初期的故事，凯尔特神话包括神话时期、芬尼亚时期、历史时期和阿尔斯特时期。基督教时代初期国家分为五大王国，阿尔斯特王国是其中之一，阿尔斯特时期是这个王国的编年史，那时正值康奇厄伯·麦克·涅萨统治国家，库胡林是著名英雄。

Ciclo feniano　芬尼亚时期

爱尔兰神话合集，其中叙述了芬恩·麦克·库尔和其追随者芬尼亚勇士在第三世纪的冒险故事。在这段传奇中著名的人物有芬恩，自从他饮过冥界之水后便拥有神奇的力量，一说是智慧鲑鱼的转世；传说他的儿子莪相是芬尼亚一位优秀的诗人，吟唱威胁维京人的故事；还有民族英雄迪卢木多，他的爱人格兰妮，以及喜剧战士柯南。

Ciclo mitológico　神话时期

爱尔兰神话合集，讲述爱尔兰第一批定居者的故事：凯塞尔，帕苏朗，奈梅迪亚诺，弗莫尔宿敌达努神族，两场伟大的莫伊图拉战争，后来米利都人到来。

Cíclopes　基克洛普斯

希腊神话中的独眼巨人。第一代是乌拉诺斯和盖亚的儿子，泰坦和百臂巨人的兄弟。包括阿尔戈斯、布戎忒斯和斯忒罗佩斯三个人，他们只有额头上的一只眼睛，是优秀的工匠。被他们的父亲关押到塔尔塔洛斯冥府监禁，克洛诺斯将他们释放出来后又把他们幽禁起来，最后他们在对抗泰坦的战争中被宙斯释放。独眼巨人为宙斯制造了雷电，为波塞冬制造了三叉戟，为阿尔忒弥斯制造了弓和箭，还为珀尔修斯制造隐身头盔。第二代独眼巨人是波吕斐摩斯，特洛伊战争之后奥德修斯在回家途中与其狭路相逢。

Cierva de Cerinia　刻律涅亚山牝鹿

希腊神话中，阿尔忒弥斯在色萨利发现的五只牝鹿之一。女神捕获四只为其拉车，第五只逃到了刻律涅亚山。这只鹿长着金角，又是女神的圣物，于是赫拉克勒斯接到的第四项工作就是生擒牝鹿。他捉到牝鹿后遇到了女神，女神最终允许他将鹿带走，条件是复命之后立即将其放掉。

Cihuacoátl　奇华寇特尔

阿兹特克神话中第一个生下孩子的女人，保护分娩妇女和因分娩而死亡的女性。米克斯库阿特尔的母亲，她把儿子丢在一个十字路口，后重返那里只有一把敬献的刀。她帮助魁札尔科亚特尔建立了人类的新纪元。

Cihuateteo　奇华特特奥

墨西哥阿兹特克神话中，保护因分娩而死亡的妇女，这些女性与在战斗中牺牲的战士受到同样的尊敬。

Cinosura　希诺苏拉

希腊神话中，照顾童年宙斯的宁芙之一，后成为小熊星座。

Cinteotl　辛特奥特尔

阿兹特克神话中，男性玉米神（见词条 Centeotl）。

Cipactli　希帕克特里

海洋怪物，一半鳄鱼一半鱼身，相当于阿兹特克神话中的提亚尔特库特利。

Cipariso　库帕里索斯

希腊神话中阿波罗男宠之一，太阳神赐予他一只鹿，而他却将其无意杀死。库帕里索斯请求让他永世流泪，于是阿波罗将他化身为柏树。

Circe　喀耳刻

希腊神话中的女巫，太阳神赫利俄斯和海洋仙女珀耳塞伊斯之女，科尔基斯王埃厄忒斯和帕西淮的妹妹。受到世人的羡慕和尊崇。住在埃亚岛，拥有将人变成动物的本领。她将奥德修斯的同伴变作猪，奥德修斯受到赫尔墨斯的帮助，奚落她，使得喀耳刻爱上了他。喀耳刻将他的同伴还给他，与其共同生活了一年，生下三个孩子，帮助他穿越墨西拿海峡回到伊萨卡，在途中会遇上变成海怪的斯库拉。一说她帮助奥德修斯找到占卜者忒瑞西阿斯，请他为其指引道路。

Cirene　库瑞涅

希腊神话中阿波罗的情人，生有阿里斯泰俄斯，司掌牲畜、果树、养蜂和狩猎，教给人类本领。

Citlalatonac　希特拉拉托纳克

阿兹特克神灵，与妻子希特拉利库埃（见词条 Citlalicue）创造了星辰。

Citlalicue　希特拉利库埃

阿兹特克神灵，与丈夫希特拉拉托纳克创造了星辰。他们有四百个孩子，名为山宗·威次纳瓦。其中一个儿子维齐洛波奇特利，他为母报仇吃掉了他们的心，他们曾杀害了他的母亲。还有说法是，科亚特利库埃变为维齐洛波奇特利的母亲，成为了山宗的母亲。

Climene　克吕墨涅

希腊神话中的几个人物。首先是两个海洋女神：第一，赫利俄斯的妻子，育有法厄同（见词条 Faetón）和赫利阿得斯，一说也是潘达瑞俄斯的母亲；第二个是伊阿珀托斯的妻子，阿特拉斯、厄庇墨透斯、墨诺提俄斯和普罗米修斯的母亲。希罗多德称这个海洋女神为亚细亚，并使她成为普罗米修斯的妻子。此外，叫这个名字的还有卡特柔斯的一个女儿；奥尔科梅诺斯公主，伊阿索斯的妻子，阿塔兰忒的母亲；与阿瑞斯结合生下狄俄墨得斯；与宙斯结合生出谟涅摩绪涅；海伦的侍女，和海伦一起被绑架到特洛伊；一位亚马逊女战士；此外，根据帕萨尼亚斯所说，她还是奥梅罗的母亲。有些作者更喜欢将其写成 Clímene。

Climeno　克吕墨诺斯

希腊神话中有几个人物使用这个名字：奥尔科梅诺斯之王，欧律狄刻之父，被一个底比斯人扔石头砸死了，因为他让这些底比斯人承受着沉重的负担，赫拉克勒斯不得不解救他们；阿卡迪亚之王，爱上了他的女儿哈耳帕吕刻，与其乱伦，女儿为了报复，将二人的儿子煮熟给他吃；大力神赫拉克勒斯的后裔；克里特国王卡尔迪斯的儿子，他在大洪水之后恢复了奥林匹克运动会；维奥蒂亚国王，赫利俄斯的儿子，与墨洛珀结合生出法厄同（见词条 Faetón）；阿尔戈斯国王甫洛纽斯的儿子，崇拜得墨忒尔，师从她学习农业；还是哈得斯的绰号之一。

Clío　克利俄

希腊神话中，司掌历史的缪斯，宙斯和谟涅摩绪涅的女儿，与马其顿国王皮埃罗斯结合生下雅辛托斯。负责记述人类和城市的历史。有时形象为一个地球，表示历史包罗万象，但通常情况下她头戴桂冠，手握一支笔，一张羊皮纸或一个书写板。后来还手持小号。

Clitemnestra　克吕泰涅斯特拉

希腊神话中，迈锡尼王后，阿伽门农的妻子，斯巴达国王廷达柔斯和勒达的女儿。有四个孩子：厄勒克特拉，伊菲革涅亚，俄瑞斯忒斯和克律索忒弥斯。阿伽门农敬献女儿伊菲革涅亚之后前往特洛伊，克吕泰涅斯特拉与埃癸斯托斯私通，后阿伽门农带回情人卡珊德拉，克吕泰涅斯特拉和埃癸斯托斯将二人杀掉，统治国家七年，俄瑞斯忒斯在这段时间里长大成人，向母亲报仇。

Clitia　克吕提厄

希腊神话中，俄刻阿诺斯的女儿，阿波罗的情人之一。后来太阳神移情琉科忒亚将其抛弃，她觉得受到了侮辱；为了报仇，她向琉科忒亚的父亲俄耳卡摩斯国王揭露了琉科忒亚的丑事。国王将琉科忒亚活埋，克吕提厄被阿波罗彻底抛弃。克吕提厄非常忧伤，每日凝望太阳（代表阿波罗），追随着他在天空中运动的轨迹，最终成了向日葵。

Cloe　克洛伊

希腊神话中得墨忒尔的称号，与生育力和永恒的青春有关。

Cloris　克洛里斯

希腊神话中代表几个人物，其中有几位是宁芙：一人被北风之神玻瑞阿斯绑架，与他结合生下伊尔帕塞；另一位与阿密科斯结合，生占卜者摩普索斯；还有一位是仄费罗斯的妻子，在罗马被尊崇为佛洛拉。叫这个名字的还有：马其顿国王九女普莱达斯之一，通过挑战缪斯变成了喜鹊；墨莉玻娅的别称，意味着"苍白"，其兄弟姐妹全部被杀害。

Cloto　克罗托

希腊神话中，命运三女神摩伊赖之一，宙斯和忒弥斯的女儿，掌管人的命运。克罗托用纺锤纺生命之线。

Coatlicue　科亚特利库埃

阿兹特克神话中，生命和死亡之神，象征大地。魁札尔科亚特尔和索洛托之母，一说她也是维齐洛波奇特利的母亲，同时是山宗·威次纳瓦的母亲，最终被他们斩首，致使她的儿子维齐洛波奇特利为母亲报仇。形象是两条头头相对的蛇，根据神话故事，世界是由两条蛇创造的，他们联结形成了人，并把其一分为二，分成天与地。她是一位嗜血的女神，命令人们向她敬献大量的祭品。她戴着一条由人心串起的项链，身穿蛇裙。她的丈夫是米克斯库阿特尔。

Cocijo　科奇乔

萨波特克神话中的雨神。

Conchobar Mac Nessa　康奇厄伯·麦克·涅萨

爱尔兰凯尔特神话中阿尔斯特时期阿尔斯特王。他的母亲是战神公主涅萨，父亲是阿尔斯特德鲁伊首领卡奇巴德，一说是爱尔兰国王。

Concordia　孔科耳狄亚

见词条 Harmonía。

Conlai　康莱

爱尔兰凯尔特神话中库胡林的儿子，库胡林在前往冥界的过程中遭遇了女战士奥伊芙，不打不相识，最终成为爱人并生下了康莱。库胡林给了奥伊芙一枚金戒指。康莱不知道自己的身世，他在斯凯岛长大，多年以后，他带着戒指前往阿尔斯特，挑战这个国家所有的英雄。康莱击败了他父亲的兄长康诺尔，最后父子对战，只可惜相认过晚，最终库胡林杀死了自己的儿子康莱。

Consus　康苏斯

罗马神话中粮食和谷仓的保护神，由小麦种子代表，起源于伊特鲁里亚或萨比诺。

Córcira　科尔基拉

希腊神话中，阿索波斯和墨托珀的女儿之一，被海神波塞冬绑架带到了岛上，海神以她的名字命名这座岛，育有儿子费阿克斯，由此给岛上的居民起名费阿基亚人。

Corónide　科洛妮德

在希腊神话中也被称为艾格莉娅，"辉煌"之意，因其出众的美貌而在埃皮达鲁斯大理石石碑上获称科洛妮德，意为"皇冠"或"花环"。拉庇泰族色萨利国王佛勒古阿斯的女儿，后移居福基斯，统治帕诺派俄斯，国王由王城获名。阿波罗的情人之一，太阳神看到她在博伊贝伊斯湖中洗玉足，一时情动与她结合；科洛妮德怀有阿斯克勒庇俄斯，却同埃拉托之子伊斯

库斯私通。阿波罗的随从圣鸦（一些作者与乌鸦混淆）将此事向太阳神告发，阿波罗震怒，向科洛妮德射箭。临死前，科洛妮德告诉他已经怀了他的孩子，阿波罗痛斥举报的圣鸦，于是从那以后所有的乌鸦都是黑色的。阿波罗用尽所有的医术，却也救不了爱人。科洛妮德去世后，阿斯克勒庇俄斯神出生，阿波罗把他交给了半人马喀戎抚育。

Coronis　科洛尼斯

见词条 Corónide。

Coto　科托斯

希腊神话中，三位百臂巨人之一，乌拉诺斯和盖亚的儿子。同兄弟们一样，他也被乌拉诺斯关到地狱，之后帮助了克洛诺斯，但又被他送回到冥府。最后是宙斯释放了他们，让他们协助他对抗泰坦。后来当雅典娜、赫拉和波塞冬企图登上王位，忒堤斯向他寻求帮助解救宙斯。波塞冬女儿希莫珀莱亚的丈夫，二人育有两个孩子，宁芙埃特娜和奥约利卡。

Cotto　科托斯

见词条 Coto。

Coyolxauhqui　柯约莎克

阿兹特克神话中的月亮女神，铃铛或金铃女神，科亚特利库埃的女儿，维齐洛波奇特利同母异父的姐姐。当她的母亲怀上维齐洛波奇特利时，柯约莎克认为母亲背叛了他们，于是决意带领兄弟南星山宗·威次纳瓦处死母亲。但就在这时维齐洛波奇特利诞生，他杀死了所有人，同时将月亮神斩首。因此，月亮每个月都会有阴晴圆缺。

Coyopa　克尤帕

玛雅雷神，卡库尔哈的哥哥，雅鲁克的助手。

Coyote　刻尤特

北美平原诸部落现存的神话人物，由美国丛林狼发展而来。在一些神话中他以创造者的身份出现，他用爪子捏泥土或排泄物，塑造出第一批人类的模样。他还是其他故事中的主人公英雄人物；但通常的形象是淘气的精灵，小丑，心怀妒忌、遇事冲动、懒怠贪婪之人，狼神的竞争对手和敌人。

Cratos　克拉托斯

希腊神话中，海中之神冥河女神斯堤克斯与泰坦帕拉斯之子，比亚、尼刻和仄洛斯的兄弟。总是跟随着宙斯辅佐他，同兄弟们和赫菲斯托斯坚守普罗米修斯的关押地，是力量和能力的象征。

Credne　克里德努斯

达努神族青铜之神，布里吉德和图伊瑞恩的儿子。他是一位工匠之神，与他的兄弟高伯纽和卢奇达一起制造武器抗击弗莫尔人。帮助迪安斯彻特制造银假体以替换银臂努阿达在战斗中失去的手臂。

Creonte　克瑞翁

希腊神话中，俄狄浦斯之母伊俄卡斯忒的兄弟。当俄狄浦斯意识到娶生母为妻后，便拔去眼睛，弃掉宝座，与此同时，母亲伊俄卡斯忒也羞愤自杀，于是克瑞翁统治了底比斯，直到俄狄浦斯最小的儿子厄忒俄克勒斯夺取王位。大哥波吕尼刻斯认为自己拥有更多的权利，克瑞翁险些在对抗波吕尼刻斯的战争中死去，最后在七雄攻忒拜战役中取得胜利，再次统治王国。克瑞翁下令禁止安葬波吕尼刻斯，因为他是整座城市的敌人，而她的妹妹安提戈涅拒绝服从命令，作为惩罚她被活埋。而他的儿子海蒙深深爱着安提戈涅，于是也自杀了。

Creso　克洛伊索斯

希腊神话中吕底亚的最后一位国王，误读了德尔斐神谕而亡国。神谕说，如若他跨过哈律斯河，就将摧毁一个帝国，殊不知崩塌的是他自己的王国，而非敌人波斯居鲁士二世的。

Creúsa　克瑞乌萨

希腊神话中，多个神话传说使用这一名字。第一位，那伊阿得斯之一，俄刻阿诺斯和盖亚的女儿，河神珀纽斯的妻子，二人有两个孩子：拉庇泰国王许普修斯和斯提尔伯，一说还有达芙妮。第二位，普里阿摩斯和赫卡柏的女儿，埃涅阿斯离开特洛伊之后的第一任妻子，二人育有阿斯卡尼俄斯。第三位是雅典第一位国王埃瑞克透斯的女儿，与底比斯国王的儿子克苏托斯结婚，被阿波罗用强，生下伊翁。第四位是科林斯国王克瑞翁的女儿，伊阿宋的妻子，伊阿宋因为爱上她而抛弃美狄亚；女巫美狄亚为了报复伊阿宋，焚烧了克瑞乌萨和她的父亲，还有自己的孩子。

Crío　克利俄斯

希腊神话中，泰坦之一，野生牛羊群之神，乌拉诺斯和盖亚的儿子，欧律比亚的丈夫，育有孩子阿斯特赖俄斯、帕拉斯、珀耳塞斯和帕拉斯；根据帕萨尼亚斯，他与地母盖亚生下巨蟒皮同。

Crisaor　克律萨俄耳

希腊神话中的巨人之神，波塞冬和美杜莎的儿子，和卡利洛厄育有孩子革律翁。当珀尔修斯割美杜莎首级之时，他和兄弟珀伽索斯从美杜莎喷出的血液中诞生，最后他成为一名战士，他的剑用黄金铸成。

Cromo　科洛莫斯

希腊神话中代表两个人物。第一个是吕卡翁的儿子，由于他跟随其父施行暴政，牺牲人做祭品，最后被宙斯变成狼。第二个是海神波塞冬的儿子，住在科林斯，给该地区取名科洛弥昂。

Crono o Cronos　克洛诺斯

在罗马神话中被称为萨图恩，他是十二泰坦中最小的那一位，乌拉诺斯和盖亚的儿子。兄弟百臂三巨人被乌拉诺斯监禁起来了，他是唯一一个帮助母亲解救他们的人。克洛诺斯阉割了他的父亲，成为宇宙的主神。他与姐姐瑞亚有六个孩子，但随着孩子出生他便把他们都吞了，因为他知道其中一个孩子将会夺取他的权力。瑞亚把最后一个藏起来了，就是宙斯，她把宙斯裹在布中交给乌拉诺斯。宙斯长大后，他逼迫父亲吐出其他的孩子，随后爆发了一场对抗泰坦的战争，最后将泰坦关在塔尔塔洛斯中（见词条 Hades）。克洛诺斯原是一个农业神，与种植和收获有关，因此用镰刀表示他，后来代表时间和收获生命的能力。

Cthulhu　克苏鲁

美国作家霍·菲·洛夫克拉夫特创造的原始神灵之一，是早在人类出现很多年以前在地球上居住的神族。原始神灵由原型神创造，二者发生对抗。原型神住在恒星参宿四附近，他们处罚原始神灵，将其首领阿撒托斯和约格·索托斯派到一个"混沌"的时空。克苏鲁被判处到拉莱耶的淹没岛上昏睡。伊索格达被放逐到北极。撒托古亚被关押在古老的极北族人处的一个山洞里。哈斯塔被封闭在毕宿五附近的星宿。加塔诺索阿被封闭在冥王星，只有众神的使者奈亚拉托提普没有受到处罚。较小的神都集中禁闭在城市卡达斯。克苏鲁是关押在拉莱耶众神的领导和保护者，拉莱耶是海下的一个星球。他们不能活动，但有意识，通过梦境与人类交流。传说，总有一天神灵会重新主导曾经属于他的王国。他们的外貌都很可怕，譬如克苏鲁，长着章鱼头或鱿鱼头，生有无数触须，带翼飞龙的身体上布满了凝胶鳞片。洛夫克拉夫特创造的第一个很特别的神是达贡（1917 年），这一创作是受非利士地中海东部同名半人鱼神灵的启发。

Cuatlicue　库亚特利库埃

见词条 Coatlicue。

Cuatro-agua　太阳水

纳辉·阿特尔斯是阿兹特克神话中五个太阳纪中的第四个。一直由水女神查尔西乌赫特利库埃统治，直到一场持续五十二年的大洪水将整个地球淹没，唯有鱼儿生还。只有一个男人和一个女人借助柏树树干得以逃脱灾难，但特兹卡特利波卡将他们变成了犬。魁札尔科亚特尔化成索洛托狗头神的样子，漫步到死人国度，用鲜血洒满白骨，将生命还给人类。这个太阳纪持续了六百七十六年。

Cuatro-fuego　太阳火

纳辉·基亚辉特利是阿兹特克神话中五个太阳纪中的第三个。这一时期由雨神特拉洛克统治，但发生了大爆炸，一场大火结束了地球上的生命，只有鸟类获救。这个时代持续三百一十二年。

Cuatro-jaguar　太阳豹
纳辉·奥赛洛特利是阿兹特克神话中五个太阳纪中的第一个。这一时期，特兹卡特利波卡创造人类。然而，这一时期的人类是有缺陷的，且非常巨大，太阳也是不完整的。特兹卡特利波卡用手杖推倒了特斯卡特利波卡，将其投进水中，美洲豹吞噬了第一个太阳，然后又吞噬了所有人。这个时代持续六百七十六年。

Cuatro-movimiento　地震阳
阿兹特克神话中五个太阳纪中的第五个。当纳纳华特辛投向祭祀的火中，其他众神用他的鲜血促使新的太阳运转，开启新纪元。这一刻发生在特奥蒂瓦坎仪式中心，与此同时征服者到来。太阳和月亮的诞生引发大地震，从地球深部走出了怪物神灵，他们来自黑暗，目的是要毁灭人类。根据其神话故事，那一天并不遥远。

Cuatro-viento　太阳风
纳辉·埃切卡特利是阿兹特克神话中五个太阳纪中的第二个，经过一片长时间的黑暗之后产生了这一时期。奎泽克特用其圣气创造了人类，但他的对手特兹卡特利波卡产生强风，摧毁了所有的树木，几乎杀死了所有的人类，只有少数人变成了猴子。这个时期持续三百六十四年。

Cuchivilu　库奇维鲁
奇洛埃神话中，半猪半蛇神，生活在沼泽中。如果你听到他的尖叫声，则说明一个人的寿命将缩短；若你同他在同一池水中沐浴，就会长疥疮。

Cuchulain　库胡林
爱尔兰凯尔特神话中的英雄人物，太阳神鲁格的儿子。原名瑟坦达，绰号库·胡林，意为"库兰之猛犬"，他杀掉了猎犬库兰，于是代替他守护其主人，名字由此而来。拥有超人的力量，身体能够变得极为畸形怪异。除了太阳英雄，他还被爱尔兰人认为是光之神。在其最著名的神话中，女王梅芙有一头白角神牛，后来弃她而去投奔了丈夫艾利尔，而公牛库利是唯一能够与白角神牛对抗的，因此女王想要夺取库利神牛。库胡林保护公牛不被夺走，奋勇对抗梅芙派出的爱尔兰人。在战斗中，库胡林孤身一人面对爱尔兰人大军，展开了激烈的厮杀；同时，库利战胜了白角神牛。被库胡林杀害的一位巫师名叫卡拉丁，他有三个儿子，梅芙派他们到国外学习魔法和巫术。他们回国后拥有三支神奇的长矛，用其杀死了库胡林报仇雪恨。

Cuélebre　库耶列布希
带翼的蛇或龙，保卫藏在坎塔布连山洞里的宝藏。他唯一的弱点是脖子，据说使徒圣地亚哥曾在德拉瓦尔克拉圣比森特附近杀死了一位库耶列布希。当库耶列布希变老后就会飞往库亚哈达海，那是一个遥远的地方，海底充满了钻石。

Cuerno de la abundancia　丰饶角
希腊神话中，喂养宙斯的丰饶羊角之一，那时瑞亚为了阻止克洛诺斯吞掉宙斯而把他藏了起来。有关丰饶角有很多说法，一说山羊的角折断了，于是山羊或是阿玛耳忒亚便用自己的乳汁将宙斯喂养大，也有说法是宙斯折断了山羊的角，后将阿玛耳忒亚作为富饶的象征。另一个版本的传说中，阿玛耳忒亚变为阿刻罗俄斯（见词条 Aqueloo），他化作牛形与赫拉克勒斯争斗。此后，丰饶角成为数个神话人物的特征。

Cuervo　乌鸦

盎格鲁 – 撒克逊国家淘气或施展骗术的神灵，也是北美西北部几个土著民族神话中的创造者，如海达族和茨姆族。据神话讲述，乌鸦在人类存在前就住在神界。有一天，因为实在百无聊赖，便衔一块石头飞来，丢在海洋上空。石头开始扩大，形成了人类生活的世界。在奥林匹斯北部海湾普吉特海湾，大灰鹰是太阳、月亮、星星、水和火的守护者，他把这些都隐藏起来，使人类生活在黑暗之中。乌鸦把这些东西偷走，带给了人类。一路上，火的烟雾使他的羽毛变黑。在北美中原这个角色是土狼，大西洋地区是美国貂。

Cuichu o Chuichu　库伊丘或丘伊丘

印加神话中的彩虹之神。

Culan　库兰

爱尔兰凯尔特神话中，康奇厄伯·麦克·涅萨统治时期阿尔斯特的守门犬。这个动物实力强大，力量胜似一个军队。但有一次，年轻人瑟坦达被邀请参加聚会，忘了告知库兰，男孩被迫杀了库兰方可进入。这个男孩后来成为守门人，被称为库胡林或库兰之犬。

Culebre　库列布什

见词条 Cuélebre。

Culsu　库尔苏

伊特鲁里亚神话中，铁栅栏和大门之神，与门神库尔桑斯相近，相当于罗马神话中的杰诺。

Cuniraya　库尼拉亚

安第斯山脉中部地区的神灵，是该地区最古老的神之一，自公元前 2600 年开始尊崇，早于印加神灵。他化装成乞丐在凡间行走，赐予人和动物物品或权力。库尼拉亚和卡慧亚卡的神话故事很有名，圣女卡慧亚卡违背意愿有了身孕，最后变成石头。

Cupido　丘比特

见词条 Amor。

Curetes　库瑞忒斯

希腊神话中，盖亚的孩子们，一说是索科和库姆的孩子，被他们的父亲逐出埃维亚岛，前往弗里吉亚教育神灵狄俄尼索斯。当瑞亚将她的儿子宙斯藏到克里特岛，他们前来保护孩子，用他们的剑和盾牌制造噪声，避免克洛诺斯听到孩子的哭声。他们还用舞蹈保护萨格勒奥不受泰坦伤害。在绑架宙斯的儿子厄帕福斯后，被宙斯杀死。

D

Dáctilos　达克堤利

希腊神话中，住在伊达山的一群古老的精灵，对于其起源说法不一。一说他们是赫利俄斯和赫拉的孩子，与忒尔喀涅斯相关。最有趣的说法是，盖亚把她的手指伸到伊达山的泥土里，就这样生出了达克堤利，一共十个或几十个。他们是手指的化身。达克堤利是铁匠和治疗师，其中有三个最为著名：派俄尼俄斯，与阿斯克勒庇俄斯有关，还有厄庇墨得斯和伊阿西翁，据说是他们教给了人类加工铜和铁的方法。

Dafne　达芙妮

希腊神话中，河神珀纽斯的女儿。达芙妮是这样入场的：阿摩尔在摆弄着弓箭，他杀死了巨蟒皮同，阿波罗因此取笑阿摩尔。阿摩尔为了复仇，朝达芙妮射出一支铅箭，又朝阿波罗射出一支金箭，由此导致一个人追求爱情，而另一个拒绝爱情。这样，阿波罗不断追求达芙妮，而达芙妮为了躲避他向上帝求助。宙斯（一说河神珀纽斯）怜悯同情她，将她摇身一变，变为月桂树。最后阿波罗请求将她供奉在树上。

Dagan　达甘

乌加里特崇拜的迦南谷物神，在幼发拉底河地区和巴比伦地区阿摩利人尊他为植被之神，而腓尼基人和以色列人则尊其为大衮或达贡，该名启发洛夫克拉夫特创造了鱼神达贡。他是巴力的父亲。

Dagda　达格达

爱尔兰凯尔特神话中的德鲁伊神灵，司掌知识、法学和战士的神祇。人们认为他是善神，在达努神族对阵弗莫尔的第二次莫伊图拉战争中，竭力帮助达努神族。达努神族之母达纳的儿子。有几个绰号，譬如埃奥奇德，意为"所有人的父亲"，贪食之人，时刻追求性爱。他有一个魔法锅，里面的食物取之不尽，用之不竭，还有一架神奇的竖琴，可以独自演奏。传说他手中有根奇特的巨棍，一端可以杀敌而另一端则有起死回生的力量。

Dagón　达贡

也称达甘或大衮，幼发拉底河河神，恶魔样貌。起初，同阿达德和恩利尔一样，三位都是时间之神。腓力斯丁人崇拜这位植被之神，其名字意为"谷物"，但希伯来人使用后觉得不适宜，因为"dag"在他们的语言中意为"鱼"，于是将他尊为半人半鱼神。1917年，美国作家霍·菲·洛夫克拉夫特使用这一形象创作了海怪达贡，为整个神话开启了一扇大门（见词条Cthulhu）。

Dagr　达古

北欧神话中，白日的化身，黎明之神德尔林与夜之女神诺特的孩子，骑着一匹名为斯基法克西的马，马的鬃毛间射出极亮的光，为世界带来光明与喜悦。

Daikoku　大黑天

日本神道中代表好运的七福神之一。起源于神道 – 佛教，司掌健康和农业的神明，其形象为手持魔杖、脚踏米袋。

Daimón　戴蒙

希腊神话中的半人半神，同忒尔喀涅斯或达克堤利，在基督教神话中相当于坠落的恶魔或天使。"Daimón"一词源自"daemon"（半神半人的精灵），由此产生"demonio"（恶魔）。

Daitya　达伊提耶

印度教中，底提和迦叶波的儿子们，同众神作战的巨人族，对天神始终心怀妒意。也被称为"阿修罗恶魔"。

Daksha　达刹

印度教中，牲畜之神，产生于梵天的右脚大脚趾。湿婆妻子萨蒂的父亲。达刹举办盛大祭祀，未邀请湿婆参加。丈夫未被邀请，萨蒂感到受辱，愤而投火自焚。湿婆闯入宴会，引发一场灾难。自此，湿婆每流下一滴愤怒的汗水，就会变为一种疾病的怪物。梵天控制湿婆，将疾病分为多种形式，并以不同的方式影响每个物种。

Damballa　丹巴拉

最重要的海地伏都教神灵之一。海湾家族的洛阿（见词条 Loa），善神，蛇的化身，被认为是其他洛阿的父亲。与蛇神阿依达·维多和爱尔斯利结婚。同圣帕特里克。

Damkina o Damnalguna　达姆金娜或达姆伽尔努娜

母亲之神，巴比伦神话中恩基的妻子，育有马杜克。在拉伽什和乌玛广受尊崇，用鱼做祭祀。

Damnameneo　达玛墨纽斯

希腊神话中的几个人物：忒尔喀涅斯之一；库瑞忒斯之一，保护年幼的宙斯；达克堤利之一，不停追赶梅利斯迫使他自杀。

Damón　达蒙

希腊神话中，忒尔喀涅斯之一，统领九个海怪，教授他们在地中海地区冶金。黛西特亚的父亲，黛西特亚是米诺斯的妻子之一。

Dana, Danu o Danau　达纳、达努或达纳乌

爱尔兰凯尔特神话中，达努神族的母亲，他们被称为"达纳的孩子"；同时，她也是爱尔兰人的母亲。光明之神贝利的妻子，德鲁伊之神达格达的母亲，也是戈瓦农、尤德、阿玛埃托恩、怀迪恩和女神阿利安尔霍德的母亲。欧洲人对她很是景仰崇拜，称她为阿伊努或安努，认为她是美索不达米亚创世神。随着时间的推移，最终与女神布里吉德合二为一。

Dánae　达那厄

希腊和罗马神话中，阿尔戈斯国王阿克里西俄斯的女儿，神谕预言说国王将死于孙辈之手。为了避免发生这样的事，国王将女儿幽禁在地下室，让任何男人都不能接近她。然而，宙斯化作金雨进入监狱，让她怀上了珀尔修斯。国王和他们和平相处了很长一段时间，但最终还是被珀尔修斯所杀。

Danaides　达那伊得斯

希腊神话中，睡神达那俄斯的五十个女儿，达那俄斯是埃古普托斯的孪生兄弟，二人是柏罗斯和安基诺的两个儿子。埃古普托斯有五十个儿子，达那俄斯因为害怕他的兄弟于是逃离非洲，在阿尔戈斯避难，那里的国王赐予他荣华富贵。后来，埃古普托斯的五十个儿子将迎娶达那俄斯的五十个女儿达那伊得斯，但每个女儿都接到了父亲的指示，即在新婚之夜杀死自己的丈夫。只有大女儿许珀耳涅斯特拉没有杀死丈夫，因为丈夫林叩斯非常尊重她。因为这件事情，达那伊得斯被判处填满井水，而这口井是无底洞，永远没有尽头。

Dánao　达那俄斯

在希腊神话中，柏罗斯和安基诺的儿子，埃古普托斯的孪生兄弟。达那俄斯因为害怕他的兄弟于是逃离非洲，到阿尔戈斯避难，那里的国王赐予他荣华富贵。他将自己的五十个女儿达那伊得斯嫁与埃古普托斯的五十个儿子，并命令她们在新婚之夜杀死自己的丈夫。其孙辈们为达那俄斯们。

Daramulum　达拉姆鲁姆

澳大利亚土著神话中，天空和水之神，卡米拉罗人的巫师和月神之庇护神。巴伊亚梅和比拉赫格诺洛的儿子之一。

Dárdano　达尔达诺斯

希腊神话中，宙斯和普勒阿得斯之一厄勒克特拉的儿子。他谋杀了弟弟伊阿西翁以夺取阿卡迪亚的宝座，后被人民驱逐出境，只得前往弗里吉亚，在那里娶了透克诺斯的女儿。

Daucina　达乌西纳

美拉尼西亚斐济岛上，水手和渔民之神。也是一个淘气乖张的神灵，司掌引诱妇女的下流行为。

Dédalo　代达罗斯

希腊神话中，迈锡尼国王米诺斯迷宫的建筑师和发明者。他将逃离方式教给阿里阿德涅，而她则告知了忒修斯，帮助他逃脱。米诺斯震怒，将代达罗斯和他的儿子伊卡洛斯幽禁在迷宫中。为了逃脱，代达罗斯制造了蜡质翅膀，飞行途中伊卡洛斯距离太阳太近，翅膀烧毁，掉进了大海里。代达罗斯穿越了整个爱琴海，平安抵达西西里，科卡罗斯王与他的女儿们一起杀死了米诺斯。

Dedún　戴顿

古埃及神话中，起源于埃及南部努比亚地区的神明，被认为是南部的保护者和标志，另外三位分别是代表北方的索贝克，代表东边的索佩杜以及代表西部的哈神，四人共同构成东南西北四个基点。在《金字塔铭文》中他被称为努比亚之主，普恩特之神，普恩特位于阿比西尼亚海岸，是熏香的发源地。他负责在人们出生时燃烧熏香，以驱逐邪恶的生灵。

Deidamia　得伊达弥亚

希腊神话中，斯库罗斯岛国王吕科墨得斯的女儿。特洛伊战争开始时，阿喀琉斯女扮男装，藏在她父亲的王宫里，二人成了爱人，生下涅俄普托勒摩斯。

Deimos　得摩斯

希腊和罗马神话中最小的神，阿佛洛狄忒和阿瑞斯的儿子，恐惧的化身。他是战神父亲的随从人员。火星

（玛尔斯）的一颗卫星以其名命名（另一颗卫星是福波斯）。

Deirdre　迪尔德丽

在爱尔兰盖尔凯尔特文学中，她是诗人费代尔米德的女儿，住在康奇厄伯·麦克·涅萨王的王宫。先知卡奇巴德预言她的出生将会引起血洗。女孩非常漂亮，与苏格兰山上的牧羊少年诺伊塞私奔。康奇厄伯派宏泰寻找她，宏泰与诺伊塞的兄弟们发生对抗，引发战争。故事发生在公元前 1 世纪阿尔斯特时期。

Delling　德尔林

北欧神话中的黎明之神，名字的意思是"明亮"。夜晚之神诺特的第三任丈夫，二人育有白日之神达古。

Deméter　得墨忒尔

希腊神话中土地与农业之神。与宙斯育有一个女儿，名叫珀耳塞福涅，被哈得斯绑架。得墨忒尔通过太阳神知道了女儿被绑架的事情，宙斯担心她万念俱灰之下摧毁地球，于是迫使他的兄弟哈得斯将珀耳塞福涅送返地球。然而，哈得斯让珀耳塞福涅吃了石榴籽，强迫她每年必须回到冥界待四个月，一旦这个时候她的母亲就非常悲痛，由此产生了冬季。罗马神话中对应刻瑞斯。

Dendrites　戴奥尼索斯

希腊神话中酒神狄俄尼索斯的绰号，意为"树神"，拥有强大的施肥力。

Deucalión　丢卡利翁

希腊神话中普罗米修斯和克吕墨涅的儿子，希腊国王。据说宙斯因不满人类的行为，制造了一场大洪水来摧毁人类（据说是吕卡翁后裔的缘故），丢卡利翁和皮拉听从普罗米修斯的劝告建造了一艘船（方舟），最后只有他们二人获救。得以生还之后，他们向忒弥斯祈求恢复人类的旧观，女神谕示他们夫妻把地球母亲的骸骨扔到脑袋后面去，夫妻二人将忒弥斯的谕示理解为将石块扔到身后去。他们照着做了，就这样新的人类是从石块中创造出来的。

Deva　德瓦

印度教中该词代表神灵、神仙或超自然崇高善良的神明。共有六十位左右，其中著名的男神有火神阿耆尼、因陀罗、索玛、伐楼拿、马鲁塔斯、陀罗、毗湿奴、梵天、特尤斯和生主普拉哈帕提，女神有萨拉斯瓦蒂、湿婆和斯里。吠陀文学中共列出三十三位神灵，印度教后期共有一千万个神灵，分别用这三十三种方式呈现。天神之王是因陀罗，东方领主；阿耆尼，火神，司掌东南部；阎罗，死亡和正义之神，南部之神；伐楼拿，海洋之神，西方领主；伐由，风之神，掌管西北部；库贝拉，健康之神，司掌北方；索玛，东北部领主。

Devi　戴维

印度教中，德瓦女性神灵的表现形式，印度教万神殿的女神，主神为杜尔迦，帕尔瓦蒂的化身之一，湿婆的妻子。沙克蒂是至高神灵，毗湿奴、湿婆、拉克希米或帕尔瓦蒂也代表神的力量。

Deyanira　得伊阿尼拉

希腊和罗马神话中，卡吕冬国王俄纽斯的女儿，赫拉克勒斯之妻，赫拉克勒斯在与阿刻罗俄斯的战斗中得到了妻子，深爱着她。一次过河时，赫拉克勒斯把她交给了半人马怪涅索斯，让他帮助妻子跨越河流，然而涅索斯爱上了她，试图侮辱她，赫拉克勒斯被迫杀了他。半人马怪临死前，交给得伊阿尼拉一件下了致命毒药的长袍，告诉她只要让赫拉克勒斯穿上袍子她就能够得到大力士永恒的爱。当赫拉克勒斯穿上时，立即中毒，疼痛至极，投身于火中。得伊阿尼拉悲痛欲绝，随丈夫自杀了。他们的孩子是赫拉克勒斯族。

Diana　狄安娜

罗马神话中十二位奥林匹斯神之一，宙斯和勒托的女儿，阿波罗的孪生妹妹。圣洁女神，贞洁的象征，未婚少女的保护者。最大的乐趣就是带着她的狗和一群像她一样的贞洁仙女在森林里打猎。她的故事与恩底弥翁、尼俄柏和阿克泰翁有关。通常被认为是露娜（罗马神话中称塞勒涅）和魔法女神赫卡忒的化身。见词条 Artemisa。

Diancecht　迪安斯彻特

爱尔兰神话中的药神。在莫伊图拉战争中与达努神族共同对抗弗莫尔族，他融合了众多草本，救死扶伤。

Diarmaid　迪卢木多

爱尔兰凯尔特神话中，芬尼亚勇士英雄，安格斯神的保护者，他的冒险经历发生在芬尼亚时期。迪卢木多迷上了芬恩的未婚妻格兰妮，那时他们已不是那么年轻，二人在婚礼上逃跑。多年以后，在本布尔本山野猪狩猎中，迪卢木多受伤，而治愈的唯一方法就是从芬恩手中喝水。国王犹豫了两次，只要一忆起格兰妮就错过了解救迪卢木多的时机，致使他最终死亡。

Dido　狄多

罗马神话中，迦太基创始人、第一位女王，也被称为伊利沙。她是推罗王贝卢斯的女儿。他的兄弟皮格马利翁为了找出藏在神殿中的宝藏，强迫她嫁给赫拉克勒斯的祭司西凯奥斯。伊利沙欺骗了他的兄弟，带着宝藏逃到了北非，那里生活着利比亚人。国王雅尔巴斯为她提供住所，并给她能够用一整张牛皮覆盖的土地。伊利莎把它切得很薄，以获得足够的空间来建造城市迦太基。利比亚人称她为狄多，后来据传因为被埃涅阿斯抛弃而自杀了，埃涅阿斯在迦太基城逗留过一段时间。

Diluvio　大洪水

淹没人类的大洪水，洪水过后仅有的几位幸存者开创新的时代。据记载，最早出现的是苏美尔大洪水，恩利尔和安努因痛恨人类的活动而发起了这场洪水以毁灭人类；恩基提前告知朱苏德拉这件事情，教他建造了一艘船，解救他和他的家人。这个故事据说源于发生在公元前 2750 年该地区的一场大洪水。后来植根于这片土地发展的阿卡德和巴比伦文化将洪水大灾难写进了神话，书写了阿特拉哈西斯和乌塔那匹兹姆史诗，后者是吉尔伽美什史诗中的幸存者。基督教在圣经中也描述了类似的大事件，诺亚的故事。希腊神话中，普罗米修斯告知丢卡利翁上帝准备制造一场大洪水毁灭人类，让他建造一艘方舟，后来他与妻子皮拉共同获救；之后，他们通过将骨头抛向身后而重建了地球。在北欧神话中，伊米尔的血液汇成了大洪水，淹没了所有的冰霜巨人，除了贝格尔米尔。在爱尔兰凯尔特神话中，圣经中诺亚的孙女凯塞尔被拒绝登上诺亚方舟，于是便独自修建方舟带领着家人和朋友航行到了爱尔兰；他们到达四十天后爆发了大洪水，唯一的幸存者是图安·麦克·凯利尔，他是第一位德鲁伊人，后来变成了鲑鱼。美洲神话中，洪水发生在阿兹特克五个太阳的第四个时期；一个男人和一个女人从大洪水中逃生，但特斯卡特利波卡把他们变成了犬，魁札尔科亚特尔用他们二人的鲜血赋予人类生命。玛雅神话中，众神进行了三次创造人类的尝试；第二次，他们试图使用木材，但缺乏灵魂，风暴之神乌拉坎制造了一场洪水毁灭人类。印加神话中，维拉科查是造物主，用洪水摧毁了第一代人类，因为这一代巨人令他感到不满。在北美，索图克南格创造了人类，同样的，他也制造了一场洪水消灭他们。在中国，大洪水爆发之时，土地之神鲧曾试图阻止，天庭震怒，将他处死；从他的身体中诞生了大禹，夏王朝的传奇创始人；禹继承父亲的事业，当时黄河泛滥周期性洪水，于是他便通过建立运河来治理。在印度神话中，《毗湿奴往世书》讲述了一条感恩的鱼（毗湿奴的一个化身）告诉摩奴洪水将至；摩奴建造了一条船，大洪水爆发后他独自登上高山顶避难；一年之后敬献给他的女性前来陪伴他，成为新人类的母亲。在波利尼西亚，源自赖阿特亚神话的鲁亚哈图引发了一场洪水，淹没了所有岛屿，只有几位渔民幸免于难；塔希提岛、夏威夷和毛利人也有类似的神话故事。有时破坏也来自火灾或是地震；原因通常为人类使上帝不高兴，上帝震怒之下决定消灭人类。其中一些神话很可能是从别的神话复制过来的。圣经故事的真实性基于提供的详细信息，但有关受灾地区的描述等在此前的神话故事中均有类似的记载。

Diomedes 狄俄墨得斯

希腊神话中有两个人物。最重要的一个是阿开亚英雄，堤丢斯和阿德剌斯托斯女儿得伊皮勒的儿子，埃癸阿勒的丈夫。参加了特洛伊战争，威逼阿伽门农让他敬献女儿伊菲革涅亚，否则舰队不能通行。与奥德修斯寻找阿喀琉斯说服他去打仗，他还前往利姆诺斯岛以获得赫拉克勒斯战后的武器。战斗中在雅典娜的帮助下他杀死了潘达罗斯，打伤埃涅阿斯和战神阿瑞斯。最后回家时，妻子和妻子的情人科墨忒斯在等待杀死他。他只得逃跑，在意大利南部建立了布林迪西。另一个狄俄墨得斯是色雷斯之王，四匹食人牡马的主人，战神阿瑞斯和库瑞涅的儿子，在赫拉克勒斯完成的第八项任务盗取牡马中死去。

Dione 狄俄涅

希腊神话中的海洋仙女，俄刻阿诺斯和忒堤斯的女儿，一说是乌拉诺斯和盖亚的女儿，泰坦女神之一。荷马认为她是阿佛洛狄忒的母亲，与她并肩作战。在多多纳她而非赫拉被认为是宙斯的妻子。

Dioniso 狄俄尼索斯

希腊神话中，宙斯和塞墨勒的儿子，一说是珀耳塞福涅的儿子。在罗马他被称为酒神巴克斯。相传，他的母亲被赫拉欺骗，请求宙斯现出真身以验证宙斯对她的爱情，因无法承受伴随主神出现的雷火而被烧死。为了挽救孩子，她请求赫尔墨斯将孩子缝在宙斯的大腿里，数月后诞生出来。在尼萨得到许阿得斯和最小的酒神半人半羊神西勒努斯的教育保护，长大后掌握了酒发酵的方法，传授给众人。他也是一个无法无天的任性情人，有许多情人，众多追随者，女祭司们甘愿放弃一切跟随他，为他举办庆祝活动，但往往以悲剧收场。赐予迈达斯国王点物成金的本领。赫菲斯托斯诱拐赫拉后，狄俄尼索斯将他灌醉，并把他送回奥林匹斯。据说，他与阿佛洛狄忒也育有后代，和阿里阿德涅生下奥诺皮恩，还有埃西斯，母亲未知。

Dioscuros　狄俄斯库里兄弟

希腊和罗马神话中的卡斯托耳和波吕克斯，宙斯之子，特洛伊海伦的兄弟。据说是宙斯化身为天鹅后同勒达结合生出的孩子。一说卡斯托耳是斯巴达国王廷达柔斯的儿子，因此他们被称为廷达柔得斯。传说波吕克斯是神仙，而卡斯托耳是凡人。妹妹海伦被忒修斯绑架，两人救出妹妹，同阿尔戈英雄一起远征，绑架琉基波斯的女儿，导致其侄子们杀害卡斯托耳。波吕克斯请求宙斯赐予弟弟不死的灵魂，于是二人在地球上双双去世后获得了永生，成为奥林匹斯山的神仙。

Dioses asesores　公正殿堂

古埃及神话中的四十二位神灵，组成冥界真理殿法庭，称死者心脏的重量。他们每个人都与生时犯下的原罪有关，嗜血成性，其法庭被认为是地狱之门，因为获罪的人将交付给死者的吞噬者阿穆特。

Dis Pater　迪斯·帕特尔

罗马神话中的哈得斯，最初为司掌肥沃土地和矿产的神灵。俗称迪斯，后与普鲁托合并，朱庇特和尼普顿的兄弟，萨图恩和奥普斯的孩子。

Discordia　狄斯科耳狄亚

罗马神话中与孔科耳狄亚相对立的神。在希腊神话里等同于厄里斯（见词条 Eris）。

Ditirambo　迪提拉姆柏

希腊神话中，酒神狄俄尼索斯的绰号，意思是"双重门"，即由母亲塞墨勒孕育，从宙斯大腿中诞生。

Div　迪乌

波斯神话中的毁坏之神，他的名字来源于原始伊朗语"daivah"，梵语"devah"（指恶魔）。他们以怪诞的方式结合了人类和动物的特点，形成新的物种，存在的唯一目的就是破坏。

Djang　德漾

澳大利亚土著神话中，塑造世界的创造性能量，环绕在我们身边，只要说几句咒语，然后触摸物体，便能够得到它。

Djanggawul　德漾卡乌尔

澳大利亚土著神话中的三个兄弟姊妹，两女一男，是他们用绿色的植被覆盖了整个澳大利亚，形成一道独特的景观。两姐妹的私处产生了秘密法宝。

Dragón chino　中国龙

龙是出现在不同东方文化中的神话形象。体积庞大，神通广大，头似驼，身似蛇，爪似鹰，掌似虎，鳞似鱼，耳似牛，一说带翅。阳气的化身，同雨和风暴有关。在中国，龙是皇帝的象征，充满侵略意味。分四大类：东方和南方神龙都起源于中国的大海；西方神龙源自印度洋；北方神龙源自贝加尔湖。此外有九种经典形象：天空之龙（天龙），精神之龙（神龙），保护珍品之龙（伏藏龙），冥界之龙（地龙），翅膀之龙（应龙），有角之龙（蛟龙），生活在水中的龙（蟠龙），黄色的龙（黄龙）和龙王。龙的儿子又分九种，负责监管监狱或桥梁，一般雕在刀子、门或香炉上。还有另外代表邪恶的小龙，称作鳄鱼和其他爬行动物。龙又是中国十二生肖之一，与朱雀、白虎和玄武并称为四大神兽，宿敌是老虎，二者有数次较量。

Dragón de la Cólquida　科尔基斯龙
希腊神话中，堤丰和厄喀德那的儿子，居于科尔基斯，在那里日夜保护金羊毛。美狄亚施计使他睡觉，阿尔戈英雄才得以偷走金羊毛。

Dragón de las Hespérides　赫斯珀里得斯之龙
见词条 Ladón。

Dríades　得律阿德斯
希腊神话中的森林仙女、树木之神。通常与特定的树相伴一生。住在树洞里的宁芙则被称为赫玛德利阿得斯。得律阿德斯树仙尤指栎树和橡树宁芙。桦树树仙被称为墨利阿得斯。

Dromerdeener　德罗迈尔得恩奈尔
澳大利亚岛屿塔斯马尼亚天空中最耀眼的两颗星之一，他的任务是结束弟弟莫伊奈的邪恶做法，在战争中将其击败，去除人类的尾巴，并为人类连接膝关节。

Druidas　德鲁伊
凯尔特人祭司，负责保护人类传统和仪式。德鲁伊用诗句传播知识，包括他们的神话、医药急救以及占卜方面的知识，因此凯尔特文化具有口口相传的传统。梅林是历史上最有名的德鲁伊魔术师。

Duberdico　杜贝尔蒂克
卢西塔尼亚的泉水和活水之神。

Dumuzi　杜姆兹
苏美尔人万神殿中伊南娜的丈夫，肥力和植物之神，被巴比伦人变作塔木兹。阿卡德人将他视作每年随季节死而复生的树神。象征为鹡鸰和椰枣树。

Durga　杜尔迦
印度教中的母亲之神，女战神，女神沙克蒂的化身。也是湿婆妻子帕尔瓦蒂的一种化身，帕尔瓦蒂前身为萨蒂。杜尔迦形态由三相神主神创造，对抗水牛摩西娑苏罗恶魔，作战中水牛可自由变形，最后女神用脚固定住他的头切断了其喉咙。

Durin　都灵
北欧神话中，都灵是中土世界中的七位矮人先祖中最早苏醒的一位。与虫兄弟默德索格尼尔从土地中共同出生，吞食原始巨人伊米尔的遗体。住在尼达维勒地下王国。J. R. R. 托尔金创作的《魔戒》中的同名侏儒便是受这个人物启发。

Dushara　杜沙拉
纳巴泰神话中的最高神，公元前 4 至前 2 世纪在佩特拉地区广受尊崇。富饶女神乌撒的丈夫。杜沙拉与宙斯相似，乌撒则类似埃及伊西斯。

E

Ea　埃亚

阿卡德神话中，掌管地下冥界之屋阿勃祖的工艺与聪慧之神。同时他也掌管淡水和海水，沃土之神。在苏美尔神话中被称为恩基，与空气之神恩利尔及其父安努并称为三大主神。在阿卡德神话中，他曾告知阿特拉哈西斯关于人类洪水的灾难，并助他造船拯救全家。埃利都是埃亚的主城，也是幼发拉底河畔最古老的城市。

Éaco　埃阿科斯

希腊神话中宙斯与河流女神埃癸娜的儿子，埃癸那岛的国王，曾经帮助海神波塞冬和太阳神阿波罗建造特洛伊的城墙。他是珀琉斯的父亲，阿喀琉斯的爷爷。

Ebisu　惠比寿

日本神话中的海神，七福神之一。是渔业和商业之神，是怀抱鲷鱼形象的幸运之神。

Eco　厄科

希腊神话中掌管山林的水泽神女，受到天后赫拉的惩罚只能重复别人对她说的话中的最后几个字。有一天厄科遇到了纳西索斯，纳西索斯一开始对她一见倾心，但是在他发现厄科的问题之后残忍地拒绝了她的爱意。伤心的厄科躲进了山洞里，留下来的只有遥远而模糊的回声。

Edda poética　诗体埃达

北欧斯堪的纳维亚神话的重要来源。《诗体埃达》是汇集了北欧古老传说和神话的手抄本，与《散文埃达》统称为埃达，是中古时期流传下来的古冰岛有关神话传说的文学集，对后来的作品产生了深远的影响。

Edimmu　埃提姆

出现在中东地区，以乌图库的外形示人（古巴比伦神话中的一种精灵），外形如鸟，有翅膀，人死后没有进行安葬，死人的灵魂就会变成乌图库。传说这种精灵能让那些不遵守仪式（比如偷吃牛肉）的人生病，让人变邪恶，或者攻击那些走在荒郊野外的路人。

Edipo　俄狄浦斯

希腊神话中底比斯国王拉伊俄斯和王后伊俄卡斯忒的儿子。一个可怕的神谕预示拉伊俄斯将会被他的儿子杀死并迎娶自己的妻子，为了逃避命运，拉伊俄斯将刚出生的俄狄浦斯丢弃在野外，然而新生儿被科林斯王国的牧人发现，并送给了国王波里玻斯，国王把他当亲生儿子般抚养长大。俄狄浦斯长大成人后得知了自己将会有"弑父娶母"的命运，为避免神谕成真，俄狄浦斯便离开了科林斯流浪到了底比斯，然而他终于没有逃脱命运的安排，他杀死了自己的亲生父亲，并且在解出了斯芬克斯的谜语之后迎娶了自己的亲生母亲。在一切真相大白后，伊俄卡斯忒上吊自杀，俄狄浦斯刺瞎了自己的双眼。

Eetes　埃厄忒斯

希腊神话中的人物，科尔基斯的国王，赫利俄斯和珀耳塞伊斯之子。与第一任妻子阿斯忒罗得娅生下两女：卡尔基奥佩和美狄亚；与第二任妻子埃狄娅育有一子：阿布绪尔托斯。为了感谢埃厄忒斯的盛情款待，以及感谢他将女儿卡尔基奥佩尔嫁给自己，佛里克索斯赠予埃厄忒斯无价之宝黄金羊毛。当乘着阿尔戈号船觅取金羊毛的英雄们到来时，埃厄忒斯对他们提出了两项考验，在第二项考验之后，伊阿宋夺取了金羊毛并且带着埃厄忒斯的女儿美狄亚逃离了科尔基斯。埃厄忒斯追踪他们多年无果，美狄亚与伊阿宋结婚多年后又回到科尔基斯帮助父亲从他兄弟珀耳塞斯手中夺回王位。

Efialtes　埃菲阿尔忒斯

希腊神话中的两个巨人：一个是乌拉诺斯的血飞溅到大地女神盖亚身上而生下的儿子，死于巨人和天神之战，当时阿波罗将箭射入了他的左眼，赫拉克勒斯将箭射入了他的右眼；另一个是指波塞冬与伊菲美迪亚所生的阿洛伊代巨人双胞胎中的一个，他们曾经想通过堆叠山峰的方式袭击奥林匹斯众神，但最终被阿波罗用箭射死。

Egeón　埃盖翁

希腊神话中的古老海神，爱琴海的人形化身。是塔拉萨或者蓬托斯和盖亚的儿子。在某些版本中被认为是百臂巨人布里亚柔斯的父亲。

Egeria　厄革里亚

罗马神话中司泉水与分娩的宁芙，是罗马第二位国王努马·庞皮里乌斯的妻子。在努马死后厄革里亚变成

了一眼清泉。

Égida　埃癸斯

希腊神话中的神盾，但在不同时代和不同版本中也被认为是山羊皮质的铠甲。据说是由赫菲斯托斯用阿玛尔忒娅的毛皮打造的，盾牌的中间据说镶嵌了珀尔修斯所砍下的美杜莎的头。也有说是绣着蛇形图案或带流苏的皮质胸甲。不管具体是何形状，埃癸斯确实为赫菲斯托斯所打造并为宙斯所佩戴。

Egina　埃癸娜

希腊神话中的海洋仙女，是河神阿索波斯与宁芙墨托珀的女儿，与阿克托耳生下了墨诺提俄斯，与宙斯生下了埃阿科斯。

Egisto　埃癸斯托斯

希腊神话人物之一，为堤厄斯忒斯与其女菲洛庇亚为推翻其兄弟、迈锡尼国王阿特柔斯所生，因为神谕预示他们结合所生的孩子能为之前死于阿特柔斯之手的孩子们报仇。后来菲洛庇亚归于阿特柔斯，故被阿特柔斯误认为己出。曾参加刺杀堤厄斯忒斯的行动，但是在了解来龙去脉后父子相认，并联手清除了阿特柔斯。之后，埃癸斯托斯和父亲堤厄斯忒斯一起统治迈锡尼。埃癸斯托斯在阿伽门农参加特洛伊战争时引诱阿伽门农之妻克吕泰涅斯特拉做他的情人。战争结束后，阿伽门农回国，二人设计杀死了阿伽门农。然而七年之后他被阿伽门农的儿子俄瑞斯忒斯所杀。

Egle　埃格勒

在希腊神话中代表多个人物：淡水仙女那伊阿得斯中的一位，是宙斯与海洋女神欧律诺墨的女儿，赫利俄

斯的妻子，美惠三女神卡里忒斯的母亲；赫利阿得斯姊妹之一，太阳神赫利俄斯与克吕墨涅的女儿；赫斯珀里得斯姊妹之一，泰坦巨神阿特拉斯与赫斯珀里得的女儿；帕诺派俄斯的女儿，与阿波罗相爱怀孕生下医神阿斯克勒庇俄斯，然而后来她出轨伊斯库斯（见词条 Corónide）；婴儿酒神狄俄尼索斯的看护者；医神阿斯克勒庇俄斯同赫利俄斯之女拉谟珀提厄最小的女儿。作为医药之神的母亲，她的名字"esplendor"（光辉），也可用在那些身体健康的人身上。这一神话人物也作科洛妮德，以她独一无二的美貌著称。

Eglé　伊格雷
立陶宛神话人物，是欧洲最古老的仙女神话之一中的主角。伊格雷是蛇之女王。少女在河里洗完澡后在自己的衣服里发现了一条蛇，但她并没有赶走蛇，而是让它留了下来。蛇用人类的声音向她道谢，很快她的身边围绕了成千上万条蛇，并且她拥有了能与各种动物交流的能力，甚至与蛇王子相识。

Egun　艾古恩
美洲黑人流传的神话中，在约鲁巴教的某些仪式大典中重获生命的祖先灵魂的名字。

Ehecatl　伊厄科特尔
阿兹特克神话中的风神和水神，羽蛇神魁札尔科亚特尔的一种变形。他的气息能够"拨开云雾见月明"。形象奇怪，鸭头或猴头；一些艺术家想象他有红鸭嘴，这一形象在墨西哥很流行，并运用这一形象进行哨子制作。第五天伊始，纳纳华特辛和特库希斯特卡特尔献身火海创造了太阳和月亮，伊厄科特尔吹了一阵风赋予他们生命。

Eingana　艾因迦纳
澳洲土著神话中生活在梦世纪的蛇女神。创世之神，所有水域、动物和人类的母亲。无阴道，需要神灵巴拉亚为其在肛门边打开一个口。

Einherjar　恩赫里亚
北欧神话中，在战斗中死去的战士们，被奥丁使女带回瓦尔哈拉。在天堂被圣女战士照顾，为了在诸神的末日助奥丁一臂之力积极训练。

Eir　埃尔
在北欧神话中埃尔是阿斯加德神族中的一名女神，她负责掌管医疗，号称最好的医生，尤其擅长草药，甚至有使人复活的能力。

Eirene　厄瑞涅
希腊神话中时序三女神之一，她们都是宙斯和正义女神忒弥斯的女儿，厄瑞涅是和平与财富的化身。

Ekchuah　艾克楚阿
玛雅神话中战士与商人的守护神，常以一个肩背口袋的黑皮肤，圆眼睛，有蝎子尾巴的男人形象示人。

Ekimmu　埃奇姆
见词条 Edimmu。

El　埃尔
在迦南人的宗教中，埃尔是最高的神明，众神之主，人类以及所有受创造物的祖先。源于闪米特语的这个词"El"被用在很多宗教中指示神明。在《圣经》中是第一个指神明的希伯来名字。在迦南乌加里特地区他被视作最重要的神灵，公牛是埃尔的象征，有时也被认为是农业之神达贡。在埃及是造物神普塔或者智能之神托特，在希腊神话里相对应的神祇是克洛诺斯。他的妻子是亚舍拉。

El Báb　巴孛
原名赛义德·阿里·穆罕默德，他以巴孛作为自己的称号（阿拉伯语意为"大门"），于1844年创立巴哈伊教。其基本教义可概括为"上帝唯一"。根据巴哈伊的教训，世界上只有唯一的上帝，上帝差遣先知对人类进行教化，列代圣使包括摩西、克利须那、佛陀、琐罗亚斯德、基督、穆罕默德和巴孛。巴哈欧拉是其最重要的一位继任者，代表上帝的荣耀。

Elche　埃尔切
在南美洲位于南回归线以南的地区的马普切神话中，埃尔切是人类的创造者。他是一位比利亚尼善神，居住在文努马普。经过比利亚尼天神战争后，他创造出世界上的第一个人类。

Electra　厄勒克特拉
在希腊神话中可指多个人物，最著名的是阿伽门农和克吕泰涅斯特拉的女儿，俄瑞斯忒斯的姐姐，当他父亲从特洛伊回国后被妻子及其情人埃癸斯托斯所杀时（一说是其丈夫的情人卡珊德拉），她在雅典。据说是她救了她的弟弟俄瑞斯忒斯，并在八年之后，当俄瑞斯忒斯年满二十岁时，他们回到迈锡尼，成功为父亲报仇。后来，厄勒克特拉与俄瑞斯忒斯的朋友、福喀斯国王斯特罗菲的儿子皮拉得斯结婚，这位国王曾收留过俄瑞斯忒斯。其他同名人物有：俄刻阿尼得斯之一，泰坦神俄刻阿诺斯和忒堤斯的女儿，达尔达

诺斯、伊阿西翁或伊阿西翁和哈尔摩尼亚的母亲；普勒阿得斯之一，泰坦神阿特拉斯和大洋神女普勒俄涅所生的女儿（一说是俄刻阿尼得斯之一），同陶玛斯生下伊里斯、阿尔珂、许达斯佩斯和鹰身女妖哈耳庇厄。

Electriona　厄勒克特律翁娜
在希腊神话中，赫利阿得斯之一，赫利俄斯和宁芙罗得的女儿。守贞一生。

Elegua　依里加
在美洲黑人神话中被称为道路之神，约鲁巴人称他为埃舒，认为他是一个邪恶的神，且是人类心灵的产物。他掌握着富裕和贫穷，换句话说，他掌握人类的命运。所有事情的发生都要经过他的许可，他是最先被崇拜的神。因此，虽然是个调皮的爱开玩笑的小神，他了解一切并改变着事物的轨迹。他相当于开路之神帕多瓦的圣安东尼奥。到达非洲的欧洲人将埃舒看作是恶魔。同时，他也被视为家园和家族的守护者，称为巴巴。

Elfos　精灵
北欧神话中的半神物种，在日耳曼语系中被称为埃尔弗斯。精灵有两种：光精灵，与甘露、阳光与大地果实之神弗雷住在精灵国度亚尔夫海姆，那里是九重界中最高的地方；黑暗精灵，住在地底下，很多时候被认为是侏儒。

Elkunirsa　埃尔库尼尔萨
是埃尔在赫梯神话中的形象，亚舍拉的丈夫。据说亚舍拉曾要求她的儿子巴力同自己睡觉，因为她质疑他

父亲的男子气概，埃尔听说之后建议巴力这样做。亚舍拉知道后非常生气，制造了长达七年的饥荒，但最终她与埃尔库尼尔萨和解，并设计陷害巴力，但是巴力的姐妹兼守护者阿娜特保护了他免受伤害。

Emperador Amarillo　黄帝
在上古神话中，黄帝在公元前 2697 年至前 2597 年这一百年间统治中国。黄帝被认为是五帝之首，他创造了中华文化，是中国汉族人民的祖先。据说黄帝在位期间，发明了中国的农历、中药、指南针和丝绸文化。

Enanos　侏儒
北欧神话中生长在以巨人伊米尔的尸体为食的蠕虫里的矮小物种。他们生活在地下，以金属制造手艺和善于锻造神剑和魔法戒指而闻名，制造了托尔之锤、奥丁之矛和德罗普尼尔之戒指。能预言，有隐身术，会变形，在有很多矿物宝藏的地方生活工作。据说一个侏儒死时会有另一个新的侏儒从岩石里冒出，以此延续侏儒的物种。

Enbilulu　恩比卢卢
苏美尔神话中，保护圣河底格里斯河和幼发拉底河及其运河的河神。

Encélado　恩克拉多斯
希腊神话中的一位巨人，乌拉诺斯的血飞溅到盖亚身上生出的孩子。因为反对宙斯而战败，后来被雅典娜埋葬在埃特那山下。据说埃特那山上的火焰来自于他伤口摩擦地面时痛苦的喘息。

Endehuanna　恩德华纳
阿卡德帝国萨尔贡大帝之女，月神南纳和天空女神、沃土女神伊南娜的大祭司，被卷入她父亲的政治冲突中。

Endimión　恩底弥翁
古希腊神话人物之一。常年于小亚细亚拉特摩斯山中牧羊和狩猎。有一天晚上，当月神阿尔忒弥斯（最初的版本为塞勒涅）驾车穿过天空时对恩底弥翁一见钟情，这个牧羊人美好的睡颜让月神忍不住停下来吻他。宙斯因此让这个少年永远沉睡在梦境中不会老去，从此以后月神每晚都会下凡亲吻他。

Endovélico　恩多维利克
古罗马之前凯尔特伊比利亚神话中最著名的神。健康之神，土地之神，自然之神，相当于罗马神话中的埃斯科拉庇俄斯。

Enéada　九柱神
九柱神是在太阳神的崇拜中心赫里奥波利斯受到崇拜的九位神祇，是埃及神话中九位最重要的神祇，包括：创世神阿图姆，风神舒，雨神泰芙努特，天神努特，大地之神盖布，冥王俄西里斯，死者的守护神伊西斯，干旱之神塞特和妻子、死者的守护神奈芙蒂斯。

Eneas　埃涅阿斯
罗马神话中的拉丁英雄，相当于希腊神话中的奥德赛，希腊《奥德赛》中的主要人物。安喀塞斯王子与爱神维纳斯的儿子。维吉尔的《埃涅阿斯纪》描述了埃涅阿斯从特洛伊逃出，长途跋涉到达拉齐亚，在那里同拉丁努斯之女拉维尼亚结婚（发妻克瑞乌萨死于特洛伊城），及其后裔建立罗马城的故事。

Eneo　俄纽斯

希腊神话中的人物，卡吕冬国王，波尔塔翁和欧律忒的儿子。酒神狄俄尼索斯赠与他第一杯葡萄酒。因为在祭祀中忘记了阿尔忒弥斯女神，为了报复俄纽斯，阿尔忒弥斯把著名的卡吕冬野猪放到了俄纽斯的土地上，最终野猪被他的儿子墨勒阿革洛斯打倒。

Enio　厄倪俄

希腊神话中象征战争的残忍的女神，经常作为战神阿瑞斯的陪伴出现。她的称号是"城镇的终结者"，常表现为身披鲜血，手拿武器。她的罗马神话对应者是贝罗娜。

Enki　恩基

在美索不达米亚神话中是智慧、土地、魔术和医药之神，是安神和基神的儿子，恩利尔和伊南娜的兄弟。恩利尔觉得人类太吵，于是放出洪水来消灭他们。但是，恩基传授阿特拉哈西斯建造方舟，其家族因此存活下来。恩基居住在冥界之屋阿卜杜，这个王国位于埃库尔山上，淡水沼泽环绕其间。他的代表符号是一只山羊和一条鱼，后来合成了摩羯座。恩基的主城是埃利都。

Enlil　恩利尔

苏美尔和阿卡德神话中的神祇，大地和空气之神，同时也是战神及风神，天神基和安的儿子，恩基和伊南娜的兄弟。他出生的时候，用风的暴烈力量，将自己的母亲和父亲分开，从此就成为了至高神。恩利尔是尼普尔城邦的保护神，拥有名为"天机表"的天命书板。洪水灭世就是恩利尔造成的。被视为创世之神。是很多重要神明的父亲：阿达德，内尔伽勒，尼努尔塔，帕尼尔萨格和萨巴巴。

Enmesharra　恩梅沙拉

美索不达米亚神话中的冥界最小神，宁梅沙拉的妻子，在一些神话版本里是恩利尔的祖先。外形是一只鸽子。

Enómao　俄诺玛俄斯

古希腊神话中，埃利斯城比萨国王，哈尔皮娜和战神阿瑞斯之子。俄诺玛俄斯曾经得到一个预言：他将会被自己的女婿杀死，为了阻止这一事情发生，他通过战车赛杀死了十三个来向希波达弥亚求婚的人，为了娶到希波达弥亚，珀罗普斯决定与俄诺玛俄斯比赛。在俄诺玛俄斯的车夫弥尔提洛斯和希波达弥亚的帮助下，珀罗普斯战胜俄诺玛俄斯，俄诺玛俄斯因翻车被缰绳缠住，而被马拖死了。

Ensipazianna　恩熙帕兹安纳

苏美尔神话中统治苏美尔的第三大城市拉拉克（仅次于埃利都和巴特迪比拉）长达两万八千年的的国王。

Enuma Elish　《埃努玛·埃利什》

巴比伦的创世史诗。诗作内容随时代不断更新变化，到巴比伦主神马杜克时期，史诗主要描写了他的伟大事迹，以顺应当时社会政治的发展。名字取于史诗起首句——天之高兮。

Eolo　埃俄罗斯

希腊神话中代表很多人物：第一个是希腊人之父赫楞与宁芙俄耳塞斯的儿子，是埃俄利亚的统治者，希腊国家中埃俄利亚族的祖先。埃俄罗斯娶厄那瑞忒为妻，并和她育有众多子女。埃俄罗斯还和半人马喀戎的女儿墨拉尼珀有一个私生女，名为阿耳涅。另一个埃俄罗斯指的是波塞冬和阿耳涅的儿子，而阿耳涅是第一个埃俄罗斯的女儿，所以第二个埃俄罗斯可以看成是第一个埃俄罗斯的孙子。第三个是风神，希波忒斯的儿子。一说他负责看管风神阿涅摩伊，他把风禁锢在埃俄利亚岛一个山洞里，埃俄罗斯能够自主或是按照神祇的命令而决定施放。他给了奥德修斯一满袋风，但奥德修斯没能很好地利用。

Eos　厄俄斯

古希腊神话中的泰坦神，忒亚与许珀里翁的女儿，黎明女神，太阳神赫利俄斯和月亮女神塞勒涅的姐姐，对应罗马神话中的欧若拉。每天她都从海中的寝殿浮起宣布她弟弟赫利俄斯的到来。她是刻法罗斯的情人，与他育有三个儿子：法厄同、提托诺和赫斯珀洛斯；与提托诺斯育有埃马提翁和门侬；她也是克利托斯的情人；她的情人中最有名的是埃俄斯，风的守护者，厄俄斯与他生育了四位风神：玻瑞阿斯、仄费罗斯、欧洛斯和诺托斯，还有启明星福斯福洛斯以及其他星辰。然而她对俄里翁的热情并没有得到回应。

Eósforo　厄俄斯福洛斯

希腊神话中，厄俄斯和阿斯特赖俄斯、阿特拉斯、埃俄罗斯或珀耳塞斯的儿子，启明星（金星）的化身，赫斯珀里斯、刻宇克斯和代达利翁的父亲。也称为福斯福洛斯。

Épafo　厄帕福斯

希腊神话中宙斯和伊俄的儿子，伊俄由于受到天后赫拉的嫉妒被变成一头牛，然后赫拉又派了一只牛虻来不停地叮伊俄。母牛被吓得到处奔逃，最后逃到了埃及，在那里宙斯将她变回人形，并且生下了厄帕福斯。厄帕福斯被库瑞忒斯抓捕，结果母亲伊俄在叙利亚找到了他。厄帕福斯与尼罗河神的女儿、宁芙孟菲斯结婚，并在此地（孟菲斯）建立了古埃及的首都。厄帕福斯是吕西阿纳萨和利比亚的父亲，他们也是俾格米人和埃塞俄比亚人的祖先。厄帕福斯最终被天后赫拉派去的泰坦神所杀。

Epimeteo　厄庇墨透斯

希腊神话中的第二代泰坦神，第一代泰坦神伊阿珀托斯和克吕墨涅的儿子，阿特拉斯、普罗米修斯和墨诺提俄斯的兄弟。厄庇墨透斯代表着反思（后见之明），因此只能看到过去的事物，而他的兄弟普罗米修斯（先见之明）则只能看到未来的事物。宙斯委托他在地球上造人，他同潘多拉结婚，潘多拉曾被其兄普罗米修斯拒绝。在天文学领域，土卫十一（厄庇墨透斯）和土卫十八（伊阿珀托斯）占有相同的轨道。

Epona　艾波娜

凯尔特和罗马神话中马匹的守护神，掌管生育、自然以及死亡，因此人们认为马匹能够引渡亡灵到达另一个世界。艾波娜来自高卢神话，在爱尔兰她被称为埃迪安，相当于高卢神话中的皮威尔之妻里安农，在高卢，她被迫变成母马来驮运她丈夫的访客。她在罗马到多瑙河流域，尤其是罗马骑兵之中备受推崇，在百姓家中被看作财富和繁荣的象征。她是罗马万神殿中唯一的高卢女神。在罗马帝国的首都这位神在十二月十八日那天被人民膜拜和推崇，传说是因为母马与罗马人弗尔维乌斯·斯特鲁斯的关系。

Epulones　埃普罗奈斯

罗马神话中负责准备圣宴的教士。一般由七个人组成，但是在凯撒大帝统治罗马期间变成由十个人组成。

Equidna　厄喀德那

希腊神话中，福耳库斯和刻托之女（另说是塔尔塔洛斯和盖亚之女），宁芙。她的上半身是美貌的女子，下半身却是蛇的躯体，与丈夫堤丰住在伯罗奔尼撒的洞穴中。所有经过他们居住地方的人都会被她吃掉，厄喀德那的结局是在睡觉时被百眼巨人阿尔戈斯杀死。

Equión　埃基翁

在希腊神话中对应多个人物：一个是阿尔戈英雄之一，赫尔墨斯和亚马逊女战士安提阿臣涅拉之子，欧律提翁的孪生兄弟；另一个是从国王卡德摩斯洒下的龙的牙齿中生出，卡德摩斯女儿阿高瓦的丈夫，蓬托斯的父亲。

Erebo　厄瑞玻斯

希腊神话中，黑暗地带与深渊的化身，居住着亡灵。卡俄斯的儿子，夜神尼克斯的哥哥，并且和她生下了爱神，诞生了光明与白日。在晚期的神话中，他也是哈得斯地下世界的两个区域之一，亡灵在那里停靠。

Erecteo　厄瑞克透斯

希腊神话中，雅典的第一个国王，潘狄翁的儿子，布忒斯、普洛克涅和菲罗墨拉的兄弟，刻克洛普斯和普洛克里斯的父亲。将谷物种植和对雅典娜女神的崇拜引进雅典，一说这是他与大地女神盖亚的儿子刻克洛普斯所做。在色雷斯人侵略雅典时，厄瑞克透斯听从神谕将他的小女儿献祭，色雷斯国王因此而死。厄瑞克透斯最终受到宙斯和波塞冬的惩罚而死。

Ereshkigal　埃列什基伽勒

在美索不达米亚神话中，埃列什基伽勒是苏美尔人和阿卡德人的冥世女主宰，地下世界的统治者。她是伊什塔尔的姐妹，内尔伽勒的妻子，她被神龙库尔挟持带到了地狱，在希腊神话中也被看作是珀耳塞福涅。

Eresictón　厄律西克同

希腊神话中统治帖萨利亚的特里俄帕斯的儿子赫利阿达斯之一。曾经很放肆地砍倒圣树用来建造主办宴会的大厅，被农业女神得墨忒尔惩罚永世受饿。

Erictonio　厄里克托尼俄斯

希腊神话中赫菲斯托斯和盖亚的儿子，事实上是赫菲斯托斯企图强奸雅典娜时洒出的精子落在了土地上。厄里克托尼俄斯刚出生，雅典娜就把他放进了一个盒子里并且命令三姐妹赫耳塞、潘德洛索斯和阿格劳洛斯永远不要打开盒子，但是三姐妹忍不住好奇打开了盒子，在看到厄里克托尼俄斯的瞬间她们疯了。厄里克托尼俄斯最后成为了雅典的国王。

Éride　不和女神

见词条 Eris。

Erígone　厄里戈涅

希腊神话中伊卡里俄斯的女儿，伊卡里俄斯是酒神狄俄尼索斯虔诚的崇拜者，酒神将酿制葡萄酒的秘方传给了他。厄里戈涅是酒神的情人，酒神在她家住过一段时间。在她父亲伊卡里俄斯被一群牧民杀死后，她开始了寻找父亲尸身的流浪，直到有一天她的狗迈拉将她叫醒，领她找到了伊卡里俄斯被抛尸的地方。厄里戈涅将父亲的尸体安葬，并在旁边的树上上吊自杀。另一个名叫厄里戈涅的人物是俄瑞斯忒斯的姐妹兼妻子，当她知道是她丈夫杀了自己的父母时，她并没有向他丈夫报仇，而是结束了自己的生命。

Erimanto　厄律曼托斯

在希腊神话中对应多个人物，主要的人物是厄律曼托斯河的河神，以及太阳神阿波罗的一个儿子，他看到爱神阿佛洛狄忒和阿多尼斯睡觉后的胴体后被阿佛洛狄忒弄瞎了双眼，为了替儿子报仇，阿波罗杀死了阿多尼斯。

Erinia　埃利尼亚

罗马神话中农业女神得墨忒尔的别称，在罗马她也被称为刻瑞斯·埃利尼亚，铁面无私的人，埃利尼亚来源于"erine"，表示"带刺的"或者"不合群的"。

Erinias　厄里倪厄斯

希腊神话中的复仇三女神，名字分别为提西福涅（复仇女神）、墨盖拉（嫉妒女神）和阿勒克托（不安女神）。关于厄里倪厄斯的父母，赫西俄德说她们是盖亚吸收了乌拉诺斯被克洛诺斯阉割后飞溅的血液所生出的女儿；埃斯库罗斯说她们是夜神尼克斯的女儿。她们生活在冥界，只在惩罚人间的罪孽时才来到地面

上。在关于厄里倪厄斯的神话中，最著名的是俄瑞斯忒斯的神话。俄瑞斯忒斯是特洛伊战争中希腊联军的领袖阿伽门农的儿子，他犯下了弑母重罪，于是厄里倪厄斯开始追究、将俄瑞斯忒斯逼疯。在罗马神话中，厄里倪厄斯的对应者是孚里埃。

Eris　厄里斯

希腊神话中的不和女神，她的对头是和谐女神哈尔摩尼亚。赫西俄德描述她为很多不幸之母，她的儿女有：屠戮之神、争端之神和遗憾之神（珀诺斯），遗忘之神（利提），饥荒之神（利墨斯），痛苦之神（欧葛伊尔），厌恶之神（尼克亚），谎言之神（普瑟乌多），混乱之神（戴丝诺米娅），毁灭之神和愚蠢之神（阿特），誓言女神（霍库斯）。在荷马史诗中她被描述为特洛伊战争的根源，她因为没有被邀请参加阿喀琉斯父母珀琉斯和忒提斯的婚礼而怀恨在心，抛下了一个刻有"献给最美的人"的金苹果。赫拉、雅典娜及阿佛洛狄忒三个女神各自理所当然地认为自己是金苹果的应得者，争持不下后三位女神就带着苹果到伊达山上，找特洛伊国王普里阿摩斯的儿子帕里斯裁决。三个女神都以奖品诱惑他，赫拉答应给他当全亚洲的王、雅典娜给他最高的军功，而阿佛洛狄忒则给他世上最漂亮的女子、斯巴达国王墨涅拉俄斯的妻子海伦做妻子，最后帕里斯把金苹果交了给阿佛洛狄忒，而墨涅拉俄斯则因此发动了特洛伊战争。厄里斯在罗马神话中的对应是狄斯科耳狄亚。

Eriu　埃利欧

凯尔特神话中守护爱尔兰的三女神之一，其他姐妹是福德拉和班布哈。当米利都人从西班牙来到爱尔兰时，遇到了三女神，他们用埃利欧的名字指代爱尔兰，她

605

的名字变成了爱尔兰。埃利欧是弗摩尔族人，她是爱尔兰国王布雷斯的母亲。

Eritía　厄律提娅
希腊神话中赫斯珀里得斯仙女之一，住在同名岛上，与其他姐妹一起看守赫斯珀里得斯圣园。

Ernmas　艾尔玛斯
爱尔兰凯尔特神话中的女神，达努神族人。其女儿包括爱尔兰的守护神埃利欧、福德拉和班布哈，以及战争三女神芭德布、摩莉甘和玛查。

Eros　厄洛斯
希腊神话中司性爱之原始神，尼克斯和厄瑞玻斯之子。一开始的时候代表男人之间的爱情，在某些传说中是不回应之爱安忒洛斯和性的渴望希墨罗斯的情人。在关于阿波罗和达芙妮的神话传说中出现，厄洛斯用一支金箭射中阿波罗，让他爱上了达芙妮，但用一支铅箭射中达芙妮，使她厌恶阿波罗。而厄洛斯则爱上了名叫普绪克的女孩，因为女孩长得十分美丽因而受到了阿佛洛狄忒的惩罚。在罗马神话中，他被称为阿摩尔，小时候则被称为丘比特。

Eróstrato　黑若斯达特斯
一个古希腊的年轻人，纵火烧毁了位于土耳其以弗所的亚底米神庙，这个神庙供奉的是阿尔忒弥斯女神。被国王阿尔塔薛西斯处死。

Eru　一如
在英国作家 J. R. R. 托尔金的史诗式奇幻小说《精灵宝钻》中，一如是独一之神，在精灵口中又叫伊露维塔。他独自住在空虚之境，从自身的意念中创造出众埃努，"神圣的使者""圣贤"，并赋予他们永恒的生命。一如向众埃努传授音乐，组织他们演唱。伴着他们的天籁之音，新宇宙不断孕育形成；一段时间过后，一如·伊露维塔向他们展示用音乐创造的宇宙：地球阿尔达。阿尔达由两块大陆组成，西边为永恒地球，东边为中央地球，绕空虚之境不停转动。之后，大部分神灵同一如住在永恒宫殿中，其中一部分精灵决定去往阿尔达。这些精灵有强弱之分，即维拉和迈雅，分别为神和半神。后来，维拉想成为世界之主、决心毁灭米尔寇，一如施予帮助。

Erzuli　爱斯利
在海地伏都教中，海湾家族的一位洛阿，善神，与爱情、美丽、舞蹈、性欲和花朵有关。她有三个丈夫：丹巴拉，洛阿的父亲；阿格维，海的支配者，主宰鱼群和水生植物；奥贡，掌管火种。她有玫瑰色、蓝色、金色三种颜色。她也是战争幽灵，保护女人和孩子，女同性恋的守护者以及男同性恋的朋友。

Escandinava　北欧神话
斯堪的纳维亚神话、北欧神话或维京神话，包括日耳曼民族和盎格鲁－撒克逊民族的神话传说。早在基督教形成之前，公元 8 世纪，北欧神话在斯堪的纳维亚半岛和爱尔兰与印欧神话和日耳曼部族的神话融合形成，至今保留的较为完整的有冰岛史诗《埃达》等。创世神话讲述的是，世界初开之际只有一道鸿沟，鸿沟之北为雾之国尼福尔海姆，鸿沟之南是火之国穆斯贝尔海姆。在热气与寒冰的交错中，诞生了地球，寒冰融化的水滴形成了霜巨人之祖伊米尔和一头名为欧德姆布拉的巨大母牛。伊米尔吃着欧德姆布拉分泌的奶水维生，而欧德姆布拉则舔食寒冰上的盐粒。在母牛的舔舐下，冰中出现诸神之祖布利。布利生下包尔，包尔和女巨人贝斯特拉生下了奥丁、威利、维，他们后来杀死了伊米尔，并用伊米尔的身体创造出我们现在熟知的世界。

Escelmis　艾斯塞尔弥斯

在希腊神话中代表多个人物：一说是指名叫忒尔喀涅斯的九个海怪之一；一说是从大地女神盖亚的手指生出的达克堤利小精灵之一。

Escila　斯库拉

希腊神话中的海洋女神，女巫喀耳刻因爱上深爱斯库拉的渔夫格劳科斯而嫉妒她，用神奇的药水把她变作怪物。她是福耳库斯和赫卡忒的女儿，一说是堤丰和厄喀德那的女儿。斯库拉有三个头，还长着大獠牙。她和卡律布狄斯一起住在墨西拿海峡，随着岁月的流逝最终成为巨岩。

Escites　斯库忒斯

希腊神话中，赫拉克勒斯和厄喀德那的一个儿子，阿伽忒耳索斯（见词条 Agatirso）和格洛诺斯的兄弟。赫拉克勒斯离开时，将弓和腰带留给海妖斯库拉，请求她交给三兄弟。三个人中只有一位可以使用它们，这个人就是斯库忒斯，他最终成为斯基泰人的国王。一说宙斯是三兄弟的父亲，宙斯从天上抛出一把枷锁、一个犁、一把斧头和一只酒杯，最后同样只有斯库忒斯能够使用这些工具。

Esculapio　埃斯科拉庇俄斯

罗马神话中同希腊神话的阿斯克勒庇俄斯。3 世纪时恰逢瘟疫，被罗马人收养，取代了阿波罗，成为健康之神，阿波罗早在公元前 5 世纪因另一场瘟疫而被引入作为健康之神。

Esfinge　斯芬克斯

希腊神话中，带翼的狮子，长着女人的头和蛇的尾巴，赫拉将她派到底比斯，在那里他让路过的人必须猜一个谜语。俄狄浦斯猜出了谜底，于是斯芬克斯跳下悬崖自杀。她是厄喀德那和堤丰的女儿，一说是厄喀德那和儿子双头犬俄耳托斯的女儿。在古埃及，斯芬克斯代表神灵，形象为狮身，长着某种动物的头。譬如卢克索斯芬克斯大道上的她们，长着代表阿蒙的山羊头或是人头，如赫梯人崇拜的吉萨斯芬克斯，但尚无科学依据证实其代表的形象。

Eshu o Exu　埃舒

约鲁巴神话中具有优秀品质的奥里莎。她们中间有保护旅客的神明，如道路之神，还有决定人类命运幸或不幸的神明，如死亡的化身，这使得欧洲人到达非洲后将他与魔鬼混淆。萨泰里阿神话中称其为圣安东尼奥或圣米盖尔，可以表现为爱格华或埃舒。房屋村落守护者，称为巴巴（父亲），伏都教中与帕帕·雷格巴并提。在坎东布雷教和金斑达教中他被称为埃舒，在金丹巴教中他是主神，同恶魔，表现为埃舒，包含两种类型：埃坤 - 埃舒，古老先知的灵魂，通过巫师表现；还有明确提到的埃舒，住在星界，统治王国。对于金斑达教，埃舒是被刚果族恩展毕（见词条 Nzambi）之神创造的，那时恩展毕创造了宇宙，然而他觉得宇宙广袤无际，就创造了第一个埃舒，这个埃舒又分化出其他人。

Esmirna　斯密耳娜

见词条 Mirra。

Espiritismo　通灵术

十九世纪中叶，在法国由伊波利特·莱昂·戴尼萨尔德·瑞瓦伊尔，化名亚兰·卡甸，开创的教义。通灵术混合了宗教、科学和哲学。其宗教部受到了耶稣通过开明精神传播的教义的启发。卡尔德西亚诺通灵术由科学通灵术补充。先驱有伊曼纽尔·斯威登堡、福克斯姐妹和弗朗茨·梅斯梅尔。其教义基于上帝和神灵的存在。他们在创造之初是无知简单的，但通过转世获得了权力和知识，始终处于精神世界，拥有与生灵沟通的能力。根据这一信念，人生的目的在于通过精神进化获得完善。

Estéropes　斯忒罗佩斯

希腊神话的独眼巨人，乌拉诺斯和盖亚的儿子。名字是闪电的意思。布戎忒斯和阿尔革斯的兄弟，他们的额头上只有一只眼睛，性格固执，还是很好的工匠。

Estigia　斯堤克斯

希腊神话中，人间和地狱分界处形成的河流，环绕冥土的九条冥河之一。是唯一一条由同名女神代表的河流，她是最重要的海洋女神，与帕拉斯结合生出比亚、克拉托斯、尼刻和仄洛斯，一说与宙斯结合生出珀耳塞福涅，与珀拉斯生出厄喀德那。冥界最重要的河流是阿刻戎河、科库托斯河、勒忒河、佛勒革同河和厄里达诺斯河，汇聚成一个大的中央泥沼。神明必须遵守对着斯堤克斯冥河许下的咒愿，如果违背誓约将被排斥在奥林匹斯山之外十年之久，因此当塞墨勒请求宙斯以神的面目出现时，宙斯现出真身但也因此

杀死了塞墨勒。河流守护人是佛勒古阿斯，有时与卡戎相混。

Eteocles　厄忒俄克勒斯

希腊神话中，俄狄浦斯和伊俄卡斯忒的儿子，安提戈涅、伊斯墨涅和波吕尼刻斯的兄弟。母亲去世，俄狄浦斯逃离王国，波吕尼刻斯和他商定轮流执政，但厄忒俄克勒斯不想让位，于是双方自相残杀，双双死去。

Éter　埃忒尔

希腊神话中，黑夜女神尼克斯和黑暗之神厄瑞玻斯的儿子。代表天堂，天空中神灵呼吸出的纯净而明亮空气的象征。一说他是厄瑞玻斯单独生下的孩子；也有说他直接脱胎于混沌之神卡俄斯。与妹妹赫墨拉结合，生下盖亚、乌拉诺斯和蓬托斯，一说他自己产生了以太或云。埃忒尔和赫墨拉两个轮流进出塔尔塔洛斯，形成了昼夜交替。是以太第五元素，其他四元素为水、气、土和火。

Ethlinn　恩雅

爱尔兰神话中，弗莫尔国王巴罗尔的独生女。由于德鲁伊预言说巴罗尔将被自己的子孙杀死，于是他就把女儿关在高塔里。她被十二位主妇照顾，避免见到任何男人，甚至严格控制她产生这样的想法。因此，美丽的公主在束缚中长大。后来，达努神族的次神萨安进入塔内并同公主结合。他们生下三个孩子，只有一人幸存，就是鲁格，他用弹弓向孩子扔石头，不料最终杀死了他的祖父。

Ethon　埃同

希腊神话中的巨鹰，堤丰和厄喀德那的孩子，被宙斯命令终日咬噬普罗米修斯的肝脏。

Etra　埃特拉

希腊神话中，雅典南部城市特罗曾国王庇透斯的女儿，雅典王埃勾斯的妻子，忒修斯的母亲（一说是同海神波塞冬生出）。一些学者认为是她同阿特拉斯结合生出许阿得斯、毕星团和普勒阿得斯，而不是同普勒俄涅。

Eunomía　欧诺弥亚

希腊神话中，宙斯和忒弥斯的女儿时序女神之一。她负责法律的落实。一说她是阿佛洛狄忒和赫尔墨斯的女儿。

Eurídice　欧律狄刻

希腊神话中，牧场仙女，在色雷斯俄耳甫斯爱上了她。婚礼当天俄耳甫斯邻居牧场的牧民阿里斯泰俄斯企图绑架她，她试图逃跑时被蛇咬伤，不幸身亡。俄耳甫斯到地狱去寻找她，神灵哈得斯让他通行，条件是在返回的路上他不能回头看欧律狄刻。但俄耳甫斯没能忍住，当她即将返回人间时再次死去。

Eurínome　欧律诺墨

希腊神话中的几个人物：一是海洋之神俄刻阿尼得斯之一，宙斯的妻子，美惠三女神卡里忒斯的母亲；阿尔忒弥斯在皮卡里亚市的别称；阿德剌斯托斯的母亲，他是阿尔戈斯国王，带领七人开启攻打底比斯的远征；阿卡迪亚莱克格斯王的妻子；奥德修斯妻子佩涅罗珀的仆人，试图杀掉佩涅罗珀所有追求者。

Eurípilo　欧律皮洛斯

希腊神话的几个人物：忒斯提俄斯的一个儿子，参加了卡吕冬野猪的狩猎，因为侮辱阿塔兰忒而被墨勒阿革洛斯打死；参加特洛伊战争的特萨洛尼亚之王；科斯岛的一个国王；波塞冬和埃斯泰帕拉娥的一个儿子，吕科斯的父亲。

Euristeo　欧律斯透斯

希腊神话中，珀尔修斯的两个孙子之一，迈锡尼国王。另一个是赫拉克勒斯，但赫拉提前了欧律斯透斯的诞生，让他成为国王，赫拉克勒斯为他效劳，他派给大力神十二项任务。

Éurito　欧律提翁

希腊神话中的多个人物：乌拉诺斯的血落在地母盖亚的身上产生的儿子，在巨人同神明的战争中被狄俄尼索斯杀死；埃利斯的王子，因父亲奥革阿斯的牛圈被赫拉克勒斯打扫后赖账而被赫拉克勒斯杀死；一名将军，奥革阿斯的表兄，与其兄一并称为墨利俄奈斯，以腰联结，死于赫拉克勒斯设下的埋伏；阿尔戈英雄之一，参加了卡吕冬野猪狩猎；阿克托耳的儿子之一，参加了特洛伊战争，被欧律皮洛斯杀害；艾卡里亚的国王，墨涅拉俄斯的儿子，用弓箭挑战阿波罗而死；半人马怪之一，在庇里托俄斯婚礼上被忒修斯杀死；伊珀克昂特的儿子之一，死于赫拉克勒斯之手。

Euro　欧洛斯

希腊神话中东风的化身，阿斯特赖俄斯和厄俄斯的儿子，被认为可以带来温暖和雨水，他的标志是一个倒置的溢出水的花瓶。在罗马神话中他被称为沃尔图耳努斯。

Europa 欧罗巴

希腊神话中，腓尼基国王阿革诺耳和忒勒法莎的女儿。宙斯爱上了她，于是变成白牛绑架她，并带她到克里特岛，在那里她成了岛上第一个女王。二人生下了米诺斯、萨耳珀冬和拉达曼提斯。宙斯给了她几件礼物：终身侍奉她的不知疲倦的猎犬，青铜巨人，神奇的长矛。不仅以欧罗巴的名字命名大陆，还命名了欧罗巴星座，呈公牛形状。

Eurotas 欧罗塔斯

希腊神话中，穿斯巴达城而过的河流，斯巴达第一位国王的儿子莱莱克斯在疏通沼泽地区时建设而成，并用自己的名字为其命名。

Evan 埃文

伊特鲁里亚神话中不朽的女神，拉萨斯之一。

F

Faetón　法厄同

希腊神话中，太阳神赫利俄斯与克吕墨涅的儿子（一说克吕墨涅同埃塞俄比亚国王墨罗普斯结婚）；也有说法是墨洛珀（海洋仙女之一）同维奥蒂亚国王、赫利俄斯之子克吕墨诺斯生下的儿子；或是欧若拉和刻法罗斯的儿子。按照第一种说法，克吕墨涅告诉他赫利俄斯是他的父亲，法厄同执意要替父亲驾一天太阳战车，太阳神满足了他的愿望。法厄同（也作Faetonte）初出茅庐，无法控制战车，只得笨拙地不断靠近地球和燃烧着的熊熊大火，最后多亏宙斯帮助让他掉进厄里达诺斯河里。

Fafner　法夫纳

北欧神话中的传奇巨龙，主要出现在《沃尔松格萨迦》和《尼伯龙根的指环》中，被齐格弗里德杀死。起初法夫纳是一个侏儒，因贪婪变成怪物。洛基杀害他的弟弟欧特之后，众神将洛基交给了他的父亲侏儒之王赫瑞德玛，洛基强夺了遭安德瓦利诅咒的宝藏来偿还。法夫纳和他的另一个兄弟雷金杀死父亲，将宝藏据为己有，法夫纳因贪婪和宝藏中安德华拉诺特戒指的恶意诅咒变成巨龙。雷金于是派养子希格尔德或齐格弗里德消灭他。希格尔德杀掉法夫纳之后，对养父也做了同样的事，因为他知道养父亲原本已经计划杀死他。

Fantaso　方塔苏斯

希腊神话中的圆梦之神奥涅伊洛斯，许普诺斯和帕西提亚的儿子，司掌与大自然相关的梦境，每天晚上从他的洞穴出现，为国王传梦。

Fauno　法乌努斯

罗马神话中的造物主，或森林精灵，同希腊神话中半人半羊的农神，时刻准备着纵情欢乐，与酒神狄俄索斯相关，但与潘的关联更大。他有着山羊的半身躯体，长着羊角。罗马有一位名叫法乌努斯的拉丁国王，去世后被尊崇为法图乌斯，这是潘的罗马名字，被认为是良善女神和拉丁努斯的父亲。

Favonio　法沃尼奥斯

罗马神话中的西风神，春天的使者，相当于希腊神话中的仄费罗斯。

Febe　福柏

希腊神话中的泰坦女神之一，乌拉诺斯和盖亚的女儿，月亮女神，阿波罗和阿尔忒弥斯的祖母，后出现在恩底弥翁的神话中。与科俄斯生有勒托和阿斯忒里亚，也是赫卡忒的母亲。另外叫这个名字的还有雅典娜的一位女祭司，她最后嫁给波吕克斯；以及一位森林宁芙，一位赫利阿得斯，一位亚马逊女战士，还有特洛伊海伦的妹妹。

Febo　费柏

希腊神话中，阿波罗的一个绰号，意为"光明"。

Februus　费布鲁斯

伊特鲁里亚神话中的死亡和净化之神，因与疟疾发热相关便由罗马人将名字变为费布里斯。"febrero"（二月）一词由此派生而来，他的节日与法乌努斯神的庆祝日不谋而合。

Fedra　淮德拉

希腊神话中，米诺斯和帕西淮的女儿，忒修斯的妻子，忒修斯抛弃了她的妹妹阿里阿德涅后将她绑架掠走。阿佛洛狄忒让她爱上继子希波吕托斯，即忒修斯与他前妻亚马逊女战士安提俄珀的儿子。淮德拉被他拒绝后指控他轻薄于她。于是忒修斯向海神波塞冬寻求帮助，他派出了海怪杀死希波吕托斯。淮德拉得知消息后自杀。

Fei Lian　飞廉

中国神话中的风神，他名字的意思是"飞幕"。形象是一条带翼的龙，鹿头蛇尾。在人类世界中称为风伯。飞廉飞行速度惊人，被其最大的敌人天庭弓箭手神羿控制，也只有神羿能够掌控他。

Fenghuang　凤凰

中国神话中的凤凰鸟，鸡喙，燕颔，蛇颈，鹅胸，龟背，鱼尾。五彩色，象征六大天体：天空，太阳，月亮，风，地球和行星。凤凰是好运的象征，此外他还寓意诚实正直。

Fénix　菲尼克斯（不死鸟）

神鸟，诞生于废墟中。在埃及神话中，第一种说法是菲尼克斯来自希罗多德，菲尼克斯比老鹰还要大，明亮的羽毛色彩丰富，包含紫色、蓝色和金色，在埃塞俄比亚居住了约五百年，当他感到死亡将至时便收集香草香脂，保存在新巢中。最后太阳喷火烧毁了干树枝，鸟儿在火灾中焚烧，化为灰烬。从灰烬中生出小虫，变为一只新生的菲尼克斯，在群鸟的陪同下将父亲的灰烬带到赫里奥波利斯城中太阳神的祭坛。象征阿图姆-拉永久复活，象征每天重生的太阳。中国的凤凰被称为 Fenghuang（凤凰），与此没有任何关系。

Fenrir　芬里尔

北欧神话中，庞大而恐怖的狼，洛基和女巨人安格尔波达结合生出的怪物，巨蟒耶梦加得以及地狱女神海拉的兄弟。传说当他张开嘴时，上下颚可以顶住天地，生性凶残，众神决定用沉重的铁链锁住他，但他很轻松就挣断了铁链，直到侏儒创造了一条神奇的链条，包含六种罕有之物，譬如猫的脚步、鱼的气息和鸟的唾液等。但受缚之前，他提出一个条件，必须有一位神把手放入他的口中。提尔这样做了，当他发现手无法松动时，他便拔掉了自己的胳膊。芬里尔被扔进沃恩河里，嘴里支着一支剑，无法合上嘴，也无法伤害他人。最后，芬里尔挣脱束缚，杀死了奥丁，奥丁的儿子维达尔为父报仇杀死了芬里尔。

Fergus Mac Roeg　弗格斯·马克·罗伊

凯尔特神话中的阿尔斯特国王，继任者是康奇厄伯·麦克·涅萨。据说，他一个人的力量相当于七百个人，一口气能吃掉七头牛和七头猪。他的妻子涅萨要求他将王位交给儿子康奇厄伯，经过长时间的对抗，最终弗格斯离开了阿尔斯特，到爱尔兰王后梅芙的王宫避难，并成为王后的情人，后因梅芙丈夫艾利尔下令而被暗杀。

Feronia　费洛尼亚
罗马神话中，伊特鲁里亚森林乡村保护神。

Fian　芬尼亚勇士
公元 3 世纪爱尔兰战斗民族，领导人是芬恩·麦克·库尔，他们的冒险经历发生在爱尔兰神话的芬尼亚时期。芬尼亚勇士都是年轻的贵族，是爱尔兰最高国王的佣兵、强盗和猎人。其两个主要部族是伦斯特和康诺特，其中脱颖而出的有喜剧式人物科南·麦克·莫纳，芬恩的儿子莪相，战士和术士鲁格海德·斯德昂汉德，还有主要功臣迪卢木多。

Filemón y Baucis　菲莱蒙和巴乌西斯
希腊神话中，弗里吉亚一对贫穷的农民老夫妇。宙斯和赫尔墨斯拒绝去豪华富足的木屋躲避，于是这对老夫妻便偷偷收留了他们，让他们住在自己的小屋里。后来上帝发动了一场可怕的风暴惩罚其他农民，唯独将这对夫妇妥善安置，赐给他们一座木制神殿，还将他们变成了神甫。这对老夫妇死后变成了树木。

Fílira　菲吕拉
希腊神话中的海洋仙女，俄刻阿诺斯和忒堤斯的女儿，与巨神克洛诺斯结合生下喀戎。克洛诺斯为了逃脱妻子瑞亚的法眼，在结合时变成了马。菲吕拉看到半人半马的儿子后羞愧难当，请求克洛诺斯将她变成椴树。

Filoctetes　菲罗克忒忒斯
希腊神话中，特洛伊战争英雄之一，色萨利国王波阿斯的儿子。由于被蛇咬伤，他没能第一时间参加特洛伊战争，但适时杀死了帕里斯。帕里斯是杀害阿喀琉斯的凶手，他在阿波罗的帮助下，绑架了特洛伊的海伦，并深深爱上了她。

Filomela　菲罗墨拉
希腊神话中潘狄翁的女儿。被她的姐夫忒柔斯侵犯后，又被忒柔斯割掉了舌头以防她告诉别人。然而，她把发生的事都画了下来，并给她的姐姐普洛克涅看。为了报仇，普洛克涅杀了自己同忒柔斯的儿子，把孩子的肉做成饭给他吃。忒柔斯未能杀掉两姐妹，他被变成戴胜，菲罗墨拉变成了夜莺。

Filotes　菲罗忒斯
希腊神话中，黑夜之神的孩子之一，代表友爱和爱慕。他们的对手是纠纷之神内克亚。

Fineo　菲纽斯
希腊神话中一位崇高的诗人，被嫉妒他的神明惩罚，害他双目失明，两个鹰身女妖迫害他，阻止他进食。阿尔戈英雄在远征至色雷斯东部时发现了他，被玻瑞阿斯带翅膀的儿子们仄忒斯和卡拉伊斯救下，轰走了鹰身女妖。

Finn　芬恩
见词条 Fionn Mac Cumhail。

Fintan　费坦
爱尔兰凯尔特神话中，诺亚的孙女凯塞尔的追随者之一，凯塞尔的家人被拒绝登上诺亚方舟，于是他们决定自己修建方舟来躲避洪水。登上这艘方舟的有三个男人，包括凯塞尔的父亲比斯、拉德拉和费坦，还有比斯的妻子和五十多个女人。比斯和拉德拉去世后，费坦与船上所有的女人都结为伉俪，七年之后他们一同到达爱尔兰，到达的四十天之后洪水袭来。在这场大洪水中，除了费坦变成鲑鱼存活下来以外，其他人无一生还。据说费坦花了五千多年重新变作人类，并成为爱尔兰国王的臣子。他参加过很多重大战役，5世纪爱尔兰人皈依基督教后，他决定离开凡界。

Fionn Mac Cumhail　芬恩·麦克·库尔

爱尔兰神话中的英雄，芬尼亚时期的主神，英国人将其名字变为芬恩·麦克库尔（Finn McCool），是3世纪参加冒险的芬尼亚勇士、战士和猎人的首领。芬恩曾对抗巴罗尔，因此一些神话将他视为鲁格。但是从12世纪开始他被认为是高尔对手库麦尔的儿子，高尔和库麦尔是不同村落或家族的头领。芬恩与一只母鹿生有一个儿子，属于奈梅迪亚诺族，名叫莪相，后来成为芬尼亚勇士中的诗人。他还有两只猎犬，名叫布兰和西奥灵，是由他的两个侄子变形而成。

Fir Bolg　费伯格人

爱尔兰凯尔特神话中的非人类民族，在奈梅迪亚诺族之后到达凯尔特，奈梅迪亚诺族是麋鹿民族，已被弗莫尔人猎杀。他们来自三个国家，是第一个使用铁箭头的民族。他们被称为袋人，因为当他们在希腊做奴隶时用袋子运送泥土铺地。他们将国家分为五个地区，达努神族到来后费伯格人才开始维系统治，他们在首战中战胜了达努神族，达努国王努阿达在此战中被勇士斯莱恩格切断了手臂。但最终达努神族在马格特瑞德首战中击败了费伯格人。

Fiura　菲乌拉

奇洛埃神话中，特劳科的妻子，身形小巧，着红衣，常在森林或灌木丛中游荡，能够使人们和动物瘫痪。

Fjalar y Galar　法亚拉和戈拉

北欧神话中的侏儒，杀死了华纳神族最智慧的神灵克瓦希尔，用他的血液混合蜂蜜制成一种仙酒，谁尝到了一点，就能成为人人尊敬的大诗人。奥丁为了得到蜂蜜酒，整个夏天都在为保存该酒的农民巴乌吉工作，巴乌吉的哥哥巨人苏图恩从侏儒那里得到蜂蜜酒，只为尝一小口。酒藏在山中，为了得到它，奥丁变成一条蛇，说服看守蜂蜜酒的苏图恩之女格萝德只给他喝三口。然后，他变成老鹰逃走了。

Flegias　佛勒古阿斯

希腊神话中，战神阿瑞斯和克律塞（一说为多提斯）的儿子，拉庇泰人的国王，伊克西翁和科洛尼斯的父亲。科洛尼斯是阿波罗的情人，阿斯克勒庇俄斯的母亲。后来科洛尼斯爱上伊斯库斯，阿波罗带走了儿子让半人马喀戎养育他。佛勒古阿斯为此感到愤怒，放火焚烧阿波罗神庙，因此受到了惩罚，被贬为地狱女神斯堤克斯的船夫。

Flora　佛洛拉

罗马神话中，对应希腊神话克洛里斯女神，西风之神仄费罗斯给了她掌管春天和花朵以及供应蜂蜜的权力。一天当仄费罗斯看见她快乐地走在田野上，透着青春气息的肌肤，就爱上了她。希腊神话中克洛里斯是一位宁芙。

Fobetor　福柏托耳

见词条 Iquelo。

Fobos　福波斯

希腊和罗马神话中最小的神，恐惧的化身，战神阿瑞斯的随从之一。火星玛尔斯的两颗卫星之一（另一颗是得摩斯），在太阳系中最靠近行星，因此每一世纪都更移近两米，最后必会陨落。

Fódla　福德拉

爱尔兰神话中，与埃利欧和班布哈姐妹同为爱尔兰守护神。

Fomoranos　弗莫尔巨人族

在法语中为 Fomoré。凯尔特神话中一个神秘的民族，代表黑暗和邪恶的力量，由居住在环爱尔兰岛的巨人组成，他们不断威胁岛屿上的居民。巨人族国王是邪眼魔王巴罗尔，在马格特瑞德的第二次战役中被鲁格手刃，这个民族也在战争中被达努神族消灭。

Forcis　福耳库斯

希腊神话中的海神，刻托的丈夫，厄喀德那、蛇发女妖戈耳工、格赖埃三姐妹和拉冬的父亲，一说他也是美人鱼塞壬和赫斯珀里得斯之父。与赫卡忒结合生下斯库拉，还是宁芙托俄萨的父亲，母亲未知。在赫西俄德的作品中，他是蓬托斯和盖亚的儿子。在其他神话传说中，他还是科西嘉岛的国王，在同阿特拉斯的战斗中死亡，成为海神。还有一位同名者出现在特洛伊战争中，弗里吉亚军队领袖，死于埃阿斯之手。

Fórculo　弗尔库洛斯

罗马神话中的上古门神，努门守护神之一，司掌家庭和日常生活各个方面的小神仙。与女门神卡蒂亚相关。

Fors　福尔斯

见词条 Fortuna。

Forseti　凡赛堤

北欧神话中的正义之神，巴德尔和南纳的儿子，住在格利特尼尔宫殿，此殿有着银色的屋顶和金色的柱子，散发着光芒。他是一个充满智慧的神灵，通过谈判协商解决各种冲突矛盾，他的父亲以他为傲。

Fortuna　福尔图娜

罗马神话中的幸运女神，司掌着世间的幸福和机遇。最初为富饶女神。

Fósforo　福斯福洛斯

见词条 Eósforo。

Frey o Freyr　弗雷

北欧神话中，布施阳光雨露的华实之神，尼约德的儿子，芙蕾雅的兄弟和丈夫，他们属于华纳神族，曾为阿斯加德族的人质，其名意为精灵。他是亚尔夫海姆的国王，拥有侏儒制作的几个重要的宝物：斯基德普拉特尼船，在海、陆、空均可扬帆起航，可随意伸缩，最大时能够承载所有神灵和一切装备，同时又可以变得非常小放在口袋里；无敌的胜利之剑，自行飞行取敌首级；一匹可以穿越烈焰的马；由野猪古林博斯帝和斯利卓格丹尼驾驶的战车，穿行于整个天空之中。有人说，瑞典王室是从他身上诞生的。在诸神的末日弗雷死于火焰巨人苏尔特尔之手。

Freya o Freyja　芙蕾雅

北欧神话中，司掌爱、美、性、魔术、植被以及一切与成长和富饶相关的女神，尼约德的女儿，弗雷的姐妹。奥德的妻子，在他们远行的过程中奥德经常将她抛弃，令她伤心哭泣，因此人们常说，是芙蕾雅的眼泪产生了丰富的降水，特别是夏天。二人生下赫诺丝和格尔塞蜜。她住在富尔克旺宫殿，有人认为她是最高神奥丁的使女，接收在战争中阵亡的战士。常与弗丽嘉混淆，被认为是爱情女神，一说她的丈夫奥德是主神奥丁的名字之一。

Frigg o Friga　弗丽嘉

北欧神话中，大地女神娇德的女儿，奥丁的妻子，育有巴德尔和霍德尔。一说是芙蕾雅的另一个名字。通常与土地、农业、畜牧业、家务和生育有关。

Frixo　佛里克索斯

希腊国王阿塔玛斯和涅斐勒的儿子，赫勒的弟弟。众神之王宙斯派遣一只会飞的金毛公羊将二人从奥尔科梅诺斯解救出来并带他们飞走。飞行途中，赫勒不慎掉入海中，弟弟佛里克索斯历经千辛万苦抵达科尔基斯，那里的国王埃厄忒斯热情款待，还把自己的女儿卡尔基奥佩嫁给他，两人生有四个孩子：阿尔戈斯、基提索罗斯、弗戎提斯和墨拉斯。

Fufluns　福弗伦斯

伊特鲁里亚神话中，生命、健康、快乐和成长之神。塞姆拉的儿子，在波普洛尼亚被罗马人崇拜，但很快就被其他沃土之神取代。

Fukurokoyu　福禄寿

日本神道中，代表好运的七个神仙之一。起源于佛教，延年益寿。

Fulla　菲拉

北欧神话中的女仙，最得奥丁之妻弗丽嘉宠爱的大侍女。司掌女神的宝藏和鞋子，知晓女神所有的秘密。是阿斯加德十二位主要女神之一。

Furias　孚里埃

见词条 Erinias。

Furina　福利纳

罗马神话中的偷盗女神，与拉维尔纳相关。来自伊特鲁里亚神话，盗窃者和黑社会所尊奉的神祇之一。

Fuxi o Fu Hsi　伏羲

中国神话中，在三皇（另两位是女娲和神农）和五帝中位居首位，女娲的丈夫，二人一同创造了地球和人类。伏羲教人写字、渔猎，发明创造了占卜八卦，八卦是传统儒家经典、道德和哲学著作《易经》创作的基础。

G

Gabriel　加百列

圣经中七个大天使之一，在古兰经里称为吉卜利勒。他是向玛丽亚传递耶稣诞生讯息的使者。同时，他也是复仇、死亡和复活天使。幸运日为星期一，幸运色是蓝色，吉祥物是小号。

Gaia　盖雅

凯尔特神话中的地母，同希腊盖亚。洛夫洛克提出盖雅假说，盖雅创造了地球，赋予其自我作用和变化的能力，使得地球适合生命持续的生存与发展。

Galatea　伽拉忒亚

希腊和罗马神话中的海中仙女，涅柔斯和多里斯的女儿，独眼巨人波吕斐摩斯爱上她，但她拒绝了他的爱意，还嘲弄他。后来伽拉忒亚爱上了牧羊人阿喀斯，波吕斐摩斯因嫉妒杀死了牧羊人。伽拉忒亚把自己变为男孩跳到河里。后来的形象为站立在海豚拖着的贝壳上。在罗马还有另一种说法，伽拉忒亚是皮格马利翁的一尊雕像的名字，爱神维纳斯喜爱这个作品，于是赋予她生命。

Galla　伽拉

苏美尔和阿卡德神话中的恶魔，冥府各种类型的恐怖神灵，其中盖尤最为突出。

Gallu　盖尤

苏美尔或阿卡德神话中的魔鬼，形象为公牛，四处游荡，栖身在城市中黑暗的角落。冥界七大伽拉中最厉害的恶魔。

Gandalf　甘道夫

托尔金作品中，创世后下到阿尔达的迈雅之一。他到达中土，作为第三纪元五个埃斯塔力之一，帮助打击邪恶之神、戒灵之主索伦。他的首次亮相是拖着比尔博·巴金斯开启疯狂之旅，寻找由恐怖神龙史矛革守卫着的宝藏。在一群矮人的大力帮助下，比尔博击败了神龙，夺回了他的宝藏。第二次出场，说服佛罗多·巴金斯将权力之环带给刚铎，将它扔进命运的深渊，从而阻止索伦抓住他。在经历了《指环王》中讲述的冒险之后，甘道夫前往大洋彼岸的海外仙境，消失在历史之中，将时代交给现代人。

Ganesha　象头神

印度教智慧和文字之神，愿望之神，超自然生灵，侍奉父亲湿婆。相传在帕尔瓦蒂孕期中，湿婆在外。孩子诞生之后，湿婆回到家中，由于孩子不认识他，便将他拒之门外。湿婆不知道这是他的儿子，非常生气，于是砍掉了孩子的脑袋。为了安慰妻子，他答应把在外遇到的第一个动物交给她，就是大象。因此，她代表了印度最受欢迎的神明之一，长着大象的头、四条胳膊和一个大肚子。

Ganga　恒河女神

印度教中，圣河恒河的人格化，梅纳和喜马拉雅山雪山神伊玛湾的女儿，帕尔瓦蒂的妹妹。一说她是梵天在仪式上洗完毗湿奴的脚洒出的水。梵天命令恒河女神带领国王六千个死去的儿子的灵魂前往地球，他们因为向智者指控强盗，智者用眼神将他们烧死。她被这种无足轻重的任务激怒，决定将他们抛在地球，拒绝执行任务。梵天让湿婆阻止恒河女神这样做，于是她跳进河流，变为无数溪流的女神。由此，湿婆被尊崇在甘戈特里寺中，即恒河主源头的冰川附近。

Ganimedes　伽倪墨得斯

希腊神话中，特洛伊国王特洛斯的儿子，非常英俊的少年，宙斯化作一只神鹰，攫取了少年伽倪墨得斯，使他成为众神的酒侍，接替了宙斯的女儿赫柏的工作。

Garm　加尔姆

北欧神话中的神灵，形象为犬，在冥界守卫赫拉家的入口。胸部染血，三头四眼。"诸神的末日"到来时，杀死了战神提尔，后被托尔杀死。

Gea　盖亚

希腊神话中的大地之母，是混沌中诞生的第一位原始神，生下了天空之神乌拉诺斯和太古神蓬托斯，并使乌拉诺斯成为她的丈夫，二人结合生下十二个泰坦巨人、三个百臂巨人和三个独眼巨人。乌拉诺斯对他们的怪异十分厌恶，便将独眼巨人和百臂巨人囚禁在地狱。盖亚大怒，向泰坦寻求帮助，但只有泰坦克洛诺斯施以帮助，阉割了父亲后又把他送进了塔尔塔洛斯，克洛诺斯由此成为宇宙的新国王，直到宙斯到来才将其取代。在此之后，盖亚和以下这些人结合并生下孩子：蓬托斯（子女有刻托、克利俄斯、欧律比亚、

福耳库斯、涅柔斯和海神陶玛斯），塔尔塔洛斯（厄喀德那，一说还有堤丰），赫菲斯托斯（厄里克托尼俄斯），波塞冬（安泰俄斯和卡律布狄斯），俄刻阿诺斯（克瑞乌萨和埃斯佩尔丘斯），艾拉华（提西奥），还生下了巨蟒皮同（从泥中出生），父亲未知。盖亚，也作盖雅。

Geb　盖布

古埃及大地之神，赫里奥波利斯九柱神之一。支撑了世界。他是拉神的孙子，大气之神舒和雨水之神泰芙姆特的儿子，天穹努特的丈夫。伊西斯、俄西里斯、塞特和奈芙蒂斯的父亲。

Gefjon　格芙琼

北欧神话中的女神和预言家，属于阿萨神族和华纳神族两支。也有人认为她是沃土之神，代表耕犁；或是芙蕾雅的另一种说法；一说与圣女和好运相关。相传，瑞典国王吉尔菲承诺赐予她一个晚上犁的土地。格芙琼将她的四个儿子变为牛，耕出丹麦西兰岛整片土地。有些作者倾向于将他的名字书写成格非翁。

Gelono　格洛诺斯

希腊神话中，赫拉克勒斯与厄喀德那（见词条 Agatirso）的儿子之一。

Geras　革剌斯

希腊神话中，夜晚之神尼克斯的儿子之一，年老的化身，死神塔纳托斯的同胞兄弟。只有众神不在他的权力管辖范围内。据说，因为考虑到年老无子女，男人就会规避女人，于是宙斯将革剌斯派到地球潘多拉的盒子里。

Gerd　葛德

北欧神话中的女巨人，盖密尔的女儿。一次，弗雷从奥丁的宝座上看到她便坠入爱河。实际上她是被迫接受弗雷，因为弗雷派随从史基尼尔带着他的剑和马来向她求亲，史基尼尔拿着剑威胁葛德，如果她不答应就将永远孤守空闺。由于他滥用权力，剑失去了魔力。

Gerión　革律翁

希腊神话中，有三个身体的怪物，腹部相连，克律萨俄耳和卡利洛厄的儿子。他在厄律提亚岛上有大群牛，由刻耳柏洛斯兄弟双头犬俄耳托斯和牧师欧律提翁看管。赫拉克勒斯前往岛上偷牛群，并将其杀死。

Geshtinanna　格什廷安娜

苏美尔神话中的农业和植被之神，恩基和宁胡尔萨格的女儿，杜姆兹的妹妹，后为高加索酒神，象征海枣之酒。

Gigantes　巨人之神

希腊神话中，乌拉诺斯和盖亚的儿子们，克洛诺斯切断乌拉诺斯的生殖器时，鲜血四溅地母盖亚，这群儿子们就是从乌拉诺斯的血中诞生的。他们是厄里倪厄斯和墨利阿得斯的兄弟。"巨人之战"期间对抗众神，但因赫拉克勒斯帮助众神而被击败。他们的名字是阿格里奥斯、阿尔库俄纽斯、阿尔甫斯、阿陀斯、克里提奥、克托尼俄斯、达玛申、埃菲阿尔忒斯、恩克拉多斯、欧律提翁、格雷申、希波吕托斯、弥马斯、帕拉斯、佩洛罗斯、珀利波特斯、波耳费里翁、堤丰和托阿斯。后来又出现了与这些神灵无关的其他巨头，以体积大小和力量著称：阿格里奥斯和奥利奥、阿洛伊代兄弟、阿那克斯和阿斯忒里奥、安提法特斯、安泰俄斯、阿尔戈斯·帕诺普特斯、卡库斯、克律萨俄耳、达米索、埃乌梅东特、革律翁、霍普拉达莫斯、俄里翁、塔罗斯和提西奥。对于北欧神话中的巨人，见词条 Jotun。

Giges　古革斯

希腊神话中代表两个人物。最为著名的是百臂巨人，乌拉诺斯和盖亚的儿子。和他的兄弟们一样，他被乌拉诺斯送到冥界，帮助克洛诺斯后，又被关入地狱。宙斯释放了他们，以帮助他对泰坦的斗争，后来雅典娜、赫拉和波塞冬企图推翻宙斯登上王位，忒堤斯请来巨人解救宙斯。另一个是埃涅阿斯的同伴，在意大利被对手图尔努斯打死。

Gilgamés o Gilgamesh　吉尔伽美什

巴比伦神话国王，在城邦乌鲁克施行暴政，神明本是指派恩奇都响应公民的恳求杀掉他，然而，他们二人成为了好朋友，一起参与了很多冒险。女神伊什塔尔爱上了英雄吉尔伽美什，但被他拒绝，于是女神派神兽天之公牛摧毁城市。吉尔伽美什和恩奇都都杀死了神兽，神明下令处死恩奇都。吉尔伽美什悲痛不已，独自踏上寻找永生的道路，得到智者纳比斯汀不朽的秘密，智者向他透露将爆发一场古老的类似圣经中的大洪水，派他寻找一种只生长在海底的仙草。吉尔伽美什得到它，但返回时被蛇偷走，于是同凡人一样结束了生命。

Ginungagap　金伦加

北欧神话中原始的深渊，地处寒冷的尼福尔海姆和炎热的穆斯贝尔海姆之间。在热气与寒冰的交错中，诞生了巨人伊米尔。

Glauco　格劳科斯

希腊神话中，一位年轻的凡人渔夫，由于吃了一根魔法草，变成了海神。爱上了仙女斯库拉，被她拒绝。于是格劳科斯请求女巫喀耳刻赐予他神奇的药水，但喀耳刻爱上了格劳科斯，便将斯库拉变成了一个海怪。

Gluskap　格卢斯卡普

北美阿布纳基神话中人类可亲的保护者。塔巴尔达克创造了世界后，他的使命是将其变为宜居的地方。

Gna　盖娜

北欧神话中，弗丽嘉的三位仆人之一，另两位是和福拉和赫琳。她有一匹飞马霍瓦尔普尼尔，载着她环游世界。

Gnomos　格诺莫斯

北欧神话中，居住在森林中的小生灵，几乎无人能感觉到他们的存在。同时也属于凯尔特神话，源于希伯来神话，早在卡巴拉地区格诺莫斯便被上帝指派到地球监管金银矿（不要与托尔吉亚那神话中的矮人混淆）。这些生灵的日耳曼语原词表示家庭管理者，1566年方士帕拉塞尔苏斯创造了一种特定类型的妖精用语，即"侏儒格诺莫斯"。根据语言的不同，叫法也不尽相同，这些格诺莫斯、西格诺斯科、通图、克莱茵曼奈科诺或小矮人（甚至莫洛斯或莫乌罗斯·坎塔布罗阿斯图雷斯也是一种侏儒）都是很好的朋友们。他们身穿五颜六色的衣服，头戴尖顶帽，男人们留着络腮胡，知晓世界上所有的秘密。

Goga　戈加

巴布亚南马辛部族的雨神和火神，向当地人传授有关

火的知识的老妇人。

Goibniu　高伯纽

爱尔兰凯尔特神话中，达努神族的神铁匠，布里吉德和工匠之神图伊瑞恩的儿子。在青铜匠克里德努斯和木匠卢奇达的帮助下，高伯纽锻造战士的武器，特别是剑，克里德努斯和卢奇达主要锻造矛和盾的铆钉。

Gong Gong　共工

中国古代神话中的水神，掌控洪水。也作共工氏。相传，他性情十分暴躁，因为在天穹王位争夺战中失利，他愤怒发力使天上的支柱之一不周山向西北倾斜，使地球移动到东南边，引发严重的洪水。女娲不得不介入，割断了巨型乌龟的四条腿代替天柱，以避免灾难的再次发生。此后，中国的太阳、月亮和星星在天空向西北方向移动，河流向东南部流动。

Gopi　戈皮

印度教中，为奉献奎师那的女孩子们起的名字。戈皮分为几种类型：奎师那，其仆人还有使者。最重要的戈皮牧牛姑娘是斯丽玛拉妮或拉达。

Gordias　戈尔狄俄斯

希腊神话中，戈尔迪乌姆的农夫或国王，该国位于安纳托利亚。据说他曾用一个极复杂的绳结把牛轭捆在牛车上，并且宣称谁能将其解开，就将成为整个亚细亚的统治者，直到亚历山大大帝来到，用他的剑斩断了结。

Gorgonas　戈耳工（蛇发女妖）

希腊神话中，海之神福耳库斯和刻托的三个怪物女

儿。斯忒诺和欧律阿勒拥有不朽灵魂，美杜莎是凡身，被珀尔修斯杀害。三个人的头发是一条条蛇，在神话中，看到戈耳工颜面的人会化为石头。

Govinda　戈文达

印度教中，奎师那的名字之一，童年放牛时期司掌奶牛。

Gracias　卡里忒斯

希腊神话中，宙斯和欧律诺墨的女儿美惠三女神的别称，她们是：欧佛洛绪涅（欢乐女神），塔利亚（激励女神）和赫菲斯托斯的妻子阿格莱亚，三人是音乐之神阿波罗的随从，一说是维纳斯。她们是美丽和快乐的化身，主持宴会和舞会，同九位缪斯女神、三位季节或时间之神一同住在奥林匹斯山。以下几位也出现在其他版本的美惠三女神中：克利塔（在斯巴达代替塔利亚），奥克索，查丽斯，赫格莫奈，芬纳和帕西提亚。

Grainna　格兰妮公主

也作 Grannie 或 Grania，威尔士庄稼女神，爱尔兰国王康马克·麦·亚特的女儿，其探险奇遇经历都被记录在《芬尼亚传奇》中。格兰妮被迫嫁给芬尼亚勇士年老的首领芬恩·麦克·库尔，但是她爱的是年轻的迪卢木多，在婚礼宴会上她施了魔法，强迫迪卢木多带她私奔。此后的七年一直都被芬恩追捕，直到贝南·格胡尔班捕猎魔法野猪的时候，迪卢木多受伤了，芬恩令其死亡。格兰妮痛苦而死。更晚一点的清教徒版本中，格兰妮在她的爱人死后接受了和芬恩一起生活。

Grania　格莱尼亚

见词条 Grainna。

Grayas　格赖埃三姐妹

希腊神话中，福耳库斯和刻托的女儿们，蛇发女妖戈耳工的姐妹。也被统称为福耳库德斯，一共有三位：厄倪俄、佩佛瑞多和得诺，她们三个人共用一只眼睛和一颗牙齿。珀尔修斯偷了她们的眼睛和牙齿，威胁她们只有告诉他美杜莎藏在哪里，才会物归原主。

Grid　格莉德

北欧神话中的霜巨人，维达尔之母，奥丁之妻。用一系列宝物挽救了托尔的性命：力量腰带、铁手套和姆乔尔尼尔之锤。

Gritón　格律翁

见词条 Gerión。

Guan Yin　观音

大乘佛教崇拜的观音菩萨。对他的信仰来自 1 世纪的印度，以观音的名字被引进到中国，据译文被称为观音。根据一些记载，被认为是在释迦牟尼至未来的救世主弥勒佛诞生期间世界的创造者和保护者。在印度以男性的形象出现，有多个头，因为他的头颅因替世间受苦的民众遭受苦难而分为多个。他最重要的品质是怜悯。被引入中国后变成了雌雄同体；为了提高其普及程度，在 8 世纪时佛教中他的代表形象变为一袭白衣的女相。据说他许下誓言，未拯救完所有灵魂不会进入天界。人们在遇到危险或者想要生宝宝的时候都会向他祈祷。

Guan Yu　关羽

中国将军，生活在东汉三国（2、3 世纪）时期。在汉代没落及蜀代建立的过程中发挥了重要的作用，皇帝刘备是他的君主。在隋朝初期，关羽被神化。今天的香港地区仍然尊崇他为战争之神。他的形象是红脸长胡子，穿着战服，手持关刀。关刀即是一根长木棍，其尽头带有弯的金属刀片。他的武器被称为青龙偃月刀。

Guardianes de las direcciones　方位守护神

印度教中，天顶和天底空间中司掌八个方位的神明。他们分别是库贝拉，北方；阎罗，南方；因陀罗，东方；伐楼拿，西方；索玛，东北；阿耆尼，东南；伐由，西北；拉科萨萨，西南；梵天，天顶；阿南塔，天底。

Gucumatz　古库玛兹

玛雅神话中，开天地二神之一，和特佩乌一起想要从污泥中创造人类，但失败了。和其他的神灵又尝试了两次，终于在第三次成功了。作为风暴之神他被熟知为库库尔坎（见词条 Kukulkan），和魁札尔科亚特尔相当。

Guenguenur o Gengenur　古恩古恩乌尔或赫恩格努尔

古埃及神话中，创世者创造的最早的大鹅。在很多作者笔下，他是盖布的模样，代号"大嘎嘎"，或是托特的模样，代号"不住鸣叫"，一说他为阿蒙的样子，是尼罗河中的圣鹅。

Gula　古拉

苏美尔神话中的医药女神，特别是在伊西恩尤被崇拜，有时被认为是尼努尔塔的妻子。

Gullveig　古尔维格

北欧神话中，神秘的巨人女神，引发了阿萨神族和华纳神族之间的战争。华纳神族派古尔维格来到阿斯加德，据说是来讨论两方神祇哪边比较伟大，更值得人们膜拜。女神有一个非常珍贵的宝藏，阿萨神族为了将其据为己有，折磨杀死了女神。毫无疑问，这爆发了一场战争，而这场战争从一开始就注定阿萨神族的失败，他们被迫承认华纳神族同他们一样伟大。此外，作为协议的一部分，阿萨神族必须把神灵霍尼尔和弥弥尔献给华纳神族，而华纳神族须允许尼约德和弗雷去天宫阿斯加德居住。

Gunnlod　格萝德

北欧神话中，苏图恩的女儿，她和父亲在山洞里守护诗歌中的蜂蜜水。被奥丁欺骗，让她献上三口由侏儒法亚拉和戈拉研制的滴有克瓦希尔血的蜂蜜水。冰岛故事版本里，奥丁用三夜的爱情换取了三口蜂蜜水，但是后来偷走了其全部的蜂蜜水，同她一起逃跑，化作了鹰。

Guzalu　古萨鲁

中东地区，内尔伽勒信使之一。

Gwydyon　怀迪恩

威尔士神话中，最著名的英雄和魔法师之一。在《马比诺吉昂》中，他是达纳的儿子，雷尤·拉沃·吉菲斯的父亲，吉尔斯威和阿利安尔霍德的兄弟，麦斯阿普·麦斯恩威的侄子，师从叔叔学习魔法。象征着占卜者的魔法。

H

Ha　哈神
古埃及尼罗河西边沙丘以及绿洲之中的神灵。化名为利比亚神和西方之神。

Hadas　仙女
仙女是多种文化中民间神话传说的组成部分，是人们借助想象创造出的神灵。她们被认为是具有人类特点的超自然灵魂，通常是年轻的或是具有特定年龄的少女；她们或高或瘦或胖，19世纪莎士比亚使其这一形象特点流行起来，有时也可以非常小且长有翅膀。中世纪时的仙女经常和魔法联系起来，她们深知草本的秘密，还通晓永葆青春的秘诀。同凯尔特和北欧神话相连，繁衍了天才、巨魔、精灵、鬼怪和人鱼，与上古时期山林水泽中的宁芙或龙身女妖有一定的相似之处，但是她们本身不是山洞、树木、河流或泉水的象征，而是仅代表自己。在某些情况下她们会被施巫术，须履行某种仪式才可回归正常。传说有太多的可能，可以说随着历史的推进，仙女的神话也在不停地创造改编。一些恶意的仙女，会劫持小孩，破坏大自然。20世纪，阿瑟·柯南·道尔在看过1920年柯亭利镇拍的照片后相信了她们的存在。直到今天，在一些地方仍会让孩子们相信有仙女妈妈在保护着他们远离一切不好的东西，譬如牙齿仙女会将孩子脱掉的牙齿换作礼物相送。

Hadad　哈达
见词条 Eris。

Hades　哈得斯
希腊神话中统治冥界的冥帝。帮助弟弟宙斯和波塞冬从父亲克洛诺斯的束缚中解救出来。后来，宙斯统治天堂，波塞冬司掌大海，哈得斯和珀耳塞福涅则一起掌管冥界。冥府也被称为哈得斯，分为两部分，厄瑞玻斯是普通灵魂居住的地方，塔尔塔洛斯是关押泰坦的地方。哈得斯以一条河流与外界隔离开来，只有老人卡戎可以通过，而这位老人被三头犬刻耳柏洛斯守护。

Halia　哈利亚
希腊神话中的海洋宁芙，塔拉萨和蓬托斯的女儿，忒尔喀涅斯的姊妹。死后被神化为琉科忒亚。养育了波塞冬，并和他生育了七个孩子，其中包括罗得，以她的名字命名了罗得岛。她的儿子们对阿佛洛狄忒不敬，被阿佛洛狄忒变成疯子。之后他们强奸了自己的母亲，被波塞冬永远囚禁在大海深处。最终哈利亚投海身亡。

Han Xiangzi　韩湘子
中国道教传说中的八仙之一，音乐之神，相传听到他的箫声花儿就盛开了。他爬上了一棵树然后摘下一颗桃子给他师傅吕洞宾，由此被度成仙获得了永生。他通常携带一支箫，是和谐的象征。

Hanan Pacha　哈南·帕查
印加神话中的上世界，是众神居住的地方。包括先祖世界乌库·帕查。正义者的灵魂需穿越一座由人类发丝织成的桥。

Hanbi 汉比
苏美尔和阿卡德神话中众鬼怪之神，帕祖祖的父亲。

Hanuman 哈努曼
印度史诗《罗摩衍那》中的神猴，罗摩的忠实朋友，在罗摩远征寻找妻子悉多的过程中帮助他同恶魔罗波那对抗。在印度及一些亚洲国家中，他是忠诚、勇气和友谊的象征。哈努曼被尊为学术的传授者，廉正贞洁，拥有一切美德，是人类的模范。据一则传说记载，他是阿南塔的儿子，阿南塔是一名侍女，因一段诅咒而被变成猴子，只有在生下湿婆的化身后才能解除封印。因此，哈努曼被认为是湿婆的化身之一。

Haoma 豪摩
一棵植物和一位神明的名字，植物是神明的化身。在琐罗亚斯德教和印度－波斯神话中具有非常重要的作用，他的名字来自梵语苏摩。他致力于增强灵性以获得永生。

Hapy 哈碧
古埃及尼罗河洪水之神。居住在距离象岛很近的一个山洞里，山洞位于第一大瀑布之下，由库努姆守护，洞里储存着创造尼罗河洪水的水流。荷鲁斯四个儿子之一，降生于一朵莲花之中。

Harendotes 哈朗多德斯
古埃及荷鲁斯在希腊神话中对应的神灵。主要在希埃拉科姆珀利斯、古奈赫恩、阿比多斯、莱托波里斯和布托等地区受人们信仰尊崇。

Harmajis 哈尔玛吉斯
古埃及神话中，荷鲁斯的太阳形象化身，一段时间内被认为同斯芬克斯，代表科弗莱恩国王。一天，图特摩斯四世做了一个梦，梦里的荷鲁斯是斯芬克斯的样子，荷鲁斯承诺说，如果国王能够将半掩埋的陵墓从黄沙中挖掘出来，便让他成为下一任法老。最终，国王图特摩斯拥有了权力，将斯芬克斯变成了哈尔玛吉斯，将荷鲁斯变作了地平线。

Harmonía 哈尔摩尼亚
希腊神话中的和谐女神，尤其司掌夫妻之间的和平相处。阿瑞斯和阿佛洛狄忒的女儿。雅典娜命她建造底比斯城，于是她被送给卡德摩斯并与之结婚。一说是宙斯和厄勒克特拉的女儿，伊阿西翁和达尔达诺斯的姐妹，同样也同卡德摩斯结婚。在罗马神话中，她被称为孔科耳狄亚。

Haroeris 荷鲁俄西斯
古埃及神话中，荷鲁斯最古老的称谓。名字可翻译为老荷鲁斯或是长者。右眼充满太阳的力量，左眼充满月亮的力量。是荷鲁斯四子的父亲。

Harpías 哈耳庇厄
见词条 Arpías。

Harpina 哈尔皮娜
希腊神话中，阿索波斯和墨托珀的仙女女儿，被阿瑞斯劫持，带到了埃利斯，在那里生下了奥诺玛奥斯。

Harpócrates 哈波奎迪斯
古埃及神话中，圣童荷鲁斯的希腊语称谓，埃及语是哈波奎特斯。象征初升的太阳，形象为自一朵莲花中降生的婴孩，有时也表现为一个孩童脚踩两条鳄鱼、手持小蛇和小狮子。

Harpra　哈尔普拉

古埃及圣童神，同赫尔蒙提斯和梅达穆得并称三神。战神蒙图和拉埃塔乌伊的儿子，太阳的女性形象。当时蒙图作为新王国的主神，即将离开底比斯时，同拉埃塔乌伊结合，生下哈尔普拉，使他成为太阳神。一说哈尔普拉是荷鲁斯和拉神融合的产物，因此是太阳的一种化身。

Harsomtus　哈尔索姆图斯

古埃及，荷鲁斯"联结两地之人"，一位小神，德恩得拉三神之一，荷鲁斯与索姆图斯的儿子。一说是埃德夫三神之一，荷鲁斯同哈索尔的儿子。努比亚科穆·奥姆波城也信奉这段亲属关系，称其为两个国家之神。同圣童荷鲁斯的另一个化身哈波奎迪斯以及德恩得拉的伊希相关。

Hathor　哈索尔

古埃及天空女神，荷鲁斯和法老的母亲。拥有很多头衔和赞誉，其中包括天空之神、宇宙之母、母亲之母和天堂婴孩守护者等。司掌爱、音乐、快乐、舞蹈和美丽，同时也掌管女性、生育、儿童和分娩。但她也有消极的一面，当她化作拉神的复仇之眼时，便成了毁灭女神，同时还是醉酒之神。此外，她也是西方女神、死亡女神。她具有众多小头衔，譬如普恩特女神、沙漠女神、南部希科摩罗女神、大野牛之神、生命女神、花环女神以及德恩得拉女神等。

Hati　哈提

北欧神话中，夜晚追逐月亮企图将其吞噬的狼神。终有一天，哈提追赶上了月亮，其兄斯库尔也追逐到了太阳，这对凶狼将日月吞噬，宣告世界末日"诸神的黄昏"的到来。

Hatmeyht　哈特迈希特

古埃及神话中，下埃及尊崇的鱼女神，特别是在门德斯地区，现今三角洲东部的特尔－埃尔－鲁布地带。名字意为"鱼中之首"，即原始混沌之中产生的世界上的第一条鱼。也被尊为鱼神。

He Xiangu　何仙姑

中国道教八仙之中唯一的女性。代表家庭。饮云母，居于山，得永生。形象为手持莲花，在山顶之间跳跃。

Hebat　赫芭特

泰舒卜的妻子，美索不达米亚以北热带风暴之神。一些学者认为她同赫拉克勒斯的妻子赫柏。

Hebe　赫柏

希腊神话中，宙斯和赫拉的女儿，青春女神，众神的斟酒官，在宴会上为他们斟酒，后来伽倪墨得斯承担了此项任务，她则成了赫拉克勒斯的妻子。在罗马神话中同禹文塔斯，司掌其他事务。

Hécate　赫卡忒

希腊神话中的女神，掌管地狱、生育、分娩和魔法。珀耳塞斯（据载是泰坦或赫利俄斯之子）同阿斯忒里亚或得墨忒尔的女儿。拥有同美狄亚和喀耳刻同等的魔力。同时，她也是主管三岔路口的女神，形象是三头三身六臂，分别向着三个不同的方向。人们向女神敬献许多树木和植物，譬如颠茄、黑儿波、浆果紫杉和意大利柏。罗马神话中同特里维亚。

Hecatónquiros　百臂巨人

希腊神话中，乌拉诺斯和盖亚的大儿子们。共有三个，出生时他们即拥有一百只手和五十个头，因此乌拉诺斯将他们扔进塔尔塔洛斯深处。盖亚向其他孩子泰坦求助以解救百臂巨人，只有克洛诺斯赶来将父亲阉割，并成为宇宙的主人。最后，克洛诺斯的小儿子宙斯，在同其父对抗的过程中解救了百臂巨人。

Héctor　赫克托耳

希腊神话中，特洛伊国王普里阿摩斯和赫卡柏的儿子，帕里斯和卡珊德拉的兄弟，安德洛玛刻的丈夫。他代替年迈的老父亲普里阿摩斯指挥特洛伊战争中的军队。杀死了阿喀琉斯的朋友帕特罗克洛斯，激怒了阿喀琉斯，二人对战。阿喀琉斯杀掉他之后，把他的尸体倒挂在战车上拖尸回希腊阵营中。普里阿摩斯不得不以个人的名义哀求阿喀琉斯同意为儿子举行葬礼。

Hécuba　赫卡柏

希腊神话中，特洛伊国王普里阿摩斯的妻子，阿波罗的情人之一，同阿波罗生下了特洛伊罗斯。据神谕，如果特洛伊罗斯能活过二十岁那么特洛伊城将永不会陷没，但最终阿喀琉斯趁他未满二十岁设圈套杀掉了他和他的姐姐波吕克塞娜。

Heddet　海黛特

见词条 Hededet。

Hededet　海黛黛特

古埃及天蝎女神，上埃及阿波罗二世统治时期将其供奉在埃德夫。主要负责对抗巫术中毒虫的叮咬。在中王国时期，由于她有着天蝎一样的尾巴，便成为埃及奇怪的发酵保护者。新王国时期，她的形象为太阳船上的绳子，这些绳子是用来降服蛇神阿佩普的，她和代表船上鱼叉的金钱豹玛芙代特共同完成制服蛇神的任务。一说她是利用叮咬的方式来束缚阿佩普的，因此她也被称为毒药女神。

Hefesto　赫菲斯托斯

希腊神话中的火神、砌石之神、雕刻艺术之神以及手艺异常高超的铁匠之神。据记载，他是赫拉或宙斯一人的儿子。他的锻造工作间位于利姆诺斯岛和利帕里群岛上，这些岛距离西西里很近。他因面貌丑陋而被驱逐出奥林匹斯山，具体原因记载不一。为了报复，他制造了一个黄金宝座，利用宝座他抓到了赫拉，但被狄俄尼索斯灌醉诱骗而将赫拉释放，为了平息他的愤怒，赫拉将阿佛洛狄忒许配与他为妻，但是阿佛洛狄忒同阿瑞斯屡屡幽会，最后这对偷情者被赫菲斯托斯编织的一张无形之网捉获。在普罗米修斯偷盗火种之后，赫菲斯托斯为了惩罚人类用泥土塑造了第一个女人潘多拉，他制造了几乎所有神灵使用的武器，也给予其他生物生命，譬如塔尔塔洛斯以及陪伴他自己的两个黄金少女。他的助手是科达利翁、阿尔孔和艾乌利梅德斯、独眼巨人以及他的孩子们。据《荷马史诗》，他和美惠女神阿格莱亚结婚，生下欧克勒亚、欧斐墨、欧忒尼亚和菲罗佛洛绪涅。他也曾试图欺侮雅典娜，但是他的精液滴在了地上，于是他和盖亚生出了厄里克托尼俄斯。同宁芙卡比利亚生下小卡比利亚，居于萨莫色雷斯。他的凡身儿子有阿尔达罗斯（笛子的创造者），卡库斯（赫拉克勒斯杀死的巨人），刻克洛普斯（雅典国王），赛尔西翁（忒修斯杀死的厄琉息斯强盗），菲拉蒙（弗西达国王），奥莱诺（奥莱诺国王），帕莱蒙（阿尔戈号船上的英雄之一），珀里斐忒斯（忒修斯杀死的埃皮达鲁斯歹徒），皮利奥（莱姆诺斯的居民，治愈了菲罗克忒忒斯被蛇咬的伤），拉达曼提斯（死亡法官之一）以及塞尔维奥·图里奥（拉齐奥国王）。

Heh　海赫

古埃及时代，两位不同的神明。一是赫尔墨波利斯八元神，由四个男性蛙神以及四个女性蛇神组成。蛙神海赫同蛇神海赫特是夫妻。代表无限的空间。另一位海赫在下埃及备受尊崇，形象为一个精灵，象征着永恒、空气以及没有尽头的风。在此意义上与舒神有着联系，舒神是九柱神的大气之神。

Hehet　海赫特

古埃及代表无限空间的女神，赫尔墨波利斯八元神海赫的配偶。长有一个蛇头，丈夫长着蛙头。

Heimdal　海姆达尔

北欧神话中，光之神，黎明的化身，彩虹桥的守护神。他有九个不同的母亲，分别是埃吉尔的九个女儿，被称为白神。住在希敏约格宫殿，是一个忠实的战士，总是身佩宝剑，骑着他的骏马。作为神殿看守者，他从不睡觉，当巨人或任何不良分子靠近时，他便立即提醒阿萨神族。在战斗中他使出浑身解数使牛角发声，整个世界都能听到。在同洛基的战斗中死去。

Heka　赫卡

古埃及之神，形象为头顶青蛙旗帜、手持两条毒蛇的男子或孩子。其标志出现在拉神太阳船上，使船规避阿佩普蛇，因为这条蛇每天晚上都试图攻击太阳。一般情况下，被认为是拉神权力的体现。他的追随者为医生魔术师。

Heket　海奎特

古埃及神话中的蛙女神，家庭和孕期的保护者。司掌母胎里的孩子，以及梅斯赫奈特命令加速分娩的孩子。被称为"使呼吸的人"，是神圣的助产士。同样的，她还可以帮助死者在来世复活，譬如俄西里斯的复活。帮助荷鲁斯在其父母私通后降生，因其海纳百川的特点被称为两国夫人。

Hela　海拉

北欧神话中的冥界死神，洛基和安尔伯达的女儿。尼福尔海姆世界的女王，开始在宇宙生命世界树下生活，在赫尔王国死去，她在那里有一座巨大的宫殿，名叫伊格德拉西，在生命之树下伴随客人的来到而成长。她的脸一边如神一般温和美丽，而另一边是恶鬼般腐烂狰狞。她的王国铜墙铁壁，与生者距离很远，有河流、峡谷和山脉，为了拜访她的宫殿必须跨越由莫德古德女仆把守的吉欧尔桥。她不但接收一切杀人犯和冤死鬼，也收容那些不幸没有流血就死去的鬼魂，如巴德尔。凡是老死和病死的鬼魂也都到海拉那里。不接收有着崇高美德的人，贤惠的姑娘或海上死者，这两类分别由芙蕾雅和拉恩收留。

Helena de Troya　特洛伊海伦

希腊神话中，宙斯变成天鹅勾引勒达而生出的女儿，勒达是斯巴达国王廷达柔斯的妻子。克吕泰涅斯特拉和狄俄斯库里兄弟的妹妹，他们阻止她和忒修斯结婚。后成为斯巴达国王墨涅拉俄斯的妻子，被帕里斯拐骗带到特洛伊，引发了同名战争。战争结束后，她回到了她的丈夫身边，生有一个女儿，赫耳弥俄涅。

Helíadas　赫利阿达斯

希腊神话中，太阳神赫利俄斯和海中仙女罗得所生七个儿子的统称，住在罗得岛，驱逐忒尔喀涅斯后统治了岛国。赫利阿达斯崇拜雅典娜，学习星象学、航海和冶金。七兄弟中最有名的是忒那革斯，他不凡的能力招致兄弟们的嫉妒，其中四兄弟阿克提斯、坎达斯、玛卡耳和特里俄帕斯杀害了他，之后被赶出小岛，只留下克尔卡福斯和奥基摩斯。据说赫利阿达斯是第一个将一天分成二十四小时的神灵。

Helíades　赫利阿得斯

希腊神话中，太阳神赫利俄斯的众女儿的统称，法厄同的姐妹。根据两种不同的版本分别包括癸阿勒、埃格勒和阿厄忒里亚，或是哈利亚、墨洛珀、福柏、埃特利亚和狄奥西佩。当法厄同死后，她们的眼泪变成了地球上晶莹的琥珀。

Helios　赫利俄斯

希腊神话中第二代泰坦，象征着太阳，有时候被叫做费柏（光明），是泰坦神许珀里翁与忒亚之子，月女神塞勒涅和黎明女神厄俄斯的兄弟，在后世神话中，他与阿波罗被逐渐混为一体。他每日乘着火神赫菲斯托斯所制的、四匹火马所拉的日辇在天空中驰骋，从东至西，晨出晚没，同埃及神话中的拉神。这四匹焰马分别是：埃同、赫俄俄斯、佛尔工和皮洛斯。为纪念赫利俄斯而雕刻的罗得巨石矗立在岛上。他在三峰岛拥有成群白牛，奥德修斯从那里经过，损失多人来偷他的牲畜，赫拉克勒斯偷走革律翁的牛群之后同奥德修斯对峙。他同伊格尔（卡里忒斯的母亲），克吕墨涅（法厄同和赫利阿得斯的母亲），罗得（厄勒克特律翁娜和赫利阿达斯的母亲），珀耳塞伊斯（喀耳刻，埃厄忒斯，帕西淮，珀耳塞斯的母亲），赫尔米娜（阿克托耳和奥革阿斯的母亲）育有孩子。在罗马，阿波罗是太阳神，诗人们称之为泰坦。

Hemadríades　赫玛德利阿得斯

希腊神话中的森林仙女（树妖），每个小仙女都照看着一棵树，唯有在祭祀神明或是听从摩耳甫斯教导时才停止照料。

Hemera　赫墨拉

希腊神话中，夜之女神尼克斯和黑暗之神厄瑞玻斯的女儿，太空之神埃忒尔的姊妹。一说她为卡俄斯所生。在罗马神话中被称为狄厄斯。

Hera　赫拉

希腊神话中，克洛诺斯（萨图恩）和瑞亚的女儿。与兄弟姐妹波塞冬、哈得斯、得墨忒尔和赫斯提亚一同被其父克洛诺斯吞入腹中，后被弟弟宙斯救出，并成了她的丈夫。赫拉掌管婚姻和家庭，是已婚妇女的保护神。其嫉妒心和报复心极强，很多神话故事都和她有关，其中最著名的是特洛伊的毁灭。赫拉是战神阿瑞斯、火神赫菲斯托斯、分娩女神狄斯科尔狄娅、青春女神赫柏的母亲。在罗马神话中，她被称为朱诺。

Heracles　赫拉克勒斯

希腊神话中阿尔克墨涅与宙斯之子，宙斯变作阿尔克墨涅丈夫安菲特律翁的模样引诱她。宙斯之妻赫拉对赫拉克勒斯的出生心怀愤恨，逼疯赫拉克勒斯，导致他悲惨地杀死了他同底比斯国王克瑞翁之女墨伽拉生下的三个孩子。德尔斐神谕告知他前往梯林斯，国王欧律斯透斯将会派给他十二项任务，他必须运用本领和鲜血一一完成。最后，他娶了得伊阿尼拉，这个妻子致使其失去生命。罗马人将其称为海格力斯。

Heraclidas　赫拉克勒斯族

希腊神话中，赫拉克勒斯的后代，同得伊阿尼拉的四个孩子：许罗斯、克忒西波斯、格莱诺和奥妮特斯。他们的父亲被迫为迈锡尼国王、父亲的堂兄欧律斯透斯服役，完成著名的十二项任务，于是他们逃到雅典避难，在那里人们帮助他们击败欧律斯透斯，后来成为伯罗奔尼撒半岛的统治者。

Hercle　赫尔克勒

对于伊特鲁里亚人来说等同于海格力斯，提尼亚和乌尼的儿子，他们是伊特鲁里亚神话故事中的主神。同力量和水文相关的神明，是赫拉克勒斯在罗马神话中的称呼。

Hércules　海格力斯

希腊神话中赫拉克勒斯的罗马叫法，源自伊特鲁里亚神灵赫尔克勒，演变为朱庇特和阿尔克墨涅的儿子。

Heret-Kau　赫莱特－卡乌

古埃及，古王国女神，与亡者的生命原则相关。名字的意思是"卡斯之上"，也可理解为"精神之上"。司掌冥界的相关事务。据说是荷鲁斯的女性变体。常出现在尼罗河三角洲的奠基仪式上，与伊西斯和奈特神相关。

Hermafrodita　赫马佛洛狄忒斯

希腊神话中赫尔墨斯和阿佛洛狄忒的儿子，被母亲抛弃在伊达山，后被宁芙们发现并抚养。有一天他去湖里洗澡，被仙女萨耳玛西斯看到，仙女被他迷人的外表吸引，自此爱上了他并决定再也不离开他的身体，紧紧地用尽全力抱着他并请求神明让他们不要分离，因此赫马佛洛狄忒斯变成了双性人。

Hermes　赫尔墨斯

赫尔墨斯是希腊奥林匹斯十二主神之一，宙斯与阿特拉斯之女迈亚的儿子。赫尔墨斯在刚出生的那天就偷走了哥哥阿波罗看守的阿德墨托斯的牛，之后太阳神用牛换了赫尔墨斯做的琴。由于他拥有无穷的能量，故成为宙斯的传旨者和信使，宙斯赐予他一顶草帽、一双飞翅凉鞋和一根带翅双蛇杖。他引导逝者亡灵去往冥界，欺骗之术的创造者，也是雄辩之神，商人和畜牧人的保护神。他的魔杖可使神与人入睡，也可使他们从梦中醒来。有时也扮演教育者的角色，例如对丘比特。他的情人有阿佛洛狄忒（时序女神欧诺弥亚的母亲，一说是赫马佛洛狄忒斯、普里阿普斯、罗得和堤喀的母亲），阿加卢洛（艾乌莫尔珀的母亲），德律俄珀（潘的母亲），赫耳塞（刻法罗斯的母亲），潘德洛索斯（赫里克斯的母亲），喀俄涅（奥托吕科斯的母亲），还有母亲未知的孩子阿布得罗斯，安赫利亚，艾塔利德斯，埃基翁和弥尔提洛斯。

Hermes Trimegisto　赫尔墨斯·特利斯墨杰斯尼斯

希腊神话中，埃及的托特神，同希腊神话中诸神的信使赫尔墨斯，也称特利墨杰斯尼斯或者特利斯墨杰斯尼斯，他的城池叫赫尔墨波利斯，赫尔墨斯之城。由于托特负责掌管词汇、书写、语言和魔法，赫尔墨斯·特利斯墨杰斯尼斯便成为神秘之神，掌管一切秘密消息。"hermetismo（守口如瓶）"一词便源于此，意为隐秘的、封闭的、唯一的。

Hermione　赫耳弥俄涅

希腊神话中墨涅拉俄斯和特洛伊海伦的女儿，和迈锡尼国王、阿伽门农的儿子、其表兄俄瑞斯忒斯订婚。特洛伊战役后，她的父亲把她嫁给了阿喀琉斯的儿子涅俄普托勒摩斯，但其丈夫在同俄瑞斯忒斯的交锋中去世。最后，赫耳弥俄涅与俄瑞斯忒斯结为夫妇并生了儿子，名为提萨墨诺斯。

Hermod　赫尔莫德

北欧神话中奥丁的儿子、侍从和信使，巴德尔和霍德尔的兄弟，托尔同父异母的兄弟。得知巴德尔去世的消息后，他骑父亲的斯莱布尼尔神马奔走了九个夜晚赶到海拉的死亡之家，穿过了吉欧尔冥河，在死亡女神的大殿门口遇见了巴德尔，巴德尔正挨着女神坐在宝座上。赫尔莫德说服女神放过巴德尔，女神提出的条件是世间万物都为巴德尔哭泣，然而只有被化身为老妇人索克的洛基拒绝为其哭泣。

Hero y Leandro　海洛和利安得

希腊神话中，海洛是维纳斯的女祭司，住在赫勒斯滂岸边，现今靠近伊斯坦布尔的达达尼尔海峡，而她的爱人利安得是住在对岸阿比多斯的少年。每个夜晚利安得靠着爱人的火把指引，游过海峡到对岸的塔里与她相会。一天夜晚，暴风雨熄灭了火把，利安得被海水淹没，海洛在海滩找到了他的尸体后跳崖自杀。

Heryshef　赫利塞弗

古埃及赫拉克利奥波利斯地区崇拜的羊面神，是现在的伊赫纳斯亚·埃尔·梅迪纳地区，位于靠近埃尔·法尤姆盆地的上埃及第二十省。名字的意思是"居于湖上者"，指的是赫拉克勒斯之城赫拉克利奥波利斯神殿中的一片小湖，赫拉克勒斯为其希腊名，其罗马名字是海格力斯。他与水的关系让他成为肥沃之神，司掌每年的洪水。

Hesat　赫萨特

古埃及的牝牛女神，负责用自己营养的乳汁滋养草原，被称为赫萨特玉液，能为全人类解渴。生下金牛犊法老。

Hespérides　赫斯珀里得斯

希腊神话中阿特拉斯和赫斯珀洛斯的宁芙女儿们（黄昏的女儿），她们为赫拉照看着一个名为赫斯珀里得斯的金苹果圣园，这些金苹果是赫拉克勒斯杀死百头巨龙拉冬后盗取来的，金苹果能使人的灵魂不朽。在不同版本里，赫斯珀里得斯姐妹的数量不同，由三个或六个仙女组成，分别是：阿瑞托萨、埃格勒、厄律提娅、赫斯佩雷、赫斯珀剌瑞托萨和赫斯塔。

Hesperis　赫斯珀里斯

希腊神话中赫斯珀洛斯的女儿，阿特拉斯（一说福耳库斯）的妻子，赫斯珀里得斯或阿特兰提德斯的母亲。黄昏的化身。

Hespéride　赫斯帕里得

见词条 Hesperis。

Héspero　赫斯珀洛斯

见词条 Eósforo。

Hestia　赫斯提亚

希腊神话中的女灶神，克洛诺斯和瑞亚之女，宙斯、赫拉、得墨忒尔和波塞冬的姐姐。祭坛火焰的保护神，餐前需向她祈祷。其火焰在各地燃烧。同罗马神话中的灶神维斯塔，维斯塔较其流传更深远。

Híades　许阿得斯（毕星团）

希腊神话中的雨神宁芙，阿特拉斯和普勒俄涅的女儿们，许阿斯的姐妹，关于许阿斯，一说死于狩猎时的意外，一说被狮子吞食。为此宁芙不停地哭泣（雨水不断），后来就化身成星宿。数量不详，其中包括：安布罗西亚、欧多拉、梯厄涅、科洛尼斯和费托等，传说是狄俄尼索斯在尼萨的乳母。亦有说是许阿斯和埃特拉的女儿。总之，她们是普勒阿得斯的姐妹，赫斯珀里得斯同父异母的姐妹。在罗马神话中为普鲁维尤斯或素库拉斯。

Hías　许阿斯

希腊神话中，阿特拉斯和埃特拉的儿子，是一名强大的弓箭手，在狩猎野猪时发生意外，一说被狮子吞食。因为他的意外身亡，他的姐妹们雨神许阿得斯痛哭不止，最终众神把她们变成星宿。传说许阿斯创造了许阿斯的后裔许阿特斯，也是维奥蒂亚最早的居民，不过这一点多用作诗歌素材。

Hidaspes　许达斯佩斯

希腊神话中的印度河神，由希腊人命名，但不清楚是否之前就有这个名字。海洋之神陶玛斯和海洋女神厄勒克特拉的儿子，彩虹女神伊里斯和鹰身女妖的兄弟。这里发生过著名的许达斯佩斯战役，战役中亚历山大大帝对抗印度王普洛斯。

Hidra de Lerna　勒耳那的海德拉（九头蛇）

希腊神话中，冥界水生怪物，长相似蛇或多头巨龙，堤丰和厄喀德那的女儿。居住在阿尔戈利斯的勒耳那沼泽地，守护通往地狱的水门。最后死在赫拉克勒斯手上。

Hilas　许拉斯

希腊神话中，德律俄珀斯国王忒俄达玛斯的儿子，阿尔戈英雄中的一员，在寻找金羊毛的远征途中赫拉克勒斯爱上了他。许拉斯在密细亚寻找水源时被宁芙德律俄珀劫走，仙女们向他承诺只要他留下来和她们在一起，便可以得到永生。

Hilda　希露德

北欧神话中，最重要的女武神之一，她的使命是为瓦尔哈拉殿堂收集阵亡的武士。这些女武神是奥丁的侍女，她们作为那些在战场上阵亡英雄的指引者将他们带入瓦尔哈拉。据理查德·瓦格纳，女武士首领是芙蕾雅，队伍中最著名的是布鲁妮达，其他还有古娜、洛夫恩、希恩和希露德等，每人都有自己的任务。

Hinduismo　印度教

是目前为止最古老的宗教，也被熟知为吠陀教。神话来自公元前 1000 年口口相传的圣歌。吠陀文学伴随《梵书》《森林书》和《奥义书》开始发展壮大，最后被写成梵语归结到《印度往世书》中。众多的古代神明和天神几乎有着和人类一样的特点，其中为首的是三相神：梵天、毗湿奴和湿婆，分别为创造神、保护神和毁灭神。宇宙也被分为三个区域，天空、大气和大地。最早的四本颂歌集讲述了多个版本的创世神话，但通常都是由一片混沌开始的。在其中一个故事中，创世主维什瓦卡玛对创造世界有杰出贡献。在另一个神话中，普鲁莎献出了生命，从他被肢解的身体中创造出世界。第三个故事里，混沌中漂浮着一只蛋，从这个金黄色的胚芽中走出了创造之神。第四个故事中，普拉哈帕提基于他的禁欲主义创造了很多孩子，并同自己的女儿创造了人类。在其他版本的故事中，是天空和大地产生了世界的本源，但也有人认为是神匠特瓦什特利创造了世间一切形态。在先于《印度往世书》的《梵书》中，出现了击打海洋的神话：众神决定在宇宙形成的梅卢山那里击溃海洋，他们聚集了秃鹫和天神，吃掉了蛇神瓦苏吉、曼达拉山和一只乌龟，使得太阳、月亮、吉祥天女还有带着灵药的神医德汉瓦娜塔利从海上升起。

Hine-titama　西奈－提塔玛

新西兰毛利人中的黎明少女。由天空之神兰戈创造，目的是让她陪伴自己的儿子塔奈，塔奈和周围生物混居的事情警醒了他的父亲。后来西奈知道自己的身份，逃离到了冥界，并发誓要引诱塔奈所有的儿子，并让所有从那个时候起出生的生物都不能长生不老。

Hiperbóreos　极北族人

希腊神话中，居住在色雷斯以北、玻瑞阿斯北风区域的原始居民。

Hiperión　许珀里翁

希腊神话中，第一代十二位泰坦之一，乌拉诺斯和盖亚的儿子；本意为"穿越高空者"，是观察者的模范，天体运动的发现者。忒亚的丈夫，育有三个孩子：赫利俄斯、塞勒涅和厄俄斯，分别为日神、月女神和黎明女神。

Hipnos　许普诺斯

希腊神话中，黑夜女神尼克斯的孩子之一，是睡眠的代表或化身，死亡之神塔纳托斯的孪生兄弟。一次，赫拉让许普诺斯催眠宙斯，若不是其母尼克斯介入调解，宙斯几乎要将许普诺斯赶下奥林匹斯山。他是帕西提亚的丈夫，二人生下梦神奥涅伊洛斯，他们只出现在梦里。其中最著名的三个儿子是方塔苏斯、伊刻罗斯和摩耳甫斯。在罗马神话中同索莫诺斯。

Hipocampo　马头鱼尾兽

希腊神话中的一种海中怪兽，他的上半身是马，下半身是鱼，就像海马一样，但是形状特别大，海神波塞冬的双轮战车由马头鱼尾海怪牵拉。

Hipodamía　希波达弥亚

希腊神话中代表两个人物。第一个是奥林匹斯国王俄诺玛俄斯的女儿，生下著名的阿特柔斯和堤厄斯忒斯两个儿子。另一个是阿尔戈斯国王阿德拉斯托的女儿，也是拉庇泰国王庇里托俄斯的妻子，在他们的婚礼上，新娘被半人马怪劫持，从而引发了著名的半人马怪和拉庇泰人之间的争斗，争斗以半人马怪被驱逐而结束。

Hipólita　希波吕忒

希腊神话中，亚马逊部落的女王，拥有一条神奇的腰带，夺取这条腰带是赫拉克勒斯的任务之一。赫拉克勒斯得手后，忒修斯劫持了安提俄珀，引发女战士部落的战争，最终以女战士们占领雅典娜结束。

Hipólito　希波吕托斯

希腊神话中的猎人，亚马逊女战士部落女王安提俄珀和忒修斯的儿子，忒修斯后来同淮德拉结婚。阿佛洛狄忒很爱他，遭到拒绝后沮丧而愤怒，让希波吕托斯的继母淮德拉狂热地追求他，但是他也拒绝了淮德拉的求爱，淮德拉便诬陷他侵犯了自己，于是忒修斯请求波塞冬为她报仇，波塞冬派出了一个海怪，让希波吕托斯的马杀了他自己。淮德拉得知一切后也后悔地自杀了。

Hiranyagarbha　金卵

印度教中，金黄色的脉石，宇宙创造的起源，印度创世神话之一。据说这块脉石漂浮在黑暗的、事实上并不存在的海上，最后劈成两半，产生了生命和物质。据载，这是梵天的起源，同时也可解读为诞生三神的宇宙巨蛋的起源。

Hoder　霍德尔

北欧神话中，奥丁和弗丽嘉的儿子，巴德尔的孪生兄弟，黑暗之神，名字的意思是"战争"，也作 Hödr。双目失明，非常强壮，因此会让人感觉害怕。洛基欺骗他，让他用槲寄生做出来的箭射杀巴德尔。巴德尔的异母兄弟瓦利用弓箭射杀了盲眼的黑暗之神霍德尔，为巴德尔报仇。

Hoenir　霍尼尔

北欧神话中，阿萨神族之一，据沃鲁斯帕，他是奥丁的兄弟，帮助他创造了第一批人类，后被威利和维替代。一天，奥丁、罗杜尔和霍尼尔看到了两段干枯的树干，就决定在上面创造第一个男人阿斯克和第一个女人爱波拉。奥丁为他们注入生命和呼吸，霍尼尔赋予他们灵魂和智慧，罗杜尔赐给了他们体温和五官的感觉。后来，他等同于洛基、维、威利和弗雷，区别得不是非常清晰严格。

Hopi　霍皮人

霍皮人居于美国的西南部。在其神话里，泰伊奥瓦是造物主，创造了索图克南格，并命令他创造宇宙。索图克南格求助蜘蛛女神科岩格乌提用她的唾液创造生命，就好像吐出蜘蛛丝那样。女神创造了双胞胎珀卡诺亚和帕隆加瓦霍亚，二人又创造了河流、海洋和山川。科岩格乌提创造了人类，但是这些人类不听从神明的指令，于是索图克南格用大洪水结束了他们的生命。直到第四世界才找到掌管人类的合适方法。第三世界由两块大陆组成，分别是卡斯卡拉和东方国家。东方国家开始扩张并试图消灭卡斯卡拉创造的人类，但是该国人类起源的岛屿被淹没在大海中，在克奇纳神的帮助下，只有那些被挑选出来居住在第四世界的人们得以幸存。

Horas　荷赖（时序三女神）

希腊神话中，时序三女神有两代。第一代是《荷马史诗》提到的，跟随在宙斯身边的众神（有时与美惠三女神相混），具有调节天气和区分四季的能力，尤其是春天，也就是当塔罗斯陪伴珀耳塞福涅离开地狱的那段时间，而秋天则是指当卡尔波陪同珀耳塞福涅返回冥界的时间。后来演化为是宙斯和忒弥斯的女儿们，有三位：法律女神欧诺弥亚，正义女神狄刻，和平和财富女神厄瑞涅。

Hormenio　阿明托尔

代表希腊神话中的几位人物：九个海怪"忒尔喀涅斯"之一；阿斯提达墨娅的父亲，赫拉克勒斯遭到阿斯提达墨娅的拒绝，于是暴力地冲进他们的家中想要对其用强，最终其父被赫拉克勒斯所杀。

Horta　霍尔塔

伊特鲁里亚神话中，农业女神，同罗马神话中的刻瑞斯。其庆祝节日在四月。

Horus　荷鲁斯

古埃及神话中，游隼战神、太阳神、天空之神、光神和善良之神。是自然之神伊西斯和冥界之神俄西里斯的儿子，三人组成莱托波里斯三神。有时被认为是拉神的儿子，塞特的兄弟和战胜者，法老的前身。他是很多地区的主神，不同的地区其名字也不尽相同。主要有：荷鲁斯大神，荷鲁斯圣童（希腊哈波奎迪斯），伊西斯之子荷鲁斯。他的名字出现在约公元前 3000 年的象形文字中。有四个孩子：艾姆谢特，多姆泰夫，哈碧皮和凯布山纳夫。

Hotei　布袋和尚

日本神道的七福神之一，源自佛教禅宗。在中国被熟知为布袋和尚，是笑面佛或弥勒佛，同日本七福神一样，都是能带来好运的神。布袋和尚的故事始于中国梁朝，仁慈亲切，有着很大的肚子，并且常常光着肚皮，他有一个大包袱，里面装满了给众生的东西，譬如糖果或者稻穗，布袋从来不会空。在诗中同弥勒菩萨。

Hreidmar　赫瑞德玛

北欧神话中，侏儒的国王，法夫纳、欧特和雷金的父亲。

Hrímfaxi　赫利姆法克西

北欧神话故事中的神马，见词条 Skímfaxi。

Huacas　胡亚卡斯

印加神话中，充满了超自然力量的地方或是事件。譬如，石垒祭坛，以及人们满心崇拜的山路上堆叠的石头，因为他们认为这些石头可以转变成人类。

Huari　胡亚利

前印加神明，居住在小山、地道或是安第斯山比较偏远的地方，类似魔鬼。此外，公元 700 年至 1100 年间，秘鲁阿亚库丘附近的胡亚利或瓦利帝国也有他们的身影。

Hubal　胡巴尔

前伊斯兰教神话中，阿亚特的儿子，阿亚特是麦加三大女神之一，造物主之女，玛霍玛统治麦加时阿亚特是库雅利什部落最重要的标志和象征。库雅利什人有近四百个神，伊斯兰创始人迅速将他们终结。

Huehuecoyotl　胡埃胡埃科尤特利

阿兹特克神话中的音乐和舞蹈之神。特斯卡特利波卡家族众神之一，年老却调皮的丛林狼，与北美丛林狼神有相似之处。

Huehueteotl　胡埃胡埃特奥特利

阿兹特克神话中，火之神，由于他长着老人的样子且没有牙齿，绰号老神。公元前 500 年普埃布拉的香炉中有其画像。

Huitzilopochtli　维齐洛波奇特利

阿兹特克神话中，太阳神，战争之神，特奥提胡亚坎最高级别的神灵，由于他以骷髅的形态出生并且六百年间始终维持原态未变，因此也被熟知为骨神。他的母亲因被天空中降落的一只羽毛小球砸到而怀孕。她的兄弟们山宗·威齐纳瓦认为她败坏了名誉，便将其杀害。维齐洛波奇特利出生时就携带了一把火剑西尤赫克亚特利，向四百位神灵复仇，砍下了姐姐柯约莎克的头。维齐洛波奇特利同位于南部的亡者之宅以及转化成烈士的动物蜂鸟相关。为了取悦他，须献上很多人来祭祀，特别要献上战争中的囚犯。

Huixtocihuatl　乌伊斯托希瓦托

阿兹特克神话中，盐和咸水之神，特拉洛克和雨神的姐妹。一说是特斯卡特利波卡的妻子。

Huldra　胡尔德拉

北欧神话中代表两个人物。一个是未开垦田地之神，田地里游荡着各种动物和奇怪的生物，这是根据弗丽嘉或是芙蕾雅的版本。另一个是神奇的创造物，树林里游荡的为女神服务的宁芙，身穿白色的裙子以隐藏她们的牛尾巴。如果她们遇到男人，会用歌声来吸引他们并和其发生关系。如若她们觉得得到满足的话，会给这些男人一些补偿；如果仙女们能够和他们结婚的话，会失去尾巴变成正常的女人，但若没有被好好对待则会变成女巫。基督教中，胡尔德拉最终被奥丁毁灭。

Humbaba　胡姆巴巴

美索不达米亚神话中，雪松树林里的巨人卫士，被吉尔伽美什杀害，他恶魔般的吼叫被分成七段喊声或是化作微风。他的死激怒了恩利尔，因为是恩利尔安排他守卫雪松林。

Hunahpú　乌纳普

玛雅神话中，胡恩－乌纳普和伊斯基克的儿子，伊斯布兰克的孪生兄弟，他和伊斯布兰克下到冥界寻找西瓦尔巴死神，西瓦尔巴死神杀害了他们的父亲。双胞胎出生的时候，他们的父亲以骷髅的样子挂在一棵树上和伊斯基克在说话，伊斯基克是西瓦尔巴死神的女儿之一。乌纳普死在了蝙蝠神卡玛佐兹家中，但是他的兄弟用一颗南瓜替换了他的头而使他复活。后来在棒球游戏中被西瓦尔巴神打败，但是他们复活之后战胜了西瓦尔巴神。这段历史在《波波尔·乌》中有记载。

Hunhau　胡恩哈乌

玛雅神话中，梅特奈尔之神，梅特奈尔是玛雅冥界西瓦尔巴最深的地区。胡恩哈乌是阿·普切的另外一个名称。

Huracan　乌拉坎

玛雅神话中，火和风暴之神，参与三次创造人类的计划，创世者之一。由于人类触怒了众神，故乌拉坎制造了大洪水，结束了第一批人类的生命。其名字的意思是"只有一条腿的人"。

Hurun　胡鲁恩

古埃及神话中，迦南游隼之神，最开始同古伊萨的斯芬克斯，在斯芬克斯神庙旁边为其建造了一座庙宇。王位继承者的保护神。被祈求去保护有毒的或是危险的动物，如狮子和野狗，在此意义上被叫做胜利的牧羊人。被少数的埃及闪米特人所崇拜。

I

Iah 雅赫

古埃及神话中的月神，地球的伙伴，埃及人那时还不知道地球是一颗星球，更不知道月亮是一颗卫星。当时大地之神盖布在民众中尚未普及，他是中世纪帝国的外来神，据说是由苏美尔神话和阿卡德神话中的月亮神欣演变而来的，是太阳神乌图（沙玛什）和维纳斯（伊什塔尔）的父亲。

Iaso 伊阿索

希腊神话中，阿斯克勒庇俄斯和拉姆佩西娅或安菲亚拉奥的女儿之一，是最小的治愈女神，许革亚、帕那刻亚、阿克索和埃格勒的姊妹。也作Yaso。

Iblis 易卜劣斯

伊斯兰教传说中的恶魔，同基督教同名人物，与邪恶和智慧相关。有时也与撒旦名混用，用以指现实生活中挑拨离间者，专门诱人犯罪。

Icario 伊卡里俄斯

希腊神话中，阿提卡地区的君王，据传说是一个牧羊人，酒神狄俄尼索斯教会了他酿葡萄酒的秘密。伊卡里俄斯想把酿酒的奥秘教给其他牧羊人，结果这些牧羊人以为他在欺骗他们，便将他杀害。伊卡里俄斯的女儿厄里戈涅，在看到父亲的尸体后，吊在树上自杀了。

Ícaro 伊卡洛斯

希腊神话中，代达罗斯和纳乌克拉特的儿子。他父亲代达罗斯教会阿里阿德涅从迷宫中逃离的方式，因此克里特国王米诺斯将他们父子囚入了代达罗斯本人建造的迷宫里。为了逃离迷宫，代达罗斯为儿子设计了一对蜡翅，但是伊卡洛斯没有听从父亲的告诫，飞行时距离太阳过近。最后，翅膀融化，男孩掉进大海被淹死了。

Idas 伊达斯

希腊神话里阿尔戈号船上的英雄，阿瑞涅和波塞冬（或阿法柔斯）的儿子，林叩斯的双胞胎兄弟。参加了卡吕冬围猎野猪行动，和福柏订婚，福柏被狄俄斯库里兄弟劫持，伊达斯杀死了其中的卡斯托耳，于是宙斯用一道闪电将伊达斯杀死。他曾是阿波罗的情敌，二人都爱玛耳珀萨，最终玛耳珀萨选择了伊达斯，因为她害怕自己老去以后阿波罗会抛弃她。

Idunn 伊登

北欧神话里的青春女神，她的任务是保管能够使阿萨神族永葆年轻的苹果。被巨人夏基劫持，洛基变成一只猎鹰去解救她，并将她变成了一枚坚果。伊登逃离了追捕，愤怒的夏基化作老鹰追了上来，这时阿萨神族升起大火，将疾飞到神之国的夏基烧死。

Ificles 伊菲克勒斯

希腊神话中，安菲特律翁和阿尔克墨涅的儿子，与赫拉克勒斯同母异父。同奥托墨杜萨结婚，育有伊俄拉俄斯。他是赫拉克勒斯冒险经历的同伴，后又娶底比斯国王克瑞翁的幼女为妻。

Ifigenia　伊菲革涅亚
希腊神话中，阿伽门农和克吕泰涅斯特拉的女儿，被她的父亲当作祭祀品献给了狄安娜（即阿尔忒弥斯），这是唯一能够使女神允许希腊船队从奥利斯海港起航进攻特洛伊的办法。原因是阿伽门农曾经在一次狩猎中杀了狩猎女神阿尔忒弥斯的一只神鹿，因此激怒了女神。在欧里庇得斯的作品中，最后关头女神允许用一头公鹿代替伊菲革涅亚，并将女孩变成了她的女祭司。

Ifimedia　伊菲美迪亚
希腊神话中，色萨利国王特里俄帕斯和希斯基拉的女儿，阿洛奥斯的妻子，阿洛伊代兄弟和潘克拉提斯的母亲。波塞冬变作河流诱惑了她，之后她生下了巨人兄弟阿洛伊代，后来巨人兄弟在母亲和姐姐潘克拉提斯遭色雷斯海盗绑架时将其解救。

Igea　许革亚
希腊神话中的健康女神，阿斯克勒庇俄斯的女儿，继承了她父亲的品德，不仅能治愈疾病，还能预防疾病。在罗马神话中是健康的象征。

Igigi　伊吉吉
苏美尔、阿卡德及巴比伦万神殿中最小的神族，居于地球，而安努那基则居住在天庭，两个神族共同构成了诸神的最高法庭。伊吉吉大概有 600 个，他们是安努那基的仆人，恩基想要创造人类来取代他们，他们发起反抗阻止了恩利尔将他们毁灭的企图。

Ihy　伊希
古埃及神话中年轻的音乐之神，特指用摇转筒奏出的音乐，象征这种神圣乐器带来的快乐。其名字的意思是"摇转筒演奏者"和"音乐家"，这种乐器演奏大众音乐，其任务是让所有神灵都开心，远离纷扰，帮助死去的灵魂复活重生，曾用歌曲安抚女神不安的情绪。他是哈索尔和荷鲁斯在德恩得拉的儿子，那里集结了他们的力量。

Ilitia　厄勒梯亚
希腊神话中，催生子女的助产女神之一，宙斯和赫拉的女儿。原为克里特岛神话神祇。她常被描述为手持火把，与阿尔忒弥斯和珀耳塞福涅一同带领儿童寻找光明的光辉女神。她在罗马神话中同助产的卢奇娜。

Illapa　尤拉帕
见词条 Apu Illapu。

Ilo　伊洛斯
希腊神话中，特洛伊国王特洛斯之子，厄里克托尼俄斯之孙，是第一个将四匹马拴到一辆马车上拉车的人。特洛斯的三个儿子中，伊洛斯是伊利昂王国的创造者，而伽倪墨得斯被认为是最漂亮的人类。

Imhotep　伊姆霍特普
古埃及时代第三王朝法老左塞王的建筑师、大臣维西尔和医生。赫里奥波利斯的最高祭司，在萨伊塔时期（第十六王朝）被神化。公元前 3 世纪，历史学家玛奈同错误地将雕刻石头的发明归功到伊姆霍特普身上。他建造了萨卡拉阶梯金字塔，这是埃及第一个纪念性建筑物。新王国时期，他还是法庭工作人员的庇护神，他们开始工作之前通常向其敬献一滴血或是一滴水。希腊人将其看作是医药之神阿斯克勒庇俄斯，在罗马同埃斯科拉庇俄斯。

Inanna　伊南娜

苏美尔神话中乌鲁克的守护神，在阿卡德人当中被称为伊什塔尔，在腓尼基人当中被称为阿斯塔蒂，希腊人称之为阿佛洛狄忒，罗马人称之为维纳斯，同时代表金星。是地神基神和天神安神的女儿。一说她是月亮男神辛和月亮女神宁伽勒的女儿。作为天地之女，她是恩基和恩利尔的姐妹；而作为月神之女，她是正义女神乌图的姐妹。伊南娜司掌爱、自然、生殖、战争、创造和毁灭，形象为老人，有时还是一位阿斯塔蒂样子的女战士。伊南娜最著名的神话之一是，她被下放至地狱，在那里死去，后被她的哥哥恩利尔解救复活。

Inca　印加

安第斯民族，文明起源并发展于秘鲁高原。根据宇宙起源说，世界被分为三个时空层或"帕查"：更高的世界，哈南·帕查，包含先人世界那乌帕·帕查；人类所居住的世界，卡伊·帕查，包括被判罪之人的世界桑卡·帕查；低层世界，胡林·帕查，包括地下世界乌库·帕查。万神殿包含了众多神明，但是贵族级别的神都源自秘鲁古老的居民。维拉科查是主神，在的的喀喀湖冒出水之后创造了世界，他的创造有：太阳因蒂，月亮玛玛·基利亚，大地帕查·玛玛，玉米玛玛·萨拉和大海玛玛·科查。同邻居美索美洲人一样，印加人在创造世界的过程中认为有五个连续的世纪。

Indra　因陀罗

印度教中的大气之神。印度人将世界分成了三部分，这片大气是中间的区域。因陀罗也是第一本古梵语颂歌《梨俱吠陀》中的主要人物。他是一位身强体健的战神，在战争中领导吠陀人对抗阿修罗人。身骑白色大象，大象名叫阿伊拉瓦塔；饮大量的祭神酒，这是他保持神力的一剂良饮。他最著名的神话故事是与蛇神乌里特那的战斗，其武器是闪电，直指蛇神右眼瞳孔，他的妻子因陀罗尼直指蛇神的左眼瞳孔。

Ino　伊诺

希腊神话中，卡德摩斯和哈尔摩尼亚的女儿，阿塔玛斯的第二任妻子，同他生下勒阿尔科斯和墨利刻耳忒斯。因收留其姊妹的儿子狄俄尼索斯而酿成大祸，激怒赫拉，因为狄俄尼索斯是赫拉丈夫宙斯私通生下的孩子，赫拉将这个家庭搅得天翻地覆。阿塔玛斯因此癫狂，错将自己的儿子勒阿尔科斯看成了小鹿而将其射杀，伊诺神志不清把女儿投到滚烫的锅里，所幸活了下来，之后却双双投入海里，狄俄尼索斯将她们变成了海神帕莱蒙和琉科忒亚。

Inti　因蒂

印加神话中的太阳之神。这轮金色圆盘的四周洒满阳光，围绕着人的脸庞。司掌水系、大地和火种，他在父亲或其创造者维拉科查消失在大海深处后成了主神。他的妻子和姐姐是月亮女神玛玛·基利亚，一说他的妻子是大地女神帕查·玛玛。他的孩子们有曼科·卡帕克和玛玛·奥克略，而曼科·卡帕克也常被认为是维拉科查的儿子。因蒂命令孩子们建造了库斯科，作为帝国的首都。他的节日被称为因蒂·拉伊米，每到南半球冬至日约六月底时人们便为其庆祝。他的神甫为太阳神女祭司。

Intxisu　因特西苏
巴斯克神话中的守护神或巫师，居住在山洞里，被认为是巨石雕像的建筑者。

Inuit　因纽特
又称为爱斯基摩人，生活在北极地区。其宗教基础为万物有灵和萨满教，目前多信基督教，但一些人仍保留着他们曾经的信仰，另一些人则将二者融合。在因纽特人的世界里没有创世之神和造世之母，也没有凌驾于一切之上的统治者，但他们认为存在超脱于物质表象之外的灵魂；灵魂被称为阿尼尔尼伊特，同"呼吸"，死生相随。此外，动物或人死去之后，阿尼尔尼克（独立形态）将被解放出来。著名的因纽特导师拉姆恩德森说过，因纽特人不相信但是害怕未知力量。基督教将阿尼尔尼克变为人类的灵魂。一些阿尼尔尼伊特与人和动物隔绝开来，他们被命名为图乌尔恩 - 贾伊特，代表所有的不幸，于是基督教将其转化为魔鬼。基督教的到来为因纽特的灵魂带来了实质性意义，其中大部分都化作了神明。譬如玛莉娜和伊加鲁克分别成为太阳和月亮之神，阿德利温则成为冥界之神。

Invunche　因文切
奇洛埃神话中，被巫师们掠走后在山洞中抚养长大的孩子，他们折断了孩子的一条腿防止他逃跑。孩子只能用三条腿支撑走路，外出寻找饭食，经常吓呆周围的人。他的肉可以治愈任何疾病，因此巫师们对他非常重视。

Ío　伊俄
希腊神话中，河神伊纳科斯的女儿，宙斯爱上了她，为了引诱她化身为云，因此激怒了他的妻子赫拉。为了让心爱的姑娘逃脱妻子的报复，宙斯将伊俄化作一头小母牛。赫拉后来控制了她并交给有一百只眼睛的阿尔戈斯监视她，但是宙斯说服赫尔墨斯杀了阿尔戈斯（据说是通过讲述无聊故事或奏笛子的方式），释放了伊俄。赫拉派出一只牛虻追赶叮咬伊俄，伊俄不得不游过大海到达埃及，在那里她被宙斯恢复为原来的样子，为他生了一个儿子厄帕福斯。霍尼科海由此得名。

Io　伊奥
毛利神话中诸神之父。据说他拥有三个装满知识的篮子：一个充满和平与爱，一个装着祷词和礼仪，还有一个装满遗迹和战争。他的儿子塔内，在黑暗和罪恶之神希罗的反对下，将这些禀赋毅然交与人类。

Iocasta　伊俄卡斯忒
见词条 Yocasta。

Iolao　伊俄拉俄斯
见词条 Yolao。

Iquelo　伊刻罗斯
希腊神话中，梦神奥涅伊洛斯之一，是梦神许普诺斯和帕西提亚的儿子，通常在梦中出现。伊刻罗斯以动物或者恶魔的形式出现，专门化身为噩梦。也使用福柏托耳这个名字。

Iratxo　伊拉特克索

巴斯克神话中的精灵，淘气又可爱。

Iris　伊里斯

希腊神话中伊利亚达诸神的信使，陶玛斯和厄勒克特拉的女儿。在奥德赛中，她是彩虹的化身，封印了诸神和人类之间的和平。东风神仄费罗斯的妻子。同赫拉和赫尔墨斯都有关系。

Irkalla　伊里伽尔

苏美尔和阿卡德神话中，冥界之名，由内尔伽勒和他的配偶埃列什基伽勒司掌。

Ishara　伊沙拉

闪米特神话中的爱神，同伊什塔尔。

Ishtar　伊什塔尔

阿卡德神话中的主神，在苏美尔神话中被称为伊南娜，在迦南、叙利亚和埃及地区称为阿娜特或阿斯塔尔塔，在胡里特神话中为特舒布。司爱情、性欲、生育及战争的女神。阿卡德人将其引入，与辛和沙玛什组成"闪米特三神"。一说她是南纳的女儿，也有说是恩利尔或恩基的女儿，地狱女神厄里斯克革的姐姐。以阿斯塔尔塔之名从迦南传播到埃及，之后又传到希腊被称为阿佛洛狄忒。

Isis　伊西斯

古埃及神话中的众神之母，拥有强大的魔力，形象为国王之母。她是古埃及时代最为人熟知的女性神明，公元前 535 年查士丁尼下令关闭菲莱岛神殿后最后消失的神，菲莱岛位于尼罗河第一大瀑布上游。俄西里斯的妹妹和妻子，盖布和努特的女儿，荷鲁斯和塞特的母亲，被奉为主神，为了纪念她建造了许多神殿，所有女性神明的特性在她身上都有所体现，是众女神的代表。被敬奉为自然和魔法的守护神，也被称作亡灵和家庭的保护神，象征夫妻忠诚。其埃及名字伊塞特（或埃西）的含意是"王座"。在希腊和罗马神话中同得墨忒尔。

Ismene　伊斯墨涅

希腊神话中，俄狄浦斯和伊俄卡斯忒的女儿，安提戈涅、厄忒俄克勒斯和波吕尼刻斯的姊妹。她帮助姊妹安提戈涅掩埋波吕尼刻斯的尸体，但克瑞翁之前已下令将波吕尼刻斯抛尸荒野，因此她受到了同样的惩罚，而众神通过忒瑞西阿斯表达了不满，将其解救。后来她被蒂德奥杀害。同名神灵包括，阿索波斯的一个女儿，安菲翁和尼俄柏的大女儿，因其母亲的错误被阿波罗伤害，最后因为过度疼痛而自杀。

Itzamná　伊特萨姆纳

玛雅文化中的创造之神，司掌日夜、火种和大地。他的形象是一个没有牙齿、长着鹰钩鼻的老人。同雨神恰克一样，基于东南西北四个基点拥有四种人格，有时代表太阳之神阿瓦或金·伊迟·卡克莫。教授人们种植玉米和可可。与伊斯切尔同为巴恰布斯人之父。

Itzananohku　伊特萨纳诺赫库

尤卡坦半岛拉坎东土著的玛雅保护神。

Itzli　伊特兹利

阿兹特克神话中，祭祀之神，砌石之神。午夜第二个时辰为特斯卡特利波卡服务。

Iustitia　禹斯提提亚

罗马神话中的正义女神，同希腊式弥斯女神。形象为两个天平，在天空中是天秤座。

Ixbalanqué　伊斯布兰克

玛雅神话中，乌纳普（见词条 Hunahpú）的双胞胎兄弟。

Ixchel　伊斯切尔

玛雅神话中，洪水、纺织和孕育之神。同时还是一位凶恶的月亮女神，形象为一个老妪向全世界倾倒愤怒。

Ixión　伊克西翁

希腊神话中，色萨利人的国王，佛勒古阿斯的儿子。同狄奥尼斯的女儿黛结婚，却拒绝给岳父聘金，于是狄奥尼斯将伊克西翁的母马占为己有，伊克西翁向岳父索要，最后还用计将其烧死。伊克西翁激怒了复仇三女神厄里倪厄斯，被她们追杀，走投无路之下他逃到宙斯那里，宙斯宽恕了他，但他却追求天后赫拉。于是宙斯创造了一个赫拉的复制品，取名涅斐勒，伊克西翁同涅斐勒结合，生下了半人马怪肯陶洛斯。

Ixmucane　伊克斯姆卡奈

玛雅神话中，人类的父亲之一。在第三次创造人类的尝试中，他参与其中并用玉米成功诞生出人类。通常把他和伊克斯皮亚科克联系起来，一说他是玛雅众神中最古老的神。

Ixpiyacoc　伊克斯皮亚科克

玛雅神话中，帮助创造人类的十三位神灵之一。

Ixquic o Xquic　伊克斯基科

玛雅神话中，库丘马奎克之女，库丘马奎克是玛雅人冥界西瓦尔巴诸神之一。据《波波尔·乌》记载，伊克斯基科充满好奇地靠近了西瓦尔巴诸神悬挂胡恩 - 乌纳普头骨的大树，而此头骨奇迹般地向她吐了一口痰，致其怀孕。六个月之后，她逃离了地狱并寻求胡恩 - 乌纳普之母斯姆卡奈的保护。他们的双胞胎儿子玛雅英雄乌纳普和伊斯布兰克出生后，伊克斯基科在故事中便没有那么重要了。

Ixtab　伊科斯塔布

玛雅神话中，自杀者女神，查梅尔的妻子。在玛雅人当中，自杀，尤其是自缢，被认为是一种圣洁的死亡方式，堪比在战争中牺牲的战士。伊科斯塔布的脖子上系着绳子。

Ixtlilton　伊科斯特里尔腾

阿兹特克神话中，医药和医术之神，马乌伊尔索奇特利的哥哥。为了纪念他，人们建造了一座神殿，里面保存了几罐装有"特利亚特利"水的瓦罐，意思是"黑水"。当有人生病时，就会被带到这里，病人喝上一口黑水便能痊愈。人们崇拜他，把他的小画像带回家祷告。

Izanagi　伊邪那岐

日本神道中，与伊邪那美同为创世之神。借助天沼矛他们在海洋上修固了国土，海洋中心凝聚海水产生了淤能基吕岛，他们在该岛建造了八寻殿，宫殿周围环绕着阿梅诺米斯沙石拉立柱。在完成这一切之后，伊邪那岐和伊邪那美生下了两个孩子，水蛭子和淡岛，但他们是有缺陷的。天神告诉他们其中的原因是，在他们结合的过程中，应该男人先讲话，而他们却是女人先讲话。之后他们按照这条要领生下了很多孩子。伊邪那美在生火神之迦具土神时去世。伊邪那岐非常生气，杀掉了这个孩子，产生了十几个神灵。随后，伊邪那岐去了死亡和黑暗之地黄泉，寻找伊邪那美。但是当他找到她时，却不能在黑暗中将其看清楚，她告诉丈夫为时已晚，因为她已经吃了这个地方的食物，永远不能再回去了。伊邪那岐想方设法想要看到她，点燃了戴在头上的梳子，看到妻子已变为魔鬼。他在返回地面的过程中须净化自己，由此，从其左眼中诞生了天照大神太阳，从右眼诞生了月亮之神月读，以及风暴之神须佐之男。一说这些神是通过夫妻二人结合产生的。

Izanami　伊邪那美

日本神道中，与伊邪那岐并称创造之神。两人创造了大地和海洋，在一座岛上建造了一座宫殿，生下很多孩子。但是伊邪那美在分娩火神之迦具土神的时候难产死去，下到冥界黄泉，一个到处是影子和黑暗的地方，由于她吃了那里的食物而被永远囚禁。伊邪那岐去寻找她，当他看到妻子变成魔鬼之后便逃离出来，不顾妻子每天杀掉一千人陪葬的威胁，将其留在那里囚禁。伊邪那岐发誓他每天会赋予一千五百个人生命。

Izpapalotl　伊兹帕帕罗特利

阿斯特卡恐怖女神，以骷髅的形象出现，司掌托莫安查恩天堂。被称为"黑曜岩蝴蝶"，因为她通常以此作为其代表形象。

J

Jabalí de Erimanto　厄律曼托斯的野猪

希腊神话中住在厄律曼托斯山（今奥洛诺斯）的怪物，死于赫拉克勒斯完成第三个任务时。

Jacinto　雅辛托斯

希腊神话中阿密克拉斯和狄奥梅达斯的儿子，是个美丽的斯巴达青年，深受太阳神阿波罗的眷爱。一天，阿波罗与雅辛托斯玩掷铁饼，阿波罗施展千钧神力，铁饼反弹回来击中了他的爱人。阿波罗非常难过，把雅辛托斯的血化成了一朵花，花瓣上的纹路铭刻着阿波罗永远的叹息和悔恨。一说仄费罗斯也喜欢这个男孩，出于嫉妒用一阵风吹偏了铁饼杀死了他。

Jano　雅努斯

罗马神话中的门神，是起源之神（一月这个词起源于他）和终极之神；生有两副面孔，一副看着过去，一副看着未来，掌控着世间的风云变幻。罗马人往往会在出生等象征人生发生重大变化的场合祭祀这位神祇，雅努斯是善始善终之神，古罗马人在战前和每年头一天甚至每天清晨都要向他祈祷。

Janto　珊托斯

希腊神话中的神马，西风神仄费罗斯和鹰身女妖刻莱诺的儿子。又作克珊托斯。他有一个兄弟叫巴利俄斯，二人被海神波塞冬当作结婚礼物送给了珀琉斯和忒提斯。后来珀琉斯把他们送给了儿子阿喀琉斯，当神马在战斗中大放异彩后，阿喀琉斯将赫克托耳的尸体倒挂在马上。据传，珊托斯很有可能是帕特罗克洛斯的坐骑，而巴利俄斯是阿喀琉斯的，因为阿喀琉斯曾责备克珊托斯害死了他的朋友。珊托斯还是太阳神阿波罗的绰号之一，意为"金发碧眼"。

Jápeto　伊阿珀托斯

希腊神话中的十二泰坦之一，乌拉诺斯和盖亚之子。有几位妻子，最重要的有海洋女神亚细亚、克吕墨涅，以及阿索皮斯、利比亚、忒堤斯，根据阿特拉斯和埃斯库罗斯，甚至还有忒弥斯。他是阿特拉斯、普罗米修斯、厄庇墨透斯和墨诺提俄斯的父亲。他的孙子普罗米修斯之子丢卡利翁与妻子皮拉是唯一躲过宙斯因惩罚人类而发动的灭世洪水的两个人。

Jarnsaxa　雅恩莎撒

北欧神话中雷神索尔的女巨人情人，二人生有曼尼。她被认为是海姆达尔的母亲之一。

Jasio　伊阿西翁

希腊神话人物，也作拉西奥或拉西奥恩，宙斯和星辰之神厄勒克特拉的儿子，哈尔摩尼亚和达尔达诺斯的兄弟，长得非常英俊。最初由得墨忒尔启蒙教化，毕生致力于在西西里和一众国家教授农业艺术，异国人卡德摩斯是他的学生，与伊阿西翁之妹哈尔摩尼亚结婚。在他们二人的婚礼上，得墨忒尔爱上了伊阿西翁并与他同寝，生下普卢托斯和菲洛墨洛斯兄弟，两个孩子受到诅咒，一生不被世人接受。

Jasón　伊阿宋

希腊神话中，色萨利国王埃宋的儿子，阿尔戈英雄远征的领导者和组织者。儿时被喀戎养育，长大后要夺回叔父珀利阿斯当年抢走的父亲的王位。珀利阿斯答应他，只要他得到了科尔基斯神龙守卫的金羊毛，就把王位还给他。伊阿宋请求阿尔戈斯为他造一艘船，同时召集了五十个英雄，其中最突出的有赫拉克勒斯、俄耳甫斯、卡斯托耳和波吕克斯以及珀琉斯（见词条 Argonautas）。科尔基斯国王之女美狄亚对伊阿宋一见钟情，帮助他并与他私奔。但后来伊阿宋移情别恋，美狄亚心生嫉恨，挑起了一场报复大战。

Jentil o Jentilak　恩地尔或恩地拉卡

巴斯克神话中的巨人，向敌人们抛掷大石块，后来基督赶到，恩地尔消失得不见踪影。

Jepri　凯布里

古埃及神话中与拉神相关的造物主，相传其形象与金龟子相像，是最古老的太阳神，象征初升的太阳、变化、复活和永生。此外，凯布里还代表清晨的阳光。除了太阳神，也被称为是推动太阳盘的金龟子，就像金龟子克服障碍推动粪球一样。同时，新的金龟子离开粪球，埃及人只见新生的金龟子而不见其生育者，认为他们是自然产生并世代更替，是生命和复活的象征。埃及金龟子所有种类中，与神灵最密切的是埃及阿特乌楚斯，腹部为亮绿色。

Jerty　赫尔提

古埃及墓穴之神，地位较低，代表地球和冥界的力量。兼具暴力和保护的特点。

Jnum　库努姆

古埃及墓穴之神，尼罗河源头的守护者，上埃及埃列方迪娜岛和伊斯纳的陶工之神。最古老的神祇之一。从瀑布湍急的水势可推断出他起源于尼罗河，绰号瀑布之主。同时也是冥界之神，保卫着冥界之水。特别的，在伊斯纳他还是"生命的雕刻家"，雕刻身体，不仅有人类的，而且还有众神的，并赐予他们生命和灵魂。也被称为父亲之父和母亲之母。在伊斯纳是造世主，伴随太阳升起而创造的原始生命的塑造者。由托特神领导，与卜塔一同创造生命。与萨蒂斯和努特同为伊斯纳三神，与萨蒂斯和阿努比斯并称埃列方迪娜岛三神。

Jonsu　孔斯

古埃及神话中，底比斯崇拜的月亮神。可以说正是他变成了真正的月球，正如其名"流浪者"或"行者"的寓意，即天空中卫星划过。他的性格在各个时期都不尽相同。旧帝国时期他是一个嗜血神，"穿越天空的神"，但是当他在底比斯被阿蒙和穆特夫妇接受后，展现了其年幼时在父母培养下形成的一系列优良品质，既是通过神谕为各方提供建议的"劝诫者"，同时由于他可以保护病人，也是"恶魔驱逐者"。

Jonvoum　空沃乌姆

非洲巴布提部落俾格米人最重要的神。打猎之神，形象是两条交缠的蛇，状似彩虹。每天向太阳投掷恒星碎片，创造天体之王。用泥巴创造出人类，黑色为黑人，白色为白人，红色为俾格米人。

Jord　娇德

北欧神话中的大地女神，既是奥丁的女儿，又是他的妻子，二人生下雷神索尔，一说其为安那尔和诺特的女儿，奥德和达古的妹妹。也有说娇德是爱神弗丽嘉或芙蕾雅的另一个名字。

Jormundgander　耶梦加得
北欧神话中洛基和安格尔波达的巨蛇女儿，被众神投入环绕人类世界米德加尔特的大海。在诸神的末日中，她生命里的宿敌雷神索尔与她交战，最后二人同归于尽。

Jotuns　约顿
北欧神话中具有超人力量的巨人族，创世（见词条Ymir）中出现的第一代人。他们与神灵为敌，居住在约顿海姆山上，约顿海姆是北欧九大世界之一，位于坚不可摧的山脉和林间。他们的性格特点是原始天性的侧面写照，充满敌意且忘恩负义。他们的居住地设有重重要塞，其中最重要的是乌特加德外宫。种族颇多，最可怕的当数火巨人，他们住在苏尔特尔和辛默莱王后统治的圣火原始世界穆斯贝尔海姆。约顿巨人的使命是诸神的末日之后焚烧世界之树宇宙生命大梣树。随后，巨人会逐渐湮灭，最终余下的将成为巨魔。

Julo　朱洛
罗马神话中，埃涅阿斯的儿子，传说埃涅阿斯是特洛伊战争之后拉维尼乌姆城的创建者，而伊乌洛则脱离了父亲的庇护，建造了阿尔巴朗加城，这是一个小国家的首都，罗慕路斯和雷穆斯在此诞生。希腊神话中他被称为阿斯卡尼俄斯。

Juno　朱诺
希腊神话赫拉在罗马神话中的叫法，希腊母性女神。她是萨图恩和奥普斯（希腊神话中为克洛诺斯和瑞亚）的女儿，朱庇特之妻，玛尔斯和伏尔甘的母亲。与朱庇特和密涅瓦并称罗马三神。朱诺同赫拉一样，拥有能够鸟瞰世间的眼睛，始终监视着丈夫朱庇特，他是一位冷酷无情的征服者，而妻子朱诺则是极具嫉妒心和报复心的女人，但这一点在罗马神话中较古希腊相比表现得稍弱。

Júpiter　朱庇特
希腊神话宙斯在罗马神话中的叫法，奥林匹斯之王，萨图恩和奥普斯的儿子，是母亲从他父亲手中将其救下，使他免受迁怒。朱诺的丈夫（也是她的哥哥），玛尔斯、禹文塔斯和伏尔甘的父亲。朱庇特·奥普提姆斯·马希姆斯是罗马帝国的主人，与朱诺和密涅瓦同为罗马三神。其名字是霍维（"Jove"）和帕特尔（"Pater"，拉丁文中意为"父亲"）的组合，形成了许多衍生自拉丁语的词汇，如星期四。

Jurojin　寿老人
日本神道中代表好运的七位神灵之一。源于中国道教，象征延年益寿，同福禄寿。

Juturna　胡图尔纳
罗马神话中的喷泉、水井和泉水女神，图耳努斯的姐姐，帮助弟弟对抗埃涅阿斯，是杰诺之妻，丰托之母。

Juventus　禹文塔斯
罗马神话中青春的守护神，著名的禹文纳里亚斯日就是为敬奉这位女神而兴起的节日。起初只是在家人或非常亲密的朋友之间庆祝，后来奈隆将其发展为宫廷庆典，再之后全民普及，庆典当天还会有角斗士角逐和诗歌朗诵会。

K

Ka 卡

古埃及神话中人类的灵魂。上帝赋予人类生命，灵魂卡则象征"神圣的气息"，让我们每个人都可以作为独立的个体存在于世。当陶工库努姆塑造了一个新的生灵，就会将生命吹入他的体内，使其与卡相融。此外，拉神具有十四个灵魂，赋予人类生命，并且还把自己的灵魂赐予人神众生，于是神灵代表的一切事物，诸如庙宇、神明、墓穴、河流或山脉，都蕴含着神的灵魂，具有神性。由于所有的灵魂都是创造者的组成部分，因此这些事物也包含着创造者的一部分。

Kaitangata 凯坦加塔

毛利神话中的一个凡人，与雷霆女神海提利结婚。女神教授丈夫捕鱼的本领，因丈夫对其言语上有所冒犯，女神便抛弃了他。

Kali 迦梨

印度神话中，沙克蒂的一种表现形式，代表神性能量和力量的女神。迦梨诞生于杜尔迦的额头，她是雪山女神帕尔瓦蒂和萨蒂的化身，湿婆的妻子。黑暗女神迦梨的任务是摧毁一切威胁宇宙稳定性和破坏宇宙秩序的恶魔。她光芒万丈，但同时威胁着世界。通身黑色，长着獠牙，舌头袒露在外，戴着一条骷髅项链，有四条手臂。杜尔迦召唤她对抗魔鬼拉克塔维拉，这个恶魔可以从自己的血滴中聚合重生。迦梨喝掉对手所有的血液之后疲惫至极，于是她用双臂的汗水塑造了两个人，命令他们完成最后的绞杀。后来的杀人教派或教团组织据此诞生，英国政府在殖民时期将其消灭。

Kamadeva 伽摩

印度教中的爱神。梵天之子，是一位手持弓箭的花样美男子，周身环绕着各种象征春天的事物，譬如蜜蜂、花朵或大杜鹃。同丘比特，而且他在印度教中有不同的名字，如阿南加、坎达尔帕、末达那和卡马等。

Kami 迦微

日本神道中被尊崇的神祇形象。"迦微"一词的意义比较复杂，一般与灵魂、自然力量和神灵相关。在日语中，迦微还包括值得尊敬崇拜的人类。在神道信仰中，迦微可以代表风、风暴、太阳、岩石、树木、动物以及祖先的灵魂（每个家庭中都有一位），还能够象征英雄或是那些对人类生灵做出过巨大贡献的神明灵魂。迦微有两个灵魂，一个是善良的和魂，另一个是侵略的荒魂。迦微的统治掌管均属于神灵行为。

Kamutef 卡姆特弗

古埃及阿蒙神的绰号，意思是"母亲的公牛"，自新王国第十八王朝起纳入到底比斯神明榜中。

Kartikeya 卡尔提克亚

印度教中，代表男性、战争和神明军队的神灵，湿婆之子，击败怪物塔拉卡，拯救了全世界，在万神殿中位列首位。有关他诞生的神话非常多样。其中一则讲的是，众神阻止湿婆和帕尔瓦蒂结合，担心他们生出的孩子过于强大，湿婆的精液最终落入恒河，卡尔提克亚由此诞生。另一则中，卡尔提克亚产生于湿婆制造的一道闪电中，烈火之神阿耆尼将其带到恒河，转化成孩童。在第三则中，湿婆眼睛里的火花变成了六个孩子，帕尔瓦蒂使出大力合六为一。

Kashyapa　迦叶波

印度教中一位睿智的老人，半神人、阿修罗、纳迦和全人类的父亲。与发妻阿底提生有火神阿耆尼和阿底多群神阿底亚斯，与第二任妻子蒂缇生下岱提亚魔神。两个妻子都是达刹的女儿，湿婆之妻萨蒂的姐妹。

Katchina　克奇纳

北美印第安人民中具有神性力量的超自然神灵，共二十五个部落，其中包括霍皮族和陶斯族，居住在美国西南部石头或土坯房中；还包括斯维汇部落民众，举办舞会时要用面具武装自己。霍皮人中包含五十多个克奇纳人，认为两个民族从第一代开始便有着很深的渊源，他们都是可见的且都乘坐类似 UFO 这样的飞行物在大气中高速飞行。中美洲文化发展时期，克奇纳后代陪伴人类共同冒险，向他们传授所有重要的知识。

Kaveh　卡维

波斯神话中，千禧之年波斯诗人菲尔多西《沙纳玛》（《列王纪》）中佐哈克的敌人。黑色铁匠卡维反对伊朗阿拉伯专制政府。

Kematef　刻玛特弗

古埃及，底比斯宇宙起源中阿蒙的原始形态，最初为蛇神和原始创造者，刻玛特弗（阿蒙·刻玛特弗），"完成时间之人"，也代表阿蒙的"巴"（亡灵的灵魂），死后长眠于面朝底比斯的梅迪内哈布河西岸，那里有一座非常古老的宫殿，后来变作（或取代）了阿蒙的儿子，即蛇神伊尔塔（阿蒙·伊尔塔），是"创造地球之人"，同时也创造了八仙。

Kemur　刻穆尔

古埃及神话中，俄西里斯的化身，同时也是埃及帝国各时期拉神的化身。绰号"大黑牛"，与肥沃以及黑色植被的再生相关。

Ker　卡尔

希腊神话中的破坏毁灭神，刻瑞斯之一（见词条 Keres）。

Keres　克瑞斯

希腊神话中，黑夜女神尼克斯的女儿们，代表死亡塔纳托斯。有学者认为她们是死亡女神，塔纳托斯和许普诺斯的姊妹们。一说她们飞越战场，用其锋利的爪子寻找伤员，并把他们送到冥府地狱塔尔塔洛斯。在罗马神话中，她们同莱图姆或特奈布拉埃，代表死亡或影子。

Kimbanda　金斑达

见词条 Quimbanda。

Kingu　基恩古

美索不达米亚神话中，提亚玛特的丈夫。妻子被马杜克杀害，临终前，她把天命牌交给基恩古。但基恩古也被马杜克杀害，用自己的血创造了人类。

Kishar　基沙尔

美索不达米亚神话中，拉赫穆和拉哈姆的女儿，双亲是提亚玛特和阿卜苏的蛇神儿女。诞生的第一位女人，安沙尔的妻子，丈夫安沙尔是诞生的第一个男人，代表地平线，二人生下安努和埃亚或安图。

Kokopelli　科科佩利

霍皮族神话中的富饶之神，形象为一位弓着背的长笛演奏家，头顶羽毛或天线。有时他会凸显其巨大的性器官以显示其性向。司掌一切与动物繁殖相关的事务。羊和鹿是他的同伴。

Kon　昆

安第斯沿海地区的前印加之神，被纳斯卡族崇拜为创世主，但后来印加人将他视作恶魔。身体没有骨骼，但能够飞翔。为地球创造了人类，并给予他们水和农作物，但随着时间的推移人们开始不崇拜他了，昆便夺去了水，将国家变成沙漠，最后他被弟弟帕查卡马克战胜，弟弟把人们变为动物，且创造了新一代人类。他还被认为是食孩族，同维拉科查神话中的昆神。

Krishna　克里希纳

印度教毗湿奴的第八个化身。被认为是印度神话中最重要的神，超越了空间和时间，是人类的救世主。与该神相关的故事有很多，在印度很普及。生于马图拉皇族家庭，是家中的第八个儿子。叔叔坎萨被预言将死于其姐妹的孩子之手，于是他杀了姐妹所有的孩子，而克里希纳则是唯一一位幸存者。有关他儿时的故事中，比较有名的包括偷吃黄油；布陀那的谋杀，她是被叔叔坎萨派来的，化作慈母状，企图趁给克里希纳喂奶之机下毒手；他还是小小放牛郎或牧神，皮肤为蓝色，少年时期吹奏笛子诱惑牧羊女。他最重要的事迹记述在《摩诃婆罗多》之中，印度文学中最长的史诗，在争夺哈斯蒂纳普尔宝座的战斗中起到重要作用。克里希纳加入朋友阿周那的帮派潘达瓦，变为赶车人，对战库鲁斯人。最著名的片段是《薄伽梵歌》，克里希纳与英雄阿周那高谈阔论，探讨生命的意义，提醒他战斗即将打响。后来，克里希纳成为雅达瓦斯国王，拥有佳丽粉黛千人，后因猎人将其视作一只鹿而误杀了他。

Kubaba　库巴巴

迦基米施赫梯市主神，后变为赫梯人主神，被弗里吉亚人尊崇，称其为基贝雷，并将其传到罗马，称为库柏勒，与密特拉一同作为神灵敬拜。

Kubera　库贝拉

印度教中丰饶与财富之神，乌塔拉狄沙之主，北方守护者。同时也是地球宝藏的守护者，名为得哈纳帕提。拉瓦那的哥哥。

Kukulkán　库库尔坎

玛雅神话中，同阿兹特克神话中的魁札尔科亚特尔，既是太阳神亦是雷神。其名意为羽蛇，他也以这种形象出现在奇琴伊察库库尔坎金字塔之上。

Kumulipo　库姆利珀

夏威夷神话中，讲述创世的史诗。这部史诗分为两部分，第一部分是珀时代，这是神的时代，物质存在之前的时期；第二部分是奥时代，记述有了光的时代，神祇将动物变成第一代人类。

Kurnugia　库尔努西亚
巴比伦神话中的冥界地府，苏美尔人的伊尔卡亚。吉尔伽美什曾造访库尔努西亚以期获得智慧。

Kusanagi　天丛云剑
日本神道中的神剑，被须佐之男在怪物八岐大蛇（见词条 Yanata-no-Orochi）的尾巴中找到，被称为草薙剑、都牟刈大刀。很久之后，神剑落入战士亚马托·塔克卢武尊手中，他在掉进一个陷阱之后发现了神剑的特异功能，在火势攻其身之前斩断了草叶。神剑还可帮助持剑者控制风向。现在，天丛云剑与八尺琼勾玉和八咫镜共同组成了日本皇室宝藏，自 7 世纪藏于热田圣殿。

Kvasir　克瓦希尔
北欧神话中，华纳神族最智慧的神灵。相传，众神将唾液吐入一个盆中，唾液聚集形成克瓦希尔。一说他是阿斯加德仙宫的华纳神族使者。克瓦希尔被侏儒法亚拉和戈拉所谋杀，他们把他的血同蜂蜜混合，发酵之后成为诗歌里的蜂蜜仙酒，奥丁最终用计获得。

Kwaku Ananse　夸库
非洲神话中的蜘蛛神，是众多神话故事的主角，这些故事被称为阿楠塞瑟姆，即"蜘蛛之语"或"旅行者之语'，在西非种族阿肯族中流传，西非种族还包括加纳和象牙海岸阿散蒂族。

L

Labartu　拉巴尔图

阿卡德神话中也作拉玛什图，苏美尔神话中亦称狄美，令人畏惧的恶毒女神，她在护符上的形象常为狮头女性，跪在驴背上，两手各执一条双头蛇，双乳上哺有狗或猪。据说她掳掠婴儿，啃他们的骨头、吸他们的血，威胁产妇，造成流产。安努之女，帕祖祖的妻子，丈夫是唯一能镇压她的人，因此只得在摇篮旁放上其夫君形象的护身符以保平安。

Lacedemón　拉刻代蒙

希腊神话中，宙斯和塔宇革忒之子，欧罗塔斯之女斯巴达的丈夫，阿密克拉斯和欧律狄刻（非俄耳甫斯）的父亲。以其名命名拉刻代蒙城市，后来称为斯巴达。

Ladón　拉冬

赫斯珀里得斯之龙。希腊神话中，巨人堤丰和怪物蛇神厄喀德那的另一个孩子，百头巨龙的样子。守卫赫斯珀里得斯金苹果圣园。赫拉克勒斯在一项任务中杀死了拉冬，死后升入天庭成了天龙座。一说他是福耳库斯和刻托的儿子。

Laertes　拉埃尔特斯

希腊神话中，伊萨卡之王，阿尔希西奥和戈耳工女妖美杜莎的儿子。根据《荷马史诗》，他是安提克勒亚的丈夫，二人结合生下奥德修斯和克提墨涅，母亲生奥德修斯之时难产。拉埃尔特斯有时亦作为阿尔戈英雄之一。

Lahamu　拉哈姆

中东蛇神，女性之源，拉赫穆的妹妹和妻子，拉赫穆是男性之源，同时她也是巴比伦天庭派出的帮助提亚玛特对抗马杜克的怪物战队中的一员。阿卡德神话中，阿卜苏和提亚玛特的第一个女儿，安沙尔和基沙尔的母亲。

Lahar　拉哈尔

美索不达米亚地区，苏美尔牲畜之神。

Lahmu　拉赫穆

美索不达米亚地区，阿卡德神话中阿卜苏和提亚玛特的第一个儿子，男性之源，与妹妹拉哈姆结合生下安沙尔和基沙尔，他们分别为天神和地神，创造了第一批神灵。与拉哈姆在一起从未分离，通常被描绘为一条蛇或一位系着三股红腰带，头长四到六绺鬈发的大胡子男人。兄妹二人在巴比伦天庭与提亚玛特并肩作战对抗马杜克。

Lamashtu　拉玛什图

苏美尔（在该地称为狄美）、阿卡德和亚述地区非常危险的女魔头。当母亲们刚刚生下孩子，正在沉睡中时，她便会出现，带着硬硬的有刺的毛，狮头，锋利的爪子，驴耳朵，蝎子尾巴，抓起婴孩，吃他们的肉，喝他们的血。战胜她的唯一办法就是放置一个有她丈夫帕祖祖形象的护身符。

Lamasu 拉玛苏

也作 lammasu。亚述神话中，长着人首鹰翼牛身的怪物，负责守护宫殿。最初是赫尔萨巴德的阿卡德国王萨贡二世城堡入口处的雕塑，后来移到卢浮宫。也被称为雄牛（人面牛身双翼神兽）。

Lamia 拉弥亚

希腊神话中，海神波塞冬或柏罗斯同利比亚的女儿，宙斯的情人之一，赫拉发现之后将其变疯，发疯后杀死了自己的孩子，并被剥夺睡眠，让她无法忘记这幕惨剧。宙斯便赐予她一个能力，睡眠休息时可短时间摘掉眼睛，休息过后重新安上。由妒生恨使她变成了下半身是蛇的怪物，吞食其他女人的孩子。

Lamias 拉弥亚斯

巴斯克神话人物，女性形象，长着鸡、羊或鱼的脚，生活在河塘或洞穴中，经常能够看到她们梳理自己的长发，如同希腊宁芙或美人鱼。据说巴斯克很多古老的桥是她们建造的。

Lan Caihe 蓝采和

中国道教传说中八仙之一，司掌作物种植和园艺。常只穿一只鞋，扮成舞蹈家，四处走访，乐善好施。手挽花竹篮。

Laoconte 劳孔

希腊神话中，阿波罗在特洛伊城的祭司，是唯一一位对希腊人停在城门口的木马产生怀疑的人，他警告特洛伊人小心希腊人别有阴谋，请求烧毁木马，但特洛伊人不仅不听他的劝告，还向其抛掷点燃的木棍。在一片火海中出现了两条蛇，吞吃了他的孩子，随即又吞食了他本人。

Laomedonte 拉俄墨冬

希腊神话中，伊洛斯的儿子，斯特律摩的丈夫，二人生下赫西俄涅和阿斯提奥克，他还同罗奥生下特洛伊国王普里阿摩斯。

Lara 拉拉

罗马神话中的水神，台伯河支流河神阿尔蒙的女儿。当朱庇特要求水仙帮他追逐朱图尔娜，不让她藏在台伯河中。拉拉把这件事悄悄告诉了朱诺，朱庇特很生气，割下了她的舌头，命令墨丘利把她带到地狱。但在路上该神与她结合，生下了拉尔，是一对双胞胎，司掌交叉路口和家园。拉拉后被尊崇为静神戴亚·穆塔，名为塔西塔。

Laran 拉兰

伊特鲁里亚神话中的战神，形象为一个裸体的男子，手持盾牌和长矛。他是爱神杜兰的丈夫，后来杜兰与阿佛洛狄忒混同，拉兰则混同为维奈，维奈是复仇之神，同战神玛尔斯。

Lares 拉尔

罗马神话中，伊特鲁里亚家庭神灵或守护神，保护交叉路口和家园。后成为拉拉和墨丘利的孩子们，据传，由于拉拉向朱诺告发了朱庇特隐藏的秘密，于是墨丘利负责押送她去地狱，在途中二人结合生下了拉尔。罗马人在家中高处摆放他们的小雕像，他们分为多种类型，包括司掌交叉路口、家园、家庭、大海、大地和旅行者等形象。

Lasa Vecu　拉萨·维库

伊特鲁里亚神话中的预言女神。

Lasas　拉萨斯

伊特鲁里亚神话中爱神杜兰的侍从，杜兰与希腊神话的阿佛洛狄忒相混同。

Latarak　拉塔拉科

苏美尔神灵，身材娇小，负责保护入口，家中大门处时常悬挂其画像。没有自己单独的神殿。

Latona　拉托娜

罗马神话中科俄斯和福柏的女儿，阿波罗和狄安娜的母亲。一个与她相关的神话传说讲到，当她在寻找一个收留之所准备生下孩子时，驻足湖边饮水，被几个牧民看到，接近并打扰她；为了惩罚他们，拉托娜把他们变成了青蛙。希腊神话中同勒托。

Laverna　拉维尔纳

古罗马盗窃者所尊奉的神祇之一，原伊特鲁里亚神话中的冥界之神。

Layo　拉伊俄斯

希腊神话中，底比斯之王，伊俄卡斯忒的丈夫，俄狄浦斯的父亲。由他的叔父统治者吕科斯抚养长大，表兄弟安菲翁和仄托斯为了权力不惜将他驱逐出王室，后被比萨国王珀罗普斯收留，他负责王子克吕西波斯的教育和学习。拉伊俄斯很快爱上了王子，对其用强，受到了珀罗普斯的惩罚。但他回到了底比斯当了国王，与伊俄卡斯忒结婚。德尔斐神谕预言他的一个儿子会杀掉他并与其母结婚，他封锁了消息，但一天他醉酒后与妻子结合，生下了俄狄浦斯，最后预言成真。

Leda　勒达

希腊和罗马神话中，埃托利亚国王忒斯提俄斯同欧律忒弥斯的女儿，斯巴达国王廷达柔斯的妻子。宙斯化作天鹅勾引她，二人结合生下两个金鹅蛋；一个蛋中孵出了其神灵之子，特洛伊波吕克斯和特洛伊海伦，另一只蛋中孵出凡人之子卡斯托耳和克吕泰涅斯特拉。

Leinth　莱茵斯

伊特鲁里亚神话中，与阿伊塔一同看守地狱之门的神灵。

Lemures　勒穆瑞斯

罗马神话中对夜间出没的死灵的总称，分为两类：善神拉尔和恶神拉尔韦，后者拥有巫师的灵魂。一般来说，可将勒穆瑞斯和拉尔韦等同。

León de Citerón　喀泰戎山狮子

希腊神话中，危害维奥蒂亚人的恶狮，赫拉克勒斯住在忒斯皮俄斯家期间将其杀死。忒斯皮俄斯是维奥蒂亚之王，期望其五十个女儿中的每一位都与赫拉克勒斯生下一个儿子。最荒诞的一个故事是，赫拉克勒斯在一夜之内与五十位公主同寝，每人生下了一个男孩，这些男孩与伊俄拉俄斯在撒丁岛建立了城池。

León de Nemea　涅墨亚猛狮

希腊神话中，住在涅墨亚的狮子，戕害人民的恶兽。堤丰和厄喀德那之子，一说是双头犬俄耳托斯和喀迈拉之子，甚至还有说是宙斯和塞勒涅的孩子。赫拉克勒斯在完成第一项任务中将其杀死。他死后变作了狮子座。

Leto　勒托
希腊神话中，泰坦神科俄斯和福柏之女，阿波罗和阿尔忒弥斯的母亲。宙斯情人之一，在她就要临盆之时，宙斯为了阻止妻子赫拉对她的迫害，将她带离天庭。各神族因害怕赫拉都不敢收留勒托，她一直逃到了提洛岛，在那里她被收留安置，生下了双胞胎阿波罗和阿尔忒弥斯。罗马神话中同拉托娜。

Leucipo　琉基波斯
希腊神话中的多个人物：比萨国王俄诺玛俄斯之子，爱上水中仙女达芙妮，为了同她在一起他化身为女子，阿波罗十分嫉妒，发现了骗局，让人杀掉了他；哈恩提奥之子，因阿佛洛狄忒乱点鸳鸯谱，使他爱上了自己的妹妹，二人结合，终被父亲发现，其父想在黑暗中杀掉他，但他逃到了小亚细亚，在那里建立克莱提奈奥城；拉姆普洛和伽拉忒亚之子，出生时本是女孩，父亲将其抛弃到山上后勒托改变了其性别；美塞尼亚王子，与卡吕冬结合，建立琉克特拉城；赫拉克勒斯与安海奥、马西亚和埃乌莉特勒生下的三个儿子；特洛伊之王拉俄墨冬的岳父；玛卡耳王的使者，国王派其建立罗得城；希西翁第八位国王，培养教育波塞冬之子、他的外孙佩拉托。

Leucótoe　琉科忒亚
希腊神话中，国王俄耳卡摩斯之女，阿波罗凡间的情人，阿波罗化身为她母亲的样子进入宫殿与她幽会。被仙女克吕提厄告发，她的父亲将她活埋。

Li Tieguay　铁拐李
中国道教传说中的八仙之一，司掌医药之神。应老子要求上天庭，将肉身留在凡间，由一位弟子照料。后来这位弟子的母亲生病了，他要回家照顾，在这期间人们烧掉了铁拐李的肉身。铁拐李回到凡间，发现唯一能够找到的化身就是一位刚刚死去的瘸腿的乞丐，于是他就成了手持铁拐，带着一个装满药的葫芦的样子。

Liber Pater　利贝尔·帕特尔
罗马神话中，人类繁衍和农业的丰饶之神，与酒神狄俄尼索斯相似，他也被认为是酒神。

Libitina　利比蒂娜
罗马神话中的死亡之神，司掌丧葬的女神，与珀耳塞福涅或维纳斯相关。在其宫殿中存放着死者登记簿。

Licaón　吕卡翁
希腊神话中的多个人物：最有名的一位是阿卡迪亚国王，珀拉斯戈斯和库勒涅或得伊阿尼拉或墨莉玻娅的儿子，建立里科苏拉市，在那里建造了一座宙斯神庙，为其献祭活人，直到宙斯乔装为行者，吕卡翁为了试探他将一位奴隶的肉煮熟献给他。宙斯很生气，把他变成了一匹狼。他的儿子们吕卡翁尼得斯非常残忍凶狠，据说正是由于他们的缘故，才只有丢卡利翁一人从灭世洪水中获救。吕卡翁的子孙后代众多。其他叫这个名字的人物还有：普里阿摩斯的一个儿子，在特洛伊被俘，沦为奴隶，后被救出，重返特洛伊时被阿喀琉斯杀掉；内斯特的兄弟，被赫拉克勒斯杀掉；还有一位是狄俄墨得斯的兄弟，被潘达罗斯杀掉，是克诺索斯的工匠，所铸的剑曾被阿斯卡尼俄斯

653

作为礼物送给欧律阿罗斯。

Liceo　利克奥斯
希腊神话中，阿波罗代称之一，意为"光辉灿烂"。

Lico　吕科斯
希腊神话中的多个人物：克托尼俄斯之子、倪克透斯的兄弟，篡夺底比斯王位，统治二十年，执政期间劫持安提俄珀，将其交给妻子狄耳刻看管，虐待她，安提俄珀的孩子们被激怒，杀死了狄耳刻，把吕科斯赶下王位；潘狄翁和皮利亚的四子之一，其他三子为埃勾斯、尼索斯和帕拉斯，潘狄翁死后，埃勾斯和他的三个兄弟进军雅典，从墨提翁的儿子们手中夺回了政权，之后兄弟四人平分了权力，吕科斯负责治理埃维亚，最后他的哥哥埃勾斯统治了整个地区；海神波塞冬和刻莱诺的儿子，帮助阿尔戈英雄的玛利安杜尼亚人的国王，受到赫拉克勒斯的帮助获得王位；海神波塞冬和狄尔菲斯的儿子，篡夺底比斯王位，侵犯了赫拉克勒斯的第一位妻子墨伽拉，被大力士杀掉；忒尔喀涅斯之一；利比亚之王，其女儿爱上狄俄墨得斯，他在返回特洛伊途中被她的父亲关禁闭，女儿帮助他逃跑，但之后反被他抛弃，最后自杀；涅墨亚国王，在俄狄浦斯时期帮助七位英雄攻占底比斯，另一位涅墨亚同名国王则保卫城市对抗他们；埃涅阿斯的一位同伴，还有一位是狄俄墨得斯的同伴；一个半人马怪，在庇里托俄斯婚礼上对抗忒修斯；还有一位是狄俄尼索斯的信使，另两位信使是菲莱斯蓬多和普罗多莫。

Licomedes　吕科墨得斯
希腊神话中斯库罗斯岛国王，特洛伊战争爆发时阿喀琉斯男扮女装藏于他的宫中，后来对于阿喀琉斯是否是英雄有所争议，平静生活多年不为人知。阿喀琉斯同国王的女儿们居住，娶得伊达弥亚，生下儿子涅俄普托勒摩斯。但终被奥德修斯或俄瑞斯忒斯发现，于是他作为战士而非侍女出征特洛伊。

Licurgo　吕库耳戈斯
希腊神话中，斯巴达统治者和法典制定者，根据德尔斐神谕废除了等级制，建立了军事制度和共和体制。

Lilith　莉莉斯
阿卡德神话中，称其为莉莉图，是一个夜晚劫持儿童的恶魔。早期犹太神话中，亚当的第一位妻子，非常美丽，莉莉斯认为自己和亚当同出一脉，并没有尊卑之分，但亚当并不同意她的说法，于是莉莉斯离开了他，变为同男子梦交的女鬼之母，绑架儿童的恶魔。与伊南娜和希腊拉弥亚的神话故事相关。

Lilitu　莉莉图
莉莉斯在阿卡德神话里的名字，冥界的女恶魔，同吸血鬼一样，是流浪的神灵，对应的男恶魔是利卢。

Lilu　利卢
阿卡德神话中，男性流浪恶魔，同吸血鬼。（见词条 Lilitu 和 Lilith）

Liméntino　李门丁
罗马神话中的门神，小小神灵，非常古老的家园保护神，与女门神卡蒂亚相关。

Limnátides　利姆纳提德斯

希腊神话中，危险河湖和沼泽中的宁芙。其中萨耳玛西斯最为出名。

Lir o Lyr　里尔

凯尔特神话中，海神，达努神族主神之一。马纳南·马克·利尔、布兰·勒·贝尼和布兰雯的父亲。

Loa　洛阿神

也作伊瓦（Iwa）或勒瓦（Lwa），海地伏都教神灵，以附身的形式现身，同圣者或天使。他们不仅仅是祈愿的对象，而且还是被侍奉的对象。洛阿神按家族或国家划分：拉达洛阿，最年长，白色，善良，其中最著名的是帕帕·雷格巴，天神和人类的调停者；佩德罗洛阿，最具攻击性，红色（卡勒富尔或卡夫是佩特罗·德·雷格巴的代表，具危险性）；盖得洛阿，死神，以男爵为首（圣克罗伊、萨梅迪、西米提埃莱和克里米纳尔）；马曼·布利吉特，男爵萨梅迪的妻子，墓地保护神。

Lofn　洛芙恩

北欧神话女神，通常被希望结成夫妻但受到阻挠的情侣崇拜。

Loki　洛基

北欧神话中的邪恶之神、欺骗之神和火神，巨人法布提和劳菲的儿子。奥丁的义兄弟，阿斯加德仙宫的不和谐因素。通晓魔法，能够变成许多不同的动物。欺骗众神，与其对抗。托尔同父异母的兄弟，最初是巨人族约顿。与西格恩结婚，但其最著名的孩子们是同巨人族约顿安格尔波达生下的蛇神耶梦加得、巨狼芬里尔和死亡女神海拉。他送给奥丁八腿神马斯莱布尼尔，一说是他的儿子，洛基为了阻止斯瓦迪尔法利（见词条 Svaldifari）赢得赌约而变成母马引诱它所生的。最后，洛基杀死巴德尔，被众神活捉囚禁受尽折磨，判处死刑。在诸神的黄昏重新出现，最后会被他宿命中的敌人海姆达尔杀死。

Losna　罗斯纳

伊特鲁里亚神话中的月亮之神，与海洋和潮水相关，同希腊琉科忒亚。也作卢斯纳。

Lu Dongbin　吕洞宾

中国道教传说中的八仙之一，博学多才，钟离权使其成仙。起初被十大诱惑束缚，完全克服后获得了一把神剑，战胜了神龙和其他怪物。形象为手持剑羽或蝇拍。

Luchta　卢奇达

凯尔特神话中，达努神族的神木匠，布里吉德和图伊瑞恩的儿子。工匠之神，与兄弟高伯纽和克里德努斯制造武器对抗弗莫尔人，特别拿手的是造长矛。帮助迪安斯彻特制造银假臂以替换努阿达在战斗中失去的手臂。

Lucifer　路西法

在罗马神话中同希腊神话的福斯福洛斯，光的使者，化身拂晓的星辉。在圣子基督神话中代表流星（太阳升起金星消失），变作降落的天使，与撒旦合二为一，但在希伯来神话中他们是分开的两个人物。

Lucina　卢奇娜

新生之神，朱诺的称呼之一，"诞生婴孩之人"。

Lug o Lugh　鲁格

爱尔兰凯尔特神话中，萨安和公主恩雅之子，公主被父亲弗莫尔人国王巴罗尔囚禁在一座水晶塔中。外祖父下令杀死这个孩子，鲁格大难不死，被萨安养育，学习铁匠的行当。在弗莫尔人和达努神族对抗的第二场莫伊图拉战役中，他用弹弓趁着巴罗尔眼睛睁开的一瞬间向他的眼球投射一块石头，杀死了外祖父，据说要四个壮汉的力量才有办法打开他的眼睑。之后，鲁格成为了爱尔兰神话中最重要的神灵，本领巨大。成为达努神族领袖，带领他们走向胜利。是众多冒险奇遇故事中的英雄。鲁格其名来自印欧语系词汇，意为"白色""光辉"，但也代表"乌鸦"。胡里奥·塞萨尔将其与墨丘利相混同。

Lugalgirra　卢加尔西拉

在巴比伦，冥界小神，守卫地狱入口，同内尔伽勒。梅斯拉姆泰阿的孪生兄弟，有相同的使命。

Luperca　卢佩尔卡

哺育罗慕路斯和雷穆斯的母狼之名，二人被叔公阿穆利乌斯驱逐出境。同罗马神殿之母狼。

M

Maahaf 玛哈弗

古埃及，通往冥界的太阳船的掌舵者。对于埃及人来说，杜亚特冥河是一条环山的弯弯河流，太阳神每天经由此河从西方驶向东方，周而复始。

Maat 玛亚特

古埃及神话中是真理、正义和公正等一切有助于宇宙秩序和谐的女神；通常称为"玛亚特神甫"。她不仅掌管宇宙秩序，还负责宇宙和世界的平衡、稳定与和谐，同时帮助国王对抗恶势力的威胁，在一定程度上为世界和平做出贡献。

Mabinogion 《马比诺吉昂》

中世纪威尔士散文故事合集，收集了该国所有的神话故事。包括《马比诺吉昂的四个分支》，里面包含皮威尔、布兰雯、玛那威丹和麦斯的故事；还有五个其他地方的故事集，以及与亚瑟王传奇相关的浪漫主义系列小说。

Mabon o Mapono 梅本或玛布诺

凯尔特神明，代表秋分和丰收。德鲁伊教巫师称其为梅亚恩·福姆海尔。

Macaón 玛卡翁

希腊神话中，阿斯克勒庇俄斯的一个儿子，与弟弟波达利里俄斯一起率领色萨利战士参加了特洛伊战争。在战争的第十个年头死于欧律皮洛斯之手。

Macareo 玛卡耳

希腊神话中代表多个人物：赫利阿达斯之一，太阳神赫利俄斯和罗得的孩子。参与对其兄忒那革斯的谋杀，被放逐到莱斯波斯岛；阿卡迪亚国王吕卡翁的儿子们吕卡翁尼得斯之一，以凶残著称，被宙斯变为狼或死人；伊阿宋与美狄亚之子，被母亲杀死，以报复伊阿宋；在庇里托俄斯婚礼上对抗半人马怪的拉庇泰人；埃俄罗斯和厄那瑞忒的儿子，与妹妹卡纳克有一个孩子，名叫安菲索，需在德尔斐保护下成长。

Macha 玛查

凯尔特神话女神，司掌马匹、战争和政府。与玛查相关的神话故事很多。其中之一，她是达努神族人，艾尔玛斯的女儿，摩莉甘和芭德布的姐妹，共同参加马格特瑞德战役对战弗莫尔人。在另一个故事中，她是内米德的妻子，但在到达爱尔兰不到十二天后便死去。一说她是农夫库兰德楚的妻子，她赐予丈夫丰收富足。因丈夫一个轻率的打赌，妻子被迫跑得比阿尔斯特国王的战马快，那时她即将分娩。她赢了比赛，生下一对双胞胎，但对阿尔斯特人民下了一个诅咒：当他们在外敌入侵时，因饱受分娩之痛而没有能力自我保护。只有英雄库胡林逃过了诅咒。

Machi 祭司

阿根廷和智利南部，马普切信仰中的权威人物。与卡尔库、邪恶或是黑色魔法之人相对。同查曼神，解决所有与人类神灵相关的事情，通过祭祀仪式治疗疾病，掌握广泛的草药知识。

Macuilxochitl　马库伊索奇特利

阿兹特克神话中，运动和竞技之神，与索奇皮利相关。通常在举办比赛和大型歌舞祭祀庆典晚会之前供奉该神。

Macumba　马昆巴教

巴西南部巴西黑人宗教，为来自非洲中部的班图奴隶信奉。他们的仪式被认为是消极否定的，20世纪更贴近于基督教，由此产生了乌姆邦达教。其仪式和信仰也是金斑达教和奥莫洛科教的一部分，马昆巴教、乌姆邦达教和坎东布雷教相互渗透融合。

Mafdet　玛芙代特

古埃及，金钱豹女神，一说为埃及獴女神，与正义武器相关。代表国王的鱼叉，同时也代表王位之争中荷鲁斯所用的伤害塞特的武器。作为埃及獴，由于具有杀掉蛇蝎的本领，于是又被称为生命之家女神，人们祈求她医治动物的啄伤。

Magatama　勾玉

日本神道中，史前时期护身符，蕴含士兵战死沙场后的灵魂。由石头、琥珀、玉石或玻璃制成，现在冲绳仍被使用。最著名的是八尺琼勾玉。八尺琼勾玉、天丛云剑和八咫镜为日本三神器，皇室国宝。

Magni y Modi　曼尼与摩迪

北欧神话中，雷神托尔之子，是同父异母的兄弟。摩迪，代表狂怒，母亲是希芙；曼尼，代表力量，母亲是巨人雅恩莎撒。才出生三天的曼尼便将父亲从巨人赫朗格尼尔的尸体下解救出来。根据神话，诸神的黄昏之后，他的儿子们继承托尔的雷神之锤妙尔尼尔。

Mah　玛赫

苏美尔和阿卡德神话中的母亲之神，安努的妻子，一说她是内比卢的妻子，十四个孩子的母亲，从中诞生了人类。琐罗亚斯德教中，玛赫效力于创世主阿胡拉·马兹达，被认为是夜晚之神，月亮的化身。

Maiar　迈雅

托尔金小说中，埃努半神，创造阿尔达之后决定下凡。埃努是由伊露维塔的思维创造出来，教授人们音乐，希望通过其歌声创造世界，即阿尔达。之后，埃努当中的一些人决定化作肉身下界，继续完成这一壮举。一些人是神明，维拉，另一些则是半神，迈雅。其中包括索伦，指环之王；汤姆·庞巴迪，田野之神；五位巫师，其中有甘道夫和萨鲁曼。

Mairu　麦鲁

巴斯克神话中，史前墓遗迹和环形巨石环的建造巨人。有人认为他与玛丽相关，一说与拉弥亚斯相关。

Maju　玛珠

巴斯克山上巨大的男神。蛇形，居于大地之下，与同伴玛丽共同制造暴风雨。据说他吞噬各种类型的动物，包括人类。一说他死于阿腊拉尔山上、圣米盖尔之手。

Malina　玛莉娜

因纽特神话中，太阳女神，月神安宁加或伊加鲁克的妹妹。玛莉娜和伊加鲁克共同居住在森林茅屋之中。夜深之时，伊加鲁克对玛莉娜用强，但当她发现时，他飞快地跑走了。后来，玛莉娜和伊加鲁克相继升上天空变为太阳和月亮。

Malinalxochi　玛丽娜索奇

阿兹特克神话中，蛇蝎之神，沙漠昆虫之神，维齐洛波奇特利的姐姐。

Malsumis　马尔苏弥斯

阿布纳基神话中，邪恶之神，格卢斯卡普的兄弟，由塔巴尔达克用粉末制成。时常给人类创造困难棘手的问题。

Mama Cocha　玛玛·科查

也作玛玛·科卡或玛玛科卡，印加神话中海之女神。人们向她祈福，以保海洋之水的平静、渔业发达。

Mama Ocllo　玛玛·奥克略

印加神话中，因蒂之女，与其兄曼科·卡帕克（见词条 Manco Capac）共同教授人类基本的印加文化。玛玛·奥克略还教人们缝补，制作织布机。

Mama Quilla o Mama Kilya　玛玛·基利亚

印加月亮之神，因蒂的妻子和妹妹，形象为一个银盘。莫切人将其视为主神。根据一个神话传说，一只狐狸爱上了月亮，月亮便放开一根绳子让他向上爬。他的影子仍可在月亮上观察到。

Mamacunas　玛玛·科纳斯

印加帝国太阳圣母，祭拜太阳神因蒂的女祭司，当长到十四五岁时从贵族中被挑选出来，以侍奉神明，同时准备日后与神明结为夫妻。如果发现某人失去了贞洁，就会将其饿死。

Mamitu　玛米图

美索不达米亚神话中，命运之神，长着羊头，起初掌管誓言，后来司掌冥府的判决，同安努那基一起居住在冥界。

Mamlambo　马姆拉姆波

非洲神话中，祖鲁神话河流之神。

Manannan　马纳南

爱尔兰凯尔特神话中，里尔之子，达努神族海神，同时也是冥界希德的至高战神。拥有一些神奇的猪，在铁匠高伯纽组织的天神盛宴上，他们赋予神灵力量，重新塑造神灵。

Manat　马纳特

前伊斯兰教麦加三主神之一，创世主和命运女神的女儿。姐妹是乌扎和阿勒特，为佩特拉地区纳巴特人所崇拜。

Mancocapac o Manco Capac　曼科·卡帕克

印加神话中，太阳神因蒂之子，玛玛·奥克略的哥哥，父亲用的的喀喀湖湖水的泡沫创造了兄妹二人，让他们给人们制订规章和法律。曼科·卡帕克向北行进，玛玛·奥克略向南。哥哥首先在北部建立城池，将其命名为哈南·库斯科。妹妹在南部建立城市，命名为胡林·库斯科。曼科教人类种植土地，建造沟渠，玛玛则教人们煮饭、缝纫、制造织布机。

Mandulis　曼杜利斯

古埃及神话中，梅鲁埃尔的希腊名字，在下努比亚代表太阳和满月。菲莱地区第一处瀑布那里的人们对其崇拜，尤其是奥古斯都时期在卡拉布萨（老塔尔米斯）备受崇拜。菲莱岛附近的比加岛上的小山，名为荷鲁斯之子，阿巴东之主，在那里有俄西里斯坟墓。希腊文"曼杜利斯幻象"十分有名，提及了狮子奇异的目光，与荷鲁斯以及希腊阿波罗相混同。似儿童，有重生的本领。

Manes　马努斯

罗马神话中，古罗马传说中冥灵的统称，是人类的神明。注意，不要同拉尔或珀纳忒斯相混，他们是家园神灵。

Mangar-kunjer-kunja　曼格 - 昆赫尔 - 昆乍

澳大利亚土著神话中，阿兰达造物主；形象为蜥蜴，找到原始生灵便张开他们的嘴巴、眼睛、鼻子和耳朵。之后教授他们繁殖，使用火种、刀子和飞镖。

Mania　曼尼亚

伊特鲁里亚和罗马神话中的亡灵女，与曼图斯共同统治冥界。希腊神话中，曼尼亚为疯神。

Manitú o Gitche Manitou　曼尼托或吉特彻·曼尼托

大天神，对于北美土著阿尔贡金人来说他是一切事物的创造者。加拿大曼尼托巴省名来自于该神之名。

Manjusri　文殊菩萨

佛教最高智慧菩萨。与释迦牟尼（乔达摩佛陀）和普贤菩萨合称释迦三尊，释迦牟尼为导师。文殊菩萨是八位智慧菩萨之一，也是日本十三位大佛之一。形象为右手持金刚宝剑，左手持青莲花，花上有金刚般若经卷宝，象征所具无上智慧。

Mantis religiosa　曼提斯

布须曼人神话中创世始祖的化身。

Mantus　曼图斯

伊特鲁里亚和罗马神话中的地狱之神，曼尼亚的丈夫，居住在曼托瓦市。

Mapuches　马普切人

智利和阿根廷南部土著居民，殖民者将其称为阿劳加人（《阿劳加纳》，作者阿隆索·德·埃尔西利亚 - 苏尼加）。其神话故事源于对祖先的崇拜，且随着居民族群的变化，所敬仰的神灵也不尽相同。马普切人不设宫殿，森林中的一块空地加上一根桂树树干对他们来说足以举办仪式。没有唯一的至高神灵，大家普遍尊崇额恩诸灵、比利亚尼诸灵、厄尔诸灵或瓦额伦诸灵，一说耶稣教徒渴望成为其敬奉的神灵。男神比利亚尼和女神瓦额伦共同创造了人类，使世界开始有了人烟。人类的任务是获取知识，一旦获得了知识，男人就会变成比利亚尼，女人则会变成瓦额伦，这样便结束神灵在尘世的轮回，而神灵需要大量后代继续尊敬死去的灵魂。每个家庭都有一个主比利亚尼，也是他们的祖先，还有众多靠自身获得知识且受其后代尊敬的比利亚尼和瓦额伦。马普切神话通过一种叫库尔纯的鼓传承给孩子，代表一个半边橙子似的世界，我们只能看到高的部分。善良的世界文努马普位于东边，那里住着善神；邪恶的世界明切马普在西面，住着恶神。南边是好运之地，北边是厄运之地。人类居住的地方叫作马普，其上是安卡文努，即天堂。

Marduk　马杜克

巴比伦帝国末期的统治神灵。马杜克继承了埃亚的力量，被认为是其儿子，还承袭了恩利尔的威力，最后将世界变为一片黑暗。巴比伦创世史诗《埃努玛·埃立什》讲述了马杜克的伟大事迹，在那之后，他变为巴比伦至高神。根据神话，众神与神明统领会发动了一场战争，安努那基命令他结束起义以换取绝对权力。马杜克恢复了命运记录，成为万神殿的领袖。他是智慧之神纳布的父亲。

Mari　玛丽

巴斯克地区女性神灵或守护神，居于安博托山洞之中。巴斯克神话中强大的守护神。对于那些不敬拜她和丈夫玛珠的人，他们二人便会联合起来制造可怕的暴风雨。同所有巴斯克神明一样，是大地闪神神灵，在山中移动。玛丽是守护神女王，美丽至极，兽首人身，与众妖魔在夜间聚会。

Maris　玛里斯

伊特鲁里亚神话中，农业之神，丰饶之神，后与罗马战神玛尔斯相混同。

Marpesa　玛耳珀萨

希腊神话中，阿波罗的情人之一，必须在阿波罗和伊达斯之间作出选择，最终玛耳珀萨选择了伊达斯，因为她害怕自己老去以后阿波罗会抛弃她。

Marsias　玛耳绪阿斯

希腊神话中，半人半羊怪或西勒努斯之一，捡了雅典娜扔掉的长笛，练出了高超的吹奏技艺，最后竟要与阿波罗比试高低，缪斯之神判定阿波罗获胜。作为比赛失败的惩罚，太阳神将他捆在树上，将其活活剥皮。

Marte　玛尔斯

希腊神话中阿瑞斯在罗马神话中的名字。十二位奥林匹斯神之一，战神，朱庇特和朱诺之子，维纳斯的情人，罗马建立者罗慕路斯和雷穆斯的父亲，因此玛尔斯被视为罗马人的祖先。爱神丘比特让维纳斯爱上了这位好斗之神（被维纳斯的丈夫伏尔甘用一张网将二人一同抓住）；每次出行都有他的爱畜狼相伴，兀鹰福波斯和猎犬得摩斯也是陪同他上战场上的常客，这两位分别是恐怖和畏惧的代名词，同时也是玛尔斯（火星）卫星的名称。有时智慧之神密涅瓦会陪伴玛尔斯，为他的暴行作出补偿。

Mater Deva　马特·德瓦

坎塔布里亚神话中的母亲之神，与水相关，德瓦河的化身。

Maui　毛伊

塔希提群岛神话中的智者和预言家，后成为神明。发现了火种。也出现在波利尼西亚等其他神话中。

Mawu-Lisa　玛巫·丽莎

玛巫是创造女神，非洲贝宁的达荷美人群星之母。有时与哥哥联合，作为玛巫－丽莎雌雄同体之神，创世主，植物、动物和人类的创造者。创世第二天，赋予人类居住的家园；第三天给人类以聪明才智和感官；第四天赐予人类生活的技艺。她是纳纳·布鲁库的孩子。

Maya 玛雅

公元前 10 世纪到公元 9 世纪，玛雅人居住在墨西哥南部和现今危地马拉地区，西班牙殖民后玛雅文化被同化。其神话故事记述在《波波尔·乌》，《奇兰·巴兰》和《卡奇克尔年鉴》中。据其神话所说，宇宙最初有司掌十三个天空的十三位神灵和掌管九个大地的九位神灵。此外，还有天体、数字、纪年、玉米和收成等宇宙各元素神明。第一批神灵包括特佩乌和古库玛兹，与乌拉坎对立。他们试图建造一个神族，为他们提供食物，但未果。其他神灵有阿隆、比托尔、卡霍罗姆和兹高尔，形象为木头，缺少灵魂，乌拉坎引发了一场大洪水，将其摧毁。最后，神灵榜又加入了奥伊特萨克、奇拉坎、乌纳普、伊丝雾卡妮，伊斯比亚哥克和胡姆卡奈，他们的形象是玉米。第三轮创造之后，努恩-亚尔-赫或第一个玉米人，也就是第一位父亲，被冥界西瓦尔巴人抓捕杀害，埋葬到地球。据玛雅圣书《波波尔·乌》，孪生兄弟乌纳普和伊斯布兰克神灵解救了他，用乌龟壳的裂缝将其复活，创造了我们的世界。努恩-亚尔-赫完成的第一件事是竖起世界之树瓦卡禅，将天地分开。这棵树据说是一棵木棉树，危地马拉国树，也是森林中最大的树，一说是巨大的玉米树，因为瓦卡禅也是玉米之神。瓦卡禅上天，命令十三个天体各就其位，各司其职。地球是一头巨大的鳄鱼，可以与阿兹特克神话的半鳄半鱼的水怪希帕克特里相混同，动植物和人类在其背上生长。地下的冥府，分成八级，最下面一层是西瓦尔巴，住着没有升入天堂的死者，一些动物，如蝙蝠和猫头鹰，还有地方神灵。与中国人一样，玛雅人也有五个基本方位，即东西南北中，还有八个特殊方向，即连接基点和四角。

· 在佛教中，具有多个概念。历史上，佛的母亲西达尔塔是一位玛雅女王。此外，该词在梵语和巴利语中意为"幸福"或"着迷"，与追求完美的过程中身体和灵魂的分离相关。Maya 还是阿修罗恶魔之王 Mayasura（玛雅苏拉）的缩写形式。

· 在印度教中同玛雅苏拉（见词条 Mayashura）。

· 希腊神话中，阿特拉斯与普勒俄涅的七个女儿普勒阿得斯中最大的那位，七位同是阿尔忒弥斯的仙女随从。她被宙斯诱惑，生下赫尔墨斯，赫尔墨斯出生第一天就盗走阿波罗的牲畜。她还是阿卡斯的守护者，赫拉因嫉妒将阿卡斯的母亲变为母熊，玛雅保护他不受赫拉伤害。

Mayahuel 玛雅胡尔

阿兹特克神话中的酒神，龙舌兰女神，在梦到一只飞起来的小老鼠后，发明了龙舌兰蒸馏技术。她的丈夫帕特卡特利帮助她进行药物试验。她是四百只兔子山宗·托托奇汀的母亲，他们是捕捉喝醉之人的醉酒兔子。

Mayasura 玛雅苏拉

印度教中，阿修罗、达伊提耶和罗刹娑之王，与提婆相对立的恶魔。同时也是建造地狱城市和村镇的建筑师。建设了三座妖魔城市之一特里普拉，由于对大自然不敬，被湿婆摧毁。玛雅（此指玛雅苏拉）自救，并效忠于湿婆。后出现在《摩诃婆罗多》，成为克里希纳城的建设者，克里希纳为其建造了一座宫殿。

Medb 梅芙

爱尔兰凯尔特神话中，康诺特女王，象征至高无上。被父亲爱尔兰大王赐予王位，只有与她结婚才可以统治国家。桀骜不驯的女战将，独独一个眼神就能使任何一个男子丧胆。她有很多丈夫，其中最有名的是艾利尔，二人育有一个女儿芬达布尔和七个儿子，另外还收养了一位，名叫埃塔尔库姆尔，在库胡林葬礼上因过度悲伤而死去。据说她有非常多的情人，需要七个男子或是像弗格斯·马克·罗伊那样健壮的男人才能满足她。抢了邻国阿尔斯特的牛以夺取他丈夫的公牛，但其军队最终被库胡林打败。

Medea　美狄亚

希腊神话中的巫师，科尔基斯国王埃厄忒斯之女，当阿尔戈英雄来到她的国家寻找金羊毛的过程中，她爱上了伊阿宋。她帮助伊阿宋取得金羊毛，与他一起挟持兄弟阿布绪尔托斯逃跑，据说她杀死了阿布绪尔托斯并将弟弟的尸体扔掉以迫使其父忙于收尸，停止追捕。她还设毒计使珀利阿斯的女儿认为将父亲肢解能使父亲返老还童，除掉了伊阿宋的杀父仇人。后来被伊阿宋抛弃，因为他爱上了克瑞翁的女儿，美狄亚用一件有毒的衣服杀掉了新娘，逃到了雅典，征服了国王埃勾斯，试图杀掉他的儿子忒修斯，最后不得已逃到了亚洲。

Medicus　梅迪库斯

罗马神话中，阿波罗作为药神的绰号之一。其他药神还有阿凯西奥斯（痊愈者），阿列克西卡阔斯（远离不幸之人），阿韦鲁恩克斯（去除邪恶之人）。

Medusa　美杜莎

希腊神话中代表多个人物。其中最著名的是一位非常美丽的女子，与海神波塞冬在雅典娜神庙私通，女神很生气，把她变成了蛇发女妖。她之所以有名是因为，她的头发是由无数条小蛇组成。眼睛会发出骇人的光芒，可以把人石化。死在珀尔修斯手上，他用雅典娜赐给他的盾牌和赫尔墨斯削铁如泥的钻石宝剑将其杀死。珀尔修斯砍下了她的头，把她装进神袋，穿着北方宁芙送给他可以飞天的鞋逃跑。巨人克律萨俄耳和飞马珀伽索斯从美杜莎的脖子里出生。此外，叫这个名字的还有欧律斯透斯的姐姐；普里阿摩斯的一个女儿；珀利斯的一位女儿，她的国王父亲派伊阿宋寻找金羊毛，在美狄亚的设计下肢解了父亲。

Megara　墨伽拉

希腊神话中，底比斯国王克瑞翁的女儿，赫拉克勒斯的第一位妻子，在对抗奥尔科梅诺斯国王厄耳癸诺斯的战争中墨伽拉的父亲为了感谢英雄便把女儿许配给他。当赫拉克勒斯在哈得斯猎捕刻耳柏洛斯犬时，吕科斯企图对墨伽拉用强。丈夫被赫拉逼疯，回到家之后，杀死了自己的妻子和孩子。因此赫拉克勒斯必须完成传说中的十二项任务。

Megera　墨盖拉

希腊神话中，复仇三女神厄里倪厄斯之一，乌拉诺斯溅出的血形成的女儿。墨盖拉是嫉妒女神，负责报复不忠实的行为。

Mehen　迈罕

古埃及盘踞的蛇神，保护太阳神乘坐的太阳战船。第一次出现是在拉神所乘之船的石墓文中。又称为"盘踞之神"或"环绕在圈之神"。

Meheturet　迈赫图尔特

古埃及的天牛女神，从原始河流中诞生。在金字塔时期是天水的化身，太阳神拉和法老每日乘船行于天水之上，即绕其腹部而行。后来演化成用牛角举起太阳的母牛。

Meiga　梅盖

加利西亚、莱昂和阿斯图里亚斯地区的女巫之名。具有魔力，能够与魔鬼谈判。年岁大，乘坐木桩飞行。女巫数量众多，每位都可引发不同的灾难与邪恶。唯一自我保护的方法就是使用护身符，如拳状护身符和维安德伊拉护身符。

Meleágridas　墨勒阿格里得斯

希腊神话中，俄纽斯和阿尔泰娅的女儿们，墨勒阿革洛斯的姐姐们。当其姐妹死去后，阿尔忒弥斯把她们变成了鹅。

Meleagro　墨勒阿革洛斯

希腊神话中，卡吕冬国王俄纽斯和王后阿尔泰娅之子。狩猎女神阿尔忒弥斯为他们的国家带来了丰收，但父母却未对其行祭礼答谢，女神非常生气，便派出一头凶猛的野猪，墨勒阿革洛斯正是因为杀死了这头野猪而出名。墨勒阿革洛斯将野猪的头和皮献给了他深爱的阿塔兰忒，也是由她先将野兽打伤。

Melia　墨利亚

希腊神话中，墨利阿得斯之一，伊纳科斯的妹妹和妻子，伊俄和甫洛纽斯的母亲。一说她是埃癸阿琉斯、阿尔戈斯和阿密科斯的母亲。也有说她是海神波塞冬的情人，阿密科斯之母。

Melíades o melias　墨利阿得斯或墨利亚女仙

希腊神话中，白桦树宁芙。自出生起便住在树林中。克洛诺斯阉割其父乌拉诺斯时溅出的血形成了这群树仙（其中也包括复仇三女神厄里倪厄斯姐妹）。其中最有名的是墨利亚。

Melisa　墨利萨

希腊神话中的多个人物。一位是克里特国王墨利修斯的女儿，用山羊女神阿玛耳忒亚的母乳喂养宙斯，一说墨利萨和阿玛耳忒亚姐妹二人共同哺育天神宙斯。另外，人们称得墨忒尔、瑞亚和珀耳塞福涅的女祭司为"墨利萨斯"，据说是因为瑞亚在克里特的女祭司名叫墨利萨。

Mélite　梅里达

希腊神话中的多个人物。最突出的是：雅典娜国王埃勾斯的第一位妻子，因不能生育后被丈夫抛弃；还有一位是赫拉克勒斯喜爱的水中仙女，二人生有一子名叫许罗斯。

Melkor　米尔寇

托尔金神话中，也作魔苟斯，意为宇宙中的黑暗大敌，最强大的维拉，创世后下到凡间（阿尔达）。不仅仅是堕落的天使，他的目标是代替一如成为一切事物的主。尚未到达阿尔达之前，试图将其据为己有，结果被打败了。后来，其他维拉创造世界，米尔寇在南极寒冷地带建造了一片邪恶的要塞乌图木诺，从那里再一次攻击众神。结果又一次被击败，他被关押起来，但一段时间之后假意悔改就被释放了，又开始密谋造反。与大蜘蛛乌戈利安特结盟，共同摧毁光之树，这些树用灯制成，目的是照耀世界，又被打败了，逃回了他的大本营，对中土世界施行专制统治。为了拯救黑暗中的世界，维拉创造了太阳和月亮，之后多次攻打米尔寇，最后歼灭其全部黑暗力量。他的副手索伦逃脱惩罚，仍企图占领中土大陆。

Melpómene　墨尔波墨涅

希腊神话中，司掌悲剧的缪斯之神，戴着悲剧面具。有时被认为是美人鱼的母亲，丈夫为阿刻罗俄斯或福耳库斯。

Melusina　梅露西娜

14世纪由特拉克尔创造的虚构人物，最早出现在凯尔特神话或亚瑟神话中。梅露西娜是仙女普雷西娜的女儿，普雷西娜与苏格兰国王埃利纳斯结婚，她提出条件，即睡觉时不可看她。国王食言，普雷西娜带着三个女儿梅露西娜、梅莉奥尔和帕莱斯蒂纳一同藏到阿瓦隆岛。待她们长大后决定报复父亲，把他关到诺森伯兰魔山上。普雷西娜很生气，惩罚梅露西娜，给她下了一个咒语：每逢星期六她腰部以下的下半身就会变成蛇身。福雷伯爵的儿子雷蒙丁杀死艾默里克·德·普瓦图后准备饮欲望之泉时，与仙女相识，后来二人结婚。丈夫也没有遵守星期六不能看她的诺言，于是永远地失去了她。梅露西娜的传说从爱尔兰传播到苏格兰，又从那里传到诺曼底和布列塔尼半岛。

Ménades　梅娜德斯

希腊神话中，酒神狄俄尼索斯的跟随者，不惜抛弃一切追随酒神。第一批据说是教育酒神的仙女，成为他的情人后，便进入到一种痴迷陶醉的神奇状态。但很快加入了各种类型的女人，在山间迷醉徘徊，交配，完成各种仪式，包括吞吃受害者。俄耳甫斯因阿波罗而拒绝对狄俄尼索斯敬拜，最后被她们撕碎。在罗马称为"巴坎特斯（酒神女祭司）"，仍然追随狄俄尼索斯在拉丁文中的巴克斯神。

Menecio　墨诺提俄斯

希腊神话中的多个人物：泰坦神之一，伊阿珀托斯和克吕墨涅或阿西娅的儿子，因其十分凶残抑或是未参加泰坦之战，而被宙斯打到冥界；希腊国王，阿克托耳之子，帕特罗克洛斯之父；厄律提亚岛上哈得斯牛群的牧人，他告知了革律翁赫拉克勒斯盗其牛群。

Menelao　墨涅拉俄斯

希腊神话中，斯巴达国王，阿特柔斯的儿子，迈锡尼国王阿伽门农的兄弟。特洛伊之王、普里阿摩斯的儿子帕里斯劫持了他的妻子特洛伊海伦，他发动了特洛伊战争。将特洛伊木马送进城，夺回海伦，重返斯巴达，二人生下一个女儿赫耳弥俄涅。

Menjet　蒙赫特

古埃及神话中的酒神，代表酒祭，与庆典和爱情相关。一说她同葬礼之神奈芙蒂斯。形象为头顶酒坛的女人。

Menkeret　蒙凯特

古埃及神话中，司掌通过冥界沼泽运送尸体的女神。出现在国王谷的不同坟墓之上。

Mercurio　墨丘利

希腊神话赫尔墨斯在罗马神话中的称谓，担任诸神的使者和传译，又是司商业和诡计的神，还是盗贼们所崇拜的神。朱庇特和迈亚的儿子。

Merlín　梅林
6世纪威尔士国家的巫师，亚瑟王传说中主神之一。盎格鲁撒克逊人认为他是历史上最强大的巫师，不同于仙女、精灵和龙，为他们所崇拜。在亚瑟神话中，梅林培养了未来的国王，带领他找到传说中的王者之剑。之后陪伴亚瑟国王居住在卡米洛特宫殿。其名字来自威尔士语米尔丁，但蒙茅斯的杰弗里的作品里为他创作了一段故事，改变了他的名字以适应法国人的用语习惯。

Mérope　墨洛珀
希腊神话中多个人物：太阳神之女赫利阿得斯之一；俄狄浦斯的养母，波里玻斯之妻；海洋仙女之一，与太阳神赫利俄斯或克吕墨诺斯生下法厄同；普勒阿得斯之一，与西西弗斯结婚，格劳科斯的母亲；奥诺皮恩的女儿，被俄里翁用强，墨洛珀的父亲挖出他的眼睛为她报仇。

Merseguer　梅尔塞盖尔
古埃及神话中，眼镜蛇女神，底比斯墓地守护神，住在国王谷周围的山上，保护法老的坟墓，监督修建墓地的工人。梅尔塞盖尔又称"热爱安静之神"，符合其职司。由于她是冥界女神，而西方为陵墓之所，故又称西方之神。

Merur　梅鲁尔
希腊语称姆奈维斯，古埃及赫里奥波利斯崇拜的黑牛之神，太阳神在凡间的化身，拉神和圣殿神甫间的调停者。被认为是拉神的巴，由于其性能力，视为凡界的生育能力。人们敬他为生命重生之神。形象为公牛，有生命的太阳神，广受尊崇。住在天神宫殿附近的牛圈中，神甫在那里竭尽特权照顾他，他去世时人们为其举办了葬礼仪式。

Mesjenet　梅斯赫奈特
古埃及神话中，主持婴儿降生的最低级女神。一说是命运之神莎伊的女性形象，二人生出了全人类，但沙伊在很后面才出现。预言新生儿的命运，帮助重生，因此他们也在真理法庭为死者心灵称重、决定死者归途。

Meslamtea　梅斯拉姆泰阿
美索不达米亚神话中，卢加尔西拉的孪生兄弟，守卫地狱大门。

Metis　墨提斯
希腊神话中的泰坦之神，雅典娜的母亲，谨慎精明或背信弃义的化身，所有神和人中最为聪慧的、正义的策划者。俄刻阿诺斯和忒堤斯之女，因此亦是海洋仙女。据说在宙斯的劝说下，她诱使克洛诺斯吃了催吐剂，吐出宙斯众兄弟姊妹，她是宙斯的第一位妻子。一说是乌拉诺斯和盖亚向宙斯预言其第一个儿子将统治世界，于是当她怀有雅典娜时宙斯便将其吞下，之后在赫菲斯托斯的帮助下，雅典娜从宙斯的额头生出来。

Metnal　梅特奈尔
玛雅神话中，玛雅冥界西瓦尔巴第九层级，那里永远都是黑暗冰冷的，受死神弘豪统治。

Metztli　梅兹特里

阿兹特克神话中，月亮之神，夜晚之神，为广大农民所敬拜，绰号"大脸铃铛"。一说与约华尔提西特尔和柯约莎克是同样的女神，特库希斯特卡特尔的女性形象。其严寒既利于植物的生长，同时也可对其造成伤害。

Mexicas　墨西加

阿兹特克神族的分支，该神族在科特佩地区从阿兹特克神族中分离出来。阿兹特克人最初为阿兹特兰人，四处游荡多年后在科特佩定居，在那里维齐洛波奇特利的亲随与姐姐柯约莎克的亲随发生了冲突。前者胜利，改名为墨西加。之后向南行进，建立特诺奇蒂特兰城。

Mictecacihuatl　米克特卡西华提

阿兹特克神话中的冥界之神，阴曹地府米克特兰之主，米特克兰堤库特里的妻子。

Mictlán　米克特兰

阿兹特克神话中的冥界，由数不尽的小路还有层级组成，众多幻神经此处飘过，他们的名字拗口难读，不能进入天堂的死者就此驻步。牺牲的将士、在分娩过程中死去的女子、窒息而死的人还有水肿的病人将被送到特拉罗坎，而死去的孩子们则送到奥梅尤坎。米克特兰位于北部，荒芜破败，亦称为特拉尔西克，地球中心。由米克特兰堤库特里和米克特卡西华提统治。

Mictlantecuhtli　米特克兰堤库特里

阿兹特克死神，掌管冥界米克特兰最深层之主，无法进入天堂的死者灵魂均来此处。形象为溅着血的骨骼，

或是闪着夸张的大牙。妻子是米克特卡西华提，据说他们一起住在冥界一栋没有窗户的房子里，吞食死者的手脚。与蜘蛛、猫头鹰、蝙蝠有关，住在十一点钟方向的北边，吸食人的骨髓。

Midas　弥达斯

希腊神话中，小亚细亚弗里吉亚国王，由于他极其地热情礼遇狄俄尼索斯的导师半人半羊怪西勒努斯，酒神为了报答，许诺给予弥达斯任何他想要的东西。弥达斯希望拥有点石成金的本领，酒神帮他实现了愿望，凡是他所接触到的东西都会立刻变成金子，包括食物。为了帮他摆脱这麻烦的能力，酒神让他到帕克托罗斯河中洗脸。在另一个故事中，弥达斯被邀请在潘神的长笛和阿波罗的里拉琴的演奏比赛中充当裁判，阿波罗无法容忍弥达斯拙劣的音乐欣赏能力，于是将他的耳朵变成了驴耳。他是戈耳狄俄斯和女神库柏勒的儿子。

Midgard　米德加尔特

北欧神话中，奥丁和兄弟威利、维用巨人伊米尔的残骸创造的人类居住的尘世。肌肉作为大地，血水汇聚成河海，骨骼化为岩石山峦，须发化为树木，牙齿化为悬崖峭壁，头盖骨用来作为天空，由代表方位基点的四个侏儒小精灵支撑托起，他们分别是诺德里、苏德里、奥斯特里和韦斯特里。火王国至上神苏尔特尔的宝剑的火焰化作太阳、月亮和星辰。由于苏尔特尔一直被狼神斯库尔和哈提追捕，于是不停旋转，因此天体也始终保持运转的状态。

Miguel　米盖尔

天使王子、以色列守护者、大天使首领、陪伴灵魂直

至永生（伊斯兰教亚兹拉尔的司职），路西法的战胜者。形象为手持武器和宝剑。根据基督教一些传说，他是唯一的大天使，同耶稣。出现在犹太教、基督教和伊斯兰教中。

Mihos　米霍斯
古埃及神话里，其名在《金字塔铭文》中同狮子。演化成埃及中王国之神，从那时起便成为战神，战争中法老的保护神。

Mile o Mile Espáine　米莱或米莱·埃斯帕伊涅
威尔士神话祖先，原是西班牙人。贝尔泰涅庆典日（五月一日）那天，他的八个儿子在长子阿莫尔根·格伦赫尔的命令下到达爱尔兰，发动米利都国民侵略战争。

Milesios　米莱修斯
第一批到达爱尔兰的人类。根据《征服之书》，他们原是西班牙人，与首领米莱之子阿莫尔根·格伦赫尔在贝尔泰涅庆典上出现。他们获胜，在塔林战争中将达努神族人驱逐出境，占领了都城塔拉。由于女神埃利欧为其未婚妻，于是命名该国为埃林或埃伊莱，米莱·埃斯帕伊涅之子伊尔曼和米利都首领之一希伯芬恩分摊土地，但不久之后他们起了冲突，伊尔曼成为整个爱尔兰人民唯一的国王。

Min　敏
古埃及神话中的生育之神。古埃及第一位男神，起源于格尔森瑟时期，甚至是阿穆拉提恩瑟时期。此外，亦是天空之神，拨云之神，道路守卫神，月亮守护神。性繁殖至高力量的象征，形象为一个黑色或绿色

皮的人，阴茎竖起。由于他保护尼罗河东边沙漠的矿藏，亦称东方沙漠之主。与荷鲁斯相关，称为敏 - 荷鲁斯。

Minerva　密涅瓦
罗马神话中，手工艺和智慧女神，希腊女神与伊特鲁里亚女神弥涅尔瓦的融合。同希腊神话中的雅典娜。

Minos　米诺斯
希腊神话中，克里特国王，宙斯和欧罗巴之子，腓尼基血统，米诺斯文明的源头，所处时期为特洛伊战争发动之前的三世。半人半牛怪弥诺陶洛斯让米诺斯把战后雅典每九年进贡的七对童男童女供他享用，雅典英雄忒修斯在米诺斯的女儿阿里阿德涅的帮助下战胜了怪兽。他爱上尼索斯之女斯库拉，砍下了其父亲生命之所系的一缕红头发，攻下了迈加拉。在西西里岛追杀代达罗斯，被国王科卡罗斯的女儿们用沸水杀死。

Minotauro　弥诺陶洛斯
希腊神话中的半人半牛怪。克里特王后帕西厄（或帕西淮，见词条 Parsifae）的儿子，是王后迷恋海神波塞冬借给丈夫米诺斯国王的白牛，命令代达罗斯造一头空腹牝牛，藏身于其内与神牛幽会生出的怪物。米诺斯将这头怪物幽禁在代达罗斯建造的迷宫里，按照他的要求，把雅典每九年进贡的七对童男童女供他享用，最终忒修斯将其杀死。

Mirmidones　密耳弥冬人
希腊神话中，特洛伊战争中阿喀琉斯的盟友。名字有两个缘起。一说，他们是密耳弥冬国王之女欧里墨杜

萨的儿子，宙斯变作蚂蚁将其诱惑生下的。另一传说，宙斯爱慕仙女以她的名字命名埃癸娜岛，该岛因瘟疫而变得荒芜，他将蚂蚁变作人类。密耳弥冬人因盲从其首领而闻名。

Mirra　密耳拉

希腊神话中，也作斯密耳娜，亚述国王忒伊阿斯之女，一说是塞浦路斯国王基尼拉斯之女，因夸口自己比阿佛洛狄忒美而受到女神的诅咒，爱上了自己的父亲。诱惑父亲，生下了阿多尼斯，后一直被父亲追捕直至死亡，被神化作了没药树。

Mirtilo　弥尔提洛斯

希腊神话中，赫尔墨斯和法厄图萨的儿子，比萨国王俄诺玛俄斯的车夫。俄诺玛俄斯向女儿的追求者发起挑战，追求者落败后将被处死。珀罗普斯向弥尔提洛斯行贿，让他用蜡烛改变俄诺玛俄斯车轴的支点，致其身亡。事成之后，弥尔提洛斯向珀罗普斯索要报酬，珀罗普斯却杀死了他。

Mitilene　米蒂利尼

希腊神话中，莱斯波斯岛国王玛卡耳的女儿，海神波塞冬情人之一，二人生下米蒂洛斯，他是米蒂利尼城的创始人。

Mitra　密特拉

原始伊朗神灵，在波斯、印度和罗马文化中的代表形象有所不同。在波斯神话中他是太阳神，维护秩序和正义，司掌誓言的实现。处于奥尔莫兹德和阿里曼之间，即在善恶之间寻求平衡。作为天庭战神，他始终是一位战斗者。他最著名的神话故事是，他在孩童时便同公牛作战，完成任务后与太阳神赫利俄斯举办了一场宴会，二人在空中大草原策马奔腾。举办的庆典充满了神秘感，对力量和勇气的敬拜扎根于罗马军团，他们将这份崇拜带到自己的国家。在印度，他是正直诚实之神，友谊之神，诺言之神，与司掌黑暗、地狱和雨水的伐楼拿神密切相关。二神都代表真实，既对立存在又互为补充。

Mityan　米特堰

澳大利亚土著神话中的月亮之神，据说是一只迷人的猫，爱上了一个人的妻子，其丈夫发现了这件事，将月神驱逐出大犬座。

Mixcoatl　米克斯库阿特尔

阿兹特克猎神、战神。其名字意为"蛇云"，同美索不达米亚文化不同分支的银河、星辰和天空。欧多米人和奇奇梅卡人的主神，而在阿兹特克人中居维齐洛波奇特利之下。托纳卡特库赫特利和奇华寇特尔的四子之一。有时与红特斯卡特利波卡相同化，转化为米克斯库阿特尔，武装成闪电引发暴雨。他的身体涂成红白色相间的条状，与被逮捕的战士相关，专为祭献；也与死去的英雄相关，最终变为银河星辰。有四百个孩子，名叫山宗·威次纳瓦。

Mixteca　米斯特克

发展于瓦哈卡高地的文化，与萨波特克文化同源，始终与托尔特卡文化密切相关，直到 1200 年得以创新。该文化植根于玉米，与纪年密切相关。在米斯特克文化影响发展起来的社会最初分为不同领地，最后在名为八虎鹿爪统治者的领导下合并统一。世界四个方位分别由太阳神、一死神、夜空之神和四蛇神掌管。地狱分为四个层级，死神和九草神驻守该地。两位类似阿兹特克人的神明创造了宇宙，并将地球的黑暗之光和天空分开，这两位神明名叫一豹鹿爪和一鹿爪。二神的四子之一四脚被认为是魁札尔科亚特尔的一种形态，与云端的一棵树结合，生下一个人。这个人追逐太阳，朝太阳射箭，发起挑战，最后倒地而去。这个勇敢的人始终站在人类身后支持人类。

Mjolnir　姆乔尔尼尔

北欧神话中，托尔的雷神之锤，扔出去还会自动返回到其手上。神锤重量非常之大，托尔在使用时通常需要佩戴一个腰带，以使力气加倍。

Mnemósine o Mnemosina　谟涅摩绪涅

希腊神话中的记忆女神，泰坦神，乌拉诺斯和盖亚的女儿，宙斯的情人，二人生下九位缪斯女神。

Mnerva　弥涅尔瓦

伊特鲁里亚神话中，司掌智慧、战争、艺术和贸易的女神。从其父亲提尼亚的头中生出，与提尼亚和至高女神乌尼组成伊特鲁里亚三主神。厌恶男性，这一点与她在希腊神话中的同化神相同。雅典娜在罗马神话中名叫密涅瓦，得名于弥涅尔瓦。

Mnevis　姆奈维斯

古埃及神灵，见词条 Merur。

Mochica　莫奇卡

公元前 1 世纪到 7 世纪起源于秘鲁海岸的史前印加文明。对于莫奇卡人来说，人的生命在死后会在另一个空间维度继续存在，生存条件是相同的，因此在其墓葬中力求让死者享受与生前相同的物质财富，包括奴仆。其主宫殿是月亮之神和太阳之神的胡卡斯。有关其神话故事较少，只知道美洲豹多次司掌其庆典，创世主是阿尔阿帕埃克，被称为"斩首之人"，长着美洲豹的嘴，人们为其献祭敌兵，不如美索不达米亚同类神明需求量那么大。

Moinee　莫伊奈

澳大利亚塔斯马尼亚岛上方天空最耀眼的两颗星辰之一。莫伊奈在同德罗迈尔得恩奈尔的战斗中失败，到岛上避难，变成了一块石头。在此之前，他创造了塔斯马尼亚岛居民，但时间紧迫，他用大袋鼠的尾巴造出了他们，没有膝盖。

Moiras　摩伊赖（命运三女神）

希腊神话中，宙斯和忒弥斯的女儿们，一说是黑夜女神尼克斯自己诞生的孩子们。夜神的女儿们司掌人类的命运，在人类出生之时决定其生命历程。一共有三位命运女神，化身为纺线者：克罗托，纺织生命之线；拉刻西斯，分配幸运，决定生命线的长短；阿特洛波斯，用她那令人痛恨的剪刀剪断生命之线。罗马神话中亦称帕耳开。

Moloch　莫洛克

古以色列人给巴力取的名字，在近东地区被尊崇为圣牛，由腓尼基人带到卡塔戈。莫洛克代表了巴力最残忍的一面，需要向他献祭烤熟的婴孩。在卡塔戈有一座宫殿，通过找到的遗迹残骸能看出是用婴孩祭祀，但尚不确定这些婴孩是单纯为献祭，还是自然灾害或饥饿造成的死婴的尸体。

Momo　摩墨斯

希腊神话中，黑夜女神尼克斯的儿子，讽刺和嘲弄的化身，诗人之神，作家之神。脸上戴着面具，手里拿着一个玩具娃娃。

Montu　蒙图

古埃及神话中，上埃及的战神。底比斯称为哈尔康，在第十一朝达到辉煌，其法老名为门图霍特普或蒙图霍特普，意为"蒙图很满足"。

Morfeo　摩耳甫斯

希腊神话中，梦神奥涅伊洛斯中最重要的一位，许普诺斯和帕西提亚之子，他能够在人的梦中化成不同人的形象，还能够变成睡梦人的家人。在阿尔库俄涅和刻宇克斯的故事以及奥维德的《变形记》中出现过。

Moros　摩罗斯

希腊神话中，夜神的儿子之一，命运的化身，与母亲黑夜女神尼克斯相同，都是黑暗不可见的。几乎能够与宙斯抗衡，只有混沌之神卡俄斯可将其制服。与死亡和梦相关。

Moros o mouros　摩洛斯

坎塔布里亚－阿斯图里亚斯魔幻生灵，居于大地之下，同侏儒小精灵，司掌采矿业，积累宝藏，后将神龙幽禁在他们建造的塔或城堡中。

Mórrigan　摩莉甘

凯尔特神话中，达努神族死神和毁坏之神。有战争之处，必有其身影出现，大多时候她都会化身为黑乌鸦或夜鹰盘旋在硝烟弥漫的战场半空中，恐吓战士或宣告死亡的来临。同时也能化身为纯洁的少女或年迈的老妪。与芭德布和玛查并称三神，也有人将她单独作为三位一体女神，把芭德布和玛查作为摩莉甘其他象征。她对英雄库胡林的爱始终没有得到回应，在阿尔斯特战争中发挥了重要作用。

Mot　莫特

迦南和乌加里特神话中的死神，意为"死亡"，这位神灵的名字传播到了各个地区，包括阿拉米、埃及、纳巴泰、叙利亚和犹太。与海神雅姆和生命之神巴力并称迦南三主神，二神与莫特对抗，最后战败。莫特是干旱之神，被巴力的妹妹、情人同时还是保护神的阿娜特撕碎、烧焦又淋湿，七年之后重生，最后被巴力战胜。

Mululu　穆鲁卢

澳大利亚土著部落的首领，将死之时，为了不让他的四个女儿孤单，提出让她们跟随他一起上天堂。她们乘着一位老巫医的胡子登上天堂，同父亲一起，化为四颗星星，组成南十字星座。

Mulungu　穆伦古

黑非洲神话中的主神，尤其是班图人的主神；他的名字在不同语言中有不同变体，譬如穆恩古（东非班图部落语言斯瓦希里语），穆龙古（吉库尤语），伊玛纳（布隆迪语），莱萨（伊拉语）或姆瓦里（绍纳语）。穆伦古具有人神的特点，威力无穷：太阳是他的眼睛，雨水是他的唾液，雷声是他的声音。一说他住在肯尼亚，也有说他住在乞力马扎罗山。

Mummu　穆木

苏美尔和阿卡德神话中，阿卜苏和提亚玛特的儿子，妻子提亚玛特支持丈夫消灭最捣乱的孩子的决定，被埃亚制止。一说提亚玛特和穆木是一个神的两面。

Musas　缪斯

希腊神话中主司艺术与科学的九位古老文艺女神的总称，是宙斯和记忆女神谟涅摩绪涅的女儿们，为诗人、音乐家和哲学家带去灵感。九位女神分别是：卡利俄佩，司英雄史诗；克利俄，历史；厄剌托，爱情诗；欧忒耳佩，抒情诗；墨尔波墨涅，悲剧；波吕许谟尼亚，颂歌；塔利亚，喜剧；忒耳普西科瑞，合唱和舞蹈；乌拉尼亚，天文学。

Musgoso　慕斯戈索

凯尔特神话中的人物，生活在坎塔布里亚森林，又瘦又高，像一个乞丐，大皮囊里装着一支长笛，用它通知牧人坏天气要来到。总是慢慢踱着步子，白天奏出优美旋律，夜晚吹出嗖嗖呼啸。

Muspelheim　穆斯贝尔海姆

北欧神话中的火之国，世界诞生之初同尼福尔海姆的交替作用下诞生出最初的生命。巨火神的家园，在宇宙的最高处，阿斯加德仙宫之上。

Mut　穆特

古埃及神话中的母亲之神，底比斯阿蒙神之妻，孔斯神之母，三神构成底比斯三柱神，位高权重。其名字意为母亲。起初是最低级的神，形象为兀鹫；到了十八王朝，新王国建立，底比斯统治时期开始，她取代了阿蒙涅特，待在女神们的头顶上，与阿蒙神具有同等重要的位置。后演化成狮神，但其王冠和其名字的象形文字仍保留兀鹫图案。希腊人将其等同于宙斯之妻赫拉。

Muyingwa　穆英瓦

印第安神话中，北美霍皮人，萌芽之神。属于卡其纳等级，印度人尊崇的超自然神灵。

Muzimu　穆兹姆

非洲班图神话中的死神，先民将其视作超自然生灵、崇拜的祖先，能够司掌人生的各个方面。

N

Nabia　纳维亚

卢西塔尼亚和伊比利亚神话中的河流女神、水之神，加利西亚地区的纳维亚河由此得名。

Nabu　纳布

闪米特神话中，智慧和书写之神。在其父马杜克时期，由亚摩利人带到地中海东部地区。父亲马杜克统治巴比伦期间，纳布统治着邻城波尔西帕，称号为"马杜克的书写员和大臣"。形象为手持石膏板和书写板，在某些方面与埃及神话中的托特混同。在圣经中，称为尼泊或纳波；而在希腊神话中，同阿波罗。

Nammu　纳穆

苏美尔神话中的女神，原始海洋的化身，安神和启神的母亲。

Namtar　纳姆塔尔

苏美尔、亚述和巴比伦神话中，地狱之神（在苏美尔神话中是贝尔之子），死亡之神，安努、埃列什基伽勒和涅加尔的执令官。司掌六十余种魔症，专将死亡带给人类。

Nana-Buluku　纳纳 - 布鲁库

非洲贝宁地区，达荷美神话中的最高神，雌雄同体，万物创造者。约鲁巴人将其纳入自己的宗教，作为阿什的妻子；后来殖民时期，传播至世界各地。

Nanabush　纳纳布须

北美地区奥吉布瓦神话中，一个淘气的神灵，母亲为人类。参与世界的创造，由玛尼图派到凡间，为所有动植物取名。

Nanauatl　纳纳瓦特尔

见词条 Nanauatzin。

Nanauatzin　纳纳瓦特辛

阿兹特克神话中，起初为最小也是最可怕的太阳神。全身结痂，被认为是司掌皮肤疾病的神灵，如麻风病。对待月神梅兹特里谦卑恭敬。一日，众神决定必须有人成为第五个太阳，重新创造人类。经历了前四个太阳的失败（见词条 Cuatro-agua，Cuatro-fuego，Cuatro-jaguar，Cuatro-viento），这一位需要火祭。纳纳瓦特辛和勇敢的特库希斯特卡特尔自告奋勇，但当后者看到火焰时便放弃了。纳纳瓦特辛和梅兹特里投身火海，创造了新的太阳。也被称为纳纳瓦特尔。

Nanna　南娜 / 南纳

北欧神话中，尼普之女，巴德尔之妻，凡赛堤之母。夫妻二人同为阿萨神族成员，住在位于阿斯加德仙宫的布列达布利克光明宫里。当丈夫巴德尔被霍德尔杀害后，她悲痛欲绝，扑入丈夫大船灵肛中的火祭坛。另一位名为南纳的神是闪米特三神之一，是阿卡德神话中的月神辛。

Nanshe　南塞

苏美尔神话中，尼纳地区女神，尼恩达拉的妻子。被认为是淡水之神，为纪念南塞女神，城市以她的名字而建。

Nantosuelta　南托苏埃尔塔

高卢神话中的水文和沃土之神，卢西塔尼亚神话中的自然女神。苏塞鲁斯之妻，夫妻二神均为富饶的代表。

Nanuk　纳努克

因纽特神话中，熊之神。决定是否能够完成狩猎以及是否有运气捕到猎物。

Narciso　纳西索斯

希腊神话中的美少年，河神刻菲索斯和水泽仙女利里俄珀的儿子，征服了许多姑娘。一天，山林女神厄科爱上了他，由于赫拉对厄科的惩罚，她只能不断重复别人所说的最后几个字。纳西索斯在森林里遇到了厄科，残忍地拒绝了她的求爱。厄科藏到一个山洞里，声音不断回荡。命运女神涅墨西斯为了惩罚纳西索斯，让他爱上了自己在河中的倒影。他完全被自己的美貌吸引，落入水中窒息而亡。

Nauplio　瑙普利俄斯

希腊神话中，阿尔戈英雄，海神波塞冬和达那俄斯之女阿密摩涅的儿子，帕拉墨得斯、俄阿克斯和瑙西墨冬的父亲。著名的贩奴者，还贩卖了公主忒勒福斯、埃罗佩和克吕墨涅。建立了瑙普利亚城，是阿尔戈英雄远征的舵手。在特洛伊战争中，为了给儿子帕拉墨得斯报仇，他在一个海角点亮航标灯，诱使希腊船只触礁沉没。

Náyades　那伊阿得斯

希腊神话中，河、湖、泉、溪里的水泽仙女，与俄刻阿尼达斯或河流相关。出现在很多神话中，如阿尔戈英雄许拉斯，她们许以永生的承诺劫持了许拉斯；潘神心爱的绪林克斯被水泽神女变为芦苇。19世纪，由于前拉斐尔派的绘画影响，那伊阿得斯的形象非常流行。荷马史诗中，她们是宙斯的女儿；一说她们是俄刻阿诺斯的女儿。

Nebethetepet　奈贝泰特佩特

古埃及神话中，赫里奥波利斯地区的女神，最初为哈索尔的化身，后来成为阿蒙自慰创造世界的手（或口：阿蒙吞下自己的精液受精）。

Nefelai　涅斐莱

希腊神话中，云、雨宁芙，俄刻阿诺斯和忒堤斯的女儿，而阿里斯托芬认为她是埃忒尔的女儿。涅斐莱将海洋之水、环绕地球的大河之水带往天空，化作倾盆大雨，赋予河水生命。阿尔忒弥斯的六位宁芙侍女名叫克罗卡勒、费亚勒、许阿勒、涅斐勒、普塞卡德和拉尼得。

Néfele　涅斐勒

希腊神话中几个人物，都与云相关。其中最著名的是云女神，与阿塔玛斯结婚，后来丈夫为了娶伊诺，便抛弃了涅斐勒。继母伊诺说服农场主牺牲涅斐勒的孩子作为祭祀，以获取小麦的重新种植和生长。涅斐勒看着自己的孩子被威胁，便向赫尔墨斯求助，赫尔墨斯派出金毛羊提供救援。另一位涅斐勒是宙斯创造的貌似赫拉的云，宙斯是为了试探色萨利国王伊克西翁是否对自己的妻子图谋不轨；伊克西翁中了计，与涅斐勒结婚并生下了半人马怪涅索斯，涅索斯与阿波罗和赫柏的母马交配，产生了半人马族。还有一位是涅斐莱之一，云、雨宁芙，阿尔忒弥斯的六位宁芙侍女之一。

Nefertum　奈夫图姆

古埃及神话中的莲花之神，生长在尼罗河畔的水生植物，那钟形花朵盛开在埃及城市的各个角落。其名字可译为"尽善尽美阿图姆"，意为植被的完美。母狮赛克迈特和卜塔的儿子，生于孟菲斯，自新王国起那里便是祭祀他的主城。在布托城的神话中，他是眼镜蛇的儿子，有时也被认为是母狮瓦杰特和拉神的孩子。一说他是芭斯特的儿子。

Neftis　奈芙蒂斯

古埃及神话中，司掌丧葬的女神，伊西斯的孪生姐妹，二人经常相伴，是美好亲情的典范。出现在冥界之王俄西里斯的故事中，帮助伊西斯复活俄西里斯。后来在丈夫的葬礼上，荷鲁斯令她向其他神灵求情。她被称为没有阴道的女人，与丈夫塞特有关；但当她在姐姐的身后、与俄西里斯结合时，她有女性生殖器官，生下阿努比斯。她是盖布和努特的女儿，伊西斯、俄西里斯和塞特的姐姐，也是塞特的妻子，九柱神的一员。也被称为君主的诺得利萨，她的头发看上去与裹尸布相似。

Nehebkau　奈赫布卡乌

古埃及神话中的蛇神，能够对抗毒伤。他拥有战无不胜的能力。既是阳世、又是冥府的保护神，同时也有很强的攻击性。绰号"精神驾驭者"，有不同的称呼："协调神灵之神""联合、协调或供应卡斯之神"，一说他是尊严的赐予者，塞尔凯特的儿子。

Neit o Neith　奈特或奈斯

古埃及神话中，下埃及塞伊斯和伊斯纳地区的主神，被奉为世界的创造者、众神之母。对他的崇拜可以追溯到前王朝时期。其埃及名字奈特，意为"是那位"。古王国时期，在塞伊斯人称"鳄鱼保姆"，塞特的妻子，索贝克（鳄鱼神）的母亲，但后来索贝克成了她的丈夫。在伊斯纳她被称为"可怕之神"，三神之一，库努姆之妻，阿佩普（蛇神）的母亲。最后，在萨伊塔时期，她成为众神之母。编织的发明者，塞伊斯织工的守护神。她还是战神，希腊人将她等同于编织之神、艺术之神和战神雅典娜，也将她等同为俄西里斯的妻子伊西斯。同时，她还是丧葬之神。原始女神，雌雄同体，三分之二男性身体，三分之一女性身体。自十二王朝起，她被称为"下埃及头戴红王冠之神"。

Nejbet　奈赫贝特

古埃及神话中，上埃及的保护女神，化身为秃鹫，代表法老的力量。拥有白王冠、珀耳-乌尔之神、涅伊厄布大白牛和沙漠河谷之神等头衔。与瓦杰特同为下埃及女神，两国保护神，法老称号之一。

Nemed　内米德

凯尔特神话中，阿格诺曼的儿子，爱尔兰第三批入侵者的领导者。约公元前2350年，帕苏朗的后裔死亡的三十年后，他出现了。经过一年的远行之后，他们乘坐一艘渔船，从里海到达。他的妻子玛查在他们到达后的第十二天死去。在罗斯·夫拉埃查尹之役中，内米德战胜了弗莫尔人，杀死了他们的两个国王，伽恩和塞恩伽恩。内米德死于九年后的一场灾害，三千名内米德的族人也在灾害中纷纷死去。

Nemedianos　内米德的族人

凯尔特神话中，帕苏朗后裔死亡后完成第三次入侵的非人族。被称为"袋人"，国王内米德所赐予的名字，意思是"神圣"。他们乘一艘船从里海到达，是四十四舰队唯一的生还者。与弗莫尔人对抗，患上了流行病。两百年后，他们不得不离开，留下一座空岛。他们中有些人流放到希腊，两百年后成为费伯格族，卷土重来；另一部分则流亡到英国，成为达努神族。

Némesis　涅墨西斯

希腊神话中，正义女神和复仇女神的化身，黑夜女神尼克斯、俄刻阿诺斯或宙斯的女儿。她审视着人间祸福，司掌众不法之神的愤怒之情和报复之心，并对行为不轨者施以惩罚。

Neoptólemo　涅俄普托勒摩斯

希腊神话中迈密登战士之一，阿喀琉斯和吕科墨得斯之女得伊达弥亚的儿子。先知卡尔坎特曾预言，如果涅俄普托勒摩斯不参加特洛伊战争，希腊人就不会取得胜利。于是阿喀琉斯死后，奥德修斯和狄俄墨得斯找到涅俄普托勒摩斯，带他加入特洛伊战争。参与了绑架赫勒诺斯的行动，率先藏于特洛伊木马之中，杀害国王普里阿摩斯。与安德洛玛刻结婚，生有摩罗索斯。后来又与赫耳弥俄涅结婚，而她早前已许配给俄瑞斯忒斯，于是俄瑞斯忒斯一气之下杀死了涅俄普托勒摩斯。

Nepri　奈佩里

古埃及神话中的谷物之神，通常被称为小麦之神。一位非常奇特的神，于每年的收获季死去，转年的播种季重生。在《石棺之书》中他被叫做"死后重生之神"，与地狱判官俄西里斯相关。丰饶之神的化身，将自己的庄稼作为食物赐予冥界亡者。依赖于尼罗河河水上涨，因此与河神哈碧相关，听命于他，哈碧也被称为奈佩里之主。赖奈努泰特和索贝克的儿子，索贝克在古埃及法尤姆被尊为鳄鱼之神。

Neptuno　尼普顿

古罗马神话中的海神，萨图恩和赫拉之子，朱庇特的兄弟。能够引发风暴，同时也能将其归于平静。他常常坐在海豚的背上，还经常同妻子海中仙女安菲特里忒一起坐在人鱼拖着的贝壳之上。在希腊神话中相当于海神波塞冬。

Nereidas　涅瑞伊得斯

希腊神话中地中海仙女们，海神涅柔斯和水仙女多里斯的女儿们，住在大海深处，一旦发生海难会立即浮出水面施予帮助。一共有五十位，其中最突出的有安菲特里忒、忒提斯和伽拉忒亚。

Nereo　涅柔斯

希腊神话中海浪的原始之神，是波塞冬之前的海神，蓬托斯和盖亚的儿子，俄刻阿诺斯之女多里斯的丈夫，二人育有五十个女儿，为海中仙女，其中之一安菲特里忒与海神波塞冬结婚。他拥有变身的本领，是阿佛洛狄忒的老师，预言特洛伊王子帕里斯会进行绑架的行径并带来灾难，帮助赫拉克勒斯找到了金苹果园。形象是一位挂着拐杖的老人，身边陪伴着一众仙女。

Nergal　内尔伽勒

冥府主宰，冥世女神埃列什基伽勒的丈夫。在阿卡德时代被认为是苏美尔太阳神乌图或沙玛什的对立方，代表行星是火星。手举镰刀和大锤，权杖上镶有两个狮子头。在库尔苏广受尊崇，还被认为是各种灾害毁坏的制造者。

Neso　涅索斯

希腊神话中，半人马怪的祖先，临死前设计害死赫拉克勒斯。母亲涅斐勒是宙斯塑造的一朵貌似赫拉的云。国王伊克西翁调戏神后赫拉，宙斯便塑造了涅斐勒来假冒赫拉。涅斐勒和伊克西翁结合生下涅索斯。涅索斯与阿波罗和赫柏的母马交配，产生了半人马族。一次，他试图调戏赫拉克勒斯之妻得伊阿尼拉，被赫拉克勒斯看见用毒箭射死。临终前他蒙骗得伊阿尼拉教她把他的血涂抹到给赫拉克勒斯的一件衣服之上，说这样赫拉克勒斯对得伊阿尼拉的感情就会永远忠诚。她照做了，给了丈夫一件涂有半人马怪毒血的衬衫，从而结束了大力神赫拉克勒斯的尘世生命。

Nethuns　那森恩斯

伊特鲁里亚神话中的泉水之神，之后发展成同一切水和海洋类的事物相关。与凯尔特神灵奈迟坦有某种联系，并由其名产生海神波塞冬的罗马之名尼普顿。

Ngai　恩盖

康巴、基库尤和马赛部落一神论宗教的最高神祇，位于肯尼亚北部半干旱地区。根据基库尤记载，恩盖住在圣山基里尼亚加（肯尼亚山）。而据康巴记载，他生活在一个不为人知的地方。

Ngen　额恩

马普切神话中，皮拉乌发动保护人类家园马普的战争之后，普－阿姆创造的慈善之神。马普切语中，"额恩"的意思是"主人"，因此额恩是大自然的主人，如果人们想向他祈祷，就需要与对应的神灵建立对话，譬如额恩－马普是大地之神，额恩－文库尔是丘陵和火山之神，额恩－库拉是石头之神，额恩－库莱弗是风之神，额恩－阔是水之神，额恩－玛维达是森林之神，额恩－库特拉尔是火之神。其中最重要的神灵是额恩埃尘，人类之神。

Ngenechén　额恩埃尘

马普切神话中最重要的额恩之神，由普-阿姆和皮拉乌创造，用以保护并统治人类，后以大地之神马普的形象出现。因此，他是司掌人们日常生活最重要的神灵，有时与基督教的上帝相混同。

Ngen-mapu　额恩－马普

马普切神话中的大地之神。共有两位，二人结成夫妻。司掌收成，因此人们都要恭敬对待他，譬如为其准备大餐，祭祀祈祷等。第一批收获的蔬菜要敬献给他们，而且要手捧这些食材做出的第一道菜立于树下，让他们能嗅到扑鼻的饭香，之后全家方可品尝。

Nibiru　尼比鲁

人类假想的行星，也被称为马杜克，与该神相关，有时也被认为是朱庇特。俄罗斯地缘占卜学家撒迦利亚·西琴提出了一个有争议的理论，即根据古代苏美尔文字记载，尼比鲁是人类种族的起源。根据他的介绍，这颗行星将是太阳系第十二颗行星，安努那基（见词条 Anunnaki）在上面居住，并修建苏美尔和阿卡德万神殿。这颗行星离心轨道上的卫星之一将与一个名叫提亚玛特的古老行星相撞，这颗古老行星位于火星和木星之间，其碰撞将产生小行星带和地球。一说它是一颗穿越太阳系的矮行星，这颗矮行星在其他行星和提亚玛特星之间发生碰撞之后，停留在围绕太阳的偏心轨道上。

Nidaba　尼达巴

（中东地区）也叫尼萨巴，苏美尔书写女神，尤其司掌宫廷文件的书写。开始被认为是恩利尔的第一个女儿，后被认为是恩基的女儿，她是尼恩西尔苏和南塞之妹。

Nidoggr　尼德霍格

北欧神话中，潜伏在世界之树伊格德拉西尔乾坤树根下的神龙，神龙不断啃食生命树的树根，加速世界毁灭的到来。

Niflheim　尼福尔海姆

北欧神话中的雾之国，寒冷、黑暗，与穆斯贝尔海姆相对。

Niké　尼刻

希腊神话中的胜利女神，宙斯或雅典娜的女儿，因为她有一双翅膀，在竞技比赛或飞行中立于不败之地。

Ninfas　宁芙

希腊神话中，生活在大自然的次要女神，亦被认为是森林或河流之神灵，一般是美少女形象，包含各种类型：地中海仙女；环绕地球的海洋仙女，从海洋之中流出河水为冰泉提供水源、指引人类通向泉水和溪流的水仙；山和山洞之中的山林女神；森林树妖；树仙；牧场神仙；白蜡树仙；北海仙女；湖泊和沼泽之仙；瀑布和泉水之仙；还有美人鱼。

Ningirsu　宁吉尔苏

苏美尔神话中，拉伽什城邦守护神，类似尼努尔塔的农民和战士之神。

Ningishzida　宁吉什兹达

苏美尔神话中的冥界之神，医药之神。安努天国的看守之一。被描绘为有角蛇，在巴比伦地区人们将他视为冥界看守，天堂门卫。

Ninhursag　宁胡尔萨格

又称宁图或尼恩西，森林密布之山的女主宰，被认为是第一位女神，大地女神，众神之母。深渊之神纳穆的女儿，生下天父之神安和地母之神启，二人结合生下宁胡尔萨格。随着时间的推移其地位渐渐下降，成为神仙的好伙伴，负责神灵和人类之间的联合。被认为是恩基的妻子，称为达姆金娜或达姆伽尔努娜。后来被认为是埃亚之妻，名叫达姆金娜；二人生有八个子女，他们之间互相结合，诞生出地球的一支王族。

Ninigi no Mikoto　琼琼杵尊

日本神道中天照大神的孙子，女神命他手持草薙剑、八咫镜和八尺琼勾玉三大神器来到凡间，是日本第一任神武天皇的曾祖父。

Ninkasi　宁卡西

美索不达米亚神话中，恩基和阿勃祖女王宁图的孩子，恩基和宁胡尔萨格八子之一，啤酒女神。

Ninlil　宁利尔

也称苏德，在苏美尔神话中被认为是纳穆和安努的女儿。被恩利尔用强，后成为她的丈夫，二人生下月亮之神南纳。弥留之际变为大气之神。在亚述被认为是亚述之妻，名叫穆里图。

Ninmah　宁玛赫

苏美尔神话中的丰饶女神，与恩基共同创造了世界，后与宁胡尔萨格混同。

Ninsar　宁萨儿

苏美尔神话中的植物女神。

Ninsun　宁苏恩

乌鲁克国王卢伽尔班达之妻，吉尔伽美什之母。

Ninurta　尼努尔塔

阿卡德神话中的尼普尔主神，同宁吉尔苏，萨尔贡时期拉伽什守护神。与其父恩利尔、其母宁利尔构成三神。他是毁灭和瘟疫之神，将影响埃及地区的干旱散播到地中海东部的丰饶地区。萨尔贡起初虔诚崇拜尼努尔塔，当发现没有发挥作用后，便决定减少对尼努尔塔的敬奉，开始尊崇马杜克，马杜尔克给了他们回报。在苏美尔人的诗作《鲁加勒》中，尼努尔塔/宁吉尔苏打败了滔天恶魔阿萨戈。

Níobe　尼俄柏

希腊神话中的两名女性角色。第一位是坦塔罗斯的女儿，宙斯之子底比斯之王安菲翁的妻子。由于她有七女七子，因此自认为位居拉托娜之上，后者只有两个孩子，即阿波罗和阿尔忒弥斯。为了报复，拉托娜命令阿尔忒弥斯杀死尼俄柏的女儿，阿波罗杀掉她的儿子。最后安菲翁自尽，而尼俄柏变成了石头。第二位是国王甫洛纽斯之女，也是第一位为宙斯所诱惑的凡界女子，二人生下同名城市缔造者阿尔戈斯以及珀拉斯戈斯。

Niso o Nisos　尼索斯

希腊神话中，国王潘狄翁四子之一，埃勾斯、帕拉斯和吕科斯的兄弟。迈加拉国王，一头花白头发中间藏着一绺红头发，为其生命之所系。有一天，他的女儿斯库拉爱上了国王米诺斯，为了表达对他的爱意，她不惜剪掉父亲的红发，一时之间她所在的王国被攻克，并致其父丧生。

Nix　尼克斯

希腊神话中的黑夜女神，她是混沌之神卡俄斯的女儿。她与哥哥厄瑞玻斯结合生下了太空之神埃忒尔和白昼女神赫墨拉。自身生育了阿帕忒（欺骗女神）、厄里斯（不和女神）、菲罗忒斯（友谊之神）、革剌斯（年岁之神）、金苹果圣园仙女赫斯珀里得斯、睡神许普诺斯、毁灭之神卡尔、命运三女神摩伊赖、摩墨斯（嘲笑之神）、摩罗斯（厄神）、涅墨西斯（复仇女神）、俄匊斯（悲哀之神）、梦神奥涅伊洛斯、珀诺斯（劳役之神）和塔纳托斯（死神）。在罗马神话中名为诺克斯。

Njord　尼约德

北欧神话中海和风之神，植被保护者，拥有保卫和平的禀赋。华纳神族的领袖，居于阿萨神族的阿斯加德仙宫。他的妻子是女巨人斯卡蒂，她之所以嫁给他是因为阿萨神族杀死了她的父亲，于是同意斯卡蒂在众神中择一名作自己的丈夫。住在山上的斯卡蒂当时并不知道尼约德是海洋之神，她选择尼约德完全是因为他有一双很好看的脚。弗雷和芙蕾雅是尼约德的孩子。

Nommo　诺莫

马里多贡崇拜的祖灵。两栖生物，下半身像一条鱼，因此需要生活在水生环境。诺莫是多贡神话中造物主阿玛创造的第一个生物。随即快速繁殖，生出四对双胞胎。其中一对双胞胎对抗宇宙秩序，创造了混沌之神卡俄斯。为了重建秩序，阿玛别无选择，只得杀死另一对双胞胎，将其分裂肢解，并把碎片分向地球，产生了比努圣殿。

Nornas　诺伦三女神

北欧神话中司掌过去、现在和未来的三神，分别为兀儿德、薇儿丹蒂和诗蔻蒂，诗蔻蒂同时也是一位女武神。她们住在伊格德拉西尔树下，她们的主要任务是从兀儿德之泉中汲水浇灌宇宙之树，以及织造命运之网，与希腊命运之神书写每个人命运的方式是一样的。

Nortia　诺尔提亚

伊特鲁里亚神话中的命运和好运女神。每举行一次生育仪式，她就在墙上钉一枚钉子。

Noto　诺托斯

希腊神话中的南风神，阿斯特赖俄斯和厄俄斯之子，夏至后天空中一旦出现天狼星就会出现南风神。司掌夏季里的破坏性风暴。在罗马神话中被称作奥斯忒耳。

Nott　诺特

北欧神话中的夜之女神，巨人纳尔弗之女，洛基之孙。她结过三次婚，与第一位丈夫纳格尔法里生下一子奥德，与第二位丈夫安那尔生下一女娇德，与第三位丈夫德尔林生下儿子达古。诺特有两匹马和两辆战车。夜晚夜神诺特乘黑马赫利姆法克西横越天空，白天其子达古驾斯基法克西越过天际。

Nuada（o Nuadha）Airgetlam　银臂努阿达

爱尔兰凯尔特神话中，达努神族之王。在与费伯格人的首战中失去了手臂，神医迪安彻特为他安装了一个银质的新手臂使他能够光复王位，带领达努神族在第二次莫伊图拉战役中取胜。其名字意为"银手臂"。

Nubero　努贝罗

坎塔布里亚海岸调皮的最低级天才，有着大大的肚子，会用妖术害人，他有着很强的威力，能够引发坎塔布里亚山区风暴和英吉利海峡附近的西北狂风加勒内风。与微风相对。在阿斯图里亚斯被称为"努贝鲁斯"。

Numa Pompilio　努马·庞皮里乌斯

公元前 7 世纪古罗马继罗慕路斯之后的第二任国王，提图斯·塔提乌斯之女塔提娅的丈夫。创立许多宗教仪式，创造了佩特家族以及由家庭贡献支持的神甫阶层。他还组织建设手工业行会，在其整个执政期间维持和平稳定。被图卢斯·霍斯提利乌斯杀害。

Numakulla　努玛库亚

根据澳大利亚阿兰达原住民记载，他们是拥有极大权力的兄弟神灵，居于星空。他们从天空中观察到地球上存在能够移动的生物，于是下到凡间，用刀子为这些生物塑形，并给予他们自由，包括人类。

Numina　努米纳

古罗马神话中，保护儿童出生和教育的神灵。努米纳由许多低级守护神或神灵构成，司掌每日的日常生活，譬如艾杜卡和蓬提纳负责食物和饮品，阿得欧纳负责教孩子走路，罗库提乌斯教孩子们说话，沃莱塔给孩子以勇气和意志，斯提姆拉给予鼓励，泰尔杜卡是校园之神，多米杜卡陪同孩子放学回家，梅恩斯、孔苏斯和森提亚教孩子们人生道理等。

Numitor　努米托

古罗马神话中，罗慕路斯和雷穆斯的祖父，埃涅阿斯的后裔，瑞亚·西尔维娅的父亲，被他的兄弟阿穆利乌斯推翻，阿穆利乌斯一直觊觎阿尔巴朗格国王的宝座。后阿穆利奥杀死了努米托的儿子，将瑞亚·西尔维娅变成修女，迫使她成为贞女，但她被玛尔斯强奸，生下了罗慕路斯和雷穆斯，这两个孩子被遗弃在河边，被一只母狼哺育长大。

Nungal　仑伽勒

美索不达米亚的地狱女神，埃列什基伽勒和内尔伽勒的女儿，拥有绝对权力。

Nusku o Nusku-Girru　努斯库或努斯库 – 西卢

亚述和巴比伦神话中，火之神和光之神。在尼普尔与恩利尔相关，被认为是安努的儿子；在哈兰颇受尊崇，被认为是月神辛的儿子。对于巴比伦人来说他是纯净水之神，艺术和文明之主，与各种进步发展相关。

Nut　努特

古埃及神话中的天空女神，九柱神之一。阿图姆的孙女，舒和泰芙努特的女儿，盖布的妻子和妹妹，伊西斯、俄西里斯、塞特、奈芙蒂斯和法老守护神荷鲁斯的母亲。阿图姆从混沌之中诞生后，独自生下孪生儿女空气神舒和水汽女神泰芙努特，而这两位又结合产生了地球和天空之神，即盖布和努特，他们不断地繁衍着后代子女，从天空中的繁星到人地间的万物都流淌着这对夫妇的血液。于是阿图姆不得不下令让她的父亲空气之神舒立于他们之间将其分开，于是努特举起脚和手，被父亲舒神从盖布处分开，盖布躺在大地之上，微微欠起身体，阴茎竖立；他们分开后，被五个孩子即其他九柱神、天神、地狱之神包围。

Nuwa　女娲

中国古老的神话传说包罗万象，包含众多角色，之所以出现女娲这样的人物，是因为她既能够帮助人类克服灾害，又是独立的创世者；不仅塑造人类，还每天依次创造鸡、狗、羊、猪、牛、马，第七天用黄色粘土创造了人。第一批手工制作的人类是贵族，之后用湿粘土捏的通过绳子滑下形成水滴状的是平民。在水神共工放倒一根擎天柱之后，女娲试图补天，重新将天地立起；女娲用乌龟的四肢代替擎天柱以立四极，也有说是用乌龟的整个身体支撑，但仍不能立起全部，河流依旧向东流。最后，女娲作为伏羲的妹妹和妻子，二人结合创造了世界和人类；由于女娲感到羞愧，便用扇子遮住脸庞，中国女性至今仍保留着这一习俗。

Nyame　尼亚美

居住在西非加纳和象牙海岸的阿肯人崇拜的至上神，

也被称为奥博阿戴俄、奥多曼阔玛或阿南瑟·阔库洛阔，阿南西的父亲。人类诞生时，尼亚美赋予人类一个坚不可摧的灵魂；于是当一个人逝去之时，他的灵魂依然保存，是塑造世界的一部分。

Nyaminyami　尼亚弥恩亚米

津巴布韦赞比西河神，蛇身鱼头，岸边居民的保护者。根据汤加人的传说，白人决定修建卡里巴大坝，而河神控制着或持续干旱或发动洪水从而耽误了工程。

Nzambi　恩展毕

中非刚果人民和班图人的造物主，后信奉非裔巴西人宗教。在非洲，他是无形的、具有强大威力的造物主，创造一切人类事物。他所有的决策或禁令均需严格遵守，否则将被视为违规受到惩罚。对于金斑达族，恩展毕是在一天之中爆发的半物质能量云，创造宇宙，开始时分离成各种不同的部分，无限延伸，直到一天恩展毕创造阿旭（非洲阿鲁瓦雅），同时创造男人和女人。有一天，阿旭决定不再返回恩展毕的国家，自己建立了七个大区，每个大区内又建立七个小区，得以延续。

Ñamandú　纳曼杜

居住在乌拉圭和巴拉圭的瓜拉尼主神。善神，给予生命，维护宇宙平衡，与恶神或亚拿相对。

O

Oannes　俄安内

也作乌玛纳·阿达帕。巴比伦神话中由埃亚创造的为人类传道授业的七贤之一。

Oberón　奥伯伦

北欧神话中，仙女们钟情的王子，蒂坦尼娅为他的王后。二人作为仙王和仙后共同出现在莎士比亚的《仲夏夜之梦》中。

Oceánidas　俄刻阿尼达斯

希腊神话中，俄刻阿诺斯和忒堤斯的儿子们，是他们造就了一切我们所熟知的河流，他们化身为留着长白胡子的老人，按照重要性决定是否佩戴花环和角。是云的兄弟珀塔莫伊（希腊语"河流"），有时被称为河神或河流之神，在横渡河流之前需对其进行祭拜。俄刻阿尼达斯数量众多，而其中最著名的包括阿埃阿斯，阿尔甫斯，阿尔蒙，阿姆弗里索斯，阿皮达诺斯，阿刻罗俄斯，阿刻戎河，阿耳得斯枯斯，阿索波斯，科布莱恩，刻菲索斯，爱琴海，埃基浦斯，伊纳克，尼罗河，珀纽斯河以及三条罗马河流：蒂贝里诺，提贝尔托和沃土诺。

Oceánides　俄刻阿尼得斯

希腊神话中，俄刻阿诺斯和忒堤斯的女儿们，是海、洋、泉、溪里的仙女，包括那伊阿得斯。数量繁多，一说有三千之多，其中最为人们熟知的有亚细亚，卡吕普索，卡利洛厄，克吕墨涅，克瑞西达，狄俄涅，多里斯，厄勒克特拉，斯堤克斯，欧律诺墨，欧罗巴，墨提斯，佩依托，珀耳塞伊斯，普路托，洛戴亚，托亚，堤喀，乌拉尼亚和雅尼拉。在奥维德的作品中还包括了云仙和雨仙，被称为"涅斐莱仙女"。

Océano　俄刻阿诺斯

希腊神话中的泰坦之一，乌拉诺斯和盖亚之子，除了地中海被海神波塞冬司掌之外，他是世界上一切海水至环绕地球之海洋的化身。下身为蛇形，长有长长的胡须和头角。娶了妹妹忒堤斯，二人生下女仙俄刻阿尼得斯（宁芙）和俄刻阿尼达斯（河流之神），一说还生下了那伊阿得斯。与母亲盖亚生有克瑞乌萨和特里普托勒摩斯，与门农之女忒亚生下克尔科佩斯。不参与众神和泰坦之间的争斗。

Ocho inmortales o Pa Hsien　八仙

中国古代神话中，来自人间的八位神仙，起初是凡人，之后得道成仙。八仙的云游经历在中国广泛流传，经常出现在中国戏曲作品中。他们住在蓬莱山天堂岛，与凡间一河之隔，船舶进入该河便会下沉。八仙包括：钟离权，手摇棕扇的仙僧，居八仙之首；吕洞宾，持剑的武士；张果老，倒骑马或骡子；铁拐李，治病救人，手拄钢制拐杖，还带着一个葫芦；韩湘子，司掌音乐和哲学，携带长笛；蓝采和，园丁、园艺家祖师，雌雄同体，舞蹈家；何仙姑，八仙中唯一的女性，标志是莲花；曹国舅，司掌戏剧，手持律书和拨浪鼓的大臣。

Ocnos　俄克诺斯

希腊神话中，提贝里努斯和曼托之子，曼图亚创始人，一说是奥勒铁的儿子或兄弟，博洛尼亚的创立者；受惩罚在冥界制造麻绳，而这条绳子会被驴子不停啃咬吃掉。

Od　奥德

北欧神话中，芙蕾雅的丈夫。有学者认为，奥德是主神奥丁的名字之一，同样的，芙蕾雅也被说成众神之王的妻子弗丽嘉。

Odder　欧特

北欧神话中的一位侏儒，国王赫瑞德玛的儿子，法夫纳和雷金的兄弟。他拥有转变成任何动物的特异功能，经常变作水獭，居住在河流，以鱼类为食。一天，洛基失手打死了他；为了补偿他的父亲，洛基只好赔偿能覆盖欧特全身的巨额黄金。为了盖住一根水獭晶须，他不得不交出盗自侏儒安德瓦利的施了诅咒的戒指。这些宝物招致孩子们杀死了父亲赫瑞德玛，法夫纳最后变成了一条龙。

Odín　奥丁

北欧神话中居于仙宫的诸神之王，司掌战争、诗歌、死亡和智慧。包尔和贝斯特拉的儿子，同其兄弟威利和维杀死了头号巨人伊米尔，创造了世界。与地母娇德生下雷神托尔，同女巨人格莉德和琳达分别生下维达和瓦利，同妻子弗丽嘉生有巴德尔、霍德尔、赫尔莫德、提尔和布拉基。住在阿斯加德仙宫，坐在宝座上便可看到世间发生的一切，这得益于他的两只大乌鸦，分别是代表思维的海基和象征记忆的穆林，以及双狼基利和弗雷奇。他的战马斯莱布尼尔有八条腿，

是速度最快的动物。为了获得智慧，他牺牲了自己的一只眼睛，在世界之树上足足吊了九天。他酷爱装扮成凡人，下凡微服私访。

Odiseo　奥德修斯

希腊神话中的伊萨卡之王，据《奥德赛》描述，他与希腊人并肩参加了特洛伊战争，回国途中饱受风霜。他是拉埃尔特斯或西西弗斯同安提克勒亚的儿子。佩涅罗珀的丈夫，忒勒玛科斯的父亲。他献木马计里应外合攻破特洛伊。在其历尽劫难的返程途中，遭遇独眼巨人波吕斐摩斯，被迫与女巫喀耳刻同居生活了一年，跨越危险的墨西拿海峡，被宁芙卡吕普索抓住，最后菲埃克斯人帮助他重返家园，他杀死了佩涅罗珀的所有追求者，那些人都以为他已经死了。在拉丁语版本中他被称为尤利西斯。法国和日本的卡通系列尤利西斯就是受这个人物的启发创作的。

Odudua　奥都杜娅

尼日利亚约鲁巴国王的祖先。据奥约记述，他来自东方，被父亲奥洛伦从天庭指派创造地球。

Ogdóada　八元神

古埃及神话中由八位神灵组成的原始八仙，在赫尔墨波利斯城受到崇拜。这八位神灵或守护神都浸没在原始海洋之中，被认为是托特的化身，于是也叫作"托特的灵魂"。这些浸没在原始海洋努恩中的神灵被认为是宇宙物质实体，以青蛙和蛇形从水中冒出，是尼罗河洪水定期泛滥之后出现的第一批动物。四个长着青蛙头的阳性实体同四个阴性蛇头实体彼此结合，八仙始终作为一个单一实体。彼此结合的二人有努恩和纳乌涅特，代表混沌或原始水域；凯库和凯库特，代

表黑暗；海赫和海赫特，代表无限的空间；阿蒙和阿蒙涅特，代表隐藏的力量，即神秘。阿蒙和阿蒙涅特替代了之前的两对：一对是尼亚和尼亚特，这两位代表生活和广袤空间；另一对是特涅姆和特涅穆特，代表神秘。当阿蒙和阿蒙涅特代替他们之后，他们便失去了之前的记忆。这八个实体从火山岛、火焰岛或双刀岛的水中浮出，那里造就了山峰或金字塔形"奔奔"，山顶出现了宇宙蛋，太阳神拉从中诞生。

Ogma　奥格玛

凯尔特神话中，博学、教育、书写和雄辩之神。爱尔兰神话中，爱尔兰语第一个字母表的创造者，称为"欧甘字母"。死于第二次马格特瑞德战役。在威尔士神话中，他被描述为一个长着大胡子身披狮子皮的老者，手持棒槌、弓和箭，与赫拉克勒斯相像。是达努神族中继鲁格和达格达之后的位列第三位的神将。

Ogmius　奥格米俄斯

见词条 Ogma。

Ogum Orisha　奥贡姆·奥里莎

非洲约鲁巴神话中，司掌铁、农业、战争和工艺的神灵，后传至美洲（不包括巴西），称其为奥贡（见词条 Ogún）。

Ogún　奥贡

海地伏都教的洛阿神，司掌火、铁、政治和战争。铁匠之主，形象通常为佩带军刀、朗姆酒和烟草。在约鲁巴神话中他是叶玛亚和奥洛昆的儿子，战神，司掌秩序的维持。一旦有人破坏秩序，他的报复是非常可怕的。在萨泰里阿教中他被称为圣佩德罗。在巴西，

他被称为奥贡姆；坎东布雷教称其为圣乔治或圣塞巴斯蒂安；他是里约热内卢的守护神。

Ojáncana　奥汉卡纳

坎塔布里亚神话中的邪恶女神，奥汉卡诺的妻子，是在森林中绑架迷路儿童的恶魔。这些生灵死后埋在橡树下，从那里冒出粘糊糊的蠕虫，被食人魔喂养，经历三年的时间慢慢成长，得以重生。

Ojáncano　奥汉卡诺

坎塔布里亚神话中的邪恶男神，巨人身形，代表绝对的邪恶和残忍，与波吕斐摩斯相像，额头上只有一只眼睛。住在深山老林的石洞里，创造出峡谷和隧道，他们破坏林木，盗牛，碎瓦，绑架牧羊女，无恶不作。妻子是奥汉卡纳。

Olímpicos　奥林匹斯神

希腊和罗马神话的主神，住在色萨利和马其顿之间的奥林匹斯山上，那片天空总是布满云朵。共十二位奥林匹斯主神，但根据版本不同人物也不尽相同。在希腊以宙斯和他的妻子赫拉为首，其次是他的兄弟姐妹波塞冬、哈得斯、赫斯提亚和得墨忒尔，以及宙斯的孩子们：阿波罗和阿尔忒弥斯（二人为宙斯与勒托所生），战神阿瑞斯和赫菲斯托斯（与赫拉所生），阿佛洛狄忒（宙斯之女，一说由海水的泡沫诞生，也有版本说是赫菲斯托斯之女），雅典娜（与美杜莎或墨提斯之女），赫尔墨斯（与迈亚所生），狄俄尼索斯（与塞墨勒或珀耳塞福涅所生），珀耳塞福涅（与得墨忒尔所生）。罗马神话中改变了名字，甚至形成了自己的等级。对于罗马人来说，上述神灵改名为朱庇特和朱诺，兄弟姐妹为尼普顿、普鲁托、维斯塔和刻瑞

斯，孩子们为阿波罗、玛尔斯、狄安娜、维纳斯、密涅瓦、墨丘利和伏尔甘。之后又加入了地母库柏勒，去掉了维斯塔和密涅瓦。

Olmeca　奥米卡
公元前 1200 年至 400 年间墨西哥韦拉克鲁斯省文明。据说是羽蛇神话的创造者，建立了历法，创造了玉米相关文化。该神话起源于丛林地带，以当地数量众多的美洲虎为中心，其他动物变为神话中奇怪的众生。他们创造了中美洲文明中包含的很多活动，如玉的研磨、金字塔和庙宇的修建等。

Olodumare　奥洛杜玛莱
尼日利亚约鲁巴人的创造力量；控制一切事物的命运，通过奥里莎可以表现为多种形式。同奥洛伦一样，在加勒比地区萨泰里阿教中非常著名。

Olokun　奥洛昆
约鲁巴教中，传播到美洲的男神或女神，是耐心、静心、逻辑推理和毅力的化身。萨泰里阿教中的奥里莎，是被带到美洲的非洲后裔的神主。与奥亚和艾古恩一同司掌事务。

Olorun　奥洛伦
也作奥洛杜玛莱，约鲁巴教的创造力量或主神，与奴隶一同派往美洲。其他神祇是他的化身。据说他是由奥利沙拉和他的妻子奥都杜娅创造的，也有人认为他们不具备如此高的位置，要由奥洛伦决定二人的地位。

Omacatl　奥玛卡特尔
阿兹特克神话中，喜悦与乐趣之神，欢宴之神。富人崇拜他，将其圆滚滚的神像放置于盛宴之中。名字意为"两支长寿花"。

Omecihuatl　奥梅奇华特尔
阿兹特克神话中的创造女神，与丈夫奥梅特库特利并称双头神，二人是太阳神维齐洛波奇特利、羽蛇神魁札尔科亚特尔、地狱神特斯卡特利波卡和凶神西佩托堤克的父母，这些神灵为创世之神。奥梅奇华特尔代表自然女性本质和给予万物生命的宇宙能量。

Ometecuhtli　奥梅特库特利
也作奥梅堤奥托，与妻子奥梅奇华特尔并称双头神，为阿兹特克创世主。太阳神维齐洛波奇特利、羽蛇神魁札尔科亚特尔、地狱神特斯卡特利波卡和凶神西佩托堤克之父，他们共同创造世界。代表一切男性本质，形象为拖着长下巴的老人，在阿兹特克神话中代表强大的生命力量。

Ometotchtli　奥美托特奇特利
阿兹特克神话中，山宗·托托奇汀的领袖，司掌饮品的四百个兔神。大地女神科阿特立生下维齐洛波奇特利，他们认为母亲科亚特利库埃背叛了大家，便将母亲杀死；他们最终被维齐洛波奇特利杀掉。

Omeyocan　奥梅尤坎
阿兹特克神话中，十三个天空中最重要的一个。据说，死亡儿童的灵魂在尚未找到归宿之前都会徜徉于此，这里会重塑人类灵魂。居住着创世之神奥梅特库特利和奥梅奇华特尔，二人地位在诸神之上。

Ónfale　翁法勒

希腊神话中，伊阿耳达诺斯的女儿，丈夫特摩罗斯死后成为吕底亚女王。赫拉克勒斯在完成一项任务的过程中对她心生爱意，成了她的奴隶，甚至开始爱好打扮成女人的模样。二人结婚并有一个儿子，名叫阿革西拉斯，为克洛伊索斯的始祖。

Oniros　奥涅伊洛斯

希腊神话中的梦神，数量上千。睡神许普诺斯和海仙女帕西提亚之子，一说是夜神尼克斯同黑暗之神厄瑞玻斯的孩子。他们住在海洋边界附近的山洞之中，有两扇门可以进出，一个是头角之门，另一个是象牙之门。其中最著名的是摩耳甫斯、伊刻罗斯和方塔苏斯。

Onuris　奥努里斯

古埃及神话中的战神和猎神，太阳船保卫者，协助寻找远古女神泰芙努特，在阿拜多斯城广为推崇。后混同为拉神之子舒神，崇拜之地转向三角洲之上的塞奔尼托斯。绰号箭矢之主，"带回远方"。希腊人将他视为战神阿瑞斯。

Opet　奥佩特

古埃及神话中，保护家族的河马女神，不同的神殿及慈善文书均有记载，不同于河马男神。在现存的一些史料中，其埃及名字为伊皮（Ipi 或 Ipy）。有神奇保护女神的称号，底比斯墓地的保护神。被认为是图埃利斯女神祖先，同时也司掌怀孕、分娩和哺育，在后来的新王国时期多出现在葬礼上，仍然是百姓家园的保护神。

Opochtli　奥波奇特里

阿兹特克神话中的渔民之神、猎鸟者之神，雨神特拉洛克的同伴。阿兹特克人在沼泽定居，靠狩猎和捕鱼生活，他是很重要的保护神。发明了鱼叉和猎捕米娜卡恰利鸟类的网。

Ops　奥普斯

罗马神话中，司掌丰饶和土地的萨宾女神，罗马人将其视作财富和富足之主。作为萨图恩的妻子，他们夫妻的神话故事通常与希腊神话中克洛诺斯和妻子瑞亚的故事相混同。

Orco　奥尔克斯

伊特鲁里亚神话中的地狱之神，同罗马神话的普鲁托。

Oréades　俄瑞阿得斯

希腊神话中，掌管岩洞和山脉的宁芙，其中最著名的是厄科。

Orestes　俄瑞斯忒斯

希腊神话中，阿伽门农之子，迈锡尼国王。父亲从特洛伊返回时，其母克吕泰涅斯特拉与情人埃癸斯托斯谋杀了父亲，他的姐姐厄勒克特拉把他安全转移到福喀斯国。七年之后重返家园，为父报仇，杀死了那对私通的情人。他的行为惹恼了复仇三女神厄里倪厄斯，被她们追捕。多番辗转之后，他回到了雅典，面对以雅典娜为首的阿瑞斯山法院，请求赦免。

Orfeo　俄耳甫斯

希腊神话中，缪斯女神卡利俄佩和音乐之神阿波罗的儿子，阿波罗将里拉琴赠予俄耳甫斯（一说是色雷斯国王阿格洛斯之子）。他的音乐和歌声能使野兽变得温顺，还可以改变河流的流向。与欧律狄刻结婚，妻子婚后不久身亡，丈夫便下到地狱寻找她，但他思妻心切，在尚未完全走出冥界便看了她，于是永远地失去了她。他被酒神女祭司杀死，在绝望中死去，被埋葬在莱斯波斯。

Orión　俄里翁

希腊和罗马神话中的几个人物。其中最著名的是一位粗鲁的猎人，他爱上了喀俄斯国王奥诺皮恩的女儿墨洛珀，国王开出的条件是让他除尽岛上的野兽。俄里翁欲强抢，被国王弄瞎了眼睛，把他赶出王国。俄里翁因踩到蝎子而死亡，众神将其升至天庭。在另一个神话故事中，阿尔忒弥斯爱上俄里翁，阿波罗为了杀掉俄里翁不惜欺骗妹妹，让人们以为俄里翁是藏在森林里的野兽。在罗马神话中，他从父亲敬献给神灵的公牛皮中诞生，而当奥诺皮恩使他失明后，他只身去了利姆诺斯岛，那里有赫菲斯托斯的锻造工厂，火神派自己的爱畜科达利翁坐在俄里翁肩膀上，二人向着太阳行进，在阳光照射下，俄里翁终于重见光明。在古埃及，俄里翁代表猎户座。被认为是天庭复活的俄西里斯的化身，为法老，最后重生变为星辰。

Orisha　奥里莎

也作"奥里萨斯"，是约鲁巴神话中创世主奥洛杜玛莱的化身。约六百位在非洲的神灵通过奴役迁移扩张的方式开创了很多宗教，如古巴萨泰里阿教和卢库米教，巴西坎东布雷教、乌姆邦达教和巴突克教，海地和多米尼加伏都教。奥里萨斯在巴西减少到五十位左右，在坎东布雷教中减少到约十五位。最初为被神化的国王，自然和人类原始活动的化身，如狩猎和捕鱼。

Orishala　奥利沙拉

在约鲁巴的某些地区被认为是至高创造神，奥罗伦之父；在其他地区则被认为是创世之神。又称奥巴塔拉，雕塑家之神，创造形体的样子，而奥罗伦是创造的力量，赋予生命。也被认为是奥里莎之主。

Orixás　奥里萨斯

见词条 Orisha。

Ormuz　奥尔莫兹德

见词条 Ahura Mazda。

Ortro　欧特鲁斯

希腊神话中，也作俄耳托斯，厄喀德那与怪物堤丰之子，双头犬，起初属于泰坦阿特拉斯，后属巨人革律翁，革律翁派他与欧律提翁一起守护厄律提亚岛内的红公牛群。赫拉克勒斯受欧律斯透斯之命盗窃牛群，杀死了看守的二人。被认为是斯芬克斯的父亲，与母亲厄喀德那生下狮子涅墨亚。

Orunmila　奥伦米拉

约鲁巴神话中，奥里莎或预言之主，也被称为伊法，智慧和知识的化身，同时也代表占卜最高技艺。

Osiris　俄西里斯

古埃及神话中的冥界之王，大地之神盖布和天神努特之子，伊西斯的兄弟和丈夫，塞特之兄，荷鲁斯之父。植物之神，象征死亡种子重生成谷穗。新王国时期人们将其神像镶嵌到原木之中，之后用土壤填充空隙，放上各种谷类种子。将其整体放入墓葬中，发芽则象征重生。据说是俄西里斯最先发明了小麦和酒，之后他周游世界进行推广传播。

Ossanha o Ossaim　奥桑哈或奥塞姆

约鲁巴宗教中的医药神奥里莎。

Oto　奥托斯

希腊神话中阿洛伊代兄弟之一，埃菲阿尔忒斯的兄弟，二人是海神波塞冬和伊菲美迪亚所生的巨人双胞胎。他们欲抢夺猎神阿尔忒弥斯和天后赫拉做他们的妻子，事情未成二人企图冲进天庭，最后被阿波罗杀死。

Oya　奥亚

约鲁巴神话中，司掌风、光、丰饶、火及突发现象的战士女神。萨泰里阿教中表现为坎德拉里亚或普莱森塔西翁女神，以及圣特雷莎。

P

Pacha Camac　帕查·卡马克

见词条 Pachacamac。

Pachacamac o Pacha Camac　帕查卡马克或帕查·卡马克

据传说来自前印加文化，如纳斯卡文化；后期被纳入印加神话。据早期神话之一，他创造了一个男人和一个女人，但当食物没有了之后这名男子就去世了。帕查卡马克建议女子吃根茎，而他则会用光线为其受精，使她生下一个孩子，但之后仍然没有食物，于是母子开始敬拜太阳神。帕查卡马克因嫉妒天神将孩子肢解，把他的牙齿变为玉米，把骨骼变作地球上的其他食物，为的就是人们只能崇拜他。加入印加神话之后，他成了维拉科查和曼科·卡帕克的兄弟。据神话，帕查卡马克首先到达凡间，登上山峰，掌管了已知的世界。据说曼科·卡帕克派出三分之一的佚名兄弟，将帕查卡马克赶出山峰夺取权力。在印加沿海大片地区，帕查·卡马克被人们尊为水神，用其雨水与地球母亲帕查玛玛受精。还有传说，维拉科查有四个孩子，分别为干旱之神金、法律之神马尔科，还有战争之神维恰玛和帕查卡马克。四人创造却也相继毁灭了世界。在这本神话书中，帕查卡马克有两个孩子，太阳神和月亮神，在四兄弟离开之后统治了世界。

Pachamama o Pacha Mama　帕查玛玛或帕查·玛玛

印加神话中的地球母亲，居住在一个岛上（丈夫帕查·卡马克的化身），该岛位于卡奇雪山山顶湖中。逐渐成为与时间相关的女神。天空之神帕查·卡马克之妻，生下了一对双胞胎维尔卡斯。

Pájaro de fuego　火鸟

众部落圣灵，代表雷鸣，那是天庭神灵发出的声音。出现在图腾中常伴有其他鸟类，如鹰或游隼，也可通过鼓或某些特定的礼服表现。

Pajet　帕赫特

古埃及神话中狮首人身女神，在贝尼·哈桑附近的东部沙漠地区广受崇拜，对女神的崇拜之前也存在，直到新王国时期尤甚。绰号"撕裂""撕扯""撕碎"或"去除"，由此可以想见其生活的样子。也许最温和的绰号是"为暴雨开路之人"，在被崇拜的地方塞斯也会称其为塞斯女人。一说帕赫特与赛克麦特是同一人，等同于变为母狮时的泰芙努特，是拉神之女。

Palas　帕拉斯

希腊神话中的智慧之神，泰坦神克利俄斯和欧律比亚之子，斯堤克斯的丈夫，比亚、克拉托斯、尼刻和仄洛斯的父亲，一说是塞勒涅的父亲。在一个神话传说中，他曾试图对雅典娜用强，有时她被认为是其女儿，而雅典娜将盾牌插向了他。在另一个故事中，帕拉斯是雅典娜的战斗伙伴，与其玩耍的过程中身亡，为了表示尊敬后人称其为帕拉斯·雅典娜。

Pale　帕莱

罗马神话中，大地田园保护神，性别不定，人类供奉该神以求丰收。

Pales　帕勒斯

罗马神话中，牧畜之神，羊群保护神，性别不确定，甚至有学者认为他们可能是一男一女双神。

Pan　潘神

希腊神话中，司掌森林、放牧和羊群的神灵，赫尔墨斯和宁芙德律俄珀之子，长有山羊腿和角，带着他的笛子徜徉于田野。"潘的恐怖"一词来自旅客夜晚听到长笛之声感到的恐怖之情。他爱上了宁芙西瑞克斯，为了防止她逃离自己，他把她变成了芦苇，一说她请求水仙姐妹们那伊阿得斯把她变成芦苇逃离他。潘神双手握住芦苇，吹一口气，听到了一种美妙的声音，于是发明了称为"芦苇"的笛子，也叫排箫或长笛。与罗马神话中的牧神法乌努斯相混同。

Panacea　帕那刻亚

希腊神话中，阿斯克勒庇俄斯和拉姆佩西娅的女儿，善的化身，医务神人。共五个兄弟姐妹，三个女孩分别是健康女神许革亚、痊愈女神伊阿索和光彩之母埃格勒；两个男孩是玛卡翁和波达利里俄斯。

Pandáreo　潘达瑞俄斯

希腊神话中代表几个人物。一位是坦塔罗斯的朋友，帮助他偷走看护年幼宙斯的金狗，遭到严惩变成石头，一说他逃到西西里岛，抛弃了女儿墨洛珀和克勒俄特拉，她们被哈耳庇厄抓捕并交给了复仇女神厄里倪厄斯。另一位潘达瑞俄斯是以弗所国王，埃冬和克

利多奈亚之父。波吕特克诺斯对克利多奈亚用强，为了报仇，姐妹俩将波吕特克诺斯唯一的儿子煮熟，而波吕特克诺斯为了复仇，又将潘达瑞俄斯绑在石头上，涂抹蜂蜜，让蚂蚁吃掉。

Pandora　潘多拉

希腊神话中，地球上的第一位女性。普罗米修斯盗取天火赐给人类，宙斯勃然大怒，命令赫菲斯托斯依女神的形象造出一个女性，然后每位神灵都赠予她一份天赋。这些天赋装到一个盒子中，潘多拉受好奇心驱使打开了那只盒子，于是里面的所有幸福都飞了出来，除了希望，那是人类最后仅存的。一说潘多拉的盒子充满了一切罪恶，她带到了地球上。

Panebtauy　帕奈布塔乌伊

古埃及神话中，考姆翁布一省晚期（托勒密和希腊罗马时期）出现的年轻的神，在第一大瀑布附近，鹰神荷鲁俄西斯（老荷鲁斯）和塔赛奈特奈福尔特的儿子。其名意为"两地之王"，法老的称号之一。似是对法老同化为荷鲁斯之子这一神灵的辩白，使其王位合法化。

Pangu o P'an Ku　盘古

中国古代传说中的开天辟地的创世神。历经一万八千年终于破壳而出。原始人形，周身披着毛皮，他做的第一件事就是用他的巨斧分开阴阳。从阴中创造了地球，从阳中创造了天空。又过了一万八千年，在四只动物龟、龙、凤和白虎的帮助下，他分开了天与地。之后他便开始休息。他的呼吸化作了风，声音变作雷声，眼睛化成太阳和月亮，身体变成高山，血变成河，肌肉成为沃土，汗毛成为星星和银河系。汗珠化

作雨水，而围绕在他身边的小动物们，即巨人的小跳蚤，则变成了人类。

Papa　帕帕

毛利神话中的地母神。地母帕帕和天父朗吉是毛利人的创世主。他们夫妻紧紧相连，孩子们不得不斩断朗吉的手臂才能将二人分开，由此创造出天地之间的空间。神灵的泪珠化作大地的雨水滋润田地。

Papa Legba　帕帕·雷格巴

海地伏都教神话中，洛阿或伊瓦（见词条 Loa）同人类之间的调停者，仪式上祈求的第一位和最后一位神灵。守护冥界之门，同天主教中的圣彼得。在尼日利亚和贝宁的约鲁巴人中，他是年轻充满活力的神灵，在古巴和巴西萨泰里阿教和坎东布雷教中，他同依里加是调皮淘气的神。

Parcas　帕耳开

见词条 Moiras。

Paris　帕里斯

希腊神话中，特洛伊国王普里阿摩斯和赫卡柏的幼子。母亲梦到孩子变成一束火烧掉了整个王宫，他们把他遗弃在伊达山，在那里一些名叫亚历山德的牧人将其养育。女神阿佛洛狄忒对他说只要他选择她为天庭最美丽的女人，她就把地球上最美丽的女人赐予他，于是他照做了。帕里斯诱惑墨涅拉俄斯的妻子海伦，把她带到特洛伊，引发了著名的特洛伊战争。战斗结束后，他将箭刺入阿喀琉斯的脚跟，将其杀死，与此同时他也被菲罗克忒忒斯杀掉了。

Parjanya　巴尔加鲁耶

印度教雨神，与水神伐楼拿相关，十二位阿底多群神阿底亚斯之一。

Partaón　波尔塔翁

希腊神话中，普莱乌戎和卡吕冬之王，欧律忒的丈夫，阿格里奥斯、阿尔卡托俄斯、埃涅阿斯、俄纽斯、斯忒洛珀、墨拉斯和琉喀忒亚的父亲。

Partha-sárathi　帕萨

印度教中，克里希纳的名字之一，专用于他作车夫的时候。

Partolón o Partalón　帕苏朗

爱尔兰凯尔特神话中，大洪水 278 年后岛上的第一批居民。代表继诺亚孙女凯塞尔之后的第二批入侵者。帕苏朗和他的妻子、三个儿子，还有来自希腊或是西班牙的儿媳，在五月一日贝尔泰涅之日登陆。他们迅速地繁殖重生，创造了七片湖和四片平原，建立了凯尔特德鲁伊教巫师占卜文化，发展冶金术，开采金矿，对抗弗莫尔人。帕苏朗统治这座岛长达五千年，直到一场瘟疫在一星期内夺去了所有人的生命，只有图安·麦克·凯利尔活下来。

Parvati o Urma　雪山神女帕尔瓦蒂或乌玛

印度教中，湿婆妻子萨蒂羞愧致死后的再生之神。萨蒂之所以羞愧而死，是因为由父亲达刹举办的马匹祭祀仪式邀请了所有的神灵参加，独独未邀请其丈夫，她羞愧难当，自我献祭。

Pasífae　帕西淮

希腊神话中，太阳神赫利俄斯和海洋仙女珀耳塞伊斯的女儿，喀耳刻之妹，克里特国王米诺斯的妻子。海神波塞冬令帕西淮爱上自己的祭祀品白牛，帕西淮让智者代达罗斯为她建造一个能装进她的木头母牛，她藏到里面与神牛幽会，二人生下了弥诺陶洛斯。

Pasítea　帕西提亚

希腊神话中，美惠三女神之一，但不是最普遍流行的那三位。司掌幻觉和致幻剂。许普诺斯的妻子，生下梦神奥涅伊洛斯 。

Patecatl　帕特卡特利

阿兹特克神话中的药神，在妻子玛雅胡尔的帮助下，用一些龙舌兰根为龙舌兰酒调味，使人产生一种幻觉。

Patroclo　帕特罗克洛斯

希腊神话中，阿喀琉斯最好的朋友。当他还是孩子的时候，失手杀死了一个朋友，父亲墨诺提俄斯只好带着他逃亡到阿喀琉斯之父珀琉斯的宫殿里避难。珀琉斯把这两个孩子，阿喀琉斯和帕特罗克洛斯，送到半人马喀戎那里抚养学习。在特洛伊战争中，帕特罗克洛斯杀死了萨耳珀冬和刻勃里俄纳斯。阿喀琉斯因为和阿伽门农不合而拒绝作战，帕特罗克洛斯便穿上阿喀琉斯的盔甲假扮好友，后来赫克托耳在阿波罗的帮助下杀死了他。阿喀琉斯重回战场，为死去的友人报仇，他杀掉了赫克托耳，最后厚葬了帕特罗克洛斯。

Pax　帕克斯

罗马神话中的和平女神，同希腊神话的厄瑞涅，以罗马和平祭坛奥古斯都闻名。

Paynal　佩那尔

阿兹特克神话中，维齐洛波奇特利的副官，当他下到冥界或是其他遥远的地方时，佩那尔作为他的信使向其传达消息。

Pazuzu o Zu　帕祖祖或祖

苏美尔、亚述和阿卡德神话中的风之恶魔。司掌暴风雨、时疫、灾祸和高热。

Pegaso　珀伽索斯

希腊神话中长有双翼的神马，海神波塞冬和蛇发女妖美杜莎的儿子。珀尔修斯砍掉美杜莎的头颅时，珀伽索斯从她的脖子里出生。他帮助珀尔修斯解救安德洛墨达。相传，神马在赫利孔山上踏过时踩出了希波克里尼灵感之泉，因此他也被视为缪斯的守护神。后来，英雄柏勒洛丰用雅典娜赠予的马辔将神马驯服，骑着神马打败了亚马逊女战士，杀死了怪物喀迈拉。但当柏勒洛丰让飞马载他到奥林匹斯山时，飞马却将他丢下，藏到了奥林匹斯马厩中。宙斯用闪电将神马劈死，将之变成飞马座，置于天空。

Pegeas　珀赫阿斯

希腊神话中，掌管大瀑布和泉水的宁芙，参与了劫持许拉斯的行动。

Pelasgo　佩拉斯戈斯

希腊神话中的多个人物：盖亚之子，阿卡迪亚第一代国王，教给人类自我防御和自给自足的本领。一说是宙斯和其第一位凡间情人的儿子。也有说是阿莱斯托尔的儿子，同墨莉玻娅和戴亚尼拉结婚，是试墨诺斯和吕卡翁的父亲。阿尔戈人认为他是欧罗巴之子。

Peleo　珀琉斯

希腊神话中，阿喀琉斯的父亲，埃阿科斯和恩得伊斯的儿子，安提戈涅的丈夫（非俄狄浦斯之妻）。伊俄尔科斯国王阿卡斯托斯之妻阿斯提达墨娅诬陷他企图对其用强，安提戈涅轻信自杀身亡。在一次狩猎中，阿卡斯托斯偷了其佩带的赫菲斯托斯所铸之剑，交给半人马怪，想让他杀掉珀琉斯，但珀琉斯却因此与喀戎成了好朋友。喀戎为珀琉斯出主意，如何虏获他深爱的海中仙女忒提斯的心，二人结婚，生下一子，即阿喀琉斯。年老后死于科斯岛。

Pelías　珀利阿斯

希腊神话中，海神波塞冬之子，埃宋的弟弟，他篡夺了伊俄尔科斯王位。其侄子伊阿宋长大之后回来讨要王位时，珀利阿斯承诺只要取来金羊毛就把王位归还给他。伊阿宋凯旋，得知珀利阿斯逼迫父亲自杀，便请求妻子美狄亚助他报仇。妻子欺骗珀利阿斯的女儿说只要她们把其父肢解，倒进锅里，用沸水煮，就可以使其父返老还童。天真的女孩们中计，杀死了自己的父亲。

Pélope　珀罗普斯

希腊神话中，坦塔罗斯和狄俄涅（阿特拉斯之女）的儿子，希波达弥亚的丈夫，阿特柔斯和堤厄斯忒斯的父亲。父亲将他肢解做成饭菜敬献给众神，除了得墨忒尔吃了其左肩，其他神灵都识破了，便重塑了少年的生命。他美丽至极，海神波塞冬爱上他，把他带到奥林匹斯山，但被宙斯驱逐。在一场事先安排好的战车比赛中，他战胜了希波达弥亚的父亲俄诺玛俄斯，于是与希波达弥亚结婚。但他杀死了车夫弥尔提洛斯，这位车夫帮助他改变俄诺玛俄斯车子的马掌铁助他取胜，最终车夫给他及其后代下了一个诅咒。

Pelopia　菲洛庇亚

希腊神话中，堤厄斯忒斯的女儿。神谕说，堤厄斯忒斯和菲洛庇亚结合生下的孩子埃癸斯托斯能够报复堤厄斯忒斯的哥哥阿特柔斯，为他死去的儿子们报仇雪恨。菲洛庇亚被父亲用强后，保留了父亲的剑。多年以后，菲洛庇亚向儿子揭露了一切事实，然后拔剑自刎。

Penates　珀纳忒斯

古罗马神话中，家庭和仓廪守护神，家家供奉。丈夫强制妻子放弃崇拜母家的家神，包括拉莱斯、摩尼斯和珀纳忒斯，而要尊崇夫家的家庭之神珀纳忒斯。

Penélope　佩涅罗珀

希腊神话中，伊卡里俄斯和佩里玻娅的女儿，伊萨卡国王奥德修斯的妻子。丈夫奥德修斯参加特洛伊战争，佩涅罗珀等待他二十年。为了拒绝和拖延她的众多追求者，她承诺待织完一件衣服后将选择一位改嫁。但晚上她便拆掉白天织好的部分，直到奥德修斯（亦称为尤利西斯）归来。奥德修斯杀掉了所有求婚者。

Pentesilea　彭忒西勒亚

希腊神话中，亚马逊女战士之王，阿瑞斯和奥特瑞拉的女儿。据说她有一个儿子，名叫凯斯特罗斯。赫克托耳死后她加入了特洛伊战争以帮助特洛伊人。阿喀琉斯将彭忒西勒亚刺于马下，当他摘下彭忒西勒亚的头盔时，不禁被她的美丽所惊艳。狄俄墨得斯之子忒耳西忒斯为此嘲笑阿喀琉斯，后者恼羞成怒，杀死了他。

Perifetes　珀里斐忒斯

希腊神话中的多个人物。最著名的是一个跛脚的巨人，火神赫菲斯托斯之子，用他的大铁锤杀掉了埃皮达夫罗斯附近的过路者，甚至想杀死忒修斯。珀里斐忒斯回到雅典后，被忒修斯战胜杀死。

Perséfone　珀耳塞福涅

希腊神话中，农业女神得墨忒尔之女，司掌丰收和植被的谷物女神，负责季节的更替。同罗马神话中的普洛塞庇娜。她住在奥林匹斯山，很多男子向她示爱，但都被她拒绝。后来，她被冥王哈得斯劫持，带到冥府。母亲得墨忒尔离开奥林匹斯到处寻找女儿，因此大地上万物停止生长。太阳神赫利俄斯将珀耳塞福涅的下落告诉了她。宙斯派赫尔墨斯去冥界解救珀耳塞福涅，哈得斯提出条件，她在地狱不能吃任何东西，否则不能离开。但是在赫尔墨斯到达之前，冥界的人说服珀耳塞福涅吃了六颗石榴籽，这迫使她每年有六个月的时间重返地狱，剩余时间在人间与母亲在一起。她在地上的时候，人间便是春季和夏季，在冥界的时候，就成了秋冬。作为冥后，出现在俄耳甫斯和欧律狄刻的神话故事里；在阿多尼斯的故事中，他每年必须同她一起生活四个月；在庇里托俄斯的故事中，他爱上珀耳塞福涅，与忒修斯一起下到地狱企图劫走她，但不幸被抓捕，受锁链束缚永远禁锢在岩石上。

Perseis　珀耳塞伊斯（珀耳塞）

希腊神话中海洋仙女，俄刻阿诺斯和忒堤斯之女，太阳神赫利俄斯之妻，喀耳刻、埃厄忒斯、埃癸阿勒、卡吕普索和米诺斯之妻帕西淮的母亲。

Perseo　珀尔修斯

希腊神话中，宙斯和阿尔戈斯国王阿克里西俄斯之女达那厄的儿子。由于害怕被外孙杀死的预言成真，阿克里西俄斯将其女儿和外孙装进了一个篮子，投入大海。他们飘到塞里福斯岛靠近了海岸，那里的国王爱上了达那厄，他一心想把珀尔修斯送走，以防他破坏自己和他母亲的好事。国王派已经长大成人的珀尔修斯去杀美杜莎，想让他命丧黄泉。在赫尔墨斯的帮助下，珀尔修斯得到了美惠三女神的恩惠，她们告诉他如何找到北方宁芙，三位宁芙送给他一双飞鞋、一只神袋，还有一顶可以使他隐身的头盔。带着这些，还有赫尔墨斯赐予的一把剑，雅典娜授予的一个盾，他杀死了美杜莎，带走了她的头。经过埃塞俄比亚上空时，解救了安德洛墨达，日后她成了他的妻子。之后意外杀死了他的外祖父阿克里西俄斯，预言成真。后来珀尔修斯一直生活在亚洲，他的儿子珀耳塞斯为他们居住的地方命名，即波斯。

Perses　珀耳塞斯

希腊神话中的三个人物。一位是第二代泰坦神，克利俄斯和欧律比亚之子，阿斯忒里亚之夫，赫卡忒之父。盗了德尔斐的神圣宝藏。另一位是太阳神赫利俄斯和珀耳塞伊斯的儿子，褫夺了埃厄忒斯的科尔基斯王位，当时埃厄忒斯正在追捕随阿尔戈英雄出征的女儿美狄亚。父女和解后，一起作战夺回王位。珀尔修斯的一个儿子亦叫这个名字。

Pesadiellu　佩萨迪埃鲁

阿斯图里亚斯神话中的隐形生灵，正如其名字所指，他们通常夜晚出现，挤压人们的胸部，使其窒息。

Peyotismo　佩尤提斯莫

19 世纪中叶，根植于欧克拉霍玛的原始宗教，仪式进行中使用名为老头掌的仙人掌，有致幻剂的效果。使用致幻剂缘起于墨西哥，当时美洲印第安人面临被灭亡的危险，面对美国人的火力武器毫无招架之力。老头掌的使用带给他们超乎人类的力量，使他们变得不可战胜。种植老头掌的人还受到基督教不断传播的影响。不同的部落采取的宗教形式各不相同，但整体上都将老头掌作为大天神或至上神，后期更加接近。种植老头掌的人能预见天堂的模样，那是一个充满沉思与谦恭的地方，为苏祖基这样的学者服务，与佛教相对。

Pigmalión　皮格马利翁

古罗马神话中，亚述国王柏罗斯的儿子，忒伊阿斯和狄多的兄弟。生于父亲早年攻占的城市塞浦路斯，他是天才雕塑家，仇恨女性，但雕刻了一尊至美的雕像之后竟爱上了她。他感到非常失落，请求爱神阿佛洛狄忒赐予他一个一模一样的女子，女神赋予雕像生命，二人结婚，生下一子，名叫帕福斯。

Pije-Tao　皮赫 – 陶

萨波特克神话中的至高神，他不是被创造的，生命没有开始亦没有结束，是永恒的。与十三神相关，历法仪式按照每个农业年二百六十天进行划分。

Pillán　比利亚尼

马普切神话中的善神。比利亚尼是人类的祖先。据说当天地还是一片黑暗空空如也之时，比利亚尼无形无体。与额恩、厄尔和瓦额伦一同居于文努马普。比利亚尼和瓦额伦结合生下许多孩子，包含了地球上所有的动物。然而第一个人类是由埃尔切创造的，他是比利亚尼至高首领，但他非常孤独失落，于是瓦额伦中最强大的库延，在她们种族中挑选了一位，创造了第一位女性。之后建造人类的家园马普，人类非常喜欢，于是他们就交给人类负责照顾家园，这也是他们之后要居住的地方。由此，每个家庭都有一个比利亚尼作为原始祖先，任何一个有着高贵生命且受后代尊敬的人都会变成家族祖先比利亚尼。

Pincoya　皮恩科亚

奇洛埃神话中，美丽至极的女子，形象是同丈夫皮恩科伊一起坐在渔民的石头上唱歌。当她面朝大海时，意为丰收；面朝海岸，预示将有灾难发生。

Pirene　皮瑞涅

希腊神话中代表多个人物，五十位达那伊得斯之一，叔叔埃古普托斯的儿子之一阿加普托莱莫的妻子，这五十位妻子奉父命要在新婚之夜杀死自己的丈夫；阿刻罗俄斯的宁芙女儿，海神波塞冬的情人，二人生有两个孩子；贝布利西亚公主，赫拉克勒斯带着革律翁的牛群返回时结交的情人；阿索波斯的女儿，科林斯国王帮助阿索波斯找到小女儿埃癸娜的下落，于是阿索波斯以科林斯国王的名字为泉水命名。

Pirítoo　庇里托俄斯

希腊神话中，色萨利国王伊克西翁和黛的儿子，忒修斯的挚友。邀请半人马怪参加他同布忒斯之女希波达弥亚的婚礼，半人马怪是伊克西翁和涅斐勒的儿子们，他的同父异母兄弟。婚礼上半人马怪喝醉了，企图劫持新娘，从而引发了著名的半人马怪和拉庇泰人之间的争斗，忒修斯和拉庇泰人将半人马怪赶出色萨利。后来，他和忒修斯下到地狱，试图劫走珀耳塞福涅，但不幸的是他们被抓捕用锁链锁在岩石上。当时赫拉克勒斯恰巧去寻找刻耳柏洛斯犬，忒修斯被他救出，但没能救下庇里托俄斯。

Pirra　皮拉
希腊神话中，厄庇墨透斯和潘多拉的女儿。

Pitao Cozobi　皮陶·科索比
萨波特克神话中，玉米和丰收之神。为了祭拜她，祭司们流下鼻血和耳血，将其置于女神骨灰盒中。在许多农民家中都是这般做法。

Pitao Pezelao　皮陶·佩塞劳
萨波特克神话中，地狱和冥界之神。

Pitao Xoo　皮陶·索
萨波特克神话中，司掌地震的神灵。

Pitón　皮同
希腊神话中的巨蟒，盖亚之女，从原始的泥巴中出生，居于德尔斐，神谕守护的地方。阿波罗射箭杀死了她，以显示自己的威力，一说是因为她替赫拉追捕阿波罗的母亲。

Pléyades　普勒阿得斯（昴星团）
希腊神话中，阿特拉斯和海中宁芙普勒俄涅的女儿们。卡吕普索、许阿斯、许阿得斯和赫斯珀里得斯的姐妹，共七位：阿尔库俄涅、刻莱诺、厄勒克特拉、斯忒洛珀、迈亚、墨洛珀和塔宇革忒。她们是阿尔忒弥斯的侍女，试图保持贞洁，但非常困难，因为她们非常美丽，被很多神灵爱慕追求。除墨洛珀之外众仙女都生有孩子，墨洛珀是众星座中最暗淡的那一颗。

Pluto　普路托
希腊神话中的海洋仙女，俄刻阿诺斯和忒堤斯的女儿，同宙斯结合生下坦塔罗斯，她是阿尔忒弥斯、雅典娜和珀耳塞福涅的伙伴。

Plutón o Pluto　普鲁托
古罗马神话里的冥王。同希腊神话中的哈得斯。帮助兄弟朱庇特和尼普顿打败父亲萨图恩。后来兄弟三人分享统摄权分区，普鲁托负责地狱或冥界，这里隐藏着只有他知晓的秘密。

Podalirio　波达利里俄斯
希腊神话中，阿斯克勒庇俄斯的儿子，与兄长玛卡翁加入了特洛伊战争希腊军队一方。医治好包括菲罗克忒忒斯在内的许多希腊伤员，拥有公牛和赫拉克勒斯的箭。

Podarge　波达耳革
罗马神话中的多个人物。其中最著名的是哈耳庇厄中的一位，也称刻莱诺，被罗马人加入了希腊神灵埃罗和俄库珀忒之列，而她是三位之中最邪恶的那一个。此外，彩虹之神伊里斯有时也被称为波达耳革，普里阿摩斯出生时也叫这个名字。

Polifemo　波吕斐摩斯

希腊神话中的独眼巨人，海神波塞冬和宁芙托俄萨的儿子。他是一个长有一只眼睛、尖耳的巨人，与阿尔戈英雄在岛上相遇，奥德修斯设法用一个长矛使他失明，从羊的腹下逃跑。爱上了海中仙女涅瑞伊得斯之一伽拉忒亚，二人育有三个儿子，三个儿子是加加太、凯尔特和伊利里亚族的父母天神。一说他被伽拉忒亚拒绝，强烈的嫉妒之心致使他杀死仙女爱的牧羊人阿喀斯。

Polinices　波吕尼刻斯

希腊神话中，伊俄卡斯忒和俄狄浦斯的儿子之一，安提戈涅、厄忒俄克勒斯和伊斯梅娜的兄弟。父亲去世后，厄忒俄克勒斯和波吕尼刻斯商定，每人治理国家一年，但一年期满，厄忒俄克勒斯拒绝退位，波吕尼刻斯发动七雄攻忒拜战役以收回王位。最后，他们二人搏击，互相残杀。叔父克瑞翁趁机夺取王位，克瑞翁下令禁止安葬波吕尼刻斯，因为他是整座城市的敌人，而她的妹妹安提戈涅拒绝服从命令，作为惩罚她被活埋。

Políxena　波吕克塞娜

希腊神话中，特洛伊公主，特洛伊国王普里阿摩斯和赫卡柏的小女儿。阿喀琉斯设埋伏将她和兄弟特洛伊罗斯抓捕。阿喀琉斯杀死了男孩，却爱上了她。阿喀琉斯战死沙场，由于他的阴魂没有得到与伊菲革涅亚同等的献祭，因而阻挠希腊大军启航。最后，阿喀琉斯之子涅俄普托勒摩斯砍下了波吕克塞娜的胸部和脖子，祭献在阿喀琉斯坟前。一说她在阿喀琉斯死后自杀。

Pólux　波吕克斯

见词条 Dioscuros。

Pomona　波摩娜

古罗马神话中的果木女神，司掌油橄榄和葡萄等，为沃尔图耳努斯所爱。文艺复兴时期声名鹊起，为大众所熟知，她在画中的形象通常手握一个苹果。

Ponaturi　珀纳图里

毛利神话中的恶魔，白天住在水下，夜晚飘到岸边睡觉，惧日光。出现在塔乌哈吉、拉塔和卢阿普普克神话故事中。

Ponto　蓬托斯

希腊神话中，奥林匹斯史前神祇，地母盖亚和大气之神埃忒尔的儿子。赫西俄德认为他由盖亚一人孕育，代表大海，他们二人共同生下刻托、埃盖翁、欧律比亚、福耳库斯、涅柔斯和陶玛斯。希腊人用他的名字命名小亚细亚近黑海的土地，今天的土耳其。

Popol Vuh　《波波尔·乌》

玛雅人的圣书，创作于17世纪，用基切语写成，由神父法兰西斯可·席梅内兹译成西班牙语。全书分为三部分：第一部分讲述世界的起源（见词条 Maya），之后的创造和毁灭，类似于阿兹特克的五个太阳纪，以及第一批居住者的故事；第二部分，包括乌纳普和伊斯布兰克双胞胎的英雄事迹，现代人的起源，玉米文明；第三部分，包括基切人的历史，一直记录到1550年。

Porfirión　波耳费里翁

希腊神话中的巨人，乌拉诺斯的血溅到盖亚身上生出的儿子。赫拉许诺他，只要打败狄俄尼索斯，就将赫柏许配给他做妻子，但宙斯用闪电击毁他，最后赫拉克勒斯射箭杀死了他。

Poseidón　波塞冬

希腊神话中，十二位奥林匹斯神中的一位，大海之神，克洛诺斯和瑞亚的儿子，宙斯和哈得斯的兄弟。同罗马神话中的尼普顿。海中仙女涅瑞伊得斯之一安菲特里忒的丈夫，二人生有一子，特里同。情人众多，著名的有阿伽墨得（迪克提斯之母，一说是阿克托尔和柏罗斯的母亲），阿洛佩（希波提俄斯之母），阿弥摩涅（瑙普利俄斯的母亲），刻莱诺（吕科斯的母亲），卡吕克（基克诺斯之母），克洛里斯（珀里克吕墨诺斯之母），科尔基拉（费阿克斯之母），得墨忒尔（会说话的神马伊利昂的母亲，她变作牝马想逃离波塞冬，不想他也变作马，还生有得斯波娜），欧罗巴（欧斐摩斯之母），盖亚（安泰俄斯和卡律布狄斯之母），利比亚（柏罗斯和阿革诺耳的母亲），美杜莎（珀伽索斯和克律萨俄耳之母），梅兰特亚（厄瑞涅之母），佩里玻娅（瑙西托俄斯的母亲），喀俄涅（欧摩尔波斯之母），萨拉米纳（西克莱奥的母亲），还有一些孩子其生母不详，譬如布里亚柔斯、赛尔西翁、科洛莫斯、罗提斯、辛尼斯和塔拉斯。在同雅典娜争夺雅典统治权的战斗中，波塞冬用其三叉戟引发海水喷薄而出，而女神则赐予雅典人一株油橄榄树，雅典人民最终选择了雅典娜。

Prajapati　生主钵罗阇钵底

印度教中，该词意为"创造物或生灵之主"。吠陀中，将其用于造物主群体或个人，梵天"心生"之十子，包括达刹。此外，也应用于女神，同湿婆，还有支持保护一切生灵的天神，形象为一位尤西卡坐姿的老人。佛教中，指马哈帕哈帕提·刻塔米。

Príamo　普里阿摩斯

希腊神话中，拉俄墨冬之子，特洛伊国王。当他还是孩子的时候，赫拉克勒斯曾救助其姊妹赫西俄涅，其父拉俄墨冬拒不酬谢，赫拉克勒斯一怒之下摧毁特洛伊城，并蓄意将拉俄墨冬之子全部杀掉。普里阿摩斯，那时叫波达尔克斯或波达耳革，活了下来，因为赫西俄涅用蒙面巾同赫拉克勒斯做交换，赎回了他。赫拉克勒斯命普里阿摩斯为特洛伊国王，他将特洛伊建设成一座大城邦。与赫卡柏结婚，生了许多孩子，其中最著名的有赫克托耳、赫勒诺斯、帕里斯、特洛伊罗斯和卡珊德拉。因为帕里斯劫持海伦引发了特洛伊战争，负责保卫城池的赫克托耳死后，普里阿摩斯不得不卑躬屈膝，以要回儿子的尸体。战争末期死于阿喀琉斯之子涅俄普托勒摩斯之手。

Príapo　普里阿普斯

希腊和罗马神话中，生殖之神，阿佛洛狄忒和狄俄尼索斯的儿子，地位一般，掌管耕地和家禽。在罗马更为人所熟知，形象是一个侏儒，有一个巨大的生殖器官，肉欲的象征，人们把驴作为祭品献给他，因为驴子的叫声曾使其一次侵犯的企图落空。

Procnea　普洛克涅

希腊神话中，色雷斯国王忒柔斯的妻子，国王侵犯了妻子的妹妹菲罗墨拉，事后割断了她的舌头使她不能说出去。普洛克涅知道事情的真相后，煮熟了与国王生下的孩子，让他吃掉。天神赶在其丈夫报复之前将她变作了燕子。

Procris　普洛克里斯

希腊神话中，雅典国王厄瑞克透斯之女，刻法罗斯之妻，二人生有两个孩子克瑞乌萨和俄瑞提亚。被发现不忠诚之后，逃到克里特，在那里成为米诺斯的情人，使他摆脱帕西淮的巫术。因为害怕帕西淮报复，她又重返雅典，与丈夫和解，后来丈夫在一次打猎中意外杀死了她。

Procusto　普洛克路斯忒斯

希腊神话中，住在厄琉息斯郊外有名的强盗，将过路行人掳到家里，把他们捆在床上，床与他们的身量通常是不匹配的，他便用一匹小马将他们的身体拉长或是用利斧锯断他们的腿，直到符合床的尺寸。最后被忒修斯所杀，用的就是他自创的这个方法。

Prometeo　普罗米修斯

希腊神话中，第二代泰坦神，伊阿珀托斯和海洋女仙克吕墨涅之子，阿特拉斯、厄庇墨透斯和墨诺提俄斯的兄弟，他为人们所熟知的故事就是，他设法用茴香茎干偷走了天火，带给人类。受宙斯之命，与厄庇墨透斯一同为地球造人，弟弟用一切聪明才智创造了动物，普罗米修斯则按照神的样子创造了人类，之后偷走火神赫菲斯托斯的本领，教给人类。作为惩罚，宙斯用锁链把他缚在高加索山脉的一块岩石上，堤丰和厄喀德娜之子恶鹰每天晚上来啄食他的肝脏，而他的肝脏又总是重新长出来。三万年之后，赫拉克勒斯去赫斯珀里得斯的金苹果园经过高加索山，射箭杀死了恶鹰，才将普罗米修斯救下，当他回到天庭继续被锁

在大岩石上。

Propétides　普洛普洛提得斯

希腊神话中，塞浦路斯岛上的女性，与巫术和人类献祭的娼淫相关，被阿佛洛狄忒惩罚，将她们变成石头。

Propoetides　普洛珀埃提德斯

希腊神话中，阿玛托国王普洛珀特奥的女儿们，被认为是第一批公开卖淫的女性。作为惩罚，维纳斯使她们失掉了羞耻之心，让她们与男性发生关系，但那些男性都不喜欢她们。

Proserpina　普洛塞庇娜

古罗马神话中，希腊珀耳塞福涅（见词条 Perséfone）的罗马名字，其名从伊特鲁里亚神话的普西芬尼得来。

Proteo　普罗透斯

希腊神话中，古老的海神，后来演化成波塞冬的儿子。他善于变形，还能够预言未来。据说谁若是窥见其真实面目将他捉住并用武力威胁，就可让他预言。住在法罗斯岛，面朝尼罗河三角洲，在那里他收留了狄俄尼索斯，后来墨涅拉俄斯从特洛伊返回时，也被他收留。

Prud　普鲁德

北欧神话中，见词条 Thrud。

Psicopompo　普斯克珀莫珀

许多宗教中出现的神话形象，负责将死者灵魂运到另

一个世界。

Psique　普绪克

希腊神话中，一位知名度不太高的国王的女儿，美丽至极，每天大臣和侍从们都到王宫拜望她，而忽略了对阿佛洛狄忒的敬拜，极大地冒犯了女神。阿佛洛狄忒派爱神厄洛斯射一支箭，让她爱上一只野兽，但爱神看到公主后自己爱上了她，得到西风之神仄费罗斯的帮助将公主带到远方。之后厄洛斯与公主结合，条件是她永远不看他的脸。直到有一天她实在好奇，她的姐妹们都说服她偷偷地看一看厄洛斯，于是厄洛斯消失了。但普绪克请求阿佛洛狄忒让他回来，女神同意后，最终二人结婚。

Ptah　普塔

古埃及神话中的人物，根据孟菲斯宇宙起源说，他是创世之神。手工技艺的发明者，工匠的庇护神，包括雕塑家、铁匠、石匠、泥瓦匠和金银匠。拥有创造力量的神灵，创造火、热和生命；泥瓦匠或熔炉之神，与希腊神话中的赫菲斯托斯以及罗马神话中的伏尔甘等同。有很多别名，譬如建筑之师、魔术、黑暗、蛇鱼、真理之主。与塞赫麦特和奈夫图姆组成孟菲斯三神。

Ptah-Sokar-Osiris　普塔 – 索卡尔 – 俄西里斯

古埃及神话中，中王国的葬礼之神，复活的象征，在后埃及时代鼎盛一时。正如其名指出的，是普塔、孟菲斯的索卡尔和俄西里斯三位神明的融合，吸收集结了三位神灵的特长：普塔的创造力量；索卡尔是葬礼之神，保护死者；俄西里斯，富饶之神，同时还有冥界之神的特点。

Pu-am　普 – 阿姆

马普切神话中，包含所有灵魂的众生之魂，同阿姆。司掌善界文务马普，在安图和佩里皮延战争结束后建立秩序，命令其儿子们卡伊卡伊维鲁和特兰坦维鲁变成蛇，其他所有生灵各司其职，履行属于自己的社会职能。为了保护马普，创造了大自然之主额恩。

Pundjel　普恩德赫尔

澳大利亚土著神话中的造物主，发明了很多土著人使用的尚不完备的装置器械，开创了多种仪式和典礼。

Pwyll　皮威尔

绰号"博学之人"，在威尔士凯尔特神话中是戴伏德之子，出现在《马比诺吉昂》里。在一次狩猎中，与安温国王阿隆争论到底谁才是射中小鹿的那个猎人。皮威尔认为是自己射中了鹿，毫不客气地指责对方。皮威尔为了补偿阿拉乌恩，提出推翻他的宿敌哈弗干，条件是只一拳就将其杀掉。后来与赫维伊德·和恩的女儿里安农结婚，她因皮威尔的爱而拒绝了一位爱慕者。神话中出现了其子普雷芮，神秘失踪又神奇归回。

Q

Qadesh　卡戴什

古埃及神话中的爱神，司掌新王国时期小亚细亚两性快乐的神灵。与米恩和赖舍普组成三神，谁是儿子谁是丈夫无从考证，但对卡戴什的崇拜也代表着对女神和赖舍普之间神圣婚姻的崇拜。

Querubines　智天使基路伯

继炽天使之后第二种类型的重要天使，保护天神荣誉和高智商。新约全书中的圣约翰，描绘了四个显圣的特点，每位都有一张面孔，分别是鹰、公牛、人和狮子；还各有特性：威严、力量、智慧和权力。颜色为蓝色和金色。

Quetzalcóatl　魁札尔科亚特尔

阿兹特克和玛雅文明中的风神。羽蛇神，蛇代表创造的力量和地球毁灭的力量，鸟代表受孕之力和司掌天堂的力量。神甫等级的神明，通过神甫教授人类农学、天文学、艺术学和冶金学。一直到西班牙殖民者入侵之前，在特奥蒂瓦坎受到尊崇，在帝国末期被称为库库尔坎。有关其起源有众多神话传说，但最为人们接受的是，他是特斯卡特利波卡的兄弟，他们变成太阳之前，创造了天空、大地和银河。第五太阳纪创造者。把玉米、龙舌兰、龙舌兰酒和宝石带给人类。

Quillamama　基利亚玛玛

印加文明中的月神，也称作玛玛·基利亚（见词条 Mama Quilla）。

Quimbanda o kimbanda　金斑达

巴西南部、乌拉圭和阿根廷北部以及里约热内卢郊区的巴西黑人的宗教信仰。与乌姆邦达教和坎东布雷教（见词条 Candomblé）相同，综合了有着班图和约鲁巴根源的非洲奴隶传统、美洲印第安宗教崇拜、天主教教义以及招魂术。金斑达主要崇拜象征魔鬼的埃舒神（约鲁巴族称其为依里加），以及金斑达族或埃苏斯等其他多种表现形式。有两条主线：一个是继续沿袭乌姆邦达教的金斑达教，另一个是安格拉和埃苏斯阿尔托·阿斯特拉尔的乌姆邦达教，它不附属于乌姆邦达教，而是遵循自己的教义纲领，使埃苏斯代表大自然的力量，要求在仪式上献祭动物。与乌姆邦达教不同，基于教义，金斑达教的神甫是利用汤药和油膏的巫医。

Quimera　喀迈拉

希腊神话中，口中喷火的怪兽，狮头、羊身、龙尾。她给吕底亚地区带去了恐慌，最后被柏勒洛丰击败致死。是堤丰和厄喀德那的女儿。

Quingu　基恩古

见词条 Kingu。

Quinto Sol　第五个太阳纪

阿兹特克神话中，玛雅历决中的世界末日。（见词条 Cuatro-movimiento）。

Quíone 喀俄涅

希腊神话中，雪花女神，北风神玻瑞阿斯和俄瑞提亚的女儿。被海神波塞冬诱奸生下一子，她怕父亲发现将儿子抛入大海，却被海神波塞冬救下。一说她与父亲生下了北极族。在另一个神话故事中，她是尼罗和卡利洛厄的女儿，被一个农夫侵犯，后被宙斯带到天庭。还有一位同名之人，是代达利翁的女儿，阿波罗和赫尔墨斯的情人，因嘲笑阿尔忒弥斯而被其杀死。

Quirino 奎里努斯

古罗马神话中，罗慕路斯被奉为神明后的称呼。开始与朱庇特和玛尔斯组成罗马卡皮托里尼三主神，后来受希腊和伊特鲁里亚神话影响，三神变为朱庇特、朱诺和密涅瓦。

Quirón 喀戎

希腊神话中的半人马，克洛诺斯和侄女海洋仙女菲吕拉之子，女神为了逃离他变成母马。喀戎与其他半人马怪不同，他博学多才，精通多门技艺，住在色萨利佩利恩山一个洞里。作为著名的医师和星占专家，培养了很多神，包括阿斯克勒庇俄斯、忒修斯、阿喀琉斯、伊阿宋和赫拉克勒斯等。帮助珀琉斯收回被阿卡斯托斯偷走的他佩带的赫菲斯托斯铸造的宝剑，还帮助他博得忒提斯的爱慕，之后她想让儿子阿喀琉斯成为不死之身，遭到丈夫的责备和抛弃，丈夫珀琉斯把儿子交给喀戎教育培养。当赫拉克勒斯和半人马怪们战斗时，用沾染淮德拉血液的毒箭意外伤害了喀戎，为了减少他那无法医治的疼痛，赫拉克勒斯把他的不死灵魂换给普罗米修斯解救了两个人，他升上天空成为人马座。

R

Ra 拉神

古埃及神话中，赫里奥波利斯的创世神和太阳神。古帝国最重要的至上神，同阿图姆，九柱神创造者。每天乘太阳船从天空东边走到西边，再从冥界西边走到东边，新一天的黎明就到来了。日盘被看作是拉神的身体或眼睛。"众神之父"，领导全俄西里斯神，正如后来希腊神话中宙斯在奥林匹斯中的地位和威力。

Rabisu 拉比苏

阿卡德神话中的神灵或恶魔，嗜血，躲藏在黑暗的地带和角落窥伺。住在死亡沙漠，在那里等待亡灵的到来。

Radamanto o Rsdamantis 拉达曼提斯

希腊神话中，宙斯和欧罗巴的儿子，萨耳珀冬和米诺斯的兄弟。在兄弟米诺斯之前统治克里特，米诺斯创造了米诺斯文明。据说拉达曼提斯在克里特岛颁布了一系列严明的法律；因此但丁在《神曲》中将其作为冥府法官之一。曾被阿斯忒里翁抚养。

Radha 拉德哈

印度神话中，克里希纳崇拜爱慕者格皮斯中最著名的那位，也被认为是拉克什米的化身。对克里希纳的爱无条件付出不求回报，成为人神的调停者。

Raettauy o Raet 拉埃塔乌伊或拉埃特

古埃及神话中，新王国创造女神，拉神的女性神，战神蒙图的妻子，生有一子名叫哈尔普拉，三人成为四省都城赫尔蒙提斯和麦德穆得的三神。

Ragnarok 拉格纳洛克 "诸神的黄昏"

北欧神话中，众神同巨人和洛基生出的怪物之间的世界末日之战。所有战士的最后命运都将是战死沙场。诸神从最开始便知道各自的命运，谁会杀了谁，是不可避免的定数。那天到来时，所有的怪兽都会被自由解放，全世界将发生一场大屠杀：那一天便是拉格纳洛克，诸神的末日。末日来临之前，三个寒冬相连，在刺骨的酷寒中，宇宙充满战争和冲突的阴影，人类自相残杀。然后，狼神斯库尔和哈提奔向太阳和月亮，将其吞噬，引发一系列灾难，使得一切联系分崩离析。火巨人走出洞穴，同所有怪物和恶魔一起出动，一场大战一触即发，所有的英雄都死去，世界就这样毁灭了。

Rakshasa 罗刹娑

印度神话中，从梵天脚下出现的一种恶魔。据说他们之前是非常邪恶的人，强占人类，亵渎坟墓，迫害祷告之人，破坏祭祀。他们是形态各异的巫师，比如犬或难看的大鸟。罗刹娑国王是罗波那，他是罗摩的敌人。那伊利特亚是另一位重要的恶魔，负责保卫西南部。

Rama 罗摩

印度神话中，毗湿奴的第七个化身，在地球上与恶魔罗波那作战。蓝色的皮肤，头发卷成一个发髻。阿尤德赫亚地区达萨拉撒国王与妻子卡乌萨莉亚的儿子之一。其继母将他和他的妻子悉多赶到森林，妻子被斯里兰卡国王十头恶魔罗波那拐走。结识了会说话的猴子王国的国王哈努曼，他的军队帮助罗摩战胜罗波那的部队，最终罗波那被罗摩所杀。

Ran　澜

北欧神话中，斯堪的纳维亚神话中的大海和暴风雨女神，埃吉尔的妻子，二人生有九个孩子，有传说她们是海姆达尔的母亲。将溺水之人虏获到她的大网中，让他们成为她的奴隶。

Rangi　兰戈

毛利神话中的天神，与地神帕帕同为毛利人的至高创世神。两位都是伊奥的儿子，他们六个孩子的父母：哈乌米亚，野生植物之神；隆戈，作物之神；塔奈，森林之神；坦加洛亚，海神；塔希里，自然元素之神；图，战神。

Ratatosk　拉塔托斯克

北欧神话中，生活在世界之树上的松鼠，平时来回于树顶和树根之间，散播闲言碎语。将在树顶听到的鹰神维多弗尼尔和游隼之神维德佛尔尼尔的闲话和辱骂告诉住在树根的毒龙尼德霍格，造成双方的猜忌，加剧冲突。

Ravana　罗波那

印度教中，印度史诗《罗摩衍那》中的反面人物。罗刹娑之王，冥界之王。智者维斯拉瓦萨和妻子卡伊卡斯所生的孩子，又叫楞伽十首药叉王，有十个头，获名湿婆罗波那。建立楞伽王国，现斯里兰卡，之前被其同父异母之兄库贝拉统治。他率百万罗刹娑军团从岛上攻击陆地，贪婪地攻下了印度大片领土和王国，成为世界之主。好色，妻妾成群。为了消灭他，毗湿奴化身为罗摩，与其另一个变形悉多结婚。罗波那掳走悉多，罗摩展开追捕，最终摧毁罗波那王国。罗波那与天国建筑师玛雅之女曼多达利生有七个孩子。

Rea　瑞亚

希腊神话中，泰坦之神，乌拉诺斯和盖亚之女，其名意为"易分娩之人"，克洛诺斯的妻子，得墨忒尔、赫拉、赫斯提亚、波塞冬和宙斯的母亲。与克洛诺斯共同掌管天庭，丈夫克洛诺斯吞噬所有的孩子以防止他们取代他，瑞亚对此忍无可忍，将最小的孩子宙斯藏到克里特山洞里，以襁褓裹石，哄骗克洛诺斯吞之。宙斯的兄弟姐妹获救之后，将父亲送到地狱塔尔塔洛斯，瑞亚永留在克里特岛。与小亚细亚弗里吉亚的库柏勒女神等同，后被罗马人视为神母。在罗马神话中同奥普斯和库柏勒。

Rea Silvia　瑞亚·西尔维娅

古罗马神话中，阿尔巴朗格国王努米托的女儿。父亲努米托被兄弟阿穆利乌斯篡夺王位，驱逐出境，阿穆利乌斯还将瑞亚·西尔维娅变为维斯塔的女祭司，迫使她保持童贞。但她在梦中被玛尔斯侵犯，生下罗慕路斯和雷穆斯。

Regin　雷金

北欧神话中的侏儒，赫瑞德玛之子，欧特和法夫纳的兄弟。著名的工匠，为父亲建造黄金钻石宫殿。之后洛基给了父亲一个勃艮第人的宝藏，作为杀死其兄欧特的补偿，雷金为将宝藏据为己有而杀死了父亲。然而他的另一位兄弟法夫纳，变作龙，夺走了宝藏。雷金只得生存在人间，教授他们农业、锻造炼铁、航海、建筑等，收养希格尔德，长大后被他派去杀死法夫纳。希格尔德完成了任务，但喝下龙血后，他变得能够和鸟禽对话，得知父亲雷金也计划杀死他。于是希格尔德（后来的神话中称为齐格弗里德）为了自保杀死了养父雷金。

Remo　雷穆斯

罗慕路斯的兄弟（见词条 Rómulo y Remo）。

Renenutet　赖奈努泰特

古埃及神话中，保护法老，尤其是幼儿法老的眼镜蛇女神。其名与照顾孩子相关（意为"保姆"）。因此她也是哺乳之神，少年国王保护神，代表母性女神。作为眼镜蛇，可以用眼神烧焦法老的敌人，也可以促进丰收，从这一角度来讲她还是"丰饶女神"，同时还是法老大谷仓女神，滋养死者灵魂，保护农作物。由此，她还司掌谷仓、丰收和食物。

Reshep　赖舍普

古埃及神话中，亚述战神，在十八王朝进入埃及万神殿，新王国时期备受景仰，尤其受到亚洲人民的崇拜，他们曾遭遇希克索斯人大规模入侵，而后定居埃及。作为战神，与雷鸣相连，是王权保卫者，对抗疾病的保护神。古埃及人认为向此神祈祷者可承蒙佑祝，赖舍普是扶危济贫之神，将尼罗河东岸命名为赖舍普之谷。

Rey Mono　美猴王

见词条 Sun Wukong。

Rhiannon　里安农

威尔士神话中的女英雄，亚马逊女战士。赫维伊德·和恩之女，自己选择皮威尔作为丈夫，尽管二人此前并不相识。儿子普雷芮出生时莫名消失不见。她因此受到惩罚，被强迫背起所有到戴伏德朝拜丈夫的人。

Ríg　里格

北欧神话中，出现在中世纪诗歌里格赫图拉中，是地球上三个等级的人类的父亲。从一些诗句中我们能知道，他就是海姆达尔在凡间流浪时的化名。

Rodo o Rodos　罗得

希腊神话中，海洋宁芙，居于罗得岛，海神波塞冬和阿佛洛狄忒的女儿（一说是和哈利亚或安菲特里忒），太阳神赫利俄斯的妻子，二人生下七个赫利阿达斯和厄勒克特律翁娜。其他叫这个名字的还有河神阿索波斯的一位女儿，以及达那伊得斯之一。

Rómulo y Remo　罗慕路斯和雷穆斯

古罗马奠基人。战神玛尔斯和阿尔巴朗格国王努米托之女瑞亚·西尔维娅的孩子们。叔公阿穆利乌斯是当时的统治者，下令将他们装进篮子丢到河中。他们被母狼卢佩尔卡抚养，后被牧人法斯图鲁斯和妻子阿卡·劳伦缇雅养育。长大后杀死了阿穆利乌斯，将外祖父努米托重新推上王位。建立罗马城，颁布新城戒律，由于雷穆斯是首位违犯律规之人，罗慕路斯杀死他，成为第一位统治者。

Runesocesio　卢奈索塞西奥

卢西塔尼亚神话中，战争长矛之神。与阿塔克纳和恩多维利克同为卢西塔尼亚三神。

S

Sabino　萨宾人

罗马神话中，罗马附近城市拉齐奥的人民，很多罗马国王出自于此。罗慕路斯统治期间，罗马人中缺少妇女繁衍后代，邀请萨宾人参加以尼普顿为名的献祭仪式，期间掳走萨宾女子，赶走男子。后来，萨宾人攻击罗马人，若不是被抢的妇女突然出现在战场，他们差一点就能消灭罗马人了。后来两族联合，最开始时萨宾王提斯·奎里特与罗慕路斯共同统治。

Saerimnir　沙赫利姆尼尔

北欧神话中，供众神每天享用的神奇野猪。每天由神官的厨子安德利姆尼尔割下来在大锅里烧好，神奇的野猪每天还会重生。

Saga Volsunga　《沃尔松格萨迦》

北欧神话中，沃尔松格人写作的 8 世纪冰岛散文。灵感来自《诗体埃达》，后来又以《沃尔松格萨迦》为范本创作了《尼伯龙根之歌》，记述英雄希格尔德或齐格弗里德的冒险经历，英雄杀死巨人法夫纳，与布里希达或布伦希尔德恋爱。

Salamina　萨拉米纳

希腊神话中，阿索波斯和墨托珀之女，被海神波塞冬掳走，生下坎克莱奥和西克莱奥。

Salmacis　萨耳玛西斯

希腊神话中，海中宁芙，在弗里吉亚爱上赫马佛洛狄忒斯，那里也是这位英雄成长的地方。据说一天赫马佛洛狄忒斯在湖中沐浴，仙女被他迷人的外表吸引，自此爱上了他并决定再也不离开他的身体，紧紧地用尽全力抱着他并请求神明让他们不要分离，因此赫马佛洛狄忒斯变成了双性人。

Samudra　萨穆德拉

印度神话中的海洋，包含一切水源，天空之水，七大同心海洋之水，一些学者还加入了河水。其神灵为伐楼拿。

Sangoma　萨恩格玛

南非巫师或巫医，同非洲大陆其他地区的查曼神。相对于祖卢人、科萨人、斯威士人、茨瓦纳人、文达人和特索恩格人，萨恩格玛通过仪式和药材的使用掌管着人民的健康。此外，他还司掌占卜，组织仪式典礼，与祖先神灵沟通，为战士祈福，记载保存人民的神话和故事。

Santa Compaña　圣克姆帕尼亚

加利西亚神话中的鬼魂仪仗队，夜里在村子间四处游荡寻找住所，所经之处必有葬礼。这种仪仗队的形式不仅仅在西班牙北部地区存在，在整个欧洲都有类似的队伍，尤其是对于战争中死去的将士，如赫尔勒辛西·布列塔尼或是乌埃藤 - 霍尔，在德国和斯堪的纳维亚会采取多种形式的野外狩猎。加利西亚还有达斯·萨斯队伍，这是一支由活人组成的队伍，但只有一些人能够看得见，他们通常围着灵柩，预示着抬灵人中的一位将会死亡。在北美洲，通常有斯基恩瓦尔克尔斯仪仗队，树木间远远的云彩闪亮耀眼，表示正在看着云彩或是附近的人即将死亡。

Santería　萨泰里阿

中美洲、委内瑞拉和美国地区，约鲁巴宗教和天主教的融合。与巴西坎东布雷教相似。由于禁止在奴隶中间发展其宗教，奴隶们便将天主圣人转化为自己的神灵，进行民间崇拜。由于"萨泰里阿"一词最初被西班牙人用于轻蔑之意，故许多信徒更乐于使用"路库米"（源自"奥路库米"，即"我的朋友"）或奥恰规则来表达。其信徒通常属于秘密群体。

Saraswati　萨拉斯瓦蒂

印度神话中最著名的神灵之一，语言和知识女神。吠陀语言梵语的创造者。受印度教徒、耆那教徒和佛教徒的敬拜。与富饶和财富相关。形象为长着四条手臂，每只手里握着一本书，知识的象征；拿着一把琵琶，象征音乐和艺术；还有一串念珠和一个盛水的器皿，象征宗教仪式。

Sarpanit　查尔帕尼图

古巴比伦神话中的母亲之神，马杜克之妻。被奉为盈月，总是怀孕的形象。同伊什塔尔。

Sati o Dakshayani　萨蒂或达刹亚尼

印度教中，普拉苏提和达刹的女儿之一。不顾父亲的反对嫁与湿婆，后来父亲报复她，邀请所有神灵参加盛大的马祭仪式，唯独不邀请湿婆。萨蒂无法忍受这种侮辱，投火自杀，后再生为雪山神女帕尔瓦蒂。被

认为是夫妻幸福和长寿之神。

Sátiros　萨提洛斯（萨堤尔）

希腊神话中，半人半羊的林神，潘神和狄俄尼索斯的随从。居于森林和山峰，头上长着角，人身山羊腿；热爱酒、女人和孩子，随时准备参加庆典宴会，在寻找快乐的过程中就会变为可怕危险的生灵。其中最著名的、位高权重的两位分别是西勒努斯和玛耳绪阿斯，发明了长笛，没有半身动物的特征，也不会像其他人本能退化。注意，不要同半人半羊的农牧之神相混淆。

Satis　萨蒂斯

古埃及神话中，南部边境的守卫女神，与努比亚的弓箭手相关。从中王国开始是三象神之一。库努姆的妻子，阿努基斯的母亲。

Satres　萨特莱斯

伊特鲁里亚神话中，时间之神，命数之神，形象为一位手举镰刀和沙土手表的老人。由此名得萨图恩之名，是罗马神话中的克洛诺斯。

Saturno　萨图恩

罗马神话中的克洛诺斯。罗马人认为其统治时期是宇宙的黄金时代，为其举办农神节，庆祝期间禁止各种类型的暴力活动，奴隶能够享受七日自由。妻子是富饶之神奥普斯，孩子包括婚姻之神朱诺、海洋之神尼普顿、死神普鲁托和农神刻瑞斯。

Sbiumeker　斯比乌梅克尔

古埃及神话中，梅洛埃神灵。约公元前 590 年库什王

国迁都至此城，狮子战神阿佩德马克代替阿蒙神成为创世主，一系列埃及众神随之而来，其中包括斯比乌梅克尔，他由此成为重要神灵。

Sed　塞得

古埃及神话中，非常古老的犬神，与胡比莱奥的庆典相关，被人们称为塞得节日。出现在《亡灵书》中和帕莱尔莫石头上。

Sedna　塞德娜

因纽特神话中，海洋之神，动物之神，掌管冥界阿德利温。

Sefjetabuy　塞芙赫特阿布韦

古埃及神话中，专司保管神殿典籍的女神，最低级的书写神，有时会将她与书写主神塞莎特混同。建筑师之主，在宫殿落成典礼上司掌丈量疆域和所用的绳索。此外，她还作为书写主神托特的助手，专司将各王朝法老之名书写于圣树叶上。

Sejmet　塞赫麦特

古埃及神话中，狮首人身女战神，与暴力相关，但名字的本意是"强大者"。非常古老的女神，在《金字塔铭文》中有所记述，出现在毁灭时代，与沙漠和干旱相关。在远古女神的神话中，她是泰芙努特的具有强大破坏性的化身，是太阳神拉变幻莫测的女儿。当她变成狂怒的狮子时，就称为塞赫麦特，是拉神之眼的组成部分。在人类毁灭的神话中，她是母牛哈索尔，当她变为塞赫麦特时，就会产生毁灭全人类的可怕愿望，还不断渴望吸食人血。由于她既能杀人，也能医治病人，因此既是战神，同时也是医者的庇护神。当

她是西边女神时，就是山神之一；做东边女神时，就是巴斯苔特的妻子。此外，她也是爱神，代表强烈炽热的情感；还是沙漠女王。孟菲斯城奈夫图姆荷花母神，普塔之妻。霍伊亚科月份之神。有七个使者，形象是女神射出的七支箭。还是"红布之神"，代表其祖国下埃及的颜色，同时也是敌人血液的颜色。

Selene　塞勒涅

希腊神话中，月亮女神，泰坦许珀里翁和忒亚的女儿。每天晚上乘马车穿过天际，用她的光照耀大地。一天夜里，她遇到了牧人恩底弥翁，对他一见钟情，从此以后月神每晚都会下凡亲吻他。二人生下了五十个女儿。在罗马神话中同卢娜。

Selvans o Selva　西尔瓦斯

伊特鲁里亚神话中，森林之神，由他得出罗马西尔瓦努斯之名，与希腊西勒努斯相关。

Sémele　塞墨勒

希腊神话中，哈尔摩尼亚与底比斯国王卡德摩斯之女，与宙斯生下狄俄尼索斯，宙斯令她怀孕，赐给她想要的一切。赫拉震怒，她借助欺骗之神阿帕式的技术装扮成老妇人，唆使塞墨勒要求宙斯以神的面目出现，显示其所有光辉。塞墨勒受到蛊惑提出了这一要求，但最终在见到宙斯真面目的那一刻因为无法承受伴随主神出现的雷火而被烧死。为了搭救孩子，赫尔墨斯将他从塞墨勒母体中取出，缝在宙斯的大腿上，狄俄尼索斯由此诞生。后来狄俄尼索斯长大后把母亲从冥府接至奥林匹斯山，跻身于众神之列，名为提奥涅。

Semla 塞姆拉

伊特鲁里亚神话中，大地之神，福弗伦斯之母，据说与希腊神话中的塞墨勒相关。

Sepa 塞帕

古埃及神话中，赫里奥波利斯的赤蜈蚣（或蜈蚣）的守护神，利用法术祈求不受蛇及其他有毒动物的啄咬。与尼罗河河水上涨有关，尼罗河从南至北流经全国，穿过四十二省，正如蜈蚣的四十二只脚。

Serafines 撒拉弗

天使之首炽天使，司掌爱情、光和火。美丽至极，只有天神能够看见她。撒拉弗有三对翅膀，一对专为遮住面庞，一对用于飞翔，还有一对遮住双足以示谦恭。颜色为赤红色，环绕于天宫王座。

Serapis 塞拉皮斯

古埃及神话中的人物，希腊化时期众神之一，被托勒密人加入埃及万神殿。亚历山大大帝征服埃及之后出现，后与托勒密·索特尔成为两位独立的神灵。其名字的后半部分（"apis"）来自于牛神阿匹斯，前半部分（"Ser"）来自俄西里斯。二神的融合产生了塞拉皮斯。集结了其他诸神的特点，如宙斯、狄俄尼索斯、哈得斯和阿斯克勒庇俄斯。与太阳神及其威力、重生、田间肥沃和医药相关。托勒密王朝的象征。

Serket o Selkis 塞尔凯特或塞尔吉斯

古埃及神话中的蝎女神，保护蝎子免受有毒动物的啄咬。专司葬礼祭拜，守护凯布山纳夫，他是负责保护贮存肠内脏的卡诺匹斯罐的神灵。由此她被称为美丽家园之神，熏香由此得名。同时也是冥界之神，与不同的恶神作斗争，保护法老的王位。她还有一个称号，"呼吸之神"，因为她帮助新生儿呼出第一口气。其祭司是巫师和医生，帮助人们治疗叮咬。

Serpiente del Arco Iris 彩虹蛇

澳大利亚土著神话中最古老的神灵，丰饶之神，雨神，创造了澳大利亚的土地和人民。生活在梦时代。

Seshat 塞莎特

古埃及神话中的至高书写女神，专司文字记录。出现在提尼塔时期，司掌丈量圣土的疆域和所用的绳索。建筑师和建造者之主，同时也是书籍和图书馆（当时是放置莎草纸卷册的房子）之主，与托特很相近，是书写之神，负责史料的记载。

Seth o Set 塞特

古埃及神话中，九柱神之一，天神努特和地神盖布之子，俄西里斯之兄，为争埃及王位将弟弟杀死。善恶参半的神，尽管其诽谤者多于拥护者。代表荒芜的沙漠、能够烧焦植被的干热的风、无尽的黑暗，是邪恶的本源，但是与家人一起在冥界保卫太阳船。伊西斯和奈芙蒂斯的哥哥，前者是俄西里斯之妻，后者是塞特的妻子。其他家人包括祖父母大地之神舒和雨水之神泰芙努特，曾祖父太阳神、创世之神拉，俄西里斯和伊西斯之子、他的侄子荷鲁斯，荷鲁斯为保父亲俄西里斯的王位与塞特展开了殊死搏斗。塞特与希腊神话中的堤丰相混同。

Sethlans o Velchans 塞斯兰斯或维尔查恩斯

伊特鲁里亚神话中，火神，锻造之神，伏尔甘得名于此，伏尔甘是希腊神话赫菲斯托斯在罗马神话中对应的神祇。

Shai　莎伊
古埃及神话中，代表命运的神灵。莎伊陪伴每个人出生，直至最后死亡，司掌一生的命运。虽然埃及人并不认为命运不可改变，每个人可以选择自己的命运，但他们认为在这个过程中莎伊神一直相随。当逝者在冥界重生转世，在真理法庭确保称重心脏时说的是真话时，莎伊都会出现。与梅斯赫奈特相关，掌管出生之事，像是一位女性知心朋友。形象似砖，长着女性的头，在真理法庭帮助死者重生转世。

Shakti o Devi　沙克蒂或戴维
印度教中的一位女神。名字意为"能量"，代表神明的积极力量。

Shakyamuni　释迦牟尼
亦作乔达摩佛陀，或佛陀（见词条 Buda-），佛教创始人，被尊为亚洲最重要的精神导师。据说生活在公元前 4、5 世纪，出生时叫作乔达摩·悉达多，长在深宫之中，后来他离开那里，寻求启蒙、启示。释迦牟尼这个名字意为"沙科亚智者"，沙科亚是什得达尔塔所属之族。

Shamash　沙玛什
巴比伦神话中的太阳神，与苏美尔神话中的乌图相对应，被阿卡德人引入的闪米特神同化，之后与辛神和伊什塔尔组成统治三神。法律和秩序之神，是他将我们现在所知的第一部法典交给汉谟拉比。对于苏美尔人来说，他是南纳之子，埃亚之夫，后来演化成安努或恩利尔的儿子，什埃利达的丈夫。

Shangdi　上帝
中国神话中，创世主之一。天堂之主，有时同天庭或另一位创世之神"天"。公元前 6 世纪被孔子引入到传统文化中。掌管众祖先神灵，自然秩序的至高统领。

Shed　什埃德
古埃及神话中，第八王朝比较低级的神明，保护人们不受危险动物迫害，包括昆虫。起源于小亚细亚，是一位年轻的神灵，后期常与哈波奎迪斯相混同。其名意为"拯救者"。

Shedu o lamassu　舍杜或拉玛苏
古阿卡德神话中，保护家园、宫殿和城池的门神或恶魔。

Shen Yi　羿
中国神话中，解救大地和百姓的太阳神。那时天空中有十个太阳，灼烧着大地。羿用箭一连射下九个太阳，只留下一个照耀大地，因而人们奉他为箭神。其形象为手中握有一个太阳，他最大的敌人是风神飞廉。

Shennong　神农
中国神话中的炎帝，生活在五千年前，传说中的农业和医药的发明者。《神农本草经》的著作者，神农是他的代称，据说他亲尝各种类型的药草、毒药，有"神农尝百草"的传说，还发明了茶。

Shentyt　舍恩提特
古埃及女神，据说是伊西斯或哈索尔的化身，《亡灵书》中七圣牛或哈托莱斯之一。

Shepes　舍佩斯

古埃及神话中，托特的化身之一，正义和法律的保护神。称为"大人"，形象为一个人，头顶倒置的新月，上方有一个太阳圆盘。一手握乌阿斯拐杖，另一只手持安赫。

Shesmu　舍斯姆

古埃及神话中，香水和酒之神，残忍无情。宫殿内的油神，司掌制作香水和油膏的作坊，熏香方面的专家。他非常凶残，同冥界的恶魔，嗜血成性，因为血与酒相近。他压紧罪人的头，用绳结掳走想要逃离的灵魂，将其带到祭祀大厅，把他们的灵魂剪成圆片。最不可思议的是，他把众神的灵魂在灶台上煮好，然后拿给死去的国王吃。他还被称为血神，在《亡灵书》中经常出现。

Shiva　湿婆

印度教中，与梵天和毗湿奴组成印度三大主神。被称为"毁灭者"。作为繁殖者，其创造力的象征即为表示生殖能力的男性生殖器"林伽"，非常大，其他两位神灵不得不承认其威力。既是复仇者也是平息者，与瑜伽教、禁欲主义及性爱相关。妻子是萨蒂、乌玛或雪山神女帕尔瓦蒂。同时他也是舞神。他有三只眼睛，可以看到过去、现在和未来，额头上的那第三只眼睛能够喷射神火把一切烧成灰烬。他的皮染成蓝色，脖子全是蓝色的，有毒，当众神在摧毁原始海洋以塑造宇宙之时，他不得不饮毒药拯救世界。发结椎髻，接受母亲恒河甘迦的影响，发源于根戈德里冰川，那里有一座敬奉恒河的庙宇，保护国泰民安。他的四臂上盘绕着蛇，一条蛇身插着三叉戟，足见其毁灭性的特点。他拥有一支恶魔军队，被其子伽内什统领，住

在卡伊拉什山。

Shu　舒神

赫里奥波利斯九柱神之一，古埃及神话中的大气之神，从阿图姆神的太阳穴中诞生。是人类的呼吸元气，阳光和云彩是他的骨架，也是国王攀登的阶梯，他还是北风的象征。他是冥界一个地区的王子，葬礼仪式期间在真理法庭担任法官，带领恶魔追捕有罪之人。他的一个使命是立于他的孩子们地神盖布和天神努特之间，让天地分开。当其父成为阿图姆－拉神之后，他变为拉神之子，于是成为法老的兄弟。雨水之神泰芙努特的丈夫和兄长，她是从阿图姆神的唾液中生出。他的象形名字是一根羽毛，意为"光"。在地球四个方位支撑天空的四根立柱称为舒之柱。

Shulpaea　舒尔佩

阿卡德神话中，至高神朱庇特的化身。苏美尔人称其为内比卢。与宁胡尔萨格结婚，生下十四个孩子。

Sia　西雅

古埃及神话中的智慧之神，司掌论证能力和直觉。拉神十四个卡之一，代表理解能力和触觉。具有自己的实体形态和意义，位于拉神的右边，手持记录智慧成果的莎草纸卷。

Sid　希德

爱尔兰凯尔特神话中的另一个世界，但并非地狱，因为古凯尔特人德鲁伊教巫师不认同罪过的概念。在这个世界中，有人们熟知的位高权重的名字，譬如"幸福平原"马格·梅尔德和"女性大地"提拉纳姆·班；达努神族被米利都人赶出爱尔兰后便来到了这个世

界。西德赫，由爱尔兰人命名，与巨石陵墓相关。最著名的是科诺克玛，那里是芬瓦拉和奈乌戈兰格王室所在地，位于波伊奈河边，有约二十五个葬礼巷道和六百多个雕刻的石头。

Siddartha Gautama 乔达摩·悉达多

佛教创始人，生于公元前 563 年现奈帕尔的一个村庄。父亲是萨科亚国王，据说母亲是被一头大象无接触受孕，一说母亲梦到一头小象进入她的腹中，之后悉达多就从她身边出现了。王子在王宫接受教育，后来发现百姓的贫穷，便离开家园，寻求启蒙、启示，成为第一位佛祖（见词条 Buda）。

Siduri 西杜里

史诗《吉尔伽美什》里的人物，与啤酒相关的发酵女神。她的使命是劝诫英雄热爱并享受生命，忘记永生不死。

Siete dioses de la buena suerte 七福神

日本神道 – 佛教中，拥有好运的神灵们，自 15 世纪起在日本广为流传。只有惠比寿为日本本土的神，另一些则是从中国佛教僧徒传过去的，因将日本神道与佛教结合而著名。他们是日本神话中主持人间福德的七位神，一般指：弁财天，音乐之神；毗沙门天，守卫之神；大黑天，健康和农业之神；惠比寿，渔业和贸易之神；布袋和尚，笑面佛；福禄寿和寿老人，长寿之神。

Sif 希芙

北欧神话中，雷神托尔的妻子，幸福、收获、丰饶之神。金发碧眼，美丽至极，希芙最美的地方是一头金发，洛基嫉妒无比，在一个夜晚剪下了她的头发。托尔差一点杀掉他，但洛基承诺他会从侏儒精灵那里拿到金丝制成的一顶黄金发作为弥补，黄金发能够自然生长。希芙是斯露德、乌勒尔和摩迪的母亲，但乌勒尔并非托尔之子。

Sigfrido o Sigurd 齐格弗里德或希格尔德

北欧神话中，日耳曼神话英雄，西格蒙德之子，法兰克族的国王，他的母亲在森林分娩他时死去。由侏儒铁匠雷金培养教育，教授他如何战胜守卫勃艮第宝藏的恶龙法夫纳。他用父亲的宝剑穿过恶龙的心脏，之后浸泡在其血泊中，以变得刀枪不入，但他忘记浸泡背上的一个地方，那里粘了一片椴树叶成了他的致命要害。齐格弗里德游历布尔衮迪亚，与勃艮第国王衮特尔之妹克里米尔达结婚。后来冒充国王以战胜奥丁使女冰岛女王布伦希尔德，并使她同意嫁给他。同时，衮特尔使者哈根密谋，令国王和布伦希尔德同意杀掉齐格弗里德，国王之所以同意是因为齐格弗里德比他的影响力更大了，而布伦希尔德则是因为她知道了这个骗局。之后哈根将他的宝藏藏到了里恩。克里米尔达于十三年之后再次出嫁，在丈夫埃策尔的帮助下杀掉所有人为其发夫报仇。

Sigyn 西格恩

北欧神话中，洛基之妻，当丈夫的头被一条毒蛇绑到石头上，她将毒液收到一个杯子中，使其不受伤害，但当她将容器盛满拿到远处准备倒掉时，洛基不住扭动，整个地球跟着晃动，也就是地震。

Sileno 西勒努斯

希腊神话中，半人半羊怪，低级酒神，狄俄尼索斯的养父和导师，据说是潘神或赫尔墨斯与一位宁芙生下的孩子，也有说是潘神同盖亚的孩子。以爱酒闻名，但当他清醒时非常智慧，被国王弥达斯掳走，他对弥达斯讲述了对生活的悲观看法以及酒醉的感悟。最后在波吕斐摩斯岛上成为奴隶，在奥德修斯的帮助下逃跑。同玛耳绪阿斯发明了长笛。据说西勒努斯思是其孩子，其中马龙、莱奈奥和阿斯特赖俄斯最出名，同他一样都是半人半羊怪，但是他们的半身不是公羊，而是半人马的样子。在罗马同西尔瓦努斯。

Silvano 西尔瓦努斯

罗马神话中，森林之神，掌管未开垦的田地，因此只要开垦新地播种，都要向西尔瓦努斯祭拜。起初只是作为玛尔斯的一个绰号，后来获得了自己的真身。

Sin 辛

阿卡德神话中，男性月神，同苏美尔神话中的南纳。恩利尔之子，伊南娜之父，阿卡德时期，月神辛、金星女神伊什塔尔和太阳神沙玛什组成闪米特三神。

Sindri 辛德里

见词条 Brok。

Sintoísmo 神道教

日本重要的多神论宗教。出现于公元前 3 世纪，当时社会普遍信奉各省的宗教信仰和查曼教，神道教直到 7 世纪才奠定重要的位置。众神被称为"神道教之神卡米斯"，日本约有八百万神道教之神。8 世纪发展时与新兴佛教结合，如二元神道教流浪的神甫或亚玛布什，同天照大神和瓦伊洛卡纳联合。8 世纪，开始出现对神道教很有影响的教义学说，如瓦塔莱或尤什达、19 世纪出现国家民族主义热潮，受弗科教义的影响，两个宗教分离。第二次世界大战之后，神道教渐渐消亡，如今上百个教派试图将其重建。神道教神灵司掌生活的各个方面，需要定期举办仪式让他们高兴满意，包括按照指定的方法刷牙。对于日本人来说，清洁非常重要，初始的最重要的神道教神灵，包括太阳神和月亮神，都是从造物主伊邪那岐的清洁中诞生出来，他到访地狱后洗涤身体化出了很多神灵。譬如，日本皇家祖先太阳神天照大神，是他在清洗左眼时生出的。敬拜神道教神灵所需的物品包括一个美丽的地方，一尊雕像，一个喷泉，一块石头，一面镜子，甚至还有一座山。日本神教在很多书中都有所记述，譬如 8 世纪的编年史《阔西基》和《尼霍恩西》，在 10 世纪被恩西·什基发展，还有《什因托·格布斯霍》或《神道五书》等。

Sirenas 塞壬

希腊神话中，海中宁芙，海神福耳库斯和刻托的女儿们，一说是阿刻罗俄斯和墨尔波墨涅的孩子们，是格赖埃三姐妹和蛇发女妖戈耳工的姊妹。她们被认为是可怕危险的海洋怪物，用声音就能令经验丰富的水手们发疯，引诱他们走到石头边自己撞死。奥德修斯用蜡封住耳朵逃过一劫，而阿尔戈英雄则是靠俄耳甫斯的歌声逃出魔爪。罗马文学中，她们变为人见人爱的姑娘，长长的头发，下半身为鱼尾。

Sísifo 西西弗斯

希腊神话中，埃俄罗斯和埃纳瑞忒的儿子，墨洛珀的丈夫，古科林斯的创始人和国王。同安提克勒亚生下奥德修斯，与墨洛珀生下格劳科斯。相传西西弗斯是最狡猾的人，不惜使用各种陷阱圈套搜取钱财。促进商业和航海，但同时他对富有的旅行者也不忘敲上一笔。当塔纳托斯去捉拿他时，他将死神用锁链锁起，战神阿瑞斯及时赶到将其救下，西西弗斯则被送往冥府后又动用心计重返人间。

Sita 悉多

印度教中，毗湿奴化身之一罗摩的妻子。其名意为"犁沟"，与大地富饶相关。一些书中也把她视为帕尔汗亚和因陀罗的妻子。据说国王哈纳卡在一次求雨仪式上耕地时，她从土地中诞生。同罗摩结婚，被罗波那抓捕，解救出来后被驱逐出国。悉多在森林中生下两个儿子，俱舍和罗婆，后来罗婆与罗摩发生冲突，悉多才告诉罗摩罗婆是他的孩子。罗摩请求悉多让她同自己回去，但最后大地裂开，将她带回了她最初离开时的地方。

Skadi 斯卡迪

北欧神话中，司掌冬季、山峰和狩猎的神灵，华纳神族主神尼约德的妻子。父亲夏基因劫持青春女神伊登被阿萨神族杀死，女神全副武装赶到阿斯加德仙宫报仇雪恨。诸神试图与她和解，答应她提出的要求，她要求他们让她大笑一场。洛基将生殖器绑在山羊身上拔河，使其发笑。之后，他们同意她在诸神中挑选一位神灵做丈夫，但她只能通过看各位神灵的脚来选择。斯卡迪挑选她认为最完美的脚，她认为那应该是巴德尔，但却挑到了海神尼约德，他无法忍受山峰之寒，而斯卡迪憎恨大海，于是他们必须选择一个折中的方法来生存。

Skanda 塞犍陀

见词条 Kartikeya。

Skímfaxi 斯基法克西

北欧神话中，白昼之神达古的马，其鬃毛可射出极亮的光，照耀天地。夜神诺特之马赫利姆法克西的同伴。与阿瓦可和奥斯温相关，两匹马负责牵拉太阳战车。

Skuld 诗寇蒂

北欧神话中，诺伦三女神之一，负责织造生命之树下所有生灵的命运之网。诗寇蒂能够预告人类的命运，她也是女武神中的一位，能决定战场各方的命运。

Sleipnir 斯莱布尼尔

北欧神话中，众神之父奥丁的灰色战马，有八条腿。洛基同巨人斯瓦迪尔法利之马的孩子，巨人化作工匠主动请缨建造阿斯加德仙宫的一面墙，以换得芙蕾雅做他的妻子。为了阻止他在期限内完成工作，洛基便化作一匹白色母马前去引诱斯瓦迪尔法利，失去帮手的巨人来不及完工。最后，洛基生下斯莱布尼尔重返王宫，将其献给了奥丁。斯莱布尼尔能够上天入海，牙齿上刻有卢恩文字，变为怪兽浦西科珀姆珀时还可以往返冥界。

Sobek 索贝克

古埃及神话中的鳄鱼神，司掌丰饶、植被和生命。亦称苏科斯。象征法老的力量，善恶兼具。从原始混沌之神卡俄斯中出现，为水之神，尼罗河创造者，既能保护丰收，也会破坏庄稼。在冥界，他是一个恶魔，与塞特相关。一说索贝克与俄西里斯联合，作为埃及国王。奈特的儿子，赫凯特或哈索尔之夫，孔斯之父。一说他是梅赫图莱特的父亲或丈夫。

Sokar 索卡尔

古埃及神话中，孟菲斯墓茔的游隼之神，木乃伊身。与黑暗相连，神秘地域之王。看守冥府大门。在孟菲斯墓茔之一萨加拉被尊崇为善神，在那里他是死者的保护神，设计法老骸骨的工匠。有很多绰号，如神秘地区之主，展开双翼的大主神，"所属地盘之主"，"拉神之巴"，连接道路之门的守卫。也是地球衰落之神。因其重生的闪灵特点以及居于冥界的生活而与俄西里斯混同。

Sol 索尔

古英语也称西海尔，北欧神话中太阳女神，蒙迪尔法利和格拉乌尔的女儿，格莱恩的妻子。白天乘阿瓦可和奥斯温双马驾驶的战车奔跑，双马鬃毛散发出的光芒能够照耀地球，被狼神斯库尔追捕，狼神为了让自己的女儿取而代之便每天吞食太阳神，正如哈提追赶月神卢娜。为了避免太阳神的光热摧毁地球，另一匹狼斯瓦林在她和大地之间奔跑。

Soma 索马

印度教中，从古波斯到印度宗教仪式上使用的饮品，崇拜之地都将其视为同一神灵。人们对这种饮品所属的植物并不了解，可能是一种具有致幻效果的菌类，印度大麻毒或是麻黄。天神因陀罗和阿格尼饮用这种饮品。

Somtus 索姆图斯

古埃及神话中，"统一两方疆土之人"，指的是埃及的两方土地，常与哈尔索姆图斯相混淆，索姆图斯是连接两个大地的荷鲁斯，他们的形象相同，但各自有自己的神甫祭司。

Sopedu 索佩杜

古埃及神话中，保卫国土边境的战神。被称为东方之王。游隼之神。其主要称号都与其尖锐的能力相关，如"锐利"，"尖刻"，"锋利"。亚洲人称其为阿索特或是东方沙漠外族之神，保护从小亚细亚通向埃及的西奈半岛。

Sorgina 索尔西纳

巴斯克神话中的巫师。

Sotis 索蒂斯

古埃及神话中，西里奥星辰女神（卡尼库拉），预示尼罗河每年的洪期。索蒂斯是"带来尼罗河洪水之神"或是"新年的闪耀女神"，七月河水上涨之前不久出现在天空。索蒂斯是埃及学中使用的（希腊）名字，其埃及名为索普代特。代表河水退潮后淤泥带来的富足。尼罗河大洪水之神哈皮的妻子。

Sotuknang 索图克南格

北美霍皮印第安神话中，造物主泰伊奥瓦的器具，用这一器具创造了世界。索图克南格创造了九大宇宙王国，一个给他和造物主泰伊奥瓦，其余的给他创造出来的生命。他将宇宙中的空气和水分开，遵照造物主泰伊奥瓦的命令，他向蜘蛛女神科岩格乌提请求用其唾液创造生命。

Sucellos o Sucellus 苏塞罗斯或苏塞鲁斯

凯尔特和卢西塔尼亚神话中，高卢人中司掌农业、森林和酒的神灵，也出现在古葡萄牙神话中。形象是一个长着胡子的男人，身边陪伴着妻子南托苏埃尔塔，二人都是繁荣富足和家庭生活的象征。

Sun Wukong　孙悟空

尊为美猴王，奉为神明，中国佛教神话英雄，16世纪所著的《西游记》（作者吴承恩）描述了孙悟空的探险奇遇。孙（意为"猴"），从石头中诞生，后经千山万水拜菩提祖师为师学艺，得名孙悟空，学会地煞数七十二变、筋斗云、长生不老等高超的法术。神通初成的孙悟空先大闹龙宫取得如意金箍棒，又大闹地府勾去生死簿，后被天界招安，封为弼马温，负责看守天庭马厩，玉皇大帝还赐予他齐天大圣的称号。但孙悟空得知职位低卑后大怒，于是玉帝让他掌管蟠桃园。他偷吃蟠桃，如来佛祖与他打赌只要他能逃出其管辖就不关押他。然而整个宇宙都为如来佛祖所管，孙悟空逃到天边以为已是尽头，不料竟是如来的一根手指，于是被囚禁在五行山下五百余年悔过自新。后经观音点化，被唐僧救出，保护唐僧西天取经，同行的还有二师弟猪八戒、三师弟沙僧和四师弟白龙马。师徒五人一共走了十四年，穿过九个王国，一路降妖除魔，不畏艰难困苦，历经九九八十一难，最后取得真经修成正果，被封为斗战胜佛。

Surt　史尔特尔

北欧神话中，火巨人之首领，穆斯贝尔海姆之王。他野心勃勃，想纵火烧了世界，诸神的黄昏发生时他带领队伍前往北方诸神国度，攻击众神。

Susanoo　须佐之男

日本神道教中，海洋和暴风雨之神，太阳女神天照大神的弟弟。凶残之神，有时被认为等级地位较低，他和姐姐都与日本天皇皇室相关。在八歧大蛇的神话中是一位善神。

Suttung　苏图恩

北欧神话中的巨人，其父亲吉尔林被侏儒法亚拉和戈拉杀害。苏图恩追到这两名凶手，侏儒给予他用克瓦希尔鲜血制成的诗歌之酒作为补偿。苏图恩将得来的酒藏到山上的洞穴里，并让女儿格萝德负责守护，然而奥丁蛊惑她，主神得偿所愿获得了宝物。

T

Tabaldak　塔巴尔达克

阿布纳基神话中，雌雄同体的造物主。用粉末创造了兄弟格卢斯卡普和马尔苏弥斯，赋予其改变世界的力量，但只有格卢斯卡普选择了正确的道路。

Tabitet o Tabityet　塔比泰特或塔比杰特

古埃及神话中女神，其形如蝎，与魔法和对抗有毒叮咬的法术仙药相关。丈夫荷鲁斯在一张檀木床上夺去了她的贞洁，法术中便收集了她失掉的血。在一些神话中也作为荷鲁斯的母亲出现，同伊西斯。

Tácita　塔西塔

罗马神话中人物，见词条 Lara。

Tages　塔革斯

伊特鲁里亚神话中，智慧之神，有时也是占卜之神。他的腿是两条蛇，很多人认为他是恶魔。

Taigete　塔宇革忒

希腊神话中，普勒阿得斯七姐妹之一，阿特拉斯和普勒俄涅的女儿。宙斯的情人，二人生有拉刻代蒙。

Taiowa　泰伊奥瓦

霍皮神话中的造物主，他只创造了另一个神灵索图克南格，之后命令他创造宇宙。

Taipán　泰潘

澳大利亚土著神话中，科克角的维克·卡尔坎人信奉的蛇形之神，拥有全自然的威力，特别是闪电和雷鸣，还具有治愈病人以及杀死健康之人的能力。

Talasa　塔拉萨

希腊神话中的海神，埃忒尔和赫墨拉之女，她被认为是地中海的化身。有传说她是阿佛洛狄忒的母亲，是乌拉诺斯被砍下的生殖器投入海中生出的孩子。作为蓬托斯的妻子，是九位忒尔喀涅斯的母亲，同时也是海中宁芙哈利亚和海洋生物的母亲。

Talos　塔罗斯

希腊神话中的巨人，据说赫菲斯托斯在独眼巨人的帮助下，将其锻造成铜人。守卫克里特岛，每天三次环岛巡视，无人能进出。在美狄亚的帮助下，阿尔戈英雄劝说他拔去脚踝的钉子，那是他身上唯一的弱点，不料血流如注，当即死亡。他也被认为是保护克里特岛的米诺伊卡舰队的化身。另一位同名者是代达罗斯的一个侄子，通过观察蛇的牙齿发明了锯。

Tamoanchan　塔莫安查

见词条 Tomoanchan。

Tamuz　塔木兹

苏美尔神话的杜姆兹在阿卡德神话中的名字，伊南娜的丈夫，后来成为伊什塔尔的丈夫。掌管城市库阿，是位于卢加尔班达和吉尔伽美什之间的乌鲁克中第一代人的第三位国王。据说，杜姆兹－塔木兹死后，伊南娜－伊什塔尔下到妹妹埃列什基伽勒司掌的地狱，杜姆兹－塔木兹三天之后复活。印度南部得拉维达斯人中有一位国王也叫这个名字，泰米尔文化之名由此得来。

Tánatos　塔纳托斯

希腊神话中，黑夜之神尼克斯之子，是许普诺斯的孪生兄弟，他被看作自然死亡的象征，与在战场上寻找伤员的刻瑞斯相对立。在死亡时刻出现，似寒冷的黑暗。在罗马神话中同摩尔斯。

Tane　塔奈

毛利人中的森林之神。他将父母天神兰戈和地神帕帕用树木分开。创造了光，太阳和月亮，第一批树木，它们滋养了动物。妻子是海奈－提塔玛。

Tangaroa　坦格罗阿

毛利人和玻利尼西亚不同岛屿的海神。同塔奈争吵，让他不要再派小木舟攻占大海，对方拒绝之后，坦格罗阿制造一阵浪潮，摧毁了森林。是塔希提人中的主神。

Tántalo　坦塔罗斯

希腊神话中，宙斯和普路托的儿子，弗里吉亚或是西庇洛斯的国王，同普勒阿得斯七姐妹之一狄俄涅生下珀罗普斯、尼俄柏和布罗忒阿斯。被邀到奥林匹斯山同众神聚餐之后，他将听到的事泄漏了出去，酿成大错。他邀请众神参加盛宴，最后结束之时，将其子珀罗普斯肢解，呈上宴席，但只有得墨忒尔大意地吃

了。后来，他自己，或是同潘达瑞俄斯合作，盗了赫菲斯托斯锻造的宙斯神庙的金犬，因为这个原因，宙斯用石头将其压扁，送去地狱塔尔塔洛斯，他始终浮在湖面，喝不到水，身旁有一棵果树，但当他饥饿难耐时，那棵树就会远离他使其无法触及。

Taranis　塔拉尼斯

在加利亚敬拜的雷神，与埃苏斯和图塔提斯相关。同独眼巨人布戎忒斯相混同，在罗马统治中被朱庇特收走。此外，与斯堪的纳维亚的托尔、爱尔兰的图伊瑞恩和盎格鲁撒克逊的普诺尔也有联系。在爱尔兰神话中没有出现过。

Tarchon　塔尔迟翁

与其兄提莱诺（提莱诺斯）同为伊特鲁里亚英雄，建立十二座城市的伊特鲁里亚联邦统治。

Tártaro　塔尔塔洛斯

希腊和罗马神话中，原始之神，埃忒尔和盖亚之子，代表世界的深渊，在哈得斯之下，牢不可破，周围包裹着三重暗幕和三道铜墙。乌拉诺斯将怪兽儿子独眼巨人和百臂巨人幽禁在那里。后来，那些受到特殊惩罚的人也被关在此处。对于罗马人，那里是有罪之人驻足的地方，由勒耳那的海德拉看守，内部受提斯弗奈监视；基督教中，降落的天使最终停留在地狱塔尔塔洛斯。

Tata　塔塔

阿兹特克神话中的火神，亦称为胡埃胡埃特奥特利和西乌赫特库赫特利。约鲁巴宗教中的巴巴洛利萨或神甫，掌管神殿超过三十年。

Tatenen　塔泰奈恩

古埃及神话中，每年大洪水引起尼罗河水势上涨，洪水退去后露出的土地之神，沿着长长的河流，土地和一切事物都会因淤泥而上涨。其名字意为"上升之地"，因为大洪水之后，河流从遥远的埃塞俄比亚土地带来淤泥，受此影响地面会提高几厘米。那片淤泥非常肥沃，使尼罗河边的田野丰饶之极。而其他没有受到每年这样恩泽的地方在多年耕种后就会变得十分贫瘠，需要施肥，或是就此失去生产力。

Taumante　陶玛斯

希腊神话的海神，盖亚和蓬托斯之子，海洋仙女厄勒克特拉的丈夫，二人生下彩虹女神伊里斯、阿尔珂、许达斯佩斯和鹰身女妖哈耳庇厄。另一位同名者则是在庇里托俄斯婚礼上与忒修斯对抗的半人马怪之一。

Tawhaki　塔乌哈吉

毛利神话中的光和雷神，海伊利之孙，雷鸣的化身，卡利西的兄弟。

Tayt　塔伊特

古埃及神话中的纺织女神，司掌亚麻和织物。自古帝国起，负责为木乃伊的制作提供缠裹所用的布帛。也作 Tait 或 Tayet。

Tea　忒亚

希腊神话中，也称 Thea 或 Eurifaesa（欧律法厄萨），一位泰坦女神，乌拉诺斯和盖亚的女儿，光明女神，引申为金光闪闪的珠宝女神；许珀里翁之妻，赫利俄斯、塞勒涅和厄俄斯之母，古希腊人相信眼睛就像一盏灯一样会发出一种光线，当它射到物体上人们方能看见东西。

Tecuciztecatl　特库希斯特卡特尔

阿兹特克文明中的月亮之神，起初是蜗牛和虫之神。为了摆脱这种出身，他同纳纳华特辛比赛，谁能跨越圣火谁就成为太阳神。结果特库希斯特卡特尔输掉了比赛，于是变作了月神。

Tefnut　泰芙努特

古埃及神话中，原初的雨水之神，潮湿的化身，母亲之神，狮首人身女神，当作狮神时也是拉神之眼，（后期）转化为塞赫麦特，被赫里奥波利斯神学中的创世神阿图姆从原始海洋里冒出之后创造的第一对夫妻中的女性。阿图姆从原始混沌之神卡俄斯中出现，从太阳穴中创造了大气之神舒，用唾液造出了雨水之神泰芙努特。因此她是赫里奥波利斯的第一位女性，生出大地之神盖布和天空之神努特，这两位又生出了伊西斯、俄西里斯、塞特和奈芙蒂斯，后来又加入了荷鲁斯。这群神灵组成了九柱神，是赫里奥波利斯神甫统治期间埃及至高神群。

Tekkeitserok　泰克凯特塞罗克

因纽特神话中，司掌狩猎和鹿的神灵。

Télefo　忒勒福斯

希腊神话中，奥格的儿子。奥格被大力神赫拉克勒斯侵犯，于是其父忒革亚国王阿琉斯下令将女儿逐出家园。女孩生下忒勒福斯，将其抛弃，孩子一直被牡鹿在异国王室养育，一天决定向德尔斐神谕求助，以查明自己的真实父母到底是谁。从这里开始出现了两种说法。一说是他发现母亲同米西亚国王透特拉斯结婚，他们承认他并将其作为继承者。另一个故事中，透特拉斯没有同奥格结婚，而是视她为女儿，将其赐给忒勒福斯，以使其保卫王国。当他同母亲结婚要结合时，众神阻止并使其母子相认。

Telémaco　忒勒玛科斯

希腊神话中，奥德修斯和佩涅罗珀之子，他憎恨众多追求母亲带给她困扰的求婚者，于是出海去寻找父亲。他去拜访涅斯托尔打探消息，涅斯托尔将其送到墨涅拉俄斯处。他不知道父亲是死是活，于是一个人回到家。到家后发现父亲已经乔装打扮成乞丐回来了，还没有暴露身份。最终，他帮助父亲消灭了追求者，后来同喀耳刻或其女儿卡西福涅结婚。

Tellumo　忒路摩努斯

罗马神话中的拉丁神明，相当于忒路斯男性神灵，具有能够使土地丰饶的威力。众多农业之神之一，受农民敬拜。根据其保护的田间工作，忒路摩努斯有很多变体：泰路默·奥巴拉托尔，泰路默·奥卡托尔，泰路默·梅索尔，泰路默·普罗米托尔等。其他被农民崇拜的神灵有梅西亚，珀莫纳，伦西纳，泰莱恩西斯和图尔图里纳。牧主敬拜母马保护神艾波娜，牛之守护神布博娜，牧民守护神希尔瓦努斯，绵羊保护神帕莱斯等。

Tellus　忒路斯

罗马神话中，司掌土地和丰收的拉丁神明，同希腊之神盖亚和得墨忒尔。是忒路摩努斯女性神的表现形式，二人为夫妻，称为忒路克斯瓦。

Telquines　忒尔喀涅斯

希腊神话中的最低级海怪，九兄弟的统称，海神塔拉萨和蓬托斯的儿子们，第一批入驻罗得岛的岛民，一说为赫利俄斯和赫拉之子。被认为是火神，金属发明者，陪伴赫菲斯托斯的手工艺者，能够变身成各种样子，制造暴风雨，还是海神波塞冬的导师。最后被逐出罗得岛，死于宙斯和阿波罗之手。形象为狗头、蹄掌、鱼尾。

Temazcalteci　泰玛兹卡尔特茨

阿兹特克神话中，热水和医药女神，受医生敬拜。

Temis　忒弥斯

希腊神话中，泰坦女神，乌拉诺斯和盖亚之女；法律和正义的象征。与宙斯生下时序三女神和阿斯忒赖娅，一说还生下了摩伊赖，但根据其他神话传说，摩伊赖是黑夜女神尼克斯的女儿，还参加了忒弥斯的婚礼。忒弥斯被认为掌握着德尔斐神谕，曾谕示丢卡利翁把地球母亲的骸骨扔到脑袋后面去，以在大洪水后重建人类旧观。在罗马神话中同伊乌斯提提亚。

Ténages　忒那革斯

希腊神话中，赫利阿达斯之一，赫利俄斯和罗得的儿子们，居于罗得岛，跟随父亲研习天文学和冶金术。他是众儿孙中最出众的那一位，被四个兄弟阿克提斯、坎达罗斯、玛卡耳和特里俄帕斯嫉妒、杀害。

Tentirujo　特恩提卢霍

坎塔布里亚神话中，尖利耳朵之神。身穿肉色大衣，头戴贝雷帽。因受曼德拉草的庇护可以隐身，借此特质肆意轻薄女人。

Teoyaomqui　特奥亚奥姆基

阿兹特克文明中，死于沙场的战神。一天之中代表六时的神灵。

Tepeu　特佩乌

玛雅神话中，造物主之一，与古库玛兹和乌拉坎共同用淤泥创造人类。之后参加了后两次的造人行动。

Tepeyollotl　泰佩尤罗特尔

阿兹特克神话中，司掌沙漠和地震的神灵。其名意为"山之心"，形象是跃向太阳的美洲豹。

Tepoztecatl　泰珀兹特卡特里

阿兹特克神话中，龙舌兰酒之神，酒醉之神，富饶之神。玛雅胡尔之夫，索奇奎特萨尔的化身之一。玛雅胡尔和帕特卡特利四百个孩子中的一位。

Terpsícore　忒耳普西科瑞

希腊神话中，司掌舞蹈和合唱的缪斯女神，在一些神话传说中，她同阿刻罗俄斯或福耳库斯生下美人鱼。

Teseo　忒修斯

希腊神话中，雅典英雄，参加了无数场冒险奇遇。雅典国王埃勾斯或是海神波塞冬之子，被母亲埃特拉在特洛伊抚养，直到十六岁才知道自己的父亲是谁。在回雅典的路上，杀死了歹徒珀里斐忒斯和辛尼斯。父亲埃勾斯将其作为继承者，之后他去往克里特岛消灭弥诺陶洛斯。然后同米诺斯之女阿里阿德涅私奔，后将其抛弃在纳克索斯岛上。成了雅典国王，与朋友赫拉克勒斯一同远征亚马逊女英雄部落，掳走她们的一位女王安提俄珀，二人结婚，引起了同亚马逊女英雄的战争。他同安提俄珀育有一子希波吕托斯，忒修斯的第二位妻子淮德拉爱上了这个少年，但被少年拒绝，便指控他企图侵犯自己，希波吕托斯被赶出家园，波塞冬接受忒修斯请求将希波吕托斯杀死。另一个著名的探险故事发生在他朋友庇里托俄斯的婚礼上，半人马怪喝醉后，想侵犯新娘，引发了一场可怕的争斗。最后，他陪同庇里托俄斯去到地狱，试图拐走冥后珀耳塞福涅，但他们在哈得斯被捉住，最后赫拉克勒斯解救了忒修斯，回到一片混乱破败的雅典，于是决定在埃斯洛斯岛上度过余生。

Teshub o Tesup　泰舒布或泰苏普

胡利塔神话中，暴风雨之神，伊什塔尔的兄弟。

Teteoinnan　泰特奥伊南

阿兹特克神话中，众神之母的创造物，自然力量的化身，德恩·科亚特利库埃的对抗者。

Tetis　忒堤斯 / 忒提斯

希腊神话中，有两个著名人物叫这个名字。一位是乌拉诺斯和盖亚的女儿，泰坦之一，海神，与哥哥俄刻阿诺斯结婚，生下俄刻阿尼得斯（宁芙）、俄刻阿尼达斯（河神）。因赫拉的缘故她让大熊星座和小熊星座永远无法落到海平线下。还有一位是海中仙女，涅柔斯和多里斯之女，与侏儒国国王珀琉斯结婚，生下阿喀琉斯。

Tezcatlipoca　特斯卡特利波卡

阿兹特克神话中，天地之神，人类保护者，力量之源。同时也是战争裁判，能够预见未来。隐形不为人所见，巫师之神。他在很多神话传说中都出现过，天地创造者，之后变成了星辰。对于托尔特卡人来说，他是死神，沿着一张蜘蛛网从天空下到凡间，摧毁魁札尔科亚特尔的丰功伟绩。在阿兹特克文明中，魁札尔科亚特尔被认为是白特斯卡特利波卡，特斯卡特利波卡则是黑特斯卡特利波卡（见词条 Tezcatlipoca Negro），这两位神互为补充。一说二人共同创造了世界。

Tezcatlipoca Negro　黑特斯卡特利波卡

亦称为亚奥特尔，"战士"，由北方的托尔特卡战士引入阿兹特克神话并作为毁灭之神，自 10 世纪被阿兹特克人崇拜。形象为人的样子，一道黑条穿过脸庞。其名意为"雾镜"，因为他后脑勺上戴着一面黑曜岩镜子，还有一面代替了他的一只脚。纳华人认为他和魁札尔科亚特尔用一个名叫特拉尔特库赫特利的怪兽的身体共同创造了世界，为了捕获这头怪兽，特斯卡特利波卡献出了他的一只脚，因此现在看到的就是少一只脚的形象。当他替代奎泽克特登上神座时，命令人们献祭，正如怪物创造了地球，要吸食人血获得平静。通过镜子他能看到一切，知晓一切，他无处不在，通常不为人所见。与淫荡和禁忌之爱女神特拉索尔特奥尔特相关，保护青年，支持军事学校，为所有新加冕的君主赐名。

Tezcatlipoca Rojo　红特斯卡特利波卡

阿兹特克神话中，奥梅特库特利的长子，之所以取这个名字是因为他出生时通体红色。西佩·托堤克的别名。

Thalna　塔尔纳

伊特鲁里亚神话中，出生之神，提尼亚之妻。

Thiazi o Tjazi　夏基

北欧神话中，挟持青春女神伊登的约顿海姆巨人，致使阿萨神族变老，因为伊登女神掌管着可以让诸神长生不老的青春苹果。洛基变成一只猎鹰去解救她，愤怒的夏基化作老鹰追了上来，这时阿萨神族升起大火，将疾飞到神之国的夏基烧死。

Thok　索克

北欧神话中，洛基的化名，当时他化装成女巨人，拒绝为巴德尔之死哭泣，这样便使得巴德尔不能重返家园。

Thor　托尔

北欧神话中的雷神，奥丁和大地女神娇德之子，一说他是奥丁发妻弗丽嘉的儿子。巴德尔的兄弟，希芙的丈夫，其儿子曼尼更为著名，是托尔与女巨人雅恩莎撒所生。托尔代表善良和正义，力量和战斗热情。居于阿斯加德仙宫之中的特伦德海姆，其王宫名为毕尔斯基尔尼尔。拥有一个神锤，由侏儒布洛克和辛德里所制，扔出去还能回到托尔手里，能够引起电闪雷鸣。乘坐一辆由飞公羊驾驶的战车出来巡视，所行之处便会雷雨交加。巨人族的敌人，曾盗过他的神锤，因而他不得不装扮成芙蕾雅，同洛基一起夺回锤子。诸神的黄昏中被冰巨人国王乌特加尔达洛基打败，最终死去。

Thot　托特

古埃及神话中，赫尔墨波利斯创世主，在那里八元神分成八个部分。托特属于拉神赫里奥波利斯家族，后成为月神，经过五天无配偶繁殖，生下伊西斯、俄西里斯、塞特、奈芙蒂斯和荷鲁斯。作为创世神，具有很高的语言天禀，通过嘴中的声音创造了低级神灵，由此他也是书写和语言之神，文字之神，科学和历史之神，法学和知识之神。创造了文字书写，科学历史之父。妻子是秩序和正直女神玛亚特，形象为白头，一说是一只蛛猴。

Thrud　斯露德
北欧神话中，奥丁主神的使女，托尔和希芙之女，摩迪的姐姐，曼尼和乌勒尔同父异母的姐妹。据说她美丽至极，侏儒阿尔维斯非常爱她，要与她结婚。托尔为了阻止这件事，要求考验侏儒的智慧，问以种种问题，直到夜尽天晓，第一线阳光射来，阿尔维斯来不及回到地底，在阳光下化作了石头。

Tiamat　提亚玛特
在美索不达米亚神话中，海水创造的原始女神，与淡水创造的原始男神阿卜苏共同创造了其他神灵和动物，最初创造的是神灵拉赫穆和拉哈姆，之后不断繁衍。但后来他们决心把大大小小的神统统杀掉，巫术女神埃亚阻止了阿卜苏，但提亚玛特在情人基恩古的帮助下派出恶魔对抗自己的后代。在巴比伦神话中，出现了马杜克，他是埃亚和恩利尔的儿子，众神给予他绝对的权力以消灭基恩古和提亚玛特。提亚玛特被箭射中，锁入深渊，从她的身体中产生了坚固的大地，以基恩古的血液搅拌泥土产生了人类。

Tian　天
中国古代神话创世神之一。这个名字在宗教和地理学中均意为"天空"，造字本义是人的头顶上方的无边苍穹。

Tías　忒伊阿斯
希腊神话中，柏罗斯的儿子，皮格马利翁和狄多的兄弟，亚述国王，与女儿密耳拉生下阿多尼斯，自杀之前先杀死了密耳拉。

Tiberino　提贝里努斯
古罗马神话中，台伯河保护神，曼托的丈夫，俄克诺斯的父亲，帮助埃涅阿斯到达拉齐奥。在另一个罗马神话中他不再是俄刻阿尼达斯，而是拉齐奥的阿尔巴朗格市第九位国王，最后溺死于阿尔布拉河，于是重新命名了该河流。

Ticio　提西奥
希腊神话中的一位巨人。雅典娜从帕诺派俄斯到皮托时，巨人企图侵犯女神，于是女神向阿波罗和阿尔忒弥斯求助，二神将巨人杀死。宙斯令其下地狱，两只兀鹫或蛇接连啃咬他的肾脏，同普罗米修斯的境遇。

Tiempo del Sueño　梦世纪
澳大利亚土著神话中，梦境或梦世纪最初出现在一场大洪水之后（各部落有关梦世纪出现的原因有所不同），洪水淹没了平原和漂浮的船只，那下面就住着原始神灵，大洪水的到来将他们叫醒，创造了世界。那时分，一条巨大的蛇（彩虹之神伊里斯的蛇）开始在空地上爬行，创造了峡谷和山峰，其他蛇和动物都追随着他。简单来说，梦世纪就是那段原始神灵梦想世界是什么样子，并按照所想将其创造的时期，即创世之梦。梦世纪的神界与凡界是平行的，不存在时间的差异，通过仪式和祭礼就能够穿越。

Tiestes　堤厄斯忒斯

希腊神话中，阿特柔斯（见词条 Atreo）的孪生兄弟，珀罗普斯与希波达弥亚之子，阿格拉俄斯、卡利勒翁、俄耳科墨诺斯、普勒斯忒涅斯和坦塔罗斯（与其祖父同名）的父亲，阿特柔斯杀死了兄长的五个孩子，并且哄骗兄长吃下自己的骨肉，以报复他与妻子埃罗佩私通。堤厄斯忒斯得到神灵启示，如果他和女儿菲洛庇亚生下一个儿子，那么这个孩子将来就会杀死阿特柔斯，埃癸斯托斯由此降生，并最终杀死了国王阿特柔斯。

Tifón　堤丰

希腊神话中的喷火怪兽，身上盘绕着一条大蛇，还生有一对翅膀。盖亚与关押泰坦的冥府之神塔尔塔洛斯生下的最后一个孩子，以期能够战胜奥林匹斯众神。宙斯将其打败，把他投到地狱塔尔塔洛斯中，埃特纳之下。同妻子厄喀德娜生下很多孩子，刻耳柏洛斯、喀迈拉、斯芬克斯、涅墨亚狮子、科尔基斯龙、赫斯珀里得斯之龙、勒耳那的海德拉和双头犬俄耳托斯。与埃及神话中的塞特相混同，与巴比伦神话的提亚玛特相关，最后被马杜克打败。

Tinia　提尼亚

伊特鲁里亚神话中的主神，天空之神，乌尼的丈夫，弥涅尔瓦的父亲，弥涅尔瓦从其头部生出，三人组成统治三神。与乌尼生下海尔科勒，赫拉克勒斯的祖先。是伊特鲁里亚神话中的朱庇特。

Tique　堤喀

希腊神话中，亦作 Tyche 或 Tiké，命运之神，司掌各个地方、人类以及全社会命运的神灵。据说她是一位海洋仙女，俄刻阿诺斯和忒堤斯之女，一说是赫尔墨斯和阿佛洛狄忒之女。她带给众人幸福快乐。与涅墨西斯和阿加索斯·戴伊蒙相关，其助手是普路托。在罗马神话里同福尔图娜。

Tiresias　忒瑞西阿斯

希腊神话中，底比斯一位预言者，曾预言打败斯芬克斯的人将统治城市。他是盲人，不确定是自出生起便看不见，还是因为偷看雅典娜裸体被惩罚而变成瞎子。传说，他杀死一条雌蛇自己就变成了女人，七年之后，他杀死了那条雌蛇的丈夫，又变回男性。宙斯和赫拉问他在爱情生活中男人和女人谁更能享受到乐趣，当他回答爱情赋予女人的快乐更多时，赫拉弄瞎了他的双眼，但宙斯赋予他预言的本领。忒瑞西阿斯曾预言奥德修斯成为伊萨卡之王的道路。

Tiro　堤洛

希腊神话中，萨尔莫奈奥和阿尔斯蒂德之女，海神波塞冬的情人，二人生下珀利阿斯和涅琉斯。为了把孩子藏起来，她把他们丢弃于山上。孩子们长大成人后回到自己的国家，他们杀死了母亲堤洛的婆婆，因为堤洛受到她的虐待。

Tirreno　提莱诺

伊特鲁里亚神话中的英雄，塔尔迟翁的孪生兄弟。

Tisífone　提西福涅

希腊神话中，复仇三女神厄里倪厄斯之一，厄里倪厄斯是克洛诺斯砍掉乌拉诺斯的生殖器后飞溅起的血产生的女儿们。复仇女神，负责惩罚罪恶，罗马人将其置于地狱塔尔塔洛斯一个堡垒的最高端。另一位叫这个名字的是阿尔克迈翁和曼托的女儿，克瑞翁的妻子因嫉妒其美貌，将她打败，使她沦为奴隶，但是提西福涅的父亲赎回了她。

Titanes　泰坦诸神

希腊神话中，乌拉诺斯和盖亚的儿子们，世界第一批居民，百臂巨人和独眼巨人的兄弟，其统治时期名为镀金时代。分为两代，第一代由泰坦神俄刻阿诺斯、科俄斯、克利俄斯、许珀里翁、伊阿珀托斯、克洛诺斯和泰坦女神福柏、谟涅摩绪涅、瑞亚、忒弥斯、忒堤斯和忒亚组成。第二代泰坦是第一代的后代，由下列人组成：阿斯忒里亚、阿斯忒赖娅、阿斯特赖俄斯、阿特拉斯、厄俄斯、福斯福洛斯、厄庇墨透斯、赫利俄斯、赫斯珀洛斯、勒托、墨诺提俄斯、帕拉斯、珀耳塞斯、普罗米修斯、塞勒涅和泰坦。太阳神赫利俄斯，月神塞勒涅和黎明女神厄俄斯是许珀里翁与忒亚的孩子。勒托和阿斯忒里亚是科俄斯与福柏的孩子。后代不属于泰坦家族的包括俄刻阿诺斯和忒堤斯的孩子们俄刻阿尼得斯和俄刻阿尼达斯，以及克洛诺斯和瑞亚的孩子们：得墨忒尔、哈得斯、赫拉、赫斯提亚、波塞冬和宙斯。这些子女中不属于泰坦的还包括克洛诺斯和菲吕拉的儿子肯陶洛斯人喀戎，俄刻阿诺斯和忒堤斯的女儿狄俄涅。

Titánides　女泰坦神

希腊神话中，乌拉诺斯和盖亚的女儿们，泰坦神的姊妹（见词条 Crono）。泰坦女神为福柏、谟涅摩绪涅、瑞亚、忒弥斯、忒堤斯和忒亚。有学者将泰坦女神作为泰坦神的第二代。

Títono　提托诺斯

希腊神话中，厄俄斯的凡间情人之一，厄俄斯请求宙斯让他永生不死，但没能如愿，他变得越来越老，最后变成了一只蝉。

Tlahuizcalpantecuhtli　特拉辉兹卡尔潘特库赫特利

阿兹特克神话中，白天星辰维纳斯的化身，其兄索洛托则代表日落星辰。魁札尔科亚特尔的变形之一。

Tláloc　特拉洛克

阿兹特克神话中的雨神和植被之神，司掌丰收丰饶，保护农民，那时大部分人民都从事农业生产。这位"大地酒神"，在纳华语中代表尖牙圆眼，很像玛雅文明中的雨神恰克。直到 12 世纪成为墨西哥中部长居部落的主神，之前那里的北方战士部落敬拜其自己的神灵维齐洛波奇特利和特斯卡特利波卡。特拉洛克性格乖张，同他的儿子们特拉洛库埃斯或特拉洛卡斯，各司地球的一个方位；他们带来的雨水，有时能够滋润田地，有时能带来飓风，还有可能引发干旱和饥饿。特拉洛克居于特拉洛坎，一个充满水的天堂，与水相关的亡灵会去到那里，如水肿或窒息。祭祀特拉洛克的阿兹特克仪式有十八个月，第一个月要向他敬献人祭，尤其是小孩子，以使这一年生活得富足平安。

Tlalocán　特拉洛坎

阿兹特克神话中，雨神和湿润之神特拉洛克所在的国家。是那些死于战场、水肿、溺水或分娩的人所去的天堂。据说特拉洛坎包括以下几个地方：一个在天堂，月亮旁边，产生云彩的地方；另一个在东方，大西洋海岸附近，那里雨水充沛，植被和土地最肥沃富饶；

最后一个是地下特拉洛坎，一个中空世界，像是一个装满水的瓷罐，从中不断涌出泉水。

Tlaloques　特拉洛库埃斯

阿兹特克神话中，雨神特拉洛克的四位助手。代表云彩，居于世界四个不同方位，被想象成手持盛满水的瓷罐和拐杖的人。暴风雨是他们之间发生战争的表现，他们作战以供给河水和作物。每一位都有自己的代表颜色：南部的特拉洛库埃为蓝色，东边的为白色，西部是黄色，北方为红色。

Tlaltecuhtli　特拉尔特库赫特利

阿兹特克神话中，第四次大洪水（见词条 Cuatro-agua）之后住在海洋中的冥界怪兽。魁札尔科亚特尔和特斯卡特利波卡将其捉住，把他一分为二，一半为天，另一半为地。由于他仍有生命，于是需要人血来使他平静。尽管他的名字是阳性的，却被认为是雌性鳄鱼。同希帕克特里。

Tlalxicco　特拉尔西克科特

阿兹特克神话中，死者抛弃生命后去到的地方（见词条 Mictlán）。

Tlazolteotl　特拉索尔泰奥特利

阿兹特克神话中，拜访将死之人的女性神灵，让他们向其忏悔罪恶，因此人们也常把她叫做垃圾之神。

Toci　托西

阿兹特克神话中，母亲女神的化身之一。库华坎主神之女为其献祭，一说是为了成为女神的化身。一些学者认为她是织工之主，有人觉得织造这项活动本身与情欲有关，因此把她视为爱情女神和生育女神，同时她也是满月之神，原罪之神，需向女神敬献一位女青年，并在阿兹特克年第二十一月将其剥皮。

Tomoanchan o Tamoanchan　托莫安查恩或塔莫安查恩

阿兹特克和墨西加神话中的天堂，被认为是人类诞生的地方，同时也是婴孩死后驻足的地方。这里生长着一棵神树，有四十万个乳头喂养儿童。位于第十三层天空，被认为是可以去到的最高的地方，由伊兹帕帕洛阿特利掌管。

Tonacacihuatl　托纳卡茨华特利

阿兹特克神话的神灵，与托纳卡特库赫特利组成一对造物主。被称为生命支柱之神，奥梅特库赫特利和奥梅茨华特利的化身。

Tonantzin　托南特兹恩

阿兹特克神话中，月亮母亲女神，形象为一只吞咽石刀的蟾蜍，如特拉尔特库赫特利。一些人类学家认为瓜达卢佩女主神是一位被基督教同化了的托南特兹恩。

Tonatiuh　托纳提乌赫

阿兹特克神话中，战争太阳神，阿兹特克天空托兰之主。纳华人将所有受害者的心献给太阳神，从动物开始，煮熟让其食用。他的舌头又长又快，似闪电，象征对血的渴求。受害者一般是战争的俘虏，他们被送入王宫献祭之前，都穿着白红色的衣服，用羽毛做装扮。

Toosa　托俄萨

希腊神话中，海中宁芙，福耳库斯和刻托的女儿，海神波塞冬的情人，波吕斐摩斯的母亲。

Toro de Creta　克里特公牛

希腊神话中，会喷火的凶猛公牛，在克里特岛捣乱，使得人心惶惶。赫拉克勒斯的第七个任务就是抓捕他。

Trasgos　特拉斯戈斯

凯尔特神话中，全欧洲非常普遍的家园精灵，但各地所叫的名字不同。在西班牙坎塔布里亚称为"特拉斯古斯"，加利西亚称为"特拉斯诺斯"，在加泰罗尼亚称为"弗耶特斯"。同格诺莫斯（见词条Gnomos），文学中表示淘气的生灵。苏米西奥斯是变体之一，经常令日常用品莫名消失。

Trauco　特劳科

奇洛埃神话中，蛇神卡伊卡伊维鲁发怒后诞生的造物主，海神，与人类为敌，人类更敬拜他的敌人地神特兰特兰。特劳科出生时便没有脚，不会游泳，同妻子也是女儿的菲乌拉住在森林中。侏儒，穿着奇形怪状，最大的乐趣是欺骗女性和贞洁之女，使她们在森林中迷失方向，用石斧砍倒树木。然而，尽管他有可怕的一面，他也有一个强大的诱惑力量，那就是他能够传输爱情之梦。此外，他还能利用他那难闻的呼吸把男人的嘴吹歪。

Trebaruna　特莱巴卢纳

卢西塔尼亚神话中，保护家园之神，之后与战争和死亡相关。

Trentrenvilú　特兰特兰维鲁

亦称坦坦维鲁或特兰坦·维鲁，在马普切和奇洛埃神话中，他是卡伊卡伊维鲁的丈夫，二者都是最强大的比利亚尼神安图和佩里皮延的儿子，安图和佩里皮延在比利亚尼大战之后变为蛇。特兰特兰被送到大地以保护地球，卡伊卡伊则保护大海。由于人类不尊重她，她觉得受到了侮辱，便威胁用大洪水淹没整个地球，但特兰特兰抬高了大地，形成了山峰。经过长时间的灾难，智利土地最终变成了今日的模样。

Tres soberanos y cinco emperadores　三皇五帝

中国传统神话中是夏朝以前的统治者，夏是中国第一个朝代。三皇，又称天皇、地皇和人皇，还有说法是伏羲、女娲和神农；五帝，一般认为是黄帝、改革宗教的黄帝之孙颛顼、帝喾、尧和舜。

Trickster　骗术师

盎格鲁撒克逊语言，指神话里出现的诸如淘气神灵、骗子以及说谎之人，譬如斯堪的纳维亚神话中的洛基，罗马神话中的狄斯科耳狄亚。还有盗取神火的普罗米修斯，偷取鹰的光和水带给人类的北美乌鸦。其他骗术师还有如阿塞班、阿南塞、特斯卡特利波卡赫尔墨斯·特利梅西斯托、可可佩里、那斯莱汀、阿斯莫得奥、毛伊、索斯库洛、阿南西、埃舒、美猴王，基督神话恶魔和美洲平原丛林狼。按照这种分类标准，下列这些虚构人物也是骗术师，譬如布格斯·布尼、霍克尔、阿尔塞尼奥·路皮恩、潘德拉·洛萨、马斯卡拉、巴尔特·西姆普松，科幻影视系列作品《星际迷航》主人公机器人 Q。

Trimurti　三相神

印度教互相关联而各具一相的三神：梵天主管创造，毗湿奴主掌维护，湿婆是创造与毁灭变换之神。根据神话，三位神诞生于地母阿妈娲录下的宇宙蛋中。根据其他作者的说法，梵天是唯一神灵。

Tríopas　特里俄帕斯

希腊神话中，赫利阿达斯之一，赫利俄斯和罗得的儿子们，居于罗得岛。杀死兄弟忒那革斯（见词条 Ténages）之后，被赶出小岛，定居色萨利，在那里成了国王，但之后又逃到了小亚细亚的卡里亚，与希斯基拉结婚，生下孩子们：厄律西克同，福尔巴斯和伊菲美迪亚。另一位同名者为统治罗得岛的阿尔戈斯国王。

Triptólemo　特里普托勒摩斯

希腊神话中，俄刻阿诺斯和盖亚的儿子，一说是厄琉息斯的国王刻琉斯和墨塔涅拉的孩子，与得墨忒尔相关，她在寻找其女儿珀耳塞福涅的过程中，穿成老妪的样子出现在厄琉息斯，受到热情接待。作为报答，得墨忒尔为墨塔涅拉服务，照顾她的儿子们得摩丰和特里普托勒摩斯；向特里普托勒摩斯传授农业技术和厄琉息斯的奥秘，女神使他成为自己第一批神甫中的一位。

Tritón　特里同

希腊神话中，海神波塞冬和妻子安菲特里忒的儿子，深海的信使。他也带着三叉戟，不过他特有的附属物是一个海螺壳，上半身是人形但带着一条鱼的尾巴。参加阿尔戈英雄远征，因埃涅阿斯的号手米瑟努斯向其挑衅敲其贝壳，他将这个狂妄的人扔下了海。此外，特里同是海洋创造物，海神的随从，之所以叫这个名字是因为与特里同相联，但二者并无亲属关系。

Troilo　特洛伊罗斯

希腊神话中，阿波罗同特洛伊国王普里阿摩斯之妻赫卡柏生的儿子。一个神谕预言，如果他能活到二十岁，那么特洛伊城便永远不会陷落，但他中了圈套，在二十岁前死于阿喀琉斯之手。

Troll　特洛尔

斯堪的纳维亚神话中，似吃人妖魔，庞大怪诞，非常古老的生灵，一些人类学家认为他属于史前时期，那时在冰川时代欧洲还有奈阿尔德恩塔莱斯。基督教来到后，巫术消失，住在森林的特洛尔，同他们一起离开，其记忆一直停留在仙女和大气之神埃尔弗斯的世界。

Tronos　座天使托罗努斯

基督教中，天使的第三等级，位居撒拉弗和基路伯之后，其任务是保护赫霍瓦王国。人眼看不到，力量和体积都超大，据说他们记载着灵魂的活动，因此司掌正义，形象为身穿法官礼袍，手持权杖。

Tros　特洛斯

希腊神话中，特洛伊国王，厄里克托尼俄斯之子，伊洛斯、阿萨拉科斯和伽倪墨得斯之父。由于伽倪墨得斯很美丽，宙斯变作鹰将其掳走，特洛斯非常绝望。宙斯派赫尔墨斯安慰国王，向他解释一切，并赠给他两匹能够在水上穿行的白马。

Tsukiyomi o Tsuki　特苏基尤米特或特苏基

不是卡米族，也作特苏克尤米。日本神教中，月亮之神，其名意为"观察月亮"，与历法相关。伊邪那歧之子，大海和暴风雨之神须佐以及天照大神的兄长，与天照大神升上天空，住在塔卡玛哈加拉。更为普遍的说法是，当父亲从地狱回来进行清洗时，他从父亲右眼中诞生。

Tu Dios de la guerra entre los maoríes　毛利战争之神

帮助塔奈将父母分开，给予世界血液及其刚强有力的气魄。

Tuan Mac Cairill　图安·麦克·凯利尔

凯尔特神话中，大洪水之后第一批爱尔兰居民帕尔托洛尼亚诺斯人民中唯一的幸存者。被认为是德鲁伊第一人，第一位德鲁伊教巫师或原始巫师，寻求存活的唯一方法是变成不同的动物。成为人类一百年后，在奈梅迪亚诺斯时期，变成鹿三百年，后来又变成野猪、鹰和鲑鱼。

Tuatha Dé Danann　达努神族

传说中爱尔兰岛上的最后的神族，在巫术的保护下，从四个不同岛屿法里亚斯、格里亚斯、菲尼亚斯和姆利亚斯到达该岛。代表光明以及与黑暗相对的生活。为了定居该国，在马格特瑞德第一场战争中逐出费伯格族，而他们自己则将在 2 世纪被米利都人赶走，在希德永远消失。达纳女神，根据《莱博尔·加巴拉·埃莱恩》（《侵略之书》）记述，是爱尔兰第五拨入侵者。代表爱尔兰格伊德里克斯神灵，但基督教写作者将其视为国王和历史英雄。

Tueris　图埃利斯

古埃及神话中，河马女神，女性孕期、分娩和生育的保护神。图埃利斯意为"伟大的"。每天赶去拉神的重生。塞特之妻，善神。被称为"水平线之主"，拥有一个宇宙和天文斜面。

Tulo Hostilio　图卢斯·霍斯提利乌斯

罗马神话中，继罗慕路斯和努马·庞皮里乌斯之后，罗马第三位国王。宗教性很强，修建圣殿，组织开办神甫学校。

Turan　图兰

伊特鲁里亚神话中，爱神和生命之神，乌尔西伊特鲁里亚市掌管者，形象是一个长着翅膀的女孩。其动物是鸽子和黑天鹅。将拉萨斯作为随从人员，人们将她与维纳斯相关联。

Turms　图尔姆斯

伊特鲁里亚神话中，商业和贸易之神，神灵使者。穿着带翼的飞鞋，戴着使者的帽子，同赫尔墨斯。有时作为死神出现。

Tutatis　图塔提斯

高卢神话主神泰乌塔特斯的拉美形象，每个部落的图腾，只是名字不同。

Tuurngait　图尔恩加伊特

因纽特神话中，阿尼尔尼伊特神灵，与任何身体无关。被认为是恶魔，因为引起了各种灾祸，如不幸的打猎，或是机器和设备损坏。可能由查曼神或安加库伊特掌控。

Tyenenet　提埃奈奈特

古埃及中古时期，同蒙图结成夫妻的女神，后来被拉埃塔乌伊取代。出现在《石棺之书》，当死者确认处在"面对提埃奈奈特"的状态，直到新王国时期才确切地肯定了其作用，与母性相关，变为子宫的保护女神，国王生育能力的保护神，但也变为了采蜜人之主，同"令蜂蜜涌出之神"，与这种食物和啤酒的敬献相关。

Tyr　提尔

北欧神话中的战神，象征勇敢与英雄的神，也曾为天神，但后被至高神奥丁取代，演变成了奥丁的儿子。战神提尔是唯一敢于接近洛基生养之狼芬里尔的人，当狼长到某一体积之后，需要被锁起来。但这头野兽只接受侏儒制作的神锁链，同时神灵将手伸入他的嘴中。提尔这样做了，庞大的狼看到无法摆脱束缚，便将提尔的手拔出。诸神的黄昏中，提尔与守卫死者王国之犬加尔姆同归于尽。

Tzacol　兹高尔

玛雅神话中，创世神之一。参加了最后两次造人的大事件。

Tzitzimime　特兹特兹弥迈

阿兹特克神话中，月食中变为星辰的恶魔。据说世界结束之后他们会来寻找活人，希望在十字路口等待行走之人。最著名的是伊兹帕帕罗特利。

U

Uadyet　瓦杰特

古埃及神话中的眼镜蛇女神。象征"朝气"和"活力"。丰饶之神或力量之神乌亚得禹尔的女性形象，对于生长和生命具有相同的作用。其名与蛇的颜色和植被相关。有的典籍也将其称为埃朱或布托，其崇奉地为布托。在《金字塔铭文》中，她是莎草纸的创造者。象征法老至高无上的权力，下埃及的守护女神。还出现在乌莱奥·雷亚尔神话中。阿努比斯之女，哈皮－梅斯之妻。

Uadyur　乌亚得禹尔

古埃及神话中的人物，代表丰饶的雌雄同体之神，其名意为"朝气蓬勃"。大片水的化身，如地中海或是尼罗河三角洲的大片湖水。形象为悬着胸，胃下垂，全身都是水，手臂在纳特隆湖和尼特莱湖上伸展的样子。是瓦杰特对应的男性形象。

Uj　乌赫

古埃及神话中的库塞城主神，在埃及变为护身符以及丧葬使用的乐器。其名意为"柱"，据说与支撑天空的立柱相关。护身符上出现的是纸莎草茎，两侧是两条眼镜蛇，眼镜蛇上方是两片鸵鸟羽毛。

Ulises　尤利西斯

希腊神话中奥德修斯在罗马神话中的称谓（见词条Odiseo）。

Ull　乌勒尔

北欧神话中，也作乌利尔，托尔和希芙的养子，狩猎和箭术之神，被认为是滑雪的创始人，他因穿着长长的木制雪靴追踪猎物而闻名。人们通常在殡葬仪式和马术竞技中敬拜他。他声望很高，甚至曾代替奥丁居于阿斯加德仙宫执政。

Uluru o Ayers Rock　乌鲁鲁或艾尔斯岩石

澳大利亚土著神话中的圣山。库尼亚大战利鲁，产生了这座山，代表了梦世纪的终结。库尼亚和利鲁曾是岩壁中的蛇。

Umbanda　乌姆邦达教

综合了天主教、神教和巴西黑人信仰的宗教，20世纪初由巫师赛里奥·费尔南多·德·莫拉埃斯在巴西兴起，塞特·恩克鲁兹尔哈达斯之卡博克洛印欧混血神灵属于该教，通过巴西奴隶带来的融合了天主教的安格拉和约鲁巴信仰，他奠定了乌姆邦达教的基础。乌姆邦达教源自于巴西南部信仰的马库姆巴的一种形式，融合基督教，吸收了其积极要素。乌姆邦达教分为七部分：卡博克洛斯印欧混血，代表巴西土著，与圣塞巴斯蒂安相融合；桑科的追随者，正义的奥里莎，与圣胡安·巴乌提斯塔相融合；奥贡的追随者，人民和军队的保护者，与圣霍尔赫相融合；普莱托·维尔霍，代表年老的奴隶，表现为圣安东尼奥；亚巴斯，叶曼亚、奥苏穆和兰萨为首领；埃苏斯或埃舒斯，被认为是恶魔，军团调停者；奥姆卢或灵魂追随者，司掌疾病，表现为圣拉撒路。另一方面，乌姆邦达教有三个主要分支：白乌姆邦达教或卡里塔斯，与《福音书》和神教相近；交叉的乌姆邦达教或卡博克洛斯印欧混血坎东布雷教，保存了马库姆巴教的仪式；神秘乌姆邦达教，与神教、东方教义和土著信仰相近。安格拉奴隶采用了三种类型的神灵，轮回神灵的表现：姆库洛斯，刚刚去世之人的灵魂，偷偷返回告知天机秘密；基路罗斯，痛苦灵魂；苏穆比斯，死亡很久的灵魂。

Uneg　乌奈格

古埃及神话中拉神的儿子之一。在古帝国金字塔铭文中出现。形象为一颗行星。到天空中栖息在拉神的肩膀之上，同其巴。拉神的儿子和伙伴，代表宇宙秩序，支撑天空，避免混沌之神卡俄斯的力量摧毁地球。在这一方面与舒神相关。管理拉神的宇宙法则，从这一层面来说，他是生命和冥界之河其他神灵的法官，与正义女神玛亚特相连。陪伴升入天空的死者的巴，有时被认为同死者相关。同时他也是太阳船的驾驶者。此外，他还可能是埃及中王国的一位低级女神乌奈赫特。

Uni　乌尼

伊特鲁里亚神话中的至高神，与丈夫提尼亚和丈夫之女弥涅尔瓦组成统治三神。同提尼亚生下赫尔克勒，在罗马神话中同朱诺，与希腊赫拉混同后得到乌尼之名。

Unicornio　独角兽

希腊神话中，额头上长有角的白马。根据最初的描写，公元 400 年出现在古希腊的克特西亚斯的作品中，长着山羊胡须、鹿脚、野猪尾巴。底部雪白，中间乌黑，顶端鲜红，能医治各种疾病，保护病人不受病毒侵害。中世纪时象征贞洁纯净，经常作为这方面的圣像。

Unkulunkulu　乌恩库伦库鲁

南非祖卢主神。创世神，同乌姆维灵千吉，是雷鸣和地震之神，天空之主，第一位天神。

Unut　乌努特

古埃及神话中赫尔墨波利斯女神，是那里王权的保卫守护者。其名意为"飞速"，同代表她的动物。其象形文字中有一只兔子，其圣像是一位兔头女性，但最初是一条蛇。别名"八元神中人"，很奇怪地把她置于八神之上。在上下埃及都深受欢迎，在那里有其他绰号，由于她是兔子，故将其敬为肥沃富饶保护神。

Upset　乌普赛特

古埃及神话中的火神，其名意为"燃烧之神"。与非洲宗教信仰相关，经常出现在上埃及圣殿中，形象是一条眼镜蛇或是一位长着蛇头的女人。一说她的形象是一条蛇，长着狮头、两只角，携带太阳圆盘。在遥远女神的神话故事中，变为从拉神前额喷火的乌莱奥眼镜蛇。这一点上，经常与奈赫贝特和狮神塞赫麦特相混。作火神时也与泰芙努特相混淆。

Upuaut　乌普亚乌特

古埃及神话中，下埃及胡狼之神，国王的保护者，其名意为"开路之人"，走在国王前面，在冥界则是走在死人前面。俄西里斯之子，后来为父亲报仇，与荷鲁斯相关，长子的守护者。同时也是赫里奥波利斯巴斯的保护神和向导，阿拜多斯城墓地守卫，同阿拜多斯城之主。

Ur 乌尔

古埃及神话中，阿图姆的祖先，最古老的神灵。代表天空，自己从混沌之中诞生。其名意为"伟大"和"最古老"。形象是一只游隼，右眼是太阳，左眼是月亮，这是荷鲁斯之眼拥有的特质。在古帝国时期与拉神相关，随着时间推移消失不见。在赫里奥波利斯受到尊崇。

Urano 乌拉诺斯

希腊神话中，原始之神，既是地母盖亚的儿子，又是她的丈夫，盖亚从混沌之中产生。西塞罗认为他是埃忒尔和赫墨拉的后代，在俄耳甫斯神话中则认为他是黑夜的化身。乌拉诺斯和盖亚生下了泰坦神和泰坦女神，后来又生出独眼巨人和百臂巨人，他们被乌拉诺斯关押到地狱塔尔塔洛斯。盖亚为了报复他，向泰坦求助，但只有克洛诺斯伸出援手，用一把镰刀将父亲阉割。当时鲜血飞溅到盖亚身上产生了怪物巨人族、复仇三女神厄里倪厄斯、神女墨利埃，生殖器掉入大海溅起的泡沫之中产生了阿佛洛狄忒。乌拉诺斯被永远地幽禁在了地狱塔尔塔洛斯。

Urd 兀儿德

北欧神话中，居于宇宙生命大梣树之下的诺伦三女神之一。树旁有一口圣井，以兀儿德来命名，井水浇灌生命之树白蜡树。兀儿德负责把姐妹们编织的人类命运之线串连成网。

Urethekau 乌莱塞卡乌

古埃及神话中，拥有"伟大力量"的蛇神，掌握巫术，新王国时期被国王尊崇。其神甫为巫师。形象为蛇或狮子，或是长着蛇头或狮头的女性。一说她是长着牛角的女性，头上的角绕太阳而转（哈索尔王冠）。还代表一个器具，似羊头蛇，用于开幕庆典，在殡葬仪式上称为"巫术力量"，给予死者保存卡的力量。

Uroboros 乌洛波洛斯

希腊用语，书面意为"吞食尾巴之人"，指用嘴咬住自己的尾巴构成圈状的蛇。很多远古神话中都流传着这条蛇的故事，象征统一整体，即吞食者和被吞食者、雄性（头）和雌性（尾巴）、积极和消极、开始和结束、黑暗和光亮、夜晚和白天、年轻和老年。象征宇宙的永恒，只有当两极汇合能量，而非自我相对之时，才会存在。

Urtzi 乌尔特兹

也作奥尔特兹。巴斯克神话中的天神。基督教传播到这里之后，巴斯克人仍然称其主神乌尔特兹这个名字，同希腊宙斯。

Usert 乌塞尔特

古埃及神话中，底比斯战争女神，其名意为"强大之人"。拉神之眼的一个形式。形象是一头母狮或是一个长有狮头的女人。同时也是一位手持弓箭和大锤的女性。

Utnapishtim 乌塔那匹兹姆

苏美尔神话中朱苏德拉的巴比伦名字，吉尔伽美什史诗中的人物，神甫、智者、舒鲁帕克国王，恩基提前告知他众神要发动一场大洪水，让他建造一艘船，解救他和他的家人。

Uttu　乌特图

苏美尔神话中的纺织和服装女神，恩基和宁库尔之女。"织女"，形象是蜘蛛网上的一只蜘蛛。

Utu　乌图

苏美尔太阳神，正义之神，同巴比伦沙玛什，南纳和宁伽勒之子。暗夜降至，他便下到地狱，在那里决定死人的命运。

Utukki o utukku　乌图基或乌图库

阿卡德神话中，七位恶魔，阿努和安图的孩子们，安努那基的兄弟。狮头翼脚。居于冥界，在祭祀中出现，提供血液、肾脏和动物其他内脏。据说，当他们变为恶神，每个人会影响身体的一个部位。

Uzza　乌扎

伊斯兰史前神话中，麦加地区崇拜的三大女神之一，城市守护者，古莱氏部落神殿中至高无上的女神。丰饶之神，主神，也被佩特拉的纳巴特人尊崇。玛霍玛起初接受这三位女神——阿勒特、玛纳特和乌扎，但很快他又改口，将她们从古兰经中删除，认为那些是有害的经文。乌扎是纳巴特创世神杜沙拉之妻。

V

Valar 维拉

托尔金神话中，创世神埃努的肉身之一，同时是音乐之神。埃努是唯一之神一如的思想创造者，他们用其歌曲产生了地球之神阿尔达。他们中的一些人同一如居于永恒宫，但另一些人决定化作肉身，下到阿尔达，继续创世。下到大地的人分为维拉和迈雅，为埃努服务的神和半神。维拉中包括曼维，阿拉王国之主；瓦尔妲，光之女神；乌欧牟，大海之神；罗瑞恩，灵感之神；奥力，铁匠，侏儒创造者；还有米尔寇，以其邪恶著名，后来称为魔苟斯，最强大的维拉，后来堕入邪恶阵营。

Valhala 瓦尔哈拉

北欧神话中战死者的英灵殿。位于阿斯加德仙宫，奥丁主神的王宫边。这些战死沙场的英雄被女武神瓦尔基里引路，英灵殿设有盛筵飨待那些战死者，筵席上有香浓的羊奶蜜酒和美味的野猪肉。他们做好一切准备，迎接诸神的黄昏那场战斗，那是世界的最后一天，每个人都知道他们的命运。瓦尔哈拉住着公鸡古林肯比，负责每日的报晓。

Vali 瓦利

北欧神话中，奥丁和女巨人格萝德之子，维达尔的孪生兄弟。一说他的母亲是女巨人林德，将其带到世界，以为巴德尔之死报仇雪恨，北欧人忌讳同族相残，因此不会杀他。诸神的末日之后存活下来的七位阿艾希尔之一。

Valquirias 女武神瓦尔基里

北欧神话中，奥丁的女儿们，阿斯加德女战士，影响深远，其使命是拯救战争中死去的勇士，把他们带到瓦尔哈拉，给他们喝香浓的羊奶蜜酒，安慰鼓舞他们。居于文格尔弗，瓦尔哈拉旁边的宫殿，领袖是芙蕾雅。但女王是布伦希尔德，尼伯龙根之歌中同齐格弗里德相关。

Vanes o vanir 华纳神族

北欧神话中，日耳曼神话中的低级神灵，司掌肥沃富饶的土地，和平主义者，与战神阿萨神族或高级神相对。据说两个神族之间的斗争是由于阿萨神族长时间占领该地，而来自东方的华纳神族属于后来者居上。其中最有名的是尼奥尔德或尼约德，弗雷和芙蕾雅，阿萨神族将他们视为人质。

Vanth 万斯

伊特鲁里亚神话中，冥界女性妖魔，她们的翼上有眼睛，死亡使者，帮助照料死床上的病人。后来代表正义。

Var 瓦尔

北欧神话中，惩罚违背婚姻誓言之人的女神。可能是弗丽嘉的侍女之一。

Varuna 伐楼拿

印度神话中的雨神，代表一切水域的萨穆德拉，包括天空和海洋之水。作为阿修罗最杰出的神灵，他是地狱之神；作为太阳神，他是阿底亚斯之主。他作为阿修罗神司掌社会事务，是维护秩序的至高神，法则之神。与兄长密特拉同为誓言之神。妻子是伐楼尼。

Varuni　伐楼尼

印度神话中，雨神和萨穆德拉之神伐楼拿的妻子，司酒与陶醉的女神。代表永恒的神酒，饮下由她提炼的酒，新信徒就能作好冥想的准备。

Vasca　巴斯克

巴斯克神话起源于黑夜，随着基督教的到来而逐渐消弭。巴斯克神话不是以创世主和奥林匹斯众神为首，乌尔特兹是至高神、天神，当乌云密布暴风雨来临时，乌尔特兹就会转化为奥尔特兹。其他神灵化身为天空、大气及各种气象，譬如，埃古兹基和雅尔西是太阳和月亮之神，埃乌利亚和埃卢拉是雨和雪之神，加乌埃科是黑夜之神。而非常重要的神灵则与大地、森林和山峦相关。主神玛丽住在大地上的洞穴里，她是巴斯克神话的女神、女仙和巫师，她能够横穿山洞，赏善惩恶，有动物极端的性格特点，周身围绕着光环或火环。玛丽是众仙或小小仙的女神，包括她的伴侣玛珠，二人结合时便会产生暴风雨；索尔希纳斯或巫师，外表是动物的样子，尤其像猫，帮助玛丽；阿科尔或阿科尔贝尔特兹，司掌阿克拉莱斯的公山羊，有人认为他是玛丽的同伴，与基督教恶魔关系密切；小鬼因特西苏；小加尔特萨戈利，一个顶针能装进他们四个小神；苏格尔或苏加尔，住在深渊的雄蛇；赫兰苏贺，吞食绵羊的龙；鬼怪普拉卡格里，体型小、身手敏捷且优雅；梦神殷古玛，制造噩梦；米克拉斯特斯和阿塔拉比，玛丽和玛珠所生的好孩子和坏孩子；巨人巴萨哈乌恩，森林里带刺的神仙，第一位工匠，巴萨恩德来之夫；吃人妖魔塔尔塔洛斯，吞食牧人；恩地勒斯异教之神，从山顶投石的巨人；还有龙身女怪，她们修建桥梁，是居于山洞的美丽的圣女，长有鸡脚或羊脚，被认为是巴斯克山的仙女，在溪边梳妆；其他神灵都生活在那里的山谷或森林中。

Vaticano　瓦提卡诺

罗马神话中，生命之神，负责张开新生儿的嘴巴，让他们呼出第一口气。

Vayu　伐由

印度神话中的原始神灵，是毗摩和哈努曼的父亲。作为天空之神，当太阳自西向东划过天际，伐由司掌天空中出现的一半黑暗。

Ve　维

北欧神话中，原始阿萨神族之一，包尔和贝斯特拉之子，奥丁和威利的兄弟。三人杀死了巨人伊米尔，用其身体创造了人类世界米德加尔特。

Vedas　吠陀经

印度教中用古梵语书写的圣文。被认为是由毗湿奴化身之一毗耶娑书写而成。吠陀经共有四部，分别是《梨俱吠陀》《夜柔吠陀》《娑摩吠陀》和《阿闼婆吠陀》，其中第一部是最重要的。其他作为补充和解释的吠陀书籍有：《奥义书》《吠檀多经》《印度往世书》和《伊斯阿萨斯》，还有《摩诃婆罗多》和《罗摩衍那》的故事。此外，《梵书》《乌帕维达斯》《吠陀分明论支节录》和《森林书》亦可视为其中的著作，不可否认，印度宗教文学是世界最浩瀚无边的文学。

Vedrfolnir　维德佛尔尼尔

北欧神话中，居于世界之树最高处的猎鹰，他停在一只巨大无名神鹰的两眼之间，并以锐利的目光注视世间的一切。

Veive　维伊威

伊特鲁里亚神话中的复仇女神，形象是一位头戴桂冠的女孩。与玛里斯相关。

Vellocino de Oro　金羊毛

希腊神话中，带双翼公羊克里索马洛的纯金羊毛。希腊国王阿塔玛斯有两个孩子佛里克索斯和赫勒，二人受尽了继母伊诺的虐待，于是生母涅斐勒向神求助，赫尔墨斯派金毛羊到希腊解救孩子们。金毛羊带孩子们凌空飞翔，但在跨越欧亚海峡时，赫勒掉入了大海，从此那海就称为赫勒斯滂（今达达尼尔海峡）。当最后到达位于高加索的科尔基斯王国时，佛里克索斯非常感激，宰杀金羊祭献宙斯，他把金羊毛作为礼物献给国王埃厄忒斯，国王把金羊毛放到圣林里，派一条永不睡眠的神龙日夜看守。

Ventolines　维恩托里奈斯

坎塔布里亚神话中的善神，长有大大的绿色翅膀，天使的脸庞，白色的眼睛似海洋浪花的泡沫。其使命是用一缕微风帮助无法进港的渔民上岸。

Venus　维纳斯

希腊神话阿佛洛狄忒的拉丁名字，爱神和美神。

Verdandi　薇儿丹蒂

北欧神话中，居于宇宙生命大桉树的诺伦三女神之一，编织人类的命运。决定一切生物生命之线的长短。

Vertumno　维尔图努斯

伊特鲁里亚神灵，植物保护神，与四季更替和果实成熟相关。后传入罗马。被认为是珀莫纳女神的情人。

Vesta　维斯塔

罗马神话中的女灶神，萨图恩和瑞亚的女儿。根据传说，维斯塔的圣火被埃涅阿斯从特洛伊带到罗马。人们为她在罗马广场修建了一座圆形的圣殿，圣火千年不灭，被六位名叫"维斯塔灶神"的贞女祭司（同女神）看守，仅在每年春天将其熄灭片刻以重新点燃。维斯塔圣火被认为是历史上维持最长时间的不灭之火，直到帝国皈依基督教后才熄灭。同希腊神话中的赫斯提亚。

Vestales　维斯塔的贞女

罗马神话中，维斯塔的祭司，三十年内必须保证自身贞洁，若违反，就会被活埋。其中最著名的是瑞亚·西尔维娅，国王努米托之女，被玛尔斯侵犯，生下罗慕路斯和雷穆斯。

Vetis　维提斯

伊特鲁里亚神话中，冥界死神，破坏之神。

Victoria　维多利亚

罗马神话人物，相应于希腊神话的尼刻，长着双翼的胜利女神，为得胜归来的凯撒战士戴上桂冠。

Vidar　维达尔

北欧神话中，奥丁和巨人格萝德的儿子，沉默之神，复仇之神，瓦利的孪生兄弟。据说，在诸神的黄昏，他用他那同托尔一样异乎寻常的力量撕碎芬里尔狼的嘴，为奥丁之死报仇。

Viracocha o Huiacocha　维拉科查

印加神话中，创世之神，司掌暴风雨，起源于的的喀喀湖，他从水中诞生创造天地。受古老的提亚华纳克斯人崇拜，后来传播到印加神话。他第一次创造人类的壮举以失败告终，不得不引发一场洪水消灭一切。之后令太阳因蒂和月亮玛玛·基利亚以及星辰升起，后来解放了幽禁在洞中的安第斯居民，赋予他们文化和传统。其余动植物由其助手托卡普·辉拉科查和伊玛伊玛娜·辉拉科查创造而成。

Vishnú　毗湿奴

印度教中，与梵天和湿婆组成三位一体，三相神之一。保护宇宙的"维护者"，仅用三步就能丈量出整个世界的大小，负责使神灵和人类都能生活得舒适。妻子是吉祥天女，亦称为拉克什希，富饶之神，中部地区神灵因陀罗之友，帮助他杀死蛇神乌利特拉。吠陀文学中记述了很多有关他十大化身的故事，分别是灵鱼摩蹉，神龟俱利摩，野猪筏罗诃，人狮那罗辛哈，侏儒筏摩那，持斧帕拉罗摩，阿尤德赫亚国王罗摩，亚达瓦斯国王奎师那，佛陀乔达摩·悉达多，以及最后一位，白马迦尔吉，在世界毁灭前夕，他将骑着白马而来，重建宇宙秩序。毗湿奴十大荣耀包括知识、控制、权力、力量、刚强有力的男子气概和光芒万丈。

Voltumna o Veltha　沃尔图姆那或维尔萨

伊特鲁里亚神话中的大地之神，伊特鲁里亚最重要的神灵，统治之神。特别是在沃尔斯尼备受尊崇，最后被维尔图努斯同化。

Votan o Wotan　沃坦

见词条 Odín。

Vritra　弗栗多

印度教中的阿修罗恶魔，形象为蛇或龙，干旱的化身，因陀罗的死敌。根据神话，弗栗多在被因陀罗杀害之前，一直控制着世界各片水域，因陀罗摧毁了其九十九座堡垒，释放了江河湖海。这段故事与格拉西翁思之后的解冻有关。还有故事说，因陀罗杀死了弗栗多的儿子维斯瓦鲁帕，弗栗多为子报仇与因陀罗对战，战胜了因陀罗将他吞进腹中，但最后众神强迫弗栗多吐出因陀罗。

Vucub Caquix　乌库布·卡基斯

玛雅神话中的冥界恶魔，与奇玛尔玛特生下恶魔卡布拉坎和兹帕克那。同胡恩·卡梅一起统治西瓦尔巴。

Vudú　伏都教

世界最古老的宗教之一，源于非洲西部，贝宁的国教，信仰的民族有芳族、古纳族、艾维族和米纳族，将万物有灵论同基督教和当地宗教糅合，在运往海地和多米尼加等美洲地区的奴隶中备受尊崇。这种融合出现了一位创世主和诸神，如保护人民的沃顿。伏都教信奉死后仍有生命，同时相信有很多神灵能够对人类施善或施恶。

Vulcano　伏尔甘

希腊神话赫菲斯托斯在罗马神话中的名字，工匠之神，地中海意大利一岛屿取自他的名字。

Vulturno　沃尔图耳努斯

罗马神话中，东风的化身，同希腊神话中的欧洛斯，阿涅摩伊之一。

W

Wakon　瓦孔

见词条 Kon。

Wangulén　瓦额伦

马普切神话中，女性善神，同比利亚尼（见词条 Pillán）结为夫妻。

Waramurungundi　穆龙古

澳大利亚土著民衮文格古族的首位女性。创造了一切事物，教人类说话。第一个男人叫作乌鲁加格（见词条 Wurugag）。

Wasikamayuk　瓦斯卡玛羽克

印加神话中，保护家园之神。

Wawalag, Wawilak o Wagilag　瓦瓦拉格、瓦维拉克或瓦希拉格

澳大利亚土著神话中的一对姐妹，德汉格加乌尔的女儿们。在梦世纪的全盛时代，她们试图在一个水塘狩猎，不料将蛇神羽尔伦古尔从梦中唤醒，最后被蛇吞食。突如其来的大雨使羽尔伦古尔拼命奔跑起来找地方避雨，在一个山谷下蛇神感到反胃，把姐妹二人和孩子们全部吐出来，她们被蚂蚁叮咬重新复活。这个神话表现了男性面对女性的力量，此外，倾吐姐妹的做法还被应用到成人礼上。

Wekufe　维库菲

马普切神话中的邪恶之神，唯一没有阿姆的生灵，浸润一切的幽魂，产生最强大的生灵普－阿姆。当一个人死去时，他的阿姆会经过一个叫"比尤"的时期，在那个阶段一个维库菲就可以夺取他的阿姆，对他施以控制。为了逃脱魔爪，阿姆必须在葬礼哭号声和鼓声的帮助下，到一个叫纽尔辰玛伊维的岛上，变成比利亚尼。经过一段时间，后代会把他忘记，他又会变成普－阿姆，结束这个循环。

Whac Chan　哈克·查恩

玛雅神话中，代表宇宙三个等级的圣树。根部埋入地下的冥界，树枝在外部世界延伸，一直穿过云霄直抵天穹。树心是绿色的，旁枝是人间四个方位基点的颜色，即白、红、黄和黑，也是玉米的颜色。

Whaitiri　哈伊提利

毛利神话中，象征雷鸣的女神，塔乌哈吉和卡利西的祖母，泰卡纳普的曾孙女，泰·乌伊拉的玄孙女，她们都是闪电的化身。哈伊提利是一个可怕的人物，酷爱嗜人。来到人间同食人族卡伊坦格塔结婚。为了取悦他，她杀死了最喜爱的奴隶阿诺诺基斯，将奴隶的心脏给了丈夫。还教丈夫钓鱼。一天，当听到丈夫觉得她太过冷漠之后，她感到很失望，便回到天界真正的家园。

Whiro　希罗

毛利神话中，黑暗之神，邪恶之神。当得知父亲伊奥挑选塔奈去人间传授知识后，他企图杀死塔奈。为此，他创造赤蜈蚣、蜘蛛、蚂蚁和毛毡夜蛾。最后他被打败，被送到冥界，在那里他不断制造疾病。

Wilkas o Wilcas　维尔卡斯

印加神话中，帕恰·卡马克和帕恰·玛玛的儿子，是一对孪生兄弟。他们的母亲是一位寡妇，被邪恶的瓦孔神杀害。之后瓦孔还想杀死这对兄弟，他们趁他睡觉时将其绑到树上，得以逃脱。这两个孩子被一个臭鼬收养抚育，后来他们在父亲的帮助下到达天空，变成太阳和月亮。在凯楚阿语中，"维尔卡"一词意为强大的国王。

Wiracocha　维拉科查

见词条 Viracocha。

Wodan　沃坦

见词条 Odín。

Wurugag o Wuraka　乌鲁加格或乌拉卡

澳大利亚沙漠北部袞文格古族的富饶之神（见词条 Waramurungundi）。

X

Xana o xanes　萨纳或萨奈斯

西班牙北部仙女的名字，其中有很多山林水泽宁芙，司掌泉水溪流。

Xango　桑格

约鲁巴和萨泰里阿神话中，电闪雷鸣之神。司掌正义。

Xanto　克珊托斯

见词条 Janto。

Xevioso　赛维奥索

达荷美神话中的雷鸣之神。古恩的兄弟，玛巫和丽莎的儿子之一，玛巫和丽莎有时变成雌雄同体的玛巫－丽莎。

Xibalba　西瓦尔巴

玛雅神话中，冥界最深的地方，被西瓦尔巴之主统治，共十二位，由乌库布·卡梅和胡恩·卡梅司掌，孪生兄弟乌纳普和伊斯布兰克下到冥界用计谋为父亲之死报仇雪恨。根据《波波尔·乌》，下到冥界的通道是直立险峻的梯子，通向河水，所看到的颜色各不相同。地狱之中有不同的房子，"黑暗""寒冷""虎之穴""蝙蝠之家"和"獠牙之屋"，还有充满噪音的球技考验，孪生兄弟必须通过这层层考验，战胜西瓦尔巴之主。

Xipe Totec　西佩·托特克

阿兹特克神话中，司掌死亡和重生、农业、西边、疾病和春天的神灵。名字意为"剥皮之神"。祭祀之神，得名红特斯卡特利波卡。之所以这样称呼是因为他是红色的，身披剥皮生物的皮。特拉卡希佩华里兹特利月中，为了敬拜他，人们依照他的特点，穿着牺牲者的皮。

Xiuhtecuhtli　希乌赫特库赫特利

阿兹特克神话中，死亡之后的生命之神。土耳其绿松石之主，一年之主，或是塔塔，是时间之神，统治者的保护神。头戴绿色羽毛头饰，背着一条代表火的蛇。金镜子表示他与太阳的关系，向其发散光热。清晨，人们献给他一块面包和一杯饮品，因为他也是家园之神。

Xochipilli o Macuilxochitl　索奇皮利或马库伊索奇特利

阿兹特克或墨西加神话中，司掌幸福、艺术、游戏、舞蹈、美丽、玉米和歌曲之神，其名意为"花之王子"。玛雅修尔的丈夫，女神索奇奎特萨尔的孪生哥哥。负责使田野更加富饶，与雨神特拉洛克和玉米之神辛特奥尔特相关。他的第二个名字意为五朵花。

Xochiquetzal　索奇奎特萨尔

阿兹特克神话中，掌管幸福、艺术、游戏、舞蹈和美丽的神灵，同时还是妓女性爱和孕妇之神，其名意为"库埃特萨尔之花"。头戴一条花带，背上挂着两个库埃特萨尔鸟羽毛的祖母绿颜色的羽饰，被鸟儿和蝴蝶追随。在其圣月年轻的女孩子和妓女将作为祭品向其献祭。

Xochitaplan　索奇塔普兰

阿兹特克神话中，死于襁褓的小孩子将要去往的地方。意为"花园之地"。这里有哺育孩子的乳婴之树，孩子们平躺着被埋葬，嘴巴一张一合地吃饭。

Xocotl　索科特利

阿兹特克神话中，星辰之神，同托尔特卡神话的索洛托。

Xolotl　索洛托

阿兹特克和托尔特卡神话中，闪电之神，金星的化身。形象是一个骸骨，或是陪伴其兄长魁札尔科亚特尔的一只狗。指引死者通向冥界。

Xonaxi Quecuya　索纳希·库埃库亚

萨波特克神话中的死神。

Y

Yacatecuhtli 亚卡特库赫特利

阿兹特克神话中，商业和商人之神。珀迟特卡斯神话中的神灵，在潘库埃特萨利特祖月，珀迟特卡斯人在维齐洛波奇特利圣殿为其献祭。年老的神，总是挂着一个手杖。

Yahvé 耶和华

希伯来语称呼上帝的方式，但根据希伯来传统，无故称呼其名是禁忌，因此用婉辞阿多奈（我的先生）来代替。这个名字的德语说法出自耶和华，同圣经新教版本中出现的形式。

Yaluk 雅鲁克

玛雅神话中，电闪雷鸣之神，解救了困在岩石之下的玉米，供人们种植。他有两个助手，卡库尔哈和克尤帕。老人雅鲁克开始拒绝解救玉米，他们二人试图自己做，但没有成功。

Yam 雅姆

专制的海洋之神，被希克索斯人从埃及传播到迦南。埃及人畏惧大海，便将雅姆视为原始混沌之神，认为他是一位带给人压力的神灵，人们要向他献祭。但这些文字资料均来自莎草纸上的信息，对于了解他在埃及神话中的真实情况并不全面。在迦南有三位为争夺霸权引发战争的神灵：巴力，生命和多产之神；莫特，死亡之神；雅姆，海洋之神。危险的海洋，被巴力制服，保证渔船平安航行。后来雅姆为自保与莫特斗争，莫特将他消灭。巴力和耶和华对抗了一段时间，但基督教神灵不容他反抗，最终以色列人消灭了迦南人及其神灵。

Yama 阎罗

印度教中的死神。他是死者的法官，在地狱大门外等待死者前来接受审判，决定他们的命运。在印度，他是马努的兄弟，有很多妻子，其中包括达刹的十个女儿。佛教围绕阎罗神灵和使命编写了不同的神话传说，在中国西藏和日本备受尊崇。在中国他的名字变为阎罗（Yanluo），死神，地狱的长官。在日本变为埃玛（在《龙珠》系列中名叫埃玛或耶玛）。在中国西藏地区成为保护宗教仪式的神灵。注意，不要同伊玛相混，他是波斯神话中的第一人，有些人将其等同于印度阎罗。

Yamantaka 阎曼德迦（大威德金刚）

藏传佛教中，死神的破坏之神。阎曼德迦在梵语中意为"死之死"。同时，阎曼德迦还代表开蒙的佛教徒已到达的一种状态，不再进行肉身的再生循环。阎曼德迦通常表现为一个强大的怪兽（比阎罗更强大），九头：中间的头是牛头，每个角上又长了三个头，角和角之间长着一个红色的头，红色头上面是代表智慧的文殊菩萨，是一张充满愠气的脸。

Yanata-no-Orochi 八岐大蛇

日本神道教中的山峰之神，是一条长着八个头和八条尾巴的蛇，居于伊祖墨国。传说，一天暴雨之神素戋鸣尊遇见一对老夫妇在哭泣，一问原因才知道，原来他们家本有八个女儿，但其中前七位已经被一只有八座小山那么大的怪兽吃掉了，这条八岐大蛇马上还会来吃这最后一位女儿。须佐之男便以事成之后将女儿许配给他为条件，自告奋勇收伏即将前来的八岐大蛇。须佐之男围着老人的家建了一道八扇门的栅栏，在每扇门里放了一个盛满清酒的瓮。当怪兽来到后，将八个头伸进了每扇门中，喝干酒，脑袋开始变昏。须佐之男趁这时间砍掉了他的八个头，然后接着砍尾巴。在第四个尾巴处发现了一把名叫天丛云剑的著名宝剑，将其送给了姐姐天照大神。

Yeguas de Diomedes　狄俄墨得斯的牡马

希腊神话中，色雷斯国王巨人狄俄墨得斯的四匹食人牡马群，在黑海岸边放牧吃草。是珀伽索斯的后代，食人，之所以出现在神话故事中，是因为大力士赫拉克勒斯的第八项任务是盗取这群牡马。在完成任务的过程中，狄俄墨得斯和阿布得罗斯都死了。据说亚历山大大帝的马布西发拉斯是这些马的后代。

Yemayá o Yemanjá　叶玛亚或叶曼哈

水之奥里莎，尼日利亚约鲁巴的母神，同奴隶一起传播到了美洲。女性之主，特别是孕妇的保护神。司掌一切众生。在萨泰里阿教中被称为尊敬的规则女神。在乌姆邦达教中是海洋女神，海难幸存者之神。名字来源于约鲁巴语"鱼孩子之母"的缩写。她的代表数字是7，代表颜色为水的颜色。她唯一的儿子叫作欧伦甘。

Ygdrazil　世界之树

北欧神话中的一颗巨树，是一棵巨大的白蜡树，他的根和枝叶将九大世界连结起来：仙宫阿斯加德，阿萨神族的世界；华纳海姆，华纳神族的世界；精灵之国亚尔夫海姆，精灵居住的地方；米德加尔特，人类的世界；尼达维勒，侏儒王国；约顿海姆，巨人王国；瓦特阿尔海姆，黑暗精灵王国；尼福尔海姆，死人王国；穆斯贝尔海姆，火巨人王国。大树脚下是海姆达尔，阻止来自恶蟒赫瓦格密尔的攻击；在其根部住着诺伦三女神，使用兀儿德井水为其浇灌；从其树冠现出一条树枝，比弗罗斯特彩虹桥，与众神居所阿斯加德仙宫相连。其树冠上有一只猎鹰，维德佛尔尼尔，能够看到一切事物，在其树枝之间住着一只松鼠，名叫拉塔托斯克。

Yima　伊玛

印度 – 波斯神话中，是第一位认识到死亡的人类，第三种族成员，第一位将男女分开的人。太阳神之子，将波斯豪摩（梵语为索玛）的食用引入神话。

Yinglong　应龙

中国神话中，黄帝麾下带翼飞龙，因疏导洪水避免黄河水泛滥而立功，后变为神龙。

Ymir　伊米尔

北欧神话中的始祖巨人，地球上的第一个人，从尼福尔海姆和穆斯贝尔海姆的寒冷与炎热区域的混合地出生。在鸿沟周围热浪和寒气的作用下，伊米尔从融化的水滴之中诞生出来。同时，还诞生了第一头原始母牛欧德姆布拉，她的乳汁汇成了四条白色的河流，用其喂养巨人伊米尔。欧德姆布拉用舌头融化了冰盐融块，从中诞生了第一位神灵，名曰布利，他是包尔之父，而包尔又生下了奥丁、威利和维。他们杀死了伊米尔，用其残骸创造了世界，赋予侏儒生命。从伊米尔的腋下和脚下生出了一个巨人种族，被伊米尔倒地流出的大量鲜血淹没，窒息而死。

Yóbates　伊俄巴忒斯

希腊神话中，吕底亚国王，斯忒涅玻娅和菲洛诺的父亲。命柏勒洛丰出战对抗喷火怪兽喀迈拉。

Yocasta　伊俄卡斯忒

希腊神话中，俄狄浦斯之母。她在很年轻的时候便同底比斯国王拉伊俄斯结婚，并生下一个儿子，神谕预言儿子会杀死父亲，于是国王下令杀死孩子，但伊俄卡斯忒命令他们将孩子抛弃到荒野。后来一位牧民在那里发现了他，把他带回了科林斯，被那里的国王养育。很多年过去之后，他失手杀死父亲，解出了斯芬克斯的谜语之后，以解救者的身份进入底比斯。他因事先不知情而同自己的母亲结婚，生下四个孩子，安提戈涅、厄忒俄克勒斯、伊斯墨涅和波吕尼刻斯。得知真相之后，俄狄浦斯刺瞎了自己的双眼，而伊俄卡斯忒则拔剑自刎。

Yocio　尤希奥

萨波特克神话中，闪电之神，用他的力量推动雨和云。

Yohualticitl　约华尔提西特尔

阿兹特克神话中，月亮之神，也叫梅兹特里。

Yolao　伊俄拉俄斯

希腊神话中的阿尔戈英雄，伊菲克勒斯和奥托墨杜萨之子，赫拉克勒斯战车的驾驶者，也是他最忠实信任的朋友之一。当大力士砍断勒耳那的海德拉的脖子时，伊俄拉俄斯马上用火去烧那些被砍下头的脖子，这延迟了怪兽长出新头的速度，帮助卡吕冬野猪围猎，在第一届奥林匹克运动会赢得冠军。墨伽拉被赫拉克勒斯抛弃后嫁给了伊俄拉俄斯。伊俄拉俄斯同赫拉克勒斯的儿女在撒丁岛建立了殖民地，特斯皮亚达斯是赫拉克勒斯同特斯皮奥女儿生下的儿子们。伊俄拉俄斯是第一位尊崇赫拉克勒斯为天神的人。最后他返回冥界以杀死欧律斯透斯。

Yole　伊俄勒

希腊神话中，欧律托斯之女，其父答应将女儿许配给赢得弓箭比赛之人。遗憾的是，赫拉克勒斯虽赢得了比赛，但国王拒绝二人结婚，担心赫拉克勒斯发疯时杀掉自己的孩子。

Yoruba　约鲁巴

居于贝宁和尼日利亚的非洲人民。传说，他们源自埃及，被认为是奥都杜娅的孩子们。15世纪建立了奥尤王朝。据说一共有四百余位神灵，其中最主要的神灵是奥罗伦，其余的神为奥里莎或具有同等创造力的神灵，因此被认为是一神教。其复杂的神话故事奠定了加勒比海萨泰里阿教和伏都教的基础。

Yum Caax　羽姆·卡亚克斯

玛雅神话中，玉米的化身，农业和自然之神。

Yurlungur　羽尔伦古尔

澳大利亚土著神话中的蛇神，在梦世纪他被瓦瓦拉格姐妹唤醒，她们打猎产生的噪音吵醒了蛇神，一说是因为妹妹刚刚孕育完生命，母体血液产生了气味影响到了蛇神。蛇神非常生气，吞食了两姐妹，后来又不得不吐出她们。这一做法也应用到了成人礼上。

Z

Zababa 萨巴巴

苏美尔神话中，基什城市战神。伊什塔尔之夫，后来被宁吉尔苏同化。鹰是他的象征。

Zao Yun 灶君

厨房之神，中国民间家庭供奉神灵中最重要的一位。传说，他是一位姓张的凡人，同妻子灶妈结婚，后来他爱上了一个女孩，就把发妻抛弃了。自那天起，他就屡遭灾祸，最后成了瞎子。女孩抛弃了他，他成了一个流浪汉。直到有一天，他在不知情的情况下被邀请到妻子家中吃饭。饭菜非常美味，他赞不绝口，竟眼睛复明，看到的是妻子提供他饭菜，燃起了火。灶君只能挽救一条腿，藏丹之腿，同中国人对拨火者的称呼。灶君上天，玉皇大帝将他变为家园守护者。

Zapoteca 萨波特克

公元 500 至 800 年间，墨西哥南部发展的文明，都城位于瓦哈卡边的阿尔班山。万神殿中约有三十九位神明，其中有十一位女性神灵，由皮赫－陶领军，其后是雨神科奇乔和一系列与丰饶和玉米相关的神灵。他们同样尊崇太阳神，将魁札尔科亚特尔敬为风神，由此将该文化与该地区其他文化相连，尽管每个地方都有其自己的神明。

Zelo 仄洛斯

希腊神话中，斯堤克斯和帕拉斯的儿子，比亚、尼刻和克拉托斯的兄弟，都是宙斯的亲随，手持蜡烛和皮鞭，代表热情和奉献，因此他的名字被天主教堂接受采用。

Zetes 仄忒斯

希腊神话中，北风之神玻瑞阿斯和俄瑞提亚的孩子玻瑞阿代兄弟之一，参加阿尔戈英雄远征，从鹰身女妖的手中营救菲纽斯。

Zeus 宙斯

希腊神话中的天神、奥林匹斯主神，所有神灵的最高统领，克洛诺斯和瑞亚最小的儿子，海神波塞冬、哈得斯、赫斯提亚、得墨忒尔和赫拉的弟弟，被母亲藏到克里特岛，以防像他的兄弟姐妹那样被父亲吞食。他由山羊阿玛耳忒亚和山林水泽仙女的奶水哺育长大。成人后，迫使父亲克洛诺斯吐出其他兄弟姐妹，一起对抗泰坦神，将其打败并送到地狱塔尔塔洛斯。由此，宙斯掌管天庭，同嫉妒心很强的姐姐赫拉结婚，生下四个孩子阿瑞斯、赫柏、赫菲斯托斯和厄勒梯亚。他有众多两性情人和孩子。罗马神话中同朱庇特。

Zhangguo Lao 张果老

中国道教传说中的八仙之一，是年龄最大的一位神仙，有一头纸驴或一匹纸马，可以折叠放在口袋或包里。经常看他倒骑驴，手持小铁棍和一个竹制大鼓。

Zhongli Quan 钟离权

中国道教传说中的八仙之一，居于首位。上山学道，最后得道成仙。手摇一把羽毛扇，这把棕扇能够倒退生命，还能变石头为金银，他是一位炼丹术士。代表丰富、富足，还携带一个仙桃，长寿的象征。

Zhuanxu o Gaoyang　颛顼或高阳
中国神话中，黄帝之孙，神位继承者，公元前2490至前2413年统治部落，统一历法，改革宗教。五帝之一。

Zipacna　兹帕科纳
玛雅神话中，乌库布·卡吉克斯和齐玛尔马特之子，卡布拉坎之兄，兄弟二人都被视为恶魔。威猛粗暴，形象为一只大鳄鱼，有时也被视为开山人。

Ziusudra　朱苏德拉
苏美尔神话吉尔伽美什史诗中的人物，神甫、智者，舒卢帕科国王。恩基提前告知朱苏德拉众神要发动一场大洪水，让他建造一艘船，解救家人。巴比伦人称其为乌塔那匹兹姆。

Zohak, Zahhak o Zohhak　佐哈克、扎哈克或佐赫哈克
波斯神话中，蛇神或长着蛇头的人，该形象由琐罗亚斯德教一个名叫阿兹·达哈卡人创造出来，多次出现在典籍阿维斯塔中。这头怪兽住在无人能至的堡垒库乌伊琳塔中，那里敬拜水神和暴雨之神。根据菲尔德瓦斯国王书，佐哈克出生时是一位美男子，被阿赫利曼利用，加入他统治世界的计划中。佐哈克有一个敌人，名叫卡维。

Zombi　索姆比
本是一死人，被一位伏都教巫师起死回生后变为奴隶。

Zoroastro　琐罗亚斯德
生活在公元前7至前6世纪的神话人物，袄教造物主。袄教后来被称为琐罗亚斯德教，第一个为世人所知的一神教，包括善神阿胡拉·马兹达，也称斯彭塔·曼纽，与恶神阿赫利曼或安格拉·曼纽相对立；他们分别代表真理和谎言，所有人必须在二者之间作出选择。教义均收藏在萨尔莫斯、加萨斯中，构成琐罗亚斯德教圣书《阿维斯塔》的一部分。

Zotz　索特兹
玛雅神话中，蝙蝠和山洞之神，特索特兹尔保护者。

Zu o Pazuzu　祖或帕祖祖
苏美尔、阿卡德和亚述神话中，恶魔风神。形象为狮头鹰，他一出现便会带来暴风雨和大洪水。拉玛什图的丈夫，唯一一位能阻止妻子绑架新生儿之人；因此，他虽然是一位恶神，但为了对抗其妻，可用他作护身符。